KB083660

방정환 총서 03

근대 한국 아동문학

동심과 미래상 그리기

근대 한국 아동문학 동심과 미래상 그리기

초판 1쇄 발행 2022년 2월 10일
초판 2쇄 발행 2022년 10월 10일
지은이 다프나 주르 **옮긴이** 세계아동청소년문학연구회
펴낸이 박성모 **펴낸곳** 소명출판 **출판등록** 제1998-000017호
주소 서울시 서초구 사임당로14길 15 서광빌딩 2층
전화 02-585-7840 **팩스** 02-585-7848
전자우편 somyong@daum.net **홈페이지** www.somyong.co.kr

값 25,000원 ⓒ 세계아동청소년문학연구회, 2022
ISBN 979-11-5905-634-5 93810

방정환 총서 03

근대 한국 아동문학

동심과 미래상 그리기

FIGURING KOREAN FUTURES

CHILDREN'S LITERATURE IN MODERN KOREA

다프나 주르 지음
세계아동청소년문학연구회 옮김

일러두기

1. 한국 자료 인용문은 최대한 원문 그대로 표기하고 띄어쓰기만 현대어 표기를 따랐다. 그래서 인용문의 맞춤법, 한자어 병기 등이 현대어 표기와 다르다. 인용문 중 자료 상태가 좋지 않아 잘 보이지 않는 글자는 (?)로 표시했다.
2. 주석은 독자가 읽기 쉽게 미주로 달았다.
3. 참고문헌의 외국 자료는 원서의 표기를 따르고, 한국 자료는 한국의 관례대로 표기했다.
4. 원서에서 빠진 출처와 사실과 다른 것, 설명이 필요한 것은 [역자 주]를 달았다.
5. 단편이나 논문은 「 」, 장편이나 단행본, 신문, 잡지는 『 』, 공연물은 〈 〉로 표기했다.
6. 번역어의 경우, 국립국어원의 외래어표기법을 준수하되 널리 쓰이는 관용 표현을 존중하여 표기했다.
7. 「한국 독자에게 드리는 글」은 저자가 한국어로 쓴 글이다.

한글을 쓸 수 있는 우리는 그에 대해 감사한 마음을 종종 잊곤 한다. 세계적으로 인정받는 독창적인 한글을 사용하는 문화인이라고 자부하면서도 우리는 21세기의 지금 여기, 바로 코로나 팬데믹이 드리워진 위기의 한국 사회에서 일상의 쳇바퀴를 돌리며 우리의 귀중한 문학을 과거로 밀어내고만 있는 것 같다. 앞선 시대의 문학을 반추하려는 노력은 과거를 돌아보고 기억하며 삶의 지혜를 터득하여 미래로 향한 길을 놓는, 현재의 위기 상황에서 새로운 대안을 모색하는 것과 맞닿아 있다. 한국인이 이러한 위기 상황을 처음 겪는 것도 아니지 않은가? 지금부터 약 100여 년 전 일제 강점기를 떠올려 보자. 한반도의 논밭 사이에 놓인 철도 위로 기차가 처음 지나갔을 때, 어른과 아이들은 놀라서 그 광경을 보려고 뛰쳐나오거나 그 굉음에 두려워 집 안에 꼭꼭 숨어버렸을 것이다. 그리고 이들은 "기찻길 옆 오막살이 아기 아기 잘도 잔다"라는 역설적 동요도 따라 부르게 되었고 그럴수록 잠에서 깨어났으리라. 일제의 언어말살정책에 의해서 한글 사용 금지라는 수난도 겪어야만 했다. 근대 계몽기로 불리는 구한말과 일제 강점기라는 급격한 사회변동으로 온갖 역경에 맞닥뜨리면서도 한국문학을 이끈 작가들은 민족혼의 요람인 한글을 지켜내며, 모국어로서의 한글을 아동청소년에게 전달하고자 노력하였다. '어린이날'을 제정한 방정환 선생님을 비롯하여 여러 문인들과 지식인들이 보여준 헌신은 위기 속에서 험난한 세월을 버텨냈던 한국인의 문화적 능력을 실감케 한다.

오랫동안 외국문학 전공자로서 해외의 유수 아동청소년문학 연구기관들을 방문하면서 아동청소년문학 연구의 토대를 마련할 수 있는 국내의 연구기관설립을 소망했는데, 그 바람은 2019년 3월 숙명여자대학교에서 세계 아동청소년문학 연구회가 본격적으로 활동하면서 2020년 3월 세계 아동청소년문학 연구센터 창설로 이루어졌다. 한국 아동청소년문학의 최배은, 장미영, 일본 아동청소년문학의 안지나, 영미 아동청소년문학의 박소진, 류연지, 이란아, 독일어권 아동청소년문학의 장영은, 최문선[선생님 존칭 생략]이 연구회의 주축을 이루어, 우리 아동청소년문학을 세계에 알리고, 다른 나라들의 아동청소년문학을 국내에 번역하고 연구하는 일에 뜻을 모아주었고 연구회의 콜로키움에 동참하였다.

연구회에서는 제일 먼저 한국의 아동청소년문학에 관심을 갖고 근대 한국 아동청소년문학에 대한 연구서들 가운데 박소진, 최배은 선생님의 제안으로 미국 스탠포드대학 동아시아 언어문화학과 교수인 다프나 주르Dafna Zur의 『한국의 미래 그리기Figuring Korean Futures』를 함께 번역・연구하기로 하였다. 그러면서 이 책을 번역서로 출간하여 우리 독자에게 꼭 소개하고픈 생각과 희망이 생겨났다. 2019년 여름, 독일 방문 때 지인의 소개로 주르 교수님과 연락이 닿게 되었고, 2019년 12월 한국에 방문한 주르 교수님을 만나면서 연구회의 번역출판이 구체화될 수 있었다. 번역출판을 승낙해준 다프나 주르 교수님께 진심으로 감사드린다. 그리고 소명출판에서 이 책을 출간하게 된 것은 방정환 연구소의 장정희 소장님께서 흔쾌히 방정환 총서 3권에 이 번역서를 수록하기로 하셔서 가능하였음을 밝힌다.

이 책은 외국인이 세계 아동문학의 관점에서 한국 근대 아동문학을 비평하여 그 시각이 국내에서 이루어진 이 분야 연구에 새로운 시사점을 제공한다. 그리고 우리에겐 아직 접근이 용이치 않은 북한 등의 자료들을 수집하여, 방대한 자료를 망라한 연구자의 노력이 돋보인다.

스탠포드대학 출판사에서 2017년에 출판된 저서의 원제는 *Figuring Korean Futures*로서 'Children's Literature in Modern Korea'라는 부제를 달고 있다. 번역서에서는 우리 독자의 이해를 돕기 위해서 『근대 한국 아동문학 ― 동심과 미래상 그리기』로 번역하였다. 한국의 근대 아동문학을 '동심'의 형성과 변화를 기준으로 개관한 이 책은 '들어가며'를 비롯하여 총 6개의 장과 '나오며'로 구성되어 있다. 일제 초기의 아동청소년을 대상으로 한 잡지들, 아동이 가시화되면서 모색된 동심의 언어 쓰기, 식민지 한국에서의 감정교육, 독일과 일본 그리고 한국으로 이어진, 아시아와 서양의 횡단문화적 시선으로 포착된 한국의 프롤레타리아 아동을 위한 글쓰기, 그리고 해방과 한국전쟁 후 남한과 북한의 과학소설까지 아우르는 아동청소년문학의 담론이 소개되어 한국 근대 아동문학의 역사를 세계 아동문학의 시각에서 조망할 수 있는 중요한 학술서이다.

이 책은 여러 학자의 정성이 더해져 우리 독자에게 번역서로 소개할 수 있었다. 숙명여대의 세계 아동청소년문학 연구회의 연구위원 한 분 한 분께 감사의 마음을 전하며, 특히 책의 출판을 위해서 영어번역을 감수해주신 박소진 선생님, 한국문학의 내용과 용어, 번역문 등을 검토해주신 최배은 선생님, 인용 원문의 내용을 살피고 각주 원문 검토 작업을 도와준 숙명여대 대학원의 이해원님께 고마운 마음과 인사를 전한다.

그리고 출판과정에서 많은 도움을 주신 장정희 방정환연구소장님, 소명출판 박성모 대표님을 비롯한 편집부에 연구회를 대표하여 진심으로 감사드린다.

2022년 2월 청파언덕에서
장영은

한국 독자에게 드리는 글

한국 독자 여러분께

한국으로부터 드디어 나의 저서가 출간된다는 소식을 들었다. 원제 *Figuring Korean Futures*가 『근대 한국 아동문학 — 동심과 미래상 그리기』로 재탄생되어 한국 독자들과 만나게 되었다. 한국과의 오랜 인연을 생각할 때 나에게는 참으로 소중하고 기쁜 일이다. 한국에 갈 때마다 나는 이런 질문을 받는다. "다프나 주르, 어느 나라에서 왔어요?" 그런데 이 질문이 나에게는 간단하면서도 퍽 복잡하게 느껴진다. 내가 태어난 곳은 미국이지만, 그 후 자란 곳은 이스라엘, 미국, 그리고 캐나다, 또 한국도 있다. 미국 분이신 어머니와 이스라엘 분이신 아버지 사이에서 태어난 나는 집에서 히브리어, 영어라는 이중 언어를 쓰면서 자랐다. 그야말로 다문화가정에서 큰 사람이다.

집에는 언제나 동화책이 많았다. 작곡가이신 아버지가 매일 밤 동화를 노래로 바꿔서 불러 주셨다. 이사를 자주 다니면서도 어머니는 어린 나를 위해 많은 동화책을 각별히 챙기면서 보관해 주셨다. 그 후 이사를 많이 다녀 본 나는 그 보관 습관이 얼마나 소중한지 뒤늦게 알게 되었다. 그때의 독서 경험은 나의 세상을 넓히는 역할을 했다. 바깥 세상뿐만 아니라 마음속 세계까지 넓혀 주었다. 동화책은 다른 인물의 감정, 현실 상황, 그리고 내면의 고민거리 등을 통해 어린 나에게 동정심을 키울 수 있게 해 주었다. 동화책의 언어도 마찬가지였다. 영어, 히브리어, 그리고 나중에 한국어로도 책 내용을 느낄 수 있었다. 그뿐만 아니라 시간 여행과 같이 맛을 보는 탐험, 꿈을 꾸는 경험들도 상상할 수 있었다. 다문화 속에서 자라는 사람은 누구나 다양한 언어 사이에 생명이 있고 모든 가능성도 거기에 있음을 잘 안다.

한참 시간이 흘렀다. 이스라엘 여군으로서 군대를 제대하고 히브리대학교를 졸업한 후, 한국에서 생활하며 한국말을 배우고 캐나다에 가서 박사 과정을 밟는 동안 나는 결혼하고 두 아이의 엄마가 되었다. 박사 논문 주제를 고민하는 와중에, 엄마 아빠가 어린 두 아이의 독서 갈증을 채워주시던 기억이 떠오르며 어릴 적에 읽었던 동화책이 생각났다. 그 책을 찾아 내 아이들에게 읽어주면서 감탄했다. 어릴 때 읽었던 기억과 완전히 다른 책이었기 때문이다. 내가 변했는지, 책이 변했는지, 아니면 시절이 변했는지……. 그러면서 일제 강점기 한국문학에 관심을 가졌던 나는 처음으로 궁금해졌다.

1910년 이후에 자란 조선의 어린이들은 어떤 책을 읽었을까? 무슨 노래를 불렀을까? 이야깃거리 중에서 무엇이 그들을 웃게 하고 무엇이 그들에게 감동을 주었을까? 일제 강점기도 시기별로 다양한 만큼, 작가의 사상도 복잡했으리라. 그리고 분단 후에도 남한과 북한에서 각각 다양한 내용들이 나왔을 것이다. 이러한 질문에 대한 답을 연구하면서 나온 결과물이 바로 이 책이다.

동화책은 어른이 어린이를 위해서 쓰는 글이다. 어른이 어린이들이 알아야 할 과거, 현재, 그리고 미래를 이야기하는 글이다. 아동책 속에서 진짜 어린이는 찾을 수 없다. 대신에 어린이의 꿈을 키워주고 세상을 알려주고 싶은 그 당시 작가의 욕망을 찾을 수 있다. 하지만 아무리 현실을 알려주고 싶고 힘을 키워주고 싶어도 문학이란 억지로 읽히는 법이 없다. 독자와 글 그리고 언어 사이에 신비가 있고, 그 관계를 이해하려고 하는 것이 문학을 연구하는 사람의 일이다.

이 책은 한편으로는 지배받았던 아동기, 미래가 사라져 가는 일제 강점기에, 당시의 어린이들을 위해서 어떤 글이 쓰였는지 알아보는 연구이다. 다른 한편으로는 지금의 우리와 그때 살았던 어린이들 사이의 신비를 알아가는 과정이었다.

나의 부족한 글에 대한 한국 독자의 양해를 구하며 열심히 번역해 주신 숙명여대 장영은 교수님과 세계 아동청소년문학 연구회의 여러 선생님들께 깊이 감사드린다. 이 책을 쓰기까지 많은 도움을 받은 한국 아동문학의 학자님들, 그리고 장정희 선생님을 비롯해 방정환연구소가 이 책을 안아주고 소명출판이 펼쳐주신 것을 진심으로 감사하게 생각한다.

2022년 2월
미국 스탠포드 대학에서
다프나 주르 드림

감사의 글

이 연구는 내가 인지하기 전부터 이미 나에게 주어진 것이었다. 둘째 아들이 태어나자 부모님은 내가 어린 시절 읽던 누렇게 변색되고 구겨진 『개구리와 두꺼비*Frog and Toad*』, 『놓쳐버린 작은 물고기*The Little Fish That Got Away*』, 『달아, 잘 자*Good Night Moon*』 같은 책들을 이스라엘에서 가져오셨다. 무릎 위에서 바둥거리는 두 살 아들과 이 책들을 읽으며, 과거의 어릴 적 나와 현재의 순간이 연결되어 있음을 알게 되었다. 그러면서 이중 언어를 사용해야 했던 아동기, 여기저기에 있는 집들, 소설에 대한 사랑, 비밀스러운 언어에 내재된 즐거움 같은 점들이 한반도 아동문학에 관한 연구를 통해 연결될 수 있다는 생각이 들었다.

그때부터 이어진 학자들의 관대한 도움과 가족 및 친구들의 지지가 있었기에 이 책이 나올 수 있었다. 연구 초기에 케빈 오록Kevin O'Rourke의 도움으로 나는 한국 시의 소리와 구성에 익숙해졌다. 아동문학에 관한 많은 저서와 논문으로 지난 20년 동안 잘 알려진 원종찬은 만난 적도 없는 나의 부탁에 세 상자나 되는 1차 문헌 복사본을 캐나다로 보내주었다. 원종찬의 연구물과 선안나, 조은숙, 염희경, 김화선 같은 학자들의 문제 제기로부터 나는 2000년대 초반, 이 연구를 추진할 수 있겠다는 생각을 했다. 캐나다 브리티시 콜롬비아 대학의 돈 베이커Don Baker, 제인 플릭Jane Flick, 브루스 풀턴Bruce Fulton, 스티븐 리Steven Lee, 테레사 로저스Teresa Rogers, 그리고 주디스 솔트먼Judith Saltman으로부터 나는 한국문학, 한국역사, 그리고 아동문학에 대한 기초지식을 얻었다. 지적이며 성실하고 겸손한 샤랄린 오르보Sharalyn Orbaugh는 나의 스승이자 본보기였다. 지칠 줄 모르고 헌신적인 로스 킹Ross King은 나 이상으로 이 연구를 믿어주며 내가 항상 더 큰 맥락에서 더 좋은 질문을 하도록 격려하는 가장 예리한 비평가이자 열정적인 지지자였다. 학문적 탁월함과 진실함을 갖춘 로스 킹은 내가 동경하는 모델이며 그를 인생의 선생님이자 친구로 만나게 된 것은 행운이다. 나단 클레리치Nathan Clerici, 아사토 이케다Asato Ikeda, 스펜서 젠츠쉬Spencer Jentzsch, 김은선, 구세웅, 박시내, 카리 셰퍼드슨-스코트Kari Shepherdson-Scott, 손정혜, 그리고 스콧 웰스Scott Wells 같은 '어깨동무'와의 우정은 지난한 연구과정을 견딜 수 있게 해 주었고, 함께 행복한 발견을 이룰 수 있게 하였다. 그때부터 이어져온 스테파니아 버크Stefania Burk, 크리스티나 라핀Christina Laffin, 그리고 고든 리드Gordon Reid와의 우정은 우리 가족에게 밴쿠버라는 도시를 그저 잠깐 머무는 체류지가 아닌 또 다른 고향이라 여기게 해 주었다. 특히 지킬 수 없을 것만 같았던 원고 마감 시간에 맞닥뜨릴 때마다 도와준 크리스티나 라핀Christina Laffin에게 특별한 감사를 전한다.

한국문학계에 입문하면서 나는 전문가로 인정받았을 뿐 아니라, 가장 따뜻하고 재능 있는 학자들과 친구들이 있는 단체와도 함께 하게 되었다. 안진수, 루스 바라클로Ruth Barraclough, 스티븐 엡스타인Stephen Epstein, 크리스 한스콤Chris Hanscom, 테드 휴즈Ted Hughes, 켈리 정, 임마뉴엘 김, 김지나, 나영 에이미 권, 이지은, 이진경, 박선영, 자넷 풀Janet Poole, 신지원, 블라디미르 티코노프Vladimir Tikhonov 같은 이름들이 떠오르는데, 이 외에도 다른 많은 사람들이 있었다. 스스로는 아무것도 모르는 신진 연구자로 느꼈지만, 한국의 권영민, 권보드래, 천정환, 황호덕 그리고 이영재는 나를 동료로서 대해주었다. 10월, 청명한 어느 가을날 아침에 크리스 한스콤, 류영주와 함께 앤 아버Ann Arbor에 있는 호수를 산책하며 이 연구의 전환점을 맞이하였다. 두 사람의 예리한 질문과 이 연구에 대해 보여준 확신을 통해 나는 이 연구를 계속할 수 있었다. 같은 시기 데이비드 강이 개최했던 남부 캘리포니아 대학의 제4차 신진학자 연례 학술대회Annual Rising Stars Conference에서 캐터 에커트Cater Eckert, 이진경, 이남희 및 다른 사람들의 조언을 통해 이 연구를 다른 시각에서 바라볼 수 있었다. 2012년 늦은 여름 신진 연구자들을 위한 SSRC 한국학 워크숍에서 소중한 기회가 주어졌다. 애실로마의 꿈같은 환경에서 니콜 콘스타블Nicole Constable, 마리아 길롬바르도Maria Gillombardo, 낸시 아벨만Nancy Abelmann과 함께 일을 한 경험은 이 책의 집필에 대한 열정을 새로 지펴주었다. 그때가 낸시를 본 마지막이었다. 낸시의 낙관적 사고와 삶을 향한 열정은 지금까지도 내 곁에 남아있고, 책의 제목도 낸시의 도움으로 나온 것이다. 그의 작고 1주년에 나는 이 글을 쓰고 있는데, 책이 좋은가 여부에 상관없이 낸시에게 이 책을 완성했다고 말할 수 있어 기쁘다.

이듬해, 스탠포드 인문학 센터의 원고 리뷰 워크숍에서 독보적인 작가인 테드 휴즈와 김규현, 세스 레러Seth Lehrer, 문유미, 캐롤라인 윈터러Caroline Winterer, 반 왕Ban Wang과 함께 원고를 면밀히 검토할 수 있었다. 그들은 내가 보지 못했던 원고의 장점과 결점을 짚어주었다. 수정본인 이 책이 그들의 기대에 미칠 수 있었으면 좋겠다. 스탠포드에서 나를 지지해주고 매우 친절했던 한국학 학자들을 만난 것은 행운이었다. 전경미, 이용숙, 문유미, 댄 슈나이더Dan Schneider, 신기욱, 캐시 스티븐스Kathy Stephens, 데이비드 스트라우브David Straub는 현재까지도 나의 동료들이자 친구들이다. 우리 학과의 스티브 캐터Steve Cater, 코니 첸Connie Chen, 론 에건Ron Egan, 하이얀 리Haiyan Lee, 인드라 레비Indra Levy, 리 리우Li Liu, 마츠모토 요시코Yoshiko Matsumoto,

짐 라이허트Jim Reichert, 차오 선Chao Sun, 멜린다 다케우치Melinda Takeuchi, 반 왕, 그리고 저우 이쿤Zhou Yiqun도 나를 늘 반겨주었다. 반 왕은 특히 중요한 단계마다 나에게 영감을 주었는데, 조용히 지혜를 나누어주고 이 연구를 진척시키도록 격려해주었다. 역사학과의 톰 멀라니Tom Mullaney, 맷 소머Matt Sommer, 우치다 준Jun Uchida과도 함께 웃고 음식을 나누며 학문적 자극을 받을 수 있었다. 신혜린은 처음에 연구 방향을 제시해 주었고, 알반 이코쿠 Alvan Ikoku, 알렉산더 키Alexander Key, 미카엘 울프Mikael Wolfe는 이 일에 함께 참여했다. 교수 업적성취 프로그램The Faculty Success Program은 이 연구를 진척시키는 데 필요한 책임감을 주었고, 라이언 파월Ryan Powell도 격려를 통해 도움을 주었다. 학생 전하진과 김은영은 내가 미처 몰랐던 다양한 방식으로 이 책을 완성할 수 있도록 도와주었다. 오영식, 장정희, 그리고 레건 머피 카오Regan Murphy Kao는 최종 단계에서 긴급하게 자료 복사를 요청하자 친절하고 신속하게 도와주었다. 스탠포드 대학 출판사의 제니 가바크스Jenny Gavacs는 원고의 출판을 맡아주며 정리가 덜 된 세부내용들을 체계화하는 데 도움을 주었고, 제시카 링Jessica Ling, 올리비아 바츠Olivia Bartz, 케이트 월 Kate Wahl은 원고가 결실을 맺을 수 있도록 해 주었다. 이 원고를 읽고 매우 소중한 제안을 해준 익명의 두 사람에게도 감사드린다.

우정은 내 삶을 유지할 수 있게 하는 연료이다. 세상에 태어난 날부터 함께 한 로웬펠스Lowenfels 집안 사람들, 30년 친구 수잔나 루이즈Susana Ruiz 와 제니 우Jenny Woo, 군대 친구이자 흑역사를 함께 한 나딘 토마쇼프Nadine Tomaschoff와 하다스 프라그Hadas Prag, 내가 항상 소망했던 자매 테레사 리 Teresa Lee, 여름마다 후속 세대 글로벌 시민을 육성하는 콩코르디아 언어마을 숲속의 호수Concordia Language Village SupHo 가족들에게 감사드린다. 숲속의 호수 가족은 미네소타 숲에서 내가 필요한 글을 쓸 수 있는 공간을 마련해주었다. 이들과의 우정은 내 삶을 가능하게 하는 원동력이다. 무엇보다도 그 소중함을 말로 다 표현할 수 없는, 지구를 가로질러 지원을 아끼지 않는 주르Zur와 빌더만Wilderman 가족, 그리고 시댁 식구들에게 감사드리고 싶다. 예루살렘에 계신 부모님 리라Lila와 메나켐Menachem은 가장 중요한 가치를 지키며 모범적으로 사시면서 삶의 본보기가 되어 주셨다. 오빠 요나Yonah는 어린 시절과 부모가 된 이후에도 거친 격랑을 함께 겪으며 가장 귀한 동반자로 남아있고, 내가 누구인지 늘 기억하게 하는 사람이다. 나의 아이들, 일랜Ian과 오렌Oren은 내가 이 지구에서 숨을 쉬며 아침에 깨어난다는 사실을 감사하게 한다. 나이에 비해 영리한 아이들은 오후에 지칠 때면 나를 집 밖으로 데리고 나가 휴식을 취하게 하여 다시 원고 작업을 할 수 있는 기운을 충전하게 하였다. 마지막으로 이번 생뿐 아니라 다음 생에서도 나의 가장 큰 사랑이자 가장 좋은 친구이며, 무엇이든 가능하게 하는 마법의 능력을 지닌 남편 김응섭에게 형용할 수 없는 고마움을 전한다.

차례

그림 차례

아동과 근대 한국

　20세기 전환기의 한반도에는 변화가 있었다. 이는 단지 1905년 한국이 군주국에서 일본의 보호국으로 재구성된 것, 그리고 기차와 전차, 다리와 전화, 가로등과 영화에 의한 도시공간의 재편성과 시골 풍경의 변화만을 말하는 것은 아니다. 아동이 발견된 때가 바로 이 시기로서 아동은 새롭고 특정한 형식의 인쇄 문화, 즉 아동청소년 잡지의 중요한 수혜자로 인식되었다. 대부분의 헌신적인 한국문학 전문가뿐만 아니라 꾸준히 증가하는 수많은 독자들이 이 새 매체를 열렬히 환영했다. 아동청소년 잡지의 형식과 내용은 출발부터 지속적으로 변화, 발전하며 정치적 스펙트럼을 망라하는 작가, 시인, 예술가들의 목소리와 열망을 보여주었는데, 이들은 미래 한국의 성인인 아동들을 위하여 글을 쓰고 그림을 그리는 데 열정을 다하여 헌신했다. 아동문학이 탄생한 것이었다.

　그림, 일기, 공문서들을 포함한 고려918~1392와 조선1392~1910 왕조의 고문서 자료들은 아동이 항상 문화의 일부였음을 보여준다. 아동들은 사회생활의 중요한 구성원이었다. 아동은 나이, 계층, 그리고 젠더에 따라 사회에서 제 위치를 찾아가기 위하여 양육되고 동화되어야 했다. 그리고 사회적으로 아동들이 가족들의 물질적 자산을 늘리고 조상들의 정신적 가치를 지키길 기대하였다. 그러나 20세기로의 전환기에 아동들은 세상에서 새로운 자리를 차지하게 되었다. 아동의 가치는 과거와의 연결을 위한 것이 아니라 과거와의 차별 및 분리를 위해 강조되었다. 아동과 과거의 단절이 주목을 받았고, 아동은 그들에게 흥미 있을 텍스트와 삽화들로 꽉 찬 그들만을 위한 미디어의 수혜자이자, 그들 자신의 권리를 지닌 안목 있는 문화의 소비자로 인식되었다. 당시 조선의 남녀 문인, 교육자, 예술가, 의사들은 전례없이 의도적으로 아동을 위한 글을 발표하였다.

20세기에 들어서면서 아동청소년을 대상으로 한 잡지의 출현은 임의적인 것도, 우연도 아니었다. 이런 잡지들은 한반도에서 일어났던 엄청난 정치 및 사회 변화의 교차로에서 나타났다. 일제의 식민 통치 아래 한국인들은 아동의 몸과 마음에 대한 학문을 접하게 되었고, 일본어로 된 아동문학을 알게 되었다. 아동문학에 전념하게 된 개인들과 단체들은 매우 큰 부담을 감수해야 했는데, 그 이유는 아동문학이 자연과 문화, 과거와 미래, 가정과 국가와 같은 논란의 영역들을 다룬다고 간주되었기 때문이다. 새로운 청중으로서 아동청소년 독자들은 성인 작가들에게 비평적으로 중요하고 독특한 점을 제공했다. 그것은 쉽게 외부의 영향을 받는 새로운 존재들에게 말을 걸 가능성이며, 전에는 시도되지 않았던 방식으로 아동청소년들에게 세계를 전달할 수 있는 기회를 의미했다.

그러나 과거, 현재, 그리고 미래를 읽을 수 있기 위해서는 세 가지 변화가 필요했다. 그것은 새로운 청중을 상상하고 그 청중을 대상으로 글을 쓰기 위해 필요한 변화였다. 첫째, 아동이 가시화되어야 했다. 일본의 활기찬 아동문화의 영향으로 아동에 대한 새로운 생각들이 나타났다. 이 생각들은 아동의 권리, 복지, 교육, 그리고 심리에 관한 것으로 아동을 대상으로 한,

아동의 눈높이에 맞춰진 새로운 유형의 글쓰기를 요구하게 되었다. 둘째, 아동들이 글을 읽고 쓸 줄 알게 하는 교육이 필요했다. 하지만 글을 읽고 쓸 줄 알게 된다는 것은 단순한 독서기술 획득이 아니라 아동의 경험을 반영하고 규정하는 색깔, 상징 그리고 이미지의 세계를 처음으로 접하게 된다는 것을 의미했다. 셋째, 아동을 위한 텍스트들은 이 새로운 청중에게 적합한 양식을 취해야 했다. 수백 년 동안 아동들이 외워왔던 딱딱한 고전 번역본들은 아동에게 감흥을 줄 수 없었다. 한문, 한국어 또는 두 언어의 혼합으로 쓰인 옛 텍스트들은 구어체와 동떨어지고, 정형화된 표현 양식과 내용도 아동의 정서적 성향이나 실제 삶과 관련이 없어 아동들에게 적절치 않아 보였다. 아동의 가시화, 글과 이미지를 읽을 수 있는 능력, 아동에게 적합한 양식이라는 이 세 가지 요소들이 결합하여 식민지 한국에서 아동문학을 창조해냈다.

이 책의 서두에서 폭넓지만 주제와 관련된 몇 가지 질문에 답하고자 한다. 주권이 상실된 한국에서 어떻게 아동문학이 장르로서 출현될 수 있었는가? 그리고 식민지를 경험하면서 한국 아동문학이 어떻게 형성되었는가? 주권 국가의 미래가 불확실하던 이 시기에 어떠한 문화제도나 지식의 장이 아동문학의 성장을 가능케 하였는가? 독단적인 이념이 지배하던 이 시기에 어떠한 다성적, 경쟁적 표현들을 발견할 수 있는가? 그리고 아동문학은 어떻게 우리가 한국의 근대성을 이해하는 데 도움을 주는가? 한국의 이념적 기획들이 경쟁하는 가운데 민족 해방은 어떤 역할을 했는가? 끝으로 아동문학을 번역과 해석의 문학으로 이해할 수 있다면, 그리고 이때 번역이 복잡한 성인들의 세계를 아직 교양과 지식 및 경험이 부족한 아동 독자들에게 설명하는 작업을 뜻한다면, 이 세상에 대해 아동이 무엇을 알고,

느끼고, 해야 하는지 성인들이 생각하는 것을 보여주는 이 '번역'을 통해 우리는 무엇을 알 수 있는가?

동심의 발견

아동문학에 대한 많은 연구가 아동문학의 기원에 대해 의문을 제기한다. 아동문학은 어떻게 시작되었는가? 어느 특정한 지역과 시대에, 아동청소년을 대상으로 한 읽을거리가 전무한 상태에서 어떻게 아동청소년을 대상으로 한 자료들이 생산되고 문학으로 자리매김하게 되는가? 그런 문학의 출현을 가능하게 했던 문화적, 사회적 조건은 무엇인가? 우리는 아동문학을 어떻게 정의하는가? 그리고 아동문학은 성인문학이 제공하기 힘든 어떤 종류의 통찰력을 줄 수 있는가?

현재는 잘 알려진 바이지만 이러한 질문들은 아동기가 사회적 구성물이라는 인식에서 유래한다. 달리 표현하자면, 유아기와 성인기 사이에 놓인 시기로서 아동기가 늘 존재한 것은 아니었다는 말이다. 한때는 상징적인 통과의례만 거치면, 삶의 여정이 가정이라는 영역에서 사회로 재빠르게 편입되었다. 1960년[1]에 출판된 필립 아리에스Philippe Ariés의 『아동의 세기Centries of Childhood』는 아동과 아동기가 근대적 가치를 가지게 되었던 시기를 특정하면서 자주 인용되는데, 유럽에서 아동기에 대한 연구로 선구적이면서도 논쟁적인 역할을 했다. 일라나 벤 아모스Ilana Ben-Amos가 보여주듯이, 아리에스의 연구는 장점은 있지만 유럽 중심적이고 전적으로 새

---

1) 역자 주 : 영역본 1962년 출간.

로운 것도 아니었다. 아리에스보다 먼저 나온 민속학 연구는 이미 많은 지역에서 아동기로부터 성인기로의 이행이 사회문화적으로 풍부한 의미를 지니고 있었기에 이 이행은 순조롭지도 또 자명하지도 않다는 점을 보여주었다.[1] 문화적 상징으로서 아동의 의미는 기원전 2세기 전근대 중국의 공자 윤리학으로부터 17세기 영국의 로크 철학에 이르기까지 두루 발견된다. 아동기가 사회적 구성물이라는 인식은 그 정확한 기원은 말하기 어렵지만, 다양한 시대와 문화에 걸쳐 분명히 나타난다.

그런데 아동, 즉 성인기와 구별되는 특정 시기가 있다는 사실을 오랫동안 인식했음에도 불구하고, 아동문학이 비교적 새로운 현상인 것은 어떻게 된 일일까? 최근 아동문학의 출현에 대한 연구는 두 가지 개념으로 요약된다. 첫 번째는 가시성이다. 이는 아동이 사회의 주변에서 사회적 관계의 중심으로 이동했을 때 아동문학이 등장했다는 것이다. 그 후 아동은 이념적 사회화의 아주 중요한 대상이 되고, 강력한 교육 정책과 연관되어 아동문학의 기반을 형성하게 된다.[2] 일반적으로 아동이 문화의 주변에서 중심으로 옮겨가는 데에는 노동법과 공교육 변화의 영향이 컸다. 또한 가정에서 아동의 의미가 경제적으로 유용한 존재에서 정서적 가치를 지니는 존재로 변화한 것도 영향을 주었다.[3] 세스 레러Seth Lerer가 설명한 것처럼 사회적이고 심미적인 가치들이 "책을 만들고 판매하고 읽는 사람들 사이의 관계에서"[4] 결정되기 때문에 더 넓은 시장과 교육시스템도 연결되어 있다. 학자들에 따르면 수많은 사회적, 경제적 변화가 아동을 사회적 주체행위자, 소비자, 그리고 사회와 시장에서 주목할 만한 목표 대상으로 변화시키는 데 영향을 미치고, 이런 일련의 요인들이 아동문학의 출현을 가능케 한다고 주장한다.

영미나 일본보다 아동문학이 더 늦게 출현했던 한국은 어떠한가? 아동문학에 대한 학문적 접근은 이재철부터 시작된다. 그는 『아동문학개론』1967과 『한국 현대 아동문학사』1978에서 한국 아동문학의 발달사를 최초로 기술했던 학자이다. 이재철은 한국에서 아동문학의 계보학과 범주화를 처음 시도했는데, 아동문학이 구술 문학의 토착적 전통, 지역적 계몽철학, 그리고 20세기 초반의 사회적 변동의 산물이었다고 주장했다. 또한 이 사회적 변동은 아동들을 가족과 전통이라는 오랜 속박으로부터 벗어나게 했다.[5] 이 신기원을 이룬 학문에, 원종찬은 각각의 작가들과 예술가들의 생애부터 아시아의 아동문화까지 전방위로 연구한 19편의 논문과 책들을 통해 깊이를 더하고 세분화했다. 이들 작업에서 원종찬은 아동의 활동, 청년 단체들, 그리고 새로운 독자의 요구에 응답할 수 있는 더 넓어진 시장 경제의 발달로 1920년대에 한국 아동문학이 유래했다고 주장한다. 원종찬은 아동이 노동시장을 벗어나 학교에 다니게 되었을 때 한국 아동문학이 출현할 수 있었다는 점에 주목한다.[6] 장정희는 1900년대 초반의 학교 교과서에서 아동문학의 첫 번째 사례를 발견한다.[7] 그러나 최명표가 주장한 것처럼,[8] 1920년대 초반 청년 단체들이 아동문학의 출현에 가장 중대한 역할을 했다. 이런 단체들은 예일 달Yale Darr이 "취향을 만드는 사람들"이라고 언급했던 것처럼 젊은이들의 정치적 정체성을 형성하고 신예 젊은 작가들을 위한 창작 공간을 마련하는 데 핵심적 역할을 했다.[9] 이와 같이 공교육의 제한된 도입과 청년 단체의 설립은 아동문학이 가능하도록 구조적으로 지지하고 후원하는 역할을 했다. 한국에서 아동문학은 국가주권이 상실되던 시기에 출현했는데, 그에 따라 국가 정체성 및 이념 교육과 확산이 복잡한 양상을 띠었고, 여러 이익 집단들이 서로 경쟁하게 되었다. 아동문학에 대한 수요는 한편으로는 읽고 쓰는 능력을 확대시키려는 기대를 바탕으로 한 것이었고, 다른 한편으로는 현저하게 다른 세계로 들어가고 있었던 다음 세대를 위해 이 세상을 '번역'하여 알려줄 필요에서 비롯되었다.

　사회적으로 아동의 가시성이 한국 아동문학을 가능하게 한 첫 번째 요인이라면, 두 번째 전환점은 '아동의 마음'에 접근할 수 있다는 믿음과 이에 대한 관심의 증가, 또 아동의 마음이 인간성의 기원에 대한 실마리를 제공한다는 확신이었다. 인간의 마음에 대한 철학과 아동 발달에 대한 국내외의 이론을 토대로, 한국에서는 '동심'으로 알려진 아동의 마음이 존재한다는 믿음이 형성되었다. 심지어 성인기에도 성취될 수 있는 순수한 상태로 동심을 보는 생각은 동아시아에서 맹자와 노자 때부터 존재해왔다. 19세기 후반과 20세기 초반에 동심은 다시 양계초와 같은 동아시아 지식인들에게 그들이 모범으로 삼을 모델을 제공했다. 그들은 국가를 말 그대로뿐 아니라 상징적으로 다시 젊어보이게 할 수 있는, 아직 때묻지 않은 잠재력을 동심에서 보았다. 또한 존 로크John Locke, 1632~1704의 저작물을 포함하여 아동 발달과 교육에 대한 서구의 개념이 식민지 조선에 소개되었다. 로크는 모든 사람들이 빈 석판처럼 태어났음을 암시하는 '타불라 라사tabula rasa'를 주장하며 마음의 기원을 고찰했다. 장 자크 루소Jean-Jacques Rousseau, 1712~1778는 그의 널리 알려진 『에밀』에서 인간의 타고난 선함과 사회의 부패한 영향 사이의 긴장을 탐구했다. 또, 장 피아제Jean Piaget, 1896~1980는 아동이 그들 자신의 권리를 가지고 사회적 역할을 하는 존재이므로 불완전한 성인으로 간주되어선 안 된다고 믿었다. 아마도 아동의 마음이 순수하다는 생각에 가장 강력하게 도전한 사람은 프로이트Freud일 것이다. 그는 아동의 마음을 성적 욕망의 저장고로 보고, 성인 신경증을 이해하는 열쇠로 아동기 기억과 경험들에 접근했던 연구자였다.[10] 동양과 서양에서 아동에 대한 개념은 맹자에서 양계초까지, 그리고 로크에서 프로이트까지 동심이 인간본성의 기원으로 진입하는 창문이라는 이론에 의해 형성되었다. 이러한 개념에는 아동을 단지 생물학적으로뿐만 아니라 비유적으로 보는 시각, 또 생물학적 아동이 성인이 되는 과정만이 아니라 캐롤린 스티드먼Carolyn Steedman이 지적하듯이 "개인의 아동기 역사가 이미 그 몸 안에 들어있고, 그 내부는 정말 작지만 하나의 거대한 역사를 지니고 다니는"[11] 유기적인 세포라는 인식이 포함된다. 이러한 동심이 지닌 상징적 잠재력에 대한 관심을 보면, 왜 학자들이 오랫동안 아동문학이 아동의 내면에 대한 성인들의 투자라고 주장했는지 이해할 수 있다. 재클린 로즈Jacqueline Rose는 그녀의 매우 영향력 있는 책 『아동 소설의 불가능성, 피터팬의 사례The Case of Peter Pan, or the Impossibility of Children's Fiction』에서 아동문학은 전적으로 성인의 관심사에 의존하는 장르이므로 결코 아동문학으로 불릴 수 없다고 강조했다.[12] 가라타니 고진Karatani Kōjin은 문화에서 아동의 가시성이 근대소설의 탄생을 가능하게 할 만큼 중요했다고 여긴다. 그는 아동이 외적으로 세상에 드러나고 목표로서 인식된 순간이 내면성을 발견하고 근대문학의 기준점이 되는 순간이라고 설명했다.[13]

필자는 한국 아동문학이 동심의 개념과 함께 발달해왔다고 생각한다. 아동문학에는 아동청소년 독자를 겨냥한 아동잡지나 신문에서 발표되었던 시, 산문, 삽화, 그리고 여러 종류의 텍스트 형식이 포함된다. '동심'은 아이를 뜻하는 '동童'과 마음을 의미하는 '심心'의 결합어로, 한국 작가들이 새로운 글쓰기의 필요성을 정당화하기 위해 내세웠던 개념이었다. 한국의 학자들은 식민지 작가들에게 이 개념이 중요했다고 인식했지만, 이런 생각이 너무 오랫동안 당연시되어서 그 역학관계는 잘 알려지지 않았다. 필자는 이 용어를 구체화하고, 그것의 사회적·정치적 윤곽을 추적하고자 한다. 앞으로 말하겠지만, '아동'과 '마음'은 그렇게 당연하게 쓸 수 있는 용어가 아니다. '동'은 성인이 아닌 대상의 신체를 암시했고, '심'은 아동을 지적으로 그리고 정서적으로 다르면서, 전적으로 파악이 가능한 존재로 제시했다. 아마 성인과 구별되는 아동의 가장 중요한 특징이자, 동심의 가장 눈에 띄는 특징은 아동이 문화의 경계에 존재한다는 인식, 즉 아동이 이미 문화에 동화된 성인들보다 동식물에 더 가깝다는 인식이었다. 아동의 내적 천진성과 순수함은 보호받아야 하는 동시에 주의 깊은 지도가 필요했다. 또한 동심은 세계를 '번역'할 필요성과 자연과 문화라는 상반된 자극을 포섭하는데, 바로 이런 요소들이 식민지 통치에 의해 위협을 받았다.

왜 동심이 중요한가? 필자는 앞에서 제기했던 문제로 돌아간다. '동심'의 개념을 통해 본 아동문학에 대한 관심이 근대 한국문학을 이해하는 데 무슨 도움을 줄 수 있는가? 첫째, 아동문학이 오랫동안 부수적인 장르, 즉 주변부의 별로 중요하지 않고 보전할 만한 가치도 거의 없는 장르로 간주되어왔기 때문에 아동문학은 조용히 주류에 도전했던 다성적이고 모순된 목소리들을 함께 모으면서 일정한 자유를 누렸다. 보다 중요하게 크리스 제크스Chris Jenks가 언급한 것처럼 "일상의 영역과 사회과학의 전문적 담론 모두에서 개념화되듯이, 아동은 종종 무의식적이긴 하지만 의식적으로 사회성과 사회적 결합의 양상을 제시할 장치로써 활용된다".[14] '사회성과 사회적 결합의 형태'를 드러낼 수 있는, 그렇지 않으면 이해하기 힘들어질 수 있는 아동문학이 나타내는 아동의 개념화에는 뭔가 특별한 점이 있다. 그러나 지금까지 동심이라는 용어는 액면 그대로 받아들여졌다. 모든 아동문학을 동심에 대한 예술적 표명이라고 여김으로써 학자들은 아동이 어떻게, 젠크스의 용어를 빌자면 "사회성과 사회적 결합의 형태"를 제기했는지 분명히 말하지 않고 동심의 구조가 인위적 구성물임을 간과했다. 동심이라는 용어를 무분별하게 사용한 탓에 각기 다른 시기의 다른 이해 집단에게 아동이 어떤 의미였는지를 좀 더 분명히 파악하는 것이 어려웠다. 필자는 '동심' 개념과 이 개념의 공언이 풍부하고 다양한 모습의 텍스트와 이미지 생산을 촉발했다고 생각한다. 이런 생산물은 말 그대로, 또 비유적으로 과거와 현재, 미래를 아동들의 몸과 영혼에 새기게 되었다. 작가들이 주장한 동심과 그들의 텍스트가 보여주는 통찰력이 바로 이 책의 관심사이다. 이 시기에 누가 문학적 취향의 결정자이자 투자자였으며, 그들은 무엇을 성취하기를 희망했는가? 동심에 대한 생각은 어떻게 출현했으며, 다른 어떤 요인들이 그 출현에 영향을 미쳤는가? 이러한 질문에 대한 대답은 식민지 시대와 해방 후라는 한국의 역사적 시기에 따라 달라진다. 동심이 출현하기 전, 19세기 후반에도 동심의 중요성을 알리는 전조들이 있었다. 어렴풋이 다가오는 식민주의의 위협 때문에 진보적인 지식인들이 정치화되었고, 젊은 이들은 최남선과 이광수1892~1950 같은 이들에게 주목하게 되었다. 최남선과 이광수는 1910년, 식민화 전야에 그들 자신이 겨우 십대를 벗어나면서 한국의 청소년들을 그들 앞에 놓인 재앙에 대한 해독제라고 생각했고, 한국인의 사고와 감정 구조를 완전히 혁신해야 국제무대에서 일어나는 투쟁에서 생존할 수 있다고 판단했다. "必要하거든 祖先의 墳墓도 헐고 父母의 血肉도 우리 糧食을 삼아야 하겠다"[2]라고 이광수는 1918년 그의 「자녀중

---

2) 역자 주 : 이광수, 「子女中心論」, 『청춘』 15, 1918.9, 16쪽.

심론」에서 외쳤다. 그는 이어 "아아! 子女여 子女여, 너희야말로 우리의 中心이요, 希望이요, 기쁨이로다"[15]라고 말한다. 일본 유학을 마치고 한국으로 돌아온 지 얼마 안 된 최남선과 이광수는 재기 넘치는 잡지들을 통해 새로운 세계 질서에서 자신들의 역할을 받아들이는 젊은 또래들을 결집시켰다. 그리고 한국에서 근대성의 비평적 기초가 되는 감정의 역할에 특별한 찬사를 보냈다.

이 유명한 글의 제목은 '자녀중심'에 대한 것일 수 있지만, 이광수의 대상 독자는 아동이 아니라 청년이었다. 아동은 방정환1899~1931이라는 또 다른 젊은 지식인이 나타난 후에야 가시화되었다. 방정환은 한국의 아동과 아동문학의 역사에서 가장 중요한 표식을 남겼다. 그는 '어린이'라는 용어를 확산시켰고, 현재까지도 법정 공휴일인 5월 5일 어린이날을 제정했으며, 1923년부터 그가 짧은 생을 마감한 1931년까지 잡지 『어린이』를 발행하고 편집했다. 아동의 권리에 대한 방정환의 줄기찬 옹호를 바탕으로 출간되었던 이 잡지는 교훈적인 자료들이 지배적이었던 당시 주류 매체에서 아동 독자들에게 즐거움을 주고, 그들이 원했던 휴식을 주었다. 방정환은 동심을 텍스트와 시각화를 통해 구체화했는데, 그의 이런 방식은 일제 강점기와 해방 이후 남북한의 아동문화에 지속적인 영향을 미쳤다.

물론, 방정환 외에도 다른 많은 사람들이 있었다. 한국의 프롤레타리아 작가들은 아동청소년들의 정서적인 세계를 형성하면서 자신의 확고한 관심사를 바탕으로 만들었던 아동잡지에 그들의 정치적·사회적 의제를 제시했다. 이러한 좌파 작가들에게 아동은 그들이 선천적으로 지니고 있는, 진실에 접근하는 특권을 가지고 있다는 이유로 중요했다. 1930년대 중반, 사회주의 조직의 해산에 따라 좌익에 동조한 작가들이 일제의 억압이 극심했던 1930년대 후반과 1940년대 초반까지 발행되었던 아동잡지에 기고했다. 전쟁이 아시아를 휩쓸고 일본이 한반도를 군사화한 한국의 식민지 후기에도 아동들은 제국주의 문화에 점점 더 연루되었다. 정치적으로 좌파든 우파든 작가들은 동심이 자연적이고 문화 밖에 존재한다는 견해를 두고 계속 씨름했다. 1945년 해방 이후에도 이제 국가 의식으로 채워진 동심에 대한 개념은 아동의 내면성에 접근하는 유익하고 생산적인 방식이었다. 시대를 막론하고 내내 국가적 동심은 집요하게 포섭되고 동원되었는데, 동심이 아주 상이하게 해석되었던 동안에도 마찬가지였다.

동심은 일본의 패배, 남한과 북한의 분단, 그리고 뒤이은 한국전쟁과 함께 중요한 질적 변화를 겪었다. 아동문학 작가들이 식민지 기간 동안 물질적 세계를 이해하는 가장 좋은 방식으로 과학의 권위에 의존했던 반면, 그들은 또한 과학이 왠지 동심에 개입한다는 의심도 했다. 그러나 이런 경향은 한국전쟁으로 인한 철저한 파괴, 그리고 남한과 북한이 놓이게 될 새로운 세계 질서와 함께 변화했다. 1950년대까지 동심의 특징들은 아동과 자연의 결합을 통하여 유지되고 강화되었다. 그러나 원자 시대에 동심은 변화했다. 동심은 여전히 중요했지만, 전후 시기에 나온 아동잡지는 문화의 문턱 위에 있는 자연적 아동 개념을 촉진한다기보다 아동이 자연을 변형시키는 주동자가 될 것이라고 보았다. 전후 아동문학에 등장하는 아동 인물은 자연에 내재한 결함을 인식했고 해저의 바닥을 높이는 것에서 다른 행성들을 탐험하고 식민화함으로써 우주를 굴복시키기 위해 나섰다. 자연과의 특권적 소통으로 정의되었던 동심, 아동에게 자연 그대로의 선함과 깊은 지혜를 선사했던 동심이 이제는 새로운 목표를 갖게 된 것이다. 세계에 대한 특권적 관점을 유지하기 위하여 아동의 마지막 임무는 자연의 주인이 되는 것이었다.

한국 아동문학의 출현을 더 잘 이해하기 위해서는 20세기 초반 한국문학의 독특한 특색을 살펴보고, 일제에 강점되기 직전 한국의 문화생활에서 문학이 차지하는 위치를 인식할 필요가 있다. 민족성에 대한 담론이 출현하자마자 한국인들은 나라의 주권이 빼앗기는 것을 목격했고, 그들의 삶은 "식민지 근대성"으로 불리는 과정에서 변화했다. '식민지 근대성'이라는 개념이 1990년대 중반, 한국의 역사학자들과 신기욱, 마이클 로빈슨Michael Robinson이 편집한 『식민지 근대성』이라는 동명의 책에 의해 조명된 이후, 이 분야 연구는 이 개념이 암시하는 의미에 대해 논쟁했다. 즉, 식민지 맥락에서 식민 권력의 유포와 근대성의 출현을 어떻게 이해할 것인가가 논점이었다.[16] 신기욱과 로빈슨이 설명하듯이, 식민지 근대성은 식민주의, 국가주의, 그리고 근대성의 복잡하고 난해한 "생태학"이며, 서로 연결되고 상호작용하는 이들의 특징을 분석할 때 보다 종합적인 역사 이해가 가능하다. 이 복잡한 '생태학' 개념은 문화 생산이 어떻게 종종 억압과 저항이라는 이분법적 이해에 꼭 들어맞지 않는 복잡한 방식으로 작동하는지 보여준다.

최근 한국의 식민지 소설에 대한 영어권 연구는 한국 소설이 식민 치하에서 작동할 때 문화의 범위와 한계를 이해하는 새로운 방식을 제공해왔다. 예를 들면 자넷 풀Janet Poole은 특정 작가들이 다루기 힘든 세부 사항에 초점을 두고 이중 폭로에 의지하며 전통을 고수하는 방식을 지적한다. 이는 식민지 체제가 주도하는 미래로 전진하는 시류에 저항하고 식민지 국가의 통제에서 벗어난 사적 공간을 제공하는 역할을 했다.[17] 다른 한편, 크리스토퍼 한스콤Christopher Hanscom은 재현의 위기가 바로 언어의 소통성 자체에 대한 의문이라고 했으며, 작가들이 식민지 주체가 무엇인지 그 의미를 탐색할 뿐만 아니라 자아의 '알 수 없음'과 자본의 압도적이고 혼란스러운 힘의 공격을 받은 근대적 주체를 탐험하는 수단이었다고 주장한다.[18] 박선영은 광신적 대아시아주의에 찬성한 나머지 그의 좌파 이데올로기를 포기해서 맹렬히 비난받았던 김남천1911~1953 같은 작가조차 태평양전쟁 때 "전쟁 중인 남성성"에 저항하는 방식을 발견했고, 도리어 유물론적 비평을 시험하는 방식을 도입하여 일상으로 돌아섰다고 주장했다.[19] 에이미 권Aimee Kwon은 그녀가 주체성, 언어, 역사, 심미적 재현, 그리고 인식의 "난문제conundrum"라고 불렀던 개념을 통해 식민지 체제 하에서 글쓰기의 효과를 재평가하는 방식으로 식민지 근대성을 볼 것을 제안했다.[20] 이지은은 식민지 인쇄문화가 어떻게 다르면서 때때로 모순된 목표를 위해 여성들을 동원해왔는지 보여주며[21] 젠더 문제를 다루고자 한다. 이러한 세밀한 분석들은 어떻게 작가들이 그들의 작품에서 식민지 권력의 징후들과 협상했는지 보여준다.

이 시기의 아동문학에 대한 연구 또한 식민지 근대성이 암시하는 바가 무엇인지 논해야 한다. 이 책에서 사용한 '식민지 근대성'이라는 용어는 위에서 언급한 신기욱과 마이클 로빈슨의 정의에서 영감을 받았다. 이는 식민주의, 국가주의, 근대성이 얽힌 복잡하고 난해한 "생태학"을 말하는데, 서로 연결되고 상호작용적인 특징 때문에 문화적 생산에 대한 보다 종합적인 이해가 필요하다. 에이미 권은 식민지 근대성을 '역설'이라고 규정하는데, 이 역설은 "식민성과 근대성 사이에 내적 모순이 존재한다는 사실 때문이 아니라 그러한 모순이 두서없이 생산되고 도입되었으며, 식민성과 근대성 사이의 진정한 친밀함에 대한 우리의 이해를 계속 약화시킨다는 사실에서 비롯된다"[22]고 설명한다. 필자에게 식민지 근대성은 두서없이

"위로부터" 도입된, 그러면서도 또한 아래로부터 창조되고 해석되며 순환되는 특별한 종류의 지식 생산을 통한 사고 방식이다. 이렇게 접근할 때 우리는 식민지 시기의 아동문학을 식민지 주체들의 생산물로 읽게 된다. 그들의 주체성은 인간의 발전을 위해 선천적으로 투자된 아동문학에 나타난 식민지 담론에 영향을 받았다. 이러한 의미에서 식민지 근대성은 일제의 통치 아래, 아동을 위한 글쓰기에서 세 가지 방식으로 질적 변화를 낳았다. 첫 번째 변화는 검열을 통한 것이다. 검열 문제는 이 책의 논의에서 부차적이지만, 정보와 지식을 제한하고 통제한 방법이었기 때문에 여전히 언급할 만하다. 두 번째 변화는 아동을 위한 글쓰기가 아동문학의 시각성을 통해서 생산되었다는 점이다. 다시 말해 근대성의 핵심은 지식의 보급과 소비인데, 이 지식이 직설적으로 또 비유적으로 제시되었다는 것이다. 여기서 아동의 몸과 더 나아가서 젠더에 기반한 그 몸의 사회적 역할이 텍스트에 비유적으로 표현되었고, 식민적이고 탈식민적 주체를 주조하는 방식으로 그 몸이 이미지를 통해 부각되었다. 그리고 아동을 위한 글쓰기에서 마지막 질적 변화는 정서에 대한 특별한 투자에 의해 나타났다. 아동문학은 당시 유행이었던 이념적 기획에 적합해 보이는 방식으로, 그 무엇보다 편안함, 흥분, 감동, 영감 같은 특정한 정서적 반응을 끌어내는 것을 목적으로 했다. 시각성과 정서는 한국의 현재와 미래의 식민 그리고 탈식민 주체를 위해 아동문학이 세계를 해석했던 방식을 밝힐 수 있는 유익한 렌즈들이다.

첫째, 검열 문제이다. 식민지 근대성이 아동문학을 위해 무엇을 염두에 두었는지 더 깊이 이해하려면 불가피하게 우리는 검열이 아동문학 내용의 생산과 출판에 개입한 방식을 질문하게 된다. 식민지 근대성의 개념을 뒷받침하는 관심사들 중 하나가 사적·공적 공간에서 식민지 권력의 행사라면, 검열이라는 방식으로 이루어지는 정보 통제는 이 과정에서 분명히 실재했던 부분이다. 그러나 최근 연구가 보여준 것처럼, 검열의 작동방식 자체가 복잡한데 이는 검열이 당시 변화하는 시류에 따르려고 애썼기 때문이다. 1907년의 신문지법과 1909년 출판법이 공표되면서[23] 모든 신문, 잡지, 그리고 다른 인쇄물들은 인쇄 전과 생산 후, 유통 전에 철저한 검토를 받아야 했다. 이후로는 번역, 전기, 모든 장르의 픽션, 아동문학은 일상적으로 검열을 받았다. 이러한 법은 정진석이 지적한 것처럼 고정적이지 않았고, 1923년의 항소는 1926년과 1931년의 몇몇 적용 과정에서 변화를 가져왔다.[24] 문한별에 따르면, 전형적으로 검열의 두 가지 이유는 "평화의 방해치안방해"와 "공적 윤리에 반하는 공격풍속교화"[25]이었다. 어떤 경우에 검열은 엄격하게 시행되었고, 식민지 제도에 대한 도전이나 외설적인 내용은 모두 제거되었다. 그러나 판단은 어느 정도 임의적이었다. 손지연은 작가들과 검열관들이 종종 서로 대화했다고 지적하며, 당시 검열은 검열관의 기분에 좌우되었다고 설명한다.[26] 이러한 연구들은 검열이 생각보다는 덜 체계적이었다는 사실을 지적한다.

아동을 대상으로 한 자료들의 검열 과정에 대한 보다 상세한 검토는 최근에서야 세밀하게 이루어지고 있다. 문한별이 발견한 『불온소년소녀독물역문不穩少年少女讀物譯文』과 『언문소년소녀독물의 내용과 분류諺文少年少女讀物の內容と分類』는 이 시기에 행해진 검열에 대한 새로운 시각을 제공한다.[27] 『불온소년소녀독물역문不穩少年少女讀物譯文』에는 총독부 경찰서장의 이름으로 아동을 위한 자료들에 대한 검열을 요청하는 편지가 실려 있는데, 그 이유는 외국의 애국적 동화와 독립 정신을 기리는 이야기에 대한 관심이 커지기

때문이었다. 이와 대조되는『언문소년소녀독물의 내용과 분류諺文少年少女讀物の內容と分類』는 아동 자료가 통상 세 가지 이유 때문에 검열당했음을 보여준다. 예를 들어, 역사적 인물에 대한 존경, 한국에 대한 찬양, 자기희생의 본보기 또는 노골적으로 비관적인 내용 등 명백히 민족주의적 내용이 포함되어 있는 경우, 계급투쟁을 부추기고 착취적인 사회구조를 폭로했던 작품들이나 "혁명적인" 내용처럼 명백히 좌파적 내용인 경우, 그리고 "연대"나 "조직 활동"이란 용어를 사용하는 작품들을 포함하여 보다 넓게 이념적으로 오염되어 있는 경우가 해당되었다. 검열된 작품들은 근대화라는 마법의 영향을 받은 마을의 해체를 나타내고, 한국의 아동이 언어와 역사를 잊지 않도록 촉구하며, 아동이 착취를 이해하고 그에 대해 행동하는 시나리오를 담은 이야기들이었다. 문한별의 발견에 따르면 또 편집자에게 보낸 편지들, 특히 아동들에게 학교에서 열심히 공부하라고 촉구했던 편지들이 삭제되었다.[28]

아동문학은 식민지 기간 내내 계속 간행되었는데, 몇몇 특히 1920년대 후반과 1930년대 초반 자료들에는 원래 검열에 의해 금지되었어야 할 아동의 차별과 착취에 대한 글들이 실려 있기도 하다. 그럼에도 검열은 잡지의 내용을 결정하는 데 중요한 역할을 했기에 세밀한 검열 대상이었던 아동자료들을 통해서는 아동문학 작가들의 투명한 목소리를 읽어낼 수 없다. 그래도 일제 강점기 문서들은 아동잡지가 민족주의자로서의 정체성을 주입하고 한국 식민지 시대의 정치, 사회적 맥락에 대한 폭넓은 이해를 제공할 수 있었다는 점을 포함하여 1920년대 아동잡지의 대중성과 체제 전복적인 잠재력에 대한 인식이 증가하고 있었음을 보여주는 중요한 지표가 된다.[29] 적어도 이 문서들은 아동소설이 식민지 정부에게 경고가 될 만큼 중요했고 대중적이었다는 것을 나타낸다. 이 점에서 아동문학은 오늘날 우리의 관심을 더욱 받을 만하다.

둘째, 시각성이다. 필자가 앞에서 언급했던 것처럼, 아동문학은 근대 문화에서 아동이 발견됨에 따라 형성되었다. 가정이나 학교에서 아동은 더 이상 성인이 되는 과정에 있는 존재로서 격하되지 않았다. 근대성 담론에 깊이 연루된 새로운 시민인 아동에 대한 투자가 급증했는데, 아동이 그들을 둘러싼 세계를 형성하고 이에 반응하는 것을 느끼면서 소위 놀이라고 하는 것에 대한 투자가 쇄도했다. 이 투자는 각 연령, 젠더, 계급에 적합하다고 인식되는 지적·정서적 특징에 맞춰 만들어진 텍스트와 그림이라는 새로운 종류의 시각성과 함께 상상의 공동체인 아동 공동체와 국가 공동체의 구성원으로 아동을 보는 새로운 형태의 가시성을 내포한다. 이 책의 각 장은 아동잡지의 내러티브와 마케팅에 중심적이었던 삽화가 어떻게 아동의 몸과 정서의 기호학을 발달시켰는가에 대한 예들을 제시할 것이다. 이런 잡지들을 분석하면서 필자는 뚜렷한 언어적 단위라기보다는, 문자언어의 엄밀한 문법적 구성을 따르지 않는 방식으로 "단편적인 말이 아닌 성명서처럼, 무한한 정보를 독자에게 제공하는" 시각적 자료가 당시 존재했던 사실에 영감을 받았다.[30] 또, 롤랑 바르뜨가 언급한 이미지의 외연적인 의미와 내포적 의미의 구분을 바탕으로 보이는 이미지를 넘어서서 읽을 수 있었고, 그 이미지들이 말하는 바, 즉 이미지 안에 내포된 지식과 신화, 보다 구체적으로는 이미지들이 자연스럽게 끌어내어 전해주는 주요 의미가 무엇인지 이해할 수 있었다.[31] 덧붙여 그 당시 아동문학의 중요한 기능 중 하나가 아동과 아동기라는 상상의 공동체 건설이었고, 이미지들은 "지역적 맥락으로부터 사회적 관계"를 제거하고 시간/공간을 가로질러 그 관계들이 재결합하도록 작용했다.[32] 이 연구에서 분석하려는 대상은 대부분 텍스트 자료들일 것이다. 그러나 그 텍스트들 자체가 이미지로 강화된 아동 청중의 시각화를 향했다는 점에는 의심의 여지가 없다. 이때 시각성과 가시성은 아동문학이라는 새로운 문학 범주에 미치는 식민지 근대성의 영향을 설명하도록 돕는다는 점에서 아동문학 논의의 핵심이다. 아동청소년 독자들을 위한 잡지의 원동력은 국가의 탄생이 가장 중요하게 지정학, 전쟁사, 시, 그리고 과학까지 확장된 새로운 지식에 달려있다는 인식이었다. 특히 아동문학에서 텍스트들과 삽화들은 새로운 종류의 기호적 문해력을 전달하는 일을 담당했는데, 이 문해력은 식민 통치 아래 발전하고 있었던 교육과 계몽의 과정에 중요했다.

정보적 내용과 기호를 교육하기 위한 동기로 시작했던 일이 인쇄문화를 진정한 시각의 시대로 이끌었다. 잘 알려진 것처럼 식민지 시기에 도시 풍경은, 특히 철도회사 케이요가 한국에 투자한 자본으로 사람들의 눈앞에서 변하고 있었다. 평범한 거리가 소비 중심의 구경거리로 바뀌고 있었고 사진 이미지와 삽화들이 잡지, 신문, 그리고 광고판에 등장했다. 전파를 탄 라디오 방송과 무성·유성 영화는 식민지 한국의 도시문화에서 항상 볼 수 있었다. 최근 연구에서 드러나듯이, 도시의 시각적 변화는 20세기에 들어서면서 극적인 변화를 겪고 있었던 문단에 직접적인 영향을 주었다. 이러한 사실은 권보드래의 『한국 근대 소설의 기원』에 이어서 근대성과 독서 실천에 대한 책인 천정환의 『근대의 책읽기』에 발표되었다. 김지나는 "사진, 영화, 라디오, 그리고 신문이 문학 활동, 특히 읽기와 쓰기를 재정립하는 데 적극적인 역할을 하게 되었다"[33]고 설명한다. 신지원은 동일시, 인식, 오인, 응시, 시야, 환상, 틀의 시각적 질서와 관련된 다른 기제들이 "한국의 근대화 과정에서 물질문화와 개인의 관계 변화를 분명히 표현하는 근대소설에 필수적인 서사적 장치를 구성했다"[34]는 점을 포착했다. 그리고 테오도어 휴즈Theodore Hughes는 프롤레타리아 운동, 토착문화부흥, 모더니즘, 대중 운동과 같은 한국에서의 중요한 정치적·심미적 운동이 식민지 시기뿐 아니라 전후의 문화생산에도 영향을 준 "보기와 쓰기의 방식에 시동을 걸었다"[35]고 주장한다. 진화하는 시각 문화 형식은 생산과 보급, 양면의 확장을 가져온 기술발전으로 더욱 발달하게 되었고, 텍스트의 내러티브를 형성하는 데 적극적인 역할을 했다. 그리고 점점 서로 다른 계급과 연령대의 더 많은 사람들이 그들을 둘러싼 세계와 관계를 맺는 방식에 영향을 주었다. 국가 건설의 맥락에서 텍스트와 이미지의 관계는 해방 후에 새로운 냉전 질서에서 역사적이고 문화적 상징의 재정립이 무엇보다 긴급했으므로 마침내 온전하게 작용했다.

아동은 텍스트와 이미지에서 처음으로 가시화되었고, 즉시 젠더화되었다. 아동의 젠더화는 때로는 명백했고 때로는 모호했지만, 이 책 곳곳에서 젠더 역할에 주목함으로써 아동이 젠더화된 주체로 구성되었음을 나타낼 것이다. 앤 스톨러Ann Stoler가 주장했듯이, 젠더는 식민지 권력 구조를 이해하는 데 필수적이다. 스톨러는 "'식민자'와 '피식민자'라는 범주 자체가 성적 통제의 형태에 의해 담보되었다"[36]고 주장했는데, 특히 20세기 초반의 우상이었던 '신여성'과 '근대 소년'이 식민지 한국의 변화하는 젠더 역학을 보여주는 징후였고 이들의 범주와 의미를 정의하는 데 많은 노력이 들었기 때문이다. 최근 연구가 보여주듯이, 남성성과 여성성은 식민지 국가에 봉사하는 것으로 승화되었다. 켈리 정Kelly Jeong은 한국 남성성의 위기로서 식민지 근대성의 역설을 서술한다. 그리고 블라디미르 티코노프Vladimir

Tikhonov(역자 : 박노자)는 한국의 이상적인 민족주의적 남성성이 전형적인 유교의 수사학과 메이지 시대의 일본으로부터 빌려온 용어로 구성되었고, "전민족적인 국가에 대한 위기 의식과 한국의 몰락에 대한 고통스러운 예측"[37]에 기반을 둔 것이라고 주장한다. 최혜월은 20세기 초반에 '현모양처'라는 용어로 포착된 여성성의 이상이 유교의 젠더 규범, 기독교 가정의 이데올로기, 메이지 시대 일본의 젠더 이데올로기에서 나온 것이라고 주장한다. 이러한 이념들은 가정의 영역에서 여성의 위치를 높이 평가하면서 순종적인 노동력을 생산하려고 한 반면, 동시에 근대 교육과 가사를 활용하여 전통적인 여성성에 도전했다.[38] 일반적으로 말하여, 식민지 한국에서 남성성이 국가 역량의 정도를 암시했다면 여성성은 한국 문명의 수준을 반영했다.

한국 청소년들을 육성하기 위해 젠더 이데올로기는 학교, 청년 단체, 매체 같은 다양한 기관을 통해서 주입되었는데, 소년은 지도력과 생계 기술을 갖추고, 소녀는 계몽된 소녀와 어머니가 되는 것을 목표로 했다. 최혜월이 설명하듯이, 자녀 양육과 과학적 가사를 위해 한국 소녀 교육을 근대화하는 것이 다름 아닌 "국가적으로 긴요한 것"[39]이 되었다. 예를 들어 기독교계 학교는 위생에 대한 수업과 가정학을 강조했는데, 이런 강의들은 여성 교육을 통해 근대 시민을 위한 현모 양성을 목표로 했던 대중 여성 잡지에서 강조되었다.[40] 아동 양육과 관련된 이해관계는 이광수와 같은 선구적 문학가의 논쟁에서 볼 수 있다. 그는 『신여성』 같은 잡지에서 소녀 교육과 국가 개혁 사이의 관계에 대해 강조했다.[41] 1925년에 이광수는 다음과 같이 썼다.

조혼 어머니가 되며 조혼 아희를 길녀내는 것이 오즉 여자의 인류에 대한 의무요 국가에 대한 의무요 사회에 대한 의무요 또 녀자가 아니고는 하지 못할 것이다. 한 나라에서 조혼 국민을 만히 나게 하려면 먼저 조혼 어머니를 만히 만드러 노아야만 한다. 더구나 우리나라와 가티 특수한 경우에 잇서 민족덕 개조가 긴급한 국민에게는 무엇보다도 만혼 조혼 어머니가 필요하다. 『신여성』과 같은 잡지에서 소녀 교육과 국가 개혁의 연관성에 대해 따져보았다.[42]

박숙자는 1920년대 아동의 발견은 같은 시기에 일어났던 어머니에 대한 다각적 담론과 불가분의 관계라고 주장한다.[43] 그러나 김복순은 '소녀'는 남한에서 반공 이데올로기의 시행과 직접적인 관련이 있던 전후 시민사회가 등장한 다음에야 출현했다고 주장하며, 김윤경은 "문학적 소녀"는 소녀를 위한 교육 확산과 함께 1949년이 되어서야 등장했다고 한다.[44] 홍양희는 식민지 교과서들에서 소년 교육의 경우, 아동 양육과 가정관리를 다룬 내용이 "경제활동"에 대한 내용으로 변화했다고 주장하는데, 이러한 변화는 가정이 소녀들이 책임져야 할 영역임을 명시하는 것이었다.[45] 앞서 논의한 연구자들이 보여주듯이, 소녀와 여성을 위한 교과서와 대중 잡지들은 젠더 역할이 어떻게 사회기관에 의해 부과되고 식민지 근대성과 연관되는지에 대한 통찰력을 제공한다.

아동과 여성들을 위한 교육 자료들도 젠더화되었다. 그렇다면 대중적인 아동 잡지에서 발행된 소설과 시는 어떠한가? 『소녀계』, 『소녀동무』 그리고 『소녀구락부』와 같은 소녀들을 위한 잡지가 1900년대 초반부터 등장했던 일본과 달리, 이 당시 한국에서는 '소녀'라는 말이 발견되지 않는다. 이지은은 1933년에 여성의 92%가 문맹이었다는 점에 주목한다.[46] 그러나 의무 교육의 도입과 함께 학교 출석률은 1945년 64%에서 1959년에는 99%로 높아졌다. 그 다음에는 읽고 쓰는 비율도 올라갔다.[47] 1949년에 창간된 『여학생』과 같은 소녀 잡지들은 젠더적 경험이 반영된 자료를 갈망하는 독자들의 필요에 부응했다.[48] 한지희는 1장에서 상세히 논의된, 최남선의 첫 비성인 잡지 『소년』이 암암리에 젊은 여성 독자를 위한 내용도 다루었지만, 당시에는 인쇄물을 낼 만큼 "중요한" 것은 남성의 경험이었기 때문에 두 젠더를 구별하는 용어를 창조할 필요를 못 느꼈을 것이라고 주장한다.[49] 앞으로 2장에서 상세히 논의하겠지만, 1923년 식민지 한국에서 발행된 아동을 다룬 최초의 잡지 제목이었던 '어린이'는 젠더 중립적인 용어였다. 그리고 1930년대 『별나라』와 『신소년』부터 1930년대와 1940년대 초반의 『소년』, 『어린이나라』와 『소학생』까지의 후속 잡지들은 젠더로 구분된 독자들의 구미를 맞추지는 못했다. 아동문학에서 젠더 구성성이 이 책의 주된 초점은 아니지만, 한국 청소년들의 미래 정체성이 어느 정도 젠더에 얽매였는지 보여주기 위해 텍스트가 젠더 구축에 가담한 순간들이 부각될 것이다.

식민지 근대성은 검열을 통해, 그리고 가시성과 시각성의 기제를 통해 사회적 삶에 스며들었다. 그러나 아마도 아동 가시화의 가장 중요한 목표는 근대 정서 교육이었을 것이다. 2장에서 상세히 논의될 "정서"라는 용어에서 필자가 의미하는 바는 아동이 나이와 미숙함으로 인해 보유한다고 여겨지는, 문화를 초월해서 예견될 수 있는 상태를 말한다. 크리스토퍼 한스콤과 데니스 워시번Dennis Washburn은 『차이의 정서The Affect of Difference』에서 재현과 정서가 비평적 방식에서 상호 연결되어있으며, 특히 동아시아에서 제국주의를 기획하고 형성할 때 그렇다고 주장한다. 그들이 말한 것처럼, 부르주아 열망에 의해 촉발된 대리자라는 생각과 주체성은 "국가의 규율적인 권력"과 가족, 학교, 정치 조직 같은 다른 기관들과 갈등 관계에 있는 것으로 보았기 때문에 권장되는 동시에 통제되었으며, 아동기는 이런 부르주아 열망의 중요한 표식이었다.[50] 아동문학에서 정서는 복잡하고 다층적인 방식으로 형성되었다. 또 아동들이 바라고 필요한 것이 무엇인가라는 문제를 놓고 한국 출판인들과 작가들은 충직하게 자신들의 비전을 담았다. 그뿐 아니라 식민지 체제도 종종 그 우선 사항을 변경하고 덜 조직적이고 의도적이었지만 똑같이 아동문학에서의 '정서' 문제에 영향을 미쳤다. 아동들이 그 결과물인 텍스트와 이미지들을 만나게 되면서 그들의 텍스트 해석을 통제할 수 없었다.

한스콤과 워시번이 주장하듯, 정서의 작동은 국가 권력에서 중요하다. 그 당시 감정교육에 대한 다각적 담론은 물론, 동심의 개념을 통한 아동문학 읽기는 정서의 작동이 얼마나 중요한지 보여준다. 가시성과 시각성이 아동의 신체에 초점을 맞추었다면, 정서에 대한 관심은 몸에 대한 관심을 확장했다. 그 이유는 "신체 능력이 결코 신체 혼자만으로 정의될 수 없고, 항상 그것의 '힘–관계'의 장이나 맥락에 의해 지지를 얻고 보완되며 딱 들어맞기 때문"[51]이다. 한스콤과 워시번이 주장하듯이, 정서는 "이데올로기와 사회적, 정치적, 일상적, 현실적 경험의 교차로"[52]에 존재한다. 세이그워스Seigworth와 그레그Gregg에 의하면, 정서를 이론화하는 방식은 경험의 렌즈를 통해서이다. 그 경험 안에서 "집요하고 반복적으로 행사되는 권력이 하나의 신체(또는 더 좋은, 집산화된 신체)"에, 표준의 경계 안에 존속되면서 그것을 넘어서는 세계의 실현을 위한 곤경과 잠재력을 동시에 제공한다.[53] 아동문학에서 이런 투자는 엄밀하게 가족 식사, 편지 발송, 교실에서의 상호작용, 심부름과 같은 몰입적인 매일의 경험이 아동의 내적 세계를 형성한다는 새롭게 발견된 인식에서 출현했다. 매 순간이 사회적이고 실존적인 통찰을 위한 가능성을 품고 있었고, 평생 기억될 의미를 가르칠 수 있는 순간이었다.

한국 아동문학의 특징은 아동의 신체와 마음(동심)에 대한 집중적인 투자였다. 아동 심리학의 발달과 새로운 교육 방식을 통해 작가들은 아동이 일반적으로 그들의 환경에 의해, 그리고 특히 텍스트와 이미지에 의해 형성된다는 것을 이해하게 되었다. 이런 특징이 우리가 왜, 아동의 경험을 서술하고 규정하려고 했던 아동 중심 텍스트와 이미지에 대한 전례없는 수준의 관심을 발견하게 되는지 그 이유를 설명해준다. 이것은 아동청소년의 의도에 따라 아동청소년 독자를 대상으로 한 잡지의 텍스트와 이미지들이 만들어졌다는 뜻이 아니다. 오히려 필자는 잡지 편집자와 작가들이 텍스트와 이미지가 아동을 변화시킨다는 힘을 믿었으며, 아동의 내적 세계를 형성하기 위한 그들의 노력을 밝혀냄으로써 작가들이 어떻게 독자의 선호를 읽고 예측했는지 드러낼 수 있다고 지적하고 싶다. 정치 성향을 떠나 한국의 지식인들은 아동청소년 독자들이 그들 자신의 독서 자료들을 요구하는 독립 가능한 새로운 청중일 뿐 아니라, 텍스트가 그들의 가족, 공동체, 국가의 삶에서 중대한 역할을 했음을 인식했다. 다음 세대를 기르기 위하여, 그들을 양육하고 새로운 교양 수준을 갖추도록 하기 위해서 아동 텍스트들은 이전에 시도되지 않았던 내용과 언어를 사용하여 구성되어야 했다.

한국의 미래 그리기

하늘의 무지개를 볼 때

내 가슴은 설레노라

어린 시절 그러했고

어른인 지금도 그러하고

늙어서도 그러하리

그렇지 않다면 차라리 죽는 게 나으리!

어린이는 어른의 아버지

나날이 내가

자연을 경외하며 살기를

— 윌리엄 워즈워드(William Wordsworth), 「무지개」

  워즈워드가 쓴 이 시는 이 책이 다루는 시대를 훨씬 거슬러 올라간 19세기의 다른 대륙에서 쓰였다. 그렇지만 이 시는 한국 아동문학에 지속해서 나타나는 핵심적 특징을 묘사하는데, 특히 한국 아동문학이 식민지 통치 아래 형성되었기 때문이다. 필자가 말하는 관계는 아동과 자연이다. 워즈워드의 시에 불을 붙인 것은 자연현상인 하늘에 있는 무지개이다. 그리고 그것은 (위로 향하는) 도약과 (과거, 현재, 미래로의) 시간을 통해 공간을 횡단하는 물리적 운동을 환기한다. "어린 시절 그러했고, 어른인 지금도 그러하고, 늙어서도 그러하리"라는 워즈워드의 말은, 아동으로서 느꼈던 경이는 어른이 느낄 수 없는 방식으로 아동만이 느끼는 것인데, 이는 가장 중요한 유산으로 한 세대를 다음 세대와 결속시킬 수 있고 그래야 하며, 평생 진리와 미를 추구하며 살 수 있게 하는 감정이라는 것이다.

처음부터 한국에서 동심 개념의 본질은 동심과 자연과의 특권적 관계에 있었다. 아동이 감지하는 자연의 요소 및 창조물에 대한 친밀감은 아동을 항상 문화의 경계에 자리 매겼다. 아동은 그 문화의 일부이지만 꼭 그렇지도 않은 것이다. 자연적 아동에 대한 개념, 즉 '동심'이라는 용어가 대변하듯이 신체와 마음이 자연적이라는 생각은 수십 년간 아동을 위한 텍스트와 이미지의 바탕이 되었고, 작가들이 초월적 진실을 지닌 아동에게 접근하도록 할 뿐만 아니라 문화적 책략에 대해 곰곰이 생각할 기회를 주었다. 그러나 순수성 상실의 시대로 알려진 원자핵 시대의 시작과 더불어 가장 급격한 변화를 겪으면서 오늘날까지 계속되는 아동과 자연 사이의 새로운 관계의 출현을 가져온 것 또한 아동과 자연의 관계였다.

동심의 개념이 중요하다는 사실을 구체적으로 보여주는 또 다른 측면이 있다. 동심은 과거, 현재, 그리고 미래라는 시간의 연속체가 식민지 근대성을 통해 재구성되었던 시기에 이 연속체에 대한 특정한 종류의 상상을 불러일으켰다. 자넷 풀이 설명한 것처럼, 식민주의 아래 한반도에서 유발된 위기는 대체로 시간의 위기였다.[54] 국가의 주권이 약화되고 경제가 재조직되었을 뿐만 아니라 과거가 재구성되었으며 미래는 나날이 불확실해졌다. 한국인들은 괴로워했거나 환영했으며 그렇지 않으면, 더 곤란한 문제에 대해 고심했다. 이제 나라가 확고한 식민지 체제 아래 운영되고 있는데, 이제까지의 집단 역사와 개인 역사에는 어떤 일이 벌어지는가? 한국의 과거, 현재, 미래에 대한 새로운 서사가 이제까지 살았던 경험 및 저장된 기억과 어떻게 조화를 이룰 것인가?

이에 응답하는 방식 중 하나가 향수가 가미된 아동문학이었다. 에이미 권은 향수가 식민지 체제하의 한국 역사와 문화를 평가할 때 핵심적 원동력이라고 본다. 에이미 권에 의하면, 향수는 식민자와 피식민자에게 다른 의미를 가진다. 한국 문화를 목록화하고 분류하는 다양한 작업인 "범주화와 발굴의 기술"을 활용했던 일본인들에게 향수는 식민지 공예품 소비를 키치 소비로 바꾸는 것을 의미했다.[55] 식민 지배를 받은 한국인들에게 한국 문화 소비는 사라지는 국가에 대한 국가적 위기의식, 즉 "일본의 직접적인 지배와 서구 제국주의의 만연하고 불길한 그림자로부터 점점 더 위협받고 있는 문화적 자산을 보호하려는 시도"를 포함했다. 에이미 권은 일본과 한국의 향수에 대한 자극 둘 다 한국 문화와 역사에 대한 생각을 형성하는 역할을 했지만, "번역할 수 없는" 간극에 의해 이 둘이 분리되었다고 주장한다. 그 둘은 현실, 살아있는 경험과 아무 관계가 없을 수도 있으며, 오히려 상업적인 소비나 문화의 사멸에 직면하여 나온 감상적인 갈망의 징후였다. 어쨌든 에이미 권은 한국인의 자기 문화 소비가 식민지 경제에 의해 형성되었고, 본질적으로 "향수적"인 것으로 나타났다고 썼다. 이런 소비는 침체된 과거가 식민지화에 어느 정도 책임이 있으며, 실제로 일본의 세분화된 기술과 지식 생산에 의존했다는 양가적인 인식의 영향을 받았다. 식민지 근대성의 손아귀에서 벗어날 방법은 없었고, 이것은 식민지 권력의 침투 정도를 나타낸다. 에이미 권은 한국의 향수적 욕망이 지금껏 살아온 경험이라기보다 "이상"으로 보았던 과거에 대한 불안의 투영일 수 있음을 인정한다.[56] 스벤트라나 보임Sventlana Boym은 이 향수의 개념을 더 멀리 확장한다. 보임은 덧없는 과거에 대한 열망도 중심 요소이긴 하지만, 'nostos 노스토스'와 'algia 알지아(갈망)'라는 용어로 구성된 향수는 "더 이상 존재하지 않거나 **결코 존재한 적 없는** 집을 향한 갈망… 상실과 떠남의 감정이면서 또한 자기 자신의 판타지와의 로맨스"[57]라는 것을 우리에게 상기시킨다. 애초에 갈망의 대상인 그 무엇은 존재하지 않을지도 모르지만, 이는 부차적인 문제이다. 왜냐하면 갈망의 대상은 구체적인 시간과 공간이라기보다 "집단적 기억을 가진 공동체에 대한 정서적 열망이자 분열된 세계에서 지속성에 대한 열망"[58]이기 때문이다. 마음은 과거를 보지만 눈은 미래를 갈망한다. 그리고 과거에 끌리는 마음과 미래를 보는 눈 사이의 열린 공간, 바로 이 공간에서 아동문학이 가장 중요한 소명을 다한다. 필자는 아동청소년 독자를 대상으로 창작활동을 했던 한국 작가들이 미래에 대한 전망에 자극을 받은 만큼, 실제이거나 인식하고 있는 그들 자신의 과거에 대한 열망에 의해서도 추동되었다고 생각한다. 이렇게 본다면, 아동문학은 잃어버린 과거를 포착하는 만큼 미래에 대한 투사를 제공하는 것이다.

보임은 또한 향수가 "생활 리듬이 가속화되고 역사적으로 격변하는 시기에 방어기제"이자 "역사와 진보의 시대라는 근대의 시간관념에 대한 반란"[59]으로서 종종 작용한다고 언급한다. 이러한 향수의 개념화는 우리로 하여금 왜 아동문학이 식민주의, 근대화, 민족주의의 교차로에서 대거 출현했는지 이해할 수 있게 해준다. 자넷 풀의 말을 빌려, 정말 미래가 사라진다는 생각이 이 당시에 만연했다면, 미래를 가장 효과적으로 상상할 수 있는 영역은 아동을 위한 글쓰기였을 것이다. 이것은 아머 에쉘Amir Eshel의 "미래상"의 개념에 상응하는데, 에쉘은 이 개념을 통해 단지 과거를 포착할 뿐 아니라 희망적인 미래를 제시하는 능력이 말에 있다고 했다. 글쓰기가 "미래를 향한 시적 운동"을 포착한다는 에쉘의 주장은 식민지 시기의 아동문학에서 특히 두드러지게 나타난다.[60] 아동문학은 작가들이 현재와 과거를 보고 미래를 위한 가능성의 세계를 창조할 수 있었던 특권적 공간이 되었다.

　이러한 최근 연구를 바탕으로 이 책에서는 아동문학이 식민지 근대성에 대한 담론을 어떻게 풍부하게 했는지 폭넓게 이해하기 위하여 한국의 식민지 시기부터 나타난 아동문학을 살펴보고자 한다. 즉 아동문학이 식민지 상황으로부터 야기된 담론에 참여하는 동시에 저항했고 또 이런 담론을 형성했던 장이라는 관점에서 이 연구를 진행하겠다. 아동문학은 국가, 식민지, 그리고 근대의 상호작용을 이해하는 데 핵심적이다. 그 이유는 성인이 성장했던 세계와 다른 세계로 인도되어야 했던 다음 세대의 어깨에 너무 많은 짐이 지어져 있었기 때문이다. 각 장에서 상술할 것처럼, 최초의 아동 정기간행물 『어린이』는 1868년의 메이지 시대 이후 활기찬 아동 문화가 진행되어왔던 일본에서 영감을 받았다. 한국 아동문화의 개척자인 방정환이 오가와 미메이小川未明 같은 사람으로부터 아동문화산업에 대한 요령을 배웠던 곳도 일본이었다. 그러나 방정환은 오가와 미메이가 아니었다. 오가와 미메이가 좀 더 폭넓은 근대화 운동의 한 부분으로서 새로운 아동문화를 건설하는 데 참여하는 호사를 누렸던 반면, 방정환은 식민화된 국가에서 성장하고 있었던 그리고 실제로 제한된 미래 가능성을 가졌던 아동 세대를 위해 글을 쓰고 있었다. 이러한 환경이 근대성의 영향을 받아 개혁을 겪고 있었던 문학의 언어를 어떻게 형성했는가? 그리고 이러한 언어 문제가 이 새로운 독자들을 위해 어떻게 해결되었는가? 식민지와 근대의 구조에 의해 추동되고 조직된 아동에 대한 담론의 변화는 아동의 정서 세계가 이해되고 쓰였던 방식과 어떻게 관련되었는가? 무엇보다 우리가, 식민지 시기 작가들에게는 식민화와 점진적 한국어 소멸이 되돌릴 수 없는 현실이었다는 자넷 풀의 진심 어린 의견을 받아들인다면, 도대체 왜 작가들은 한국어로 썼는가? 성인 작가들이 그 땅을 물려받을 한국의 아동청소년에게 전하고 영감을 주고자 했던 것은 무엇이었는가?

날이 갈수록 점점 더 멀어지는 그 시대에 어린이가 왜 중요했는지 이해하는 일은 여러 가지 이유로 어렵다. 분명한 어려움은 일제 강점기에 아동기를 보냈던 많은 이들이 더 이상 우리와 함께 하지 않거나, 그 후로 그들의 기억이 전후 이데올로기 담론에 의해 흐려져서 그들의 자세한 일상생활을 알기 힘들다는 것이다. 남겨진 것은 텍스트들이다. 세스 레러의 주장에 따르면, "아동은 그들이 공부했으며 듣고 말했던 텍스트와 이야기를 통해 만들어졌고" 책들은 "아동에게 주어지고…… 사회적 소통을 촉진하며, ……독자, 소유자, 판매자, 수집가들과 상호작용하면서 가르치고 즐거움을 준다".[61] 아동문학에 접근함으로써 필자는 아동이 작가들과 지식인들에게 어떻게 그리고 왜 중요했는지 밝히고자 한다. 즉 아동을 위한 글쓰기가 어떤 자유와 가능성을 열어 놓았는지, 그리고 식민지와 해방 이후 한국의 과도기에서 아동문학이 어떤 꿈과 전망을 가능하게 했는지 고찰하고자 한다.

• • •

이 책에서는 신문과 책에 실린 아동문학과 아동의 감정교육에 대한 내용을 살피는 가운데 아동잡지들을 정독close reading하면서 아동을 위한 글쓰기의 출현이 아동의 가시성에 대한 징후임을 이해하고자 한다. 이것은

1908년, 『소년』의 출현 이전에 작가들이 아동을 인식하지 않았다는 주장이 아니다. 마찬가지로 1923년, 『어린이』 출간을 아동문학의 출발점으로 삼는 것도 아니고, 그 시작이 아무것도 없는 진공상태에서 나타났다는 말도 아니다. 반대로 조선 왕조에서조차 아동 교화라는 명백한 목적으로 텍스트가 쓰였고 그려졌다. 그러나 이 책에서 고찰한 잡지들이 중요하고 아동문학 발전에서 이정표로 불릴 수 있는 이유는 화자인 성인의 목소리가 직접 아동 독자에게 말하기 시작했다는 사실이다. 이 글쓰기에서 아동 독자를 동심이 지배하는 아동기의 영역에 속한다고 보고, 아동 독자의 몸과 마음을 인식할 수 있는 대상으로 전제했다. 동심의 소유자인 인식 가능한 아동의 특징은 아동의 몸과 감정에 대한 근대 담론뿐 아니라 토착적 영향과 외국의 영향들이 합쳐져 창조되었다. 인식할 수 있는 아동에 대해 말함으로써 한국에서 아동문학은 나이에 맞는 텍스트와 이미지를 실은 양식화된 내용을 통하여 아동을 가시화했고 교육했다. 또 다른 요인들도 아동문학의 출현에 기여했는데 가족 구조의 변화, 아동에게 연령에 기반한 새로운 연대의식을 심어준 청소년 집단의 출현, 산업 발달의 급속한 변화에 따라 인쇄문화의 유통과 소비를 가능케 했던 여가 문화의 탄생 등이 그 예이다. 이러한 요인들도 한국에서 아동문학의 탄생에 일익을 담당했지만, 이 책은 주로 텍스트와 이미지에서 나타나는 근대 지식의 양상에 초점을 둘 것이다.

다만 한 가지, 필자는 아동잡지의 다양한 의제와 내용이 식민지 아동을 성공적으로 형성했다고 주장할 수 없다. 독자수용이론이 활기찬 분야이고, 이 이론을 통해 독자들이 텍스트에 참여하는 미묘하고 창의적이며 종종 전복적인 방식을 조명할 수 있지만, 이 연구에서는 이 방법론을 채택하지 않는다. 그 이유들 가운데 한 가지는 식민지 한국에서 아동기를 보낸 사람들에게 접근하는 것에 한계가 있고, 아동의 책 소비에 관한 구술사를 수집할 기회가 거의 없다는 것이다. 이 책이 독자수용을 비중 있게 다루지 않는 또 다른 이유는 실제 아동이 텍스트와 상호작용했던, 혹은 그들이 "응답했던" 방식이 이 연구의 핵심이 아니기 때문이다. 다양한 민담과 창작법, 공예, 탐정소설, 군가와 시를 제공한 식민지 시기 한국 아동의 정기간행물들이 독자들의 주체성을 형성하지 않았다는 말이 아니다. 사실 아동잡지의 내용을 쓴 성인 작가들이 어떻게 정확하게 아동 독자의 주체성을 형성하려고 했는가에 대한 질문은 다음 장들에서 제기된다. 그러나 그들이 아동청소년의 마음을 형성하는 데 어느 정도로 성공했는지는 이 연구의 범위 밖이다. 사실, 성인 작가들이 정말로 아동 독자들에게 접근할 수 있는지, 또 어느 정도로 가치를 심어줄 수 있는지는 재클린 로즈가 『아동 소설의 불가능성, 피터팬의 사례』를 펴낸 이후로 의문시되고 있다. 로즈는 아동을 위한 글을 쓸 때 성인 작가들이 생각하는 "실제 아동"을 바탕으로 쓰기보다는 본인들이 상상한 이상적인 아동을 실현하는 것에 더 관심을 가졌다고 주장했다. "아동 소설"은 "아동과 세계 둘 다 직접적이고 즉각적으로 파악이 가능하다는 개념에서 출현한 것이다"라고 단언한다.[62] 로즈에 동의하는 학자들 역시 "아동의 문화라고 간주된 것은 항상 아동을 위해 생산되고 아동에게 주입된 문화였다"[63]고 주장한다. 하지만 다른 학자들은 "모든 문학 행위가……(작가와 상상된 독자 사이의) 불균형을 내포한다"고 주장한다. 또 작가와 삽화가들은 로즈가 믿는 것보다 훨씬 더 그들자신의 동기를 인식하고 있으며, 이러한 동기에 대한 그들의 반응에 훨씬더 민감하다고 주장했다.[64] 아동문학과 "실제 아동"에 대한 탐색은 계속 열띤 논쟁의 주제가 되고 있다.

　이 책은 성인이 아닌 독자들을 위한 최초의 잡지가 나타났던 1908년과 한국전쟁이 발발한 1950년 사이의 한국 아동 정기간행물에서 아동청소년 독자를 위해 생산된 텍스트와 시각 자료를 추적한다. 이 책의 마지막 부분인 '나오며'에서 볼 수 있듯이, 1950년 이후 나타난 것은 예측 가능한 특정 이념적 유형에 따른 남북한 아동문학의 차이와 또한 뜻하지 않게 그들의 문학이 만나는 방식에 대한 흥미로운 이야기이다. 전후 시대 남한과 북한문학의 발달에 대한 보다 자세한 연구는 후속 연구를 기다려야 할 것이다. 이 책에서는 20세기 초반부터 나온 동심의 개념을 구체화함으로써 아동문학을 고찰한다. 이 시기는 아동상이 한국의 식민화와 해방 후에 강화되고 확립된 이념을 통해 한국의 미래에 대한 강력한 은유로서 공적 담론에 등장했던 때이다. 그동안 아동은 신체적, 정서적으로 "자연적"이고, 지적으로는 과거의 영향에서 자유롭다고 여겨졌으며 독특한 특권을 가진 현재와 미래의 주인공으로 주목받았다. 아동에 대한 이러한 전망은 책, 신문기사, 잡지 광고 등의 주류 매체를 통해서 성인들에게 전해졌지만, 새 매체인 아동 정기간행물을 통해 아동에게도 직접 전해졌다. 이 시대의 정치적, 교육적, 그리고 심리적 담론에 맞선 아동의 정기간행물을 읽음으로써 이 책에서는 아동상이 특히 근대성과 근대 국가 건설이라는 기획에 유리했음을 강조한다. 동심은 자유자재로 변할 수 있었기에 아동의 가장 위대한 자산이었다. 그리고 사실상 일제 강점기 내내 그리고 해방 후 공간에서 동심은 사회화와 국민화라는 식민과 탈식민 기획에 유효했다. 근대성, 식민주의 그리고 해방 후 이데올로기 투쟁이 한창일 때 쓰이고 그려진 아동의 정기간행물들은 자연의 유기적 부분, 즉 자연의 도구로서 아동을 묘사하는 것에서 시작하여 끝내 자연을 주재하는 사람으로서 아동을 표현하는 서사 궤적을 드러낸다. 궁극적으로 이 책에서는 아동상이 개인과 가족, 계급과 국가를 위한 미래 희망을 유지하면서 동시에 과거 향수의 원동력으로 작용했던 복잡한 방식을 밝히고자 한다.

...

1장에서는 근대 역사의 중요한 시점에서 정치학과 미학의 교차로에 있었던 식민지 한국 아동문학에 대한 연구를 다룬다. 근대 정치 주체의 출현과 함께 청년은 국가의 염원을 구현했고, 10년 후 조명을 받았던 아동은 청년과 대조를 이루게 되었다. 이 장은 식민지 한국에서 비성인 독자를 위한 인쇄 문화의 출현을 가능하게 했던 사회적, 정치적, 경제적 조건을 개괄, 소개한다. 이 장은 지역적·세계적 맥락과 한국의 유명한 지식인과 교육자들 사이에 유포된 청년의 역할에 대한 담론을 배경으로 인쇄 문화의 출현을 역사적으로 조명한다. 이 작업은 이 책의 포괄적 논거의 장을 마련한다. 즉, 성인이 아닌 아동은 지적, 정서적으로 과거의 영향을 받지 않는 것으로 인식되었을 뿐 아니라 그들이 인간 동력과 근대 국가 건설이라는 식민지 기획에 유용한 동심을 지니고 있다고 여겨졌기 때문에 독특한 특권을 지닌 미래의 주인공으로 주목을 받았다.

2장에서는 인쇄 매체의 시각적 전환과 함께 아동의 정기간행물에 실린 신선하고 다양한 내용의 맥락을 논의한다. 아동잡지에서 텍스트와 이미지는, 한국 아동문학의 토대가 되었던 자연적이고 정서적인 특권을 가진 아동을 창조하는 데 공동의 역할을 했다. 동심의 개념은 아동을 최초로 가시화했고, 텍스트와 이미지에 대한 문화적 문해력을 구축했다. 동시에 아동과 자연의 관계에 의존하는 방식은 한국의 미래가 날마다 불확실해지고 있었던 시기에 표출된 미래를 향한 열망을 암시하는 향수의 정도를 반영했다.

3장에서는 한국문학사에서 아동문학 작가들의 중요한 기여 중 하나를 소개한다. 이른바 구어와 문어의 "부조화"에 대한 논쟁과 문학과 민족정신을 둘러싼 논쟁에 개입했다는 점이다. 대부분 김동인1900~1951과 이광수가 근대문학의 토착어 발달에 일조한 것으로 알고 있다. 다른 한편으로 이 장에서는 동심의 정서적 본성이 존중되어야 하고 이에 적합한 내용을 요구한다는 믿음 때문에 방정환이 민담을 번역하고, 글쓰기의 이론화 작업을 통해 동심에 적절한 서사 기술을 발전시키게 되었다는 점을 제시한다. 이 언어학적, 문학적 역사는 아동청소년 독자를 대상으로 한 인쇄문화 발달에서 '아동용' 언어가 어떤 역할을 했는지에 대한 보다 포괄적인 상황을 보여준다.

4장에서는 좌파 이데올로기가 식민화된 한국인의 상상력을 사로잡아서 보다 평등한 사회 창조에 대한 희망을 불러일으켰던 시기의 아동문학을 탐구한다. 이 새로운 시각은 아동의 감정을 동원하기 위한 텍스트의 필요뿐 아니라, 동심을 사로잡기 위해서는 내용과 형식을 통합해야 한다고 주장하는 창작에 관한 글에서 잘 나타난다. 프롤레타리아 작가들은 스스로 부르주아 동심에 맞서 글을 쓴다고 생각했고, 이 개념을 빈민과 노동 계급 착취에 대항한 자연스러운 도덕 본능과 분노로 해석했다. 1920년대 중반에 아동을 위한 글쓰기를 계속했던 작가들은 부르주아의 천사적 동심에 대응하려는 의도적인 노력의 일환으로, 분노와 연출된 행동에 자극을 받는 동심을 창조하려고 노력했다. 이런 작가 중 상당수가 이후 북한의 저명한 문인이 되었다. 이 장에서는 일본과 구소련, 미국의 프롤레타리아 문화들과의 초국가적 연관성에 주목하면서 좌파 아동문학의 내용과 언어를 고찰하고자 한다. 1920년대 중반과 1930년대에 활동한 많은 좌파 작가들과 삽화가들은 1950년대 북한의 형성기에 북한에 터를 잡고 아동문학 발전에 대해 논의했다.

5장에선 1930년대 후반, 제국주의의 절정기의 아동문학을 살펴보겠다. 이 시기는 한국의 언어와 문화를 제거함으로써 한국인들을 동화시키려는 정책이 가장 공격적으로 이루어졌다고 평가되는 시대이다. 이 시대에 나온 아동을 위한 문화적 생산물은 군국주의 수사법과 전쟁을 미화하는 것으로 자주 인용된다. 필자는 이전 세대에서 그토록 주목받았던 아동의 유기적 특징 때문에 무장한 아동으로의 이러한 이행이 수월하게 이루어졌고, 아동의 마음과 신체를 통제와 규율에 민감하게 만들었다고 주장한다. 다른 한편으로 필자는 유머, 아이러니, 그리고 상상력이 지닌 변형력에 대한 믿음이 후기 식민지 문화를 상실기로 보는 견해에 반하는 강력한 대항 서사로서 기능했다고 생각한다. 이 시기는 식민지 한국에서 가장 강력한 반자본주의, 반전 목소리가 주도했던 시대였다.

6장에서는 우리의 관심을 35년 식민지 지배에서 해방되는 중요한 순간에 등장한 아동문학으로 돌린다. 1945년부터 1950년 한국전쟁 사이의 5년 동안 한반도는 상호 적대적인 두 정부의 공식 수립뿐 아니라 해방의 희열, 미군정의 시작, 이념 대립 심화, 38선을 가로지른 민중의 이주를 겪었다. 아동문학은 새로운 출발 기조를 세운 강력한 국가주의 경향을 보이는 동시에 식민지 과거의 잔재도 여실히 드러내면서 이러한 역사적 변화에 흥미로운 대조를 제시한다. 이 장의 가장 중요한 점은 널리 알려진 동심의 "새로운" 개념을 살펴보고, 동심이 국가 건설에 동원되었던 방식을 고려하여 해방의 정도를 조명하는 것이다

마지막 장인 '나오며'에서는 전후 시기와 남한과 북한문학의 재구성에 대한 짧은 일별을 제시한다. 구체적으로 아동잡지에서 출현한 과학 관련 내용과 과학소설에서 나타나는 문학적 징후를 살펴본다. 원자폭탄 투하와 한국전쟁으로 인한 대대적 파괴는 세계적으로 "순수의 상실"로 일컫는 시기의 도래를 알렸다. 이 시기는 과학과 기술의 언어가 전후 남북한의 소설을 관통하고 자연 세계와 관련한 용어를 바꾼 때였다. 아동잡지에서 거의 독점적으로 발견되었던 과학소설이라는 장르는 서로 경쟁하던 다양한 이론들, 즉 교육이론, 과학과 예술의 관계에 대한 이론, 그리고 더 나은 미래를 묘사하고 규정하기 위한 소설의 역할에 대한 이론들을 활용했다. 궁극적으로 전후 시대는 아동과 자연 사이에 오랫동안 유지되었던 유대의 파괴와 더 나아가서는 인류와 문화, 그리고 자연 세계 사이의 관계에 대한 재고를 보여준다.

• • •

20세기 초 성인문학은 한국인들이 식민주의, 해방, 미국의 점령, 분단, 전쟁의 격동기를 겪는 과정에서 위기에 처한 한국인과 한국인의 언어 및 문화 사이의 유대를 강력하게 보여준다. 그러나 지금까지 아동문학은 한국문학사 서술에서 대부분 배제되었다. 이 책은 아동문학이 이 시기를 떠받쳤던 가장 근본적인 몇몇 관계들, 즉 마음과 정신, 영혼과 신체, 직관과 문

화의 관계를 어떻게 조명했는지 보여주고자 한다. 어떤 아동문학은 지각 가능한 세계의 안정성에 대한 생각을 강화했다. 반면에 다른 소설은 상상의 변형력에 대한 믿음을 확고히 했는데, 이런 경향은 심지어 가장 억압적인 일제 강점기에 쓰인 소설에서도 볼 수 있다. 이 책에서 고찰한 모든 기간을 통틀어 한 가지는 분명하다. 아동을 위한 창작이 이보다 더 중요했던 적은 결코 없었다. 가족, 국가, 언어, 문화 등 모든 것의 미래가 전적으로 아동청소년에게 달려 있었다. 미래를 상상할 때 수렴되거나 배치되는 방식들, 그리고 아동과 자연의 관계에 대한 개념이 이 책에서 다룰 내용이다.

1장

일제 초기 한국의
젊은이를 위한 잡지

근대 지식을 효과적으로 보급하려면 가장 중요한 독자층이라고 할 수 있는 한국의 젊은이를 집중 공략해야 한다는 인식이 20세기 초 한국의 출판매체 확장에 중요한 역할을 했다. 20세기 초, 공립학교 설립 전에는 조선의 양반계층의 아동들만이 『명심보감』과 『삼강오륜』 같은 한자로 된 유교 경전을 통해 교육을 받고 사회화 과정을 거쳤다. 아동청소년들이 재미있고 즐겁게 읽을 자료가 없었다는 사실은 아동이라는 존재를 인식하지 못했고, 사회현상으로서 아동기가 부재했음을 말해준다. 이런 현상은 문맹률이 높았기 때문이기도 하다. 그러나 1908년, 정기간행물인 『소년』이 등장하면서 새로운 독자층, 즉 한국의 아동청소년에 대한 인식의 변화가 나타났다.

이 잡지명 자체가 중요한 변화를 의미한다. '소년'은 한자로 '적다少'와 '연수年'의 합성어인데, 이 둘을 합친 문자 그대로의 의미는 "나이가 어리다"라는 뜻이다. 이 잡지명은 "젊은이Youth"와 "소년Boys" 둘 다로 번역되어 왔다.[1] 잡지명 번역이 더 어려운 문제가 된 이유는 『소년』이 나온 지 몇 년 후에, 최남선이 또 『청춘』이라는 이름으로 잡지를 발간했는데 이 『청춘』

도 "젊은이Youth"라고 번역되었기 때문이다.[2] 1장과 이 책 전체에 걸쳐 논의하겠지만 아동, 아동기, 젊은이(청소년)에 해당하는 용어들이 정의하기 어렵고 모호하다는 사실을 보여준다. 더 중요한 사실은 『소년』이 초기에는 좀 더 어린 독자들을 대상으로 한 것으로 보인다면, 시간이 지날수록 내용이 더 심화되고 복잡해진다는 것이다. 필자는 『소년』과 『청춘』 모두 "유쓰Youth"[1]라고 영역했는데, 그 이유는 두 잡지 모두 아동이 정서적으로나 지적으로 다르다는 시각을 지속적으로 보여주지 않기 때문이다. 이런 관점은 나중에 나타난다.

그럼에도 『소년』은 성인이 아닌 대상을 사회적으로 가시화하는 데 중요한 변곡점이다. 그 이유는 이 잡지가 한국의 아동청소년을 형성하고 정치화하는 작업을 시작했기 때문이다. 그 중심에는 최남선이 있는데, 『소년』을 발간했을 때 그 자신이 열여덟 살밖에 안 된 청년이었다. 최남선은 한국의 젊은이들을 옛것에 오염되지는 않았으나 시급히 계몽해야 할 존재로 여겼다. 또 젊은이들에게 그들이 새로운 한국, 즉 '신대한'을 형성하는 데 핵심 역할을 할 것이며, 한국을 근대로 이끄는 주역이라는 희망을 심어주었다. 『소년』의 글과 시각적 내용은 모험이라는 개념을 바탕으로 했는데, 그 목적은 한국의 아동들이 전통과 가족이라는 굴레에서 벗어나 새롭게 태어나는 나라의 품으로 전진하도록 독려하는 것이었다. 그러나 그런 변화는 서서히 왔다. 즉 『소년』이 등장한 10년 후인 1918년에도, 이광수가 여전히 한국의 아동청소년에 대한 무관심을 한탄하면서 조상들의 묘에 대한 신성불가침적인 전통을 파괴해야 한다고 주장한 것이다. 이광수는 가

---

1) 역자 주 : 1장에서는 맥락에 따라 '청년', '젊은이', '아동청소년'으로 번역함.

족제도와 한국의 답답한 인습이 나라가 진보하는 데 가장 큰 걸림돌이라고 주장했다. 이제 막 꽃을 피우기 시작한 나라가 일본의 식민지가 되었기 때문에 한국의 아동청소년 세대를 위한 자유로운 미래를 활기차게 계획하는 것은 무리였다. 이 때문에 최남선과 후대의 사람들은 불확실성 가운데 그 미래를 탐색할 수밖에 없었다.

이광수는 1917년에 소설 『무정』을 연재하기 시작한 지 대략 일 년 후, 『청춘』에 논설을 게재했다. 그 논설은 「자녀중심론」이었는데, 국한문 혼용의 이 글에서 이광수는 전통적인 부모와 조상을 그 자리에서 내리고, 대신 아동을 한국 문화의 중심에 놓아야 한다고 열정적으로 주장했다. 유교의 핵심적 도덕 가치인 '효'를 허물면서, 이광수는 장례 이후 돌아가신 부모를 오랫동안 애도하거나 과도한 부모 공경 같은 구시대적 관습은 소중한 시간과 자원을 낭비하는 것이라고 비판했다. "이제 부모父母에게 우리의 희생犧牲되기를 강청強請하여야 하겠다"라고 이광수는 외쳤고, "조선祖先의 분묘墳墓도 헐고"라고 말하기도 했다. 부모들은 "우리의 자녀子女가 필요必要로 인정認定하거던 우리의 골격骨格을 솥에 끓여 기계機械를 운전運轉하기에 운용運用되는 기름으로 만들어도 가피하고 거미새끼 모양으로 우리를 산 대로 두고 가슴을 욱이어 먹어도 가피하다"는 이광수의 불손한 주장은 당시 독자들에게 큰 충격을 주었을 것이다.[3]

「자녀중심론」은 이광수의 다른 근대 작품에 비하면 점잖은 편이다. 이광수는 이미 언급한 『무정』1917과 그의 「문학이란 하何오」1916[4]에서 한국의 구시대적 유교 관습을 노골적으로 비난했다. 「자녀중심론」은 동시대에 유행했던 많은 담론을 반영하는데, 특히 한국의 서구식 근대화 진행을 방해하는 구시대적 관습에 대한 비판이 그것이다.[5] 「자녀중심론」의 핵심은 한국에서 차지해야 할 젊은이들의 새로운 위치를 강조하는 것이다. 이 논설은 또 젊은 독자를 대상으로 한 출판물이 대세임을 예견한 것이기도 하다. 이광수는 이 논설을 1918년에 출판했는데, 최남선이『소년』1908~1911을 비롯하여 비교적 단명한 출판물들인『붉은 저고리』1913,『아이들보이』1913~1914,『샛별』1913~1915 그리고『청춘』1914~1918.9을 계속 발간하는 가운데 나온 것이었다. 그러다 1923년에『어린이』1923~1931(역자 : 폐간 연도는 1931년이 아니라 1934년임)가 등장하면서 아동문학의 궤적을 바꾸었다. 첫 번째 잡지명에서 마지막 잡지명으로의 변경, 즉 1908년 한자어 제목인『少年』에서 1923년 한글 제목인『어린이』로의 이동은 대상의 변화를 의미한다. 즉 '어린이'라는 용어는 한글을 의식적으로 사용하여 젊은 세대를 포괄적으로 뜻하지 않는 '어린이'라는 새로 등장하는 대상을 부각시켰다. 아동을 의도적으로 가시화하였고 아동들을 위한 새로운 문학과 그림이 양식화되고 읽기 쉽게 창작되었다.

젊은 독자를 대상으로 한 잡지『소년』의 출현

물론 아동은 실제 존재하는 물리적인 존재이다. 하지만 여러 연구자가 주목해왔듯이, 아동은 근대 국가 발전과 정체성 형성에 결정적 역할을 한 담론적 구성물이기도 하다.[6] 샤론 스테판즈Sharon Stephens에 의하면 "근대 정부와 민족 문화는 젠더와 나이에 따라 구분되는 새로운 양식의 과목과 공간이 창조되면서 탄생했고, 기관의 설립을 통해 다양한 방식으로 이런 구성물들이 사회 전반적으로 확산되었다".[7] 이런 "젠더와 나이에 따라 구분되는 과목들과 공간들"은 자율, 정치화, 경제발전 같은 국가적 관심사의 핵심이 되어왔다. 좀 더 직설적으로 말하자면, 아동을 어른과는 분명히 다른 나름의 독특한 정서를 지닌 존재로 범주화하여 인식하지 않았다면, 아동을 위한 출판물이 생겨날 이유도 없었을 것이다. 한마디로 아동문학은 언제나 특정 문화 안에서 아동의 출현을 전제로 한다.[8] 한국에서도 역시 청소년과 아동을 위한 출판문화는 지식인들의 주도로 등장했는데, 이는 제도나 사회적 변혁과 함께 일어났으며, 특히 공립교육의 제도화와 대량 출판문화의 시작과 관련있다.[9] 더 중요한 것은 담론적 구성물로의 아동이 교육 및 근대 지식에 대한 계몽 담론과 동시에 등장했다는 점이다. 대한제국에서 대략 1895년부터 1910년은 오늘날 '개화기', 즉 "계몽기"로 불리는데 이 시대는 동아시아 국제무대에서 탈중국화가 일어나고 민족의식이 고취되며, 일본이 제국주의 세력으로 떠오르던 때였다. 이 시기는 "실험과 적응"의 시대로서 주요 지식인들이 동시대 일본과 중국은 물론 서구에서 들어온 새로운 사상과 모델을 한국의 유교 전통을 바탕으로 한 유사 사상이나 모델들과 조화시키려고 노력했던 시대이다.[10] 아동청소년은 이 실험의 시대에 중요한 역할을 했다. 즉, 최남선과 이광수 두 사람 다 아동청소년이 한국을 새로운 미래로 끌고 나갈 수 있는 유일한 집단이라고 보았다. 특히 대량출판문화는 새로운 한국의 아동청소년을 교육하고 개혁하는 중요한 임무를 수행하기에 가장 적절했다.

한국에서 가장 활발히 작품을 창작했던 최남선이 성인이 아닌 독자를 대상으로 최초의 잡지를 발간했을 때, 그는 다양한 명칭 중에서 원하는 대로 선택할 수 있었다. '소년', '청년', '어린이', '아동' 모두 영어의 "차일드child" 혹은 "영 펄슨young person"에 해당하는 용어로 많은 관심을 받았다.[11] 20

세기 초, 동아시아에서 소년운동과 출판문화가 성장하고 발달 담론이 보급되면서 이런 용어들은 새로운 유행어가 되었다.[12] 예를 들면, 중국의 지식인이었던 양계초가 1900년에 출간한 『청년 중국에 바치는 송시』는 중국 역사의 궤적을 추적하고 있다. 이 시는 중국이 초창기에는 개발 이전의 단계가 오랫동안 진행되었지만, 이제는 원기 왕성한 청춘의 시대에 들어섰고, 따라서 중국의 발전을 기대할 수 있다고 피력한다.[13] 그의 잡지명을 '소년'으로 명명함으로써, 최남선은 청년과 국가에 대한 담론에 깊이 뿌리내려 진행되었던 역사적·문화적인 대화 속에 『소년』을 자리매김한 것이다.

최남선은 사회문화적으로 유복했던 기독교 가정에서 태어나 가정에서 중국 고전과 서구 문화 및 영어를 배울 수 있었다. 그는 1904년부터 1905년, 그리고 1906년부터 1908년까지 두 차례 일본에서 유학했다. 특히 두 번째 유학이 중요한데, 그때 최남선이 인쇄기술과 아동 잡지를 포함하여 잡지 유포의 경험을 쌓고 한국에서도 같은 기술을 선도해야겠다고 결심했기 때문이다. 그는 「소년의 기왕과 및 장래」라는 글에서 당시 받았던 영감을 밝히고 있다.[14] 최남선은 상하이와 일본에서 고도로 발달한 출판문화를 접하고 매우 놀라움을 표하며, 한국에서도 똑같이 우수한 출판 산업을 발전시켜야겠다는 동기를 갖게 되었다. 또, 최남선은 일본에서 유학한 이 기간에 한국의 젊은이에 대한 기대를 구체화하였다. 최남선이 생각했던 젊은이는 이십 대 초반의 학생이고, 그가 때때로 "청년"으로 불렀던 연령층이다. 『태극학보』에 실렸던 글에서 최남선은 젊은이들이 한국을 위해 적극적으로 행동하고 자기희생을 배워야 한다고 쓰고 있다. 일본에서 발간된 『태극학보』는 정치에서 음악까지 광범위한 주제에 대한 사설을 싣는 공간이었다.[15]

그러나 최남선은 18세가 되던 1908년에 한국으로 돌아와 한국 최초의 출판 잡지를 '소년'으로 명명했다. 이는 십대 초반을 대상 독자로 하여 의도적으로 붙인 이름이다.[16] 윤영실은 최남선이 최초의 잡지명을 '청년'이 아니라 '소년'으로 결정한 이유는 청년이란 이름이 이미 정치적인 주체성을 갖춘 젊은이를 지칭하면서 정치적 함의를 띠고 있었고 좀 더 어리고 영향을 미칠 수 있는 '소년'을 계몽 대상으로 가장 적절히 여겼기 때문이라고 설명한다.[17] 혹은 한지희가 제시하듯이, 아마도 최남선이 일본에서 계몽 교육을 받다가 알게 된 "소년boy"이라는 외국어에 깊은 인상을 받았기 때문일 수도 있다.[18] 『소년』의 창간호 전문에서 그의 의도를 볼 수 있는데, 최남선은 "소년少年으로 하야곰 이를 닑게 하라 아울너 소년少年을 훈도訓導하난 부형父兄으로 하야곰도 이를 닑게 하여라"고 역설한다.[19] 이렇게 볼 때, 대상 독자는 제목의 '소년'보다는 훨씬 더 넓은 범위였다고 할 수 있으며, 이는 최남선이 독서를 개인적일 뿐만 아니라 공동체적인 경험으로 기대했음을 보여준다.

최남선은 당시 인기 많고 널리 알려졌던 일본 잡지들에 영감을 받았는데, 1887년에 출판되었던 『국민의 벗国民之友』, 1888년에 출판된 『소년원少年園』, 1895년에서 1933년까지 출판되었던 『소년세계少年世界』 등이 그 예이다.[20] 『소년세계少年世界』에는 사설, 단편, 역시니 전설, 수필과 삽화 등이 실렸는데, 이런 모든 이야기들은 젊은이들을 국가 발전을 위해 적합한 시민으로 양성하려는 의도에서 창작되었다.[21] 『소년원少年園』은 젊은 독자뿐 아니라 부모와 교사에게도 교육적 가치를 전달하려 했는데, "소비자 중심의 시장에 맞추어 흥미 있는 이야기들을 포함할 필요가 있음"을 인지하고 있었다.[22] 최남선은 일본의 아동청소년 잡지들을 보면서 잡지가 정보를 널리 전파하고 새로운 독자층을 창출할 수 있는 가능성이 있음을 인식하였다. 결론적으로, 이 시기에 아동청소년 잡지는 일본과 한국에서 동시에 번성했다. 이때는 아시아에서 '반연장자 담론'이 일어나며 세대 갈등이 국가 발전의 화두로 떠올랐던 시기이기도 하다. 동시에 '소년'이라는 용어는 정치화 이전의 단계, 그러니까 그 성향이 아직 완전히 형성되지 않은 아동청소년이 교화를 필요로 하는 단계에 있음을 의미했다. 길진숙은 이 단계를 아동청소년 독자들이 기독교 윤리의 전통 안에서 교육을 받고, 종국에는 사전적인 서구지식을 습득하는 것으로 마무리되던 시기로 묘사한다.[23] 그것이 『소년』이 키워내려고 노력했던 새로운 한국 아동청소년의 근대적 주체성이었다.

신대한 – 새로운 한국의 아동청소년

최남선은 일본에서 돌아와 신문관 출판사를 창설하고 1908년에 『소년』창간호를 발간하였다. 언론에서는 나름 좋은 반응을 얻었지만 독자들의 반응은 미온적이었다.[24] 당시에 시각예술에 관한 관심이 커지고 있었는데, 최남선은 일본 잡지의 다양한 시각자료와 내용 그리고 증가하는 인쇄자료의 양에 깊은 인상을 받았다. 『소년』은 독특한 시각적 자료로 이 시기의 다른 문학잡지와 차별된다. 즉, 잡지가 과거처럼 글 중심이 아니라 시각을 통한 독서경험을 제공하게 된 것이다. 보는 행위 자체가 지식을 습득하는 수단이었다. 사실을 전달하는 사진이나 사실적 묘사가 보여주듯이, 대부분의 잡지가 주로 실었던 시각적 이미지는 명확하게 얻을 수 있는 구체적인 지식을 담고 있었다.[25]

『소년』은 글자 크기, 색상, 내용 배치를 어떻게 할 것인지 실험하며 예쁜 삽화와 상징, 지도와 사진을 잡지에 넣었다. 잡지 첫 장에는 매혹적인 색상을 사용하고, 장식용 디자인은 여러 쪽에 달하는 긴 내용에 산뜻한 변화를 주었다. 그뿐 아니라, 특정한 상징과 이미지를 반복해서 사용함으로써 내용을 보완하는 시각적 요소도 인상적이었다. 시각적으로 글자는 글의 내용에 상응하면서 새로운 방식으로 배치되었다. 예를 들어, 시 「성진星辰」은 오른쪽 맨 위에서 왼쪽 맨 아래로 대각선 방향으로 배치하고 각 연의

그림 1 1908년 『소년』 창간호의 목차 뒤에 나오는 첫 번째 지면

위에 별을 표시했다.[26] 각 장은 글자 크기를 확대, 축소하거나 굵게 표시하여 인쇄하는 방식으로 강조하였다.(그림 1 참고)

글자 크기, 장식 테두리, 줄 방향의 변화, 사진과 삽화 같은 시각적 도구역시 보는 즐거움을 더했다. 특히 사진은 현대적 이미지에 친숙할 수 있게하고, 추상적인 개념들과 이에 상응하는 구체적인 이미지를 연결하여 시각적 해독력을 높이는 데 중요한 역할을 했다. 겉보기에 직접적인 사진이라는 기술을 통해 멀리 떨어진 장소와 유명한 인물들의 이미지를 접할 수 있게 되면서 시공간의 거리를 없애 이런 이미지들을 편리하게 소비할 수 있었다.[27] 보통 『소년』은 한 개에서 네 개 정도의 유명한 풍경 사진나이아가라폭포, 북극이나 기념상자유의 여신상, 개선문, 베르사유 궁전, 콜로세움, 혹은 유명한 서양인물에드워드 7세, 피터 대왕, 라파예트 후작, 벤저민 프랭클린과 나폴레옹 사진으로 시작했다. 그 사진은 간단한 보조 설명을 붙여서 지면 중앙에 배치하여 되도록 독자들이 집중해서 볼 수 있도록 했다. 원주민 가족이나 유도 연습을 하는 일본 아동 등의 민속 사진들 역시 공간과 시간을 압축하는 효과가 있어서 독자가 먼 나라의 문화와 민족들을 가깝게 느끼도록 전달하며 읽는 즐거움을 배가하였다.[28] 일부 사진은 명백히 정치적이었다. 그 대표적인 예로 『소년』 창간호에 실린, 조선 통감부 총독이었던 이토 히로부미가 대한제국의 왕자인 이은을 압도하는 것처럼 보이는 사진을 들 수 있다(그림 1 참고). 이 두 사람의 차이는 왕자가 입은 옅은 색 재킷과 이토가 입은 훈장 박힌 복장이 대조를 이루면서 한층 뚜렷하게 드러난다.[29] 그러면서도 이 조숙한 아이는 이토의 표정과 똑같은 표정을 짓고 있으며, 칼의 위치와 칼자루에 손을 놓는 각도도 이토의 행동을 모방하고 있다. 이 사진의 제목은 '일본日本에 어유학御遊學하옵시난 아我 황태자 전하皇太子殿下와 태사太師 이토 히로부미 공伊藤博文公'이라고 간단하게 나타내고 있다. 둘 다 표정 없이 카메라를 보고 있어서 그 이미지는 고정되어 있지만, 그것에 함축된 의미는 당시에 파문을 일으켰을 것이다. 한편으로 이 사진은 왕자인 아동과 한국을 곧 합병하려는 이토에 주목하면서 이 잡지의 더 큰 주제를 강조한다. 즉 노령의 정치인을 묘하게 흉내내는 어린 왕자의 모습은 앞으로 위대한 일이 이 소년을 기다리고 있음을 나타낸다. 동시에 식민지가 당연시되는 현실이 두 인물 뒤의 단조롭고 텅 빈 배경에 극적으로 표현되면서 그 현실이 고통스러울 만큼 명백하다는 점도 보여준다.

사진 외에도 다양한 삽화들이 『소년』을 채웠다. 삽화는 독서를 보조하는 단일한 틀 안에서 내용을 가로질러 배치되거나 혹은 단어들 사이에 위치한다. 삽화는 시각적 정보를 제공하면서 텍스트 내용을 보완해주는 동시에 텍스트의 흐름을 방해하기도 했다. 삽화는 일종의 상호작용을 유도한다. 물리적으로 독자가 지면의 다른 부분들에 관심을 두면서 구체적 이미지를 바탕으로 상상하게 한다(그림 2). 보통은 이미지에 텍스트를 맞추고 이미지가 우선해서 들어가는 경우가 그 반대 경우보다 많았다. 그 예로 그림 2에서처럼 텍스트 중간에 등대나 물 위를 가르는 배의 뱃머리 그림을 큼직하게 넣은 것을 들 수 있다.

삽화는 또 다양한 주제에 걸쳐 반복적인 상징으로 나타나면서 텍스트가 서로 어떤 주제로 연결되어 있는지 독자에게 알리는 역할을 했다. 「해상대한사海上大韓史」 연재물은 어린 독자들에게 거친 파도 위의 배에 탄 외로운 인물의 모습을 보여준다. 이는 독자 자신이 그 배의 승객처럼 거친 바다 물결을 직면하게 될 것임을 암시한다. 나폴레옹 연재물에는 월계관을 쓴 나폴레옹의 상징적인 머리가 계속 나온다. 다른 장식적인 그림도 다양한 주제에 걸

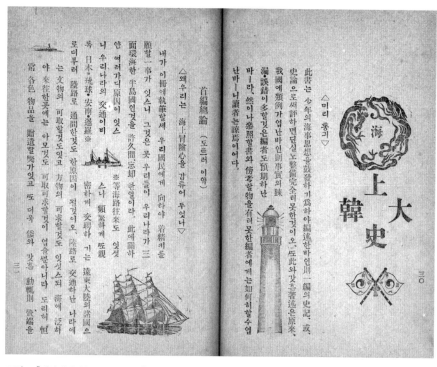

그림 2 「해상대한사(海上大韓史)」, 『소년』1(1), 1908, 30~31쪽

쳐서 반복적으로 등장한다. 이런 장식용 그림에 특별한 의미는 없지만, 『소년』이 발간될 때마다 잡지에 대해 친숙함을 느끼게 하는 장점이 있었다.

세계지리를 다룬 글에는 지도가 첨가되었다. 세계지리는 이 잡지의 편집자가 큰 관심을 가졌던 주제였다. 잡지에 실린 지도는 세계를 손바닥만한 크기로 줄였지만, 그 안에 각 지역의 정치적, 사회적 환경에 대한 자세한 정보를 담았다. 존 픽클스John Pickles와 데니스 코스그로브Denis Cosgrove가 설명하듯이, 지도는 근대국가 건설과정과 밀접하게 관련되어 있는 지리적인 단위가 변경할 수 없으면서 인식할 수 있는 단위임을 효과적으로 보여준다.[30] 『소년』에 실린 세계지리를 설명하는 삽화가 첨부된 글들은 힘의 역학관계를 시각화하는 데 관심이 있었다. 예를 들면, 『소년』의 창간호에서는 아동들에게 나라들을 동물로 시각화해보라고 했는데 동해가 토끼 모양을 닮았다면, 한국은 호랑이 모습 같은 그림이었다.(그림 3 참고)

『소년』에는 독자 참여란도 있었다. 예를 들면, 독자들이 곰처럼 생긴 그림을 떼어 그 그림이 한국의 어느 지역을 닮았는지 추론하여 제출하는 방식이다. 당시에 여행 경험이 있는 젊은이들이 거의 없었으므로 그런 시각적 활동은 나라에 대한 공간 감각을 키우기 위해 필요했다. 다른 지도들은 세계의 여러 나라와 그들의 식민지 영토를 보여주었는데, 특히 영국과 영

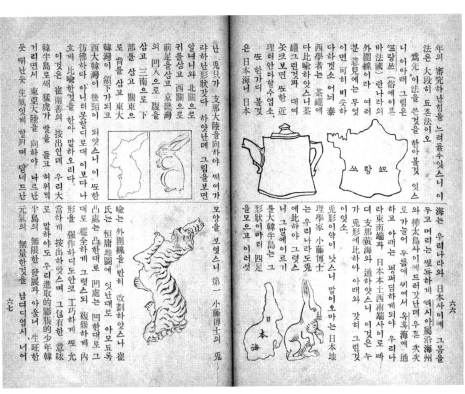

그림 3 대한반도와 일본해, 『소년』 1(1), 1908, 66~67쪽

국의 방대한 세계 식민지에 주목했다. 이어서 영국이 지닌 힘의 근원을 설명하는 최남선의 글이 실렸다. 그 글에서 권력과 지배구조에 대한 최남선의 생각을 엿볼 수 있다. 전 세계에 걸친 영국 제국의 넓은 식민지 지도를 통해 문자 그대로 세계지리적인 측면에서 근대라는 개념을 시각적으로 보여준다.

사진과 지도를 통해 지식을 전달하는 한편, 「봉길이지리공부鳳吉伊地理工夫」, 「이과교실理科教室」, 「영어교실英語教室」, 「한문교실漢文教室」처럼 정보를 제공하는 칸도 있었다. 최남선은 독자들과의 소통을 중요시하여 독자들에게 그들을 둘러싼 언어와 관습을 관찰하고 느낀 점을 제출하라고 독려했다. 도덕과 윤리교육은 「소년훈少年訓」이라는 장에 담았고 나폴레옹, 피터 대왕, 조지 워싱턴의 전기를 실어 본보기를 제시했다. 세계 정세를 사회적 다윈주의의 시선으로 보고 한국을 시각화하는 작업이 잡지에 실린 여러 창작 산문과 창작시의 중심 주제였다. 『소년』의 주요 목적은 근대 지식을 전파하는 것이었고 『소년』이 생산한 지식은 위대한 새로운 한국을 뜻하는 '신대한'의 새 시민이 되는 과정에서 필수적인 것으로 여겨졌다.[31]

신대한의 아동청소년과 모험의 축

최남선은 『소년』 창간호의 권두에서 다음과 같이 선언한다. "우리 大韓으로 하야곰 소년少年의 나라로 하라 그리하랴 하면 能히 이 책임責任을 감당擔當하도록 그를 교도敎導하여라."[32] 그에 의하면, 교육과 계몽의 목표는 젊은이들을 계몽사상가로 키우는 것이며, 그들이 가족을 책임지는 것이 아니라 나라를 책임지게 하는 것이다. 이 신대한 소년 즉 "새롭고 위대한 대한의 젊은이"는 나라 발전에 중추적인 참여자로서 나라의 발전이 그들의 개인적인 노력에 전적으로 달려있음을 인식하도록 교육받았다. 『소년』을 통해서 젊은이들은 한국을 소생시키고 개혁과 계몽을 이루게 하는 주체로 대두되었다. 국가의 소생과 개혁, 계몽이라는 목표는 모두 20세기 초반 지역적으로 또 국제적으로 개진되었던 진보에 대한 사회적 다원주의 시각에 바탕을 두었다. 이 잡지의 발간 기간1908~1911 동안 실린 많은 논설과 번역물들이 보여주듯이, 한국의 미래 발전과 성취는 수평적 바다와 수직적 산이라는 전형적인 모험의 축을 따라 서술되었다.[33] 한국의 유리한 지정학적 위치는 특권으로서 반도는 바다와 대륙 모두에 접해있기 때문이다.

바다는 연재물인 「해상대한사海上大韓史 – 왜 우리는 해상모험심海上冒險心을 감튀어 두엇나?」, 「바다란것은 이러한것이오」, 「삼면환해국三面環海國」 같은 산문이나 시에서 칭송되었다.[34] 최남선은 그의 어린 독자들이 더 위대한 모험의 상징으로 바다를 보고 더 넓은 세상을 그들의 놀이터로 여기기를 바랐다. 테레사 현Theresa Hyun이 지적하듯이, 바이런Byron의 작품에 영감을 받았던 것 같다. 최남선의 유명한 시인 「해海에게서 소년에게」가 전근대와 근대 한국문학을 나누는 중요한 기점으로 여겨지는 것도 우연이 아니다.[35] 피터 리Peter Lee는 구두점 사용, 연의 길이가 다른 점, 각 연의 첫째와 일곱째 줄에서 연달아 의성어를 사용한 점, 그리고 바다와 아동의 이미지가 압도적이라는 점 등을 들어 이 시가 새로운 시운동을 촉발했다고 평가한다.[36] 테레사 현은 최남선이 "순수와 절대적 자유를 상징하는 새로운 이미지"를 소개했으며 당시에 통용되던 시 창작 관습을 깨면서 그가 사용한 표상이 새로운 사고방식을 예고했다고 주장한다.[37] 흥미로운 점은 피터 리와 테레사 현이 이 중요한 시의 제목을 다르게 번역한 점이다. 피터 리는 『소년』을 "어린이children"라고 번역하지만, 테레사 현은 이 시를 영어로 「海해에게서 소년에게From the Sea to the Boys」로 번역한다.[38] 이런 차이는 '소년'이 의미하는 대상이 그 나이와 젠더에서 불안정함을 보여준다. 예를 들어, 앤서니 수사Brother Anthony는 이 시의 제목을 「海해에게서 한 소년에게From the Sea to a Boy」로 번역했고, 김재현Jaihiun Kim은 「海해에게서 그 소년에게To the Boy from the Sea」로 번역한다.[39]

시 「海해에게서 소년에게」는 국한문을 혼용했으며 바다가 화자이다. 바다는 어떤 방해물도 부수어버리는 무한한 힘과 능력을 자랑한다. 바다는 자연 세계산과 바위는 물론, 중국과 서구의 영웅들진시황과 나폴레옹을 정복했다고 큰소리친다. 지면 맨 아래의 파도 그림이 시의 내용을 감싸고 있고, 음양을 나타내는 원형들이 맨 위 사각형 안에 들어가 있다. 시의 각 행은 종렬 배열이며, 각 연의 시작과 끝에 후렴이 반복되면서 마무리된다. 긴 줄표가 나타내는 모음 연장이 청각적 효과를 자아낸다. 앤서니 수사는 첫 번째 연을 다음과 같이 영역하고 있다.

tcho-l sok, tcho-l sok, tchok, schwa-a

Rushing, smashing, crushing,

Hills like great mountains, rocks like houses : What are they?

What are they? Roaring : Do you know, don't you know, my great might?

Rushing, smashing, crushing,

tcho-l sok, tcho-l sok, tchok, schawa-a

텨……ㄹ썩, 텨……ㄹ썩, 텩, 쏴……아.

싸린다, 부슨다, 문허바린다.

泰山갓흔 놉흔뫼. 딥태갓흔 바위ㅅ돌이나.

요것이 무어야, 요게 무어야.

나의 큰 힘, 아나냐, 모르나냐, 호통까디 하면서,

싸린다, 부슨다, 문허바린다.

텨……ㄹ썩, 텨……ㄹ썩, 텩, 튜르릉, 콱.[40]

   총 6연으로 이루어진 이 시에서 다섯 연에 걸쳐 바다는 모든 자연물과 인간보다 자신이 우월하다고 공표한다. 마지막 6연에서 바다는 자신이 용기와 순수성을 지닌 한국의 '소년'을 사랑한다고 선포한다. 바다와 소년 사이의 친근한 관계를 표현했다는 점에서 이 시는 중요하다. 이 시에서 바다는 둘 사이의 친밀함을 확인하는 의미로 소년에게 입 맞추고 싶어 한다. 이 시에서 '젊은이/아동/소년'이 대답하지 않기 때문에 이 시가 말하는 아동의 나이나 젠더를 알 수는 없다. 하지만 분명한 점은 바다의 관심을 받는 어린 사람은 특권을 누리는 것이며, 또 누구와도 비교할 수 없이 그런 애정을 받을 만하다는 것이다.

   바다와 한국의 젊은이 모두 한국의 발전과 관련있다고 노래하는 또 다른 시는 「바다위의 용소년勇少年」이다.[41] 이 시는 지면을 꽉 채우는, 거친 파도에 휩싸인 배를 타고 있는 세 소년에 대한 그림으로 시작한다. 배와 마주해 소용돌이치는 선이 극적인 움직임을 배가시키고, 곳곳에 찍혀있는 점들이 바다 거품을 표현하며, 머리 위에 있는 컴컴하고 딱딱한 모양의 바위를 위험하게 묘사한다.(그림 4)

그림 4 「바다위의 勇少年」, 『소년』 2(10), 신문관, 1909, 26~27쪽

이 시는 이렇게 시작한다. "여긔잇난 세소년少年은 바다아해니 / 한반도韓半島가 나서길은 만흔목숨중中 / 가장크고 거룩히될 영형이寧馨兒니라"2) 무서운 폭풍이 세 소년의 배를 뒤집을 듯이 위협하지만 그들은 이겨낸다. 이 시련을 겪으며 그들은 자신의 조국을 칭송하는 노래를 부르고 세상을 만든 창조자 하느님을 기억한다.42 이 시는 창조자가 전한 메시지를 열거하고 아직 기다리고 있는 시련에 관해 이야기한다.

그동안을 업다려서 소리안내고
바지아래 辱보기를 단쓸노알미

---

2) 역자 주: 앞의 글, 28쪽.

웃지마라 偶然함이 아니러니라.

이제오나 저제오나 기다리던새
東녘하날 요란하자 먼동터오니
暫時인들 멈으르랴 밧비하여라.

제가저를 깁히밋고 길히버틔면
降服하지 안난것이 업난法이오
勇士압헨 못된다는 말이업나니
한갈갓흔 우리精誠 우리勇猛이
마조막의 큰勝捷을 엇게만들어
바다위엔 龍王宮이 내것이되고.

陸地에선 예루살넴 聖殿까지도
우리손에 드러와서 모시게되여
보기좃케 왼世界의 大王된뒤에.

正義石에 길을다고 사랑을깔아
이곳에다 하날나라 세우난責望
압뒤싯이 맥긴하게 다할지로다.[3)

---

3) 역자 주 : 최남선, 「바다위의 勇少年」, 29~30쪽.

권보드래가 시의 "수평적 상상"이라고 불렀던 바다라는 표상은 산이라는 "수직적 상상"으로 보완되면서 모험의 축을 형성한다. 권보드래에 따르면, 이 모험의 축은 바다와 산 같은 열린 공간을 포함한다. 그 이유는 사람이 살지 않는 넓게 펼쳐진 공간이 덜 대립적이라서 일본의 감시를 덜 받을 수 있다는 것이다.[43] 「바다위의 용소년勇少年」에서 이 세 소년은 신화적인 용왕의 깊은 바다 속 궁전에서 예루살렘의 성전까지 정복할 수 있다고 선언한다. 또 지상에서 유토피아를 건설하기 위한 힘겨운 노력 끝에 실현될 운명을 수용한다. 그러나 최남선은 어떻게 이런 승리가 성취될 수 있는지 분명히 제시하지 못하는데, 최남선도 검열로 인해 제약되었을 뿐만 아니라 그 변화가 내적으로 시작돼야 한다고 믿었기 때문이다. 그는 무력에 의한 승리가 아니라 자기 자신을 극복할 것을 요청하고 있다.

우리들은 어대까지 次序를찻고
조곰조곰 싸여감이 큰것이됨과
수고하면 功이룸을 굿게밋노니.

그러툿한 큰職分을 잘마추랴고
내것부텀 아름답고 온전스럽게
만들기를 함믜하야 힘쓸지로다.

(…중략…)

굿은마음 굿센팔을 밋고依支해

이런中에 견대나온 功力이나서

오래잔해 바다征服 슷치나겟네.[4])

어떻게 이런 성취를 할 수 있을지는 분명하게 말하지 않는다. 최남선은 우리 소년이 느끼는 사랑은 서양이나 일본을 이기고자 하는 것이 아니라 오직 '자기 독려'이며, '자기 진보'이자 '자기 성취'이고 '자기 보호'라고 썼다.[44] 달리 말하자면, 최남선은 모험의 축을 따라 탐험하는 행위 그 자체가 초월적인 것은 아니며, 식민지 체제가 구축해놓은 경계를 위반하는 것이 아니라고 강조한다. 예루살렘 성전과 용의 궁전 정복을 통해 보여주는 그의 이상적인 비전은 구체적으로 위험성이 없는 공간을 대상으로 한 시적이고 가설적인 야망이다. 이런 야망을 민족주의적이라고 해석할 수는 없다. 『소년』의 사명은 교화로서 그 목적은 당시 상황에 도전하기보다 한국 청소년의 발달을 촉진시키는 데 있었다.

당시 '소년'이라는 용어 자체는 젠더 구분이 없었지만, 최남선이 의도한 독자는 남자라고 할 수 있다. 잡지에서는 발간 당시에 남성성을 나타내는 신체적인 역량과 지리적 공간에 대한 통솔력을 칭송한다. 블라디미르 티코노프가 주목하듯이, 최남선과 그의 동시대인들은 남성의 신체를 국가와 불가분의 관계로 보는 담론을 형성시켰다. 그들은 남성의 몸이 애국적이면서 폭력을 행사할 잠재력을 지닌 심리적이고 물리적인 힘의 체화라고 보았다.[45] 한지희는 비록 '소년'이란 용어가 보기에는 젠더 중립적이지만, 사실은 여성의 경험을 배제한 십대 남자 청소년의 경험을 표현하며, 이에

---

4)　역자 주: 최남선, 「바다위의 勇少年」, 30~31쪽.

상응하는 용어인 '소녀'를 암시적이지만 실상은 의미가 부재한 표현으로 만든다고 설명한다. 한지희는 이런 부재가 근대 초기 한국의 구조적인 가부장제 때문이라고 본다. 이때는 여성교육과 개혁이 옷이나 머리 모양 같은 일에서 최소한으로 이루어지고, 교육받은 여성도 가정에서의 의무만을 수행해야 하는 때였다.[46] 그리고 최남선의 『소년』이 모험심이 가득한 소년에 대한 것이라면, 여성의 경험은 헬렌 켈러와 잔 다르크 같은 전기가 대부분이었다. 인쇄물에서 여성을 다룬 경우, 그 여성은 국가나 가정을 위한 희생으로 존경받는 인물이었다.

식민주의와 일본의 팽창을 지지하면서 한국의 청소년들을 바람직한 방향으로 이끌도록 잡지의 내용과 이미지를 구성함으로써 『소년』은 일본의 정책을 지지하는 역할을 했다고 볼 수 있으며, 적어도 일본의 정책에 거의 저항하지는 않았다. 그래도 이 잡지는 이전에 한 번도 전문적인 인쇄 문화를 경험해본 적이 없는 독자에게 문학적이고 시각적인 탐색을 할 수 있는 문화적 공간을 마련해주었다. 어른이 아닌 독자를 대상으로 한 최초의 잡지인 『소년』은 근대 지식과 흥미라는 한국 청소년의 필요를 인식했고, 이에 응답했다. 글과 사진 및 삽화를 통해 『소년』은 미래 한국을 이끌어갈 청소년이 그들의 중요한 역할을 상상할 수 있도록 그들을 계몽시키고 고무시키려고 노력했다. 한국 아동문학의 발전 과정에서 『소년』이 중요한 이유는 바로 이 점에 있다. 첫째, 성인이 아닌 독자의 정치적·문화적 잠재성을 인식했다는 것이다. 둘째, 천정환이 주장하듯이, 『소년』 이후 미래에 나올 출판물의 특징인 독자에게 자극과 흥미를 주는 형식을 선구적으로 수용했다는 점이다.[47]

국가의 품으로

최남선은 그 이전에는 가능하지 않았던 종류의, 성인이 아닌 독자를 위한 잡지를 성공적으로 발간했다. 『소년』은 한국의 청소년을 그 관심의 중심에 두면서 수필과 번역물, 창작 산문과 창작시를 출판했는데, 그 내용은 어린 독자들을 칭송하고 교육하고 계몽하며 흥미를 제공하는 것이었다. 이런 내용은 미래 한국 청소년의 위치에 대한 논쟁과 다음 세대를 국가의 시민으로 변모시키는 과정에서 교육과 계몽의 역할에 대한 사회적 논의가 있던 시기에 등장했다. 또 이때는 가족제도의 개혁을 공공연히 논하던 시기이기도 하다.[48] '자연 진화'를 주장하는 담론은 "'문명화된 사회'에서 '자연선택'은 우수한 '정신적 힘', 다시 말해 우수한 지식과 기술을 가진 사회를 자연이 선호한다"는 믿음인데, 일본의 대표적 사상가였던 가토 히로유키加藤弘之가 주장했던 이론이기도 하다.[49] 이 믿음은 소위 "우월하다"고 여겨지는 사람들이 "열등한" 사람들의 땅을 소유하는 것을 정당화하고, 그 자원과 토지를 점유하는 데 유리한 위치를 제공했다. 이것이 형성과정에 있는, 한국의 미래인 아동청소년이 국가적 담론의 중심에 서게 된 계기였다. 교육에 대한 논의도 일부 있었지만, 아동을 위한 복지와 교육 문제는 국가에 대한 충성과 근대 지식의 습득이라는 보다 추상적인 문제에 비해 부차적이었다.[50] 『소년』의 내용과 10년 후에 등장하는 아동잡지 사이에 나타나는 두드러진 차이는 아동청소년과 국가 간의 변증법적 관계이다. 다음 장들과는 반대로 「바다위의 용소년勇少年」에서 묘사하듯이, 최남선의 시에서 '젊은이'는 자연물보다 우수하다고 여겨지며 자연물은 발전 담론에서 극복되어야 하는 대상을 뜻하는 은유로 쓰였다.

『소년』의 내용은 사회적 논의가 권력을 지닌 성인으로부터 이동함을 보여준다. 이런 이동이 아직 아동을 위한 문학의 시작을 알리는 것은 아니라 하더라도 젊은이, 자연, 가족과 국가 간의 관계가 분명히 변화하기 시작했음을 보여주며, 이는 아동을 가시화하고 아동기를 문화적 현상으로 만들게 한다. 그동안 가족은 정체성과 문화의 요새이자 사회적 상호작용과 의무를 내재화하는 곳이었지만 『소년』은 아동을 가족으로부터 구해야 할 집단으로 간주하였다.[51] 『소년』에 실린 글과 이미지는 젊은이들에게 구식의 전통과 관습이 부과하는 방해물을 넘어서서 바다와 대륙을 개척하라고 촉구했다.

10년 후에도 이런 관습들은 여전히 깊이 뿌리박혀 있었다. 이광수의 선언문인 「자녀중심론」은 최남선의 기획의 한계를 드러낸다는 점에서 언급할 가치가 있다. 전체 5장으로 되어 있는 이 글은 한국 부모들의 뒤떨어진 자녀 양육법은 물론 한국의 근대화를 지연시킨 오래된 관습을 한탄한다. 이광수는 우선 한국의 자녀들이 소중한 젊음을 부모를 공경하는 데 허비하고, 나중에는 부모의 장례에 시간과 돈과 에너지를 낭비한다고 지적한다. 부모들은 자녀들을 통제하고 조종한다. 어떤 부모들은 자녀들과 헤어지는 것을 못 견뎌서 학업을 위해서조차 자녀를 출가시키지 않고, 다른 부모들은 자녀가 없을 때 생길 수 있는 재정적 불편을 두려워한다. 일부 부모들은 큰 자녀들에게 어린 자녀들을 돌보는 일을 맡김으로써 그들이 교육받고 개인적으로 발전할 기회를 막는가 하면, 진정 자녀들을 위해서 결혼을 시키기보다는 부모의 이익을 위해서 자녀의 결혼을 주선한다.

이광수가 제안하듯이, 이에 대한 해답은 부모가 자녀의 직업선택에 절대 개입해서는 안 된다는 것이다. 이광수가 비판한 또 다른 문제들은 부모가 자녀를 자신의 소유물로 여긴다는 것(2장 참고), 부모의 재산을 자녀에게 물려줌으로써 의도적으로 자녀의 경제적 의존성을 초래한다는 것(3장 참고), 그리고 심지어 사회적 성공을 위해 기술을 배우려고 자녀가 집을 떠나는 것이라도 그것을 탐탁지 않게 생각한다는 것이다. 마지막으로 이광수는 한국의 아동들이 자신의 지적, 신체적, 경제적 자원을 부모의 무덤에다 쏟아붓는다고 말한다. 이미 앞에서 언급했지만, 그는 "조선祖先의 분묘墳墓도 헐고 부모父母의 혈육血肉도 우리 양식糧食을 삼아야 하겟다"[5]라는 관습의 전복을 꾀하는 선언으로 끝을 맺는다. 대신에 새로운 세대는 고아의 정신을 기꺼이 수용하고, 아동들은 천상에서 이 땅으로 내려온 새로운 인종이라고 스스로 생각해야 한다고 역설한다.

『소년』처럼 성인이 아닌 독자를 위한 20세기 초기의 잡지가 맞서 싸우려 했던 대상은 상당 부분 관습과 전통이었다. 아동문학이 출현하는 데 『소년』의 역할은, 최초로 성인이 아닌 새로운 독자층이 원시적인 관습과 한물간 지식에 물들어 있는 기성세대를 전복시켜야 할 주체임을 공언했다는 것이다. 『소년』은 성인이 아닌 독자들이 가족이라는 올가미로부터 자유로워지고 국가의 품에 안길 수만 있다면 아직 실현되지 않은 잠재력과 가능성을 마음껏 펼칠 수 있다고 보았다.

20세기 초, 『소년』은 젊은이와 분리된 범주로서 '아동'을 가시화하지는 않았다. 『소년』은 당시 발전하는 발달심리학과 교육 흐름에 맞추어 양식화된 글과 이미지를 통해서 문해력을 확장하기 위해 애쓰지도 않았다. 더 아쉬운 점은 『소년』이 아동을 곧 식민지가 될 운명에 처한, 근대적이고 계

---

5) 역자 주 : 이광수, 「자녀중심론」, 『청춘』 15, 신문관, 1918, 16쪽.

몽된 국가의 품으로 보낸다는 말이 도대체 무슨 뜻인가라는 질문에는 거의 답하지 않았다는 것이다. 한국의 젊은이들이 국가를 위해 근대 지식으로 계몽될 필요가 있었다는 주장은 타당하다고 볼 수 있다. 하지만 아동을 위한 글과 그림이 나오기 위해서는 먼저 자연이나 문화와 맺는 관계가 성인과는 달리 새롭다고 여겨지는 아동이라는 존재에 대한 인식이 필요했다. 다음 장에 나오겠지만, 이런 인식은 '동심'이라는 새로운 개념으로 표현되었다. [52]

2장

동심 그리기

아동잡지 『어린이』의 1924년 6월호는 삽화가 그려진 동요 「나무닙배」 로 시작한다. (그림 5 참고)

> 어적게 씌워논 나무닙배는
> 구즌비가 오는대 어대로갓나
> 물가의 비저즌 풀숩새에는
> 조희쪽 흰돗이 잇슬쑌일세.
>
> 어적게 버베손님 태워건늬던
> 새파란 나무닙 적은나무ㅅ배
> 돗대와 배ㅅ몸은 어대로가고
> 연못에는 비방울 소래쑌일세.

삽화는 한 무당벌레가 거친 물결 위의 나뭇잎을 타고 가는 모습을 묘사하고 있다. 극적인 이 장면은 거친 파도 속 항해를 나타내며, 점선으로 표현된 빗줄기는 이 배를 전복시킬 듯하다. 1장 최남선의 시 「바다위의 용소년勇少年」의 그림 4와 비교해보자. 두 시는 물 위의 극적인 순간을 포착하고 있지만, 그 삽화에 나타난 긴장감은 배와 물, 궂은 날씨와 같은 자연 요소들 사이의 부조화에서 비롯된다. 그리고 배를 탄 승객들은 이러한 부조화 가운데 자리하고 있다. 그러나 1909년, 『소년』의 이미지는 한국의 젊은 미래 지도자들을 위한 것이며, 변화하는 정치·사회적 흐름과 이 거친 물살에 대항하는 싸움을 은유적으로 표현하고 있다. 『어린이』의 이미지와 슬픈 시는 완전히 다른 청중을 겨냥한 듯 보인다. 외로운 여행자로서 무당벌

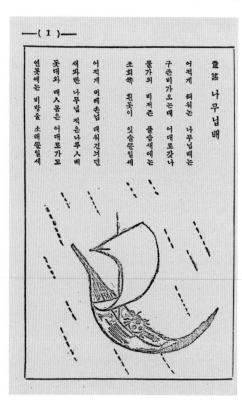

그림 5 「나무닙배」, 『어린이』 2(6), 1924, 1쪽

레는 정치에서 해방된 듯 보이는, 인격화된 자연의 판타지 세계로 우리를 안내한다. 시는 교훈적 메시지를 잃어버린다. 세계를 바라보는 아동의 관점에서 비오는 날, 흙탕물 위의 나뭇잎배는 일순간 궂은 날씨 때문에 즐거운 항해를 방해받게 된 존경하는 손님에 대한 서술로 변형된다. 오로지 아동만이 이 사실을 알아차릴 수 있고, 무당벌레의 운명을 걱정하는 것처럼 시에서 표현한다.

2장은 1909년 『소년』의 삽화 이미지로부터 1924년 『어린이』 삽화에 나타나는 이미지로의 변화를 다룬다. 청소년에서 아동으로 바뀌는 담론적 변

화에 대한 내용으로서 실제같이 그렸던 섬세한 선들이 판타지풍의 추상적 필법으로 바뀌고, 정치화된 젊은이를 대상으로 했던 잡지들이 자연적·유기적인, 외견상 젠더 중립적인 아동을 위한 잡지로 변화한다는 것이다. 이는 어떤 사회적, 문화적, 담론적 변화들이 처음으로 아동을 가시화했는지 설명한다. 필자가 말하는 사회변화란 청소년 단체와 그와 관련된 문학 운동의 증대, 서서히 증가한 학교의 수와 문해력의 증진, 이로부터 점점 확장된 상상의 아동 공동체를 의미한다. 이는 문화적 변화와 관련이 있는데, 필자는 아동의 가시성이 증대하고 일본 아동문화의 영향을 받게 된 식민지 문화에서의 가시적 전환을 문화적 변화로 이해한다. 여기에서 담론의 변화란 교육적·심리적 철학/사상이 이상적 아동을 형성하기 위해 어떤 문화적 조건이 필요했는지에 대한 새로운 담론을 만들어낸 것을 의미한다. 동시에 이러한 변화들은 '동심'이라는 용어의 출현을 촉발시킨다. 이 용어는 아동의 태생적인 지위를 보호하고 보존해야 한다는 이념을 강화시키는 방식에서 시각적·텍스트적으로 형상화되면서 기호화되었다. 이 용어는 한국 아동문학자들에게 새로운 것은 아니었지만 그 기원과 윤곽은 한 번도 설명된 적이 없었다. 아동문학의 토대는 겉으로는 비정치적이면서 동심을 찬양하고 아동기에 대한 관심을 불러일으켰지만, 실제로는 미래를 위한 포부로 읽힐 수 있다고 필자는 생각한다. 향수를 불러일으키지만 그 핵심은 정치적이었다. 문화와 정치가 식민주의 근대성과 아동의 연관성을 부정함으로써, 이전에는 동심의 정치성을 알아차리지 못했던 것이다.

일제 초기의 독서훈련에 대한 천정환의 연구에서는 20세기 대량생산 인쇄 문화가 생산, 분배, 그리고 문화 소비 측면에서 변화를 가져왔다고 주장한다. 천정환에 의하면 낭독에서 묵독으로 변화하면서, 텍스트에서 수집된 일련의 지식들이 '엘리트' 계층이 독점했던 지식의 신비성을 벗겨내고 식민주의 경제에 내재된 사회 불평등에 도전장을 던졌다는 것이다. 이러한 변화의 주요 수혜자들과 대리자는 한국의 청년[1]이었다. 천정환에 따르면, 한국의 청년들은 그들의 취향과 열망의 측면에서 "새로움"의 체현이었고, 활발한 문화소비로 독서 자료가 급격하게 증가되었다.[1] 권보드래에 따르면, 청년의 부상은 집단과 개인의 분리를 더욱 중대시켰으며, 그로인해 인간 능력에 대해 새롭게 갖게 된 자신감은 자연의 법칙들에 저항하고 이를 극복하는 것과 연관된다.[2] 이 사실이 중요한 이유는 청년에 대한 담론에 힘입어서 젊은 독자들을 대상으로 한 다양한 책의 생산과 자연에 맞서는 청년상의 정착을 가능케 하였기 때문이다. 아동을 뚜렷이 구분하려는 1장의 「바다위의 용소년勇少年」과는 대조되는 것이다.

　청년이 고착화된 지식의 틀에 맞서면서 청년 운동들도 지속적으로 일어났다. 그렇게 해서 그들이 아동문학을 부상시키는 최선봉에 서게 되었다. 이를 최명표는 그의 주요 논쟁점을 간추린 글에서 설명하고 있다. 최명표는 부분적으로 프롤레타리아 '운동박선영의 용어를 빌자면'이 한국 엘리트 청년이 지녔던 품위와 문화에 대한 고정관념들, 청소년을 계급과 연령의 중간물로 보았던 개념들을 부수는 계기가 되었다고 생각한다.[3] 최명표는 청년단체로 잘 알려진 '청년회'가 사실상 아동 단체 '소년회'의 출범으로 가능했다고 강조한다. 달리 표현하자면, 아동 단체 덕분에 청년 단체가 좀 더완전한, 더욱 분명한 미적 정체성을 깨닫는 기회를 갖게 된 것이다.[4] 소년회는 전국적으로 싹을 틔우고 초·중·고등학교 연령대의 젊은이들에게

---

1) 역자 주: 당시 '청년'은 오늘날의 '청소년'을 포함함.

집회의 기회를 제공했다. 그리고 서사와 창작에 대한 토론을 전개하면서 문해력 비율이 낮은 당시 현실을 비판하였다. 1930년 당시 한국 인구의 11퍼센트만이 글을 읽을 수 있었다. 그리고 1929년 한국 아동의 20퍼센트가 초등학교에 다녔다. 시골에 사는 아동들은 거의 학교를 다니지 못했다. 게다가 중학교로 진학할 기회는 더 더욱 없었다.[5]

전국적으로 아동이 소년회에서 전개한 책읽기를 통해서 문학을 접할 수 있었다. 이러한 독서물들 중 소설은 청중에게 글을 들려주고 감성을 자극하는 회합을 통해서 주로 발달되었다. 아동잡지에 실린 다양한 양식의 소설들은 소년회에서 생산한 다양한 콘텐츠를 반영하고, 좀 더 광범위한 문학영역을 일구어냈다. 회합에서 문학작품들을 놓고 토론하며 청중들에게 그들 자신의 시와 소설을 제출하도록 장려했는데, 이 모든 것들이 아동잡지와 콘텐츠 개발에 직접적이고 의미 있는 영향을 주었다. 이런 독서회에서는 '아동'과 '성인'의 범주는 물론 독자와 작가 사이의 경계가 유동적인 장르가 만들어졌다. 식민지 한국의 유명한 작가들 가운데 많은 인물들이 이 아동 단체 소년회에서 창작력을 연마할 수 있었다.[6]

최명표에 따르면, 아동과 청년 단체들은 모국어인 한국어, 글쓰기 능력, 그리고 민족적 정체성 사이에 연결고리가 형성되는 중요한 공간이었다. 아동 단체들은 한국의 주류 지식인들을 양성하는 온상이었고 그 지식인들이 아동문화발전의 투자자였다. 그들이 만들어낸 첫 저작물 가운데 하나가 『어린이』였다. 색동회 설립과 함께 아동문학 작가 단체가 아동문학의 미학적·장르적 기초를 놓으며 창작물을 선보이게 되었다.[7] 또한 천도교가 한국 아동문화의 발전에 중요한 역할을 하였는데, 이는 앞으로 더 설명하겠다. 같은 시기에 학교가 늘어나고 문해력 향상을 위한 교재들이 증가하면서 아동문학이 형성되는 기반을 이루었다. 장정희에 따르면, 식민지 시대의 교재들이 광범위하게 읽힘으로써 교육정책에 기여했는데 이 텍스트들이 문학, 문화, 정치, 사회의 여러 요소들을 공유하여 반영하고 있었다고 한다.[8] 장정희는 단형서사가 한국문학의 발전에 기여하였으며 부분적으로는 1911년에 처음 출판된『조선어독본』의 발전에도 크게 공헌했다고 평가한다. 1920년대에는 일본에 기원을 둔 민담들이나 매우 도덕적인 이야기들이 아동 독자들을 위해서 출판되었다.[9] 식민지 정부가 발행한, 어린 학생들을 위한 정서법과 콘텐츠의 변화들은 동화同化를 지향했던 일본의 문화 및 정책을 반영하고 있다. 학교 교재들이 좀 더 쉽게 통제된 것과는 대조적으로, 아동을 대상으로 한 상업 인쇄물들은 광범위한 목소리들을 담고 있다. 여기서 동심에 대한 논쟁이 발생한다.

새로운 아동문화

최근 학술연구에 의하면, 눈에 띄게 변화하는 식민지 한국의 모습은 그 자체로 극적인 변화를 겪고 있었던 문단에도 함축적 의미를 시사했다. 김지나는 시각적 서사를 "대중 소비와 예술적 실습"의 중요한 부분이라고 말한다. 반면에 신지원은 동일시, 인지, 오인, 응시, 통찰, 착각, 구상(상상)과 같은 시각적 순서와 관련된 다른 기제를 관찰하였다. 이 기제는 "한국이 근대화되는 과정에서 물질문화와 개인 간의 관계 변화를 뚜렷이 보여주면서 근대 소설의 통합된 서사장치를 구성한다".[10] 이와는 대조적으로 크리스토퍼 한스콤은 한국 근대 작가들이 식민지 문화의 규칙 아래서 기표와

기의의 불일치성을 표현하기 위해 의존했던 시각적 기제를 강조하고 있다.[11] 그리고 테오도르 휴즈는 식민지 한국에서 단어와 이미지의 복잡한 관계에서 무엇이 중요했는지 설명했다. 그는 중요한 정치적·미학적 운동들이 단순히 식민지 시대의 문화적 생산물을 알려줄 뿐 아니라 냉전의 정치 상황에 깊이 연관되면서 전후 시기까지 퍼지게 된 "보고 쓰는 방식을 작동시켰다고" 주장한다.[12] 인쇄문화의 생산과 보급을 확장시킨 기술 발전을 통해 진화한 시각 문화 양식은 직접 서사기법을 형성했고, 더 나아가 서로 다른 계급과 다양한 연령대의 점점 더 많은 사람들이 세상을 이해하고 세상과 관계를 맺는 방식을 형성했다.

20세기 초는 단지 시각문화의 시대만이 아니라, 아동의 시대였다. 19세기 말 동아시아를 휩쓴 사회적 다원주의 담론에 힘입어 근대 국가에 대한 담론은 노쇠하고 정체된 구식 관행을 뒤엎고 청소년들에게 새로운 임무를 부여하려는 관점에서 구성되었다. 앤드류 존스Andrew Jones에 따르면, 중국에서 "아동이라는 인물은 국가의 보편적인 상징이자 국가 발전의 희망이 되었다".[13] 저우쭤런周作人은 반제국주의자로 중국의 5·4운동에서 중요한 지식인이다. 그는 중국 근대 아동문학의 설립자들 가운데 한 사람인 루쉰魯迅의 남동생으로, 존슨은 이 저우쭤런을 인용한다. 저우쭤런에게 있어서 아동은 "과거 중국과의 인식론적 단절을 분명히 하기 위한 더 큰 노력의 발동기였다".[14] 일본에서도 1868년 메이지 유신은 1872년에 시작된 의무 교육과 더불어 교육 철학에 새로운 관심을 갖도록 자극시켰고 청소년과 쇄신에 대한 담론들이 생겨났는데, 이는 중산층 수립에 도움을 주었다.[15] 아동과 교육에 대한 새로운 담론들은 쇄신담론과 함께 문학에 대한 관심을 급증시켰다. 그리고 『소공자小公子』1890, 『고가네마루こがね丸』1891, 민담 『모모타로桃

太郎』1894와 같은 책들은 유례없이 많이 팔렸다.[16] 여성잡지와 아동잡지의 회람도 모성, 아동, 청소년에 대한 생각을 널리 퍼뜨렸다. 아동잡지 중 가장 많은 찬사를 받은 것은 『붉은 새赤い鳥, 아카이토리』1912~1936였다. 이 잡지의 작가들은 일본의 명망 있는 문단 출신이며 아동문학이라는 새로운 장르에 전념하게 되었다.[17] 『붉은 새赤い鳥, 아카이토리』는 일본 대정 시대에 가장 영리한 최고의 작가와 예술가를 끌어들여 문학 무대에 아동문학의 등장을 알렸다. 20세기 초 동아시아에서 개혁과 발전에 대한 논의가 열리면, 일반적으로는 청소년들이, 특별한 경우에는 아동들이 그 중심에 있었다. 그 이유는 이들이 과거 성인의 유해한 관행과 정치적인 청년들과는 극명하게 대조를 이루며 성장과 변혁의 가능성을 상징했기 때문이다.

한국은 어떠했는가? 앞 장에서 살펴보았듯이, 한국 지식인들은 청소년이 독서 자료가 필요한 새로운 청중일 뿐만 아니라, 진보하는 국가에서 중요한 역할을 하고 있다는 것을 인식했다. 그러나 다음 세대를 육성하기 위해서는 교화와 교육의 관점에서도, 새로운 수준의 교양과 문화로 이끌어야 한다는 점에서도 훨씬 더 어린 연령대인 아동들까지 대상으로 해야 했다. 아동이 필요로 하는 내용과 언어가 한 번도 쓰인 적이 없었기 때문에 식민지 한국의 작가와 교육자에게 이러한 아동 독자들은 특별한 도전이 되었다. 텍스트와 이미지는 이중 작업을 수행해야 했다. 한국 작가와 교육가들은 아동들의 지적·정서적 요구에 반응해야 했다. 이러한 요구는 근대 교육과 심리학에 의해 재정립될 필요가 있었으며, 이념적 비전들의 경쟁으로 빚어진 당시의 정치적 불확실성 속에서 아동들을 이끄는 것이었다. 이 장에서는 아동문학을 가능케 한, 중요한 두 가지 변화를 강조하기 위한 방법으로 이러한 미적 선택들의 맥락 및 전후 관계를 살펴볼 것이다. 첫째,

아동과 아동문학을 가시화하는 과정이다. 둘째는 아동과 본성 사이에서 도출된 신체와 마음의 미학으로서 동심을 창조하는 것이다. 이 시기의 아동문학에서 삽화들과 텍스트들의 구성은 문화 및 정치적 문해력을 형성하고 처음으로 아동문화를 발달시키는 담론을 반영하고 있다.

　아동잡지를 포함한 문학잡지는 식민지 한국에서 급성장하고 있는 인쇄문화의 중심 매체들이었다. 독자를 아동으로 할 때의 어려움은 오락적이면서도 동시에 교육적인 내용을 제대로 전달하는 문제였다. 달리 표현하여 1932년 편집자의 말에 따르면, "그러므로 무미하고 윤택한 맛이 업시 압박을 엇는 것 가튼 교과서도 못 쓰며 또 수신식으로 된 것도 못습니다. 과자 가트면서도 약이 되는 회충과자 비슷한 것 가튼 모양으로 된 것이야"[18] 한다. 작가들과 출판업자들은 그들이 전달하고자 하는 교훈들을 입에 맞게 포장할 필요성을 인식했다. 그 교훈들은 교육과 가정생활에서부터 언어와 도덕적 발전에 이르기까지 모든 것을 망라하는 것이었다. 다음 장에서 살펴보겠지만, 그들은 언어가 아동문학에 필수적이지만 아동의 동심 속으로 들어가는 길은 귀를 통해서만이 아니라는 것을 이해했다. 더 중요한 것은 눈을 통해 다양한 산문과 시를 수반하는 그림과 색을 보면서 그 길이 이루진다는 것이었다. 더욱이 적절한 콘텐츠를 제작하기 위해서 작가들과 삽화가들은 그들의 청중을 이해할 필요가 있었다. 이 아동들은 누구이며 그들이 특별히 필요로 하는 것은 무엇인가? 어떻게 작가와 삽화가들이 그들의 특별한 감수성을 자아내는 아동이라는 비평적 대중을 만나게 되었는가?

　이러한 맥락에서 한국의 아동들, 즉 '어린이'라는 새로운 핵심어가 등장한다. 10년 전의 젊은이인 '소년'처럼, '어린이'도 훼손되지 않은 존재로 여겨졌다. 더 어린 이 청중들은 작가들에게 위대한 잠재력을 의미했는데, 이 잠재력은 작가들이 이들의 독특한 특성을 인지해야만 열리는 것이었다. 한 작가의 말에 따르면, "우리 어린이는 그 뜻이 이 세계의 장래 주인공이라는 말이다─그럼으로 우리 어린이들은 씩씩한 긔상과 고─흔 心정과 쾌활하고도 부즈러한 마음을 항상 새롭게 하야 이 세계의 지금현재 주인공이신 아버님 어머님 先生님보담 더 나은 사람이 되어야 하겟다".[19] 문해율은 여전히 극히 저조했고, 당시 대다수 아동은 가난하여 교육은 꿈도 꾸지 못했으며, 여가문화를 즐긴다는 것은 더더욱 생각지도 못했다.[20] '어린이'라는 용어의 사용이 증가하고 있는 것으로 보아 어떻게 하면 이 새로운 시대에 아동을 키우고 현 세계에 대비시킬 수 있을까 하는 아동에 대한 질문이 대중적 관심사가 되었다.

'어린이'라는 용어는 한자어 '소년'과는 달리, 순수한 한국어로서 한국 아동들을 가시화하는, 첫 번째 중요한 변화를 의미했다. '어린이'의 등장은 일본의 영향을 받은 것인데, 작가들 간의 상호교류, 개인과 국가 간의 더 직접적인 관계를 촉진하는 공교육의 도래와 가족주의의 재구성, 기독교 선교사와 가정학, 유아교육, 심리학 그리고 의학 분야의 전문가들의 역할도 이 등장에 영향을 주었다.[21] 여기에 하나 더 덧붙이자면, 교육자와 지도자들, 심리학자들, 작가들, 사회 활동가들, 그리고 종교지도자들 사이의 대중적 교류이다. 이들 모두 한국 아동에게 가장 좋은 의복과 거주지, 교육과 놀이, 지도 방법을 인식하였고, 이들이 아동문학의 길을 닦았다고 할 수 있다. 아동문학은 아동을 문화적으로 가시화하고 아동들이 문화적·언어적 감각을 익히며 아동의 지성과 정서적 요구에 반응하는 내용을 양식화할 필요성에 대한 대답으로 등장하였다. 이런 필요성은 '동(아동)'과 '심(마음/심장)'이라는 용어로 수렴된다. 동심은 아동들을 위한 글쓰기와 삽화의 원동력이었던 몸과 마음이라는 이분법을 사로잡을 수 있는 용어였다. 이분법적 동심에 대해서 교육전문가는 설명하였으며, 작가는 글을 썼고, 삽화가들은 그림을 그렸고, 필자는 이러한 동심의 이분법적 관점으로 아동잡지의 글과 그림을 분석했다. 조은숙, 원종찬과 같은 학자들은 아동청소년문학에서 동심 구조의 유행을 적시하고 있다. 이 장에서는 그들의 관찰을 통해 동심 개념을 풍부히 하고 그것을 지탱해 주는 담론들과의 관계를 구체적으로 설명하고자 한다.[22] 동심으로 수렴된 몸과 마음의 이분법은 정서적인 특권을 지닌 아동을 창조했다. 이런 아동의 유기적인 본성은 한국어와 국가의 미래가 분명하지 않은 시기에 유토피아적 열망을 상징했다.

아동의 가시화

아동문화에 대한 논의는 천도교라는 토착 종교가 지닌 긍정적인 힘과 함께 진행되어야 한다. 1860년 개교된 천도교는 인내천人乃天이라는 개념으로 수렴되는 인류의 비전을 제시하고 있는데, 이는 모든 인간에 내재된 신성함을 의미한다. 이 휴머니즘적 비전은 한국 아동청소년 문학의 개척자인 방정환이 일생동안 추구했던 사업에 영감을 준 것 중 하나였다. 방정환은 천도교 제3대 교주인 손병희의 사위였으며 『신여성』과 일반종합 잡지 『개벽』을 포함한, 이 시기 많은 중요한 문예잡지들의 편집자이기도 했다. 방정환의 힘으로 만들어질 수 있었던, 아동 단체 '소년회'의 창단식에서 이루어진 다음과 같은 선언이 『동아일보』에 실렸다.

一. 어린 사람을 헛말로 속히지 말아주십시오.

二. 어린 사람을 늘 갓가히 하시고 자조 리야기하여 주십시오.

三. 어린 사람에게 경어敬語를 쓰시되 늘 부드럽게 하여 주십시오.

四. 어린 사람에게 수면睡眠과 운동을 충분히 하게 하여 주십시오.

五. 리발이나 목욕 가튼 것을 때 맛처 하도록 하여 주십시오.

六. 낫분 구경을 식히지 마시고 동물원에 자조 보내주십시오.

七. 장가와 싀집 보낼 생각 마시고 사람답게만 하여 주십시오.²³

이 일곱 가지의 항목들은 몸과 마음이라는 이분법으로 동심의 윤곽을 제공한다. 이 항목들은 목욕, 이발, 수면과 운동 같은 아동들의 신체적 행복뿐만 아니라 부드러운 음성, 잦은 대화와 적절한 자극과 같은 정서적인 욕구에도 관심을 갖도록 요청하고 있다. 방정환은 월간『천도교회월보』에 실린 그의 글에서 자신의 철학을 상세히 설명하고 있다.

나는 어린애를 貴愛한다. 그 中에도 처음 말 배운 五六歲쯤의 어린애를 第一 貴愛한다.

○

어느 녀름날 여섯 살된 계집아해가 바느질하시난 母親의 엽, 窓에 안저서 밧갓을 내여다 보고 잇섯난대 그 窓 밧게는 푸른 잔듸밧이 낫볏에 쪼이고 그 끗에 翠色깁흔 樹林이 무슨 깁흔 祕密을 감추고 잇난 듯이 神祕롭게 잇난대 그 때 맛침 싀원한 바람이 어대선지 불어와서 그 翠色깁흔 樹林이 흔들흔들 흔들니는 것을 보고 그 어린 少女가 母親을 보고 "어머니 저 쏴—하고 부는 게 바람의 엄마고 저 나무닙사귀 흔들니는 것이 바람의 아들이지요" 하엿다 한다.

이럿케 어린애는 詩人이고 歌人이다. 그 어엽분 조그만 눈 瞳子에 보이는 것이 모다 詩이고 노래이다.[24]

위의 글은 원종찬이 말한 것처럼 아동문학과 아동문화의 형성에 필수적인 요소가 바로 아동이 정서적으로 다른 존재라는, 방정환 사상의 중요한 토대를 보여준다. 하지만 주목할 것은 햇빛이 풀 위를 때리듯 비추고 있다고 상상하고 그 장면을 묘사하기 위해 "비춰 빛 나무숲" 같은 문구를 사용하는 이는, 바로 아동이 보는 것을 보고 자연에 대한 소녀의 상상을 말없이 전달받는다고 가정하는 화자라는 점이다. 어린 소녀가 바람이 소리를 내고 나뭇잎을 휘젓는다고 말할 때, 소녀는 마음속에서 이 정보를 정리하고 그 요소들이 한데 어울린 한 표현을 만들어낸다. 이렇게 할 수 있는 어린 소녀의 능력은 소녀를 어른과는 다른 존재로 특징지으며 거의 예언자적인 모습으로 나타낸다. 소녀는 자연과 특권적인 관계를 지닌 모든 아동의 특성을 보여준다. 이것은 어린 소녀가 현실에 좀 더 특별하게 접근하게 한다. 왜냐하면 그녀는 세계를 좀 더 진실한 방법으로 처리할 수 있기 때문이다. 방정환은 이러한 "천도교의 새 일꾼"[2])을 천사 같고 순수하다고 묘사한다. 그리고 "동생 잇난 형兄이여 어린애 기르는부모父母여 어린이 가르치는 선생先生님이며 원願하노니 귀貴여운 어린 시인詩人에게 돈 쥬지 말고 과자菓子 쥬지 말고 겨를 잇난 대로 기회機會 잇난 대로 신성神聖한 동화童話를 들녀쥬시오 때때로 자조자조"[3])라고 덧붙인다. 방정환은 아동의 신체적, 정서적인 차이를 확고히 하였고, 대여섯 살의 작은 아동들이 자연에 민감

---

2) 역자 주 : 위의 글, 99쪽.
3) 역자 주 : 위의 글, 100쪽.

하여 어른들이 할 수 없는 방법으로 세계를 처리하고 정리할 수 있다고 생각했다. 그는 형제자매, 부모, 그리고 교사들에게 이러한 아동을 관찰하고 이들을 인식하여 이들이 필요로 하는 것을 제공하라고 요청한다. 즉 아동에게 필요한 것은 탐욕을 악화시킬 수 있는 돈이나 자기방종을 촉진시킬 수 있는 달콤한 것이 아니라 이야기라고 말이다.

방정환은 그의 수필 「어린이 찬미」[25]에서 그의 동심에 대한 이론을 더 발전시켰다. 그는 잠자는 아동을 관찰하는 것으로 시작하여 그 얼굴에서 찾아낸 평화를 격찬한다. 그리고 방정환은 아동을 '인내천人乃天'으로, 하느님 얼굴과 비교한다.[26]

오오 어린이는 지금 내 무릅 압해서 잠잔다. 더할 수 업는 참됨眞과 더할 수 업는 착함과 더할 수 업는 아름다움을 갓추우고 그 우에 또 위대한 창오의 힘 까지 갓추어 가즌 어린 한우님이 편안하게도 고요한 잠을 잔다. 엽헤서보는 사람의 마음 속까지 생각이 다른 번루한 것에 밋츨 틈을 주지 안코 고결하게 고결하게 순화純化 식혀준다.[27]

방정환은 잠자는 어린이에게 순결, 친절, 아름다움 같은 속성이 있다고 생각하며, 아동이 지닌 신성에 가까운 잠재성을 일깨우고 그들의 무고함을 강조한다. 그는 계속해서 다음과 같이 쓰고 있다.

말른 잔듸에 새풀이 나고 나뭇가지에 새싹이 돗는다고 뎨일 먼저 깃버 날뛰는 이도 어린이이다. 봄이 왓다고 종달새와 함께 노래하는 것도 어린이고 곳이 피 엿다고 나븨와 함께 춤추는 것도 어린이다. 별을 보고 조와하고 달을 보고 노래하는 것도 어린이요 눈⁎온다고 깃버 날쒸는 이도 어린이이다. 산을 조와하고 바다를 사랑하고 큰 자연의 모든 것을 골고루 조와하고 진정으로 친애하는 이가 어린이요 태양와 함께 춤추며 사는 이가 어린이이다. 그들에게는 모든 것이 깃븜이요 모든 것이 사랑이요 쏘 모든 것이 친한 동모이다.[28]

방정환은 동심의 핵심 중 하나인 자연과 변증법적 관계에 있는 동심의 존재에 대해 설명하고 있다. 아동들의 행위는 봄에 꽃이 피는 것처럼 자기도 모른 채 무의식적으로 하는 것이다. 언어는 사실상 불필요한 것으로 아동들의 노래는 종달새의 노래처럼 아무 의도 없이 그냥 저절로 나오는 더 높은 차원이다. 방정환 수필의 마지막 부분에서 그는 아동들을 '아름답게' 만드는 세 가지 중요한 구성 요소로 이야기의 세상, 노래의 세상, 그림의 세상을 주장한다.

어린이 나라의 세 가지 훌륭한 예술藝術이다. 어린이들은 아모리 엄격한 현실이라도 그것을 한 이약이로 본다. 그래서 평범한 일도 어린이의 세상에서는 그것이 예술화하야 찬란한 미美와 흥미興味를 더하여 가지고 어린이 머리 속에 다시 뎐개展開된다. 그래 항상 이 세상 모든 것을 아름답게 본다. 어린이들은 쏘 실제에서 경험하지 못한 일을 이약이의 세상에서 훌륭히 경험한다. 어머니나 할머니의 무릅에 안저서 자미잇는 이약이를 드를 때 그는 아조 이약이에 동화同化해 버려서 이약이의 세상 속에 드러가서 이약이에 나오는 모든 일을 경험한다. 그래 그는 훌륭히 이약이 세상에서 왕자王者도 되고 고아孤兒도 되고 쏘 나븨도 되고 새도 된다. 그럿케 해서 어린이들은 자긔의 가진 행복을 더 늘려가고 깃븜을 더 늘려가는 것이다.[29]

방정환에 따르면 아동과 세상, 세상과 이야기 사이에는 경계가 거의 없다. 왜냐하면 세상은 아동이 이야기로서 경험하는 것이기 때문이다. 그들은 최고의 창조 질서를 변화시키는 주체이며 세상을 더욱 아름다운 곳으로 만든다.

수필에서 언급한 세 가지 중요한 요소 중 두 번째는 아동들의 노래에 대한 방정환의 견해이다. 아동은 세계를 직관적으로 바라보고 자신의 감정을 시어로 옮긴다는 그의 시각을 반복해서 강조한다. 그림이라는 주제에 대해서 방정환은 다음과 같이 상세히 설명한다.

> 어린이는 그림을 조와한다. 그리고 또 그리기를 조와한다 족곰의 기교技巧가
> 업는 순진純眞한 예술을 낫는다. 어른의 상투를 자미잇게 보앗슬 째 어린이는
> 몸동이보다 큰 상투를 그려 놋는다. 순사의 칼을 이상하게 보앗슬 째 어린이는
> 순사보다 더 큰 칼을 그려 놋는다.[30]

방정환이 돈이나 달콤한 것보다 더 필요하다고 여겼던 이야기와 시가 아동에게 가장 필요한 두 가지 중요한 요소라면, 세 번째 중요한 요소는 시각예술이다. 아동이 그린 그림은 그들의 세상에 대한 특권적인 견해를 표현하는 또 다른 소통 방식이다. 아동의 마음과 정신의 순결성은 그들이 그린 그림에 담겨있는데, 그 결과들은 세계에 대한 진실의 핵심들을 포착한다. 상투와 칼이라는 두 가지 예를 살펴보자. 아동은 처음에는 재미를, 그 다음에는 불길함을 알게 될 것이다. 하지만 방정환에 따르면, 그들이 배워서가 아니라 단순히 그럴 것이라고 알고 있기 때문이다.

요약하면, 방정환의 동심에 대한 이해는 다음과 같다. 동심은 자연 세계

에 접근하는 특별한 능력이다. 동심에서 나온 행위는 사회화되거나 양육되는 것이 아니라 저절로 나오는 것이다. 아동이 느끼는 것은 필연적으로 진실이며, 아동이 언어로 이 진실을 표현하면 그것이 시가 되고, 그림으로 표현하면 예술이 되는 것이다.

방정환은 아동이 제대로 보호받을 때 비로소 세상의 천국을 건설할 수 있다는 천도교의 중심 교리에 가까운 생각들을 표현한다.[31]

> 우리가 피곤한 몸으로 일에 절망絶望하고 느러진 째에 어둠에 빗나는 광명의 빗갓치 우리 가슴에 한 줄기 짓을 던지고 새로운 원긔와 위안을 주는 것도 어린이쑌만이 가즌 존귀한 힘이다. 어린이는 슯흠을 모른다. 근심을 모른다. 그리고 음울陰鬱한 것을 실허한다. 어느 째 보아도 유쾌하고 마음을 편하게 논다. 아모데 건드려도 한업시 가즌 깃븜과 행복이 쏫아저 나온다. 깃븜으로 살고 깃븜으로 놀고 깃븜으로 커간다. 쌧어나가는 힘 쒸노는 생명의 힘 그것이 어린이이다. 왼 인류의 진화와 향상進化向上도 여긔에 잇는 것이다.[32]

천도교는 아동을 관찰하고 그들에게 귀를 기울여야 하며, 아동들을 위한 자료들은 아동에 걸맞게 나와야 한다고 주장하는 새로운 아동 담론을 강력하게 주창하였다. 하지만 동심이라는 개념을 완전히 발전시킨 것은 방정환의 이론화 작업이었고, 이 작업은 다음 세대의 아동문학을 위한 기초가 되었다.

일본과의 관계

이 시기에 천도교의 계율이 방정환의 사상 형성에 영향을 주었다는 점과 아울러 일본에서 아동문학과 문화운동이 부흥하고 있었다는 사실도 매우 중요하다. 방정환은 1919년 도쿄대학에서 아동문학과 심리학을 공부하였다. 아동문학단체인 색동회를 1923년에 바로 이곳에서 창설하였다.[33] 이 시기는 일본 아동문학의 황금기였는데, 이때 잡지 『붉은 새』가 각광을 받고 있었다.[34] 이 잡지는 예술적 가치를 지닌 아동문학을 진흥시키기 위해 1918년에 창간되었으며, 특히 그 구독자는 중산층을 목표로 경쟁하던 부모들이었다.[35] 『붉은 새』는 아동청소년을 위한 출판물과 대중 담론에서 유포되던 전통적인 사고방식에 대한 반발로 출판되었다. 1868년 메이지 유신 때까지 아동들은 봉건제도에 편입되어 있었기 때문에 사회적 계급의 위치로만 인식되었다.[36] 아동은 1872년 교육제도의 개혁과 함께 바뀌기 시작했는데, 아동은 계급에 상관없이 제국의 충성스런 신하로 변모하게 되었다. 『붉은 새』에 공헌한 사람들은 사회운동가였는데, 이들은 일본의 계층적 사회 체제를 반대하고 아동의 교육권, 자유와 창의성, 그리고 동심을 찬양했다.[37] 출판물에서 아동은 상냥한 기질을 지닌, 효도하고 근면하고 고분고분하며 가난하고 학대받는 인물로 그려졌다.[38] 이러한 속성은 일본어로 '도신童心' 즉 '동심'이라고 불리는 특별한 아동관을 반영한다.[39] 방정환이 일본 잡지와 지식인으로부터 얼마나 영감을 받았는지는 이와야 사자나미巖谷小波의 작품을 포함하여 번역서에 대한 그의 열정을 통해 알 수 있다. 소파小波는 일본 작가가 사용한 것과 같은 한자명인데, 방정환이 이 '소파'를 자신의 필명으로 선택했다. 그 사실은 학계에서 논란이 되어 왔지만 한국인들이 일본에 빚을 졌다는 전제를 뒷받침하는 근거로 오랫동안 사용되었다.[40] 방정환이 기업가적 정신으로 아동잡지를 발전시키는 데 모델이 된 또 다른 두 일본인은 오가와 미메이와 스즈키 미에키치鈴木三重吉이다. 오가와 미메이는 아동을 위한 이야기 모음집인 『붉은 배赤い船, 아카이부네』의 저자이며, 스즈키 미에키치는 『붉은 새』를 창간하였고 자주 사용되던 '민담folktale'이라는 용어를 대체하는 '도와童話', 또는 '동화童話, children's tale'라는 용어를 만들어낸 사람이다.[41]

『어린이』에는 일본의 서사적 경향과 천도교에서 영감을 받아 아동기를 신성한 것으로 이해하는 시각이 담겨 있었다. 동심이 아동에게 귀속된 독특한 몸과 마음의 상태라는 것은 민족주의 기획뿐만 아니라 아동잡지의 미적 정체성에도 잘 들어맞는 생각이었다. 따라서 아동잡지는 아동들의 미적 친화성을 자극하는 동시에 교육 철학과 상업적 목표를 유지할 필요가 있었다.

아동의 마음에 대한 생각은 맹자와 노자 시대부터 동아시아에 존재해왔으며, 15세기에 왕서우런王守仁, 1472~1529의 사상을 따르는 왕서우런 학파의 창시자들이 다시 주창했다. 왕서우런 학파의 페이이 우Pei-yi Wu는 "어린이들의 천진무구성을 강하게 재확인하며, 단순한 지식의 습득보다 이 천진무구성의 보존이 더 중요하다"[42]고 지적한다. 아동이 선천적 지식을 타고난다는 왕서우런의 이론은 유교문화의 계층에서 아동들의 지위 상승을 요구하는 것이었다. 호가 '양밍'인 왕서우런의 영향을 받은 리즈李贄, 1527~1602는 수필 『통신슈오童心說』에서 "아동의 마음은 절대 거짓되지 않으며 순수하고 진실하다. 만일 사람이 아동의 마음을 잃으면 그는 진정한 마음을 잃는 것이다",[43] 그리고 "모든 위대한 문학은 아동과 같은 마음에서 나온다"[44]고 주장했다. 앤 키니Anne Kinney가 지적한 바와 같이, 고대 중국철학에 나타나는 '아동의 마음'에 대한 개념은 아동의 '자연적 본성'에 대한 민감성을 보여주며, "죽은 아동들의 삶을 재조명하는 문학작품의 증가"[45]를 초래했다. 일본에서 이 개념은 중산층의 등장과 더불어 아동들이 할 수 있는 뚜렷한 문화적 역할이 대두된 개혁의 순간에 동원되었다. 한국에서 동심은 아동의 몸과 마음에 대한 더 큰 논의의 일부가 되었다. 식민지 지배로 진리와 지식, 양쪽 모두에 대한 접근이 복잡했던 시기에 아동은 이 두 가지 모두에 접근할 수 있는 타고난 특권을 가진 것으로 여겨졌다.

식민지 한국에서의 감정교육

아동의 가시화는 식민지 한국에서 가족 제도의 변화로 가능하게 되었다. 점점 더 많은 한국인들이 해외 유학을 떠나면서 전통적인 공동체 구조에 변화를 가져왔다.[46] 가족은 다양한 정책을 통해 활성화되었다. 특히 신문과 잡지를 통해 '가족 개량'에 대한 논의가 확산되었는데, 문명화 과정에서 가족은 근대 시민을 생산하고 더 나아가 근대 국가 형성에 일정한 역할을 할 것을 요청받았다.[47] 인구 통제 정책의 변화는 유아 사망과 미성년 결혼과 같은 문제들을 다루었고, 이 시기에도 출현했던 정신 건강 전문가와 유치원 도입이 가족 단위의 변화에 기여했다.

이런 맥락에서 대중 담론은 한국 아동들의 신체적, 정서적 행복에 새로운 관심을 가졌다. 공립학교의 확산이 더딘 가운데, 신문과 잡지에서 유통되는 아동 관련 기사는 이러한 담론을 퍼뜨리는 데 도움을 주었다. 보나피

드 과학당국Bona fide scientific authorities은 식사 시간부터 성장 도표에 이르기까지 모든 것에 전문적 점수를 매겼고, 인쇄 매체를 통해 전문적 지식을 전파했다. 아동의 육체적 행복과 지적 성장은 이제 일반 대중의 관심사가 되었다. 이러한 담론은 아동의 교육권과 건강권을 넘어선 것이었다. 교육자와 다른 전문가들이 쓴 기사들은 아동의 지적 능력과 정서적 능력의 질적 차이를 평가하면서 이러한 차이점들이 가정이라는 사적 영역과 공공장소, 유치원, 학교에서 어떻게 논의되어야 할지를 다루었다.[48]

'감정교육', 즉 아동들의 정서교육에 대한 담론에서 동심은 과학적 언어로 표현되었다. 감정교육은 여러 면에서 교육학의 원동력이 되었고, 아동 잡지들에 이런 관심사를 다루는 여러 삽화들도 실리게 되었다. 내면의 발견이 근대문학의 출현을 나타낸 것이라면, 아동의 내면세계를 확인하고 그것을 형성하기를 열망하는 것은 감정교육이었다. 아동들의 감정적인 특징이 정확히 무엇인지, 또 어떤 종류의 장난감, 텍스트, 삽화가 그 감정에 가장 잘 다가갈 수 있을지를 파악하는 것이 바로 당면 과제였다.

전 루이사Chon Ruisa는 아동을 대상으로 하여 '감정교육'이라는 용어를 처음 사용한 사람들 중 하나였다. 한국의 유치원 교육의 초기 선구자인 그녀는 독일 유치원 시스템과 미국의 아동보호운동을 한국이 도입해야 한다고 주장했다.[49] 또한 부모들이 자녀들이 갖는 감정적인 욕구를 무시함으로써 적절한 이성을 개발하는 능력을 파괴한다고 비난했다. 전 루이사는 오랜 관습과 전통에 근거해 제약을 두는 것은 나무에서 싹을 잘라내는 것과 같다며 아동들의 상상력을 억압해서는 안 된다고 주장했다. 또 아동의 미적 생활은 성인들의 삶과 완전히 다르며, 아동들이 놀 때 현실을 벗어나기 때문에 아동의 물리적 환경이 그들의 자유나 창의성을 제한해서는 안 된

다고 덧붙였다. 그리고 아동들의 마음과 영혼은 감상에 빠지기 쉽다고 결론짓는다.[50]

1929년, 『동아일보』의 「유아감정교육」[51]이라는 기사에서도 아동의 감정에 대한 비슷한 관심을 볼 수 있다. 이 글을 기고한 익명의 작가는 아동은 여섯 살이면 고정된 세계관을 갖게 되고, 그때까지 아동들은 이성보다 감정에 더 많이 좌우된다고 설명한다. 이러한 아동의 감정교육을 위해서 성인들은 아동이 세상을 파악하는 과정을 이해할 필요가 있다. 왜냐하면 성인들은 아동들에게 이 세상을 보여주는 데 중요한 역할을 하기 때문이다. 예를 들어 아동이 넘어지면 부모는 이런 과정의 일환으로 반응을 조절해 과잉 반응하지 않도록 주의해야 한다. 부모는 또한 아동들의 짜증은 자연스러운 것이고 외부 자극에 대한 반응이라는 점을 이해해 아동들의 짜증을 억누르기보다는 그대로 두어야 한다. 다시 말해, 아동의 과다한 감정은 완전히 천성적이며 통제되거나 제어되기보다는 충분히 표현될 수 있도록 두어야 한다.

신영현은 1929년, 『동아일보』의 또 다른 기사인 「아동의 감정교육」에서 당시의 사회적 병적 현상인 빈부격차와 불안, 물질주의가 만연한 풍토는 바로 사람 대 사람의 감정이 잘 전달되지 못한 데서 비롯되었다고 설명한다.[52] 신영현은 감정을 사람 간의 교류 과정에서 조화롭게 섞여야 하는 물질적 요소라고 본다. 이런 융합이나 혼합이 잘 되면 분노를 우정으로, 폭정을 연민으로 바꿀 수 있고, 결과적으로 사람들을 깨끗한 공기처럼 감쌀 수 있다고 설명한다. 한편, '성격의 차이(성격의 상이)'에 의해 흔히 발생하는 절교는 극도의 자기중심성과 고립으로 이어진다.[53] 신영현은 사람의 성격이 처음부터 편향된 것은 아니라고 피력하면서 친선친미親善親美의 감정교류를 위해 노력해야 한다고 주장한다. 가장 시급한 것은 아동을 위한 감정교육이다. 감정은 아름답고 순수하고 강력하기에 사람들의 파괴적인 부정성과 탐욕, 그리고 이기심을 정화시킬 수 있다. 따라서 아동이 순수한 감정을 기르는 것이 더 중요한데 아동들은 큰 감정 저장소를 가지고 있기 때문이다.[54] 아동기는 강한 감정이 작동하는 시기이기 때문에 아동의 감정을 인도하는 것이 훨씬 더 중요하다고 신영현은 주장한다. 감정교육이 없다면 아동은 주변 사람들과 동물 모두에게 폭력적인 인물로 성장할 수 있다.

이 신문 기사는 아동의 감정과 자연 사이의 연관성을 집중적으로 다루고 있으며, 부모뿐만 아니라 교육자들과 다른 전문가들이 몸과 마음의 관계가 동심으로 수렴된다는 점에 주의를 기울이도록 했다. 지적 자극으로는 이룰 수 없는 좋은 감정의 배양을 꽃과 나무는 할 수 있기에 봄을 감정교육의 가장 좋은 시기라고 여겼다. 아동심리학자들은 아동들이 꽃을 장난감으로 보고 나무를 사람으로 본다는 점에서 다르다고 주장했다. 아동들은 생명의 순환에 대해 자연스러운 호기심을 가지고 있기 때문에 자연은 최고의 교실이다. 자연은 합리적이기 때문에 아동은 자연으로부터 위안이 되고 흥미로운 도덕적 개념을 배울 수 있다. 따라서 성인들은 아동이 자연과 직접적인 소통을 한다는 사실을 인식하고, 자연이 제공하는 감정교육의 기회를 살릴 필요가 있다.[55]

아동의 몸과 마음의 유기적 상호작용인 동심의 개념은 일제 강점기 한국의 아동 심리에 관한 최초의 책으로 여겨지는 『아동의 심리와 교육』에서 이론적으로 소개되었다. 한치진은 1932년에 출판한 『아동의 심리와 교육』에서 왜 아동기가 중요한지, 어떤 요인들이 아동을 형성하고 그들의 삶에 지속적인 영향을 미치는지, 그리고 어떤 기관들이 미래 최고의 국가 발전을 보장하기 위해서 구축되어야 하는지를 설명하고 있다.

한치진은 그의 학문적 업적의 중요성을 최근에서야 인정받게 된 매력적인 인물이다. 그는 1901년 평안도에서 태어나 기독교 지식인 가정에서 성장하였다. 미국에서 공부하던 형의 도움으로 16세에 중국 남경으로 이주하여 중학교를 마쳤다. 잠시 상하이에 머무는 동안 독립운동을 위해서 노력하였고, 안창호 선생 옆에 앉은 사진이 있다. 안창호 선생의 도움으로 한치진은 로스앤젤레스로 이주하여 클라런스 C. 한Clarence C. Hahn이란 이름으로 살았다. 남가주 대학에서 「중국 윤리 시스템 비평 − 불교, 도교 그리고 유교」라는 제목의 논문으로 1928년 박사학위를 받았다. 1928년 7월 동아일보에 「미국철학박사 한치진씨 귀국」[56]이라는 제목으로 소개될 만큼 중요한 인물이었다. 1932년 이화여대에 임용되었고, 그 후 일본 와세다대학에서 연구하면서 일본어로 심리학에 대한 저서를 출간하였다. 해방 후 미국 정부로부터 한국에서의 공직을 제안 받았으나 거절하였고, 그 대신 미국 민주주의에 관한 그의 인기 있는 라디오 방송 활동에 집중했다. 어떤 자료엔 1947년 서울대학교 교수로 재직했다고 나와 있다. 1950년에 한국전쟁이 발발하자, 그는 북한으로 납치되었고 이후 다시는 그에 대한 소식이 전해지지 않는다.[57] 김학준은 한치진이 1950년에야 심리학에 대한 권위자로 자리매김했다고 하지만, 1932년 출판된 『아동의 심리와 교육』은 이미 수년 전부터 그가 아동 행동과 사회 및 환경에 관심을 가졌다는 것을 알려준다.

그에게 아동은 한국인의 삶을 재구성하는 데 본질적인 존재였다. 생물학적, 사회적 복합성으로 인간은 성인이 되기까지 적어도 5개 이상의 발달 단계를 거쳐야 하기에 한치진은 아동기를 긴 시간을 필요로 하는 성장

기로 이해했다. 아동기의 존재는 문명사회와 미개사회의 차이를 명확히 나타내는 것이었다.[58]

한치진은 아동과 환경 사이의 관계를 하나의 근원에서 나온 두 갈래로 이해했는데, 이는 그가 '인상법'이라고 부른 형성이론이다. 한치진은 그의 저서 17쪽의 다이어그램에서 아동기의 발달을 선천적인 잠재력과 외부 환경의 조합이라고 설명한다. 그는 두 요소를 상호 의존적인 것으로 보았다. 왜냐하면 모든 심리적 상태는 물리적 환경을 통해서만 실현될 수 있기 때문이다. 교육과 환경이 그렇게 중요한 이유는 아동들의 내부와 외부 상태의 경계가 유동적이기 때문이다.[59] 한치진에 따르면 아동들은 느끼는 것을 직접적인 방식으로 표현하기 때문에 내면 상태와 외적 표현 사이에는 차이가 없다. 더 나아가 아동을 동물과 구분하는 것은 과거 경험뿐만 아니라 미래에 대한 예측을 통해 세상과 관계를 맺는 아동의 능력이다.[60] 아동들의 습관은 교육을 통해 가장 잘 교정이 되고, 한치진이 '사상의 방법'이라고 부른 상상 체계를 이끌어내는데, 이 체계는 텍스트에 의해 가장 훌륭하게 형성된다.[61] 한치진은 텍스트가 행동하는 데 도덕적인 모델을 제공함으로써 아동의 긍정적인 변화를 일으킬 수 있는 힘을 지닌다고 말했다.[62] 따라서 아동과 환경 사이의 관계를 보존하는 것은 장난감, 책, 예술의 임무였다. 작가들과 예술가들이 작품을 창작할 때 이러한 아동심리학의 담론을 참고하게 된 것이다.

동심에 대한 소설과 인물들

앞서 말했듯이, 1920년대와 1930년대에 여러 요소들이 결합하면서 한국에서 처음으로 아동을 가시화하게 되었다. 아동을 사회적 단위로서 인정하는 길은 지난 몇 십 년 동안의 청년 담론으로 마련되었다. 청년 단체의 행동주의와 천도교, 일본 아동문화 모델의 영향, 방정환이 처음으로 형성한 아동에 대한 담론, 식민 자본주의 경제체제 하에서의 가족 구조, 그리고 감정교육의 개념화, 이 모든 것들이 어우러져 새로운 매체, 아동소설을 형성하게 되었다. 1920년대와 1930년대의 아동잡지에 실리기 시작한 소설은 이러한 요소들을 새로운 소비 형태로 반영하고 있다.

이러한 새로운 소설을 대표하는 전형적인 아동은 이 시대의 제일 유명한 고전들 가운데 하나인, 마해송의 「바위나리와 아기별」에 나타난다.[63] 이 작품은 낭만적이면서도 외로운 바위나리와 매일 밤하늘로 돌아가야 하는 동정심 많은 아기별, 두 친구들 사이의 신실함과 사랑에 관한 이야기이다. 하늘의 왕이 이 둘을 갈라놓을 때까지 그들은 사랑의 꽃을 피운다. 바위나리가 우울증으로 병에 걸려 바다로 휩쓸려 들어가고, 친구를 그리워하던 아기별은 다른 별들의 찬란한 광채를 눈물로 흐려지게 했기 때문에 추방된다. 마침내 아기별은 깊은 바다에 던져지고 그의 친구 바위나리와 함께 깊은 바다 속에 살게 된다.

표면적으로는 바닷물이 깊은 곳에서 빛을 내는 이유를 설명하기 위한 우화이다. 그러나 이것은 정서교육과 자연과의 친화력이라는 동심의 역학을 응용한 것이다. 이 이야기의 시작은 성경과 유사한 배경을 보여준다. "남쪽나라 짯듯한 나라 사람 사는 동리도 업고 사람이고 즘승이고 지나간

자최도 업시 쓸쓸한 바다까에 넓고 넓은 모래 벌판이 가로 느혀잇섯습니다.” 이 황량한 풍경에서 모든 역경을 딛고, 다채로운 꽃잎을 가진 꽃이 피어난다. 세상에 태어난 아이는 오직 자신의 욕망만을 알고 있다. 그 첫 마디는 “아! 이러케 어엽브고 아름다운 나를 귀여해줄 사람이 업고나!” 그리고 “올타 오늘은 누구든지 찾 와주겟지”라고 말한다. ‘주겟지!(틀림없이 그럴 것이다)’라고 동사 끝을 수사적으로 사용하는 것은 불모의 환경에서 누군가 나타날 것이라는, 바위나리 꽃이 갖고 있는 어리석은 기대감을 환기시킨다.

아기별은 바위나리의 외로운 한탄을 듣고는 즉시 내려가기로 결심한다. 엄격한 통금 시간에도 불구하고 하늘을 떠나기로 한 결정은 아기별의 초월적인 공감 능력 때문이다. 그는 이 외로운 바위나리 꽃을 위로할 수밖에 없었다. 둘이 만났을 때, 그들은 아이들처럼 막힘없이 어울린다. 그들은 말하고 달리고 노래한다. 놀면서 그들의 유대감은 더 강해져서 권위 있는 어른인 하늘의 왕이 강제로 둘을 갈라놓자 둘 중 아무도 살지 못하게 된다.

이 이야기는 단조롭고 대조적인 특성 — 로맨스와 멜랑콜리 대 공감과 용기 — 을 지닌 무생물들을 내세워서 사랑과 신실함에 대한 생각을 전달하고자 한다. 여기에서 놀라운 점은 1920년대의 한국 아동소설에서 흔히 볼 수 있는 장치인 자연물이 아동의 역할을 한다는 것이다. 자연은 아동의 목소리로 이야기를 함으로써 아동과 자연이 서로 유기적으로 확장된 것처럼 보이게 한다. 또 다른 두드러진 특징은 강하면서도 복잡하지 않은 감정들, 즉 애착, 동경, 우울, 사랑을 표현한 점이다. 두 등장인물 사이에 즉각적으로 나타나는 감정은 그들의 죽음을 야기하지만, 그들의 영원한 감정만큼 피할 수 없는 것이기도 하다. 서술자는 어린 청중들에게 직접 설명한다. "여러분은 바다를 들여다본 일이 잇슴닛까? 바다는 물이 깁흐면 깁흘 사록 환하게 맑게 보입니다. 왼일일까요? 그것은 지금도 바다 그 밋 헤서 애기 별이 빗나는 까닭이람니다." 여기에서 신실함과 우울감 등의 감정은 이야기보다 더 오래 여운을 남기고 등장인물들은 그저 감정을 담고 있는 그릇에 불과하다. 거의 백 년 동안 읽혀온 이 단편소설은 아동문학의 기초가 된 특성들을 담고 있다. 즉 아동과 자연 사이의 유기적인 연대와 긍정적이고 강렬한 감정을 강조하는 것이다. 이것이 아동을 위한 이상적인 소설의 공식이었다.

소설이 아동을 위해 개발되는 동안, 미술 교육도 소설과 함께 아동의 정서적 발달을 위한 기본적인 도구로서 정밀한 검증을 받았다. 송순일은 아동들이 노래를 듣거나 그림을 보거나 이야기를 들을 때 숭고한 기쁨을 느끼기 때문에 미술 함양은 아동의 발달을 위해 중요하다고 주장했다.[64] 또한 전 루이사는 아동들의 창조적인 감각과 내재적인 미적 감상을 위한 아동 미술 교육의 중요성을 강조했다.[65] 정인섭은 미술 교육은 아동과 자연의 친근감을 고려해야 한다고 했다.[66] 정인섭은 특히 야외 교육의 옹호자인 해리엇 핀레이-존슨Harriet Finlay-Johnson의 저서에 깊은 인상을 받았다. 존슨은 학교 체제에 의해 방해받지 않고 자연에 몰입할 때, 아동들은 자발적인 언어와 억제되지 않은 표현에 도달할 수 있다고 믿었다.[67] 정인섭의 생각은 존슨의 저서에 나타난 주장과 유사하며, 이 방법은 특히 아동들이 자연에서 관찰하는 것을 거의 허용하지 않았던 한국의 교육에 시사하는 바가 있었다.

정인섭은 아동의 '본성적인' 성향들을 이끌어낼 수 있는 읽기, 음악 및 연극에 바탕을 둔 미술 교육을 옹호했다.[68] 그는 아동의 삶을 예술의 한 형태로 묘사했지만, 미술 교육은 회화, 조각, 공예, 음악, 문학, 연극 및 무용에 대한 지속적인 감상을 육성할 것이라고 주장했다. 그는 예술은 단순히 감정의 산물이 아니라, 이성을 담고 있으며 '보통' 경험의 한계를 넘는 것이라고 말했다. 한국은 아동소설에 포함된 이야기, 시, 연극, 무용 및 삽화를 통해 아동의 자유를 증진시켜야 했다.[69]

신영현에게 예술은 감정교육을 위한 이상적인 도구였다. 그는 소설이 동정심을 이용해 순수한 아동들에게 자유의 맛을 전달한다고 믿었다. 이것은 "요새 흔이 책사에서 파는 청춘남녀의 첫사랑이니 실련의 복수 가튼 내용물"[70]은 아니다. 영화와 음악은 아동들의 의도가 무시되지 않는 한 감정교육에도 유용할 수 있다. 그밖에도 동화와 동요는 아동의 정서적 세계를 발전시키고 아름다운 감정을 함양하는 데 훌륭한 교육 자료이다. 아동의 환경은 주의 깊게 마련되어야 한다. 예를 들어, 아동에게 자신의 방을 제공하고 매일 신선한 꽃을 꽂아 주며 부모는 평화로운 가정을 유지하고 싸우거나 나쁘게 말하거나 부정적인 감정을 표현하지 않기 위해 노력해야 한다. 아동의 감정이 이성적인 능력보다 강하기 때문에 부모는 아동에게 너무 이론적으로 말하는 것을 피해야 한다.

정서 및 예술 교육에 관한 기사들은 정서를 강한 감정으로 이해하거나 의도, 의미, 이유, 신념보다 먼저 나타나는 완전히 생물학적이고 선험적인 반응으로 이해했다. 그러니까 의식에 앞서고 의식 밖에 있는, 절대적으로 육체적이고 자율적인 어떤 것으로. 그렇기에 신영현은 격정이 "혼합" 또는 "융합"될 수 있다고 본다.[71] 다시 정리해 보면 아동은 과다한 감정을 가진 존재로 여겨졌다. 그렇기에 아동이 감정을 자유롭게 하는 것예를 들어 확를 억누르지 않게 하는 것을 허락하기보다는 문학, 음악, 영화 같은 적절한 문화 매체를 통해 긍정적인 방향으로 인도하는 것이 훨씬 중요하다는 것이다.

루스 레이스Ruth Leys는 감정을 격정 또는 변화력을 지닌 전이데올로기적이고 예지적 생활력으로 이해하는 것을 비판하며, 감정과 인지는 사실 불가분의 관계에 있다고 주장한다. 레이스에 따르면, 감정과 격정을 구분하고 이들이 문화의 영향을 받지 않는다는 인식은 모든 경험이 이전의 경험이나 이를 표현하게 하는 방식에 이미 영향을 받는다는 사실을 고려하지 않는 것이라고 주장한다.[72] 라코프Lakoff와 존슨Johnson은 오히려 현대 신경과학이 경험주의모든 것은 경험이다 대 합리주의인간의 이성은 선천적이다라는 오래된 이분법을 폐기한 지 오래되었다고 주장하고 "과학적 증거로는 내재된 인지 메커니즘과 학습된 인지 메커니즘 모두 존재한다"[73]고 피력하며, 의미는 감각운동적인 경험에 바탕을 둔다고 힘주어 말했다. 라코프와 존슨이 설명하는 바와 같이, "사람이 특정한 상황을 어떻게 인지하는가가 그들이 관련된 현상으로 무엇을 경험하고 무엇을 데이터로 간주하고 그 상황에 대해 그들이 무엇을 추론해내는지 어떻게 그것을 개념화하는지를 결정할 것이다".[74] 그들은 우리의 세상에 대한 경험의 밑바탕이 되는 것은 구현된 리얼리즘이라고 주장한다. "경험, 의미, 그리고 생각의 중심은 세계에 대한 우리의 이해를 구성하는 일련의 구체화된 유기체와 환경의 상호작용이다."[75] 은유는 개념적인 것이지 언어적인 것이 아니다. 그래서 우리가 세상을 이해하는 방법은 항상 개인의 몸과 외부 세계의 상호작용의 결과이다. "몸의 체험에서 나오는 신체적 또는 공간적 논리야말로 추상적 사고논리에 대한 기초를 제공해준다."[76]

감정이론에 대한 비판은 정서/감정이 이미 문화 의존적이며, 본능 차원에서 존재하는 비정치적이고 선험적인 동력으로 볼 수 없다는 점을 강조한다. 하지만 1920년대 한국 아동의 정서는 문화에 의해 형성되지 않은 변혁적 힘의 영향을 받았다. 한치진은 아동과 언어에 대한 저서에서, 아동의 언어를 경험세계 밖에 존재하는 어떤 것으로 보는 생각에 도전한다. 그는 '사상'은 언어가 묘사하는 사물의 외부에 있지 않고, 사물의 의미를 이해하기 위해서는 그 존재에 대한 느낌을 구체화할 것을 요구한다고 말한다.[77] 하지만 1920년대에 퍼진 지혜로운 생각들은 아동이 엄청난 과잉 감성을 지니고 있고, 이러한 문화적이고 감정적인 과잉을 조정하는 올바른 종류의 예술 함양을 통해 아동이 한국을 더 나은 곳으로 변화시킬 수 있다는 것이었다. 이러한 이유로, 아동잡지의 텍스트 및 시각적 측면은 강력한 미적 잠재력을 지닌다고 믿게 되었다. 최영수에 따르면 "이미지는 아동의 인생 경험, 동심에 도달하는 방법이다".[78]

한국 아동잡지들은 앤 스톨러Ann Stoler의 말 그대로 "감정적인 상태가 권력의 집중적인 이양 지점이 되는"[79] 방식을 드러낸다. 아동잡지들의 텍스트와 그림들은 아동의 감정에 호소하기 위해 제작되었다. 잡지들은 단지 감정적 반응을 생산하기 위해서뿐만 아니라 감정적 반응을 조율하기 위해서 예술적으로 디자인되었다. 그리고 이 잡지들은 아동의 감정적 능력에 비해 지적 능력이 부차적이라고 전제하는 성인에 의해 구성되었다.[80] 최영수는 과학이 한 대상을 취해서 세부사항을 조사하는 반면, 예술은 그 대상의 존재를 음미한다고 주장했다.[81] 그러나 예술적 이미지들은 그 사색적인 역할을 넘어서 경험이 많지 않은 청중을 위해 세계를 해석해준다. "우리가 신문과 잡지에서 소설을 읽을 때, 삽화들은 우리가 이야기를 목격하는 것처럼 느끼게 도와준다."[82] 아동잡지들은 아동의 경험이 어떤 것인지 전달하고 아동의 입장에서 그 경험을 해석하며 아동의 마음이 최대한 성장할 수 있도록 도와준다. 최영수는 아동이 자신의 예술적 잠재력을 기르는 것을 돕도록 부모에게 요청하며 그림을 그리는 것이 아동의 보호와 보존으로 이어지고 밝은 미래를 가져올 것이라고 설명한다.[83] 최영수는 삽화가 교육적 기능을 뛰어넘어서 치유하고 변화시키는 잠재력을 가지고 있다고 생각했다.

패트리샤 클러프Patricia Clough는 "연구의 대상은 그 생산과 더 세부적인 작업이라는 기제나 기술로부터 분리될 수 없다"[84]고 제안한다. 아동잡지에서 삽화, 틀 짜기, 텍스트의 상호작용을 뜻하는 '생산과 더 세부적인 작업'에 주목하는 것은, 한편으로는 "시민사회의 기구들이 개인을 도덕적 질서에 종속시키도록 관리하는 데 사용하는 복잡한 사회화 전략과 훈련을 통해서 국가가 개별적인 주체들의 삶에 깊이 파고드는 방식"[85]을 설명해 줄 수 있다. 이것은 또한 아동이 이미지의 예술을 통해서만 발휘될 수 있는, 구원자적이고 회복시키는 잠재력을 지니고 있다고 믿는 작가들과 삽화가들의 시각을 나타낸다.

동심 그리기

최남선이 처음으로 『소년』에서 독자들에게 흥미진진한 텍스트와 그림의 세계를 보여준 지 15년이 지난 때인 1923년, 『어린이』가 창간되었다. 제1장에서 주장한 바와 같이 색상, 사진, 지도, 삽화를 이용한 최남선의 실험은 사회적 다원주의 틀 안에서 서술된 정기간행물이 진실과 지식을 담고 있다는 주장을 뒷받침하는 고무적인 독서 경험을 만들어냈다. 그러나 방정환은 『어린이』에서 본연의 동심이라는 새로운 개념을 도입하였다. 방정환은 재미와 교훈이라는 이 잡지의 두 가지 목적에 동등한 지면을 할애하려고 노력하면서 원작 이야기와 시, 만화, 전 세계의 민담, 그리고 논설 등 다양한 콘텐츠를 실었다. 잡지 표지, 지면의 여백, 그리고 본문 중간에도 사진과 삽화를 넣었다. 『어린이』의 글과 그림은 작가들이 한국 아동의 언어적 요구를 인식하고 자국어인 한국어 발전에 기여하면서 아동의 시각적 및 텍스트 문해력을 양성했다는 사실을 알려준다.(제3장 참조) 텍스트와 이미지들은 아동의 다양한 구성과 아동의 마음의 토대가 되었던 자연 세계를 강조하는 기호학적 논리를 확립함으로써 문화적 문해력을 발전시켰다. 그래서 동심은 자생적인 놀이를 선호하고, 색깔과 이미지에 긍정적인 반응을 보이는 등의 아동이 지니는 일련의 자연적 특성에 맞게 재현되었다.[86]

삽화에는 지난 10여 년의 특징에서 이어지는 양식적인 연속성이 있었다. 특히 각 지면의 오른쪽 상단에 작은 아이콘이 있는 레이아웃과 교훈적인 수필과 더불어, 엄숙한 프로필 사진을 포함한 것은 『소년』과는 다른 방식으로 아동에게 친근한 느낌을 확실히 주었다. 흥미를 끌기 위한 시도는 장르의 다양성, 글꼴을 이용한 실험, 그리고 내용과 삽화의 형태에서 더 잘 드러난다. 편집자 방정환은 『어린이』 창간호부터 「남은 잉크」라는 제목으로 독자들에게 직접 이야기를 전했다. 이 「남은 잉크」의 삽화는 거대한 펜을 들고 굵은 글씨로 그려진 성별이 나타나지 않는 아동을 묘사하고 있다.

그림 6은 『소년』에서 흔히 볼 수 있는 세밀한 그림과는 다른 방식으로 환상적이다. 이 이미지는 어린 독자들에게 아동이 글쓰기 과정의 유기적인 일부라고 호소하고 있다. 방정환은 "교훈담이나, 수양담은 학교에서 만

그림 6 「남은 잉크」, 『어린이』 1(3), 1923, 12쪽

히 듯는 고로. 여긔서는 그냥 재미잇게 읽고 놀자, 그러는 동안에, 모르는 동안에 제절로, 깨끗하고 착한 마음이 자라가게 하자! 이러케 생각하고 이 책을 꾸몃습니다".[87] 얼굴은 어린 독자들에게 적합하다고 생각되는 방식으로 그려졌다. 굵은 윤곽선, 높은 눈썹에 맞게 짜 맞춰진 눈, 암시적인 점으로 표현된 코, 그리고 입과 턱은 흔적만 남겼다. 꽃, 새, 잠자리, 토끼가 그려진 공통 삽화는 각 이야기 제목 맨 위에 작게 인쇄되었다. 공통 삽화들은 대부분 특정한 이야기 전달보다는 장식을 위한 것이었지만, 대담하고 단순한 선과 자연의 그림을 바란다고 여겼던 어린 독자들을 위한 것이었다.

『어린이』의 이미지는 폭넓고 권위 있는 한국 아동문화에 참여하는 또 다른 방법으로서 성장하는 아동사회를 확고하게 하는 틀이었다. 1923년, 어린 독자들을 위한 유일한 잡지 『어린이』는 어린 독자들에게 그들이 비판적인 대중들의 일부임을 보여줌으로써 아동과 사회와의 관련성을 확장하고자 하였다. 한 예로, 이 잡지는 독자들에게 창작글, 편지, 사진들을 보내라고 요청하며 독자들과 소통하고자 했고, 그 후에 「독자담화실」, 「뽑힌 글」과 1925년부터는 독자들의 사진도 싣는 독자란이 만들어졌다. 가장 창의적인 작품에게 포상을 약속하였고, 독자들이 지나치게 많은 시간을 윤문하거나 글을 화려하게 꾸미는 데 쓰지 않도록 '단순한', '정직한' 글쓰기를 독려했다. 편집자인 방정환은 독자들의 선호를 직접 알 수 있게 독자들의 의견을 요청했다. "적은 수효의 사람보다도 만혼 여러분의 뜻에 맛도록 여러분에게 재미잇도록만 하려고 하지만, 만혼 여러분의 생각을 몰라서 못하겟사오니 이 첫재책을 보시고, 어떤 것은 재미잇섯고 어떤 것은 재미업섯고 또 어떠케 하면 조켓다고 적어보내십시오, 그대로 고처 가겟사오며 편지는 책에 내여들이겟습니다."[88] 독자들의 편지들은 약속한 대로 출판되었는데, 이는 독자들의 의견이 중요하다는 것은 물론 그들도 성장하는 집단의 일부라는 의식을 전달했다. 이런 공동체 의식은 아동 단체의 모임에서 이 잡지가 회원들 간에 유포되면서 더욱 강화되었다.

이 결과는 앞에서 기술했던 이 잡지의 「독자담화실」에서 볼 수 있는데, 이 기고란에서는 재미난 내용을 읽고 감사하거나 만족스러워하는 독자들의 편지들이 종종 실렸다. "어린이 세상을 따로 또 내여주시니 참말로 우리 어린이는 이 세계에 뎨일이겟습니다 외롭고 고닮흐신 中에 이럿케 저의들을 위해 힘썻주시는 방선생님께 눈물나게 감사한 인사를 드립니다."[89] "아아 어린이! 이갓치 자미잇는 책을 진즉브터 보지 못한 것이 큰한입니다."[90] 각 주제에 따른 이러한 반응들은 독자들이 그들의 감정을 연결하고 공유할 수 있는 공간이 만들어지도록 했다. 1924년에 실린 편지처럼 해외에 거주하는 한국 아동들도 중국과 일본에서 편지를 썼다. "중국 길림성에서 울고 계신 이성택씨 사정을 닑을 때 눈물이 하염업시 흘너서 책상을 적시엇습니다. 그리고 속히 병이 날 뿐아니라 고국에 도라오시게 되도록 한우님께 정성껏 빌엇습니다."

동심은 이 잡지의 표지에서 가장 눈에 띄게 드러난다. 잡지 발간 초창기

표지에는 일상생활의 면면을 포착한 아동들의 스냅 사진이 실렸다. 책에 빠져있거나 의자에 뻣뻣하게 앉아 있는 일상 속의 아동 스냅 사진이 실렸다.[91] 그림 7의 책 표지는 아동들 콜라주를 보여주는데, 제각각인 아동들이 집단으로 카메라 렌즈를 직접 응시함으로써 집단적 힘을 행사하는 상상 공동체의 인상을 전달한다. 나중에는 날개가 있는 통통한 곱슬머리 천사 같은 아동들 사진이 실린 책 표지도 나왔다. 1928년부터 잡지 표지에는 새, 곤충, 풍선, 그리고 때때로 자연 속의 아동들을 묘사한 삽화가 실리기 시작했다. 1923년부터 1926년까지의 초기 이미지들의 크기는 전체 지면의 4분의 1 내지 3분의 1 정도였지만 1927년의 이미지는 그림 8에서 볼 수 있듯, 거의 한쪽 전체인 전면 크기이고 모두 채색되었다.

그림 7 『어린이』 1(8) 표지. 1923

그림 8 지휘자. 『어린이』 8(3) 표지. 1930

동심의 본질은 그림 8의 이미지로 파악될 수 있다. 엉덩이를 드러낸 아동의 피부색은 주변 세계와 한데 어울려 있는데, 아동이 새 떼를 이끌고 있다. 이 아동은 근본적으로 환경의 일부이기 때문에 노래하는 새들을 이끄는 그의 능력은 자연스럽다. 어떻게 보면 이 아동은 성인의 손이 조종하는 잡지 기획, 그러니까 사회의 구조적인 요구에 부응할 수 있도록 자연의 아동들(새들)을 부드럽게 이끄는 기획에 자신도 모르게 참여하고 있는 것이다. 이런 방식으로 『소년』의 사실적인 이미지에 내재된 진보와 근대성의 논리는 아기와 어린 학생들의 통통한 팔과 포동포동한 볼로 상징되는 자연과 감정의 축제로 변화했다.

방정환은 『어린이』 제1권을 창간하면서 다음과 같이 시적으로 선언한다.

새와 가티 꼿과 가티 앵도가튼 어린 입술로, 텬진란만하게 부르는 노래, 그것은 고대로 자연의 소리이며, 고대로 한울의 소리입니다

비닭이와 가티 톡기와 가티 부들어운 머리를 바람에 날리면서 뛰노는 모양, 고대로가 자연의 자태이고 고대로가 한울의 그림자입니다. 거긔에는 어른들과 가튼 욕심도 잇지 아니하고 욕심스런 계획도 잇지 아니합니다.

죄업고 허물업는 평화롭고 자유로운 한울나라! 그것은 우리의 어린이의 나라입니다.

우리는 어느 째까지던지 이 한울나라를 더럽히지 말아야 할 것이며 이 세상에 사는 사람 사람이 모다, 이 깨끗한 나라에서 살게 되도록 우리의 나라를 넓혀가야 할 것입니다.

이 두 가지 일을 위하는 생각에서 넘처나오는 모든 째끗한 것을 거두어 모아 내이는 것이 이 『어린이』입니다.

우리의 쓰거운 정성으로 된 이 「어린이」가 여러분의 따뜻한 품에 안길 째 거기에 깨끗한 령혼의 싹이 새로 도들 것을 우리는 밋습니다.[92]

방정환에게 이 아동의 노래는 새나 꽃처럼 자생적이고, 바람에 의해 뒤엉켜 있는 토끼털처럼 부드러운 몸매로 기교 없이 느껴지는 것 같다. 창간호『어린이』의 두껍고 큰 글자로 인쇄된 잡지의 제목은 그 뒤에 오줌을 누는 두 아이들을 숨기고 있다. 글자 디자인은 아르데코Art Deco에 영감을 받아 이 시대의 과학 및 기술적 진보에 경의를 표하고 있다. 하지만 두껍고 큰 글자 뒤에서 엿보고 있는 아이들은 자연에 의한 기술의 중단, 혹은 자연의 아동이 조직화된 형식과 이성 뒤에 숨어서 발견되기를 기다리고 있음을 암시한다. 이 삽화와 글은 한국의 현재와 격동의 순간에 매우 중요한 생각, 즉 아동의 과도한 감정은 자연스럽고 아동이 처한 사회화 이전의 상태는 한국이 잃어버린 무언가를 보존하고 있다는 생각을 강화시켜 주었다. 이런 의미에서 아동은 향수의 화신이었고, 자연에 대한 몰입과 정치 없는 세상과의 끊임없는 친교가 가능한 미래에 대한 열망의 흔적을 지닌 인물이었다. 이것은 단지 작가들의 공상이 아니었다. 심리학자들과 교육자들은 아동이 자연과 친근감을 느끼는 것에 무게를 두었고, 작가들과 삽화가들은 아동과 자연 사이의 친밀감을 텍스트와 이미지로 표현했다. 아동문학의 '취향을 결정하는 모든 사람들'에게 동심은 순진함에 대한 갈망을 표현할 기회를 제공했다. '지역적 색깔'과 식민주의적 키치 예술품이라는 이념에 의해 재건되고 있던 식민주의와는 접촉하지 않은 시간이었다.[93] 아동문학을 만들어갔던 사람들은 일상생활의 자본주의적인 재구조화와 경쟁적인 도시 사회에 대한 수요의 증가를 넘어선 시대를 추구했다. 동심은 끝이 보이지 않는 식민지화로 인해 축소된, 작가들의 미래 지향적인 열망을 대변했다. 왜냐하면 아동이 동결되어 고정된 모든 순간은 순수와 무고함의 환상이 확대될 수 있었던 순간이었기 때문이다. 이론적으로 아동과 자연에 대한 거의 성스러운 융합은 되찾아야만 하는 무엇인가를 아동이 소유하고 있다는 환상, 그러니까 아동은 자연과 교감을 이룬다는 환상을 심어주었는데 자연과의 교감은 불확실한 미래에 직면하여 향수어린 동경을 불러일으켰다.

3장

동심의 언어 쓰기

앞에서 살펴보았듯이, 1920년대 한국의 문화 현상으로서 아동의 등장은 우선 국가의 발전 및 근대화 담론과 관련하여 청소년들에게 관심이 집중된 결과였다. 그 다음에는 사회 운동, 일본의 아동문화, 그리고 아동에 대한 교육학적·심리학적 정보의 유통과 같은 여러 요소들이 결합한 결과였다. 정서적이고 지적으로 아동이 다르다는 것은 동심의 개념으로 구체화되었다. 아동의 정서적·지적 구별은 1920년대의 많은 텍스트들과 삽화들에서 나타나는, 주로 정서교육을 위해 수렴되는 적절한 형태와 내용을 요구했다.

젠더, 계층, 그리고 도심지나 주변 어디든 사람들이 사는 지역에 상관없이 누구나 텍스트에 접근할 수 있도록 하는 보편적인 문해력은 아직 생겨나지 않았다. 문해력의 문제는 복잡해서 해결해아 할 여러 문제가 있다. 그 문제들에는 '언문일치'로 알려진 구어와 문어 사이의 전통적인 격차가 포함되며, 이것은 순수 한국어와 한자 사용, 즉 '이중 언어' 사용이라는 언어적 생태학으로 묘사되기도 한다. 일본어와 서양 외국어와의 만남, 언어 현대화에 대한 논의, 그리고 식민지화와 함께 다니엘 파이퍼Daniel Pieper가 말한 한국과 일본의 상호작용적이고 경쟁적인 관계, 초기 근대의 문학적 글쓰기, 번역, 재번역, 그리고 사전 편집과 같은 문제들에 대한 절충 등도 이에 포함된다.[1] 1920년대에 대부분 문맹이었던 아동을 위한 글쓰기는 처음부터 그 초석을 다져야 했다. 집필자들과 시인들은 우선 아동의 언어적, 정서적 요구에 상응하는 텍스트를 창작해야 했다. 그렇다면 그들은 어떻게 '동심'의 언어를 쓸 수 있었을까?

19세기 후반부터 한반도에서 일어난 언어에 관한 보다 넓은 맥락의 논쟁과 더불어 아동을 위한 문자 언어가 나오기 시작했다. 격동의 정치사회적 전환에 직면하여, 이 시기에 아직 발달하지 못한 한국어와 한국문학의 수준이 국가 병폐의 근원 중 하나로 파악되었다. 특히 우려되었던 두 가지 문제는 구어와 문어 사이의 간극, 즉 '불일치'의 문제와 문학이 사람들의 집단 정서를 사로잡을 수 없다는 것이었다. 이 두 가지 논제는 아동을 위한 문학의 언어에 대한 핵심이었다. 1910년 이전 교육과정에서도 오직 소수의 아동에게나 가능했던 한국어 교육이 식민지 지배하의 학교에서 위축되면서 한국어에 대한 아동의 접근은 주로 구어로 이루어졌기 때문이다. 아동을 위한 글쓰기는 앞서 언급한 구어와 문어 사이의 차이, 한국 정서의 반영과 같은 문제들을 표현하는 것이어야 했고, 동시에 '동심'과 정서교육의 중요성을 고려한 것이어야 했다.

아동을 대상으로 글을 쓴 사람들이 어떻게 그 시대의 언어 논쟁에 개입했는지 더 잘 이해하기 위해서는 주요 논제에 대한 간략한 설명이 필요하다. 구어와 문어 사이의 간극을 좁히고자 하는 열망은 '언문일치' 또는 '구어와 문어의 조화'라는 구호로 나타났다. 이 운동은 '겐분잇치語文一致, 1866~1910'로 알려진 일본의 초기 언어운동에서 영감을 얻었다. 일본에서 말과 글을 통일하려는 노력은 '일상 언어와 더욱 가까운 현대적 관용어를 생산'하는 토착어 양식과 메이지 시대 일본 문화와 문학의 주요 특징이었던 토속적인 양식을 통해 알 수 있다. 개혁가들은 이러한 말과 글을 통일하려는 노력을 가리켜 현대 일본 문학의 창시뿐 아니라 일본의 근대 국가 형성에 중요한 역할을 담당한 것으로 보았다.[2] 제국주의의 잠식과 정치권력을 상실했던 시기에 한국에서 말과 글의 간극을 좁히는 문제에 대한 관심이 증대하자 언어를 만드는 일이 국가 정체성에 무엇보다 중요해졌다.[3] 또한 보다 접근하기 쉬운 문어가 한국의 계층화된 사회와 문맹인들을 민주화시키고 문맹인들의 권한을 강화할 것이라는 희망도 있었다. 계몽이라는 근대적 가치를 추구함으로써 대중이 문어를 접근할 수 있게 되어 민중의 목소리를 담아낼 것이라는 기대를 갖게 했다. 장르, 내용, 맞춤법, 문법 등 모든 측면에 대한 철저한 검토가 글쓰기로 지식과 감정을 가장 잘 전달할 수 있는 방법에 대해 논하면서 이루어졌다.

1920년대 초반, 언어에 대한 논쟁은 소설의 발달에 지속적인 영향을 끼쳤는데 특히 이광수와 김동인 두 작가는 이 논쟁에 중요한 기여를 했다. 이광수는 문학의 개념을 학문의 형식에서 나아가 미학적 참여에 이르게 하도록 재정의한 것으로도 인정받고 있다. 그는 "민족적 자아의 시적 형성을 통하여 인류와 세계에 진입하는 길을 찾는 데" 공헌했다.[4] 또한 그는 인간의 감성에 접근할 수 있는 특별한 잠재력을 위한 문학의 중요성을 강조했다. 김동인은 '-다'와 3인칭 '그'의 사용을 통해 '거리두기 기술'을 사용했는데, 이 두 가지 기술은 사적이면서 동시에 보편적인 경험의 통로인 내면의 공간을 차단할 수 있게 했다.[5] 이광수의 두 가지 주요 관심사는 서사적 언어가 체계화되고 구조화된 방식이라는 형식과, 정신과 감정을 자극하는 문학의 역할이라는 그 형식의 기능에 대한 것이었다. 우리는 이미

「자녀중심론」에서 유교적 관습과 국한문체 사용의 악영향에 대한 그의 우려를 보았다. 그는 "금일今日 조선인朝鮮人은 개시皆是 지나支那 도덕道德과 지나支那 문학文學 하下에 생육生育한 자者라, 고故로 명名은 조선인朝鮮人이로되 기실其實 지나인支那人의 일모형一模型에 불과不過하다. 연연然하거늘 아직도 한자漢字 한문漢文만 시숭是崇하고 지나인支那人의 사상思想을 탈脫할 줄을 부지不知하니 엇지 가석可惜하지 아니하리오"[6]라고 한탄했다. 이것은 이광수만의 고유한 입장이 아니었다. 1895년 중국이 일본에게 굴욕적으로 패배한 이후에 중국에서 벗어나려는 움직임의 영향으로 국문과 한자의 혼용을 선호하는 '국한문체'의 사용이 중단되었다.[7] 언어, 문체, 철자를 둘러싼 역동적이고 극적인 협상에 대한 내용은 이 장의 범위에서 벗어나지만 중요한 점은 광범위한 세계적·문화적 변화로 인해서 글쓰기 개혁을 위한 경쟁적인 생각들이 도출되었고 가르치기 쉽고 구어에도 가까운 표준화된 문어를 갖추는 것을 목표로 하게 되었다는 점이다. 그리고 이는 자기 전통을 가진 어느 독립 국가에게도 꼭 필요한 일이었다. 주시경에 따르면 "국가의 흥망성쇠는 그 언어의 번영과 쇠퇴에 달렸으니, 곧 국가의 존재는 언어에 달렸다".[8]

그러나 이광수에게 중국어와 국한문체 사용의 문제는 단순히 한국어보다 외국어를 선호하는 문제도 아니고 문해력과 언어발전을 저해하는 기술적 어려움만도 아니었다. 그에 따르면, 이 문제는 유교적 도덕률 때문에 진실하고 자발적인 감정이 방해를 받는 것이다. 그는 자신의 평론인 「문학이란 하오」에서 이런 우려를 표한다.

現代에 在하야 現代를 描寫함에는 生命 잇는 現代語를 用하여야 할지니 (…중략…) 近來 朝鮮 小說이 純諺文, 純代語를 使用함은 余의 欣喜不已하는바이나,

如此흔 生命 잇는 文體가 더욱 旺盛ᄒ기를 望ᄒ며, 諺漢文을 用ᄒ더라도 말ᄒᄂ

模樣으로 最히 平易ᄒ게, 最히 日用語답게 홀 것이니라 (…중략…) 故로 新文學은

반듯시 純現代語, 日本語 卽 現今 何人이나 知ᄒ고 用ᄒᄂ 語로 作할 것이니라.[9]

이광수의 「문학이란 하오」는 질문이자 대답이었다. 이광수의 글은 '문학이란 정의하기 어렵다'는 문장에서 출발한다. 왜냐하면 "그 범위範圍가 광대廣大하고 내용內容이 극極히 막연漠然ᄒ"기 때문이다.[10] 그는 이어서 문학의 범위와 양식, 기능면에서 논픽션과 구별되는 문학의 특징들을 정의한다. 그는 문학으로 인해 독자들이 다르게 생각하게 될 뿐만 아니라 정서적으로 다른 방법으로 세계를 경험하게 된다고 주장하였다. 감정은 그의 주장에서 핵심 개념이다. 그에 따르면 "오직 人으로의 사상思想과 감정感情을 기록記錄흔 것이라야 문학文學이라 홈을 위謂 홈이라 (…중략…) 문학文學은 모某 사물事物을 '연구研究 홈'이 아니라 '감상感賞 홈'이"었다.[11] 그는 문학이 불러일으키는 감정은 진실되고 도덕적이라고 한다. 그것은 독자들이 아름다움을 발견하고 독자들을 더욱 감정적으로 이끄는 힘을 가지고 있다.[12]

그러나 이는 감정을 포착하고 전달할 수 있는 언어가 있을 때만 가능한 일이었다. 권보드래가 지적하듯이, 1900년대 신소설에서 쓰인 '-더라'와 같은 회고적 종결어미는 서술자를 집단적 지혜의 진지적 대변자로 배치함으로써 화자와 등장인물 사이의 거리를 무너뜨리고 시간의 내재적 가치를 박탈한다.[13] 1919년, 김동인은 처음으로 '-더라' 대신에 '-다'를 사용했다. 그 이유는 그의 말에 따르면 '-더라'가 "근대인의 예리한 정신과 감정을 표현하지 못하"기 때문이었다.[14] 권보드래가 분석했듯이, 김동인의 '-다'는 청중이 접근할 수 없는 내면의 창출을 촉진하였다.[15] 이는 또한 화자

가 등장인물 간의 대화를 중개할 수 있게 했고, 서사에 부족한 질감과 입체감을 부여하는 과거시제와 미래시제의 삽입을 용이하게 했다.[16] '-다'를 표준화한 것 외에 김동인은 소설에서 3인칭 대명사 '그'를 사용하여 중심인물을 가리켰다. 이렇게 서술자와 객체 사이에 또 하나의 분리된 층을 만들어 근대소설의 도래를 알렸다. 권보드래는 만약 구어와 문어의 조화를 목표로 했다면, 종결 어미 '-다'를 결코 받아들이지 않았어야 한다고 주장했다. 왜냐하면 이것은 구어의 형태가 아니기 때문이다. 동시에 권보드래는 당시 일본소설이 한국 근대소설에 도입되지 않은 다양한 문법적 형식을 사용했으므로 '-다'의 도입은 단순한 일본어의 모방이 아님을 증명했다. 종결 어미 '-다'의 도입은 그것이 개인적이면서 보편적인 방식으로 이야기하는, 내면을 표현하는 최선의 방법임이 증명되었기 때문이다.[17] 문어로의 전환은 한자에서 벗어나는 형태로 일어났다. 이러한 관점은 "외국특히 일본의 어리석은 모방에 기초한 조선 문학의 새로운 문체로부터……아름답고 이상적인 한국어를" 지키려 한 번역가이자 캐나다의 선교사였던 제임스 스칼스 게일James Scarth Gale의 관점을 통해 확인할 수 있다.[18]

이런 관점은 아동을 위한 언어를 어떻게 검토하게 되었는지 우리가 더 잘 이해할 수 있도록 문학이 진실한 감정과 감정의 근대적 구조를 포착해야 한다는 요구와 표현의 표준화에 대한 논쟁의 맥락 안에 있다. 비성인 독자들과 관련된 언어 개혁 문제에 관여했던 두 작가는 최남선과 방정환이었다. 1장에서 정리한 바와 같이, 최남선은 처음으로 비성인 독자에게 관심을 돌렸다. 그는 『소년』, 『아이들보이』와 같은 대표적인 정기 간행물을 통해 한국의 정치문화 생활에서 성인이 아닌 한국인들의 역할에 관한 생각을 처음으로 밝혔다. 최남선이 아동 독자를 위한 문어를 개발한 방법들 가운데 하나는 민담의 전사와 번역 작업을 통해서였다. 이와는 대조적으로 방정환은 아동에게 위안과 오락을 제공하면서도 아동의 문제에 대한 대중의 관심을 끌 수 있는 새로운 종류의 아동문학과 문화를 창조하기 위해 노력했다. 방정환은 최남선이 번역했던 많은 동화들을 재번역하여 그 것들을 『어린이』에 실었다. 방정환은 독자에 대한 인식뿐 아니라 교육철학 면에서도 다양성을 보여줄 수 있는, 최남선과 다른 유형의 번역물을 출간할 필요가 있다고 생각했다. 동시에 동화 번역에 대한 그들의 관심은 이 장르가 초기 아동문학에서 국가 정체성의 발달과 아동을 위한 문자 언어의 발달에 기여했음을 암시한다. 두 사람 모두에게 그림 형제Grimm Brother의 동화는 초기 국가 정체성과 부르주아 문화의 시대적 전통성, 그리고 근대성을 담는 서술적 매개체로 유용했다.[19] 동화는 번역가에게 당시 사회적 상황에 대해 노골적으로 도전하지 않으면서 초기 국가 정체성 형성에 가담하고 권위에 대한 대중의 관계와 지역 사회에 대한 헌신을 실험할 수 있는 안전한 공간을 제공했다. 동시에 최남선과 방정환은 번역가로서 스토리텔링의 근대적 변화를 통해 세월이 흘러도 변하지 않는 과거와의 연결을 만들어내는 동화의 언어를 개발했다.

어린 독자를 위한 아동에게 친근한 언어

日前 咸南 咸興을 구경간 일이 잇섯다. 그때 停車場門을 척 나서니 巡査가 엇던 農軍 한 사람을 붓잡고 발길로 차며 이뺨저뺨을 함부로 친다. 나는 저것이

警官의 橫暴—特히 地方 警官의 橫暴로구나 하고 곳 傍人에게 그 故를 問한즉 그 農軍이 엇던 幼年兒童을 些少한 感情으로써 毆打한 故이라 한다. 相當한 方式에 不依하고 群衆 中에서 放縱히 사람을 毆打하는 農軍에 對한 警官의 行爲도 不穩하거니와 些少 感情을 理由로 하야 無邪氣한 幼年에게 敵對的 行爲를 敢取한 農軍의 橫暴는 더욱 可憎한 것이라 하얏다. 이때에 驛前에 散在하던 數三의 日本人 男女는 異口同聲으로 朝鮮人은 長者가 사람인 줄은 잘 알되 어린 애도 가티 사람인 줄을 모른다하며 一齊히 嘲罵의 失을 放함을… 나는 보앗다. 또 우리가 如何한 곳임을 勿問하고 長幼가 同一場所에 會合하게 되면 이런 꼴을 볼 수가 있다. 곳 幼年이 長者와 더불어 무슨 問題를 말하다가 毫末만치이나마 唐突의 態가 有하면 그 長子는 "요놈, 어린놈이 或 요놈 조그마한 놈이 또 요─머리에 피도 말으지 안이한 놈이…"이란 말을 話頭로 하야 "敢히 長者에게…" 하는 語調로 結末한다…그 幼年은 그만 氣가 꺽기인다.

─김소춘, 「장유유서의 말폐 - 유년남녀의 해방을 제창함」,
『개벽』 2, 개벽사, 1920.7.25

이 글 「장유유서의 말폐 - 유년남녀의 해방을 제창함」에서 김소춘은 일본인 경찰이 조선인 농민을 구타하는 굴욕적인 장면에 충격을 받는다. 아동 구타에 대한 분노는 식민지 상황에 내재된 권력의 차이로 증폭된 일본인 침략자를 향한 분노를 훨씬 넘어선다. 일본인 행인들이 아동에 대한 한국인들의 태도를 폄하하는 발언을 할 때 그들에 대한 분노는 수치심으로 바뀐다. 사건의 순서는 ① 구타 목격, ② 최초의 피해자가 아동이기 때문에 구타가 정당화된다는 느낌, ③ '조선인은'이라는 일본인의 비판을 엿들은 것으로 제시되기 때문에 상황을 파악하는 것은 어렵지 않다. 일본인 경찰이 한국인 농부를 구타한 행위에는 마음이 상하지만 일본인들의 비난은 더 높은 차원의 굴욕이다. 아동에 대한 상습적인 학대는 명백한 한국의 후진적인 문화를 보여주는 것이었다.

아동학대는 1920년대 초에 대중 담론에서 다뤄진 문제였으며 언어 개정을 통해 문제를 해결하고자 하였다. 계명구락부로 알려진 사회 개혁단체는 1921년부터 아동에게 존댓말을 사용하는 사회 언어 캠페인을 주도했다.[20] 1921년 5월, 이 단체 구성원들이 아동에게 2인칭 대명사를 사용하는 방식에 이의를 제기했고, 대신에 아동에 대한 그리고 아동들 사이에서의 상호 존중을 심어주기 위해서 더욱 정중한 언어를 채택할 것을 교육당국에 제안했다.[21] 그들은 교육당국인 학무국에 제출한 탄원서에서 다음과 같이 선언했다.

京鄕의 一部有智識階級으로써 組織된 啓明俱樂部에서는 爾來研究한 結果一 兒童互相間에 사용使用할 言語에 關하야 반다시 敬語를 奬勵할 必要가 有하다 하야 過日朴勝彬, 高元勳, 閔大植三氏가 當部를 代表하야 左記□讀書를 學校當局에게 提出하는 同時에 云二十三日에는 在京各官公私立學校長에 對하야 一件式送附 하얏다더라.

義言語의 使用方法의 如何는 兒童教育上其智能을 啓發하며 德性을 涵養함에 極히 重大한 關係가 有할 것이거늘 現時 朝鮮의 社會制度에 在하야는 兒童에 對하야 絶對로 敬語를 使用치 아니 하나니 大人의 兒童에 對한 境遇에는 勿論, 兒童 相互間에도 亦然하야 等一히 野卑粗暴한 言語로써 此에 相對하는 지라 이 것은 元來 從前의 社會制度의 缺陷에 職由함이라 云하더라도 또한 兒童教育의 力法이 其宜를 得치 못한 點이 不無한가 함으로 想像치 아니할 수 업나니 如此

한 制度는 一日이라도 速히 改善치 아니치 못할 重要 問題인 즐노 信하노라.[22]

김은선은 이러한 '사회 언어 운동'의 목표는 아동에 대한 태도를 바꾸는 것이라기보다 더 나아가 감정의 구조에 대한 현대화라는 보다 광범위한 기획 안에서 아동에게 문화적 태도와 예의를 심어주는 것이라고 지적한다.[23] 또한 이 계명구락부의 탄원서는 문법적 어미에 내재된 정중함이 아동들의 도덕성과 정서적 안정에 직접적인 연관이 있다는 것을 보여준다. 정중한 어미 사용은 단지 예의나 적절한 처신의 문제, 아동의 신체, 혹은 '동풍(動豊)'의 문제만이 아니라 마음, 즉 '심(心)'과 직접적인 관련이 있는 문제이다.

동화 번역은 아동을 위한 언어에 대해 변화된 태도를 비추는 렌즈를 제공한다. 조희경에 따르면, 20세기 초반 한국은 작가와 번역가의 구분이 분명하지 않아 "원문과 번역본의 구분이 불명확했다".[24] 이런 사실은 작업 과정에서 번역가들이 큰 자유를 얻을 수 있었다는 것을 의미할 뿐만 아니라 번역본 자체가 원문 만큼의 역할을 해야 했다는 것을 의미한다. 어휘, 어조, 문체를 선택할 때 원본을 바탕으로 했기 때문에 번역물도 유익했다. 최남선과 방정환 두 사람은 아동문학과 아동 언어에 대한 그들의 철학을 발전시키기 위해서 생산적인 장으로서 동화라는 장르에 관심을 갖게 되었다. 그들은 외국 전래동화들을 번역하는 것뿐만 아니라 한국의 이야기를 당대 언어로 다시 쓰는 작업에도 관여했다. 뒤이어 더 살펴보겠지만, 최남선과 방정환은 그 유희적 가치뿐만 아니라 과거 역사에 대한 아동의 관심을 되살리고 전통문화를 유지하는 가운데 근대적 지식을 전달할 수 있는 매개체가 되는 동화에 기대를 걸었다.

동화古來童話 수집을 위한 요청

1913년 10월과 11월, 최남선은 아동잡지인 『아이들보이』에 「샹급잇는 이약이 모음」이라는 제목으로 동화를 모집했다.

넷날 이약이는 쇼견으로도 매오 ㅈ미잇는 것이어니와 학문에도 여러 가지 종요로운 관계가 잇는 것이이니 그럼으로 이를 모으고 연구히 보기를 하로도 등한히게 홀 수 업는 것이외다.

죠선은 녜젼 사람들이 의사가 많음으로 여러 가지 조흔 이약이를 만들어 노신 것이 잇서 오래 날여 오것만은 아즉도 온갖 이약이를 한듸 모하 학문샹으로 연구흔 것이 업스니 참 애달은 일이외다.

이제 우리가 이를 섭섭하게 알아 우리 사랑하난 여러분허고 널니 죠선 안에 젼하야 오는 이약이를 ㅈ미 잇는 법으로 샹급을 주어가며 오래두고 모아 보려 흐옵는 바 자세흔 말슴은 다음 호에 알니려 흐노이다.[25]

직히실 일

一. 이약이는 반드시 죠션에서 넷날부터 나려오는 것이라야 흐나니 남의 나라 칙이나 젼흐는 것을 번역흐거나 옴겨 오면 못씁니다.

一. 이약이를 아못조록 당신 생각에라도 넘어 혼흐게 세상에 돌아다니는 듯흔 것을 피흐시오.

一. 글은 아못조록 알기 쉽고 ㅅ연이 분명흐게만 흐고 군소리를 너치 마시오.

一. 길고 짜른 것은 도모지 상관 없습니다.

一. 한 사람이 몇 번이든지 또 몇 마듸든지 관계치 안슴닉다.

一. 샹급은 보내신 이약이를 우리게서 갑슬 쳐보아서 쓸 만한 것이면 한 마듸에 二十젼으로부터 五十젼까지 얼마 되는 칙 사는 표를 들이옵내다.

一. 보내시는 글 것봉에 반드시 『이약이모음』이라 ᄒ시오.[26]

이 「샹급잇는 이약이 모음」은 『아이들보이』 독자를 대상으로 한 것이었는데, 어린 독자들이 그들의 지역사회와 관계를 맺고 읽기 쉽고 간결한 방식으로 이야기를 기록함으로써 쓰기 활동에 참여하도록 격려하기 위한 것이었다. 독자들에게 '사랑하는 여러분'이라고 칭하며 친밀감과 존경을 표했다. 이 이야기들은 지식도 담고 있지만 '재미'를 주도록 묘사되어야 하며, '불필요한 표현들'은 피하거나 생략되어야 했다. 최남선이 이를 명시하지는 않았지만 '읽기 쉽다'는 것은 한문이나 국한문 혼용보다 한글만을 사용하자고 한 것으로 추측할 수 있다. 「샹급잇난 이약이 모음」에서는 이야기를 찾기 위해 아동 독자들까지 동원하지만, 수집에 도움을 줄 수 있는 이야기의 길이나 독창성의 요건 이외의 객관적인 세부사항은 제공하지 않는다. 5호 간행물부터 잡지에 게재된 이야기들에 의해 추가적인 지침이 제공되었을 것으로 추정된다.[27]

10년이 지나, 1922년 8월에 일반 대중들의 잡지인 『개벽』에 다음과 같은 소식이 실린다. 그것은 한 달 전에 출판된 베스트셀러 동화 10편을 모은 『사랑의 선물』이라는 모음집으로 방정환이 저술한 것이다.[28]

어느 民族에든지 그 民族性과 民族生活을 根底로 하고 거긔서 울려나온 傳說과 民謠와 童話와 童謠가 잇는 것이니 英美의 民에게는 그네의 傳說과 童話

가 따로 잇고 獨이나 佛民에게는 또 그네의 따로운 傳說과 童話를 가지고 잇는 것이라. 이 傳說, 童話, 童謠는 그 民族性과 民族의 生活을 根據하고 거긔서 흘러나와서 다시 그것이 民族根性을 굿건히 하고 새 물을 주는 것이니 이 사이에는 無限히 循環되는 相性의 關係가 잇는 것이라. 彼有名한 구리무 兄弟의 童話는 얼마나 獨逸民族에게 强勇性을 길러 주엇스며 英國의 國民童話라 해도 可할 有名한 彼─惡魔退治의 3대 동화는 얼마나 그 民族에게 堅忍性과 保守性을 길너 주엇는가를 想覺하여 보면 끔즉히 童話, 傳說의 힘의 偉大함을 다시 늣기게 되는도다. 그러나 兄弟여 우리는 只今 무슨 그런 것을 가지고 잇는가. 우리는 姑捨하고라도 우리의 압헤 새로 生長하는 새 民族에게 길러줄 무엇을 우리는 가지고 잇는가. (…중략…) 우리는 微力으로나마 民族思想의 源泉인 童話文學의 復興을 爲하야 各地에 오래 파뭇처 잇는 朝鮮 古來의 童話를 캐여내기에 着手하며 이 큰일을 니루기에 地方 兄弟의 힘을 빌기 爲하야 懸賞募集이란 形式을 빌어 이에 널니 告하노니……[29]

방정환의 동화 수집에 대한 요청은 1919년 3·1운동 이후, 식민 정책의 완화를 초래한 활발한 독립운동과 '문화 통치'의 시작에 뒤이어 이루어졌다.[30] 이러한 맥락은 민족적 특성을 포착하는 수단으로서 10년 전 최남선이 동화를 수집하려 했을 때보다 그것이 왜 더 중요해졌는지 이해하는 데 도움을 준다. 방정환은 동화가 식민지 문화 속에서 우리의 목소리를 유지하는 데 중요하다고 생각했다. 그는 특히 한국의 풍부한 이야기 전통에 비추어 볼 때, 한국인들이 자신들의 동화를 잘 모르는 것은 한국의 기본적인 주권 상실을 상징한다고 보았다. 최남선이 1913년에 외국의 전래동화를 한국어로 번역하고, 한국 고유의 동화를 수집하기 시작한 일은 식민 지배 상황에 맞서 민족 정체성을 유지하는 것은 물론, 국어를 발전시키고 아동 독자들의 흥미를 끌 수 있는 광범위한 이야기 자료를 정리하기 위한 작업으로 이해할 수 있다. 최남선과 방정환은 스토리텔링이 초월적 지혜의 통로라고 생각하고 아동 독자가 도덕적 또는 상징적 의미를 지닌 이야기를 접하는 수단이 되도록 격려했다. 장정희에 따르면, 1913년에서 1922년까지 '이야기'에서 '동화', 즉 '설화talk'에서 '아동들의 이야기children's stories'로 변화했다.[31]

그러나 동화에 대한 이러한 열성적인 관심이 단지 반식민주의 정서에 의한 것은 아니었다. 동화에 대한 일본의 관심이 높아지면서 동화가 '민중'의 목소리를 나타내는 수단이자 아동의 도덕 및 문해 교육을 위한 효과적인 도구로 알려지게 되었다. 일본 작가들은 1873년, 원래 독일어이지만 영어 번역본을 바탕으로 그림 형제의 동화를 번역했는데, 한국 번역가들은 일본 작가들의 동화 번역물을 원문으로 사용하였다. 그러므로 그림 형제 동화의 한국어 번역을 검토할 때 이 번역본의 원문인 일본의 판본이 어떻게 문해력과 도덕적 교육의 도구로 활용되었는지뿐만 아니라 일본의 국가 정체성과 문학 및 언어 철학의 통로가 되었는지 고려해야만 한다. 동시에 이 동화들은 한국 작가들이 근대적인 형태로 그들 자신의 스토리텔링 전통을 발전시키기 위한 수단이 되었다.

한국은 1910년 일본에 의해 식민화되기 훨씬 전부터 풍부한 스토리텔링 전통을 가지고 있었다. 그림 형제의 동화는 한국의 아동 독자들에게 소개되었을 때 근대적 서술 장르로 인식되었다. 즉 구어적인 목소리와 표현 방식이 근대적이고 시대를 초월하는 진실한 민중의 특성을 표현한다는 점에서 사실적이고 토착적인 형태로 감지되었다. 이러한 인식은 일본에 처음 수용되었을 때 형성되었다. 동화 장르 발달에 큰 영향을 끼친 이들은 이와야 사자나미1870~1933와 야나기타 쿠니오柳田国男, 1875~1962이다. 이와야 사자나미는 독일과 다른 유럽 국가들에서 자신의 동화 수집 작업을 위해 2년이라는 시간을 보냈으며, 그 이야기들은 그가 독일어 교과서를 만드는 데 역할을 하기도 했다.[32] 이와야 사자나미는 1891년 일본 최초의 동화를 썼고, 1894년에 첫 일본 전래동화집을 출간했다. 그는 1895년 아동잡지 『소년세계少年世界, 쇼넨세카이』를 창간했는데, 이 잡지에서 옛날이야기お伽噺, 오토기바나시나 전래동화를 정기적으로 실었다.[33] 그는 또한 전래동화의 읽기 방식을 학교 학생들을 대상으로 한 구연동화로 전환시켰는데, 이는 보통 500명에서 1,000명의 관객을 동원했다.[34] 한편 야나기타 쿠니오는 전래동화를 일본의 중요한 장르로 재배치하는 데 중요한 역할을 했다. 그는 일본의 민속학을 창립하여 『민속학民俗学, 민조쿠가쿠』을 창간하였으며, 1910년에는 일련의 짧은 전래동화와 지방 민요를 담은 저서 『원야물어遠野物語, 도오노모노가타리』를 발간했다.[35] 야나기타 쿠니오의 작업은 일본문화의 재현에 기여했다. 학문적 성과를 통해 그는 "고대로부터 전해진 서민 문화의 깊은 구조"[36]를 드러내려고 노력했다. 당시 야나기타 쿠니오는 엄청난 영향력을 가지고 있었으므로 그의 작업은 20세기 초에 수십 년 동안 일본에 있었던 한국인 지식인들에게도 익숙했을 것이다.[37] 이 일본 번역가와 민속학자는 동화라는 장르를 어린 독자에게 적절하고 바람직한 장르일 뿐만 아니라 진정한 민족성의 보존을 위한 매개체로 본 최남선과 방정환에게 헤아릴 수 없이 큰 영향을 주었다.[38]

일본의 전래동화 선점이 한국에 앞섰을 뿐만 아니라, 일본의 아동 독자를 위해 그림 형제 동화를 각색하는 과정도 한국의 그림 형제 동화 번역에 영향을 끼쳤다. 사실 처음에 그림 형제의 동화를 번역한 것은 성인 독자를

대상으로 한 것이지 아동을 위한 것이 아니었다. 이들은 원전에 충실했고 교훈을 주기 위한 편집은 하지 않았던 것으로 보인다.[39] 후카와 겐이치로府川源一郎는 1873년에 이르러서야 메이지 시대의 새로운 교육체제의 일부로서 번역이 등장했다고 주장한다. 후카와 겐이치로는 이 동화들이 아마도 영어본 텍스트인 사전트Sargent의 『세 번째 표준 독본Standard Third Reader』1859과 윌리엄 스윈튼William Swinton의 독본에 의존하였을 것이라고 밝혔다. 이 텍스트들은 간단한 대화체로 번역되었고 아동에게 읽는 법을 가르치기 위해 거의 모두 한자어를 사용하였다. 그리고 종이에 흰 공간을 보다 늘리며 글꼴 크기를 확대하고 삽화를 삽입했다. 그 삽화 중 일부는 영어 번역본에서 표절된 것일 수 있다.[40] 이후 그림 형제 동화를 번역하는 일도 메이지 시대의 급성장하는 민족주의와 아동의 품행 계몽 및 개혁에 관한 우려를 반영하였다. 예를 들어, 다카하시 요시토高橋義人는 1889년 9월 아동잡지『소국민少国民, 쇼코쿠민』에 실린 「늑대와 일곱 마리 양狼と七匹の羊」이 교훈담으로 번역된 것에 주목한다. 이 번역은 잔인한 장면을 생략하는 등, 도덕성에 관한 우려를 반영했고 일본의 아동 독자를 고려하여 일본적인 요소를 삽입하고 각 이야기의 도덕적인 교훈을 강조함으로써 국가 정체성을 고취하도록 변형되었다.[41] 에릭슨은 일본의 그 역사적 순간과 19세기 독일 민족주의의 유사성에 주목하여 "메이지 시대의 교육자들은 동화에 내재된 도덕과 윤리를 옹호하는 한편 작가와 출판업자는 수없이 많은 다시 말하기와 그들이 문학의 '정수'라고 주장하던 것을 전달하기 위하여 이야기의 외연을 벗겨내며 동화의 인기와 효과를 자축했다"[42]고 설명했다.

1916년에 출간된 일본판 『그림동화グリムお伽話』는 1920년대 최남선과 방정환이 번역에 사용한 원본 텍스트였을 것으로 추정된다.[43] 이 책의 서문에

서 번역과 편집을 맡은 나카지마 고토中島孤島는 41개의 이야기를 윤리적, 민족주의적 고려 때문에 편집하고 편찬하기 어렵다고 설명했다.[44] 이 서문은 최남선과 방정환이 활용한 이 일본판이 이미 일본 번역가들에 의해 고유의 근대 민족 정체성과 진실한 민중의 목소리를 만들어야 한다는 근대 일본사회의 요구에 맞게 각색된 것임을 상기시킨다.

1922년 방정환은 10편의 번역 동화가 실린 『사랑의 선물』을 간행했다.[45] 방정환은 번역의 출처는 밝히지 않았지만 어느 나라 것인지는 밝혔다. 10편 중 2편인 「잠자는왕녀」와 「텬당가는길(일명도적왕)」은 그림 동화였다. 비록 그림 동화 번역판이 한국에서 출간된 것이 처음은 아니었지만[46] 『사랑의 선물』이 베스트셀러가 되었다는 사실과 한국 독자들의 동화 장르에 대한 폭넓은 관심을 나타냈다는 점에서 전환점이 되었다.[47]

『사랑의 선물』출판은 두 잡지에서 그림 형제 동화의 간행으로 곧 이어졌다. 1923년, 방정환은 아동잡지 『어린이』에 몇 편의 그림 형제 동화 번역을 수록했다. 같은 해, 최남선은 『동명』에 자신의 그림 형제 동화 번역을 직접 발표했는데, 이는 그가 10년 전에 『붉은 저고리』와 『아이들보이』에 게재했던 것을 더한 것이었다. 비록 그들이 1923년이라는 같은 해에 간행하기는 했지만, 최남선과 방정환은 확연히 다른 방식으로 번역했다. 왜냐하면 그들은 자료에 다르게 접근했으며, 번역에 대한 그들 자신의 글에서 드러난 각자의 접근법을 따랐기 때문이다. 이 두 번역의 차이는, 그들의 대중들을 향한 다양한 인식의 결과로 보인다. 두 사람에 대한 비교 작업을 통해 동심에 관한 그들의 인식이 글쓰기에 어떻게 적용되었는지에 대한 실마리를 찾을 수 있다. 그림 형제 동화는 아동 독자를 위한 언어와 문학의 발전을 촉진하기 위하여 딱 알맞은 독서물이었다고 할 수 있다.

한국에서 출판된 그림 형제의 동화

1922년 9월로 예정된 『동명東明』의 발간은 1922년 8월 24일 『동아일보』에 의기양양하게 발표되면서 큰 기대를 모았다. 1922년 6월 8일 사설을 보면, 날짜가 아직 정해지지는 않았지만 발간 허가가 났다고 한다. 두 달 후인 8월 19일 한 칼럼니스트는 검열과 엄격한 출판법에 반대하는 투쟁 속에서도 최남선이 주도하는 『동명』이 한국의 정치, 경제, 예술, 과학, 종교 생활을 밝히는 데 큰 진전을 이룰 것으로 기대한다고 언급했다.[48] 『동명』은 1922년 9월부터 출간되어 1923년 6월까지 매주 간행되었는데, 그 편집자와 집필진에는 최남선, 염상섭, 현진건 등 식민지 한국의 작가들이 포함되었다. 최남선은 창간호에 실린 권두논문 「모색에서 발전까지— 조선민시론朝鮮民是論」부터 그 논조를 세웠다.[49] 서간문 형식의 이 글에서 최남선은 조선의 민족적 특성民彝을 식별하는 것이 가장 시급한 문제임을 선언하고, 민족정신의 각성과 반성을 촉구했다. 이희정이 관찰하듯이, 최남선과 다른 기고자들은 『동명』을 근대 일본의 제국주의를 비판하기 위한 발판으로 삼고서 서양의 새로운 이데올로기 동향에 관한 지식을 전파하고 한국사에 대한 정리된 서사를 제공했다. 이 『동명』은 또한 『동아일보』가 광범위한 가족 친화적 주제들을 낼 수 있는 기반을 닦았다.[50] 이 잡지는 또 여성과 아동을 잠재적인 독자이자 문화 소비자로 인식했는데, 이 점이 이 책에서 중요하게 논의하고자 하는 『동명』의 첫 번째 공헌이다.

두 번째 공헌은 『동명』이 일반 번역, 특히 전래동화 번역을 잡지의 지속적인 특징으로 삼았다는 점이다. 문명화라는 임무를 수행하기 위한 일환으로서 『동명』의 각 호는 안톤 체홉Anton Chekhow, 잭 런던Jack London, 아서

코난 도일sir Arther Conan Doyle 작품 등의 번역을 실었다. 1923년 1월 14일부터 『동명』 각 호는 그림 형제 동화 번역도 실었는데 총 15편이었다. 이 그림 형제 동화의 번역가는 밝혀지지 않았지만 학계에서는 1916년부터 일본의 『그림동화グリム御伽話』를 바탕으로 작업했던 편집자 최남선일 것이라고 추측한다.[51] 『동명』에 게재된 최남선의 번역은 가족 구성원 모두에게 읽을거리를 제공하려는 편집자의 의도를 반영하였고 지나치게 산문 중심이 되었을 이 잡지에 균형을 맞춰주었다.[52] 『동명』은 그 내용과 대상을 볼 때 한국 사회의 다양한 관계자들에게 호소하려는 시도였다. 최남선은 독자의 나이에 상관없이 한국 정신을 교육하고 개혁하기 위해 그의 주요 작품을 게재함으로써 『동명』을 후원하고 그 입지를 확고히 했다. 그런데 최남선이 그림 형제의 동화를 번역 출간한 것은 이번이 처음은 아니었다. 최남선은 거의 10년 전에 그의 아동잡지 『붉은 저고리』와 『아이들보이』를 통해 아동 독자를 위한 동화 언어를 개발하기 시작했다. 이는 국한문에서 벗어나 점점 더 일관된 한국어 대본의 사용으로 옮겨감을 의미했다. 김용희의 말을 빌자면, 이는 그 문학적 특성을 더욱 의식하는 언어의 사용이기도 했다.[53] 최남선은 또한 보통 화자보다 높은 지위에 있는 사람들을 향해 말할 때 쓰는 공손종결어미인 '-습니다'를 사용했다.[54] 그 이야기들은 아동에게 공손하게 말함으로써 그들이 이전에 경험하지 못했던 지위로 그들을 끌어올렸다.

동시에 최남선의 문체는 '-ㄴ적', '-ㄴ지라', '-오에다'의 의도적인 사용을 통하여 고전문학에 친화적이었다. 이러한 고풍스러운 표현은 원문을 친밀한 방식으로 전달하기보다는 해석의 층위를 만들었기 때문에 다소 훈계조의 어조를 띠고 있었다. 이 같은 어조는 최남선이 이야기에 직접 끼어

들면서 보완되었다. 예를 들어, 자신이 번역한 그림 형제 동화 「네 아오동생」의 후일담 「생각ᄒ실일」에서 "사람이 다각기 잘ᄒᄂ 일도 잇고 못ᄒᄂ 일도 잇는 것이니 그럼으로 한편 잘ᄒᄂ 것으로……아모든지 무슨 일이든지 여러 사람이 각기 직조를 모아 한결가튼 마음으로 ᄒ면 반ᄃ시 아름다운 뒤긋이 잇습닉다"[55]라고 한다.

최남선은 과거를 의미 있는 미래를 가로막는 장애물로 여기는 계몽주의 담론에 따라 번역했다. 그는 세상에 불평등이 존재한다는 것을 인정하면서도 순수한 노력으로 탁월함을 성취할 수 있는 개인의 능력에 대해서는 완전히 신뢰했다. 그가 「애씀」에서 세계는 모든 배경과 능력을 갖춘 사람들로 구성되지만, 쓸모없는 사람으로 만들거나 성공하게 만드는 것은 바로 그들의 '애씀'이라고 설명했다.[56] 그는 이어 "애쓰는 것은 일 일우난 법이며 남보다 나하지ᄂ 길이외다. 엇더ᄒ 잘난이의 훌늉ᄒ 일도 애쓴 남아지 아님이 업습니다"[57]라고 한다. 최남선의 관심사는 아이들을 즐겁게 하는 것이 아니라 그들의 공동체에 도움이 될 가치, 즉 선한 행동, 근면, 인내, 그리고 자기 계발 노력을 장려하는 것이었다. 권혁준은 이 잡지의 언어구문론과 맞춤법와 내용다양하고 재미있는 내용을 실으려 한 최남선의 시도 때문에 『아이들보이』가 아동문학의 출발이었고 최남선은 선구자로서 재평가되어야 한다고 주장한다. 그는 기고자의 익명성이 이 잡지의 구조적 약점임은 인정하지만 그것은 당시 문단의 일반적인 한계라고 보았다.[58] 필자는 아동의 정서적 욕구 충족을 위한 최남선의 철자법과 구어 층위의 어미 변화는 인정하지만, 결정적으로 잡지의 전반적인 내용은 더 고압적이고 교훈적인 과거의 서사를 결정적으로 벗어나지 못했다고 생각한다.

최남선의 후기 번역을 일본판 텍스트와 비교해 보면 그의 번역 원칙을 더욱 분명하게 알 수 있다. 최남선은 번역 과정에서 한국 독자들이 더 쉽게 읽을 수 있고 그들의 취향에 맞도록 특정한 세부사항을 바꾸었다. 어떤 이야기에서는 등장인물의 독일어 혹은 일본어 이름이 한국어로 대체되었다. 예를 들어, 신데렐라는 경희이며 수도의 대로를 달리는 마차를 탄다.[59] '빨간 모자'는 할머니를 찾아가는데, 할머니가 홀로 산다는 설정은 한국인의 정서를 상하게 할 수 있으므로 할머니는 '빨간 모자'의 삼촌과 함께 살고 있다.[60] 늑대를 피해 도망치는 일곱 명의 아이들 중 하나는 한국 가정에서 흔히 볼 수 있는 가구 뒤에 숨는다. 즉 막내는 독일어 원문과 일본판처럼 시계 뒤에 숨지 않고 병풍 뒤에 숨는다.[61] 브레멘의 악사들은 서로 '여보게! 구 서방!'[62]이라고 부른다. 허재영은 문어와 구어를 놓고 논쟁을 벌이던 기간 동안에 독특하게 나타나는 동화의 청각적 특징이 예를 들면 '문 열어주슈, 막내공주님!' 같은 동화 등장인물들이 서로를 대하는 방식에 나타난다고 보았다.[63]

최남선은 자신의 번역에 적절한 명사뿐만 아니라 그가 어울린다고 생각하면 더 중요한 서사, 편집, 확장까지도 독자의 기대에 맞춰 조정했다. 예를 들어, 「개고리의왕자ㅋㅜ」에서는 충성스러운 하인리히의 심장을 조인 강철 띠가 부러지는 결말을 생략했다. 그러나 최남선은 도입부에 고목 밑의 우물의 너비는 좁지만 상상을 초월할 정도로 깊다는 점에 주목하여 "옛날부터 그물 구멍이 멀리 바다로 쏠렷다고 전하야 왓섯습니다"고 덧붙였다. 이어서 화자는 "더군다나 그 샘은 잇다금잇다금 물이 한거번에 공중으로 솟아올르기 때문에" 그리고 "무섭게 더운 여름이라도 그 건처만 오면 싼 세상 가탓다 합니다"[64]고 설명한다. 이는 공주가 이 우물의 매력에 푹 빠진 이유를 설명하고, 독자에게는 놀랄 만한 세부 사항을 제공한다. 이러한 수사 외에도, 최남선은 1923년 번역에서는 '옛날 옛적'이나 '그들은 여전히 잘 먹고 잘 살고 있다'라는 문구를 한국어 동화의 새로운 표현으로 소개했지만, '옛날에 한 농부가 있었다'는 것처럼 한때는 이야기가 좀 더 갑작스럽게 시작하는 것을 선호했었다.[65] '옛날 옛적'이 비슷한 일본어 표현을 직역한 것이라는 사람도 있지만, 이러한 표현은 한국어로 된 동화 언어를 정립해낸 것이다.

최남선은 대체로 일본어판에 충실하면서도 내용을 덧붙이고 삭제하며 낯선 것과 익숙한 것을 잇는 가교를 만들어냈다. 일부 학자들은 길고 서술적이며 상세한 자유 산문이 특징인 최남선의 번역 방식을 원작 서사의 '소설화'라고 비판한다.[66] 그러나 최남선은 번역가로서 자신이 내린 결정을 충분히 인식하고 있었고, 이를 「인도印度의 별주부토생원鼈主簿兎生員 — 외국外國으로서 귀화歸化한 조선고담朝鮮古談」에서 언급했다. 이 글에서 최남선은 한국의 모든 이야기, 심지어 토착동화라고 여겨지는 이야기들도 외국동화에 뿌리를 두고 있다고 주장했다. 하지만 이 동화들은 한국에 와서 진화했다. 이것은 독자를 이롭게 하기 위해서 원본 이야기가 쉽게 받아들여질 수 있도록 개작되어야 한다는 그의 번역에 대한 생각을 말해준다.

이약이는 거긔 나오는 물건이 모다 분명히 아는 것이래야 자미가 더할 것이다. 그 민족의 둘레에 마저야 그 이약이의 세력이 크고 생명이 오랜 것이다. 인정이고 풍속이 쌍을 짤하 갓지 아니한 것도 무른이지마는, 산천초목과 금수충어도 여긔저긔가 다 다른 것이기 째문에, 다른 고장의 이약이가 내 고장으로 옴기는 지음에는 사정이 틀리는 까닭으로, 얼마쯤 사연을 변통하여야만 한다. (…중략…) 이약이의 사연을 부서 바리지 안는 정도에서 그 고장 사람이 닉히

보고 얼는 알 것으로 변통할 필요가 생긴다.[67]

　이는 독자들이 제출한 이야기가 검증 가능한 한국어여야 한다고 경고한, 그의 1913년 『아이들보이』의 「샹급잇는 이약이 모음광고」와 비교했을 때 그의 접근 방식이 변화했음을 보여준다. 1923년경 최남선은 모든 이야기가 다른 곳에 뿌리를 두고 있으며 어떤 이야기든 독자들이 기본적인 요소를 잘 모르면 의미를 전달할 수 없기 때문에 독자의 민족적 특징에 더 부합하기 위해 이야기를 바꾸는 것이 정당한 것이라고 생각했다. 최남선에게 스토리텔링은 민족 정체성 형성에 기여하는 것이어서 번역되는 이야기에 한국적인 요소를 담는 것은 번역자의 특권일 뿐만 아니라 의무이기도 했다. 김화선과 안미영이 설명하듯이, 그의 시각은 어떤 번역도 변화 없이는 이루어질 수 없고 '민족적' 취향에 맞도록 바꾸는 서사의 기본적인 변화 역시 마찬가지라는 것이었다.[68] 최남선은 문학과 동화가 지닌 변형적인 힘을 확신하였고, 적절한 '현지화'가 전제된다면 한국이 근대로 나아가게 하는 데 중요한 교육 수단이라고 믿었다.

방정환과 마음의 언어

　1920년대에 아동의 새로운 가시화와 동심에 대한 담론의 출현에 힘입어 글쓰기의 기술 역시 구어 층위의 논의를 넘어서 세밀하게 검토되기 시작했다. 이때 최남선의 10년 후배인 방정환은 글쓰기에 대한 다른 접근법을 받아들였다. 천도교의 깊은 영향 아래 일본에서 목격한 활기찬 아동문화에 영감을 얻어 아동의 정신을 살리는 방식으로 글을 쓰기 시작했다. 동시에 그는 교육, 아동 권리, 아동 매체와 관련된 문제들을 논했다. 그는 글쓰기에 대해 다음과 같이 상세하게 설명했다.

童은 兒이란 童이요 話는 說話의 話인즉 결국 童話는 兒童說話라고 할 것임니다 그러니 兒童 以外엣 사람이 만히 낡거나 듯거나 하는 경우에라도 童話 그것은 兒童을 상대로 하는 것이 아니면 안 될 것은 물론임니다 그런고로 동화가 가저야 할 첫재 요건은ㅡ兒童들이 잘 알 수 잇는 것이라야 한다는 것임니다 (…중략…) 알기 쉽게 말하면 녀름 日氣의 더운 것을 말할 때에 온도 몃 십도나 되게 더웁다고 하면 모름니다 더웁다 더웁다 못 하야 옷을 벗고 물로 뛰여드러다고 그래도 더웁다고 하면 兒童은 더위를 짐작함니다 義州에서 釜山까지 二千里나 되닛가 굉장히 멀다 하면 兒童은 그 먼 것을 짐작 못 함니다 거름 잘 것는 사람이 새벽부터 밤중까지 쉬지 안코 거러서 스므밤 스므날을 가도 다 가지 못한다 하여야 그 굉장히 먼 것을 짐작함니다 (…중략…) 兒童의 마음에 깃븜과 유쾌한 흥을 주는 것이 童話의 生命이라고 해도 조흘 것임니다 教育的 價値 문뎨는 셋재 넷재 문뎨고 처재 깃븜을 주어야 하는 것임니다 (…중략…) 아모러한 교육덕의 의미가 업서도 童話는 될 수 잇지만 아모러한 愉悅도 주지 못하고는 童話가 되기 어렵슴니다.[69]

방정환은 이 글쓰기에서 몇 가지 사항을 자세히 설명하고 있다. 그는 아동이 '알고 있는' 것을 아동을 위한 글쓰기의 친숙한 콘텐츠로 제공해야 한다고 주장한다. 이는 젠더, 나이, 계층에 관계없이 모든 아동에게 공유되던 지식이나 경험에 대한 가정과는 상반된 것이었다. 방정환에게 보다 중요한 것은 지식이 전달되는 방식, 즉 그것이 언어로 전달되는 방식이었다. 긴 글과 자세한 언어, 또는 '너무 많은 정보'는 오락적 가치를 떨어뜨리고 지나치게 교훈적인 어조나 메시지가 아동이 이야기를 즐기거나 이해하는 것을 방해할 수 있다고 보았다. 이는 지식이 힘이라고 말한 최남선의 목적 지향적 글과는 다르다. 앞으로 그들의 번역에서 언어와 서사에 대한 이러한 다른 접근법이 어떻게 표현되었는가를 살펴볼 것이다.

『어린이』의 다른 집필자 역시 글쓰기의 기술을 중시하고, 아동의 특권적인 감정 상태와 글쓰기의 연관성을 설명했다. 예를 들어 유지영은 동요의 기술에 관한 글을 몇 편 썼다.[70] 그는 수세기 동안 아동기를 인정하지 않고 관습과 전통에 얽매인 이기적인 양육 방식을 비판하였으며 아동을 위한 노래가 없었음을 한탄했다. 그는 적절한 동요 창작을 위한 여덟 가지 지침을 제시했다.

一. 동요는 순전한 속어입으로 하는 보통말로 지어야 합니다. ……글투로 짓거나 문자를 느어 지은 것은 못 씁니다.

二. 노래로 불을 수가 잇스며 그에 맞처서 춤을 출 수 잇게 지어야 합니다. 격됴格調가 마저야 합니다. ……노래로 불을 수도 업고 또 춤도 출 수 업게 지은 것은 못 씁니다.

三. 노래 사설이 어린이든지 어른이든지 잘 알도록 해서 조곰도 풀기 어렵지 안케 지어야 합니다. ……사설이 어린이만 알고 어른들은 몰으게라든지 어른만 알고 어린이들은 몰으게 지으면 못 씁니다.

四. 어린이의 마음과 어린이의 행동과 어린이의 성품을 그대로 가지고 지어야 합니다. ……어린이의 세상에서 버서나거나 무슨 뜻을 나타내랴고 쓸

데업는 말을 쓰거나 억지의 말을 쓰거나 엇절 수 업는 경우가 아닌데 음상사가 좃치 못한 글짜를 써서 지은 것은 못 습니다.

五. 영절스럽고 간특하지 안케 맑고 순전하고 신신하고 건실한 감정을 생긴 그대로 지어야 합니다. ……어린이의 감정을 꾀로 꾀여서 호긔심을 충동여내게 지은 것은 못 씁니다.

六. 사람의 꾀나 과학科學을 가지고야 풀어 알 수 잇게 짓지 말고 감정으로 재절로 알게 지어야 합니다. ……꾀나 과학으로 설명해야 알게 지은 것은 못 씁니다.

七. 이약이처럼 엇지엇지 되엿다는 래력을 설명하는 것을 대두리로 삼ㅅ지 말고 심긔心氣를 노래한 것이라야 합니다. ……설명만 좍 해노흔 것은 못 씁니다.

八. 어린이들의 예술교육藝術敎育 자료資料가 되게 지어야 합니다. ……어린이들에게 리로웁기는 커냥 해를 끼치게 지은 것은 못 씁니다. 악착스러웁거나 잔인한 것이나 허영심을 길너주게 될 것이나 또 사실에 버스러지게 잘못 지은 것은 못 씁니다.[71]

첫 번째 항목이 특히 흥미롭다. 여기서 언어란 어린이가 접근할 수 있는 정신적인 힘이 있어야 한다고 가정하는데, 이는 '글투로 짓거나 문자를 느어지은' 양식의 함정을 피하기 위함이다. 이것은 진부한 표현, 한자, 또는 문법에 의해 부과된 추상적인 구조와 질서가 자연스런 언어를 분명하게 하기보다 방해한다는 것을 의미한다.[72] 이 항목은 글과 감정의 연관성을 상세히 기술한다. 계속하여 유지영은 '심기心氣'가 결정적으로 중요하지만, 그것은 강요할 수도 없고 단순히 기다릴 수도 없다고 말한다. 심기는 자연 세계에서 따뜻한 봄날에 새가 지저귀는 소리를 듣거나 늦가을 기러기의 구슬픈 울음소리를 해독함으로써 자연 세계에서 추구되어야 한다. 한 무리의 새들과 교감하는 벌거벗은 아이를 묘사한 『어린이』잡지 제8호의 표지를 떠올려보자. 유지영의 글과 잡지 표지의 이미지는 아동의 언어가 단순히 의사소통의 도구라기보다는 아동과 자연이 서로 공유하는 주파수의 역할을 하고 있음을 나타낸다. 글쓰기의 동력은 그런 마음가짐이어야 한다.

최남선이 그림 형제 동화들을 번역하여 출간하기 시작했던 해, 방정환은 자신이 번역한 다섯 편의 동화를 『어린이』에 실었다. 「황금 거우」, 「일곱마리 싸마귀」, 「염소와 늑대」, 「작은이의 일홈」, 「개고리蛙왕자王子」가 그것이다. 방정환은 최남선처럼 원본에서 자유롭게 이야기를 더하고 생략하거나 꾸몄고, 마찬가지로 자신의 이야기를 그림 형제의 동화라고 밝히지 않았다. 실제로 방정환의 번역은 최남선이 사용했던 것과 동일한 1916년 텍스트를 사용하거나 최남선의 번역본을 참고한 것일 수 있지만, 정확히 어떤 원본 텍스트를 사용하였는지 식별하기 어려울 정도로 방정환은 자유롭게 번역했다.

방정환은 평생 독일 문화에 흥미를 가지고 그 문화를 접하려고 했다. 『어린이』1권 2호에 실린「불쌍하면서도 무섭게 커가는 독일의 어린이─매일 한 번씩 낮잠을 재우는 학교」라는 제목의 글에서 독일의 교신을 방문하고 받은 자신의 인상에 대해 다음과 같이 말한다. "독일 사람처럼 굿건하고 규모 잇고 지식 만코 그러면서도 몹시 고상高尙한 성질과 사랑을 가즌 사람은 드물 것입니다." 그는 독일인들의 규율, 질서정연함, 열정, 그리고 독일 아동들이 어떤 활동에서 다음 활동으로 옮겨갈 수 있는 자유로움에 대해 말한다. 그들은 놀고, 춤추고, 노래하고, 그림을 그리고, 조각을 하고,

이야기를 듣는다. 그는 자신의 글 말미에 "아아 씩씩하게 자유롭게 커가는 그네들의 압길이 행복되지 아니하고 엇더켓습니까?"[73]라고 외친다. 방정환은 독일의 문화와 힘, 그들의 국가 정체성에서 영감을 받았지만 이 시기에 그의 주요 관심사는 새로운 종류의 아동문학 창작이었다. 아동 권리를 적극적으로 주창한 그는 아동을 위해 딱딱하고 교육적이며 도덕적인 독서물을 지양하고 아동을 위한 새로운 공간의 조성을 지지했다. 『어린이』는 아동에게 즐거움을 주기 위한 것일 뿐 아니라 그 이야기 속 아동들을 재치가 넘치면서도 불쌍한, 조숙하면서도 사랑스러운 주인공으로 묘사함으로써 아동이 처한 경제적, 사회적 곤궁에 관심을 갖게 하는 데 목적을 두었다. 방정환은 동심의 등장으로 말미암은 예술적 아동문학을 장려함으로써 당시 한국의 계몽 담론과 의식적으로 관계를 끊었다. 방정환의 번역 방식에서는 지면 배치와 서술자로서의 방정환의 목소리가 반영되어 있다. 최남선의 장문의 산문체와 빽빽하게 나열된 문장과 비교했을 때, 방정환이 보여주는 지면은 여백이 충분했고 문장 사이의 간격도 더 넓었다. 문장 자체가 짧았고 한자어와는 달리 훨씬 더 한국적인 표현과 의성어와 의태어를 사용했다. 공주는 훌적훌적 흐느끼고, 늑대는 쿠르룽쿠르룽 코를 골고, 아이들은 그의 뱃속에서 뭉클뭉클, 불룩불룩 소란을 피운다. 방정환이 사용한 또 다른 기교는 리듬의 반복이었다. 그는 '깊은'을 '깁듸깁흔'으로, '구차한'을 '구차하듸 구차한'으로 표현했다. 그는 종종 모음의 길이를 나타내는 '一' 기호를 포함해 텍스트의 청각적 특성을 맞춤법에 반영했다. 조그만은 '쪼―그만'이었고, 노랑은 '누―런'이고, 하얀 색은 '하―얀'이었다. 방정환의 번역본은 서사에 생명을 불어넣는 청각적인 특징을 갖고 있다. 방정환은 또한 「염소와 늑대」에서 늑대가 죽어가면서 표현한 비가悲歌를 번역할 때, 최남선이 무시했던 운율을 지켰다. 방정환의 번역은 아동의 눈뿐만 아니라 그들의 귀를 즐겁게 하기 위해 소리 내어 읽도록 쓰였으며, 그 때문에 아동의 마음과 더 잘 연결된다.

방정환은 음악적인 서술 기법을 사용했을 뿐 아니라 어린 독자들에게 그의 감성을 보여주기 위해 또 다른 방법을 사용했다. 그는 적절하지 않은 내용은 삭제했다. 예를 들어, 「개구리 왕과 철의 하인리히Der Froschkönig oder der eiserne Heinrich」 원작과 그 동화의 일본어 번역본에서는 공주가 개구리를 폭력적으로 벽에 대고 던지자마자 그 개구리가 아름다운 왕자로 변했으며 오직 그녀만이 풀 수 있는 마법에 그가 걸려 있었다고 설명하면서 그 폭력성은 얼버무려진다. 공주는 아버지의 뜻을 받들어 개구리와 결혼한다. 그들은 함께 아침을 맞이한 후 왕자의 왕국을 찾아 출발한다. 하지만 방정환의 번역에 따르면, 원래 모습을 되찾은 왕자는 먼저 자신이 악한 마법에서 벗어나기 위해선 공주가 그를 잔인하게 대할 필요가 있었다고 설명하여 공주의 폭력적인 행동에 대해 변론한다. 그리고 공주와 왕자가 한 침대에서 잠든다는 모호한 서술 대신 곧바로 두 사람이 성대한 결혼식을 치르게 한다. 원문과 비교해보면 방정환의 번역은 아동들에게 즐거움을 주면서도 교육적 의도를 내포하고 있다.[74]

마지막으로 방정환은 독자를 대할 때 언어의 힘에 주의를 기울였다. 1927년, 방정환은 "아모에게라도 갓흔 말을 쓰자고 몃 사람이 이약이하고 오년 전브터" "나는 누구에게던지 『하게』 『해라』를 쓰지 아니함니다"고 썼다. 그에게 반말 사용은 비도덕적인 관습의 흔적이었고, 그는 사회적 지위가 낮은 사람이나 어린 사람들에게 반말을 사용하는 것은 잘못되었다고 생각했다.[75] 그는 이런 변화가 자연스럽게 이루어지지 않을 것이라고 시인

한다. 방정환은 말하는 방식을 바꾸려고 노력하여 아이들에게 존댓말을 쓰더라도 아이들이 그것을 자신들에게 하는 말인 줄을 깨닫지 못한다고 했다. 방정환의 이런 철학에 따라 그의 번역에서 화자는 정중한 '-습니다' 체로 끝을 맺는다. 음악성에 대한 방정환의 재능, 연령에 적합한 내용이 무엇인지 분별하는 그의 감수성, 아동 독자들을 존중하자는 그의 주장은 그가 관철한 아동을 위한 언어 개혁의 방법이었다.

마음의 언어, 국가의 언어

방정환과 최남선의 번역과 글은 그들이 인식하고 있었던 스토리텔링과 국가 정체성 사이의 중요한 관계를 입증한다. 그들은 스토리텔링을 다음의 두 가지 의의를 지닌 행위로 보았다. 하나는 한국 고유의 소리와 이미지를 찬양함으로써 독자의 민족 정체성을 강화하는 사회적 의의이다. 다른 하나는 스토리텔링 언어의 확립과 외국 이야기의 한국화를 통해 한국적 서사를 풍부하게 하는 문학적 의의였다. 흥미롭게도 방정환과 최남선의 번역 방식인 외국 이야기의 국내화는 이미 일본에서 진행되고 있었다. 와카바야시 주디若林ジュディ는 번역가들이 외국 문화에 대한 저항의 형태라기보다 독자들의 이해를 돕기 위한 시도로 생소한 외래 이야기들을 일본화시켰다고 설명했다.[76] 그녀는 "번역이 작가들에게 독창적인 작품의 모델을 제공한 것이지 그 반대는 아니었다. (…중략…) 근대 아동문학의 개념 정의에 부합하는 첫 원작이 출현한 이후, 번역은 오랜 과정 가운데 형성된 내용 및 언어, 표현방식 측면에서 새로운 전망을 열어놓았다"[77]라고

덧붙였다. 방정환과 최남선은 일본에서 번역과 번안 작업에 매진한 학자들과 함께 상당한 시간을 일하면서 분명 이러한 일본의 동향에 영감을 받았을 것이다.

하지만 방정환과 최남선의 번역본을 살펴보면, 위기에 놓인 한국 민족의 정체성을 강화하거나 근대문학의 문체를 확립하는 데 기여하는 언어의 구성적 역할에 대한 민감성 이상의 무언가가 있음이 분명하다. 그들의 번역은 독자들의 욕구에 대한 예리한 인식을 바탕으로 자신들의 해석을 조정했음을 보여준다. 최남선은 사회적 다원주의를 지지했고, 근대유럽 지식의 우월성에 대한 믿음을 지녔기에 그림 형제 동화를 그대로 번역하기로 한다. 방정환의 번역은 문화적으로 얻은, 그가 아동에게 적합하다고 믿었던 내용과 언어에 대한 생각을 바탕으로 이루어졌다. 줄리아나 스키아비Giuliana Schiavi는 번역자가 "원문을 해석하고, 일정한 규범을 따르고, 구체적인 전략과 방법을 채택함으로써" 번역판과 독자 사이의 관계를 새롭게 구축하는 대리인이라고 주장한다.[78] 에머 오설리반Emer O'Sullivan은 텍스트에서 '들을 수 있는' 부분이 번역가가 소통하려는 지점이라고 한다.[79] 예를 들어, 독일어판과 일본어판, 한국어 번역본을 함께 읽으면 어떻게 내용을 순화했으며 세부사항을 한국화했는지 드러난다. 이 경우 번역의 과정이 다른 힘에 의해서 영향을 받을 수 있다는 사실에 주목할 때, 오설리반의 이론화는 더 나아가 미묘한 뉘앙스를 띨 수 있다. 즉 그림 형제 동화에서 개인과 국가에 대해 '재가공된' 개념들이 식민지 압제자의 언어를 통해 여과되어 나온다는 말이다. 이는 그녀가 제시한 단일선상의 도표를 복잡하게 하고, 번역에서의 언어와 지식의 이동 과정에 대해 보다 복잡한 시각화가 필요함을 보여준다.

여전히 물음이 남는다. 왜 그림 형제 동화일까? 일부의 한국 학자들은 그림 형제 동화의 국수주의적 성격을 지적했으며, 그림 형제가 수행한 국가 정체성 보존 작업과 1920년대 식민 지배 및 이에 대한 한국의 대응 사이의 유사성에 대해 연구했다.[80] 번역 작업이 방정환과 최남선에게 저항의 도구였다고 생각하는 것은 유혹적이다. 한국의 번역가들은 식민지 언어인 일본어를 새로운 근대 한국문학의 언어를 구축하기 위한 토대로 사용했다.[81] 그러나 잭 자이프스Jack Zipes, 도널드 하세Donald Haase, 리처드 바우만Richard Bauman과 찰스 L. 브릭스Charles L. Briggs는 그림 형제 동화에 대한 보다 복잡한 이론적 견해를 제시한다.[82] 그들은 이러한 전래동화의 언어가 가진 조작적 힘에 관심을 가지며 전통과 근대성을 구축하는 데 있어서 이야기의 역할을 강조했다. 자이프스는 권위를 타도하는 우화가 가진 명백한 체제 전복적인 잠재력에도 불구하고, 구전 스토리텔링은 성인과 아동 독자들의 사회화라는 의도적인 목적을 가진 문화 담론으로 전환되었다고 주장한다. 그림 형제의 동화들은 독자들에게 "사회에서 받아들여지기 위해 자신의 힘을 올바르게 사용하거나 현 사회의 규범에 따라 사회를 재건설하기 위해"[83] 무엇을 해야 할지 생각해 볼 것을 요구한다. 이런 의미에서 전래동화는 덜 전복적이며 중산층의 소비품이었다. 잭 자이프스의 말을 빌리자면 이야기는 "구전 동화로 자신들의 목소리를 알리려는 대중들의 투쟁의 산물일[뿐만 아니라] 정체성과 권력을 구축하려는 독일 부르주아 계급의 문학적 산물"[84]이었다. 근대화의 주창자이자 한국 근대문학 발전의 선구자였던 최남선에게 매력적이었던 것은 아마 이 문학적 상품으로서 이야기가 가진 특징이었을 것이다.[85] 아울러 바우만과 브릭스는 그림 형제가 "늘 공유해온 민족의 목소리"[86]가 담겨 있음을 밝히기 위해 동화의 언어를 고안했다고 설명했다. 하세 역시 "그림 형제는 민중에게 설득력 있는 이야기 전달자가 되면서 그림 형제는 전래동화가 국가 정체성을 직접적으로 표현한다는 항구적인 발상을 만들어냈다. 그뿐만 아니라 솔직함, 순수성, 단순함이 분명하게 드러나는 전래동화의 언어를 형성시켰다. 이런 전래동화 언어의 특성으로 말미암아 그림 형제의 이야기가 보편적 이야기로 간주됨으로써 번역을 촉진시켰다".[87] 이러한 언어의 생성과 보편적 언어로서 형성된 새로운 동화 언어의 출현은 방정환과 최남선이 보여주는 번역의 접근 방식과 일치하며, 식민지의 파열 속에서도 연속성에 대한 환상을 불러일으키고자 했던 그들의 열망에도 상응하는 것이었다.

바우만과 브릭스는 그림 형제가 동화를 편집하는 과정에서 사실 '전통과 지역성을 색인처럼 연결하던 고리'를 끊음으로써 동화 텍스트가 민족적인 동시에 보편적인 공간을 정의하는 데까지 이르렀다고 주장한다. 이 보편적인 특성은 우연히도 그 동화들을 번역할 때 고유한 경향을 부여했다.[88] 그리고 이러한 보편적 특성 때문에 그림 형제 동화는 한국 고유의 전래동화 번역과 재발견의 잠재적인 밑거름이 되었다. 바우만과 브릭스의 설명처럼 전래동화, 서사시, 전설, 그 밖의 전통적 이야기들은 근대적 실체로서 국가의 위상을 구축하는 데 결정적이다. "이는 (이론적으로) 국가에 앞선 전통적 기반과의 연속성을 구현"시키기 위함이다. 바우만과 브릭스는 "전통적인 텍스트들을 제작하고 소비하는 것은 국가의 이미지를 형성하고 마치 깊은 역사적 뿌리를 가진 자연 현상과 같이, 국가를 실재처럼 보이게 하는 데 중요한 역할을 했다"[89]고 주장한다. 여기에 한국 번역가들이 생각하는 그림 형제 동화가 갖는 매력적인 특성이 있다. 한국이 일제에 굴욕적으로 강점된 지 10년이 지난 후, 그림 형제 동화는 그들이 개발한 동화 언어로 번역가들에게 전통을 되찾을 수 있는 공간을 제공했고 동시에 구어체와 근대적인 목소리를 모방한 근대 언어를 창조할 수 있게 했다.[90] 번역가의 능숙한 손 안에서 한국의 '문화를 초월하는' 전래동화 장르가 재탄생했다. 그럼으로써 하세의 말을 빌리자면, 번역도 새로운 무엇인가를 만들어냈다. 즉 "그 문화의 총체보다 더 많은 것을 전달하는 초문화적인 텍스트"[91]를 생산해낸 것이다.

만약 방정환의 첫 번째 임무가 새로운 아동기 문화를 알리는 것이었다면, 염희경은 그의 두 번째 임무는 민족주의적, 반식민주의 정서를 조성하는 것이었다고 주장한다.[92] 『사랑의 선물』에 실린 방정환의 번역본을 분석하면서 염희경은 방정환에게 번역의 동력은 아동에게 민족의 정체성을 불어넣어주려는 그의 열망이었다고 결론지었다. 그녀는 방정환 책의 목차를 보면 그가 용기를 불어 넣어주려는 소통적 메시지를 아주 섬세하게 전달하는 방법이 내포되어 있다고 주장했다. 예를 들어, 이탈리아가 아니라 시칠리아라는 지명을 사용한 동화는 이러한 분쟁 국가의 상황을 알려줄 수 있다.[93] 방정환은 '고래동화현상모집古來童話懸賞募集'에서도 한국 문화의 생존과 한국 전래동화 사이의 연관성을 강조했다. 그러나 『어린이』에 실린 방정환의 그림 형제 이야기 번역본을 살펴보면, 그 이야기들이 명백하게 민족주의적이었다는 주장을 뒷받침할 증거는 거의 없다. 솔직히 민족의 정서를 노골적으로 드러낼 수 있는 공간은 거의 없었다. 어떤 사람은 방정환이 선택한 작품 자체가 그의 메시지라고 주장할 것이다. 「일곱마리 까마귀」, 「황금 거우」, 「개고리蛙왕자王子」, 「작은이의 일홈」, 「염소와 늑대」는 모두 엄청난 역경을 딛고 만만치 않은 도전을 이겨내는 예상 밖의 주인공에게 박수를 보내는 이야기들이라고 주장할 수도 있겠다. 그러나 민족주의 정서가 1920년대 동화 번역의 원동력은 아니었다. 오히려 방정환과 다른 번역가들은 동심의 모습을 기술하고 정의하는 일, 그리고 이 작업에 기여할 언어 개발에 신경을 썼다. 감정교육은 동심에 매우 중요했고 삽화와 산문과 시의 언어를 통해 가장 효과적으로 수행될 수 있었다. 특히 전래동화는 민족성과 근대성을 모두 갖춘 매력적인 도구로 여겨졌다. 방정환은 등장인물, 묘사, 색채의 미묘한 차이를 환기시키는 강렬하고 청각적인 목소리를 만들어냄으로써 한국 고유의 스토리텔링을 되살릴 뿐만 아니라 아동 독자들을 북돋울 수 있는 장르의 확립에 공헌했다.

4장

프롤레타리아 아동의 반격

이주홍의 「청어쎅다귀」는 빈곤한 가정 환경이 눈앞에 펼쳐진, 순덕이라는 어린 소녀의 이야기이다. 그녀의 아버지는 동생의 죽음 이후 비탄에 빠져 있고, 어머니는 아파서 자리에서 일어날 수조차 없다. 집안에서 유일하게 일하는 사람은 순덕이다. 순덕이는 끝없이 고생하면서 생겨난 고름으로 가득 찬 물집이 잡힌 채 1전을 벌기 위해 거리를 쏠었다. 어느 날, 비정한 지주 김부자는 이 가난한 가족에게 집세를 받기 위해 반갑지 않은 방문을 한다.[1] 병을 앓고 있던 순덕이의 어머니는 일어나서 그 거만한 김부자를 대접하기 위해 상상할 수 없을 정도로 맛있는 청어를 구웠다. 그러자 순덕이의 입에서 고통스럽게 침이 흘렀다. 그녀는 몹시 배가 고팠고, 텅 빈 방에서 그녀의 침 삼키는 소리가 울려 퍼졌다. 어미니는 손님이 예의상 반드시 음식을 약간 남길 것이라며 그녀를 안심시켰다. 하지만 손님은 남김 없이 먹어치웠고 접시엔 생선의 빛나는 가시만이 덩그러니 남게 되었다. 그러자 순덕은 그곳에 털썩 주저앉아 청어 가시를 입안에 밀어 넣었고

---

1) 역자 주: 김부자에게 병작한 논을 개간하지 않는다고 병작을 취소하려고 온 것임.

이내 숨쉬기 어려워지기 시작했다. 격렬한 기침이 이어졌고, 그녀의 아버지는 절망스럽게 흐느끼며 딸의 어깨를 세차게 치기 시작했다. "아버지! 아버지! 괜찬어요. 압흐지 안어요. 네! 작구 째려주서요 네! 아버지의 손이 다으니까 담박 낫는 것 갓해요. 네 아버지! 아버지! 내가 잘못했서요. 네."[1] 순덕이 소리치자 벽에 고름과 피가 튀었다.

「청어쌕다귀」는 좌파 문학잡지인 『별나라』1926~1935와 『신소년』1923~1934에 실린 아동청소년 독자들을 위해 출간된 많은 단편소설, 논픽션 에세이, 시들 중 하나였다. 박세영, 임화, 송영, 이기영 등 한국의 저명한 좌파 지식인들은 자본주의의 착취적인 경제 사회 구조를 명확히 이해하기 위한 입문으로서 아동문학의 중요성을 인식하고 있었다. 작가들은 아동청소년들을 대상으로 한 글쓰기 작법과 함께 산문과 시를 출판함으로써 아동문학의 발전에 기여했다. 그리고 성인을 대상으로 한 한국 좌파 문학과 마찬가지로 아동문학 또한 착취를 폭로하고 아동들이 살고 있는 공간, 즉 집, 학교, 골목, 공장을 신체적·정서적으로 풍부한 공간으로 변화시킴으로써 계급의식을 고양시키는 역할을 했다. 앞서 1장에서 논의한 모험주의와 해상 정복에 대한 최남선의 시에서 한때 마지막 개척지였던 탁 트인 바다조차 계급투쟁의 무대로 재탄생했다.

유명한 좌파 작가들이 제안하듯, 아동을 위한 한국의 프롤레타리아 문학은 한국에서 더욱 폭넓은 좌파 문화 생산의 유기적인 부분이자, 독일에서 일본과 한국에 이르는 아시아와 서구 사이를 순환하는 국제적이고 횡단문화적인cross-cultural 작업의 일부였다.[2] 진보적이고 반문화적인 좌파 운동은 개인주의를 거부하고 전통과 부르주아의 엘리트주의 경향을 비판하며 단호한 유물론적 접근을 주장했다. 특히 1920년대에 활동하며 한국의 대중문화 출현에 한몫을 했던 신경향파 작가들은 정치적 기표로서 육체의 물질화에 초점을 맞추었다. 몸으로 재현된 정치가 "식민지 개발 사회의 구조 조정뿐만 아니라 정서적 차원"[3]에 미치는 경제적·물질적 변화의 영향을 명확히 보여주었다. 부르주아를 절망적으로 간주했던 신경향파 작가들은 『어린이』에서 동심을 어떻게 묘사하는가에 대해 분석했다. 그들의 비평은 동심의 개념에 초점을 맞추었는데, 이는 일본 프롤레타리아 작가들이 보이는 경향과 유사하다. 사무엘 페리Samuel Perry 역시 "일본 아동문화의 주제를 아동기의 낭만적 이상화에서 벗어나 살아있는 아동 자신들의 일상적 경험으로 옮기는 데"[4] 일본 프롤레타리아 작가들의 작품이 역할을 했다고 제안한다.

일본에서는 1929년에 창간된 『소년전기少年戦旗, 쇼넨센키』와 같은 프롤레타리아 잡지들이 일본, 중국, 한국의 독자들을 대상으로 하여 한국의 시인들을 문화 대사라고 소개했다. 아동을 위한 최초의 프롤레타리아 책을 출판한 일본의 아동소설 작가이자 시인인 마키모토 쿠수로槇本楠郎, 1898~1956는 아동을 위한 시집 『붉은 깃발赤い旗』1930을 출판했다. 이 시집의 표지에는 한국어로 '프롤레타리아'와 '동요집'이라고 쓰여 있다.[5] 당시 한국 좌파 아동운동은 처음부터 국제주의적이고 초문화적이었다.

이 작품들이 우리에게 제공하는 것은 무엇인가? 어른들을 대상으로 한 풍부한 프롤레타리아 출판물들이 이미 제시한 것을 넘어서서 프롤레타리아 아동잡지가 어떤 다른 통찰력을 제시할 수 있을까? 필자는 우선 정확히 좌파 작가들에게 아동문학이 가장 큰 관심사였다고 주장한다. 왜냐하면 아동이 식민지 한국에서 가장 취약한 구성원 중 하나였기 때문이다. 도시화와 산업화는 가족과 개인이 새로운 일자리를 모색하게 됨에 따라 물리적 환경을 변화시키고 있었다. 빈곤이 만연하고 복지 구조가 거의 갖추어지지 않은 상황에서 아직 10대가 되지 않은, 많은 노동자 계층의 아동들은 종종 그들의 부모가 집 밖에서 일하는 동안 공장과 밭에서 일하거나 자신보다 어린 형제들을 돌보아야 했다. 만약 아동들이 이러한 잡지를 접했다면, 1920년대 초기 아동잡지에 실린 시, 산문들과 그들의 현실 간 괴리가 매우 크게 보였을 것이다. 노동하는 아동들의 이야기 또한 들려줄 필요가 있었다.

앞 장에서 논했듯이, 아동이라는 존재는 1900년대 초반의 국가변화에 중대한 발견이었다. 최남선, 이광수와 같은 지식인들에게는 오직 아동들만이 급진적인 변화를 일으킬 수 있는 위치를 갖고 있었다. 그리고 좌파 작가들에게 아동 독자들을 위한 문학은 착취의 윤곽을 폭로하고 "이해할 수 없고 상징 가능한 것 밖에 있는 것들을 포착할"[6] 기회를 제공했다. 동시에 아동들을 위한 프롤레타리아 문학도 불평등의 구조를 붕괴시키는 데 필요한 행동을 규정했다. 한국 아동들의 복지에 대한 대중의 우려가 커짐에 따라 프롤레타리아 문학은 민감한 부분을 다룰 수밖에 없었다. 성인들의 육체적 노출과 유린에 대한 묘사가 충격적이었는데, 그 몸에 대한 묘사가 아동일 경우에는 더욱 충격적이었다.

프롤레타리아 작가들은 아동들이 선한 존재이며 선하게 행동하는 것이 자연스러운 성향이라는 통념을 강조하면서, 어떻게 그러한 성향을 불평등을 인식하고 정의를 요구하며 궁극적으로 저항할 수 있는 능력으로 변화시킬 수 있는가라는 어려움에 직면했다. 프롤레타리아 작가들이 직면하게 된 언어학적 어려움은 부르주아의 동심 개념에 의해서 이미 훼손되어있는 내용과 프롤레타리아 이데올로기에 반대하는 내용을 통해서 아동에게 말을 건네는 방법을 알아내야 하는 것이었다. 이를 위해 좌파 작가들은 소설에서 아동들의 몸을 동원하고, 육체를 각성의 공간으로 만들었다. 아동의 특별한 정서적 능력은 단순히 감정에 호소하는 것 이상을 요구했다. 정치 사회적 의식의 고양은 육체적 유린에 대한 묘사, 고통스러운 투쟁에 대한 묘사, 그리고 낭만주의의 굴레에서 벗어나 구어체의 형태를 띠는 언어의 전개를 통해서만 성취될 수 있었다. 고통에 대한 이야기들이 아동을 타고난 저항가로 변모시키는 과정을 극적으로 묘사하면서 그 충격이 통렬함을 대신했고 활기를 띤 낙관론이 가벼운 연민을 일소시켰다.

세계 좌파 아동문화와 한국 좌파 아동문화

노동하는 아동은 20세기 초 세계적으로 산업화의 일부로 여겨졌다. 3장에서 설명한 바대로 교육, 아동심리학, 그리고 복지 기관의 발전으로 아동 중심의 공간들이 출현하고 아동들을 감정적으로, 지적으로 다르게 대해야 한다는 주장이 제기되었다. 경제적인 가치보다는 감성적인 자질들을 간직하고 있는 '값을 매길 수 없는' 아동들[7]에 대한 새로운 발견에도 불구하고 대다수의 한국 아동들은 식민 시대의 일상에서 완전히 헤어나지 못했다. 한국 아동들은 심부름도 하고, 연장을 짊어진 채 육체노동도 하면서 가정 경제에 기여했으며, 부모가 생계를 유지하는 동안 형제자매를 돌보았다. 그러므로 자본주의적 근대화 및 정치와 미학의 결합을 주로 비평했던 프롤레타리아 문학이 아동청소년 독자들을 대상으로 하는 문학에 깊이 관여되어 있다는 것은 놀라운 일이 아니다. 한국의 좌파 지식인들은 아동들이 가장 취약한 집단에 속하고 그들이 노동자인 것을 인식하면서 계급의식의 조기 각성을 선동하기 위하여 아동소설, 동시, 그리고 아동을 위한 작법에 관한 글을 썼다. 한국의 좌파 잡지들은 식민지 한국 아동에 대한 우려를 표했는데 1910년대 중반부터 발전하기 시작한 좌파 문화 비평에서 그 우려가 나타난다.[8]

아동을 대상으로 하는 좌파 문화의 생산이 외부와 단절된 상태에서 이뤄진 것은 아니다. 오히려 아동문학에 큰 관심을 갖게 된 아시아와 서구의 초국가적이고 문화적인 대화의 일환으로 발전한 것이었다. 사무엘 페리가 말하듯, 한국의 지식인들은 초국가적인 관심사에 초점을 맞춘 일본의 좌파 아동잡지를 읽고 거기에 투고하기도 했다.[9] 한국 작가들은 구소련, 미국, 일본의 발전에 대해 보도함으로써 프롤레타리아 계급의 아동에 대한 국제적 인식을 키우기 위해 노력했다. 그러나 일본의 프롤레타리아 작가들이 좌파 문화를 자신들의 문화 관행으로 해석한 것처럼 한국 작가들은 그들의 식민 상태에만 국한된 우려를 다루었다. 검열 기관을 항상 의식하고 있었기 때문에 그들의 도전은 국가의 주권 상실과 자본주의적 착취로 인해 한국의 아동들이 직면한 물리적인 조건과 관련된 글을 쓰는 것이었다.[10] 하지만 그들은 한 걸음 더 나아가야 했다. 좌파 문화는 이미 자본주의의 근대성에 대한 설득력 있는 비평으로 발전했고, 아동들은 성인 소설에 종종 등장했다. 작가들이 해야 할 일은 이 아동 독자들에게 직접 이야기하는 것이었다. 그렇게 하기 위해 그들은 어떻게 글쓰기가 아이들의 신체적, 정신적 욕구를 가장 잘 만족시킬 수 있는지에 대한 견해를 발전시켰다. 결국 작가들은 '분노로 주먹을 불끈 쥔다'는 그들의 생각에 유일하게 적합한 방식으로 동심이라는 보편적인 개념을 불평등에 대응하기 위해 만들어냈다.

한국 아동을 위한 글쓰기에 도움이 된 좌파 운동의 세계적, 국가적 특징은 무엇이었는가? 일본의 프롤레타리아 아동잡지는 특히나 유익했다. 그 이유는 전 세계 노동계층 아동의 상태를 알려줌으로써 일본 독자들의 시야를 넓히는 데 적극적인 역할을 했기 때문이다. 일본의 프롤레타리아 아동잡지들은 국제주의적, 반제국주의적, 반전주의적이었으며 그 착취적인 환경이 가난한 아동들의 미래를 어떻게 왜곡시키고 있는지에 민감하게 반응했다. 물론, 일본에서 좌파 생성에 동기를 부여한 것은 제국주의의 확장보다 국내 도전들에 대한 우려였다. 프롤레타리아 아동문화는 "일본의 아동들을 교육하고 보호하려는 자유롭고 과학적인 노력의 전방에 있었는데, 이런 아동문화를 통해서 아동들이 스스로를 주체적으로 변화하도록 격려하고, 그들의 건강한 발전을 촉진시키기 위한 제도적 틀을 확보하려고 했다".[11] 그리고 일본의 프롤레타리아 작가들은 시선을 밖으로 돌림으로써 "일본 아동문학의 다문화주의"의 토대를 마련했으며 동시에 "일본 국경을 넘어 보다 광범위한 공동체로 아동들을 사회화시키기 위해 노력했다".[12] 일본의 권위주의 교육 제도를 위협한 것은 이러한 다문화주의적 경향이었다. 일본 잡지 『소년 전기』에 한국의 어린이날을 축하하기 위한 시가 실렸는데, 이는 착취와 차별에 맞서 싸우는 아동들의 '국제적 형제애'를 다루고 있다. 이 시를 예로 들어보자.

어린이날을 위해, 자본주의의 주인에게 소리치고 항의하자.
미래는 우리의 것이다.
어린이를 착취하지 말라.
초등학교 수업료를 징수하지 말라.

학용품을 무료로 만들어라.

어린이들에게 위험한 작업을 할당하지 말라.

아이들을 위한 야간 근무를 없애라.

세상의 노동자 아이들, 세상의 약한 아이들, 단결하라![13]

『소년 전기』의 사설과 서신들에서는 "조선과 중국으로부터 온 우리 형제들과 손을 잡아야 한다"고 말하면서 "한국을 다시 일어서게 할 수 있는 유일한 방법은 일본 노동자와 농민의 손을 잡고 투쟁에 동참하는 것"이라고 강조했다.[14] 『소년 전기』에 실린 이 시와 다른 출판물들은 한국의 지식인들과 운동가들에게 깊은 인상을 주었다. 임화는 1년간 일본에서 유학하면서 1931년에 마키모토 쿠스로의 시 한 편을 번역했다. 이 시에서는 아동의 관점에서 굶주림과 추위 속에서 내리는 눈을 응시하며 그 눈이 쌀이나 목화라면 얼마나 좋을까라고 상상하는 어느 가족의 비참한 가난을 묘사한다.[15] 마키모토 쿠스로가 임화의 번역을 가리켜 '식민지 시인에 의한 훌륭한 번역'이라고 지지한 것은 좌파 작가들의 초국가적 비전과 아동문학에 대한 그들의 공통된 견해를 증명한다.[16]

한국의 아동잡지들은 국제적인 아동 공동체에 대한 인식과 투자가 증가하고 있음을 반영하고 있다. 그러나 좌파 잡지들이 관심을 가지고 있는 아동 공동체는 잡지 『어린이』가 만들려고 노력했던 상상의 아동 공동체와는 의도적으로 다른 것이었다. 두 좌파 잡지인 『신소년』과 『별나라』는 청소년 독자들의 관심을 일본, 구소련, 미국의 아동들이 처한 상황으로 돌렸다.[17] 예를 들어, 「미국의 젊은 개척자들」이라는 글에서 권환은 비-프롤레타리아 소설이 엘리트주의적이고 착취적이라고 비난했다.[18] 그는 미국의 부富가 불우한 아동들을 키우는 불행한 노동자들이 일하는 대규모 공장에 의해 생성되었다고 주장하며, 미국의 명성에 의문을 제기했다. 부유한 아동들이 교회에서 즐겁게 이야기를 듣는 동안에 불우한 아동들은 강제로 직업학교에 다녔고, 그 후엔 노동력으로 흡수되었다는 것이다. 구직회의 「러시아의 공장」은 구소련이 노동자들을 위해 운영되는 유일한 나라라고 설명한다. 구직회는 5개년 계획을 찬양했는데, 그 계획을 통해서 수확량이 눈에 띄게 증가했다고 한다. 그는 생산성은 별도로 하고, 노동자들에게 적절한 근무 시간과 휴식 시간을 보장해주는 스탈린그라드의 한 공장에 대해 설명했다. 구직회는 소련에서 성장 중인 각종 건축과 자동차 산업에 대해 감탄하면서 말했다.[19] 한국의 좌파 아동잡지는 창간 때부터 독자의 시선을 바깥쪽으로 향하게 했고, 한국의 아동 독자들이 스스로 전 세계 노동계급 아동들이 벌이는 더 큰 투쟁의 참여자가 되도록 독려했다. 그 후, 이 좌파 잡지들은 국제적인 흥행을 거뒀다. 1932년까지 『별나라』는 만주, 일본, 미국, 쿠바에서 만 명 이상의 독자를 얻었다.[20] 이진경에 따르면, 이 잡지의 편집자들은 "이미 각 민족적 경계가 해체될 유토피아적 공간"을 상상하게 된 '국제적 마르크스주의자' 아동조합의 형성을 독려했는데, 이 공간 또한 작가들이 계급과 식민지 자본주의와 관련된 인종적 계층의 문제를 다루기 위한 틀이었다.[21]

한국의 프롤레타리아 아동문학은 잡지들을 통해 이러한 세계적인 투쟁에 대해 언급하고 한국의 국경을 넘어 독자들에게 다가가면서 자본주의적 근대성이 노동계급의 아동들에게 미치는 영향에 대한 광범위한 초국가적 대화에 참여했다. 동시에 한국의 프롤레타리아 아동문학은 성숙한 좌파 문학 운동 속에서 부상했다. 1925년에 결성된 '조선 프롤레타리아 예술가

동맹Korea Artista Proletaria Federatio, KAPF'의 활동을 통해 전통적으로 좌파 운동을 편협하게 보아왔지만, 박선영은 본인이 의미하는 '프롤레타리아 운동'은 훨씬 더 광범위한 것이라고 설명했다. 즉, 일관되고 결속력 있는 단일 조직이거나 제도화된 운동이라기보다는, 때로는 수렴적이고 양립할 수 없는 견해를 가진 유권자들이 만나서 열띤 토론을 벌일 수 있는 '추진체이자 촉매제' 역할을 했다.[22] 프롤레타리아 운동은 1920년대 인쇄본과 시각 텍스트에 나타난 '프롤레타리아 감수성'을 표현하는 데 기여했다. 이러한 것들은 근대화 기획에서 서사 이론을 해체시켰고, "한국의 계몽운동이 국가와 주권, 자본주의적 축적과 광범위하게 연관되어 있는 '근대' 역사에 진입하게 된 변화를 가져왔다".[23] 좌파 청년 단체와 좌파 아동잡지, 신문 기사, 연극이 점점 더 대표성을 띠게 되는 상황에 힘입어 프롤레타리아 운동은 겉으로 보기에 타락한 엘리트주의적 주류 감성에 맞서는 대안을 제시하려고 노력했다.[24] 그리고 프롤레타리아 운동은 아동의 모습이 자주 등장하는 성인 중심의 소설을 통해서뿐만이 아니라 아동 독자들에게 그들 자신의 기록을 통해 다가감으로써 이루어졌다.

『별나라』는『신소년』과 함께 가장 주목할 만한 잡지로서 한국의 저명한 좌파 작가들 중 다수의 목소리를 담고 있다. 언어학자 신명균에 의해 편집된 『신소년』1923~1934은 교육자, 언어학자, 그리고 「청어쌕다귀」의 저자 이주홍과 같은 작가들의 기고문을 실었다. 그리고 『별나라』1926~1935는 송영, 임화, 박세영을 포함한 저명한 좌파들에 의해 편집되었다.[25] 1930년대까지 『신소년』과 『별나라』는 일제 강점기 때 권리를 박탈당한 빈곤한 아동을 대상으로 집필했던 작가들을 점점 더 많이 소개했다. 잡지에는 소설, 시, 희곡을 포함한 창작물과 삽화 및 만화, 과학, 사회과학, 역사, 여행에 관한 논픽션 에세이, 번역물, 음악 악보들이 담겨 있었다. 이 잡지들은 결코 그 자체를 순수한 오락물로 전락시키지 않고 자본주의적 착취, 노동자와 농민의 고난, 극심해지는 빈곤, 너무 가난해서 학교에 다닐 수 없는 아동들의 고통 등을 묘사함으로써 아동청소년 독자들의 계급의식을 고양시키는 데 일조했다. 유토피아적인 아동이라는 공간은 1920년대 초 아동문화가 출현하는 데 매우 중요했다. 좌파들은 이 공간이 소수의 사람들만이 공유하는 경험이며, 경제적 사회적 관계를 혼란스럽게 만들기 때문에 실제로는 누릴 수 없는 사치라고 간주했다. 좌파 성인소설에서 아동 인물이 식민 자본주의의 가장 취약한 피해자로 자주 등장하는 반면, 『신소년』과 『별나라』의 작가들은 아동을 위한 문학과 '실제' 아동의 일상적인 경험을 반영하고 예측할 수 있는 언어로 아동들에게 직접 이야기하기를 원했다. 작가들은 사회경제 체제에 내재된 불평등을 묘사하고 독자들을 일깨우기 바랐다. 좌파 문화를 표방하는 세계적, 국가적 권역 내에서 아동들을 위한 글쓰기가 정밀하게 검토되었다.

프롤레타리아 아동들을 위한 글쓰기

좌파 작가들이 아동청소년 독자들을 위하여 펜을 들었을 때, 그들은 독자들에 대한 일련의 선입견들과 1920년대 초반부터 아동을 위한 문자와 삽화로 구성된 양식에 내재된 관습에 반대하여 집필하였다. 구체적으로 그들은 자연과 작가 자신들의 마음에 가깝다고 생각되는 내용, 아동의 지적·정서적 발달에 적합한 문어체 언어, 그리고 아동기를 찬양하고 그에 따라 아동들을 보호 및 교육시키는 자료들을 쓰는 과정에서 아동 독자들의 요구를 반영하였다. 좌파 작가들은 아동문학이 착취와 권력의 기제를 감추고 있는 부르주아 문화의 환상을 깨트릴 수 있는 이상적인 교육사회화 도구라고 생각했다. 문학은 감수성이 예민한 아동 독자들의 상상력을 사로잡을 수 있고, 아동에게 대안적 모델을 제공할 수 있기 때문에 이상적으로 여겨졌다. 이 대안적 모델은 아동이 도덕적으로 우월하고 착취구조를 알아보며, 그것에 목소리를 내고 저항할 수 있는 능력을 갖고 있다는 믿음을 바탕으로 다른 형태와 언어, 이미지를 활용했다.

이러한 형식적인 관습들은 한국 지식인들이 정치 전반에 걸쳐 수용한 개념에 의해 형성되었다. 아동의 정서는 성인의 정서와는 질적으로 달랐고, 아동에게 끼치는 영향에 대해 인식하고 글을 쓰는 것이 아동문학의 목표였다. 특히 가장 심하게 위험에 노출되어 있는 아동의 몸에 관해 거듭 호소하는 좌파 작가들에게 더욱 그러했다. 작가들에게 정서는 아동을 차별화시키고 내용과 형식 사이의 연결을 가능하게 하는 것이었다. 좌파 작가들에게 가장 중요한 것은 때가 무르익었을 때 정서가 혁명에 필요한 종류의 변혁을 촉발시킬 수 있다는 것이었다. 정서는 생물학적·사회적 융합을 통해 만들어진 일종의 영원한 감정의 기제였다. 좌파 작가들은 물리학, 건축학, 그리고 발달심리학에서 파생된 언어를 통해 갖게 된 아동 정서의 범위를 묘사하였고, 소리와 이미지로써 그것을 모방하고자 했다. 좌파적 글쓰기의 이론적 토대를 유지하면서 아동청소년 작가들은 현실이 창작의 유일한 합법적 자료라고 주장했고, 부르주아 작가들이 사회 조건과 개인적인 경험 사이의 관계를 혼란스럽게 만들었다고 비판했다. 좌파 작가들이 부르주아 작가들과 부르주아 잡지에 대해 비판했음에도 불구하고, 그들은 아동

정서에 관해서는 많은 동일한 가정들을 함께 공유했다. 특히 부르주아와 좌파 작가들 모두 아동에게는 진리를 인식하는 타고난 능력과 정의감이 있다고 믿었다. 그리고 좌파 작가들에게 아동의 몸은 정서의 물리적인 표현이었다. 즉 정신적 고통을 가시화하면서도 해방을 가능하게 하는 고통의 현장이었다.

좌파 작가들에게 아동문학은 무엇보다 정치교육과 사회화의 도구였다. 1920년대에는 주류 신문에서 '입학난'이 강하게 논의되었는데, 입학난은 "식민지 정권의 정책과 관행"[26]에 기인한 것이었다. 예를 들어, 황경문은 『동아일보』에서 발간한 「일련의 폭로들」이라는 글에서 "일본 학교와 학생에 대한 지출이 한국 학교 학생들을 위한 것보다 훨씬 많았지만 당국이 세금 수익에서 상당 부분을 일본 학교에 지원함으로써 실질적으로 한국인들을 강탈하고 있었다"[27]고 지적했다. 인기 있는 잡지들은 세계에 대한 지식을 전파하는 인쇄 문화의 잠재력을 인정하면서 학교에 다닐 수 없는 독자들에게 다가가기를 희망했다. 좌파적 관심사를 가진 편집자와 작가들은 아동들에게 마르크스주의적인 용어로 아동 주변 세계에 대한 이해를 전달하고자 했으며, 가장 근본적인 차원에서 그들 주변에서 일어나고 있는 착취에 대해 인식시키고 그 기본 기제를 더 잘 이해시키려고 노력했다. 「월급이란 무엇인가」, 「지주와 소작인」과 같은 송영의 글에서는[28] 아동의 절박함과 현 시점과의 관련성을 보여주는 사회적·역사적 맥락 안에서 임금, 노동, 생산 수단, 착취 같은 마르크스주의 기본 개념을 정의했다. 김병호의 「벌 사회」와 같은 다른 글에서는 이러한 문제들의 초국가적 성격이 나타난다. 예를 들어, 벌들에 대한 관심은 볼셰비키 페미니즘의 가장 유명한 인물 중 하나인 알렉산드라 콜론타이Alexandra Kollontai, 1872~1952의 작품에서 두

드러지게 나타난다.[29] 1933년, 김우철은 현실을 있는 그대로 반영하는 한, 문학 분야에서 '농민소설'이나 '여행자소설' 만큼이나 아동문학이 중요하다고 주장했다.[30] 전기傳記는 부르주아 문화가 제시했던 과거 영웅들을 대체하는 역할 모델을 제공할 수 있었기 때문에 교육적인 것으로 여겨졌다. 예를 들어, 「맑스는 누구인가?」라는 글에서 박영희는 "「맑스」는 흐린 하날 우에서 구름을 힛치면서 나오는 광명한 태양과 갓치 여러분 마음 속에 빗이 되지 안으면 안이 됩니다. (…중략…) 그는 우리들의 생활 가운대에 한 시라도 업서서는 안이 된 것입니다"[2]라고 설명했다. 박영희는 독자들에게 주변 세상을 돌아보고, 하루 종일 일해도 제대로 된 식사를 즐길 수 없는 억압받고 착취당한 노동자들을 생각해 볼 것을 당부한다. 그는 마르크스가 위선을 간파하였고, 착취당하는 사람들의 삶을 피부로 경험함으로써 그들을 깊이 이해하게 되었다고 설명한다.[31] 이러한 전기들은 20년 전에 잡지 『소년』에 게재된 많은 전기들에 대한 좌파 작가들이 반론을 제기할 때 사용되었다. 「영웅 이야기」에서 송영이 말했듯이, 더 이상 존경받을 수 없는 나폴레옹이나 비스마르크에 대한 전기들이 그 대표적인 예이다.[32]

소설은 덜 직설적이지만 교육과 사회화를 위해 동원되었다. 형식과 내용을 하나로 모으고 사회와 미학을 융합시키기 위해 좌파 아동소설은 불쾌한 현실을 있는 그대로 보여주는 동시에 도덕성을 강조하였다. 이 장의 시작에서 언급한 「청어쌕다귀」는 가족 불행의 근원인 불평등과 착취에 대해 상세히 설명하기보다는 그것을 폭로하는 방식의 한 예이다. 그것은 말 그대로 착취하는 지주와 애처로운 아버지 사이의 대치를 눈에는 보이지

---

2) 역자 주 : 박영희, 「맑스는 누구인가」, 『별나라』 45(10), 별나라사, 1930, 4쪽.

않지만 소리가 들리는 거리에서 전개시킴으로써 독자는 순덕과 함께 닫힌 문 뒤에서 그들의 격양된 대화를 실시간으로 듣게 된다.

"그래 이 사람 자네는 농사가 짓기 실흐면 진작 그냥 둔다고나 하지 그게 무슨 심사인고? 글세 아모리 미련키로니 그래 천금 갓흔 남의 쌍을 그 모냥을 식힌단 말인가! 남을 망처도 분수가 잇지⋯⋯" 김부자는 목에 시퍼른 힘줄이 불근불근 튀여나오도록 럴이 난 것 갓했다. "글세요. 엇저다가 그러케 되엿습니다. 저도 진작 시작기는 시작엇습듼다마는 그동안에 가환도 잇고해서⋯⋯" 머리를 숙이고 잇는 순덕이 아버지의 말소리는 어느 술짓한 구멍으로 숨어버리는 것 갓했다. 순덕이는 엽헤 방에서 이 두 사람의 말소리를 듯고 또 그들의 동작을 상상하여 볼 째에 엇전지 왼몸이 쏴—하고 압헛다. 피가 쉬고 숨통이 콱 맥히는 것가치 또 어느 사이엔지 눈물이 웨인 편 귀 밋흐로 소르륵 흘러 나려감을 쌔달엇다. 네댓이나 나이 적은 사람한테 이 사람 저 사람 소리듯는 것도 분하거니와 그래도 자긔 집안에서는 제일 어룬이고 제일 거룩해서 도저히 다른 것으로는 비할 수 업스리만한 놉고도 위대한 자긔의 아버지가 그 김부자의 압헤서는 너머나 적어진 것이엇다. 그것을 생각할 째에 순덕이는 가슴을 쫙쫙 극고 십도록 분하고 원통하엿다.[33]

순덕 아버지의 복종과 공손한 말투는 옆방에서 그의 딸이 이 장면을 상상하면서 자해하고 싶을 정도로 분노를 자아내었다. 이 소설에서는 배후에 있는 착취 구조를 설명하기보다 비극적 운명을 겪어야 하는 어느 가난한 가족에 대해 짧게 묘사하고 있다. 이 소설은 너무 가난해서 그들의 소중한 젖먹이 아들의 생명을 잃게 되는 사건으로 시작하여 소녀의 상처에서 난 피고름이 그 집의 방 벽에 튀는 장면으로 끝을 맺는다. 이는 독자들로 하여금 이 불행의 기원에 대해 생각해보도록 한다. 순덕이의 상처는 그녀의 목구멍에 박힌 가시를 빼내어주기 위해 아버지가 그녀의 어깨를 때리면서 터지게 된다. 그 가시는 무자비한 지주가 남긴 것으로 지주는 이 빈곤한 가족들의 고혈을 짜내는 것에 만족하지 않고 순덕이의 엄마가 애써서 차린 생선 구이를 탐닉한다. 그러나 그 등장인물들의 이름이 암시하는 바와 같이, 이 문제의 뿌리는 점점 더 깊어진다. 김부자는 '순수한 덕'이라는 뜻의 이름을 가진 순덕이를 제외하고 이름을 가진 유일한 인물이다. 등장인물들은 소설에 우화적인 중요성을 부여하고, 독자들이 사회를 병들게 하는 더 넓은 경제적·사회적 문제들을 이해하도록 이끄는 원형으로 기능한다.

심지어 「유년독본幼年讀本」 시리즈와 같이 큰 글씨의 한국어로 인쇄된, 문맹퇴치를 목적으로 쓰인 소설은 강력한 좌파의 의제를 담고 있었다. 이 가운데 두 쪽 분량의 이동규가 쓴 이야기는 적은 돈을 받으며 어느 부유한 여자의 집에서 요리와 청소 등 가사 일을 하는 열여섯 살 금녀를 묘사한다. 금녀의 동생인 일곱 살 금순이가 언니를 찾아왔을 때, 그 돈 많은 여자가 소고기 요리를 먹었다고 금녀를 나무라는 소리를 우연히 듣게 된다. 어린 금순이는 집으로 달려가 왜 언니가 그렇게 열심히 준비하는 요리를 맛보면 안 되는지 엄마에게 묻지만, 어린 소녀의 분노에 대한 어머니의 반응은 좌절감을 낳는 침묵뿐이었다.[34]

이 시기의 많은 아동 산문에 등장하는 성인들은 순덕의 아버지와 같이 비굴하거나 금녀의 어머니와 같이 침묵을 지키고 있다. 성인들의 가난은 그들의 의식 결핍의 결과라고 여겨졌지만 아동들의 빈곤은 인간적 위엄을 지닌 것으로 묘사되었다. 이것은 사회적 불평등을 성인들의 활동 부족과 직접적으로 연결시켜 가난한 아동들의 도덕적 우월성과 행동주의의 강력한 힘을 부각시키려는 목적을 갖는다. 예를 들어, '지주의 어린 아들'로서 전형적인 태도를 보이는 부잣집 소년이 자신의 간식을 어떻게 지키는지 보여주는 짧은 이야기 「군밤」을 예로 들어보자.[35] 불쌍한 종수는 그가 막 불에서 구워온 밤을 먹으려 하는 지주의 아들을 붙잡는다. 두부장수가 요령을 흔드는 소리가 들리는데, 지주의 아들은 그 종소리가 두부장수 소리인 줄 알면서도 종수의 주의를 딴 데로 돌리려고 그 종소리가 화재 경보음인지 알아보라고 시킨다. 종수가 면전에서 잠깐 사라졌을 때, 지주 아들이 군밤을 막 먹으려는 순간에 종수가 돌아와서 지주 아들이 한 원래 거짓말에 덧붙여서 화재를 묘사한다. 종수는 상상으로 불타는 집에 있는 아이들이 마지막 밤을 어떻게 먹어치웠는지 흉내내며 실제 밤을 먹어서 지주 아들을 속여 넘긴다. 이동규가 쓴 또 다른 단편소설 「이쪽저쪽」은 두 부분으로 나눠진다.[36] 첫째는 부자들의 부패하고 궁핍한 생활방식을 표현하고, 둘째는 가난한 사람들의 독창성과 무한한 에너지를 묘사한다. 첫 부분에서 독자는 부유한 가정에서 일어나는 힘의 역학 관계를 목격하게 된다. 그 집의 '아기'인 아홉 살의 부남부잣집 소년은 늦게까지 비단 이불 속에서 자고, 까다로운 입맛을 가지고 있으며, 집안 하인들이 남은 음식을 먹는 동안 용돈을 펑펑 쓴다. 공장 사장인 부남의 아버지는 공장 노동자들을 착취한다. 부남은 '샌드위치'와 '초밥' 중 하나를 점심식사로 선택할 수 있는데, 이는 그 당시 독자들에게는 터무니없이 사치스럽게 보였을 외국 음식이었다. 그 아이는 학교에서 괴롭힘을 당하는 것이 무서워서 샌드위치와 초밥을 거절하고 약식을 선택한다. 두 소설에서 부자와 가난한 아동의 세계는 그들의 물질적 소유물밭과 비단이불을 통해 분명히 묘사된다. 이 이야기는 중간에 공장에서의 착취를 극복하기 위해 함께 뭉친 한 무리의 아동들에게 초점을 맞추는 것으로 바뀌고, 빈곤을 진정으로 인정하면서 끝난다. '연민, 지성, 할 수 있다는 정신'이 결여된 부유한 가정과 가족 구성원들이 서로를 돌보는 가난한 가정에 대한 이 두 이야기는 서로 연결되어 있지 않지만 거울처럼 서로를 비춘다. 1930년대 잡지들에 실린 좌파 소설에서 도덕적 우월성은 가난한 사람들의 것이다. 그들은 부유하고 부패한 귀족들을 능가하고 제압하기 쉽다고 생각했다. 좌파 소설에서 일반적인 성인들의 무능력은 1920년대부터 나타났던 아동문학의 전통인데, 아동기를 보호하고 새로운 유토피아 사회를 건설하기 위해서는 성인들에 저항하고 심지어는 그들을 제거하는 것도 필요하다고 보았다.

그러나 소설은 교훈적인 목적으로만 사용된 것은 아니었다. 「청어색다귀」의 이주홍 같은 작가들은 정치소설과, 겉보기에는 그것이 아닌 것 같은 '순수' 소설 사이에서 유동적으로 움직였는데[37] 숙희라는 인물에 대한 감동적인 초상화를 다룬 소설 「우체통」이 그 예이다. 「우체통」에서 커다란 붉은 물체는 하루 종일 나무로 만든 말이나 바위의 석판처럼 아이를 바라본다. 숙희가 숨바꼭질을 하며 우체통 뒤에 숨어있는 동안, 한 남자가 우체통 안에 편지 한 통을 넣는 것을 본다. 나중에 숙희는 일본의 공장에서 일하는 아버지로부터 받은 편지와 '붉은 말'을 연결시킨다. 이 편지는 독자로 하여금 숙희 가족의 경제 상황에 대한 뒷이야기를 추측할 수 있게 하는 유일한 표시이다. 숙희가 잠자거나 집에 없을 때 항상 편지가 배달되기 때문에 그 출처는 수수께끼로 남게 된다. 숙희의 상상 속에서 우편함으로 이어지는 복잡한 지하 터널은 숙희의 삶을 어른들의 세계와 연결시킨다.

아버지에게서 편지와 돈이 오지 않게 되자 식탁 위 음식의 양이 줄어들면서 어머니가 숙희에게 떡을 조금 주고 음식을 구걸하러 나가고 숙희는 혼자 집에 남는다. 숙희는 아버지가 그 작은 떡을 얼마나 맛있게 드실까 생각하면서 아버지에게 보내는 편지에 그 떡 조각을 넣어 함께 보낸다. 같은 날, 그 편지와 동봉했던 떡이 숙희에게 되돌아오자 숙희는 아버지가 떡을 좋아하지 않았다며 슬퍼한다. 어머니는 숙희에게 우편 제도에 대해서 설명해준다. 어머니의 설명을 통해 숙희는 편지에 쓰인 글들이 집에서 자동차와 배를 통해 우체부에게 전달되고, 그 다음 바다 건너편 우체국에 도달해서 아버지에게 전달되는 여정을 이해하게 된다.

이 짧은 이야기는 같은 작가의 극적인 「청어쌕다귀」와는 극명한 대조를 이룬다. 「청어쌕다귀」가 자본주의 체제의 구조적 착취와 처참한 불평등을 폭로하려고 했다면, 「우체통」은 아동의 시각에서 초국가적 장소에 있는 노동자들이 상호 연결되어 있음을 통찰하도록 한다. 숙희의 사회경제적 지위는 부수적인 것으로서 화자는 아이의 속도를 따라 움직인다. 예를 들면, '말'을 발견하는 순간부터 숙희가 한국과 일본을 연결한다고 상상하는 지하 터널로 아버지와 떡을 나누기 위해 일부러 우체통에 그 떡을 넣어 아버지에게 보내려고 하는 순진한 결정을 내리는 과정이 이를 보여준다. 편지가 어떻게 우편으로 보내지고, 어떻게 목저지에 도착하며, 그런 작은 기적을 이루는 데 얼마나 많은 체계가 갖춰져 있는지를 설명하는 과정에서 독자들은 숙희 가족의 어려움을 알게 된다. 그러나 이 작품의 이런 교육적 목적은 아버지를 그리워하는 숙희의 정감 어린 눈길로 완화된다.

아동문학의 좌파 작가들은 노동계급과 빈곤층의 도덕적 우월성을 보여주면서 아동을 교육시키고 아동의 경험과 밀접한 대표적인 사례들을 제시하기 위하여 작품 내용에 개입한다. 그러나 내용을 넘어 좌파 작가들의 개입은 언어적 측면에도 작용하고 있다. 그것은 내용과 함께 개혁에 필요한 일종의 정서적 반응을 일으키기 위해서였다. 3장에서 언급한 바와 같이, 한국어 구어체 운동은 정서적, 민족적 정체성을 탐구하는 도구이자 하층 계급 및 여성과 아동을 대표하는 수단으로서의 문학 발전을 위해 노력했다.[38] 좌파 작가들은 식민 자본주의 근대화가 사회와 미학의 연관성을 모호하게 만드는 한편, 이 두 가지를 분리할 수 없게 만들었기 때문에 사회와 미학 사이의 경계를 허물 것을 주장했다. 좌파 작가들이 드러내려고 했던 것이 바로 이 연결고리였다. 그들은 사실적인 표현 방식을 선택하고 일터라는 일상적인 공간과 현재라는 시점을 배경으로 했다. 또 "과학적 세계관을 가진 문학에서의 실생활에 대한 구체적인 표현"을 조화롭게 만들고 "식민 사회의 물질주의에 관한 비판적 분석"에 초점을 맞추는 방식을 취했다.[39] 그들이 지향하는 언어는 일상적으로 주고받는 대화체와 실제 환경에서의 소리를 모방하여 몰입적인 독서 경험을 창출하는 언어였다. 새로운 언어적 영역을 개척하려는 노력은 동시에서 가장 명확하게 드러난다. 좌파 작가들은 소설과 논픽션처럼 동시가 각성적 역할을 할 수 있도록 낭만주의의 영역에서 벗어나는 언어를 추구했다.

사실주의 묘사의 첫 단계는 경제와 사회 발전의 여러 단계들을 인식하는 것이었고 좌파 작가들은 이에 관해 할 이야기들이 많았다. 아동을 위한 기존의 글쓰기에 대한 비판은 소년소설, 동요, 동화 등의 장르 간 불규칙적인 경계와 유아, 아동 또는 어린이, 그리고 소년 또는 청년 등의 연령 범주 사이의 비학술적 경계에 관한 것이었다. 좌파 작가들은 글쓰기 작법에서 장르의 오용을 지적했으며 아동문학은 지적, 정서적 능력의 각 단계에 부합하는 방식으로 다양한 연령층의 독자들을 대상으로 해야 한다고 요구하였다. 임화에게 아동기 또는 청소년기소년 시대는 아동이 걸음마를 배울 때부터 20대까지 그들의 지적 갈증이 가장 극심했던 시기를 아우르고 있었다.[40] 반면 호인虎人은 그의 「아동예술시평」에서 각기 다른 삶의 단계에 있는 아동을 칭하는 용어들이 무분별하게 사용되었다고 설명했다.[41] 그는 다음과 같은 제안을 했다. '유년기'는 4~7세, '아동기'는 8~13세, '소년기'는 14~17세의 단계를 의미했다. 호인은 '소년소설'이라고 쓰는 경향은 잘못된 것인데, 그 이유는 '소년'은 전체 아동 중의 10퍼센트만 해당되는 용어이기 때문이라고 지적했다.[42] 호인은 아이들의 의식, 즉 아동이 생각하고 느끼는 능력이 연령에 따라 다르기 때문에 이러한 범주 설정이 매우 중요하다고 주장했다. 그는 '소년'이라는 용어가 그토록 만연하고 과학적으로나 이론적으로 오류가 생기게 된 것은 부르주아 계급의 잘못이라고 단언했다.[43]

박세영의 관점에 따르면, 부르주아 작가들처럼 좌파 작가들도 아동들의 지적·정서적 능력에 대한 이해가 부족했다는 점이 문제이다. 아동들과 그들의 언어는 유기적이었다. 박세영은 시 창작을 목수의 일에 비유하였는데 목수가 기술을 사용하여 목재를 완벽하게 맞출 수 있지만 만약 목수의 숙련성이 떨어지면 목재 구조물이 붕괴될 수도 있다고 설명했다. 이와 같이 박세영은 동요와 동시의 언어는 억지로 구성되어서는 안 된다고 지적했다. 예를 들어 시인들은 아동이 이해하기에 너무 길고 복잡한 단어들은 피해야 한다. 동시에 "덥허노코 입에서 나오는 대로 써서는 안 될 것이다. 아모리 아이들의 입에서 나오는 單句가 모다 詩라고 하드래도 이 가운데서 조흔 말과 조흔 내용이 될 것만을 골나서 꾸며야 될 것이다 즉 이것을 잘하고 못하는 데 서 조흔 작품이 되고 안 되는 것이다 그럼으로 내용은 어듸까지든지 참스러워야 하고 조금도 그것이 업서저야 될 것[3]이기 때문에 시인들은 쓰기의 과정에 개입해야만 한다고 말했다. 그리고 "사실 나부터 억세인 내용에 억세인 말을 억주로 부치려 햇든 것은 사실이다. 그리고 氣分的으로만의 오치고 부르짓고 아동兒童의 심리心理를 생각지 안엇든 것도 또한 그 잘못의 한아인 것이다"[44]라고 덧붙여 말했다.

언어의 문제는 작가들이 서로 다른 두 관점에서 다루었던 문제였다. 구조적인 관점에서 볼 때, 작가들은 노동계층의 아동들은 복잡한 내용을 다루는 교육은 받을 수 없을 것이라고 지적했다. 로인은 "박현순 형朴賢順兄의 글을 읽고 두 번 다시 읽지 않을 수 업섯다"고 불평하면서, "나는 적지 안흔 불만을 늣기지 않을 수 업섯다. 왜? 나는 그 행행구구行行句句마다의 문구文句를 해석解釋할 수가 업섯든 것이다. (…중략…) 우리들의 잡지 신소년이라면 공장이나 농촌 즉即 노농勞農의 근로하는 푸로 소년少年들의 위하야 출판出版하는 긔관지일 것이고 대부분이 그런 소년들이 애독할 것이다……거기는 생활生活의 쪼낌을 받어 일하는 소년이니만치 학교통학도 부자유햇슬 것이요 학문學問이 부족不足한 것은 물론이고 만일 소학교 졸업卒業 정도程度를 가젓다는 소년이라 해도 현순 형賢順兄의 글에 행행구구行行句句마다의 문구를 해석하기는 너무나 어려울 것이다. 이렇게도 어려운 인테리가 되지 안코서는 도저히 해석지 못할 글을 누구를 보이기 위해 소년지에다 썻는지 알 수 업다? (…중략…) 긔게소리가 요란한 공장工場 속에서 읽어도 뢰속으로 드러가도록 쉽게 써주길 바란다. 이후도 끈임업시 오백만五百萬에 가

---

3) 역자 주: 박세영, 「童謠·童詩는엇더케쓰나」, 『별나라』 74(1), 별나라사, 1934, 32~33쪽.

까운 노농 소년소녀를 위하여 분투奮鬪 로력하여 주길 바라며 이만 붓대를 재운다".[45] 그렇다면 문제는 무엇보다도 물질적인 조건과 아동들을 위한 교육의 부족과 그에 따른 문맹률이다.

글쓰기에서 더 중요한 것은 아동청소년 독자들의 물질적인 상황과 지적 한계를 이해하는 것보다 나이와 계층에 관한 정서의 기제를 이해하는 것이다. 예를 들어 김병호는 부르주아 아동들과 프롤레타리아 아동들이 같은 대상을 두고 다른 감정의 반응을 보인다고 주장했다. 달을 바라볼 때 부르주아 아동은 두 손으로 배 전체를 감싸고, 노래하고, 놀러 나갈 생각을 하며 달빛이 주는 빛과 기쁨을 느끼게 된다고 하였다. 그러나 프롤레타리아 아동은 들판에 나가 있는 아버지를 생각할 것이며, 길에서 아버지를 만날 수 있도록 그 길을 밝혀줄 수 있기를 바랄 것이다. 비가 내릴 때 부르주아 아동은 서둘러 그의 새 장화를 신으려고 하겠지만 프롤레타리아 아동은 우산도 없이 학교에 갈 생각에 초조해지고 아버지가 식사를 하지 않고 나가시는 것을 걱정하게 될 것이다. 또한 땀에 젖어 괴로워하는 아버지를 보는 아동들은 분노와 원망을 느낄 수밖에 없을 것이다.[46]

감정적인 동력은 문학작품에 매우 중요한데 아동들이 행동할 수 있도록 부추기고 부르주아 문학의 무감각한 관성을 깨뜨릴 만큼의 강한 에너지, 힘을 제공할 수 있다. 한철염은 이를 '교화敎化식히는 힘'라고 불렀는데, 어린 독자들을 바늘 같은 것으로 찔러서 앞으로 나아가게 하는 방식으로 올바른 길을 걷게 하는 힘이라는 것이다.[47] 박고경 역시 1932년 『신소년』 8월호에 실린 자신의 글에서 독자들에게 활력을 불어넣지 못하는 유사과학적 기사들을 일축시키기 위해 '힘'이라는 용어를 12번 사용했다. 박고경은 강한 구어체로부터 나온 시의 추진력에 찬사를 보내면서 힘이 부족하다고 『신소년』 6월호를 비판했다.[48] 조형식에게 좌파의 시와 노래의 문제는 이런 작품들이 부르주아적 감상주의를 넘어 '집단 감정'을 표현하지 못한다는 것이었다.[49] 하지만 이 힘은 어디로부터 나온 것일까? 박세영을 비롯한 다른 이들에게 힘의 부족, 즉 독자를 움직일 수 없는 이유는 반복적이고 완전히 비현실적인 자료에서 야기되는 무감각 때문이다. 아동문학은 세세한 부분까지 주의 깊게 관찰하고 삶을 정직하게 묘사함으로써 부르주아적 글쓰기에서 뚜렷하게 나타나는 내용과 언어 사이의 격차를 줄여야만 한다는 것이었다. 박세영은 "재료를 다방면에서 취해낼 것과 그리하야 시야를 넓힐 것"[50]을 말하고 있다. 이동규의 표현에 따르면,

近來 새로히 童謠를 쓰는 동무들의 作品을 보면 自己의 實踐에서 우러나오지 못한 거짓 作品이 만타는 것이다. 이것은 童謠의 생명을 죽이는 것이며 童謠로서의 價値를 喪失케 한다. 童謠 內容에다 덥허노코 공장이니 로동자이니 뚱뚱보이니 이런 말들을 집어 너흐면 그것이 푸로레타리아 童謠인 줄로 誤解하는 동무도 만타. 무엇보다도 童謠에는 眞實味가 잇서야 한다. 억제로 짓는 作品 그것은 假짜 동요밧게 못되는 것이다. 우리들이 매일 보고 듯고 늣기고 하는 데서 우리는 만히 우리들의 노래될 재료를 엇을 수 잇는 거시 아닌가? 우리는 늣긴 바를 正直하게 노래하자는 것이다. 가을밤 하날에 달을 바라볼 때 봄 동산에 꼿을 볼 때 "아! 밝은 달이여" "아! 아름다운 꼿!" 하는 이것이 가난한 동무들에게 잇서서는 거짓인 것과 가치 덥허노코 공장 누나니 싸홈을 하는이 배불뚝이니 하고 글자를 맛추어 놋는 것 이것도 역시 거짓 노래이다.[51]

이동규에게 솔직한 감정을 둘러싼 문제는 화자와 청자의 물질적인 조건

을 예의 주시하고 실제 삶을 세밀하게 살펴봄으로써 해결될 수 있었다. 이와 비슷하게 아동문학은 현실 생활과 아동들의 심성, 그리고 세상을 이해하는 그들의 능력을 무시해서는 안 된다는 것이 한철염의 설명이다. 한철염은 형식과 내용, 말과 감정을 통합시키는 유일한 방법은 실제 삶을 그려보는 것이라고 했다. 그는 "소년부원들의 거짓업는 내용생활을 체득하고 그들의 성정과 심성을 체감하기 위하야 노력한 것 가트면 차차로 산출할 수 잇을 것이라고 밋는다"[52]고 생각했다. 임화 역시 아동문학은 추상적인 말들로 표현해서는 안 된다고 주장했는데, 그는 "그것이 철두철미 아동적 생활위 모든 구체성으로 된 문학적 형상刑象을 갓지 안는다면 우리들의 아동문학은 어린이들로부터 머러질 것이다"[53]라고 말했다.

자본주의와 식민주의를 둘러싼 효과적인 비판에 대해 식민지 좌파 지식인들 사이에서 진행된 논쟁은 글쓰기 관행에 대한 그들의 관심에서 비롯되었다. 아동 독자들을 염두에 둔 글쓰기 작법에서 좌파 작가들은 글쓰기가 아이들을 교육하고, 의식화된 이념적 노동자로 변화시키기 위해 수행해야 할 중심적인 역할을 강조했다. 그들은 특히 아동의 연령에 적합한 자료들을 만들어야 한다고 주장했다. 자료들은 아동의 정서적 능력에 주의를 기울이고, 특히 시와 산문은 지식과 진실에 접근하는 아동들의 특별한 능력을 반영하는 것이라고 했다. 그들은 부르주아 문화가 만들어내는 무감각한 안일함을 타파하기 위해서 아동들을 각성시키고 자극하고 그들에게 영감을 주기 위하여 언어와 내용을 조정할 것을 요구했다.

이론은 이렇다. 하지만 이 이론은 어떻게 실행되었는가? 그것이 취한 문학적 표현의 범위는 어느 정도였으며, 글쓰기에 대한 견해를 발전시킨 작가들은 어떻게 이런 생각들을 자신의 작품에 창조적으로 적용했을까?

송영, 박세영, 이동규, 홍구, 임화는 이러한 이론들을 시와 산문에 적용하여 이념적이고 창조적인 발상의 범위를 확장하려고 시도했다. 그들의 작품은 정확한 계급의식을 보여주기 위해 사실주의와 환상적인 풍자를 통해 아이들의 혁명적이고 폭발적인 분노를 극대화했다. 그들의 작품은 진정한 비판을 감당할 필요가 있었고, 삶의 전체 모습을 묘사함으로써 가장 잘 성취되었다.[54] 예전에는 공장의 어두운 구석과 황폐한 학교, 음침한 골목길 같은 화려하지 않은 장소들은 소설과 시에 영감을 줄 수 있는 공간이라고 여겨지지 않아 대체로 무시되어왔다. 이제는 이런 곳들이 아동이 의식을 발휘하고 수행할 수 있는 수단으로 환기되었다. 이 환상적인 장르는 대부분 우화의 형태로 쓰였는데, 무생물이나 동물들은 독자의 연령에 맞는 방식으로 정치적인 논점을 설명하기 위해 일시적으로 생명을 부여받았다.

이동규의 시 「노래를 부르자」를 예로 살펴보자.

우리들의 노래는 피끓는노래
주먹을 쥐게하고 이갈게한다.
동모들아 부르자 힘찬이노래
미래는 우리들 것 우리들세상.

기름내찬 공장에 긔게돌니며
검은손에 굿리게 맛치잡고서
우리들의 노래를 힘껏부르자
긔게소래 맛처서 크게부르자.

우리들의 노래는 긔운찬노래

약한맘 굿게하고 피뛰게한다

우렁찬 목소래로 세게부르자

미래는 우리들 것 우리들세상.[55]

이 시는 한 공장을 배경으로 하는데, 독자는 이 시를 읽으면서 기름과 먼지 때에 깊이 몰입하게 된다. 12행으로 이루어져 있으며, 각 두(역자 : 일) 행에는 12개의 음절이 추가된다.

우리들의 노래는[7]

피끌는노래,[5]

주먹을 쥐게하고[7]

이갈게한다.[5]

리듬 있는 양식은 이 시에 행진곡 같은 느낌을 더하여 단체로 함께 부르거나 암송하기가 쉽다. 네 번째와 열두 번째 행에서 '미래는 우리들 것 우리들세상'은 반복된다. 사용된 어휘는 기계, 피, 땀 등 익숙한 비유어에서 따왔는데 1920년대 잡지 『어린이』에 실린 동시와는 전혀 다른 것이나. 이 시는 그저 묘사에 그치지 않는다. 그 함성은 행동의 정신을 고양하려는 의도로 사용된, 음절을 이루는 강력한 리듬에 의해 그 효과가 커진다.

이동규의 또 다른 시 「베를 심어」는 독자를 공장에서 들로 데려간다. 여기서 이 시는 축제 분위기의 약간 혼란스러운 상태로 시작한다. 이런 분위기는 작고 단단한 물체가 반복적으로 충돌할 때 나는 땡그랑 소리를 묘사하는 용어인 '왈강달강'이라는 단어로 이루어진다.

왈강달강 베를심어
여름동안 길너내여
가을된뒤 비여드터
배불느게 살쟷드니

지주집에 가저가고
마름집에 빗을갑고
이러저러 다쩻기고
쭉정한알 남엇고나.

응솟헤다 삶어볼가
가마솟헤 삶어볼가
욕심쟁이 지주집에
다먹으라 던저줄가.[56]

앞의 시와 마찬가지로 이 시도 12행으로 이루어져 있으나, 이 시는 각
행이 8음절로 되어있다.

왈강달강[4] 베를심어[4]
여름동안[4] 길너내여[4]

첫째 연은 낙관적인 장면을 보여준다. 농부들은 쌀이 가을 내내 그들과 그들의 가족을 먹여 살릴 것이라는 기대를 하고 벼를 심고 돌본다. 그러나 두 번째 연에서는 지주와 마름 때문에 수확이 대폭 줄어들어 실제 노동을 하는 농부들에게는 아무것도 남지 않게 된다. 마지막 연은 가벼운 유머로 끝난다. 즉 남은 쌀을 어떻게 요리할 것인가라는 질문은 실제 방법을 묻는 것이라기보다 수사학적 부조리를 뜻하는 것이다. 마지막 두 행은 노골적인 공격성을 드러내는데 아마도 제일 좋은 방법은 남은 쌀을 지주의 얼굴에 던지는 것이라고 제시한다. 이 시들은 아동들이 사용하는 용어와 비슷한 언어를 사용하여 아동과 자연을 찬양하기보다는 리듬의 반복을 통해 저항을 극화하고 좌절과 분노의 행동을 수행한다. 이 시는 아동의 목소리로 말하는데 아동은 천성적으로 착취를 인식할 수 있고, 성인이 그렇게 하지 못할 때 행동으로 이어지는 힘 있는 언어로 아동이 느끼는 좌절감을 표현할 수 있다고 여겨졌다.

프롤레타리아 문학이 설정한 또 다른 인기 있는 배경은 학교였다. 학교는 아동들이 지식과 기술을 접하는 공간이 되어야 하지만, 대개 노동 계급의 가족과 아동들의 삶의 밖에 존재했던 곳이었다. 이구월의 「분한 밤」을 예로 읽어 보자.

우리학교 야학교 웨못하러늬
비가오나 눈이오나 씩씩한동무
나날이 알아가는게 겁나는게지.

우리학교 야학교 웨못하러늬

선생님이 낫부다고 돈이적다고
알어알어 우리는 저희들뱃속.

이분한밤 주먹퀀채 헤처가겟늬
우리들 모은힘을 보여주작구
용감하게 싸워서 이겨보작구.[57]

　화자는 낮에는 일을 해야 하기 때문에 야간 학교에 다니는 화자의 친구
들에게 이야기한다. 신체적, 정서적 어려움에도 불구하고 화자의 열정은
누그러지지 않는다. 교사들은 협력자나 지지자이기보다 적대자들이다. 교
사들은 이런 학생들이 가난하고 학비를 낼 능력이 없다는 이유로 학생들
을 도덕적으로 부적합하다고 낙인찍으며 모욕한다. 그러나 화자는 계속
희생자가 되거나 가난에 의해 규정당하는 것을 거부한다. 믿을 만한 '동
무'의 도움을 받아 화자는 인내하며 그들의 집단적 힘을 '보여주자'고 제
안한다.

　좌파 작가들의 시와 소설은 아동이 주변 환경에 반응하는 능력을 타고
났다는 생각을 공고히 하고, 그들의 도덕적 우월성을 보여주었다. 이런 작
품 중 다수는 또 해결을 피했다. 간결하고 잘 정돈된 결말 대신에 그들은
분노의 울부짖음과 움켜쥔 주먹, 슬픔의 근원이 무엇인지는 말을 하지 않
지만 모두에게 분명한 슬픔을 깊이 표현했다. 김우철의 「상호의 꿈」에서
주인공 상호는 우등생이었지만 가난 때문에 학교를 그만두고 공장에서 일
해야 한다.[58] 어느 날, 상호는 술에 취해 난폭해진 아버지에게서 달아나다
가 전에 다니던 학교로 가게 된다. 상호는 학교에서 그에게 시큰둥한 미소

를 짓는 선생님과 옛날 초등학교 때 경쟁자이지만 자기보다 공부를 못했던 '셀 수 없이 많은 축복'을 의미하는 이름의 만복이를 만나게 된다. 만복이는 이제 고등학생이며, 부자인 김씨의 아들이다. 만복이는 상호에게 공장 방학에 대해 묻는데, 상호에게는 당황스러운 질문이다. 어디선가 종소리가 울리고 상호는 몽상에서 깨어나 그가 꿈을 꾸고 있었음을 깨닫는다. 이후 상호는 공장에서 휴가를 주는지 질문하지만 아무도 휴가라는 말조차 들어보지 못했다는 것을 알게 된다. 그의 점심 도시락통은 평소처럼 비어 있고, 낙담한 채 상호는 집으로 돌아온다. 이 시기의 많은 소설들이 이렇게 직설적인 결말로 끝나는데, 그 속에서 독자는 아동이 지닌 분노와 불평등에 대해 예민하게 감지하게 된다. 해답이나 카타르시스가 이 소설에 나오지 않지만, 이런 열린 결말은 독자가 느꼈을 법한 분노를 행동으로 옮기기 바라며 독자의 공감을 끌어내기 위한 것으로 보인다.

가난한 아동의 도덕적 우월함에 대한 묘사나 열린 결말보다 더 놀라운 점은 폭력적 착취의 많은 경우가 아동들의 몸을 대상으로 행해졌다는 점이다. 만약 정치적 진실을 직관적으로 인식하는 별도의 문화적 형태 안에서 아동의 정서가 사회적·생물학적 통합을 의미하는 것이라면 아동의 몸은 이러한 정서적 상태를 가장 분명하게 표현하는 공간임을 입증한 것이었다. 좌파 작가들의 소설이 몸을 중심으로 삼았던 것은 단지 아동문학에 국한된 것이 아니다. 최경희는 1920년대 중반부터 1930년대까지 소설에 나타난 손상된 몸의 비유를 지적하면서 이 시기의 소설은 심리적인 것보다 신체적 문제에 더 관심이 있었다고 주장했다.[59] 최경희는 이처럼 몸을 소재로 저항하는 것은 반자본주의적이고 반식민주의적인 비평을 함의하는 것이라고 한다. 브라이언 버그스트롬Brian Bergstrom은 이를 "물질 숭배의

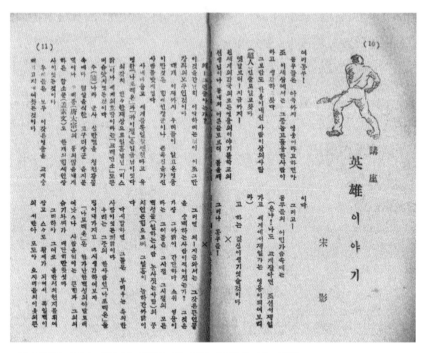

그림 9 「영웅 이야기」, 『별나라』 51(6), 별나라사, 1931.6, 10~11쪽

논리에도 불구하고 몸을 보이지 않는 상태로 추상화하는"[60] 자본주의 담론으로부터 노동하는 몸을 회복시키는 방법이라고 설명한다. 그러나 좌파 아동문학에서 몸은 특히 텍스트와 이미지 사이의 변증법적인 관계에서 조금은 다른 역할을 한다. 일반적으로 이 시기의 잡지에 인쇄된 대부분의 이미지는 일하는 남성의 강한 신체였으며, 대개는 삽이나 깃발을 들고 움직이는 상태에서 묘사된 것이었다. 나팔을 부는 선구자 소년, 삽을 움켜쥔 채 셔츠를 벗고 있는 남성의 몸과 같은 수많은 인물 그림들이 반복되었다(그림 9). 이 이미지들은 종종 격렬한 육체노동을 견뎌내는 몸의 능력을 보여주었다(그림 10).

그러나 이미지와는 달리 글에서는 아이들의 몸이 노출되고 공격당하거나 불구이다. '네! 작구 째려주서요'라며 울부짖던 순덕이 어깨의 고름이 가득 찬 상처를 생각해보면, 그런 폭력이 아동의 몸에 가해졌기 때문에 더 충격적이다. 이런 비유들은 좌파 작가들의 성인소설에도 존재한다. 예를 들어, 최근 번역된 소설집 『서화』에는 박영희의 「사냥개」와 송영의 「용광로」가 실려 있다. 「사냥개」에서는 탐욕스러운 주인이 자신의 경비견에 의해 물려 찢겨 죽어가는데, 그 개는 주인의 피를 핥아먹는다. 「용광로」는 일본인 노동자 키미코가 화염에 휩싸이는 이야기이다. 아동문학에서 이렇게 순수함과 폭력성을 병치시키는 이유는 독자들이 마음과 몸으로 반응하도록 하기 위함이다. 그 하나는 자본주의 경제 체제에서 식민지 한국의 남녀 노동자가 감당해야 할 육체적·사회적 희생에 관한 성인소설을 읽는 것이었고, 다른 하나는 자녀들에게 가해지는 폭력을 보는 것이었다. 예를 들어 이태준이 쓴 「눈물의 입학」에서 가난한 소년 귀남은 자기 고용주의 부유한 아들에 의해 구타와 굴욕을 당한다. 그 아들은 심지어 귀남에게 침까지 뱉는다.[61] 홍구의 「콩나물죽과 이밥」에서 가난한 아이 삼소는 부잣집 아이 형식에게 맥없이 얻어맞는다. 이후 힘을 되찾은 삼소는 고기를 부족함 없이 먹고 자란 형식과 대결하여 이긴다.[62]

그림 10 『신소년』 8(4)의 표지, 신소년사, 1932.4

한국의 좌파 작가들은 아동문학과 문화에 대한 논의를 진행하는 데 특별한 공헌을 했다. 그들 역시 사회에서 아동의 가시성과 그들의 문화적 문해력에 대해 관심이 있었지만, 이런 점들은 계급에 대한 민감성과 근본적인 구조적 불평등과 함께 다루어질 필요가 있었다. 가시성을 높인다는 것은 다른 방법으로는 책을 접할 수 없는 독자들이 잡지에 접근할 수 있도록 돕는 것이자, 부르주아 아동기와는 거리가 먼 새로운 계급의 아동 주인공을 창조하는 것이었다. 이런 관심은 문해력에까지 확대되었다. 좌파 작가들은 이야기 창작에 아동의 정서가 일차적인 관심사가 되어야 한다는 것을 인식한 한편, 아동을 위한 글쓰기는 아동이 직감적으로 아는 진실을 행동으로 옮길 수 있게 하는 것이 그 목적이라고 생각했다. 언어와 내용을 통합하는 좌파 작가들의 방식은 공장, 농장, 학교 같은 노동자 계층의 소외된 공간들로 눈을 돌려 구어체 언어와 각운, 운율을 사용함으로써 노동자가 천성적으로 지닌 정의감과 불평등에 대한 인식능력이 노동자 계층을 얼마나 고귀하고 윤리적으로 우월하게 만드는지 보여주는 것이었다. 동시에 좌파 작가들은 극적인 방식으로 육체에 대한 착취를 보여주었다. 아동의 몸은 사회와 생물학적 측면 사이의 불가분한 친밀성을 보여주는 갈등의 주요 공간이 되었다. 진실에 대한 타고난 이해와 불평등에 대한 민감성 같은 아동의 정서적 특성은 좌파 작가들에게 소중하였다. 그러나 이러한 정서적 태도를 포착하여 혁명에 유익하게 할 수 있는 유일한 방법은 몸에 대한 착취를 묘사하는 것이었다. 아이러니하게도, 바로 이 같은 아동의 몸이 1930년대 후반 한국에서 이루어진 군국주의와 징병의 목적으로 활용되었다. 다음 장에서 이 주제에 대해 다루고자 한다.

5장

일제 말기 전쟁놀이

　한국의 일제 강점기는 1910년 8월 22일 합병으로 시작되어 1945년 8월 15일 일본이 제2차 세계대전에서 패하며 종지부를 찍었다. 35년 동안 한국의 식민지 경험은 일본의 식민지 정책이 현장의 현실에 따라 바뀌었던 탓에 놀라울 정도로 역동적이었다. 그러나 오늘날 한국 교육체제에서 강화되고 대중의 상상 속에서 재조명된 식민지 시대에 대한 통념은 한국의 식민지 시대가 식민지 주체에게 저항과 협력 두 가지 선택지만 있었던 암흑시대였다는 것이다.

　지난 20년 동안 식민지 시대에 대한 학문적 논의는 매우 복잡하다. 그 역사를 식민지 발전과 착취라는 관점으로 보는 대신에, 개념적 틀로서 식민지 근대에 선저항한 자과 악협력한 자이라는 이분법적 알력 관계를 넘어 다양한 대응을 가능하게 했던 복잡한 교섭이 있었음을 인식하는 방향으로 나아가고 있다.[1] 1937년 제2차 중일전쟁이 발발하고 1945년 일본이 패전하기까지 이 기간은 흔히 '암흑기'로 기억되며 현재까지 가장 긴 그림자를 드리운 시기라고 할 수 있다. 1937년부터 1945년까지의 시기에는 식민 통치의 가장 억압적인 정책이 실행되어 강제적인 창씨개명, 신사참배, 일본군 강제징집, 좌파 활동가들이 강제 전향을 했던 시기였다. 또한 이 시기는 일본이 식민지 국민으로서 한국인의 육체와 정신을 체계적으로 통제했던 시대였고, 그 일차 대상은 아동들이었다.

이 장에서는 이 시대의 아동 관련 기록과 자료를 형성했던 문화적 동력을 밝히기 위하여 이 억압적인 시대의 면면을 추적하는 것으로 시작할 것이다. 동시와 아동문학이 생산되었던 맥락을 잘 이해하고, 당시의 풍성하고 다양한 반응들을 단순히 범주화하기 어렵다는 점을 보여주고자 한다. 한국어로 쓰인 출판물은 1930년대 말에도 여전히 유통되고 있었다. 이 시기의 작품들은 호전적인 수필부터 목가적인 시, 식민지 시대의 가난한 사람들의 복잡하고 비극적인 초상까지 다양하였다. 이 시기 아동문학은 아동에게 안전한 양육 환경을 제공하지 못한 아버지 인물에 대한 비난, 자연의 치유력과 상상력의 변혁력에 대한 깊은 믿음 등을 증언한다. 특히 현덕의 작품은 가난을 지속시키고 사람들의 공감 능력을 박탈시키는 계급적 불평등을 신랄하게 비판하고 있다. 좌파 이데올로기를 억압하던 시대에 상당한 전시 아동문학이 좌파 진영의 관심사를 지속해서 다루고 확장했다는 점은 놀랍다. 즉 전쟁터에서의 고의적인 자기희생에 관한 이야기가 넘쳐나기도 했지만, 동시와 아동소설은 전시의 수사학과 대동아공영권의 파시스트적 서사에 도전하는 대체 세계를 제시하고 있었다.

앞서 살펴본 바와 같이, 아동의 정서적, 윤리적, 지적 삶은 아동잡지에 게재된 시와 소설을 통하여 아동기의 비전을 종종 경쟁적으로 표현하던 교육자와 작가들의 주요 관심사가 되었다. 1930년대에는 이태준, 이상, 박태원 등과 같은 한국의 유명하고 실험적인 작가들이 표현 매체로 아동문학을 선택했다. 이 작가들의 작품과 그들의 식민지 권력과의 타협에 관한 많은 글이 있지만, 그들이 쓴 아동문학에 대한 관심은 거의 전무하다. 당시 아동은 식민지 당국에 의해 과거와의 연관성이 다시 쓰이고 있었기 때문에 아마도 그 미래가 가장 위태로운 대상이었다. 시대를 초월한 순수성과 자연과의 유기적 동기화同期化의 상징인 동심은 한국을 집어삼켰던 군국주의의 거센 소용돌이를 어떻게 견뎌냈을까?

일제 말기

가장 억압적이었던 일제 말기의 특징은 대중 매체에서 좌파적 목소리를 단속하는 것과 흔히 제국화를 일컫는 '황민화'이다. 여기에서 '황민화'는 일본의 전쟁 의지와 제국주의 야망으로 필요해진 물질적, 정신적 지원을 추동하기 위한 식민지 동화정책을 말한다.[2] 토드 헨리Todd Henry의 말에 따르면, 육체적·정서적 공간의 '붕괴'가 "고도로 연출되고 교묘하게 이루어진 제국주의적 주체화 과정"[3] 속에서 일어났다. 이 과정은 한국 식민지 주체의 육체와 정신을 바꾸기 위한 것이었다.

제국화는 1935년 카프KAPF로 알려진 프롤레타리아 운동을 탄압하는 것으로 시작되었다. 테오도르 휴즈는 카프의 해체가 "문화영역을 총동원 체제에 편입시키기 위한 첫걸음"[4]이었다고 지적한다. 반대 세력을 무력화시키기 위해 이념적 전향을 꾀하거나 수감시키기도 했다. 뿐만 아니라 한국어 출판물이 보다 철저히 검열되면서 한국 식민지를 문화적으로 흡수하기 위한 토대가 마련되었다.[5] 정부가 통제하는 기관을 만들어 한국인을 육체적, 정신적으로 일관되게 지배하였는데, 그것이 아동용 독서물까지 확대되었다.[6] 이러한 통제 기관의 영향을 나타내는 지표가 아동잡지에 수록된 황국신민서사 아동판이다.

① 우리들은 대일본 제국의 신민臣民입니다.
② 우리들은 마음을 합하여 천황 폐하에게 충의를 다합니다.
③ 우리들은 인고단련忍苦鍛鍊하고 훌륭하고 강한 국민이 되겠습니다.[7]

일제 말기에는 신문, 잡지 『소국민』, 『신시대』와 같은 아동을 위한 출판물이 주로 이데올로기 주입의 창구로 동원되었다.[8] 아동잡지를 포함한 아동문화는 아동을 사회적 혜택의 수동적 수혜자에서 어린 시민, 즉 '소국민'으로 전환시키는 데 일조하였다.[9] 한민주는 전시戰時의 아동잡지가 일제의 구성원인 식민지 한국인들에게 영향을 주었다고 주장한다. 즉 아동이 전투기를 갈망하는 눈길로 바라보거나 일본이 중앙에 위치한 아시아 지도를 응시하는 모습을 넣은 많은 시각적 이미지를 통해서 식민지 한국 아동들로 하여금 자신들을 전쟁의 중요한 일부라고 여기도록 독려했다는 것이다. 헬멧을 쓴 아기, 소총을 든 유아의 모습, 그리고 그들이 훌륭한 군인으로 성장하도록 돕는 건강 제품 광고는 일제를 위해 아동의 성장이 중요함을 강조하는 데 기여했고, 아동과 건강 그리고 국가의 번영이 밀접하게 연결되어 있음을 홍보했다. 아동들은 육체노동을 하고 공장에서 자원봉사를 하며 전방의 병사들과 편지를 주고받도록 권장되었다.[10] 그들은 일찍 일어나 학교 규율에 따라 훈련하고, 매일 체조를 했다.[11] 이러한 일련의 상황은 한민주가 말한 전시전환 담론의 일환이었는데, 이 전환과정에서 '구질서'는 파시즘 문화에서 영감을 받은, 결함 없는 인간 육체라는 새로운 질서로 대체되었다.[12] 아동 대상 라디오 방송에서도 아동의 정체성을 일제의 미래 군인이자 노동자로 형성시키는 임무를 수행하면서 전시戰時 이데올로기 캠페인에 동참하였다.[13] 1940년까지도 한국어로 된 아동잡지가 계속 출간되었으며,[14] 인쇄 매체는 일본의 동원과 교화 기획을 폭넓게 반영하였다. 1908년에 같은 제목으로 발행된 적이 있었지만 다른 잡지인『소년』1937~1940, 그리고 잡지『아이생활』1926~1944은 복종에 관한 교훈적인 글, 전투지역 뉴스, 다양한 건강 상품 광고, 자기희생과 용기에 관한 소설로써 일본의 전시 수사학을 전달했다.[15] 이원수, 이구조, 송창일, 김영일, 박태원 등의 작가들은 자기희생과 검소함을 강조하고, 어린 독자들에게의 일제의 신민으로서 충성을 다할 것을 독려했다.

한국인에 대한 육체적, 정신적 훈련과 더불어 창씨개명 및 일제 말기 한국어 말살 정책은 보다 교묘한 식민 정책을 대표한다. 1940년 2월에 선포된 창씨개명으로 한국인들은 강제적으로 일본식 이름을 사용해야 했다. 1930년에 2천만 명의 한국인 성씨가 250개였는데, 일제는 이에 대해 비현대적이고 행정적으로 번거롭다며 한국인들도 일본 이름을 사용하도록 강요했다.[16] 또한 일본어를 국어로 채택하는 교육 제도를 통해 한국어는 단계적으로 폐지되었다. 교육의 목표는 "한국 청소년들이 '산업 정신과 애국신'을 고취하도록 하는 것이었다. (…중략…) 교육을 통해 '한국인들의 생활방식을 합리화하고 한국인의 관습을 약화시킬' 방법"을 제공하는 것이었다.[17] 학교는 세 가지 원칙, 즉 "국가 정책의 명확화, 내선일체 (…중략…) 감내, 훈육"[18]을 강조하였다. 시민교육은 '국가 교육'으로 대체되었고, 군대 교육에 중점을 두었으며, 여성도 가정에서 보건과 교육을 담당한다는 이유로 교육 대상이 되었다.[19] 따라서 1930년대 말에 이르러서 한국의 교육 제도는 군사력의 형태와 같이 모든 아동을 물질적으로 동원하며, 모든 아동이 스스로 더 위대한 일제의 구성원이라고 인식케 하는 수사법을 사용하여 아동을 정신적으로 고취시키기 위해 이용되었다.[20]

동화정책의 영향력이 학교와 다른 공공기관을 넘어 포괄적으로 확장되고 있었던 한편, 한국인들은 일제 통치자들이 예측하거나 통제할 수 없는 방식으로 자신들의 단체를 운영했다.[21] 아동문학 작가들 역시 식민지 체제의 대변자만은 아니었다. 분명 작가들은 검열과 출판 및 유통에서 제약을 받았고, 이런 제약은 의심할 여지없이 그들이 무엇을 어떻게 쓸 것인가에 영향을 미쳤다. 그리고 한국이 일본의 식민지로서 바람직한 길을 따르거나 적어도 되돌릴 수 없는 길을 가고 있다고 믿는 사람들도 있었다. 크리스토퍼 한스콤과 자넷 풀이 보여주듯, 식민지 시대에 쓰인 소설은 쉽게 해석할 수 없는 방식으로 현실을 횡단하고 이에 개입했다. 한스콤에 의하면, 검열이라는 조건 아래 한국 모더니스트 작가들은 일본인 같아야 하지만 그럴 수 없는, 현실적으로 불가능한 '이중 구속'의 상황에서 작업하였기 때문에[22] 기본적인 의사소통 도구인 한국어는 개별 경험을 전달하는 능력이나 그들이 의도한 것을 명확하게 전달하는 데 한계가 있었다. 자넷 풀 역시 한국어의 단계적인 폐지와 숨 막힐 듯한 민족적 소멸감에 대해 작가들이 미묘한 반응을 드러낸다고 지적한다.[23] 아동문학작품에서 일본의 전쟁 의지에 대하여 충성을 표현하는 노골적으로 호전적인 이야기와 이미지들이 많이 발견되지만 아동 잡지들에선 다른 목소리도 들려주었다. 사실 한국의 아동잡지들은 학교 교육과정과 그 밖의 중단된 인쇄 문화에서 오랫동안 배제되었던 시와 소설의 발표 공간을 제공하였다. 따라서 한국어가 학교에서 단계적으로 폐지되고 학교 교과서에서 한국의 시와 창작물이 일본의 시와 신화로 대체되는 동안, 『소년』이나 『아이생활』 같은 아동잡지는 기쁨과 전복적인 웃음을 불어넣는 공간을 만들어냈다.

윤석중은 1937년 『소년』 창간호에 실린 「소년少年을 내면서」에서 다음과 같이 썼다. "여러분이 공부하시는 틈틈이 이 착하고 정다운 동무 「소년」을 찾으십시오. 「소년」은 반드시 여러분에게 웃음을 드릴 것입니다. 또 여러분을 좋은 길로 이끌어 드릴 것입니다."[24] 『별나라』나 『신소년』과 같은 좌파 잡지가 단종된 지 여러 해가 지났고, 『소년』은 이 잡지들과 다른 화음을 내면서 그 공백을 메웠다. 『별나라』와 『신소년』은 편집과 내용에서 엄격했고 어린 독자들의 사회적, 정치적 각성에 주안점을 두었다. 반면 1937년에 창간된 『소년』은 편집과 내용 모두에서 오락성과 기분전환을 제공하였다. 『소년』은 한국의 전통시 '시조'의 중요성, 한국의 빈곤한 아이들의 삶, 그리고 아버지들에 대한 실망과 기성세대의 배신에 대해 숙고하는 장이었다. 무엇보다도 자연의 중요성은 문화와 자연에 대해 반복되는 질문을 부각시켰다. 한국의 자연 풍경은 한국 문화의 보루라는 선전을 위해 활용되었는데, 사회의 발달 과정에서 식민지 정권에 의한 키치 예술이나 식민지 주체들의 향수를 불러일으키는 추억거리로 소비되고 근대화되면서 얼어붙어버렸다.[25] 자연 묘사에 그토록 많은 이해관계가 얽혀 있었던 시기에 자연에 둘러싸인 아동들을 반복적으로 보여주고 아동들과 자연의 특권적 관계를 묘사하는 것은 문명화와 식민지 이전의 이상적인 상태로 돌아가고 싶은 작가들의 욕구를 복합적으로 표현한 것이었다. 이것은 초월적인 상태였지만 한편으로는 아마도 무의식적으로 이상하게도 한국인의 식민지적 서술이 단순하고 자연스러우며 어린아이 같다는 생각에 맞춰질 수 있었다.

일제 말기는 보통 한국 작가들이 식민지 정권에 협력했던 시대로 간주하는데, 특히 아동문학 분야에서 그렇다. 아동들의 사회적, 정치적 정체성에 대한 조기 개입은 특히 독립된 한국을 경험해 본 적이 없는 아동들로 하여금 피식민자로서의 정체성을 오랫동안 마음에 품도록 했다.[26] 1930년대 후반, 일제의 통치가 종식되리라는 가능성은 거의 없었다. 하지만 필자는 아동을 위한 한국어 글쓰기가 작가들이 여전히 다음 세대를 위한 미래를 구상하고 있었음을 보여준다고 주장한다. 작가들이 아동의 경험을 반영하고 예상할 수 있는 근거를 찾아냈다는 것은 아동들이 불확실한 세상과의 관계를 발전시키기 위하여 한국어 스토리텔링을 여전히 중요히 여겼음을 의미한다. 단편소설, 시, 저널리즘, 만화, 우화, 퀴즈, 미로, 미술교실, 예술과 공예 활동, 유머 등 아동잡지가 보여준 다양성 자체는 적어도 이 잡지들이 유통되는 한 한국 아동들의 미래를 상상의 세계로 열어 놓았다는 것을 의미하는 듯하다.

일제 말기 아동소설에 나타난 전시 수사학

어린 마사오マサオ는 이제 한 살이 되었고, 집안은 그의 돌잔치로 분주하다. 무엇보다도 아버지와 어머니는 한 가지 걱정거리에 골몰하고 있다. 아이의 첫 번째 생일, 아이는 탁자 위에 놓인 물건 중에서 한 가지를 고르게 될 것이고, 그의 선택에 따라 그의 운명이 결정될 것이다. 부모는 수수하게 상을 차렸다. 탁자 위에는 고사리, 밤, 떡, 글짓기 세트, 총과 비행기, 10원짜리 지폐, 그리고 놋쇠 동전 한 사발 등이 놓여있다. 어린 마사오는 무엇을 선택할 것인가?

라디오용으로 제작된 계용묵의 방송극 대본 「생일」은 세 단계로 구성되어 있다. 첫 번째는 스토리의 얼개인데, 돌잔치 준비로 시작하여 아이의 첫 생일을 축하하고, 아이의 선택에 대한 기대감과 아이의 마지막 선택으로 긴장이 해소되고 마무리된다. 두 번째는 아이의 아버지와 친척 어른이 사적으로 나누는 대화인데, 이 대화는 돌잔치를 둘러싼 긴장감을 묘사하면서 서사에 생동감을 불어넣고 두 사람의 관계와 위계를 말해준다. 따라서 이 이야기는 남성의 사적인 역할이 그들의 공적인 역할과 일치한다는 것을 보여준다. 이야기의 세 번째 단계에서는 아버지가 아들을 사회의 생산적인 구성원으로 성장시키는 문제에 대해 조바심을 내는 생각 속으로 독자를 이끄는 내레이션이 길게 서술된다. 추측컨대, 이 아이는 일찍부터 '사내다운 광대뼈'를 지녀서 관상이 좋다는 찬사를 받았기 때문에 평생을 끝까지 잘살 것이라고 기대할 수 있다. 그러나 아이의 선택은 예측할 수 없는 것이며, 많은 것이 아이 손에 달려 있다. 펜이나 접시에 손을 뻗은 아이들은 결국 가난해졌다. 아버지의 불안은 그가 의기양양하게 소리치면서 해소되는데, 감정이 치밀어 올라 두 번 반복해서 "총을 골랐구나!" 뒤이어 "물론 총을 골랐겠지!"[27] 하고 외친다.

이 작품은 김화선이 말하는 전쟁의 의지를 북돋기 위해 아동 내면의 정서적인 부분뿐만 아니라 신체를 동원히기 위한 진쟁 신전의 한 예이다.[28] 「생일」에서는 돌잡이 의식이 단지 상징적인 것이 아니라, 중대한 결과를 초래할 수 있는 잠재력을 가지고 있다는 것을 보여줌으로써 긴장감을 조성한다. 왜냐하면 잘못된 선택이 평생을 좌우하는 결과를 낳는다고 믿기 때문이다. 이 이야기는 고조되다가 마지막 순간에 한 살 아기가 '사내답게' 총을 선택함으로써 아기가 일제를 위해 싸우며 헌신할 것이라는 사실에 불안이 해소된다. 아버지 선달은 한국 이름을 지켰지만, 그의 아들 마사오는 일본 이름을 씀으로써 새로운 질서로의 전환이 이미 시작되었음을 드러낸다.

「생일」과 같은 이야기들은 전쟁 수사학이 얼마나 일상화되었는지 보여줄 뿐만 아니라 태평양전쟁이 한창일 때 인쇄와 시각 매체가 한국 젊은이들의 어린 시절에 끼친 영향을 나타내는 지표이다. 소설과 시는 자기희생을 미화하고 군사적 위계를 합리화했다. 군인들과 주고받은 편지는 전선을 집 앞으로 끌어왔고 아동 독자들에게 참전의 느낌과 모험심을 제공하였다. 광고는 건강 제품과 소비재를 결합하여 군인, 건강 및 국가 간의 자연스러운 친밀감을 창출했다. 그리고 논픽션에는 비행기 모형을 만들거나 아동 교육의 친숙한 일부가 되었던 미래 무기에 대한 실용적인 글들이 있었다. 전쟁기에 잡지는 전쟁을 미화하고, 성공적인 결과를 이끌 수 있다는 낙관적인 세계관을 독자에게 세뇌하였다.

많은 소설 작품들은 전쟁에 대해 부끄러움을 모르고 열광했다. 예를 들어 김혜원의 「대선풍」에서는 일본 이름 다스토쟈로 알려진 한국 청년이 애국자가 되기를 열망하는 모습을 긍정적으로 묘사하며 군국주의 정신을 미화한다.[29] 다스토는 아버지가 군대에 징집된 후 마을의 보호자 역할을 자처하고, 병든 어머니를 헌신적으로 섬기며 효도하고, 용감한 행동으로 병사들의 생명을 구한다. 이 작품은 한국 아동을 일제에 통합하고 이름을 포함한 모든 면에서 똑같이 만들어 아동 독자들에게 모방하고 싶은 모델을 제공함으로써, 일본과 한국이 하나라는 '내선일체' 사상을 수사학적으로 재현한 것이다.

다른 소설 작품들은 아이들이 자연스럽게 위계를 형성하고 약한 아이들을 괴롭히는 장면을 배치하여 전쟁을 합리화하였다. 이구조의 단편 「병정놀이」는 한 무리의 아이들과 그들이 놀 때의 생생한 상상력에 대한 묘사로 시작된다.

마당에서 아이 셋이 놀고 있었습니다.

첫째 아이는 수수깡을 꺾어서 어깨에다가 멨습니다. 수수깡을 어깨에 메자마자, 벌써 총이 돼 버렸습니다.

"내 총 어떻냐! 난 병정이다 병정이야."

총 멘 병정은 가슴을 내밀면서 뻐겼습니다.

둘째 아이는 수수깡을 꺾어서 왼편 허리에다가 찼습니다. 수수깡을 왼편 허리에 차자마다 벌써 군도가 돼버렸습니다.

"내 군도는 어떻냐! 난 장수다 장수야."

군도 찬 장수는 가슴을 내밀면서 뻐겼습니다.

(…중략…)

"장수가 높으냐, 대장이 높으냐?"

군도 찬 장수가 말을 내자마자

"거야 대장이 높지".[30]

소년들은 첫 번째 '희생자'를 찾을 때까지 뛰어다닌다. 막분이는 어쩌다가 그들의 놀이를 방해한다. 그들은 가짜 소총, 칼, 말로 그녀를 위협하면서 힘을 과시함에도 불구하고 이야기의 분위기는 초연하고 태평스럽다. 그들의 두 번째 희생자인 북제기는 그들의 장난에 더 심하게 말려드는데, 소년들은 북제기에게 엎드려서 자신들을 등에 업으라고 강요한다. 북제기

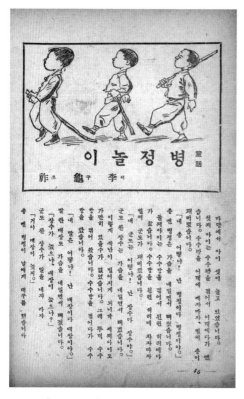

가 괴롭힘을 견뎌낸 후에야 네 명의 소년들은 그를 자신들의 무리에 받아들인다. 이 이야기는 네 명 중 두 명의 군인과 장교 한 명은 호위를 받으며 말을 타고 오는데 또 다른 소년이 다가가자 장군이 그 소년에게 신호를 보내면서 끝난다. 화자는 이야기 전체에 걸쳐 소년들에게 동조하며, 글과 함께 나오는 이미지는 대담하고 두꺼운 선으로 아이들을 묘사하여 통통하고 아이다운 특징을 연상시킨다. 소년들은 머리를 높이 치켜들고 있지만 그들의 표정은 그리 악의적이지 않다(그림 11). 텍스트와 이미지가 함께 성인 세계에서 일어나는 실제 갈등에 대한 감각을 흐리게

그림 11 「병정놀이」, 『소년』 4 (12), 1940, 46쪽

한다. 이 이야기는 '남자아이들은 소년이 될 것'이고, 병정놀이는 자연스러우며, 군사 질서에 무지한 사람들은 조롱을 받을 것이고, 이 체제에서 소녀들이 있을 자리가 없다는 것을 암시한다.

시 또한 전쟁을 무해한 아동 놀이로 표현함으로써 전쟁의 합리화에 동참한다. 시 「애기 병정」은 조숙한 아기 병사를 무한한 애정을 갖고 묘사한다.

여섯살난 애기가 兵丁이다.
닭하구 전쟁하는 兵丁이다.

바가지 모자 쓰고

병뚜껑 훈장勳章달고

부지깽 칼을 찼다.

장난감 기관총 치켜들고

닭을 쫓는다

적敵이라 추격追擊한다.

담모퉁에 숨어 서서

타타타타 타타타 타타타타

닭한테다 총을 쏜다.

여섯살난 애기가 兵丁이다.

닭하구 전쟁하는 兵丁이다.[31]

삽화 없이 출판된 이 시는 아동에 대한 애정 어린 묘사와 성인의 세계에 발을 들여놓고 싶은 아동의 열망으로 읽힐 수 있다. '여섯살난 애기'는 그릇, 병뚜껑, 부지깽이 등 가정용 소품으로 성인들의 행동을 흉내 낸다. 독자는 이 부지깽이를 휘두르는 아이가 아무것도 모르는 닭을 유인할지도 모른다는 생각에 당황할 수 있다. 어조의 긴박함추격과 교묘한 매복 전술담모퉁에 숨어서서과 대상닭 사이의 부조화는 아이가 지닌 포부의 허무함과 조숙함 모두를 인식케 함으로써 미소를 자아낸다.

논픽션과 편지 또한 전쟁 동원을 위해 아동 독자들을 세뇌하는 데 활용되었으며 때로는 전선에서 온 상세한 삽화와 사진들을 곁들이기도 했다. 논픽션은 전쟁 숭배와 공중전에 대한 구체적인 관심을 반영했다. 이런 글에는 폭탄 제조, 미래의 전투, 비행 과학에 대한 복잡한 과학적 설명이 포함되었다. 한민주는 학교 수업 주제로 모형 비행기 만들기가 추가되었고, 그것은 일본 잡지에서도 청소년들을 위해 홍보되었다고 말한다. 아동과 비행기의 이미지는 많은 삽화에 등장했다. 예를 들어 비행기를 동경하거나 모형 비행기를 들고 있는 아동의 모습, 또는 비행기 아래에서 기뻐하는 아동들에게 담배, 캐러멜, 그리고 다른 음식들을 가져다주는 장면이 묘사되었다.[32] 이구조의 작품 「비행기」에서는 소녀 용애가 집에서 혼자 지루해하며 빗자루를 집어 들고 지나가는 비행기를 향해 총을 쏘는 척하며 즐겁게 놀고 있다.[33] 전시 경제 상황에서 남녀 아동 모두 적극적인 역할을 했지만 여성은 보통 조력자로서 집안에 남게 되는데, 「비행기」는 어린 여성이 주인공이라는 점에서 아동 단편소설 가운데 독특하다. 용애가 「비행기」에서 빗자루를 사용하는 방식과 위에서 언급한 「애기 병정」에서 남자아이가 부지깽이를 휘두르는 방식을 비교해 보라. 두 인물 모두 주변 환경에서 소총처럼 쓸 수 있는 가장 편리한 물건을 잡는다. 역할 수행에서 이 둘의 열성은 비슷하지만, 그들이 이용할 수 있는 물건은 젠더에 기반한 역할을 나타낸다.

아동은 「전선 통신」 및 「전선 뉴스」란에 게재된 병사들의 편지를 통해 전장과 계속 연결되었다. 이 편지에는 국내외의 아동과 군인들의 용감한 위업과 투쟁이 재조명되었다. 이야기들 중 하나를 들자면, 한 일본 여성이 경주 남부에 위치한 지방 경찰서에 나타나 익명으로 금반지를 기증했다는 것이다. 또 다른 편지에서 만주에 있는 군인 오명복은 그의 동료 군인들과 함께 『소년』의 어린 독자들에게서 오는 편지를 얼마나 좋아하는지 적고 있다. 그는 자신은 잘 먹고 잘 지내고 있다며 최근 중국 땅에서 벌어진 전투에 대해 전하고 이 잡지의 아동 독자들과 계속 서신을 주고받기를 희망한다. 분명히 편집 의도에 맞춰 출판용으로 골랐을 이 편지들은 아동 독자들에게 모험심과 낙관주의를 불어넣고, 전선戰線에 대한 상상력을 구체화하였다.

소비재 제품에 대한 광고는 건강과 투쟁정신, 국가 사이의 유기적 연계를 촉진하는 역할을 하였다. 마크 카프리오Mark Caprio는 1930년대 후반의 신문 광고 내용이 미용 제

그림 12 「마라손 쿠키 광고」, 『소년』 2(3), 1938, 뒤표지

품에서 "아이의 식욕을 높이고 공부와 운동 때문에 생길 수 있는 피로를 줄이는" 건강 제품으로 변화했다고 지적한다.[34] 예를 들어, '마라손왕'이라는 새로 나온 쿠키 광고에서 두 명의 소년 병사를 굵지만 위협적이지는 않은 선으로 그리고 있다(그림 12). 칼을 휘두르는 소년은 바로 앞에 눈을 고정한 채 행진하고 있다. 그러나 이목구비를 자세히 묘사하지 않고 특징을 잡아 그려 위협적이지 않아 보인다. 일장기를 들고 걷는 소년은 보는 사람을 향해 환한 미소를 짓는다. 제품 설명에는 "한 개個 한 개個 먹을수록 이상하게도 기운이 나는 맛난 과자菓子"라고 적혀 있다.

또 다른 모리나가 밀크 캐러멜 광고에서는 하루에 150만 개의 캐러멜을 생산한다며 이 캐러멜을 쌓아 올리면 일본의 후지산보다 30배나 더 높다

고 한다. 일본의 유명한 랜드마크인 후지산이 회사의 성공을 가늠하는 척도의 역할을 하는 것이다. 이 광고 오른쪽 하단 모서리에는 세 소년이 각각 나치, 이탈리아, 일본 국기 아래 경례하는 모습을 그린 삽화가 있다. 전시 일본의 파시즘 문화는 양미림이 쓴 「본받을 히틀러—유—겐트와 뭇솔리—니청소년단靑少年團」과 같은 글에서도 분명히 드러나는데 "여러분도 잘 아시다싶이 히틀러—와 뭇솔리—니는, 오늘날 세계에 살아 있는 두 분의 큰 영웅英雄입니다. 그리고 이 두 분의 조국祖國인 독일獨逸과 이태리伊太利는 이상하게도 모두 우리나라의 맹방盟邦입니다"라고 시작한다.[35] 이 글에서는 1939년 10월 히틀러 청소년 독일지부의 한국 방문을 상세히 기술하고 있다. 이 사건은 1939년 8월 『매일신보』에 실리기도 했다.[36] 1941년부터 발행된 『신시대』 6월호에는 한국의 유명한 마라톤 선수인 손기정 선수가 히틀러 청소년 대표들과 함께 찍은 사진이 실려 있었다.[37] 1940년 이후 한국어 잡지가 단종되자 『소국민小國民』, 『반도의 빛半島의 光』 등 일본어 아동잡지가 계속해서 아동 독자를 대상으로 전쟁 의지를 자극하는 임무를 수행했다.[38]

『소년』에 실린 일부 논픽션은 윤석중 편집장이 『소년』에서 즐거움을 주겠다는 바람과 달리, 교훈적인 성향이 강한 진지한 글이 게재되기도 하였다. 예를 들면, 이광수는 예의범절에 관한 글을 연재했다. 1937년 『소년』의 창간호에서 그는 「고맙습니다」를 통해 "고마운 일을 당하고도 고마운 줄을 모르는 것보다 더 큰 죄는 없는 것이니 죄는 곧 고마운 줄을 모르는 것이다"고 쓰고 있다.

'고맙습니다' 하는 생각을 늘 먹어라. 밥을 먹을 때에는 땀을 흘려 농사를 지은 이들과 벽에서 수고스러이 밥을 지어주는 이를에게 고맙다는 생각을 가져

라. (…중략…) 비단이면 누에 치는 이들의 수고, 무명이면 목화 농사 지은이들의 수고, 그리고 실을 뽑는 이가 어떠케 손이 트고 베를 짜는 직공들이 어떠케 나쁜 공긔를 마시며 눅눅하고 후꾼후꾼하는 공장에서 고생을 하는지 아느냐. (…중략…) 우리에게 보이는 하늘과 땅을 향하야 '고맙습니다' 하고 (…중략…) 그리고 우리에게 말과 글을 편안히 사는 여러 가지 법을 주는 나라의 은혜를 생각하고 '고맙습니다' 하는 생각을 가질 것이오 또 우리들을 애써 가르쳐주시는 학교의 선생님들과 또 부처님이 시나 공자시나 예수시나 사람들에게 바른 길을 가르쳐주시는 큰 선생님들께 언제나 절하고 '고맙습니다' 하기를 잊어서는 아니된다.[39]

이광수는 또 다른 글 「탓」에서 다양한 종교적, 철학적 전통의 수사를 사용하여 명확한 지침에 따라 도덕적으로 행동해야 하며 아동이 이러한 기대를 따르도록 하는 것이 성인의 역할이라고 했다.[40] 계산선의 「원숭이와 게」는 원숭이가 게의 떡을 뺏으려고 속이다가 발바닥에 핀이 박히는 이야기이다. 또한 송창일의 「부끄럼」에서는 같은 반 친구 순애와 옥희가 서로 오해하여 적대적인 감정을 키우게 되는데 이 이야기를 통해 오해, 충성심과 우정, 과거의 원한을 조절하는 것이 중요하다는 교훈을 강조하고 있다.[41]

아동잡지는 아동의 정서, 도덕, 야망에 이르는 내용을 통하여 이동의 내면세계를 지도하였다. 즉 아동의 몸과 습관은 위생, 건강, 운동에 관한 교육적 내용과 절약, 검소함에 대한 교훈을 통해서 형성되었다. 토드 헨리는 일제 정부가 한국인들에게 "위생 분야에서 일본인의 근대적 생활 관념을 깨닫도록" 어떻게 장려했는지 추적하였다. 일제 정부는 "한국인 개개인의 건강 습관과 건전한 지역 사회 간에 유기적인 연결고리"[42]를 만들기 위해 노력했다고 지적한다. 심신을 단련해야 한다는 강박 관념은 호전성이 강화되면서 아동잡지의 중심 내용이 되었다. 군국주의 수사는 예를 들어 박영종의 시 「나란이 나란이」(그림 13 참고)와 삽화에서 뚜렷하게 나타나는데, 이 시는 아이들이 학교에서 줄을 서 있는 동안 라디오로 방송되었다.

냉, 냉, 냉, 상학종 쳤다.
月城 소학교 一, 二학년.
체조 시간이다. 일 이 학년.

나란이 나란이 힌 모자 쓰고,
나란이 나란이, 빨강 모자.
나란이 나란이 나란이 하고,
나란이 나란이 마당 한바퀴.

나란이 나란이 오리 떼도,
나란이 나란이 나란이 하고,
나란이 나란이 마당 한바퀴.

나란이 나란이 해바라기도,
나란이 나란이 나란이 하고,
나란이 나란이 돌고 있다.[43]

이 시에서 강조되는 것은 절제된 몸가짐과 집중된 정신 상태를 모두 반

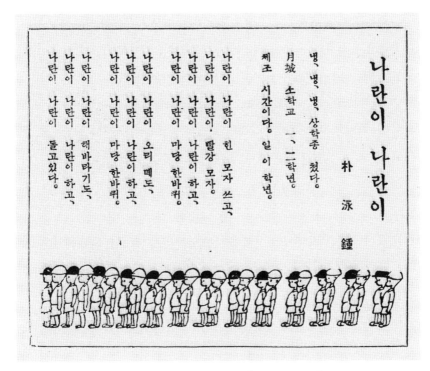

그림 13 「나란이 나란이」, 『소년』 3(3), 1939, 7쪽

영하는 안무 동작이다. 시의 삽화에는 아이들이 짝을 지어 다리를 곧게 뻗은 채 팔을 옆구리에 꼭 붙이고 서 있다. 아이들은 머리의 검은 모자나 흰 모자만으로 서로 구별된다(그림 13). 두 아동이 쌍을 이룬 모습은 시의 전체 틀에서 볼 때, 왼쪽으로 갈수록 더욱 촘촘하게 밀착되어 전진하는 느낌을 준다.

아동의 신체 운동, 적절한 자세, 위생에 대한 집착은 「건강체조」 같은 글과 삽화에 나타난다. 이 글에서는 줄넘기나 마루 닦기 같은 활동을 장려하고 적절한 자세를 취하여 공부하는 좋은 습관을 기르도록 가르친다. 「어린이의 겨울 위생」에서는 무엇을 입고 먹을지, 잠 자기에 이상적인 실내온도15~20도 등을 설명하였다.[44] 검소함은 또한 전쟁의 맥락에서도 강조되었다. 「전쟁과 저축」은 『소년』의 아동 독자들에게 조국을 위해 절약할 것을 요청하며[45] 너무 많은 아동들이 낭비하는 습관에 빠져 있다고 주장한다. 아동들은 새로운 마음가짐으로 근면하게 협동해야 했다. 「백미白米는 부끄러운 밥」이라는 제목의 보고서에서는 일부 아동들이 여전히 전장으로 보내야 할 흰 쌀밥을 사치스럽게 점심 도시락으로 가져온다고 밝히고 있다.[46] 아동들에게 쌀 대신 빵이나 국수를 학교에 가져오도록 권장했다. 또 다른 보고서에서는 설 명절을 축소할 것을 요구하였다. 당시는 설 명절 음식과 설빔과 같은 전통적인 명절 행사를 줄여야 할 때라고 훈계하였다. 간식도 중단해야 하고, 저축을 위해 한 푼이라도 아껴야 하며, 물품은 기부해야 한다고 강조한다.[47]

1930년대 중반 좌파의 목소리가 침묵하고 1937년 일본이 세계 대전에 급속도로 연루되는 상황을 고려한다면, 당시 아동잡지들이 일상화된 전시 문화를 반영했던 것은 별로 놀라운 일이 아니다. 국가를 위해 육체적, 정신적 희생을 요구하고 군국주의 문화가 텍스트와 이미지에 수렴되면서 아동들의 사회화 도구로 성인들이 쓰는 대부분의 아동문학 역시 만연한 전시 수사학을 반영하고 있었다. 그러나 학교 교재가 공식적인 의제의 대변인 역할을 하고,[48] 많은 소설과 논픽션이 전쟁 수행과정에서 아동이 해야 하는 역할에 대한 생각을 강화했지만, 아동잡지는 동시에 이념적 의제가 더 모호한 다양한 텍스트와 이미지도 게재하였다. 작가들은 식민 자본주의적 착취 상황에서 유년기의 어려움을 강조하고 전복적인 목적을 위해 유머를 동원했으며 아이와 자연 사이의 시대를 초월한 연결을 소중히 여겼다. 다양한 정도로, 이러한 덜 전통적인 작품들은 당시 군국주의 문화에 대안적인 목소리를 제공했다. 그렇게 함으로써 그들은 만연한 군국주의 문화를 부정하는 동시에 미래 지향적인 낙관주의와 웃음과 상상력이 지닌 변혁적인 힘에 대한 믿음을 표현했다.

논쟁의 목소리

동화정책과 군국주의가 강화되던 1937년부터 1945년에 아동문학은 일본의 침략에 대한 명분을 옹호하는 전쟁 우호적인 수사를 재현하고 보급하면서 식민지 정권을 지지했다. 그 사례를 찾는 것은 어렵지 않다. 그러나 이와는 다른 목소리도 실었는데, 『소년』이나 『아이생활』 같은 잡지에는 식민지 자본주의를 가장 격렬히 비판했던 프롤레타리아 작가들의 목소리도 포함하고 있다. 이 잡지들은 모더니즘 작가들의 작품도 출판했다. 이 작가들은 정치, 예술, 그리고 식민지 작가의 경험 사이의 복잡한 관계를 간접적으로 표현했다. 아동문학은 다른 인쇄 매체 못지않게 검열의 대상이었고, 다른 작가들과 마찬가지로 아동문학 작가들도 제도적·정치적 제약에 직면하게 되었다. 그러나 그들은 식민지 현실을 충분히 알고 있었고, 아동들이 식민지의 미래라는 것과 아동들의 삶이 식민지 경제 상황과 교육 체제에 의해 형성되고 있다는 사실을 인식하고 있었다. 따라서 일부 작가들은 분명히 일본의 전승 소식을 축하하고, 한국이 일제에 흡수되는 것을 불가피한 일로 받아들였다. 하지만 다른 작가들은 한국 아동의 미래에 대한 대안적인 이야기를 찾았다.

우선 일제가 세운 학교는 생각보다 동화정책의 보루 역할을 하지 못했다. 오성철과 김기석의 통계에 따르면 학교 수가 늘어나고 있었지만 실제 등록 자료를 보면 한국인 학생들보다 일본인 학생들이 훨씬 많아서 한국인들은 중등교육이나 고등교육을 받을 수 있는 기회가 제한되었음을 보여준다고 지적한다.[49] 더욱 중요한 것은 초등학교 입학시험이 특권층이 공유하는 문화적 지식을 기준으로 실시되었기 때문에 한국의 평범한 아동들이 상당한 불이익을 받았다고 그들은 주장한다.[50] 4장에서 논의한 바와 같이, 실제로 빈곤한 아이들이 학교에 다닐 수 없는 것은 좌파 작가들의 주된 관심사였다. 좌파 작가들은 기득권 소수만이 기술 기반 지식 체계에 편입되어 기술을 재생산할 수 있고, 노동계급은 일관되게 배제되는 이 제도에 내재한 차별을 인식했다.[51] 그리고 후기 식민지 아동잡지들이 보여주듯이, 이러한 문제들은 1940년대까지 계속되었다. 일제 말기에 아동들이 교육 과정에서 계속 직면했던 어려움은 1938년 신영철이 발표한 글에서 다루어졌다. 신영철은 3월이 새로운 학기의 시작을 뜻한다고 하면서 초등학교를 성공적으로 졸업하면서 "새처럼 노래하고 나비처럼 춤추고" 있는 학생들에게 축하를 전한다. 하지만 그는 동시에 많은 어린 친구들이 집안일을 돕거나 노동에 동원되어 학업을 계속할 수 없다고 지적한다.[52] 좌파 작가인 송영 역시 어린 시절을 회고하며 자신은 학교를 싫어했지만 부모님 때문에 억지로 학교를 다녔다고 한다. 어느 날 교사가 증오에 차서 학생 한 명에게 등을 돌려 무자비하게 때렸는데, 이때 송영은 화장실을 간다는 핑계를 대고 화장실 벽에 난 구멍을 통해 탈출했다고 회상하였다.[53] 이런 작품들 중 어느 것도 노골적으로 체제 전복적이지는 않았지만, 학교가 사회적 발달의 주요 도구였다는 견해에 이의를 제기한다. 송영의 회고를 볼 때, 교사의 잔인함은 모든 배움의 기회를 박탈하고 있다.

일제 말기 가장 중요한 논쟁적 목소리는 의심할 바 없이 현덕1909 ~?[54]의 목소리였다. 현덕의 작품에 어울릴 것 같지 않은 잡지이지만,『소년』에 현덕의 단편소설이 1938년 8월부터 1940년 폐간 때까지 실렸다. 현덕은 재능을 널리 인정받았음에도 불구하고, 짧은 경력과 비교적 제한된 작품 수, 월북 작가라는 이유로 남한에서 주목받지 못했다. 현덕의 작품은 풍부한 상상력과 시적 표현, 아동들을 가르치려 드는 태도에서 벗어나 아동들과의 깊은 공감력을 보여준다. 그의 친밀하고 진실한 목소리는『소년』이 받은 친일 잡지라는 오명과 대조를 이루며 두드러진 존재감을 나타냈다. 그는 공공연한 교훈주의의 함정을 피하면서 정치·사회적으로 참여하는 데 성공했다. 현덕은 아동의 복잡한 심리를 공감하며 글을 썼고, 대가다운 섬세함으로 표현하였다.

현덕은 분단 전 한국에서 아동 단편소설 37편과 청소년소설 10편을 집필했다.[55] 작가 김유정과의 친분으로 구인회와 가깝게 지냈으며, 그곳에서 안회남을 포함한 다른 작가들과 친해졌다.[56] 1945년 해방 후 좌파 문학 단체인 조선문학가동맹의 지도부 자리를 맡았지만,[57] 좌파 단체인 KAPF의 일원도 아니고 정치적으로도 활동하지 않았다. 현덕은 한국전쟁 당시 가족과 함께 월북한 후, 1962년 다른 저명한 지식인들과 함께 숙청되었다.[58]

현덕의 작품은 1938년 8월 「하늘은 맑건만」[59]이라는 단편으로『소년』에 처음 등장했다. 이 이야기는 정육점 주인에게 실제 거슬러 받을 돈보다 많은 거스름돈을 받게 되어 허둥대는 어린 소년 문기의 심리 상태를 보여준다. 문기는 더 많은 잔돈을 받아서 죄책감을 느끼면서도 정확히 받아야 할 액수가 얼마인지 확실하지 않아 심란하다. 집으로 오는 길에 그는 친구 수만이를 만나는데, 수만이는 그에게 횡재했다고 부추긴다. 아이들은 공과 쌍안경을 사고, 영화를 보러 가고, 꾸준한 수익을 낼 사업 계획을 짜는 등 돈을 흥청망청 써버린다. 그러나 그의 삼촌이 문기의 방에서 공과 쌍안경을 발견하자 문기에게 도덕적 의무를 상기시킨다. 그때부터 문기는 생각이 많아지면서 죄책감에서 벗어나려고 일련의 시도를 하지만 자신의 범죄를 고백할 수 없다.

언뜻 보기에 이 글은 책임을 지는 것과 거짓말의 결과에 대한 교훈적인 이야기로 보인다. 그러나 작가는 아이가 속한 사회 구조를 밝히기 위해 이야기를 겹겹이 늘어놓는다. 문기는 물질적으로 위안을 받을 수 있을지 모르지만, 그는 삼촌네 집에 얹혀 살고 있다. 문기의 어머니는 돌아가셨고, 아버지는 그를 돌보지 않았다. 돈은 문기의 커지는 불안의 근원이다. 문제는 그가 잘못 받은 거스름돈으로 시작되지만, 그의 공범이자 불우한 수만이가 부추긴 지출로 인해 상황은 더 악화되었다. 나중에 그는 숙모 돈을 훔치게 되고 이 두 번째 범죄를 자백하지 못하여, 그 결과 식모 소녀가 무고하게 매를 맞게 된다. 문기는 이야기의 결말에서 자동차에 치이고 나서야 구원받는다. 병원에서 깨어난 그는 이 사고를 속죄의 기회로 받아들이고 그의 잘못을 고백함으로써 인간관계를 회복하고 죄의식으로부터 해방된다.

이 이야기는 물질적 부와 소비주의라는 부패한 권력에 대한 비판을 담고 있다. 또한 자본주의 체제 내에서 아동들이 처한 불리한 입장에 대한 진술이기도 하다. 현덕의 시적 서술은 소년의 심리 상태를 공감하여 그대로 표현하면서 이야기의 교훈적인 메시지를 숨기는 데 성공한다. 문기는 돈을 흥청망청 쓸 때, 공을 제일 먼저 산다. 그 후에 삼촌에게 질책받고 나서 문기는 그 증거와 함께 죄의식도 없앨 수 있기 바라며, 산 물건을 버리기로 한다. 문기는 죄책감에서 자신의 잘못으로 얻은 물건을 왜곡되게 인식한다. 그가 공을 움켜잡아도 공은 빛나면서 기괴한 비율로 확장되는 것처럼 보인다. 무고한 소녀가 그의 범죄를 뒤집어쓰고 비난을 받게 될 때, 문기는 매를 맞던 소녀를 직접 목격하지 않았지만 흐느끼는 소녀의 울음소리가 몇 시간 동안 그의 뇌리에 울린다. 현덕은 그의 서술에서 이를 비판하고는 있지만 아동들이 그들의 주변 세계와 화해하려는 노력에 대한 연민도 잃지 않는다.[60]

현덕의 단편소설은 현덕이 심리적 죄책감과 그 죄책감이 일으키는 사회적 반응에 매료되었음을 증명한다. 그의 관심을 끈 것은 만일 아동들이 적절한 교육을 받으면(이광수의 글 「탓」을 상기하라) 습득하게 된다고 전제하는 일종의 보편적 교화 의무라기보다는 아동들이 통제할 수 없는 작은 사건으로 인해 도덕적으로 실패할 수 있다는 점이었다. 현덕을 돋보이게 하는 것은 아동들이 죄의식, 공포, 질투, 분노, 슬픔, 기쁨 등 복잡한 인간 감정 전체를 경험하고 표현할 수 있다는 것을 기꺼이 수용하려 한 점이다. 그런 의미에서 현덕은 아동 사회가 사회적, 정치적 구조에 의해 형성된 경제적 제약에 따른 도덕적 결정이 이루어지는 성인 세계의 축소판이라는 견해를 굽히지 않고 제시할 수 있었다.

현덕이 아동의 복잡한 심리를 탐구하고 아동이 일제 정부의 열렬한 지지자라는 단순한 시각을 피하기 위한 전략으로 채택한 하나의 방법이 단편소설 연작이었다. 현덕은 보통 약 천 단어의 짧은 이야기 범위와 다양한 에피소드를 통해 여러 등장인물을 탐색하였는데, 등장인물들이 발전하면서 다른 사람들과 상호작용하고, 종종 서로 다르거나 때로는 반대 관점을 취하면서 공감을 불러일으킨다. 현덕은 크게 두 가지 연작의 글을 썼다.

유치원생과 초등생을 주인공으로 한 첫 번째 작품은 1938년 『조선아동문학집』이라는 제목의 전집에 수록되었고, 그 후 1938년 5월부터 1939년 5월까지 아동 일간지 『소년조선일보』에 실렸다.[61] 『소년』에는 1938년 10월부터 1940년 2월 사이, 초등 및 중등학생을 대상으로 한 두 번째 작품들이 출판되었다. 둘 다 근대화의 특징을 보이는 도시 근교를 배경으로 한다. 철도 혹은 걸어서 다닐 수 있는 가까운 거리에 있는 학교를 다니고, 부모는 직장을 다니고 있다. 첫 번째 연작집은 뚜렷한 특성을 가진 네 아동이 주인공이다. 상상력이 왕성한 소녀 영이, 총명하고 용맹한 노마, 부자이고 거만한 기동, 그리고 막내인 순진한 똘똘이. 첫 번째 연작집은 1946년 정현웅의 삽화와 함께 재출판되었는데, 그의 삽화는 이 시기의 잡지, 신문, 책에 무수히 많이 실렸다.[62]

이 연작집의 첫 번째 이야기인 「물딱총」에서 주인공들을 소개하는데,[63] 제일 먼저 물딱총을 소유한 기동이 등장한다. 기동이는 대야에 있는 물을 물딱총에 채워 아무데나 쏘아서 벽과 장독들을 잔뜩 적신다. 그는 나무와 나뭇가지에서 쉬고 있는 새들을 향해서도 발사하며 자신의 힘을 자랑하는데, 화자는 "그는 그럴 권리가 있다"고 설명한다. 동네 아이들에게 깊은 인상을 심어주기 위해 별 노력을 하지 않았던 기동이는 이제 그들의 시선을 사로잡는다. 이렇게 해서 현덕은 동네의 부잣집 소년을 소개하는데 기동은 칭찬받을 만한 행실로 칭찬받는 아이가 아니라, 다른 아이들이 부러워할 만한 값진 물건을 손에 쥐고 있기 때문에 자신이 우월하다고 생각하는 아이다. 반면에 딱총이 없는 노마는 딱총을 한 번 쏘게 해달라고 기동이에게 부탁한다. 기동이는 노마가 물을 떠오면 그에게 쏠 수 있는 기회를 주겠다고 약속한다. 노마가 물을 가져오고 기동이는 물딱총을 쏘는데, 마지막 몇 방울을 노마의 얼굴에 쏜다(그림 14). 노마가 울면서 집으로 달려가자, 그의 어머니가 노마에게 부잣집 소년에게나 가능한 물건을 기대한다고 꾸짖는다. 물총을 쏘고 싶은 노마의 욕구가 너무나 강렬해서 평범한 집안 물건이 물딱총으로 보이기 시작하고, 마음속으로 물딱총을 설계하기 시작한다.

현덕은 아이의 풍부한 상상력과 갈망을 모두 담아내어 아이의 욕망을 좌우하는 사회적 갈등을 부각시킨다. 현덕은 아동의 말을 모방하고 아동의 버릇을 반복, 재현하는 방식으로 작품의 인물과 눈높이를 맞춘다. 비록 독자는 후속편에서 아동들과 그들의 가족, 그들의 사회적, 경제적 계층에 대해서 알게 되지만, 현덕의 섬세한 화자는 그들에 대한 판단을 자제한다. 오히려 그는 독자들이 아동들의 내면에 들어가 그들의 눈을 통해 세상을 볼 수 있도록 한다.

이러한 현덕 문학의 특징은 「바람은 알건만」에서 명백하게 드러난다.[64] 분홍, 노랑, 파랑 세 개의 '색 치마'는 기대에 차서 솜사탕 남자가 도착하기를 기다린다. 현덕은 색채 만큼이나 다양한 소리를 활용한다. 독자는 솜사탕 남자의 등장 앞뒤로 그가 치는 북의 두 번 반복되는 리듬 "둥둥둥. 둥둥둥"을 통해 소녀들의 기대를 고조시킨다. 현덕은 마주치는 다양한 인물들과 소녀들이 나누

그림 14 정현웅, 「물딱총」, 『포도와 구슬』, 서울 : 정음사. 1946. 4쪽

는 반복적인 대화로 기대감을 높이기 위해 소리를 활용한다.

> 분홍지마 : 솜사당 장수 어딨는지 봤수?
>
> 기름장수 : 나몰라.
>
> 노랑치마 : 솜사탕 장수 어딨는지 봤수?
>
> 기름장수 : 나몰라.
>
> 파랑치마 : 솜사탕 장수 어딨는지 봤수?
>
> 기름장수 : 난 모른대두.[65]

현덕은 서두르지 않는 방식으로 소녀들의 낙천주의를 포착하는 데 성공한다. 이 구호 같은 대화는 세 번 더 장황하게 반복된다. 아이들의 풍부한 상상력 속에서 바람은 북소리와 달콤함을 동시에 담은 정보원으로 변신한다.

앞서 소개한 「물딱총」에서 장난감을 갖고 싶은 노마의 욕망은 세상에 대한 독특한 인식을 불러일으키는데, 그의 눈에는 부지깽이와 빨랫방망이 등이 물딱총으로 변형된다. 여기에 작가로서 현덕의 두 번째 강점이 있다. 그의 작품에서 아이들의 상상력은 진정한 변형의 힘을 지니고 있다. 일제 체제에 가장 큰 도전을 하는 것은 상상력이다. 왜냐하면 그것은 아동들이 그들의 현실을 바꿀 수 있고 또 바꾸게 할 튼튼한 내면을 가지고 있음을 입증하기 때문이다. 아동들은 그들 자신의 세계, 상호작용, 그리고 외부로부터 보호받는 우정 관계를 만들어낸다. 아동들은 그들의 주변 환경 너머를 볼 수 있고, 대안적인 현실을 창조해낼 수 있다. 예를 들어, 「귀뚜라미」는 텍스트에서 독자를 소리로 초대하는 현덕의 전형적인 기법으로 시작한다.[66]

귀뚤 귀뚤 귀뚤 귀뚤.

귀뚤 귀뚤 귀뚤 귀뚤.

귀뚜라미가 운다. 귀뚜라미가 벽 그늘에서 쓸쓸히 운다. 해가 지고 그림자가 길어지면, 노마는 그 소리에 귀를 기울이며 벽 옆에 웅크리고 있다. 그리고 그는 귀뚜라미의 심장이다. 천천히 노마는 귀뚜라미로 변하기 시작한다. 귀뚜라미가 노마로 변하기 시작한다.

귀뚤 귀뚤 귀뚤 귀뚤.

귀뚤 귀뚤 귀뚤 귀뚤.

화자는 이 텍스트에서 소리의 반복으로 세 아동, 노마, 영이, 똘똘이의 꿈과 열망으로 독자를 이끈다. 노마는 귀뚜라미 소리를 듣고 귀뚜라미와 동일시하며 귀뚜라미가 된다. 노마는 귀뚜라미와 매우 가깝게 성장하여 귀뚜라미는 노마의 가슴 속에 무엇이 있는지 알게 된다. 즉 소년 노마가 아버지의 귀환을 갈망한다는 것이다. 영이는 귀뚜라미가 우는 소리에서 뭔가 다른 것을 듣는다. 그녀는 귀뚜라미가 그녀처럼 밤이 익기를 기다린다고 느낀다. 똘똘이는 그의 꿈을 귀뚤 귀뚤 소리 속에서 찾는다. 그는 키가 크고 싶어 한다. 귀뚜라미 소리는 아이들이 그들의 가장 사적인 공간에 접근할 수 있게 해주며, 그들의 가장 깊고 개인적인 욕망을 공유할 수 있게 해준다. 귀뚜라미 울음소리가 각 아동에게서 풍부하고 다양한 반응을 불러일으킬 수 있다는 점은 상상력에 불을 지피는 언어의 힘과 암울한 현실 앞에서 꿈의 회복력을 입증해준다.

그토록 많은 이야기에서 상상력의 변형력을 찬양하는 외에도 현덕은 권력에 대한 비판도 보여준다. 「아버지의 신발」은 아동이 권력을 쥐려고 할 때, 어떤 일이 일어나는지 묘사한다.

> 기동이는 매우 큰 신발을 신고 있다. 그것은 그의 아버지의 신발이다. 기동이
> 의 입장에서 보면 아버지는 매우 존경스러워 보인다. 그는 팔을 휘저으며 가슴
> 을 부풀리고 노는 아이들을 향해 삿대질을 한다.
>
> "내 앞에서 비켜!"
> "내 앞에서 비켜요!"
> 기동이의 목소리는 아버지와 똑같이 들리고, 아이들은 기동이의 아버지를
> 두려워 하듯이 기동이를 틀림없이 두려워할 것이다. 그들에게 더 무섭게 하기
> 위해 기동이는 그의 아버지처럼 모자를 쓰고 양복을 입고 거드름을 피운다. 그
> 는 팔을 휘저으며 가슴을 부풀리며 놀고 있는 아이들을 향해 삿대질을 한다.
> "내 앞에서 비켜!"
> "내 앞에서 비켜요!"
> 하지만 아이들은 기동이를 두려워하지 않는다. 노마, 영이, 똘똘이는 벽 그
> 늘에 있는 돗자리 위에 둥글게 앉아 돌멩이를 가지고 논다. 그들은 기동이가
> 아빠의 신발을 신고 있다는 것을 알아차리지 못한다고 생각한다.[67]

기동이는 장난을 치며 친구들의 놀이를 계속 방해하려 하지만, 아이들
은 그가 보이고 싶어하는 대로 그를 보지 않는다. 이 순간까지 기동이는
빈부 차별을 받지 않는 편에 꿋꿋하게 서 있었다. 기동이는 친구들 사이에
서 유일한 부자일 뿐만 아니라 기동이만이 아버지가 있다. 여기서 아이들
은 큰 구두를 신은 기동이를 끝까지 자기 또래의 소년으로 보려고 한다.

아이들은 이런 상황에서 마지막 말을 한다. 노마, 영이, 똘똘이가 차례로 말한다. "너는 큰 신발을 신으면 네가 사장이 된다고 생각하니?" 현덕은 세 아이의 목소리가 울려 퍼지도록 하면서 이야기를 마무리한다. 현덕은 기동이의 반응이나 질책을 표현하지 않는다. 이 이야기는 가난한 집단의 저항이 힘이 아니라 괴롭히는 자의 관점과 현실적인 통념을 거부함으로써 작동할 수 있다는 것을 보여준다.

현덕은 공동체의 힘을 보여줌으로써 아동들이 대물림하는 사회적 · 경제적 불평등에 대한 해법을 제시한다. 「싸움」에서 기동이는 똘똘이에게 싸움을 건다.

> 기동이는 돌담 옆에서 똘똘이와 마주쳤다. 기동이는 똘똘이를 머리부터 발끝까지 훑어보며 똘똘이를 째려보고 화를 낸다. 한동안 그들은 아무 말도 하지 않는다. 기동이는 어제, 오늘 아침, 그리고 조금 전에 똘똘이와 마주쳤다. 그래서 그는 새로운 할말이 없다. 같은 이유로 똘똘이도 할 말이 없다. 그러나 똘똘이와 기동이는 서로 화가 나서 째려본다. 마침내 기동이는 할 말을 찾았다.
>
> "영이와 무슨 얘기를 하고 있었니?"
>
> "너가 뭔데?"
>
> "내 얘기를 하고 있었지?"
>
> "우리가 왜 그러겠어?"
>
> "그렇지 않다면, 그럼?"
>
> 똘똘이는 영이와 무슨 이야기를 했는지 기억할 수 없다. 그는 눈을 깜박거리며 "말 안 할 거야."[68]

그 순간 똘똘이는 정보를 말하지 않는 힘을 깨닫는다. 두 사람은 노마와 영이에게 걸어가고, 기동이는 영이에게도 같은 방식으로 맞선다. 똘똘이와의 대화도 기억나지 않지만, 영이 역시 부자 소년에게 정보를 숨기는 척한다. 화가 난 기동은 그들에게 말하라고 요구하지만, 이야기는 세 번 반복되는 아이들의 다음과 같은 말로 끝난다. "그래서 우리가 너에 대해 이야기했다면 어쩔래?" 아이들은 침묵과 비밀을 가장하여 계급적 우위에 있는 사람을 상대로 가까스로 우위를 점할 수 있었다. 정보를 숨기는 것은 그들에게 힘을 줄 뿐만 아니라 한 목소리를 낼 수 있는 공동체로서 그들을 하나로 묶어준다.

현덕 작품은 근본적으로 이야기만을 가지고 아동들이 직면하고 있는 뿌리 깊은 구조적인 문제를 해결할 수 없다는 것을 보여준다. 가난한 아동들이 한번 우위를 점하게 되면, 다음 번에 그들은 기동의 장난의 희생양이 되어 계급과 경제력이 결정적인 권한을 가졌다는 것을 증명한다. 예를 들어, 「대장 얼굴」에서 기동이는 노마와 똘똘이의 손을 잡고 장난감을 사러 장난감 가게에 간다.[69] 이 가게는 구슬이나 연필, 딱지를 살 수 있는 일반적인 '구멍가게'가 아니다. 이 장난감 가게는 자동차, 기차, 고무로 만든 개, 코끼리를 판다. 그들은 곧 보게 될 장난감을 상상하고, 기동이가 가진 동전 덕분에 그 장난감들을 사서 집으로 가져갈 수 있다며 평범한 동네 구멍가게를 지나칠 때 그곳을 우습게 보게 된다. 그러나 일단 그들이 장난감 가게에 도착하자, 노마와 똘똘이는 부자 소년과 친구라고 해서 그들이 필요로 하는 물건을 살 수 있는 것이 아님을 깨닫는다. 기동이는 턱수염을 기른 가면인 '대장 얼굴'을 고른다. 기동이가 가면을 쓰고 변신하는 순간부터 가면은 자연스럽게 그의 몸에 어우러져 기동이에게 거들먹거리는 권위를 부여한다. 노마와 똘똘이는 고개를 숙이고 뒤를 따라간다. 이 이야기에는 구원도 없고, 완곡하게 마무리하려고 하지도 않는다. 기동이는 권력과 영향력을 살 돈이 있고, 이것은 얼버무리고 넘어갈 수 없는 그의 계급적 이점이다.

그러나 계층적 특권이 없더라도 변화는 일어날 수 있다. 「용기」[70]라는 이야기에서 아이들은 전쟁놀이를 한다. 노마, 영이, 똘똘이는 칼을 휘두르며 훈련된 병사로 가장하여 상사 기동이의 지휘를 기다린다. 기동이가 병장임을 알려주는 것은 그의 옷이다. 병장인 기동이가 양복을 입고, 머리에 '헬멧학교모자'을 쓰고 아버지가 준 빛나는 장난감 금속 칼을 쥐고 있다. 기동이에 비해 다른 아이들의 옷은 너덜너덜하다. 노마는 병장이 되는 데 필요한 장비가 없기 때문에 담력 시험을 치러 병장 자리를 얻기로 결심한다. 즉 큰 개가 있는 집의 문으로 돌진해서 그 문을 흔드는 것이다. 기동이와 영이, 똘똘이가 겁에 질려 집 근처도 가지 못하는 동안, 노마는 이 위업을 성공적으로 완수한다. 그리고 화자는 "그것은 심지어 누더기 옷을 입은 지도자에 대한 자질을 충족시킨다"라고 설명한다. 일련의 연작을 통해 현덕은 상상력의 힘이 변혁적이라는 것을 강조한다. 왜냐하면 상상력은 공감과 함께 다른 관점의 탐구를 용이하게 하고 물질적 상황을 초월한 더 깊은 진실을 가능하게 만들기 때문이다.

『소년』에 실린 현덕의 두 번째 연작은 약간 더 나이든 중학생 독자들을 겨냥하고 있지만, 지식과 권력이 계급 차이에 어떤 영향을 미치는지에 대한 질문은 계속 유효하다. 이 연작에도 다양한 계층의 아이들이 있다. 그 중 도쿄에 부자 삼촌과 유학 중인 형이 있는 기수와 부자 아버지를 둔 인환이 가장 자주 등장한다. 이들 곁에는 모두 가난한 집안 출신인 수만, 송민,

동훈이 있다. 이 소설들에서도 현덕은 고의적이고 악의적인 행동이 아니라 도덕적 약점을 드러내는 사소한 사건에서 생기는 죄책감에 가장 관심이 있다. 예를 들어 핸드볼 경기에서 자기 팀을 위해 꼭 이겨야 한다는 압박감에서 일성은 '아웃'이라는 것을 알면서도 '세이프'인 척을 한다. 현덕은 평판과 사회적 가치가 팽팽할 때, 거짓을 고백하는 것이 얼마나 어려운지 탐구한다.[71] 일련의 이야기들에 걸쳐 인물들의 심리를 탐구하고 서로 다른 경제적·사회적 위치에 내재한 가능성을 실험한다. 현덕은 상상력의 변혁적 잠재력을 보여줌으로써 일제 말기의 아동들에게 힘을 실어주는 소설을 창작하였다.[72] 당대의 친일 간행물에서 그가 그렇게 한 것은 일제 말기 한국 잡지와 신문들의 진정한 다면적 특성을 입증해준다.

전쟁기 한국의 유머와 아이러니

유머는 리디아 윌리엄스Lydia Williams의 말처럼 현실 세계를 대체하고 그 대신 상상의 세계를 부여하는 힘을 가지고 있다.[73] 아동용 도서에 대한 글에서 존 스티븐스는 "친근한 것을 낯설게 만들고, 이야기와 그림책의 전통적인 면모를 뒤집음으로써 (…중략…) 책은 세상을 다르게, 덜 심각하게, 그리고 때로는 다양한 이데올로기와 권위의 구조를 의심하고 전복시킬 수 있다"[74]고 주장한다. 1937년 8월부터 『소년』에 「깔깔소년회笑年會」란이 등장하기 시작했는데, 일제 말기라는 한국의 맥락을 고려할 때 익살스럽고 전복적으로 세계와 교감하는 내용은 특별한 의미를 지닌다. 「깔깔소년회笑年會」는 독자가 보내온 유머로 구성됐으며 종종 작은 삽화가 곁들여지기도

했다. 「깔깔소년회笑年會」의 유머는 어떤 뚜렷한 주제나 범주로 묶이지 않고, 권위를 지닌 전통적인 인물들을 조롱하는 임의적인 소품이었다. 「깔깔소년회笑年會」는 독자들이 이 시기에 어떤 것이 잘못이며 무엇을 재미있다고 생각했는지에 대한 통찰력을 보여준다. 더 중요한 것은 이러한 웃음의 순간들이 아니었다면 용납되지 않았을 작은 저항의 순간들뿐만 아니라 사회적 계급에 내재한 부조리를 폭로하였다는 점이다. 유머의 상당 부분은 인물의 성격과 그들이 속한 사회 계층에 맞지 않게 행동하는 인물들에 의해 창조되었는데 경찰관, 교사, 부모들처럼 존경받는 인물일수록 그들의 잘못된 인식이 드러나는 순간에 야기되는 즐거움은 더 컸다. 이 잡지의 청소년 독자들은 아마도 이러한 유머의 힘을 발견할 수 있었을 것이다. 유머는 청소년 독자를 보편적인 어리석음을 인식하는 독자로서 작품 속의 인물과 공감하는 위치에 놓았다. 이러한 작은 장치들이 사적인 혹은 공동의 독서 공간 안에서 안전하게 웃을 수 있게 해주었다.

예를 들어, 「정신」에서는 신발 한 짝은 신고, 신발 한 짝은 손에 든 채 걸어 다니는 노인을 조롱한다.

> 한 정신 없는 노인이 신 한 짝은 신고 한 짝은 손에 들고 뺑뺑 대면서 신 한짝이 어디로 갔느냐고 찾는 꼴을 보고
>
> 내가 "아—그 손에 든 건 무엇인데 그렇게 찾으세요?"
>
> 노인 "아 글세 이것 한 짝밖에 없다니까."
>
> 나 "그러면 그 발에 신으신 건 무엇이야요?"
>
> 노인 "아—글세 이거 신은 거밖에 없다니까!"[75]

이것은 노인을 희생시키며 재미의 순간을 얻게 하고, 아이에게 노인의 어리석음을 악의 없이 폭로하게 한다. 비슷한 맥락에서 「위태한 지구」는 노파의 세련되지 못한 모습을 통해 재미를 준다.

> 똘똘이 "할머니 나 오늘 학교서 배웠는데요 지구는 늘 **뺑뺑** 돌아간대요."
> 무식한 할머니 "저런 애 똘똘아 그런 위태스런 데 아예 가지 말어라 응."[76]

이 삽화는 소년의 지혜와 할머니의 무지의 차이를 보여준다. 삽화는 기울어진 행성의 꼭대기에서 자신 있게 균형을 맞춘 소년을 묘사한다. 세상에 대해 아동들이 알고 있는 지식이 보통 존경을 받는 성인들을 어떻게 앞지르는지 보여준다.

「깔깔소년회笑年會」에서 나이든 사람 외에 공적인 권위를 가진 인물들도 자주 조롱을 받았다. 「짐승」에서는 한 철도 승무원이 촌사람에게 닭을 함께 실으려면 반값의 추가 요금을 내라고 요구한다.[77] 촌사람은 옷을 훌훌 벗더니 "이 옷에 벼룩이 몇 마리나 있나 세보세요"라고 대꾸한다. 도시와 농촌의 위생 수준의 차이가 웃음을 유발하지만, 이 농담의 핵심은 이 얼간이뿐만 아니라 사람에 딸려서 무임으로 여행하는 다른 동물에게 요금을 부과하려는 역무원에게 있다. 가격 협상은 「약값」에도 나온다.

> 의사 "당신의 병으루 말하면 내 약으루 났다느니보다도 당신 부인께서 간호
> 를 잘해주세서 나신 줄 아십시오." 헌신적인 보살핌이 아마도 내가 준
> 약보다 당신의 병을 치료하는 데 더 효과적이었다는 걸 알아야 해요.
> 환자 "네 그렇습니까 그러면 제 약값은 내 안해에게 지불할 터이니 염려마십

시오."[78]

여기서 의사가 환자의 아내를 칭찬하려는 시도가 역효과를 일으켜 치료비 지급을 회피할 수 있는 기회를 환자에게 제공한다. 「짐승」과 「약값」은 지불을 강요당하는 사람들이 비용을 내지 않기 위해 겉보기에 합리적인 변명거리를 제시하고, 식민지 경제를 쥐어짜는 자본주의적 교류라는 광범위한 맥락에 대해 소소하지만 재미있는 저항의 순간을 보여준다.

교사와 학생 이야기도 「귀 먹은 탓」에서처럼 「깔깔소년회笑年會」의 공통 소재였다. 교사는 학생의 이름을 반복적으로 부르지만 학생은 대꾸하지 않는다. 마침내 선생님은 다음과 같이 윽박지른다.

선생 "너 왜 선생님이 부르시는데 대답을 안 허니?"
갑돌 "어제 선생님이 체조시간에 어떻게 소리를 지르셨는지 귀가 먹었어요."[79]

첨부된 삽화는 확실히 위협적인 상황이 될 수 있는 장면을 묘사한다. 학생들 위로 우뚝 선 한 교사가 고압적으로 말하며 아이들의 얼굴을 응시한다. 훈육이 엄격한 당시 학교 문화에서 이와 같은 전복은 상상도 할 수 없는 일이었기 때문에 웃음을 자아냈을지도 모른다. 이러한 순간들은 특히 아동에게 힘이 되는데, 실제로는 그런 힘을 발휘할 수 없는 상황에서 아동에게 저항의 순간을 허용했기 때문이다. 현덕의 작품에서처럼 아동들이 권위에 복종하기보다는 권위를 향유하는 것으로 비칠 수 있는 것은 바로 이러한 유머의 순간에서다. 이러한 익살스러운 소품의 전복적인 잠재력은 『소년』에 나타나는 군국주의적 수사학의 맥락에서 볼 때 명백하다.

유머 외에도 박태원의 작품에서 나타나는 아이러니는 일제 정권에 협력했다고 여겨지는 그의 작품, 특히 두 개의 아동용 라디오 대본인 「어서 크자」와 「꼬마 반장」[80]에서 간과되어 왔다. 표면적으로는 둘 다 전형적인 전쟁소설처럼 보인다. 「어서 크자」는 동네 유지인 아버지와 자신을 동일시하는 다섯 살 남수의 이야기를 그린다.[81] 남수는 유창한 일본어를 구사하고, 한국의 어린 식민지 주체에게 기대되는 모범적 모습인 침착하고 단련된 태도로 자신의 지성을 증명한다. 이 작품은 성인이 된 후 일제 군대에 징집되기를 열망하는 조숙한 아이의 모습을 그림으로써 일제에 협력적인 것으로 여겨질 수 있다. 그러나 본문의 아이러니는 아이가 자신을 인식하는 방식과 다른 사람이 자신을 보는 방식 사이의 틈새에서 발견된다. 아이는 자신이 고등학교에 입학해야 하고, 군대에 입대할 수 있어야 하며, 아버지의 어업 팀에 들어갈 수 있어야 한다고 주장한다. 그의 터무니없는 바람, 코믹한 애국심과 진지한 행동이 자아내는 애틋한 웃음은 현실과 환상의 괴리를 만들어내며, 이런 자아를 가진 아이가 실제 존재할 가능성에 대해 의문을 제기한다. 독자가 이 아이의 자기 확신이 얼마나 비현실적인지와 아이의 세계관과 현실 사이의 틈에 킥킥대며 웃을 때, 그 인식을 어느 정도 믿어야 하는가에 대한 질문을 열어 놓는다.

박태원의 두 번째 아동용 라디오 대본 「꼬마 반장」에는 다시 어린 남수가 등장하는데, 이 대본 역시 표면상의 줄거리를 뒤집는 아이러니로 가득하다.[82] 남수는 자기 명령을 따를 동네 아이들을 찾아 머리엔 헬멧을, 얼굴엔 가면을 쓰고 손에 메가폰을 들고 집을 나선다. 자만심으로 무장한 아이는 아버지의 몸짓을 흉내내지만 다른 사람들은 아무도 반응하지 않는다. 남수는 6, 7세 아이들을 찾아 '공습'이라는 게임을 하며 놀지만, 한 아이는 울면서 집으로 달려가고 다른 아이는 어머니 심부름에 정신이 팔려 선전도 거의 하지 않고 자리를 떠난다. 자신의 '병사'들이 훈련이 안 된 것에 화가 난 남수는 집으로 돌아오고 어머니는 아버지의 메가폰을 가지고 나간 것을 꾸짖는다. 그 후 아이는 몇 시간 동안 사라지는데 남은 오후동안 일본 만화를 읽으며 딸기를 먹고, 다락방에서 곤히 잔 것으로 서술된다. 이 에피소드 역시 아이의 자기 인식과 주변 현실의 괴리를 부각시킨다. 남수가 노력할수록 다른 친구들은 놀이에 저항하거나 그가 친구들에게 부과한 몽상적 세상을 깨뜨린다. 더욱 놀라운 것은 이 아이는 거들먹거리는 아버지를 모방하는데, 아버지는 권위 있는 지위를 갖고 있고 동료 시민들을 도덕적으로 해이하다고 비난하기를 좋아한다. 그러므로 이 이야기를 전쟁 문화를 내면화하고 위계질서를 당연시하는 예로서가 아니라 패권적 현상에 대한 미묘한 도전이자 식민지 한국의 독특한 사회 조건의 영향을 받은 자기중심적인 사고에 대한 비판으로 읽는 것이 가능해진다.

일제 말기의 동심

일제 말기 아동잡지의 특징 중 하나는 목가적인 동시가 계속 존재했다는 점이다. 이 장에서 지적했듯이 잡지에 실린 산문, 광고, 논픽션의 상당수는 전시 문화에 몰두했다. 논픽션과 소설은 전시의 제약 조건에 적합한 도덕규범에 따라 행동하는 식민지 주체를 키우는 데 집중하였다. 이 시기에 아동들을 위해 발간된 잡지들은 전시의 과학 기술전기와 배에 대한 관심을 배양했고, 시민의 참여와 건강에 대한 관심을 증진시켰다. 반면 동시는 관대하고 빠져들게 하는 자연 세상을 칭송했는데, 아동들은 자연적 요소들과 조화롭게 행동했다. 시에는 이미지를 곁들였다. 이 이미지들은 동물을 끌어안고, 곤충과 이야기를 나누고, 나무에 말을 걸고, 심지어 그림 15와 같이 아동과 자연이 유기적으로 얽혀서 두 세계 사이의 경계가 모호해지며 서로 교감하는 아동들을 묘사했다. 『소년』의 왼쪽 하단 모서리에 앞장에서 언급한 '황국신민서사'가 실려 있다는 것은 아동의 이미지와 사회적 규율 사이의 경계가 매끄럽게 연결되어 있음을 증명한다.

일제 말기의 가장 중요한 시인이자 편집자는 윤석중1911~2003으로 당시의 모든 아동잡지에 발자취를 남겼으며 오늘날까지 그 유산이 이어지고 있다.[83] 그의 동요는 1930년대부터 선집으로 묶였고 평생 그의 작품은 이광수, 주요한, 정지용, 김동리, 서정주, 박목월박영종 등 한국의 가장 저명한 문학가들로부터 호평을 받았다.[84] 학계에서 윤석중의 시는 주로 동심에 대한 축복의 전형으로 평가되었다. 그는 아동을 순수한 존재로 여기고 찬란한 아동기를 확고히 믿으며 글을 썼다.

그의 작품은 대부분 한국 식민지 아동들이 직면했던 현실 문제를 충분히 다루지 않았다는 비난을 받으며

그림 15 『소년』 4(6)의 속표지. 1940. 7쪽

현실도피적이라고 낙인찍혀왔다.

그러나 필자는 동심 개념이 일제 강점기와 그 후 한국 역사의 궤적 안에서 자세히 검토될 필요가 있으며, 특히 아동들이 올바른 식민지 및 국가적 주체로 성장하기 위해 감정적으로 그리고 지적으로 무엇이 필요한지에 대한 당시의 열띤 논쟁에 비추어 살펴보아야 한다고 생각한다. 확실히 아동기에 대한 이상화와 아동의 순수성에 대한 주장은 일제 시대의 우선순위를 논하는 사회화 담론 안에서 다루어졌다. 특히 이 장에서 논의되는 1937년부터 1945년 사이에 가속화된 동화정책에서 아동의 순수함은 군사적인 목적을 위한 규율과 통제의 수사학을 진전시키는 데 활용되었다. 그러나 이 시기 윤석중, 박영종앞서 논의한 그의 시 「나란이 나란이」, 이원수의 시를 자세히 검토해 보면, 문화적이거나 정치적인 흐름이 아닌 '자연적인' 리듬에 의해 진행되는 아동기의 경험을 구조화하려는 시도를 볼 수 있다. 또 중요한 것은 윤석중의 많은 시들이 '동시'가 아니라 '동요'라는 음악으로 설정되었다는 점이며, 구조화된 언어능력을 보인 점과 학교에서 국어가 단계적으로 폐지되고 있던 시기에 상당한 기여를 했다는 점이다. 특히 독립적인 글이 아니라 전시 소설 및 논픽션과 함께 이 잡지에 실렸다는 사실을 고려하면, 이 시는 전시 아동문학의 주요 특징에 대응하여 강력한 힘을 실어주는 작품으로 떠올랐다.

예를 들어 윤석중의 시 「대낮」을 살펴 보자.

두 손으로 연기를
잡아도 잡아도 아니잡혀,

두 발로 그림자를

밟아도 밟아도 아니밟혀,

심심한 대낮.

아기는 짱아채를 둘러메고

짱아를 잡으러 나갔습니다.[85]

이 시의 화자는 세밀한 관찰자로서 이 순간을 경험하고 있으며, 친밀하면서 관찰에 유리한 화자의 위치는 아기의 몸짓을 통해 표현된 행동과 의도가 무엇인지 포착할 수 있게 한다. 이 시를 읽는 독자들은 연기나 그림자는 잡을 수 없다는 것을 알게 될 것이다. 그러나 화자가 아기가 그 전에 시도했던 행동과 불굴의 의지를 존중하기 때문에 어떤 판단도 내리지 않는다. 시와 함께 나오는 삽화는 아기가 팔을 휘두르며 힘차게 걷고 있는 모습을 묘사하는데, 그의 긴 그림자가 공간감을 넓혀준다. 이 시에는 두 개의 반복적인 구조가 있는데 그것은 '두 개의두 손으로/두 팔로'라는 단어의 사용과 "잡아도 잡아도 아니잡혀 / 밟아도 밟아도 아니밟혀"라는 구절이다. 이 구절은 이 시의 리듬에 토대를 제공하는데, 세 번째 행에서 해체되면서 구체적인 순간에 아기의 마음으로 들어가는 창을 열어준다. 삽화에서 짱아채는 소총에 대한 다양한 이미지와 매우 흡사하게 연결되며, 휘두르거나 어깨너머로 던지기 위해 사용되는 '메다' 같은 동사는 아동잡지의 군국주의적 내용에 대한 저항을 나타낼 수 있는 의도적인 선택이라고 볼 수 있다. 사실 이 시 아래에는 국가를 위해 검소함을 강조하는 교훈적인 글이 있다. 그 지면에는 두 개의 모순된 텍스트, 즉 하나는 교훈적이고 다른 하나는 별난 텍스트가 자리하고 있다. 함께 보면 그 글의 준비 단계로 시를 읽는 것이 가능하다. 즉 잠자리 잡기 연습을 하면 결국 나라를 되찾게 될 것이라는 교훈으로 읽을 수도 있다. 그러나 이 둘 사이에는 어떤 틈새가 존재한다. 일제 말기에도 아동은 문화에서 어느 정도 떨어져 있었고, 따라서 여전히 군국주의의 식민지 발전 논리에 포섭되지 않는 공간을 차지할 수 있었다.

윤석중은 현덕처럼 그의 동요 「체신부와 나무닢」에서 보여주듯이 아동들의 상상력이 가진 변형력을 자주 찬양하였다. 우편물, 우체부, 우체국은 이 시기의 소설과 시에 반복적으로 등장하는 소재이다.

집집이서 아이들이 달려나와서
체신부 아저씨를 졸랐습니다.

『편지 한장 주세요』
『편지 한장 주세요』

『오늘은 없다
비켜라 비켜』

『안돼요』
『안돼요』

나무닢을 부욱뜯어 뿌려주면서
『옛다옛다 나무닢편지』

아이들은 푸른 편지를 줍고,
체신부는 논뚝길을 지나갑니다.[86]

    시의 첫 부분에 동네 아이들이 쏟아져 나와 우체부 주위에 몰려든다. 윤석중은 평행을 이루는 음악적 구조를 사용하여 아이들과 우체부의 상호작용을 묘사한다. 우체부가 "비켜라 비켜"라고 부르고 아이들은 떠들썩한 합창으로 "안 돼요 안 돼요"라고 대답한다. 두 가지 발화 모두 두 번 반복되어 여러 방향에서 환상을 자아내는 소리를 내고 몰입 효과를 창조한다. 아이들이 "안 돼요"라고 반대하더라도 그들은 이미 해결책도 고안해 내는데, 잎은 상상력의 힘을 통해 아이들이 받고 싶은 편지로 변모한다. 마지막 두 행은 우체부가 시의 틀에서 벗어나 논 사이의 둑으로 사라지는 것을 보여준다. 아마도 전선에서 온 편지들을 포함한 심각한 서신의 세계는 아이들의 창의성에 의해 불필요하게 되었다. 이 시가 실린 같은 지면에 열차 기술과 근대 기술의 중요성에 관한 글이 있다. 산업 발전에 이바지한 열차에 대한 과학적, 기술적 내용과 아이들의 상상력이 관료적 우편 업무를 불필요한 것으로 만드는 방식 사이에도 부조화가 보인다. 아동의 상상력은 현실의 권위에 도전하는 모호하고 아이러니한 공간을 만들어내고, 아동의 내면세계와 아동과 자연이 맺는 사적인 교감을 찬양한다.

    「체신부와 나무닢」은 윤석중의 지속적인 관심사 중 하나인 아동과 자연의 유기적 관계를 노래하고 있다. 그의 많은 시에 아동이 등장하지만 아동이 등장하지 않는 시에서도 아동의 존재는 어조와 문체에 의해 암시된다. 예를 들어, 「이슬」이라는 시가 있다. 이 시는 2쪽에 걸쳐 있다.

이슬이,
밤마다 내려와
풀밭에서 자고가지요.

이슬이,
오늘은 해가 안떠
늦잠들이 들었지요.

이슬이 깰까봐,
바람은 조심조심 불고,
새들은 소리없이 나르지요.[87]

이 시에서 의인화된 이슬방울은 해가 더디 뜨면 풀밭에 내려와 잠을 자는 연약한 방문객으로 묘사된다. 이슬방울의 존재를 존중하려는 바람과 새는 부모가 자식을 깨우지 않으려고 애쓰는 것처럼 이슬방울이 깨지 않도록 조심한다. 이 시에서 아침 이슬방울은 아동으로 취급되며 자연물들은 함께 그들의 보호자 역할을 한다. 여기에서 의인화된 자연은 아동 독자를 위로하기 위해 만들어진 본성적으로 아동이 중심인 공간이다. 일제 정권에 노골적으로 도전하지는 않았지만, 『소년』에 실린 이러한 동요들은 일제 말기 전시문화와 검열 속에서도 아동들에게 가장 적합한 언어와 이미지를 둘러싼 문화적 헤게모니 싸움이 벌어지고 있었음을 보여준다.

『소년』에 작품을 출판한 또 다른 시인은 윤석중과 자주 비교되는 이원 수였다.[88] 「자장 노래」는 아동과 자연 사이의 의심할 바 없는 조화를 표현 한다.

자장 우리애기 어서자거라.
해ㅅ님도 잠자러 산넘어가고
언덕도 들르도 곯이잠잔다.
까아만 이불덮고 고히잠잔다.

자장 우리애기 어서 자거라.
뒤ㅅ산 기슭엔 노루가자고
나무가지 가지마다 새들이잔다.
목고개 크-낙 새들이잔다.

자장 우리애기 어서자거라.
잠잘자면 오신다네 둥그런달님.
우리애기 잠자는 벼개머리에
달나라 꿈을가득 실꼬온다네.

자장 우리애기
어서 자거라.[89]

함께 실린 삽화는 한 여성이 수평선 위 보름달이 뜨는 가운데 포대기로 업은 아이를 흔들어 재우는 모습을 묘사하고 있다. 그녀는 이미 잠든 동물, 사슴, 새들, 그리고 무생물 세계인 언덕과 들판들을 열거하면서 아기를 재운다. 이는 아이에게 혼자가 아니라는 것을 확신시키기 위한 것이다. 자연은 잠에 빠져들고 있는 아이와 함께 잠들고 있다. 동시 전체에는 리듬감 있는 구조와 반복적인 대사자아 자장 우리 애기 어서 자거라가 있어 차분한 어조로 내용을 보완해준다.

원종찬은 이원수 작품의 중심 사상을 현실주의라고 밝히고 있다.[90] 이원수의 많은 시들은 목가적 분위기에서 출발하여 일제 한국의 아동들이 직면하고 있는 가혹한 상황과 연결된다. 예를 들어, 이원수의 「보ー야, 넨네요」는 일본의 자장가에 해당하는 노래를 부르며 우는 동생을 잠재우는 한 어린 소녀의 모습을 그린다.

귀남아
귀남아

너이집은
어디냐
저산넘어 말이냐
엄마아빠 다있니

나무나무 늘어선
서산머리는

샛빨간 샛빨간 저녁놀빛

귀남아 네눈에도 저녁놀빛[91]

아기 엄마, 아빠의 소식을 호소력 있게 묻는 화자의 수사적인 목소리는 아기가 부모의 위로를 받지 못하는 냉엄한 현실을 암시한다. 이 시의 우울한 어조는 나무로 뒤덮인 산에 둘러싸인 자연의 품에 있는 아기와 아기의 눈동자에 비친 석양으로 표출된 외로움 사이에 빚어지는 긴장감에서 비롯된다. 이 삽화는 아기를 향한 눈길을 벗어나 자신의 등에 단단히 업혀 있는 아기를 차분하게 바라보고 있는 어린 소녀의 모습을 그리고 있다.

이원수의 또 다른 시 「나무 간 언니」는 한 소녀가 한겨울 태양에게 언니를 잠시 더 비춰달라고 호소하는 내용이다. 이 시 역시 소녀가 힘겨운 추위를 뚫고 일해야 가족을 부양할 수 있는 비극적 현실을 드러낸다.[92] 나무꾼 소녀가 손을 입김으로 불어 따뜻하게 하는 소리호-는 마을에서 놋쇠방울을 휘젓는 바람우우우-우과 얼어붙은 개울콩-콩이 갈라지는 소리로 메아리친다. 아동과 자연의 특권적인 관계 때문에 어린 소녀인 화자는 태양에 직접 호소할 수 있다해야. 이 시는 이 아이들이 어른들에게는 버림받았지만 자연의 품에 안겨 있는 인상을 준다.

아동과 자연 사이의 특권적 관계의 전형은 이태준의 시 「혼자 자는 아가」이다.[93] 아가의 아버지는 들판에 있고, 어머니는 물을 길러 갔고, 아가는 부모가 돌아오기를 기다리며 졸고 있다. 그는 베개를 움켜쥔 채 잠을 잔다. 외로움의 눈물이 그의 눈에 가득 고였다. 이 시의 네 번째이자 마지막 연은 "혼자 자는 아가는 / 제비가 보고 / 혼자 자는 아가는 / 구름이 보네".[1) 잠든 아이를 지켜보는 것은 '제비 / 구름'이라는 시의 반전을 소개하고 있다. 전반적으로 이 시는 이 아가가 어쩔 수 없는 사정으로 어른들에게 버림받았다는 것을 암시한다. 그러나 이 아가는 새와 구름이 그에게서 눈을 떼지 않고 지켜보며 보살핀다. 웅장한 자연의 품 안에서 이 아가는 결코 혼자가 아니다.

아동들이 자연스럽게 자연환경과 교감하는 특권을 누린다는 느낌은 언어에 대한 최현배의 글에도 반영되어 있다.[94] 최현배는 「재미나는 조선말」에서 한국어의 미덕이 무궁무진하게 소리를 조합하여 만들어 낼 수 있는 점이라고 칭송한다. 그는 자연을 예로 들며 한국어가 묘사하려는 대로 들린다는 점에서 기발하다고 주장한다. 예를 들어 개구리는 개구리가 내는 소리개굴개굴 때문에 그렇게 부르는데, 기러기는 울음소리기럭기럭의 이름을 따서 이름이 붙여졌다. "이런말은 특별히 어린이에게 친한 말입니다. 어린이들은 처음에 말을 배울 적에, 이런 법으로 그 눈앞에 있는 동물의 이름을 제 멋대로 짓는 일이 많습니다."[95] 최현배는 한국어에서는 기본적으로 단어와 그 의미 사이에 직접적인 연관성이 있으며, 한국어는 대체로 직관적이며 "이와 같이 그 소리나는 것으로써 그 이름을 짓는 법은 어린애들이 잘 아는 것이다"고 말한다.[96] 그는 자연에서 자신의 이론을 설명할 예를 선택하고, 아동들과 자연환경 사이의 연결을 강화한다. 이러한 연결고리는 『소년』의 각 호에 실린 동시에서도 볼 수 있다. 그 대표적인 시로서는 「해ㅅ님 아저씨」, 「봄비」, 「참새 새끼」, 「연꽃」 등이 있으며, 의성어와 자연에 대한 전형적인 시각이 포함되어 있다. 편집 개입이 있었을 것이라는 점을 고려할 때, 『소년』의 시들에서는 아동들이 그들을 둘러싸고 있었던 일제

---

1) 역자 주 : 이태준, 「혼자자는아가」, 『소년』 4(11), 조선일보사, 1940.11, 7쪽.

의 문화보다는 자연과 더 가까우며 자연환경에 의해 더 많이 영향을 받는 다는 생각을 강화했다.

이런 시들은 전시문화를 경축하는 산문이나 소설과 함께 등장해 일제 말기 잡지 『소년』의 순수 이념적, 교훈적 의제에 혼동을 주었다. 동시와 동요는 아동과 자연의 유대를 찬양하며 그들이 유기적으로 연결되어 있다는 이미지를 담았다. 아동과 자연 사이의 공생관계를 읽는 하나의 방법은 이것을 '향토색' 운동의 표현으로 보는 것이다. 이 향토에 대한 이미지에서 여성과 아동들은 "이국적인 시골"로 제시되었는데, 이는 "한국을 더 큰 제국의 일부나 지역으로 확고히 만들기"[97] 위해서였다. 향토색 운동의 입장에서 보면, 이상적인 아동과 자연의 이미지는 제국주의 기획에 동원되었다. 즉, 아동을 대상화하고 자연과 원시적으로 연결된 점을 칭송함으로써 아동의 내면세계에 대한 보다 복합적인 시각과 식민지 경제가 한국의 청소년에게 미치는 영향을 외면할 수 있었다. 그러나 아동과 자연 사이의 연관성에 대한 또 다른 해석은 아동이 자연에 빠져드는 존재로 묘사하는 것이 아동기의 순수함에 대한 사회의 확신을 투영하는 방법이라고 이야기한다. 아동과 자연환경의 이런 연계는 제국주의 시대와 산업화 및 발전이라는 의제에 저항했던 보호막을 만들었다. 자연과 직접 소통하는 능력을 통해 표현되는 아동의 초월적 순수성을 확립함으로써 정치적, 사회적 구조를 간접적으로 비판할 수 있었고, 이는 부모가 없는 상황에서 자연이 아가를 양육하는 이태준의 「혼자 자는 아가」에서도 볼 수 있다. 이런 의미에서 일제 말기의 동심은 암묵적이기는 했지만, 한국의 장래 전망에 대한 의문들을 내포하며 정치적으로 작용하고 있었다.

제2차 중일전쟁은 한국인의 정신과 신체를 모두 지배하려는 식민지 정책의 시대를 예고했다. 이런 현실에서 태어난 아동들은 부모의 언어와 독립국이었던 한국에 대한 기억 없이 자라날 것이고, 따라서 아동들을 위한 글쓰기에도 많은 어려움이 있었다. 좌파 표현 매체를 단속한다는 것은 계급에 기초한 문제를 논하고 아동을 정치화하는 플랫폼이 점점 좁아진다는 것을 의미했다. 계속 발행되던 아동잡지는 엄격한 지침을 따르거나 폐쇄될 위험을 감수해야 했다. 사실, 동심이 혁명에 동원되었던 초기 좌파 잡지들과 비교했을 때 전시 시대에 아동을 위해 출판된 작품들은 전쟁 동원의 목적이 아니라면 훨씬 덜 정치적이었다. 표면적으로 볼 때 『소년』의 삽화, 수필, 산문, 시는 호전성을 열렬히 지지하는 이야기이거나 자연계가 아동들을 포용하는 현실 도피적인 이야기 중 하나에 속하는 것처럼 보인다.

그러나 이 시기의 산문과 시를 자세히 살펴보면, 전시문화의 영향에도 불구하고 문화적 헤게모니를 둘러싼 투쟁은 계속되었음을 알 수 있다. 어떤 내용은 아동 독자들에게 식민지적 주체성을 심어주면서 신체 단련을 촉구하고, 전쟁 장비와 전선에 있는 병사들의 희생에 대한 이야기로 청소년들의 마음을 끌려고 했다. 그러나 동시에 웃음과 아이러니를 통해 표출된 논쟁의 목소리도 나타났다. 현덕은 아동이 지닌 상상력의 변혁적 힘을 신뢰했다. 그들의 상상력을 통해 아동 독자들은 계급 갈등의 복잡성을 탐색할 수 있었고 그러한 갈등을 보다 명확히 이해할 수 있었다. 『소년』에 나타난 유머는 장교, 장로, 선생님 같은 권위 있는 인물들보다 아동 독자들을 잠깐이지만 높여줌으로써 훈계의 의미를 방해했다. 아이러니 역시 사회적 기틀을 지탱했던 전시 문화의 정상성을 전복하는 수단이었다. 윤석중, 이원수 같은 시인들은 아동과 자연 사이의 특권적인 관계를 창조하여 당시 군사적인 수사법에서 매우 강조되었던 아동이 타고난 군인이라는 개념에 대항했다. 시는 아동들이 언어를 실험하고, 식민지 정책이 통제할 수 없는 방식으로 그 리듬과 색깔을 느낄 수 있는 기회를 만들었으며, 한국어로 발산할 수 있는 출구가 있는 한 그렇게 할 수 있는 기회를 제공했다. 한국어와 한국 문화의 미래에 대한 위협이 증대되었던 이 억압의 시대에 아동문학은 작가들로 하여금 문화와 자연 사이의 긴장을 탐구하고, 다른 미래에 대한 전망을 상상하는 가능성을 모색하도록 도와주었다.

6장

동심의 해방

우리는 일즉이 우리들의 貴여운 少年少女들에게 그릇된 歷史와 남의 말을 제 것처럼 배우기를 강제하였고, 거짓 신에게 절하기와 노예되는 법을 강요해왔다. 철 모르고 이런 일에 順順히 따르는 어린이들을 볼 때 슬픈 눈물이 가슴속에 숨여들기 몇 해였든가. 이제 우리들에게 푸른 하늘 같은 自由와 新綠의 眞實이 이 땅을 차지매 우리들의 어린이들에게 참다운 祝福의 봄이오고, 이제 새 朝鮮의 어린이를 기를 수 있는 것이 어찌 이땅, 이 百姓의 祝福이 아닐 수 있으랴.

— 「어린이 날」, 『동아일보』, 1946.5.5

1945년 8월 15일, 일왕의 패전 선언이 라디오에서 흘러 나왔다. 이 소식을 접한 사람들은 놀라움을 금치 못했다. 하지만 해방이라는 소식이 한국 사람들 모두에게 퍼지는 데 시간이 걸렸다. 패전 선언이 공식 발표된 이후, 일제 총독부와 한국에 거주하던 일본인들은 일제히 한국 철수를 서둘렀다.[1] 동시에 일본, 중국, 만주 등지에 흩어져 살아오던 한국인들은 해방된 새 조국으로 하루빨리 돌아오고자 했다. 1905년 이후 처음으로 한국인들의 손에 의해 한반도의 통치가 다시 시작되는 순간이었다.

오랜 기다림 끝에 찾아온 독립에 대한 기대가 매우 컸음을 짐작할 수 있다. 약 40년간의 일제 강점기에서 벗어난 해방의 기쁨은 이루 말할 수 없었다. 하지만 해방과 동시에 식민지 시절에 한국이 품었던 희망과 꿈을 어떻게 잘 실현할 수 있을까에 대한 기대와 불안도 동시에 생겼다. 이 시기에 대해 임종명은 그동안 세계를 지배하던 패권주의 지식과 일제 강점기의 세계관이 한순간에 사라져 버리고 그 대신에 다양한 종류의 계획과 프로그램, 그리고 실행 전략들이 격렬한 충돌을 일으킨 시기라고 설명한다.[2] 그러나 곧 이러한 계획들은 구소련이 북한을 점령하고 미군정USAMGIK이 남한에 주둔하면서 좌초되었다. 주한 미군정청은 이 시기 남한의 군사, 정치, 문화전반을 통치하였다. 남북의 분단과 함께 서로에 대한 적개심과 분단 이후의 대치 분위기는 고조되어갔다.[3] 이후 미군정청이 식민지 유산적산과 식민지 제도를 유지했고, 일본의 비호 아래 번영하였던 한국 자본주의 엘리트들이 이에 협조하면서 남한 사회의 중요한 구조적 변화는 무산되었다.[4] 또한 공산주의 확산 방지를 위하여 미군정청의 도움을 받아 출판 검열과 통제가 지속되었다.[5]

테오도르 휴즈가 지적하듯이 문학계가 불안한 이 시기를 입증하고 있었다. 이는 "작가들의 친일 행적 고백, 프롤레타리아 작가들의 재등장과 동시에 이들에 대항하며 순수 문학이라는 이름으로 문학의 자율성을 강조하던 주장이 다시 나타나고 경쟁적인 문학 단체가 빠르게 형성"된 결과로 나타났다. 이는 궁극적으로 문학계가 남북 문학으로 분열되는 결과를 낳았다.[6] 테오도르 휴즈에 따르면, 과거와의 연속과 단절 사이의 절충을 위해 작가들은 먼저 일제 강점기에 벌어진 문학 담론과 운동으로 회귀해야 했다.[7] 동시에 작가들은 몇 가지 지속되는 문제들을 해결하려고 노력했다. 즉, 미군정을 거부하고 검열 기구에 대해 투쟁했다. 이 검열 기구는 1988년까지 유지되었고, 특히 월북 작가와 카프 문인들의 작품의 유통과 소비를 엄격하게 금지하는 것을 포함했다. 테오도르 휴즈는 1945년 해방 이후의 일부 작품들 안에서 해방이 크게 다루어지지 않았음을 지적하는데, 민족 자결을 의미하는 해방에 대한 암시는 매우 모호했다고 설명한다.[8] 이른 바 '해방 공간'은 모든 한국의 문화 생산적 측면을 둘러싼 강렬하고 역동적인 경쟁을 의미했다. 작가들과 시인들은 해방이 앞으로 펼쳐질 혁명사의 변증법적 진보의 순간인지, 아니면 국가자본과 개발 주체의 도덕적 정당성 확립을 의미하는 것인지를 두고 격렬한 이념 논쟁을 하며 해방의 의미를 탐구했다.[9] 전자의 경우라면 프롤레타리아 주체가 주도권을 갖게 될 것이었다.

1948년에 이르러서야 독서와 출판에 대한 검열과 규제가 약화되면서 출판업계에는 다양한 출판물들이 나타났다.[10] 소비문화의 급격한 변화와 선택의 가능성이 다양해지면서 성인과 아동 모두에게 다양한 인쇄 및 시각 문화의 시대가 열렸다. 그리고 성인과 마찬가지로 아동을 대상으로 한 인쇄 문화 내에서도 해방 후의 과거와 현재, 미래를 어떻게 정의할지에 대한 논쟁을 포함하였다. 선안나는 1940년대 후반까지 아동문학 작가들은 대부분 이념 논쟁에서 벗어나 있었다고 주장한다.[11] 하지만 아동문학 작가들이 출판했던 잡지들은 뚜렷한 이념적 배경과 의제를 담고 있었다. 이런 특성은 분명 그 내용을 주도했고 한국의 과거를 이해하고 미래를 규정하는 과정에서 파생되는 이해관계를 부각했다. 그러나 이 논쟁은 1948년 남북의 분단과 1950년 6월 한국전쟁 발발로 끝났다. 분단과 전쟁은 남북 간의 지리적 거리와 이념의 경계를 강화시켰다. 그리고 남북한은 자신들의 합법성을 주장하기 위하여 남한은 반공주의, 북한은 반제국주의의 사상에 입각한 각각의 견해들을 생산해냈다.

이 장은 해방 후 한국 아동들의 신체와 정신에 대한 논쟁을 살펴보고자 한다. 앞서 언급된 『동아일보』의 사설에서 보듯이 해방 이후 맞이한 첫 번째 어린이날은 한반도의 미래를 상징하는 중요한 날로 기념되었다. 이 사설의 저자는 한국 아동이 수십 년간 빼앗긴 가능성을 구현할 수 있다고 설명한다. "그들은 새 시대時代의 주인主人이라기보다 새 세기世紀를 창조創造할 주인공主人公들이다." 저자는 식민지 유산의 잔재로부터 한국 아동들을 구해내는 것만으로는 충분치 않다고 주장하며 다음과 같이 말한다. "성인成人들의 완구적玩具的인 생활生活으로 끄으러 드리려는 것과 같은 지도교육指導教育에서 우리의 어린이들을 완전完全히 해방解放시켜야 하겠다. 좁은 세계世界에서, 어두운 세습世襲의 그늘에서, 우리들의 낡은 교육教育에 저진 무릅에서 우리들의 어린이들을 해방解放시켜, 그들로 하여금 넓은 자연自然속에, 광대廣大한 세계世界에 뛰게 하고 새로운 경이驚異와 창의創意의 세계世界에로 나아가도록 하여야겠다."12

이 사설에서 주목할 점은 바로 자연에 대한 환기이다. "푸른 하늘 같은 자유自由", "신록新綠의 진실眞實"과 같은 문구들은 아동의 해방을 위한 설득력 있는 주장이다. 이 책에서 지적한 바와 같이 자연과 아동은 서로 '태생적' 친구로 맺어져 왔다. 시인들과 교육자들은 한 목소리로 아동은 문화 밖 공간에 존재하며 더 높은 차원의 진실에 접근할 수 있는 특권을 지녔다고 생각했다. 이러한 공간이 아동에게 계급 투쟁에 대한 통찰력을 부여했다. 또한 대동아 전쟁 절정기에는 아동의 유연한 사고체계가 그들을 사상주입의 대상으로 만들기도 했지만, 이는 아동들의 상상력이 변형 가능하다는 것을 의미하기도 했다. 그런데 한국이 해방되면서 자연은 새로운 출발을 위한 감성력을 제공하기 위해 다시금 강조되었다. 일제의 범아시아주의 사상을 신봉하고 아동의 자기희생을 선전하던 문인들도 포함된 이 해방의 공간에서 작가와 시인들에게 해방의 의미는 무엇이었을까? 지배적 서사에 대항하는 방식으로 아동기의 변형적 힘을 믿었던 작가들에게 해방은 무엇이었을까? 이념적 충실도는 차치하고 이 중요한 시점에서 가장 시급하게 떠오른 문제는 한국 문화와 모국어의 회복이었다. 해방은 재탄생의 이야기를 창조했고 아동잡지의 지면은 이를 가장 훌륭히 수행한 공간이었다.

해방 직후 한국의 출판

이념의 차이에도 인쇄 매체들은 일반적으로 낙관적인 시각과 목표를 공유했는데, 수십 년간의 일제 통치 이후 한국 문화와 한국어를 올바르게 재건해야 한다는 것이었다. 아동 교육가와 작가들 또한 이 재건을 최우선 과제로 인식하였다. 그들은 함께 한반도의 과거와 현재, 미래를 놓고 고심하며 다양한 목소리를 내어 이 재건 작업에 기여했다. 아동문학은 출판산업의 전반적인 부흥에 중추적 역할을 했다.

이중연은 해방 직후 한글 조판기와 출판업 경력직 인원이 부족하여 한국 출판계가 겪었던 어려움을 언급한다.[13] 그러나 곧 산업이 회복되었고 출판업도 급부상하였다. 이중연에 따르면, 검열이 본격적으로 시행되기 이전인 1946년에는 좌파 성향의 팜플렛이 크게 성행하였다.[14] 이중연은 일본인들이 운영하던 출판사들이 좌파 진영의 손에 들어갔다고 주장한다.

이와 함께 해방 이후 좌파의 왕성한 활동, 독서물에 대한 수요 증가, 그리고 출판사와 서점의 이윤 추구가 서로 맞물리면서 이들 좌파 진영의 영향력이 커지기 시작하였다고 주장한다.[15] 십여 년간 침묵했던 좌파 작가들이 주도적 위치를 갖게 되었다. 이들은 검열로 인해 폐간된 프롤레타리아 계열의 잡지인 『별나라』, 『새동무』, 『아동문학』을 복간하였다.[16] 이때 아동문학 비평을 보면, 작가들이 정치 신념과 무관하게 한국어와 한국 문화를 어떻게 부흥시킬지에 대한 고민을 공유했음을 알 수 있다. 또한 작가들은 아동과 해방 직후 한국의 자연 풍경 사이의 새로운 연결고리를 확립하는 일에도 몰두하였다.

1947년 도서출판 통계에 따르면, 교육과 창작 소설 분야 도서가 크게 증가했는데 다른 장르의 도서들은 감소되었다.[17] 해방 직후 몇 년은 교과서가 전체 출판의 반을 차지하였다. 그 배경은 일제 강점기 교육 체제의 '오도된 교육'에서 한국 아동을 바로 잡을 교육 자료에 대한 수요의 증가로 보인다. 그러나 가장 큰 관심사는 이윤이어서 아동용 도서는 크게 교육용 자료이거나 대량 생산용 만화와 해적판 번역본이었다. 선안나에 따르면, 아동용 자료들은 문화적 가치와 상품 잠재력 모두 지니고 있었기 때문에 상대적으로 유리한 위치에 있었다.[18] 1948년의 출판 자료에 의하면 170권의 '아동 도서' 중 문학의 비율은 단 11퍼센트를 차지하였고 44퍼센트는 교육용 자료, 상업 장르가 39퍼센트, 그리고 잡지 또는 연작물은 오직 6퍼센트의 비율만을 차지하였다.[19] 해방 직후 출판 시장 내 교육 도서와 상업 도서의 지배적인 출판시장 점유율은 채만식, 김동리, 염상섭과 같은 남한의 대표적 작가들이 어떻게 선별되어왔는지 설명한다. 아동잡지 『소학생』은 교육용 자료로 활용되었으며 작가들이 새로운 독자층을 확보할 수 있는 장이 되었다. 작가들은 해방기 한국 아동들이 읽을 만한 시장성 있는 글을 제공하는 데에 적극적으로 뛰어들었다.

그러나 출판은 일제 강점기의 족쇄에서 벗어나서 각종 한국어 출판물이 폭발적으로 증가함에 따라 출판의 질이 아닌 상업적 이윤이 아동 도서 시장을 주도하고 있다는 우려를 낳게 되었다.[20] 아동 만화의 인기는 1949년에 이르러 교재와 소설의 점유율과 맞먹을 정도로 커졌다.[21] 이 시기의 아동잡지도 교육과 이윤 창출이라는 두 문제에 맞춰졌다. 이러한 잡지들로는 『주간소학생』1~46호까지 발간, 『소학생』47~79호까지 발간, 1946~1947, 『아동구락부』구『진달래』, 1947~1950, 『어린이 나라』1949~1950, 『새동무』1945~1947, 『별나라』1945~1946, 『아동문화』1948가 있다.[22] 이와 함께 아동잡지들은 아동과 더 나아가 국가의 미래 비전에 대한 설전을 통찰할 수 있는 장을 제공하였다. 이러한 잡지들에 반일 민족주의자들의 작품들이 나란히 게재되었다. 반일 민족주의자들은 이 매체를 통하여 일본에 대한 분노의 목소리와 일본의 위협에 대한 우려를 드러냈다. 또한 정치적으로 중도나 좌파를 지향하며 자본주의와 소비 지상주의에 대해 비판적인 입장을 견지하였던 작가들의 작품들도 있었다. 해방 공간의 잡지에 게재했던 다수의 작가와 삽화가들은 한국전쟁이 일어나기 3~5년 전 월북하여 북한의 작가와 예술가 대열에 합류했다. 이와 관련된 모든 이들에게 해방은 과거와의 진정한 단절과 새로운 시작이라는 약속을 제공하였다.

동시에 아동문학 작가들과 시인들은 한편으로는 직전의 과거 역사, 검열과 침묵이라는 유산과 다른 한편으로는 군정 정치와 싸워야 했다. 1949년 『어린이나라』에 실린 [정]지용의 글은 그 흔한 연날리기 같은 기본적인 취미조차 할 수 없었던 가난한 어린 시절을 그리고 있다. 과거 10년 동안 아동잡지에서 모형 비행기 만들기가 유행했다는 것을 생각하면 조악한 팽이 하나 만들기 어려웠던 어린 시절에 대한 그의 고백은 가슴 아프게 들린다. 가난에 대한 정지용의 개인적인 고백은 『소년』에서 언급한 모형 만들기의 인기와 대조된다. 정지용의 회고는 당시 작가들이 일제 강점기에 보낸 아동기를 어떻게 재평가하는지 보여준다. 정지용은 다음과 같이 말한다. "전에 장난감 없이 자란 어른들이 어린이 잡지를 만들어 슬픈 원을 푸는 것이다. 여러분 어린이들은 그래도 우리 보다는 행복하십니다."[23]

가장 오랫동안 출판된 잡지는 윤석중이 편집장을 맡아 을유문화사에서 발행한 『주간소학생』이다. 1946년 2월부터 1947년 4월까지는 매주 출간되었고, 그 후 이 잡지는 『소학생』이라는 제목의 월간지로 변경되었다. 1950년 6월 한국전쟁이 발발하기 전까지 통권 79호를 냈다. 처음 12면 분량의 주간지로 시작하여 1947년 이후 40면으로 지면이 증가되었다. 잡지명이 나타내는 바와 같이 어린 학생을 대상 독자로 삼았던 『소학생』은 가볍고 재미있게 읽을 만한 기사들을 실었다. 또한 과학, 언어, 역사, 인류학과 같은 교육 관련 기사도 잡지의 중요한 비중을 차지하였다. 시와 연재소설 또한 잡지의 주요 고정 기사였다. 발행 기간 동안 『소학생』은 학생 독자들에게 교육의 중요성을 강조하며 어려운 환경에서도 학교는 성실히 다닐 것을 당부하였다.

『주간소학생』 창간호는 해방된 새 조국에서 자라게 될 남한 아동을 위한 읽을거리를 제공해야 한다는 절박함과 열정을 그대로 반영하고 있다. 일제 말기에 출간된 『소년』과 달리 『주간소학생』은 모든 지면을 기사로 채웠다. 표지나 목차에 따로 지면을 배분하지 않고 여백도 최대한 줄였다. 빽빽하게 채워진 기사와 삽화를 통해 읽을거리를 가능한 한 많이 제공하려했던 『주간소학생』의 노력이 엿보이는 대목이다. 창간호는 이만규의 「우리 글 자랑」으로 시작하는데,[24] 이 기사는 한국어의 우월성과 이를 입증하는 국제 사회의 감탄을 언급하고 있다. 같은 호 다른 지면란에는 일왕의 항복 선언, 한민족의 기원, 아동에게 과학공부를 장려하는 글들, 그리고 좋은 글쓰기 지도를 포함하고 있다. 창간호를 구성하고 있는 이런 주제들은 후속 호에서도 이어져서 『주간소학생』은 한국의 과거에 대한 정보를 제공하고 왜곡된 한국사를 바로잡기 위해 한국 문화, 역사, 언어에 대한 내용을 다루었다. 예를 들면 '우리 자랑'은 석굴암제3호과 같은 한국의 명소, 임진왜란을 승리로 이끈 이순신제4호과 같은 한국의 위인, 궁중음악제7호 같은 문화유산을 다루었다. 그리고 한반도의 자연을 감상하는 「한국의 산과 강」제8호과 같은 연재 기사들을 들 수 있다. 또한 『주간소학생』에 실린 많은 삽화처럼 시각자료를 곁들여 언어와 역사교육을 강화하였다. 텍스트와 이미지가 함께 어울려 교육과 흥미 사이의 균형을 이루는 데 도움을 주었다.

　말과 그림의 결합력은 일제에 의해 형성되고 제약을 받았던 시각적, 언어적 지형을 바로잡았다. 동시에 『주간소학생』은 20세기 초 아동문화의 등장과 함께 나타난 감정 체제, 그러니까 아동이 자연이나 진리와 맺는 특권적 관계에 대한 호소에 많이 의지했다. 이제 해방 직후와 남북분단 이후의 언어 이데올로기가 어떻게 언어 교육에 영향을 끼쳤는지, 어떻게 훈육과 규제의 담론이 해방 직후의 질서에 흡수되었는지, 과학과 기술이 국가 발전의 주요 기반이 되면서 아동과 자연의 관계에 무슨 일이 일어났는지를 고찰할 것이다.

해방 직후 아동잡지의 언어와 글쓰기

한국 아동을 대상으로 한 문학이 발전된 이래로 언어의 역할은 뜨거운 관심사였고 논의의 중심이었다. 3장에서 살펴본 바와 같이 동심은 어린 독자를 위한 새로운 언어와 내용이 창안될 것을 요구했다. 1920년대의 언어 논쟁은 "구어와 문어를 조화시키려는" '언문일치' 운동의 한 부분으로서 단순히 말을 모방하는 관용어가 아니라 동심의 요구에 부합하는 관용어를 창조하는 데 중점을 두었다. 일제 말기, 학교에서 한국어 사용이 금지되면서 한국어와 한국인의 정신을 담는 한국어의 수용력에 대한 모든 논의도 심각한 타격을 받았다. 이제 국가의 해방은 곧 한국어 구어와 문어의 해방을 의미하게 되었다. 언어와 글쓰기는 한국인의 정신을 전달하는 중요한 매개로 급부상하였다.

일제 강점기에서도 한국어 학자들은 한국어의 보존과 문맹률 퇴치에 힘썼다.[25] 이른바 '조선어학회 사건'은 이 분투의 상징이다. 1929년부터 시작된 사전[조선어사전]의 편찬 작업은 많은 고초를 겪으며, 마침내 1939년 원고가 준비되었고, 이후 사전 출간에 대한 조건부 승인을 받아 1942년에 그 준비를 모두 마쳤다. 인쇄 바로 직전, 10여 년의 노력 끝에 준비한 인쇄 직전의 원고가, 일제가 조선어학회의 편집실을 급습하면서 유실되어 사전 편찬 기획은 좌절되고 말았다. 1945년 마침내 한국어 출판물 금지법이 철폐되면서 1947년까지 인쇄소는 47개에서 581개로 급증하였다.[26] 이 시기에는 특히 사회과학, 역사, 언어 분야의 도서들이 인기를 끌었다. 일제 말기에 시행된 한국어 문어 사용 금지에서 풀려난 작가, 교육자, 출판업자들은 그동안의 공백을 메우려는 열정으로 가득 차 있었다.[27]

하지만 이 모든 것이 꼭 한국어 구어와 문어에 좋은 징조는 아니었다. 아동의 정신을 형성하는 데 가장 중요한 문화와 언어의 소통 지점으로서 아동문화는 그 출발점이 되었다. 해방 직후 아동잡지를 보면, 구어와 문어에 남아있는 일제 잔재에 대한 엄청난 우려와 심지어는 새로운 언어 체제에 대한 아동 언중들의 미묘한 저항도 있었음을 알 수 있다. 한국어의 부흥 및 올바른 구어와 문어 사용과 관련하여 이 불안감이 저절로 드러난다. 아동잡지 편집자와 작가들은 유구하고 뛰어난 유산을 지닌 새로운 해방 국가를 대변할 언어에 대한 관심사를 공유하고 있었다.

김병제는 1945년 「우리 말과 글」을 통해 "우리는 지난 36년간의 긴 악몽에서 막 깨어났다"고 서술하였다.

> 그들 일본 사람은 우리들의 어머니의 자장노래를 빼앗으려 하였고, 할머니의 옛 이야기조차 없새려고 하지 않았던가. 학교에 가서 우리말을 쓰다가는 큰 야단이 나고, 집에 돌아와서도 일본말을 쓰라, 일본말을 모르는 사람을 대하거던 벙어리가 되라, 하지 않았던가. 관청이나 무슨 배급을 받는 곳에 가서라도 우리 말을 쓰는 날이면 볼일이 보아지지 않을 뿐 아니라 큰 구박을 받는 괴로운 삶이 아니었던가. 그는 그뿐인가, 그들은 우리의 보배 「한글」까지도 없새려고 가신 애를 나 써왔었나. 신문을 없세고 잡시를 없세고 하였나. (…중략…) 그러나 우리는 그 괴로운 꿈에서 깨었다. 그리하여 잊어버려가던 우리말을 깨우쳐 알어야겠고 빼앗기엇던 우리글을 다시 찾게 되었다. 누구의 눈치를 볼 이유도 없게 되었다. (…중략…) 우리말에는 우리 겨레의 넋이 숨어있고 우리 글에는 조선의 맥박脈搏이 얽히어 있다.[28]

로스 킹Ross King은 언어와 문자를 국가의 본질과 혼동하거나 융합하는 현상을 '문자 민족주의'라고 했는데, 이 글은 해방 직후 아동문학에서 엿볼 수 있는 그 최초의 증거이다.[29] 이는 3장에서 다루었던 한국 전래동화를 통해 민족의 정체성을 보존하고자 힘쓴 최남선의 작업을 상기시킨다. 그리고 해방된 한국어와 문자는 참된 한국인의 정신을 해방시키기 위한 태도로 나아간다. 그러나 '한국인의 정신'이 젠더나 계급에 따라 다른 의미를 지닐 수 있다는 사실은 논의되지 않았다. 김병제의 글처럼 문자 민족주의의 표현에는 한국어 구어 및 문어 회복이 아직 실현되지 않았다는 불안감이 드러난다.

『주간소학생』은 언어 순화에 관한 글을 자주 실었다. 그 예로 「상 타기, 한글 바로 쓰기」, 「틀리기 쉬운 말」, 「재미나는 우리 말」을 들 수 있다. 아래에서 보겠지만, 이 글들은 맞춤법과 문법에 관한 실용적인 정보를 제공하는 한편, 한국에서 떠오르는 정치 파벌을 엿볼 수 있는 언어 이데올로기의 풍부한 장이었다. 이러한 글들은 또한 일본어와 중국어가 매일 상용되고 있음을 반영한다. 예를 들어 「상 타기, 한글 바로 쓰기」에서는 독자들이 다음 문장에서 틀린 철자를 찾게 한다.

－사람 죽일 줄박게 모르는 일본 군인이나 돈 욕심박게 업는 구리 귀신들이 일본나라를 망친 거시다. (…중략…)

－세종대왕은 세계적으로 크신 님금이시니 한글을 발명한거슨 세계적 자랑이다.

－새 나라의 어리니는 일쩍 이러납니다. 잠꾸러기 업는 나라 우리나라 조흔 나라.[30]

이 예문들은 문법과 철자법 맞추기의 예로서, 맞춤법 오류를 밝히려는 교육적 목적을 내세우지만, 그 이면에는 사실 분명해 보이는 이념적 관심사를 감추고 있다. 『주간소학생』은 일제 말기에 약간 다른 제목으로 재출판된 최현배의 「재미나는 우리 말」[31](일제 강점기 때 제목은 「재미나는 조선어」였음을 기억하자)을 연재하였다. 예를 들어, 해방 직후의 이 글에서 최현배는 한국어의 매력과 외부 세계와 언어를 자연스럽게 연결하는 의성어 – 의태어의 사용에 대해 서술한다. 1947년 이희승은 「우리 자랑」 코너를 이어받아 한국어의 글쓰기 체계와 한국어는 커다란 자긍심의 원천이라고 설명한다. 그 이유로 한국어는 일본어에 비해 다양한 범주의 발음이 가능하며 영어와 독일어보다 음악적이라는 점을 들었다.[32] 언어 순화를 다룬 다른 기획들은 한자와 일본어가 한국어에 얼마나 깊숙이 침투되어 있는지 밝히고 이에 대한 한국어 교육자들의 우려를 실었다. 이영철은 「틀리기 쉬운 말」 연재를 통해 독자들에게 한국어로 좀 더 명확히 말하고 쓸 것을 당부하며, 새 시대에 한국어는 필수적이라고 주장하였다. "왜말을 배워 면서기나 할 것이 아니라 우리말을 배워 대통령도 되고, 세계적 학자도 되고, 사회에 이바지함이 있는 일군도 되는 것이 좋지 않습니까. 왜말, 한자를 떠나 우리말을 살립시다. 그래야 우리 민족이 다 같이 잘 살 수 있고, 문화가 발달된 것이 아닙니까."[33]

1949년 『소학생』 10월호에서는 한글날을 맞이하여 특별한 연설문이 실렸다. 한글학회의 장지영은 이 글에서 한국어의 역사를 알려준다. "어린 동무 여러분! 여러분이 학교에 들어가기 전에는, 한글을 깨치지 못해서, 언니들의 읽는 책을 암만 보아도, 그게 다 무엇인지 몰랐지요"라고 글을 시작한 장지영은 옛날에는 '한문'이 주요 문자였지만, 양반 계층만 사용할 수 있었다고 말하면서 이제는 아동들이 한글로 돌아갈 때라고 했다.[34] 또한 같은 호에는 「애독자 여러분이 좋아하는 시인·소설가·화가·좌담」이라는 필담이 실렸다. 아동소설의 작가 조풍연은 왜 아동들이 만화보다 소설에 더 관심을 갖는지 궁금해했다. 그에 대해 삽화가 김규택은 아동들이 유창하게 한글을 사용할 수 있는 능력이 향상되었고, 소설에 내재된 오락적 가치 때문이라고 하였다. 그리고 소설가 정인택은 아동소설 인기의 원인은 아동이 한글을 쉽게 배우고 있는 것이라고 했다.[35]

다른 기고란에선 해방된 한국에 남아있는 일본어를 다루고 있다. 「틀리기 쉬운 말 2」에서 이영철은 아직도 일본어가 널리 쓰이고 있는 점을 통탄하며 한국어 어휘에 잔존하는 일본어를 모두 청산해야 한다고 주장한다.[36] 그는 「어린이 한글 역사」 연재에서 한글의 역사를 되짚으며 아동 독자들에게 '암글'이나 '언문'과 같은 용어로 폄하시키지 말고 반드시 '한글'이라는 용어를 사용하라고 가르친다.[37] [1] 그는 "이 어려운 한자 때문에 중국은 물론 우리 나라도 문명이 뒤지는 것입니다"[38]라고 주장하며 아직도 한국인들이 한문을 충실히 사용하는 경향을 한탄한다. 『소학생』에 실린 사설 「우리 말 도로 찾기」에서는 여전히 사용되는 일본어 단어들을 목록으로 정리했다. 사설에는 다음과 같은 내용이 실렸다. "[우리는] 말에서부터 일본 냄새를 없애 버려야 하겠습니다. (…중략…) 해방된 지 벌써 4년이 되었건만 아직도 길거리나 전차 속 같은데서 일본 말을 쓰는 사람을 가끔 봅니다. (…중략…) "우리 말 도로 찾기" 가운데서 여러분에게 필요하다고 생각한 것을 추려서 여기에 싣기로 하였습니다. 만일 우리 말을 잘 몰라서 일본 말을 쓰는 분이 있으면 이것으로 하루바삐 익혀 주십시오."[39] 1945년 이후 한글

---

1) 역자 주 : 『주간소학생』 37, 1947.2.3, 5쪽.

의 부활은 식민 과거 청산과 새로운 출발의 신호탄[40]으로 여겨졌다. 아동 잡지들의 경고를 참고할 때, 한문과 일본어 사용 환경에서 자라난 아동 독자들은 기대했던 것보다 언어 및 문자 민족주의를 더디게 수용하였다.

그러나 작가들의 관심은 언어 쇄신 그 이상이었다. 앞에서 드러난 것처럼 언어는 동심을 예측하고 포착할 수 있어야 했다. 「말語의 향기」에서 김소운은 아동 독자들에게 '신중한 언어 생활'을 강조한다. 그는 언어를 소리와 의미로 구분한다. 그가 말하기를 소리는 향과 빛, 온도를 담고 있다. 소리는 발화자의 영혼을 반영하기 때문에 말을 할 때는 신중을 기해야 한다고 주장한다. 의미의 생산은 궁극적으로 발화자의 책임이기에 사람들은 진심을 다해 신중하게 말해야 한다고 주장한다. "말을 존경하고 사랑할 줄 아는 사람만이 고운 마음, 진실한 성품을 기를 수 있다는 것도 우리들이 기억해 두어야 할 과제의 하나입니다."[41]

이처럼 아동잡지들의 간절한 호소는 해방 직후의 언어 및 문해력 문제들에까지 미친다. 문해력은 낮은 반면, 일본어는 여전히 널리 쓰이고 있었으며 글을 쓸 때 한문 사용도 여전히 만연하였고 맞춤법은 아직 표준화되지 않은 상태였다.[42] 해방은 19세기로 거슬러 올라가 식민지 시대에도 다양한 형태로 존재했던 언어 순화와 한국어 맞춤법의 지침에 대한 논의를 다시 불러일으키는 계기가 되었다. 19세기 후반 한국인으로서 초기 일본 유학자 중 한 사람인 유길준은 1909년에 다음과 같이 말하고 있다. "우리 한국인들은 우리 고유의 언어와 문자를 갖추고 있습니다. 이를 통해 우리는 우리의 생각과 의미를 또렷이 표음으로 전달하고, 4천 년의 역사를 글로써 기록하여 전할 수 있습니다."[43] 그는 한국어를 국가의 주요 자산으로 부각시켰다. 그리고 학자들은 한문으로 글을 쓰는 관습의 지속에 대한 위험성을 강조하며 "다른 나라의 글을 계속하여 사용한다면 (…중략…) 조국에 대한 인간 감정은 변형되고, 지역 관습은 혼돈 상태에 빠질 것이다"[44]라고 경고하였다.

순수 한국어 사용에 대한 관심은 정치 노선을 초월하며 남북한 모두의 언어 정책에 지속적으로 반영되었다. 처음부터 문어의 대중화에 중점을 두었던 북한의 언어 정책에선 한문 사용을 금지하고 한국어 전용을 언어 매체와 캠페인의 핵심과제로 삼았다.[45] 남한은 다양한 정부 위원회의 활동을 통해 외국어 요소들을 없애고 모국어를 '정화'하는 캠페인을 공표했다.[46] 일제 강점기 이전부터 지속되어 온 남북한 언어와 문자 민족주의 뿌리들은 해방기 아동잡지를 통해 그 모습을 온전히 드러내기 시작하였다.

역사 회복 – 이순신과 3·1운동

해방 직후 출판된 아동잡지를 읽은 독자들은 독립국으로서의 한국에 대한 기억이 거의 없이 성장했다. 그리고 한국적 정서 함양과 국가 정체성 확립을 위한 언어 교정은 시급한 사안일 수밖에 없었다. 그러나 일제 강점기에 대한 저항 서사를 중심으로 한국의 과거를 회복하는 일도 똑같이 중요한 과제였다. 그뿐 아니라 일제 강점기를 고통스럽지만 일시적인 역사적 난관이 되게 하기 위해 먼 과거와 현재를 매끄럽게 잇는 것도 중요했다. 이러한 재교육의 긴급함을 『소학생』과 『어린이나라』에서 뚜렷이 확인할 수 있다. 잡지에 개재된 많은 소설과 논픽션은 한국의 역사를 빈식민주의로 재구성하면서 3·1운동과 이를 둘러싼 사건 및 이순신, 유관순과 같은 위인들의 전기에 초점을 두었다.

해방 직후 아동잡지들은 두 가지 주요 기능을 충족시키는 역사적 상징, 사건, 인물들에 집중하였다. 첫째, 민족 서사 안에서 일제 강점기를 단절이 아닌 장애물로 기술하는 연속성의 궤적을 만들어 먼 과거와 현재 사이의 연결고리를 형성하였다. 둘째, 독자들을 깨우치고 집단 기억의 저장소를 확립할 수 있는 상징, 사건, 인물들을 소개하였다. 해방은 백지 상태에서 시작할 수 있는 기회를 제공하여 새로운 세계 질서에서 한국의 위상에 알맞은 국가 정체성을 형성하기 위해 이야기들을 신중하게 선정해야 했다.

앞에서 언급한 바와 같이, 『소학생』은 연재 기획 「우리 자랑」을 통해 불국사1946년 제3호, 광개토 대왕비1946년 제18호, 고구려 장군총1946년 제19호과 같은 한국의 유적을 소개하였다. 이 문화 유적들은 그 역사적 의미를 기념할 뿐만 아니라 한국인의 불굴의 정신에 대한 증거로도 다루어졌다. 예를 들어, 김용준은 광개토 대왕비를 다음과 같이 설명한다. "고구려 사람들은 기개가 씩씩하고 용맹하고 굳세었기 때문에 그들의 쓴 글씨에도 이렇게 장한 솜씨가 나타난 것입니다. 우리들도 굳센 마음과 용감한 의지意志를 기른다면 다시 이런 좋은 글을 쓸 수 있을 줄 압니다."[47][2] 이희복은 아동에게 팽이치기와 연날리기, 널뛰기를 권하였다. 그는 비록 일본인들이 이러한 놀이들을 모방했지만, 이 놀이들은 고구려 시대부터 이어져 온 한국 고유의 민속놀이라고 말했다.[48] 이러한 글들을 통해 아동들은 일본 풍습을 흉내낸다는 생각 없이 놀이에 참여할 수 있도록 기운을 북돋았다.

해방 직후 가장 중요한 기념일은 3·1절과 어린이날이었다. 매해 3월

---

[2] 역자 주 : 『주간소학생』 18, 1946.6.10, 1쪽.

『소학생』은 1919년의 독립운동을 심도 있게 다루었다. 예를 들어, 제40호에는 해방 후 3·1절 2주기를 맞이하여 그에 관한 기사가 실렸다. 여기에서 3월 1일 파고다 공원에 모여든 인파에 대한 내용과 함께 3·1운동에 참가하여 투옥되거나 부상당한 사람들의 수를 보도했다. 3·1운동 31주기에 제76호1950는 대형 지면을 할애하여 「1919년과 3월 1일」을 게재했다. 이 글에서 작가 홍종인은 더 넓은 관점에서 한국의 해방을 식민 국가들과 국제적 해방 운동이라는 전지구적인 맥락 안에서 조망하였다.[49] 『어린이나라』는 피투성이의 아무 힘없는 어린 희생자들에 대한 삽화를 실어 아동 독자들의 강력한 반응을 이끌어 냈다. 예를 들어, 한 삽화는 부인과 손자들이 보는 앞에서 속수무책으로 일본 순사에게 구타당하는 노인의 모습을 보여주었다.[50]

1949년 3월, 『어린이나라』는 아동들과 성인들의 용기와 희생에 대한 작가 [정]지용의 회고를 실었다. 그는 이 시대의 혐오스러운 친일파들에 대한 척결작업이 이루어지고 있다고 독자들을 안심시켰다.[51] 동시에 일본 제국주의 침략이 재발할 수 있다는 경각심을 불러일으키는 사설도 실렸다. 「조선아 정신차려라」라는 제목의 사설은 아동 독자에게 일본의 재부흥에 대한 경고를 담고 있다.[52] 용기와 경계심은 똑같이 장려되었다. 이제 막 지나온 과거는 일시적인 장애물이자 해방 이후 정체성 확립의 토대로 생각하도록 교육했다.

위인전은 아동잡지의 또 다른 연재 기획이었다. 진정한 독립투사들을 다룬 위인전 중에는 개인주의 정신과 독창성으로 기업가 정신의 새로운 시대를 연 유럽의 과학자들도 있었다. 그러나 잡지에 가장 자주 실린 위인전은 외국 위인이 아닌, 1590년대 임진왜란에서 승전한 이순신1545~1598장군이었다. 해방 직후 아동잡지에서 이순신은 국민의 영웅이었다. 이순신은 20세기 경술국치 훨씬 전부터 끊임없이 자행된 일본의 침략에 맞서는 한국의 상징으로 여겨졌다. 1930년대 일제 치하에서 이광수와 최남선 모두 이 모범적인 위인의 전기를 연재하였다. 이순신의 얼굴과 그의 유명한 전함 거북선은 『주간소학생』의 「조선 역사 이야기」의 주요 상징물로 자주 이용되곤 하였다.[53] 이순신의 얼굴과 거북선 상징물은 일제 강점기 이전의 역사와 해방된 현재를 잇는 폭넓은 서사를 강조하는 효과가 있다. 박태원은 1946년에 이순신 전기를 연재하였다. 편집자는 이 연재를 예고하며 이 전기는 꼭 읽어야 한다고 강조한다. 이순신의 전기가 실린 지면에는 「유물 구경」이라는 삽화도 연재되었는데, 이순신의 구리 도장『주간소학생』 37, 1947, 5쪽, 명패『주간소학생』 38, 1947, 3쪽, 장검『주간소학생』 39, 1947, 3쪽을 비롯한 유물들이 소개되었다. 이러한 세세한 시각적 자료들은 같은 지면에 배치된 이순신 전기에 사실성을 더해주었다.

위인전은 항상 아동잡지에 등장했지만, 해방 직후 잡지에 나타난 위인전에서 당시의 정치적 변화를 엿볼 수 있다. 1900년대 최남선은 국가 정체성과 군사력을 일깨웠던 나폴레옹과 표트르 대제를 옹호하였다. 좌파 아동잡지 『별나라』는 마르크스와 레닌을 칭송하였다. 전시에 『소년』은 무솔리니와 히틀러에 관한 이야기를 전하였다. 해방 직후 『소학생』에는 쇼팽, 입센, 미켈란젤로, 에디슨, 뉴튼, 도스토예프스키, 조지 워싱턴, 잔 다르크, 페스탈로치의 전기가 실렸다. 그들의 창의력과 개인적인 천재성과 조국에 대한 애국심은 칭송받았는데, 이는 그들의 조국에 대한 포용과 인내심으로 가능한 것이었다. 예를 들자면, "쇼팽은 자긔의 조국 폴랜드를 사랑하는 마음이 굉장하여 한시도 잊지를 않았다고 합니다"『주간소학생』 18, 1946, 6쪽, "미켈란젤로는 자기의 온 삶이 조각 작업에 달려있기라도 한 듯 쉴 새 없이 일에 몰두하였다"『주간소학생』 25, 1946, 63쪽, "고리키는 자신이 처한 역경을 끈기 있게 이겨냈다"『주간소학생』 39, 1947, 5쪽, "도스토예프스키는 국민의 감수성을 반영한 민족 문학을 창작하였다"『주간소학생』 40, 1947, 9쪽, "조지 워싱턴은 식민주의의 억압에 맞서 끊임없이 대항하였다"『주간소학생』 43, 1947, 4쪽.

아동잡지에 실린 역사 이야기와 위인전은 일제 강점기 잡지에서 다루었던 내용과 두 가지 측면에서 현저한 차이가 있다. 첫째, 과거에는 국가를 미래로 이끌기 위해 강력한 공동체를 형성하는 능력을 지닌 인물들이 칭송을 받았다. 해방 직후에는 위대한 남성과 소수의 여성들이 그들의 개성과 개인적인 천재성 및 창조성 때문에 우선 주목을 받았고, 그들이 국가를 위해 한 중요한 일은 그 다음이었다. 둘째, 작가와 편집자들은 이 역사적 기록물들을 한국의 풍부하고 다채로운 과거와 현재를 잇는 다리로 만들기 위해 사용하였다. 역사의 연속성을 확립하는 일은 일제 강점기만 아니었다면 중단 없이 이어졌을 진보의 서사를 방해한 비극적 시기로 식민지 시대를 규정하는 데 중요한 역할을 했다.

일제 강점기에서 탈식민지로 전환되던 시절의 아동잡지에는 아마도 예상치 못한 두 번째의 연속성이 등장하였다. 즉 전시 한국 잡지에서 중심 소재였던 국가를 위한 훈육과 희생 담론의 연속성이다. 일제 말기에 국가를 위한 자기희생이 강조되었는데, 전쟁을 위한 징병과 가정에서의 근검절약이 주요 내용이었다. 다음 단락에서 언급하겠지만, 해방된 국가에서도 훈련된, 건강한 신체는 똑같이 필요했다. 특히 1948년까지 38선 너머에서 형성되고 있던 대항 서사를 고려한다면, 신체와 정신의 강화는 새로운 국민성을 가능하게 하며 새로운 국가 건설의 원동력이었다. 훈련된, 건강한 신체에 대한 담론은 식민지 시기의 동심에 상당히 의존했다. 자연에 접근 가능한 특권을 지닌 유기적 아동에 대한 개념은 해방된 한국 사회에서 새로운 의미를 획득하였다. 그리고 새로운 남한을 건국하는 중심이 되었다.

해방된 국가를 위해 봉사하는 정신과 신체

윤석중은 1947년에 지은 동시 「앞으로, 앞으로」에서 다음과 같이 선언한다.

동무 동무 우리 동무
앞으로 앞으로
나란이 발을 맞춰
앞으로 앞으로
한눈을 팔지 말고
앞으로 앞으로
소도 말도 바두기도
앞으로 앞으로
잠자리도 나비도
앞으로 앞으로
해도 달도 구름도
앞으로 앞으로.[54]

윤석중의 「앞으로, 앞으로」는 해방기를 상징하는 일종의 낙천적인 순간을 환기시킨다. 과거에 대한 재평가가 남한의 새로운 국가적 정체성을 형성하는 데 핵심과제였고 특히 일제 강점기는 일관될 수도 있는 역사적 서사를 방해한 시대로 여겨졌다. 반면, 해방은 재탄생의 순간이어서 이 시는 앞으로 뻗어 나가는 기운을 전달한다. 윤석중은 제목과 동일한 시구인 '앞으로'를 리듬감 있게 반복함으로써 이러한 기대를 계속해서 나타낸다. 시는 대규모로 동원된 장면을 묘사하고 있다. 이 시는 광범위한 장면을 묘사하는데 아동, 동물, 곤충, 심지어 해와 달, 구름까지 같은 움직임으로 한국의 밝은 미래를 향해 행진해 나간다.

이 시에서 신체와 자연의 동원은 1946년에 일어난 '신생활 운동'을 배경으로 나타났다. 임종명의 설명에 따르면, 1920~1930년대에도 유사한 생활 개선 운동이 일어났지만 신생활 운동은 과거 청산 및 신체와 정신의 개선을 통해 탈식민의 정체성을 구축하려는 첫 시도였다. 신생활 운동은 사회의 엘리트계층이 주도했다. 미군정청 문교부장을 역임했던 유억겸과 임시정부의 국무령이었던 홍진이 대표적 인물이다. 이들은 의복과 음식, 음료의 개선을 통해 보다 위대하고 중요한 도덕과 가치관의 개혁을 이룰 수 있을 것이라고 생각했다. 노동, 생산, 소비, 생활 습관에 대한 규제는 이 운동 초기에 정치, 사회, 종교 단체로부터 옹호되었던 정신의 개조를 불러왔다.[55] 기독교 잡지 『아이생활』, 『기독신보』의 기고자였던 함처식은 다음과 같은 내용의 글을 실었다.

解放後의 農村은 分明히 迷路에서 彷徨하고 있다. 解放이란 膳物과 함께 自由가 氾濫하게 되자 農民들은 及其也 生의 價値를 沒却하고 生의 ??과 軌道를 잃은 感도 없지 않다. 實例를 들면 祖國의 獨立이 遲延됨으로 政治的不安을 가지게 되고 經濟的??으로 民生問題가 塗炭에 빠져 戰戰兢兢하게 되고 道德이 腐敗하여 아무 希望과 理想이 없는 卽 明日이 없는 懶怠 ?? 放蕩으로 虛送歲月하는 寒心한 경향이 적지 않다. (…중략…) 農村은 營養價 있는 料理法도 모르고 國家의 礎石이 될 아이를 기르는 育兒法도 모른다. (…중략…) 啓蒙運動은 朝鮮獨立의 基礎工事이며 前哨戰이다.[56]

함처식의 논평은 일제 강점기 때 주로 동원되었던 건강과 위생 담론이 해방 공간의 요구에 맞춰 어떻게 개조되었는가에 대한 통찰력을 제공한다. 일제 강점기 때 우려했던 요소들 대부분은 바뀌지 않았다. 여전히 시골의 생활양식과 관습은 원시적이고 사회와 경제 발전에 걸림돌이 되는 요소로 간주되었다. 일제 강점기 때 제기됐던 한국의 관습을 타파하자는 담론은 일제의 통치와 그에 따른 자원의 착취를 합리화한 것이었다. 이제 해방 직후 한국에서 관습의 개혁은 과거 일제 지배와의 진정한 단절을 위해 필요하다고 생각했다. 새롭게 구성된 관습의 개선은 일제 강점기 때 만들어진 게으름과 안일함뿐만 아니라 노예근성 및 '자주적인 사고의 결여'를 뿌리 뽑기 위해 필요하였다.

일제 말기의 시와 해방 직후의 시를 비교하면 이러한 담론의 유사성과 차이가 잘 드러난다. 5장에서 언급한 대로 1939년 시 「나란이, 나란이」는 어린 학생들이 학교 운동장을 돌고 이를 오리와 해바라기가 따라하는 것으로 나타냄으로써 조율된 질서와 훈육을 강조한다. 이 시와는 대조적으로 김인수의 1949년 시 「제자리 걸음」은 해방 공간의 시에 나타나는 동력과 시각적 언어의 변화를 보여준다.

하낫 둘 셋 넷

제자리 걸음

하늘에는 흰구름이

흘러갑니다.

봄바람은 살랑살랑

뺨을 스치고

운동장을 한바퀴

빙그르 돌아

하낫 둘 셋 넷

제자리 걸음.[57]

그림 16 「제자리 걸음」, 『소학생』 67. 1949.10

「나란이, 나란이」의 삽화에 나타
난 경직된 어린 학생들의 대열(그림
13)과 달리, 「제자리 걸음」은 테두
리로 둘러싼 하얀 공간에 일렬로 서
서 역동적이고 일사불란하게 움직
이는 소년들을 나타내고 있다(그림
16 참고).

협동은 여전히 중요한 가치로 여
겨지고 있었지만, 해방기의 삽화는
여유롭고 "흘러갑니다", 부드러운 "봄바람",
"스치고" 자연을 묘사하였다. 여기서
자연은 아동들을 성공적으로 조직

화하는 것을 반영하기보다 일사불란한 움직임에서 나오는 긍정적이고 희망찬 힘을 증명하는 데 동원되고 있다.

일제 말기 아동잡지에서 나타난 또 다른 변화는 영양과 스포츠의 강조이다. 일제 강점기에는 치약, 약, 초콜릿과 같은 의약품 및 영양 상품의 광고를 볼 수 있었다. 그에 반하여 『소학생』에서는 비타민 도표, 영양 관련 기사와 같은 잡지 기사에서 건강과 체력 향상을 위한 정보를 제공하였다.[58] 예를 들어, 의사 정진욱은 아동들에게 식중독의 위험을 경고하면서 규칙적으로 배변활동을 점검하고 여름밤에도 이불을 꼭 덮고 자도록 권고하였다.[59] 또한 『소학생』은 밑바닥에서부터 공동체 정체성을 확립하는 수단으로써 스포츠와 운동을 권장했다. 쿤 드 쿠스터Koen de Ceuster는 일제 강점기의 교육 체계에서 애국심이 어떻게 건강보다 우선했는지 지적한다.[60] 해방 직후 대중 잡지에서도 비슷한 목적으로 스포츠의 잠재력을 강조하였다. 1948년 런던 올림픽을 앞두고 민채호는 다음과 같이 말했다. "여러분! 여러분은 힘을 아시지요? 힘은 권리요 힘은 정의랍니다. 정신의 힘도 그러하며, 몸의 힘도 그러합니다. 마음과 몸의 힘을 길러내는 것이 체육 즉 스포오츠올시다. (…중략…) 스포오츠는 민족의 자랑입니다. 그러면 다른 민족과 싸워 봐야 그들보다 나은 줄을 알겠지요? 다른 민족들과 한번 겨누어 볼 때는 왔습니다."[61] 1949년 『어린이나라』 9월호는 아동 독자들에게 축구를 장려하기 시작하는데, 운동선수를 장래 희망으로 삼지 않더라도 축구는 체력을 기르기 좋은 운동이라고 추천한다.[62] 대한 야구협회 임원이었던 이영민은 야구의 규칙에 관한 글을 실었다. "즉 야구는 근육몸 쓰는 것 두뇌머리 쓰는 것가 똑같이 맞아 나아가야 되는 께임입니다. 이것이 다른 스포츠와 다른 것이니 아무리 몸이 튼튼한 사람이라도 두뇌가 명석하지 못하면

안될 것이요. 아무리 두뇌가 좋아도 몸이 튼튼하지 못하면 안 되는 께임입니다."[63]

이처럼 신체와 국가의 상관성이 견고해지면서 해방 직후 잡지는 5장에서 논의되었던 일제 말기의 담론들과 흥미롭게 연결된다. 10년 전, 자기희생을 위한 준비로서 단정하고 잘 훈련된 아동의 신체는 전쟁에 적격이자, 내선일체 정책의 필수적 요소였다. 해방된 한국에서도 이와 비슷한 특성이 바람직하게 여겨졌다. 하지만 그 중점이 과거와의 의식적인 단절, 새로운 탈식민 정체성 채택 및 국가 시민 정신을 세우는 데 초점을 맞춘다는 점에서 과거의 담론과는 확연히 구별된다.

분열과 불평등의 유산

해방 직후 한국에서 아동문학 작가와 출판계의 급선무는 그동안 억압받았던 한국의 언어, 역사, 문화를 복구하는 것이었다. 작가들은 한글의 미적, 과학적 우수성을 강조하고, 여전히 해방 직후 한국의 문어와 구어의 일부를 이루고 있던, 한문과 일본어의 사용과 같은 언어 불순을 비판하며 문해력을 회복시키기 위해 헌신하였다. 동시에 작가들은 일제 강점기 이전의 한국 역사와 해방 직후의 현재를 이어나갈 길을 모색했다. 그리고 일제 말기 아동잡지에 현저하게 나타났던 건강과 위생의 수사도 다소 수정을 거쳐 계속되었다. 해방된 순간 건강과 훈련은 탈식민 시기에 힘의 지표로서, 그리고 스포츠는 신체를 단련하고 국가 정체성을 확립하는 활동으로 여겨졌다.

이러한 것들은 국가 주권 이행기에 출판된 아동잡지와 신문에서 발견할 수 있는 몇몇 경향들이었다. 동시에 일제 강점기의 문제들이 해방 이후까지 이어지기도 하였는데, 그중 가장 심각한 사안은 한국 빈곤층 아동이 겪는 기회 부족과 지속적인 사회·경제적 불평등의 문제였다. 해방은 한국이 어엿한 국가로서 자기 운명을 스스로 결정할 수 있으며 식민지 체제에 내재했던 불평등이 개선되어 아동들이 아무런 제약 없이 자유롭게 자라날 수 있으리라는 기대를 주었다. 새롭게 사회적·경제적 도전에 헌신하는 모습은 일제 강점기 마지막 10년 동안 침묵했던 좌파 작가들이 출판 기회를 얻게 되면서 강화되었다. 해방기 좌파 작가들의 등장은 오래가지 못했는데, 미국이 주도하던 남한의 정치적 상황이 그들에게 적대적으로 변하면서 그들 중 다수가 월북하여 그곳에 정착했기 때문이다. 그럼에도 불구하고 좌파 작가들은 이 짧은 시기 동안 열심히 집필하여 친일을 한 '배신자'와 '자본가'들을 비판하였다. 해방 이후, 1945년 『별나라』 복간호에서 안준식은 한국의 주권이 일본에 넘겨지는 과정에서 큰 역할을 한 악명 높은 정치가들인 이완용, 조중응, 송병준, 이하영의 이름을 나열하며 이들을 친일파라고 알렸다.[64]

친일파에 대한 비판은 소설에도 자주 등장하는 주제가 되었다. 그 대표적인 작가로 정인택을 들 수 있다.[65] 정인택의 작품들은 초기 및 후기의 일제 강점기 잡지들에서 다룬 쟁점들을 상기시키는데, 그 가운데 사회 상류층의 아동 착취 행위가 들어있다. 그의 해방 공간 소설에서 대표적인 악인들은 주로 도덕적으로 타락한 한국인 인물들이었다. 그들은 일제 치하에서 자신들보다 불운한 동포를 착취하여 손쉽게 부자가 된 인물들이다. 예를 들자면, 「밝은 길」에서 열 살의 시골 소녀 정희를 가난에 허덕이던 그녀의 아버지가 일본 중고품 장사로 큰돈을 번 서울 부잣집 아들에게 팔아넘긴다.[66] 부잣집에서 정희를 교육시켜준다고 약속했지만 정희는 여주인의 매질과 난폭한 대우를 견디어야 했다. 이 여주인은 낮잠을 자거나 간식을 먹으며 소설을 읽고, 상류 사회 친구들과 카드놀이를 하며 집에서 시간을 보낸다.[67] 이때 흥미로운 것은 여주인의 소설 읽기가 도덕적 해이의 상징으로 묘사되는 점이다. 이 여주인은 자신에게 주어진 일을 성실히 하는 대신 허구의 활자 세계 속으로 사라져 버리며 한 집에 사는 소녀 정희가 직면한 현실의 곤경은 무시한다. 무엇보다도 정희는 여주인이 정기적으로 극장에 가기 위해 온갖 종류의 상상하기도 힘든 보석들로 자신을 치장하면서 하인들은 뼛속까지 고생시키는 모습을 두려워한다. 정희의 성실과 순수는 주변 이웃들에게 벼락부자로 불리는 여주인과 선명한 대조를 이룬다.[68]

한국의 독립을 향한 변화에서 심각한 사회 불평등이 해결되지 않았다는 것은 「운동회」라는 이야기를 통해서도 알 수 있다.[69] 작품에서 기남이라는 어린 소년은 학교 운동회의 달리기 시합을 준비하고 있다. 기남이 보잘것없는 식사에 부끄러움을 느껴 남의 눈을 피해 이 초라한 점심을 먹는 대목에서 그의 처지는 더욱 가슴 아프게 다가온다. 그의 아버지는 해방과 함께 감옥에서 풀려났지만 그의 좌익 사상으로 인하여 한국 정부에 의해 다시 투옥되었다. 기남에게 '이 사장님 댁 아드님'이라 불리는 한 소년이 접근한다. 이 소년은 기남에게 시합을 포기시켜 자신이 우승하려고 기남을 매수하고자 한다. 이 부잣집 소년의 온 가족은 달리기 경주를 관람하러 오지만 가난한 기남을 보러 오는 사람은 아무도 없었다. 부잣집 소년은 기남을 매수하는 대가로 미국산 사탕과 껌, 초콜릿을 내놓았다. 하지만 기남은 미국산 사탕, 껌, 초콜릿을 거부하고 그 대신 한국의 간식인 마른 오징어를 달라고 한다. 부잣집 소년이 기남에게 그 대가로 달리기 경주에서 져 달라고 하자, 그것을 거절하고 경주에서 이긴다. 이 이야기는 특히 부유층 아동들이 특권 의식에 대한 감각과 착취에 대한 욕망까지 물려받는 방식으로 지속되는 불평등에 대해 말하고 있다. 또한 한국산 제품보다 미국산 제품을 우위에 두면서 한국 자본이 직면할 새로운 도전과 새로운 식민지화의 가능성을 암시한다.

교육의 불평등 또한 해방이 되었음에도 사라지지 않고 지속된 문제였다. 1947년 작 이형우의 시 「학교」는 이러한 문제점을 적나라하게 드러낸다.

> 선생님도 자꾸만 오라구요.
> 동무들고 꼭 다니라구요.
> 순이는 목이 막혀 말도 못하구,
> 고개만 숙으리고 옷고름만 만지적.
> 정다운 학교도 그만 두고,
> 남의 집 아기 보기 어떻게 하나?
> 순이는 하 서러워 말도 못하구,
> 가여운 얼굴에 눈물이 글썽.[70]

이 8행의 산문시는 3인칭 시점으로 어린 소녀의 좌절을 들려준다. 짧은 시 안에 순이의 사연은 자세히 드러나지 않지만, 독자는 순이가 가진 곤경의 근원을 금세 발견할 수 있다. 순이는 학교에 갈 수 없어 크게 상심하지만 순이는 경제적·사회적 환경 때문에 교육을 받지 못한다. 이 시에는 아기를 등에 업고 발 아래에 강아지가 있는 아주 작은 소녀와 그를 걱정스러운 눈길로 바라보는 한 어른을 그린 삽화가 있다. 그 삽화의 뒤쪽에는 교복을 입은 몇몇의 학생들이 있고, 앞에는 고개를 떨어뜨린 소녀의 머리 위에 올려진, 선생님의 격려하는 손이 흐릿하게 그려져 있다. 이 삽화의 구도는 일견 순이를 지지하는 것 같지만, 그녀의 슬픔을 모른 채 순이의 등에 업혀있는 밝은 아기는 순이의 교육받고자 하는 열망과 권리를 막는 사회·경제적 조건이 초래하는 더 큰 무관심을 암시한다.

남한에 대한 미국의 개입과 한국의 통일 가능성 전망이 불투명해지면서 해방의 기쁨에 수반했던 염원들에 그늘이 드리워졌다. 1948년 8월 15일 남한의 단독 정부 수립이 선언되고, 같은 해 9월 9일 북한이 조선민주주의인민공화국을 잇달아 수립하면서 한반도는 공식적으로 분단되었다. 남한의 적법성에 관하여 주요 언론에서 벌어진 이념 투쟁은 패권 싸움을 중요시하던 아동잡지에서도 종종 격렬하게 다루어졌다. 해방 직후 아동의 현실과 열망을 시와 소설이 보다 온화하게 반영하는 한편, 몇몇 작가들은 아동잡지를 통해 새로운 국가에 필요한 용기에 대해 공공연히 가르칠 기회를 얻었다. 소현은 한국의 아동에게 1949년 기사를 통해 다음과 같이 주장하였다.

우리 나라가 크게 발전하려면, 여러분 어린이들이 잘 자라서, 여러분의 손으로 이 나라를 훌륭하게 만들어야 합니다. (…중략…) 날이 조금 쌀쌀하다고 "어이 추어, 어이 추어" 하면서 두꺼운 옷을 달라고 조르는 어린이는 씩씩한 어린이가 아닙니다. 밖에 나가서 뛰고 놀아서 몸이 후끈후끈하게 만드는 것이 씩씩한 어린이입니다. 어른이 무엇을 나무랬다고 비쭉비쭉 우는 어린이는 씩씩한 어린이가 아닙니다. "잘못했습니다" 하고 공손히 절하고 다시 그런 것을 안 할 결심을 하는 것이 씩씩한 어린이입니다. (…중략…) 씩씩한 어린이들―그것은 새로 태어나 앞으로 크게 발전할 우리 나라의 표상表象입니다.[71]

이 글의 논조는 5장에서 언급된 전쟁기 『소년』에 실린 이광수의 도덕적 훈시를 연상시킨다. 하지만 아동잡지를 통해 첨예한 정치적 사안들, 특히 남한에서의 미국 역할과 같은 정치적 쟁점을 탐구하는 사람들이 내는 미묘한 목소리도 들을 수 있다. 그 예로 채만식의 단편 「이상한 선생님」을 들 수 있다. 경멸받는 교사인 박 선생은 한때는 일제에 찬동하며 한국어를 사용하는 학생들을 처벌하곤 했다. 해방 후 박 선생은 해고되었다. 일제 시대 때 언어 규제에도 불구하고 계속하여 학생들에게 한국어로 말하였던 사려 깊은 강 선생이 부임하였다. 그러나 이내 강 선생은 그의 좌파 성향 때문에 해임되고 다시 박 선생이 복귀하였다. 이번에는 박 선생이 친미주의자가 되어 나타났다. 이 이야기는 "아뭏든 뺌박 박선생님은 참 이상한 선생님이었다"[72]는 문장으로 맺는다. 채만식이 주로 사용하는 전형적인 방식에 따라 이 이야기의 화자는 직접적인 판단을 유보한다. 이는 채만식이 그의 다른 풍자소설에서도 채택한 제한된 시점으로 나타난다.(일례로 「치숙」에 등장하는 청년과 「레디메이드 인생」의 젊은 부인을 들 수 있다.)[3] 이처럼 채만식은 인물들의 제한된 시점을 빌려, 의도적이고 일방적이며 직설적인 세계관을 제시한다. 이런 관점은 독자들이 스스로 반대 입장의 서사를 설정하게 함으로써 소설의 인물들보다 독자가 더 높은 차원의 이해에 도달하도록 해준다. 이 작품에서도 아동 화자는 박 선생의 줏대 없는 태도를

---

3) 역자 주 : 「레디메이드 인생」은 3인칭 전지적 작가 시점임.

알고 있지만, 신뢰할 수 없는 박 선생의 태도를 절제된 형용사 "이상한"을 사용하여 묘사한다. 이 모호한 단어는 기회주의자들의 권력 남용과 같은 사회적 문제에 대한 채만식의 비판력을 보여줄 뿐만 아니라 아동 독자들이 도덕성에 대한 올바른 판단을 내릴 것이라는 작가의 믿음을 나타낸다.

해방된 한국에서의 동심

한국은 일제로부터 해방되어 오래 염원해 온 주권 국가가 되었다. 하지만 한국의 미래에 대한 낙관론은 오래 지속되지 못하였는데 일시적인 외국의 점령이 국가의 분단으로 공식화되었기 때문이다. 해방과 분단, 한국전쟁이라는 역사적 과정에서 남북한의 아동잡지들은 한국의 언어, 역사, 문화에 대한 탈식민주의 담론의 열띤 경연장이 되었다. 이들은 일제 강점기 이전과 35년이라는 그 기간 동안 발전한 아동문화의 문학적·교육적 유산에 경합할 일관성 있는 민족 정체성을 알아내야 했다. 이들의 공통점은 아동과 자연의 공고한 유대 관계에 대한 믿음이었고, 이 관계는 해방 직후 전원시와 소설과 같은 문학에서 재차 확인되었다. 아동이 문화 밖에 존재한다는 기본적 가정도 나름의 정치성을 띔에도 불구하고 동심의 개념은 그 정치성을 거부하였다.

1947년 이원수는 아마도 한국 아동문학 역사상 최초이자 가장 큰 영향력을 지니는 아동문학사를 발표하였다. 「아동문학의 사적 고찰」에서 이원수는 한국 아동문학은 기본적으로 진공상태에서 탄생했으며, 어떤 의미 있는 유산도 받지 못했다고 주장했다. 그는 한국문학에서 아동청소년들을 대상 독자로 삼은 문학을 등장시켰던 최남선의 공로를 인정한다. 그러나 사실상 이원수는 아동문학의 태동을 그가 명명한 1922년의 '동심문학운동'과 방정환의 등장에서 찾는다. 이원수가 지적한 문제 중 하나는 한국문학이 본연의 전통을 확립하기 이전에 서구 문학이 번역되어 도입되었다는 사실이다. 그러므로 서구 문학은 비현실적이고 미숙한 감상 문학을 불러일으켰다는 비판적인 태도로 수용되었다. 1925년부터 1935년에 이르는 두 번째 단계에 이르러 좌파 계열의 아동문학은 아동해방운동의 근본적인 문제를 파악하는 데 실패하고 동심의 원리를 거부하며 아동을 사회의 필수 구성요소로 보는 관점을 채택하였다. 하지만 이원수는 "즉卽 동심지상주의童心至上主義를 배격排擊하는 남어지 동심童心을 부인否認하는 것 같은 정도程度에 이르렀고 감상感傷과 지나친 유치幼稚를 버리는 남어지 아동兒童의 사상감정思想感情을 초월超越한 성인적成人的 아동문학兒童文學을 만들어버린 그러한 작품作品이 적지 않았다"[4]라고 주장하였다. 이는 다음과 같이 이어진다.

오늘의 兒童文學은 過去의 少年解放運動과 結託된 自由主義的 民族主義文學이나 反抗과 憎惡이나 貧寒만을 强調한 傾向文學의 諸形態에서 이제야 말로 本質的인 兒童文學으로 揚棄되어 民主主義的인 思想에서 이루워져야 할 것이다. 이것은 童心至上主義的인 것이나, 成人의 階級鬪爭感情의 直移入한 小形成人的 文學도 아닌, 無理히 童心을 沒却치 않고 實社會와 깊은 關聯을 가진 산人間으로서의 兒童을 그리는 文學이어야 하며 民主朝鮮의 將來를 擔當할 第二國民으로서 眞實로 必要한 眞正한 進步的 民主主義的이요 反封建的인 그리

---

4) 역자 주 : 이원수, 「아동문학의 사적 고찰」, 『소년운동』 4, 조선소년생활사, 1947.4, 7쪽.

고 어른들의 社會와 담을 쌓지 않는 것이어야 할 것이다. (…중략…) 兒童文學은 헛되이 日帝의 기만 政策下에서 가졌던 奴隷的 人生觀을 勇敢히 抛棄하고 새 時代의 兒童을 理解할 수 있는 文學만이 能히 이를 擔當해나갈 수 있을 것이다. 童心이란 天使 같은 것이 아니요 傾向的이란 極端的인 것만을 意味하지 않는 것이므로 우리는 生活에 立脚하야 그러나 生活에 屈服하지 않는 人間으로서의 兒童文學을 내놓아야 할 歷史的 任務를 遂行해야 될 時期에 서고 있는 것이다.[73]

1970년대까지 남한에서 가장 유명했던 작가의 이 글을 읽는 여러 방식이 있다. 먼저 '동심의 원리'와 관련된 그의 모호함을 주목해 보자. 그는 이 용어를 네 번 사용하였다. 한 번은 『어린이』에 실린 방정환의 작품을 호평하기 위해서였다. 그는 방정환의 작품을 '아동의 감정'을 표현하고 '아름다운 이야기'로 지어진, 아동을 대상으로 한 최초의 인본주의적 작품으로 여겼다. 그 외 세 번은 동심에 너무 큰 의미를 부여하지 말라고 경고하며, 이 용어를 냉담한 태도로 거부한다. 그러나 그의 이러한 입장은 궁극적으로 '아동문학'과 '동심'의 관계를 더욱 강화하게 되었는데, 그 이유는 이 두 용어를 혼용하면서도 이 개념들에 전제된 문제를 전혀 제기하지 않았기 때문이다. 이원수는 기나긴 일제 강점으로 인해 아동문학이 지나치게 감상주의로 흘러갔음을 인정하면서도 동심의 의미가 왜곡된 것은 좌파 작가들이 정치적 목적에 문학을 동원하였기 때문이라고 비판하였다. 글의 말미에서 이원수는 해방 직후는 어려웠던 과거를 벗어나 새로운 미래로 나아갈 다음 세대를 위한 문학을 창출할 좋은 기회라고 주장한다. 여기에서 그가 말하는 새로운 미래는 북한과 공산주의에 반대하는 민주주의 국가로서의 한국을 의미한다. 이는 동심의 개념에 대한 거부가 아니라, 해방을 맞아 동심을 재구성하려는 시도이다.

이원수는 자신의 이론을 아동소설 『숲속 나라』의 창작을 통해 구현하고자 했다. 이 작품은 『어린이나라』에 1949년 2월부터 12월까지 총 9회에 걸쳐 연재되었다.[74] 노마는 (독자들이 추측하기로는 도시로) 떠난 아버지를 간절히 기다리며 마을의 심부름을 하며 살아간다. 가난한 마을을 떠나 아버지를 찾아 나선 노마는 우연히 숲속 나라로 불리는 아이들의 유토피아를 만난다. 이 행복의 나라에는 거지도 없고 눈물을 흘릴 일도 없으며 아무도 굶주리지 않는다. 숲속 나라에 들어선 어른은 아이의 모습으로 변한다. 노마와 그의 마을 친구들은 숲속 나라를 타락시키려는 악의 무리와 맞서 싸운다. 사악한 사업가의 모습으로 나타난 악의 무리는 숲속 나라 시민들에게 사치품을 팔아서 시민들의 의존성과 채워지지 않는 욕망이 생기도록 계략을 세운다. 여기서 일부 아동은 안타깝게 변하는데, 부잣집 아이들인 순희와 순돌이는 어른의 세계로 돌아가 착취를 일삼는 어른으로 성장한다. 반면 다른 아이들은 다 똑같이 노동하고 공부하며 자연과 어우러진 삶으로 특징지어지는 그들의 새로운 가정을 받아들인다.

위에서 언급된 해방 직후 아동문학의 새로운 역할에 대한 이원수의 논문은 세 가지의 주요 쟁점으로 요약된다. 즉 아동문학은 참된 민주주의를 반영하고 의존성과 노예근성을 타파하며, 아동과 '실생활'의 긴밀한 연결을 구축하여 동심을 찬양하되 지나친 이상화를 지양해야 한다. 위에서 말한 그의 추상적 원리와 비교할 때, 『숲속 나라』는 다음과 같은 방법으로 이러한 요구들에 반응한 작품이다. 첫 번째, 이 작품은 다양한 사회 계층의 아동 인물을 고르게 주목하여 민주주의의 가치를 반영한다(사과를 팔아

생계를 이어가는 노동계층의 아이 영이와 부잣집 아이인 순희와 순돌이). 그리고 이 작품은 불평등을 발생시키는 일종의 착취 행위들을 거부한다. 아이러니하게 불린 '자유의 전사' 순희와 순돌이는 그들의 사치품을 숲속 나라 시장에 팔기 위해 싸우는데, 이러한 행위는 아동들의 자급자족 능력을 떨어뜨리는 것이었다. 이것은 위에서 말한 이원수의 두 번째 원리인 노예근성과 의존성 타파와 관련있다. 이원수는 작품을 통해 아동들의 일상에서 노동은 즐겁고 자랑스러운 일부임을 강조한다. 숲속 나라는 아동들이 학교에서 열심히 공부하고 노동에 참여하여 공동선에 기여하는 세계이다. 그들은 아무도 자신만의 이익을 위해 일하지 않는다. 이원수의 세 번째 원리는 '실생활'과 연결된 동심에 대한 찬양이다. 그는 작품 안에서 아동을 사회로 끌어들여 어떻게 그들이 자신의 운명에 대한 온전한 주인이 될 수 있는지 그려낸다. 공공연히 정치성을 드러내기는 거부하지만 이원수의 소설은 자유시장과 그것의 파괴적인 잠재력에 대한 작가의 확신을 보여준다. 이는 노동가치의 계급화로 나타나는데 주인공인 노마는 엔지니어가 되려는 장래 희망을 품은 반면, 부잣집의 아이들은 집안의 재산을 보존하는 것만 꿈꾼다. 그리고 젠더 역할에 관련해서는 순희가 앞치마를 입은 모습을 상상하며 유명한 간호사가 되기를 희망하는 한편, 정길은 장차 기자가 되기를 꿈꾼다.[75] 무엇보다도 『숲속 나라』는 아동과 자연의 조화로운 관계를 찬양하고 있는 이야기이다. 이 아동의 낙원이자 유토피아에서 아동은 모든 생물 및 무생물과 소통할 수 있다. 노마가 자유의 전사들에게 납치되었을 때, 영이는 노마와 나눠먹은 말하는 사과들이 그녀의 뱃속에서 말하는 것을 듣고 그 덕에 노마를 찾을 수 있었다. 숲속 나라는 아동과 자연이 허물없이 공존한다는 점에서 참다운 유토피아이다. 이것이 해방된 동심에 대한 이원수의 비전이다. 자급자족의 원리와 노동의 조화 안에서 만들어진 인간 공동체와 자연의 유기적 결합으로 모두가 궁극적으로 열망하는, 순수한 기쁨을 창조한다.

대부분의 한국 아동문학 역사는 이원수의 아동문학 시대 구분을 수용한다. 방정환을 아동문학을 태동시킨 사람으로 인정하며, 1920년대 후반에서 1930년대 초반까지 활동한 좌파 작가들의 과도한 정치성에 대한 한탄, 일제 말기 일제의 선전 역할을 한 문학 배제, 그리고 해방 직후를 아동문학의 형성기로 보려는 내용을 주요 골자로 한다.[76] 해방 공간에서 발행된 아동잡지는 한국 미래를 둘러싼 문제들에 대한 격렬한 감정들을 반영한다. 이 시기 작가들과 출판업자들은 아동의 건강한 신체에 대한 국가적인 훈육과 더불어 한국의 언어, 글쓰기, 역사 교육의 필요성을 분명히 인식하고 있었다. 그와 동시에 이 모든 것을 달성하기 위해 아동이 얼마나 온전히 해방되어야 하는가에 대한 고민도 있었다. 이원수를 비롯한 다수의 아동문학가들이 삼은 논쟁의 중심은 동심이었다. 2장에서 소개한 시인이자 출판인, 그리고 편집자로도 활동했던 최영수는 1948년 아동의 감정 발달과 예술의 관계에 대해 다음과 같이 주장하였다.

우리가 흔히 文章으로서나 會話로서 「童心」이란 말을 쓰게 됩니다. 그래서 그 말 가운데에서 아련한 追憶을 찾기도 하고 그윽한 純情을 憧憬하기도 합니다. 그러나 우리는 追憶이나 憧憬에서만 돌이켜 바라보는 「童心」的인 一種의 浪漫에서보다도 「童心」 그 自體의 世界로 들어가 「童心」의 實際에 穿觸하고 동심의 본질을 탐구할 줄을 모르는 일이 적지 않음을 보고 있습니다.

그러한 데서 흔히 우리가 가지는 「童心」이란 수박의 겉을 핥는 것과 같이 皮

相的인 데서만 彷徨을 하게 되고 그들을 위해서 던져지는 한폭의 그림, 한장의 글을 그리畵고 쓴文사람만의 自家陶醉에 不過하는 弊端을 가져오는 것입니다.

所謂「童心」이란 그 自體에 있어「主觀」그것의 情諸라던가 또는 純朴하고 無汚한 純粹스럼이 決코 他者가 (客觀)鑑賞하거나 興味를 느끼는 데 있는 것이 아니라 그것은 어데까지나 育成의 過程이오, 生活의 本能인 것을 먼저 規定해야 할 것입니다. 그러므로 우리는 우리가「童心」의 世界를 逆襲함으로의 技巧的인 것보다 어떻게 그「童心」自體의 育成에 寄與할 것인가를 생각할 때 우리는 함부로「童心」「童心」할 것이 아닐 것입니다.

眞正한 意味에 있어 어른을 爲한 童心이 아니라 童心 그 自體를 爲해서 有益할 수 있는「童心」의 發作이어야 할 것입니다.

이러한 認識은 곧 混濁無秩序한 現實을 淨化하고 어린 世代에 크게 이바지할 수 있는 어른의 첫걸음마일 것입니다.[77]

이 글에서 최영수는 먼저 동심을 재정의하려고 한다. '동심'이란 용어는 너무 오랫동안 성인의 필요와 갈망을 충족하고 상실된 기억을 되살리려는 개인적 욕구에 의해 조작되어서 그 결과 진정한 의미는 사라져 버렸다고 주장한다. 그러나 최영수는 그 개념을 폐지하거나 더 이상 쓸모없는 것으로 생각하기보다 개념의 개정, 즉 동심 개념을 동심 자체를 위해 받아들이자는 새로운 접근법을 제시한다. 그는 해방 이후의 아동이라는 새로운 세대를 이끌 정신적 성장을 이해할 수 있는 지침과 통찰력을 얻기 위해 동심에 관심을 기울이자고 제안한다. 그에게 동심은 그 내용을 형성하려는 사람들의 정치적 신념과 무관하게 그 자체의 의미를 생산할 수 있고 또 생산해야 하는 내재적 가치를 가지고 있다.

이 시기에 동심이라는 용어를 등장시킨 힘은 뚜렷하다. 1941년부터 1946년까지 주요 언론에서 동심은 거의 언급되지 않았으나 1946년, 동심은 다시 신문 기사, 소설, 시를 통해 공적 담론의 영역 안으로 진입한다. 1947년 '어린이날' 즈음하여 발간된 신문 기사의 저자는 이 기념일이 성인의 의도에 이용당해서는 안 된다고 경고하며 "어린이들의 동심이 날개를 펴고 멀리 날아갈 수 있도록 다짐하자"[78]고 했다. 김광주는 「눈이 왔으면」이라는 글에서 자기가 어린 시절 경험한 기쁨을 간직하고 있으며, 모든 사람들이 그들이 지닌 동심 안에서 살아갈 수 있기를 바란다고 썼다. 최이권의 「아름다운 동심」은 추운 겨울 저녁, 신발이 없는 아이에게 신발을 찾아 주려는 소년들의 이야기로서 연민과 창의력을 보여준다.[79]

물론 작가들은 해방 이전부터 동심의 개념에 대해 숙고해왔다. 그 예로 1933년과 1934년에 윤석중과 유아교육자 유현숙 사이에 벌어진 열띤 토론을 들 수 있다. 이 뛰어난 (남성) 아동 시인과 (여성) 교육자가 벌이는 동심에 대한 논쟁에 주요 언론이 많은 관심을 보였다는 사실은 동심을 바르게 해석하려는 과정에서 포착된 이해관계를 입증한다. 또 해방 이전과 이후, 동심의 개념화에 변화가 있었다면 그 변화가 무엇인지 소개하는 역할을 한다. 윤석중은 여성잡지 『신여성』의 「동심 잡기」 연재를 통해 동심에 대한 자신의 의견을 전달해왔다. 아동에게 값 비싼 옷을 입혀 놓고 더럽히지 말라고 경고하며 윽박지르는 부모, 이기적인 아동은 상을 주고 협동하는 아동은 벌 주는 사회, 그리고 자연스럽고 창의적인 아동의 언어 사용에 대해 말하였다.[80] 이 세 가지 논평은 특히 아동의 활기를 억압하는 부모와 사회 전반의 폐단을 폭넓게 제기한다. 윤석중은 수백 명의 관객 앞에서 아동을 줄 세워 무대에 올린 갑자유치원 주최의 아동 노래 경연대회를 통렬히 비판하였다. 그는 이러한 '미소 경연 대회'가 아동의 자연스러운 정서와 호흡, 리듬을 방해한다고 맹렬히 비난하였다. 아동은 '타고난 학자'로, 그들은 본능적으로 그들 주변의 사물을 해체하고 분석하는 방법을 알고 있다.[81] 이 글에서 윤석중은 아동의 타고난 창작열 대신, 아동을 통제하려는 성인들로 말미암아 벌어진 동심 침해에 대한 자신의 견해를 밝힌다.

이에 대한 갑자유치원 교육자인 유현숙의 답변은 날카로웠다. 3일에 걸친 『동아일보』 기고에서 유현숙은 윤석중이 가식적인 이상주의를 갖고 있고, 그가 유치원에 대한 오해를 널리 불러일으킨다고 비난하였다. 그녀는 윤석중의 위선을 지적한다. 윤석중은 유치원이 모든 아동에게 공평한 기회를 제공하지 않는다고 주장하지만 그가 편집장인 『어린이』의 가격은 10전으로 저소득층의 아동들은 구입할 수 없다("왜 『어린이』를 무료로 배부하지 않나요?"라고 유현숙은 되물었다). 또한 노래 경연대회의 무자비한 작위성에 대한 윤석중의 의견에 맞서 이러한 공공 행사의 가치를 강조한다. 문제는 이론과 현실의 차이에 있다고 유현숙은 말한다. 윤석중이 철학적 사고로 동심에 윤을 내고 있을 때, 자신은 전장의 참호에서 아동의 보다 나은 삶을 위해 투쟁하고 있다고 주장한다.[82] 이러한 그의 공개 반론에 윤석중은 다시 반격에 나섰다. 이 시인은 여전히 유현숙이 아동들을 무대에 세워 불안과 긴장상태에 두었다는 점을 내세워 그녀의 의견에 반박하며, 아동은 말 그대로 완전한 해방을 누릴 수 있어야 한다고 주장하였다.[83]

이 열띤 격론은 논쟁의 여지가 없는 동심의 존재가 무엇인가를 두고 적절한 답을 제공하는 데 작가들과 교육자들이 얼마나 애를 썼는지 보여준다. 또한 이 격렬한 논쟁에서 젠더 양상의 일면을 볼 수 있다. 어머니와 여성 유아 교육가들은 아동들에게 경험적 토대를 제공하기 위해 현장에서 일하고, 거의 모든 남성 작가들은 동심과 그것이 국가에 미치는 영향을 숙고한다는 점이다. 1934년 윤석중의 답변에 나타난 해방의 필요성은 1945년 한반도의 실질적인 독립을 예견하는데, 그것은 시인들과 교육가들에게 동심을 재형성할 기회를 제공하였다.

윤석중에게 해방 직후의 동시는 아동과 자연의 유기적 관계 안에서 발생한, 앞으로 향하는 동력을 받아 움직여 나간다. 가령, 1950년에 발표한 시 「떼를 지어」에서 그는 다음과 같이 쓰고 있다.

굴러간다 잎새가, 떼를 지어
달려간다 아이가, 떼를 지어
잎새들을 몰고서, 아이들을 몰고서,
달려간다 바람이 떼를 지어,

흘러간다 구름이, 떼를 지어,
날아간다 참새가, 떼를 지어,
구름들을 몰고서, 참새들을 몰고서,
날아 간다 바람이 떼를 지어.[84]

이 동시와 함께 제공된 삽화는 잎과 바람, 구름으로 구성된 틀 안에서 아동들이 함께 달리고 있는 장면을 묘사한다. 미래에 대한 낙관주의에서 탄생한 이 시의 추진력은 아동과 자연의 조화로운 교감에 의해 강화된다. 아동과 자연 사이에 평행선이 그려져 있다는 생각은 '동심'이라는 개념의 가장 기초인데 이는 아동과 그들의 해방된, 탈식민 국가와의 관계를 굳건히 한다. 이 관계 맺기는 일견 비정치적으로 보인다. 윤석중이 얼마나 성인에 의한 이념적 또는 조작적 통제를 반대했는지 떠올려보자. 하지만 그가 해방 직후, 시에서 구축한 아동과 자연의 관계는 또 다른 의미에서 교묘한 조작이다. 새로운 한국의 아동이 남한과 북한의 적대심으로 서로 다투고 있는 자연 풍경의 연장이라고 주장함으로써 해방 이후의 이런 시는 아동에게서 그들이 지닌 주체적 역할, 목소리, 계층, 젠더 또는 다른 정치적, 사회적 특징들을 없애 버렸다.

1978년 라몬 막사이사이상에서 언론, 문학, 창작부문상을 수상한 윤석중은 그 수상 소감에서 "정말로 국경이 없는 것은 동심인 줄 압니다. (…중략…) 인간의 양심입니다. 시간과 공간을 초월해서 동물이나 목석하고도 자유자재로 이야기를 주고받으며 정을 나눌 수 있는 것이 곧 동심입니다. 동심은 시공간을 초월하고 동물과 나무, 바위와도 이야기할 수 있습니다. 동심은 정동의 전달자입니다"[85]라고 말했다. 해방 직후에 모든 정치적 신념을 가진 작가들은 동심에 대한 이런 한결같고 확고한 믿음을 이어가는 시와 소설을 집필했다. 그들은 이론적인 해설을 통해 미래지향적이고 해방된 동심이 탈식민 주권국가로서 한국의 새로운 정체성을 견인할 것이라고 논하였다. 그들 작품에서 아동과 자연 사이의 관계에 대해 공들인 부분이 가장 두드러지게 나타난다. 물리적 공간 자체는 이제 해방되었지만 상징 공간을 둘러싼 싸움은 지속되었으며 국가 정체성 발달의 중심이 되었다. 우뚝 솟은 산과 맑은 시냇물, 계절의 극적인 변화, 그리고 한국의 찬란한 문화유산은 거의 부지불식간에 자발적으로 미래를 향해 떠오르는 국가에 대한 힘찬 서사를 만들어냈다. 바로 여기가 아동소설과 동시가 새로운 동력을 발견하는 지점이다. 20세기 초반부터 아동문학의 기반이 되어온 아동이 자연과 특별한 관계를 맺고 있다는 확신은 1945년 이후 재구성되었다. 이제 자연 경관과 동식물은 참으로 자발적이고 조화로운 국가 정체성의 발전을 지지하고 추진하는 데 동원되었다.

과학으로의 전환[*]
한국전쟁 후 남한과 북한의 과학소설

1953년 7월 27일의 휴전 협정은 끊임없는 폭격, 피난민들, 38선에서 벌어지는 처절한 전투에 시달렸던 사람들에게 오랫동안 갈망하던 안도감을 안겨주었다. 휴전이 선언되면서 남북한은 시급한 재건사업에 전력을 기울였다. 일본에 원자폭탄이 투하된 지 8년이 지났고 냉전의 최전선에는 남북한이 자리하고 있었다. 전쟁으로 폐허가 된 나라의 물리적 재건과 미래의 침략을 막기 위한 군사력 구축은 이 시기의 절박한 과제였고, 남북한은 과학과 기술을 이 과제에 대한 해결책으로 파악했다. 기술의 발전은 새로운 에너지 원천, 혁신적 교통수단, 최첨단 통신 기술 또한 제공했는데 이는 유토피아적 미래와 다를 바 없었다. 이러한 미래는 자연환경과 인간의 관계를 변화시켰다. 아동과 자연 사이의 불분명한 경계와 아동과 자연과의 조화로운 관계를 근본적 전제로 했던 한국 아동문학은 이러한 인식론적인 변화를 어떻게 새로이 풀어낼 수 있었을까?

---

[*] 이 장의 내용은 부분적으로 Zur, "Let's Go to the Moon : Science Fiction in the North Korean Children's Magazine *Adong Munhak*, 1956~1965", Copyright ⓒ 2014 *Journal of Asian Studies*(May 2014) : 1-25에 수록되어 있고, 여기 실린 부분들은 허가를 받아 사용되었다.

남북한 모두에게 과학이 경제적, 정치적, 사회적 문제들에 대한 만병통치약이었다. 이러한 새로운 관점의 핵심은 과학 교육이었고 이 교육은 어릴 때부터 일찍 시작할 필요가 있었다. 미래의 기기들을 고안하고 통제하기 위해 아동들은 과학과 기술의 세계에 맞추어 입문해야 했다. 과학은 재미있고, 매력적이고, 흥미로워야 했고 과학과 기술에 대한 정보는 가능한 많은 경로로 보급해야 했다. 이에 따라 남한에서는 『학생과학』, 북한에서는 『소년과학』과 같은 잡지를 출판하기 시작했다. 이러한 잡지는 대중잡지에 대한 요구와 새로운 세대가 미래의 기술자로 자라나도록 고무해야 하는 교육적 사명에 대한 응답이었다.

　　하지만 대중 과학 잡지가 기술의 복음을 전파하는 유일한 매체는 아니었다. 과학적 내용은 종합 잡지와 아동청소년문학 잡지의 주된 내용이 되었다. 이러한 잡지들에 나오는 과학적 지식은 단순한 숫자, 공식, 도표, 자료 그 이상이었다. 북한의 『소년단』이나 한국의 『학원』은 과학교육을 중시하여 과학과 기술 관련 산문과 만화를 정기적으로 실었다. 잡지들은 또한 새로운 도전을 마주한 시인들과 소설가들의 글도 실었다. 작가들은 과학과 서사의 새로운 관계, 즉 세상을 이해하는 이성적인 방법과 허구 예술 사이의 관계를 어떻게 펼쳐나갈지 고민해야 했다. 이 새로운 창작의 영역은 아동청소년 잡지들에서 '과학소설'이라는 새로운 장르를 형성하며 절정에 이르렀다. 이 장르는 동심을 뒷받침해온 아동과 자연 사이의 유대를 깨트리고 아동과 자연의 관계를 재구성하기 시작하였다. 동심은 계속적으로 존재했고 심지어 남북한에서 새롭게 주목을 받기도 했지만, 한때 자연과 가깝다고 여겨지던 아동이 이제는 자연의 최종적 지배자로 설정된 새로운 계급적 관계가 나타났다.

이 책이 주장하는 바와 같이, 동심이라는 용어는 아동과 자연의 관계를 표현하며 이 관계는 아동문학이 처음 생성된 20세기 초부터 아동문학의 중심에 있었다. 동심이라는 개념은 아동은 문화의 문턱에 있는 자연이지만 아직 완전히 문화 안으로 인도되지는 않은 것을 의미했다. 동심은 식민지 시기 40년 동안 한국의 미래 세대가 지적, 정서적으로 필요한 것에 대한 담론을 형성했을 뿐만 아니라, 아동을 위한 언어와 내용, 그림들을 형상화했다. 동심은 무엇이 '자연적인' 것인지에 대해 묘사하고 규정했는데, 대상이 순수한 감정의 대리자이든 저항자이든 식민지 주체이든 국민이든 상관없었다. 하지만 전쟁이 끝나고 과학과 기술이 자유와 발전을 보장해 줄 것이라는 기대에 모든 희망을 걸면서 아동과 자연 사이의 유대는 파괴되었다. 아동은 더 이상 자연의 연장선상에 있지 않았다. 오히려 아동은 자연을 통제하는 대리자인 동시에 때로는 사악한 자연의 희생자가 되기도 하였다. 남북한의 작가들은 자연의 어두운 면을 밝히고 극복하는 인류의 능력을 확신하는 데 있어서는 차이를 보였다. 어느 쪽이든 이제 아동은 어른 만큼 정치와 연관되어 있고 자연의 변덕에 영향을 받는 사회정치적인 존재로 통합되었다. 아동은 새로운 과학의 언어로 정의한 특정 기술들을 습득해 새로운 현실에 익숙해지도록 장려되었다. 새로운 과학적 담론들은 여러 가지 방식으로 작용했다. 첫째, 과학적 담론들은 과학이 국가 안보 확보의 수단이라는 절실함을 전달했다. 둘째, 현실과 진리를 밝혀주는 결정자로서의 과학의 힘에 호소했다. 셋째, 자연을 수식과 데이터로 축소해 표현하며 자연을 탈신비화했다. 세 가지를 최종적으로 함께 모아 새롭게 탄생한 것이 바로 흥미진진한 과학소설 장르였다.

한국인들은 1945년 8월 일본에 투하한 원자폭탄의 희생자이자 수혜자였다. 원자폭탄 투하로 일본은 패망하고 한국은 해방을 맞이했지만 히로시마와 나가사키에 살고 있던 4만여 명의 한국인들은 즉사하거나 몇 달 안에 세상을 떠났다.[1] 5년 후 한국전쟁 때 미국은 북한을 원자폭탄 공격의 목표물로 여겼고 공격이 임박했다는 소문으로 많은 북한 사람들은 피난을 떠났다.[2] 한국전쟁으로 인한 황폐화는 군사력으로 뜻을 관철시킬 수 있는 이들에게 미래가 달려있고 핵무기는 국가적 안보를 위한 핵심이라는 생각을 확고하게 했다. 소련과 미국이 주도하는 군무기와 우주 경쟁에 참여하는 것은 남북한 모두에게 사치가 아니라 생존을 위한 필수 요소였다.

과학의 중요성은 국가의 안보와 발전으로 끝나는 게 아니었다. 과학 담론은 기술적이고 전문적인 내용뿐만 아니라 존재론적 접근으로서 과학적 언어와 과학적 방법까지 의미하는데, 일제 시대부터 문학 담론으로 발전해 왔다.[3] 전후 시기에도 과학은 물리적 세계에 직접 접근하는 그러니까 더 높은 질서의 진리에 이를 수 있는 방법으로 부상했다. 그리고 아동청소년을 위한 대중잡지는 중요한 지식을 보급할 수 있는 교육적 도구로서 사용되었다. 남한에서는 『학생과학』, 『학원』, 북한에서는 『소년단』, 『아동문학』, 『소년과학』 같은 잡지들이 이야기와 그림을 통해 과학적 소재에 새로운 생명을 불어넣었다. 잡지들은 직접 할 수 있는 유익한 실험뿐만 아니라 그래프와 공식의 형태로 단순자료를 제공했다. 또한 단편소설, 에세이, 만화, 그림 등을 통해 과학적 지식을 전달함으로써 정보와 이념 사이의 경계가 불분명해졌다. 하지만 가장 중요한 것은 이러한 서사가 자연 세계의 통제에 대한 자신감을 보여주는 인간과 자연 사이의 새로운 관계를 묘사하고 규정한 것이다. 동심이 근본적으로 문화 밖의 완전히 자연 그대로의 모습이어야 했다면, 새로운 시대는 새로운 아동을 예고했다. 이 아동에게

자연은 더 이상 신비로운 것이 아니었고, 아동은 세상에 완전히 통합될 준비가 되었다.[4]

그러나 이 과정은 자명하지 않았다. 소설가들은 과학과 문학의 교차점을 논한 글에서 과학적 방법론의 그늘 아래에서 소설을 쓰는 것이 어떤 의미가 있는지에 대해 탐구했다. 이러한 탐구를 바탕으로 과학적 담론을 창조적 글쓰기에 실제로 적용한 과학소설 장르가 등장했다. 과학소설은 일반적으로 알려진 보편적 과학 사실에 작가들이 서사적 구조를 입히는 도전을 하도록 했다. 남북한의 과학소설에는 중요한 주제적 차이가 있지만, 공통적으로 나타난 자연의 탈신비화와 그에 따른 아동과 자연의 단절된 관계는 식민지 과거가 끝났고 아동을 위한 글쓰기의 새로운 시기가 도래했다는 신호였다.

아동청소년 독자를 위한 과학

남북한의 아동청소년 잡지는 아동청소년을 위한 과학의 실천이 교육과 교양의 문제만이 아니라 국가 안보의 문제라는 것을 분명히 했다. 1956년 남한의 교육부 장관이 쓴 「먼저 반공정신을!」에는 이러한 원칙이 잘 드러나 있다. 이 글은 학생 독자들에게 공부의 의무는 "국가를 위하여 (…중략…) 학업은 반공反共을 위한 것이며, 우리의 국토를 통일하기 위한 것"[5]임을 기억하라고 촉구한다. 1955년 작가 유신은 「인공위성은 과연 발사될 것인가?」라는 글에서 미국의 슬로건인 '평화를 위한 핵무장'을 반복하며 냉전 위협이 커질 수도 있다고 경고하고, 그렇기에 미국이 위성을 궤도로 발사할 수 있는 능력을 개발하는 것은 중요하다고 주장한다.[6]『소년과학』같은 북한의 잡지에도 마찬가지로 냉전의 이데올로기적 수사학에 과학적 내용이 담긴 글들이 실렸다. 예를 들어「지뢰탐지기」라는 글에는 집에서 어떻게 지뢰탐지기를 만들 수 있는지 자세한 방법이 담겨 있다. 장식 삽화가 8개 이상 들어있는「상급 전화수」에서는 군인 리남길이 과학 지식을 통해 영웅적 행동을 보여준다. 리남길은 중대장과 소대장의 통신을 방해하는 통신 회선 손상을 수리하는 위험한 업무를 맡고 있다. 그는 손상 부분을 찾았지만 수리할 수 있는 펜치가 없고 더 이상 여분의 전선도 없는데다 치명적인 부상을 입었다. 그의 몸이 전도체로서 기능할 수 있다는 걸 깨닫고, 최후의 수단으로 그는 양손에 전선을 잡아 소통을 가능하게 한다. 이 이야기는 인간 육체가 전기를 전도할 수 있다는 과학의 원리를 설명하고 지식이 국가의 안보를 위해 얼마나 중요한지 보여주는 두 가지 목적으로 사용된다.[7]

남북한의 과학적 서사는 과학을 자연 세계에 대한 진리뿐만 아니라 정치사회적 진리로의 접근을 가능케 하는 학문으로 나타났다. 계절의 변화에서부터 칫솔의 역학에 이르기까지 모든 것들의 설계와 논리를 보여주면서 과학적 서사는 물리적 세계를 합리적이고 접근 가능한 것으로 제시했다. 예를 들어「웨리타스 여행기 ─ 과학의 발생지를 찾아서」에서 서술자 '나'는 웨리타스라는 이름의 어린 소년으로부터 과거 탐험을 함께 하자는 초대를 받는다.

옛날부터, 세상의 과학자는 어떻게 해서 나를 사로잡을려고, 무진 앨 써왔습니다. 천문학자는 크단 망원경으로 별을 쳐다보며 나를 찾고 있고, 물리학자나 화학자는, 실험실에서 측정 기구나 약품을 만지면서 나를 만나게 되는 날을 기다리고 있고 생물학자는 잘 보이는 현미경으로 동물이나 식물의 조직을 조사하면서 나를 찾으려는, 등 심지어는 수학자까지도 어려운 계산을 하면서 고심하고 있습니다. (…중략…) 아니 달아난다기보다 약간 거리를 띄운다고나 할가요.[8]

우리가 이 이야기를 그대로 받아들인다면, 과학적 연구에 종사하는 사람들은 진리에 근접할 수 있지만 결코 진리를 찾을 수는 없다는 것을 보여준다. 하지만 다른 한편으로 이런 진리 구현이 그래도 과학자들에게는 가능하다는 것을 시사한다. 황신덕의 「대자연을 배우라!」에도 자연 세계를 본질적인 진리로 바라보는 관점이 담겨있다.

특히 젊은 학도들에게는 남을 선망하거나 동경함이 많은데 이 동경이나 선망이 자칫하면 그릇된 곳으로 빠지기 쉽습니다. 그렇기 때문에 그것보다는 차라리 우리들의 주위에 무한정하게 있는 대자연 속의 학리와 보배로움을 찾으려고 노력하는 것이 더 건전한 태도라고생각합니다. (…중략…) 대자연은 무진장의 보고寶庫이니 찾아 배우라고!9

과학적 원리는 물리적 세계의 복잡한 구조만이 아니라 정치적, 사회적 세계도 조명했다. 북한의 잡지 『소년단』에 11회에 걸쳐 연재된 소설 「로켓 여행」은 어린 주인공을 전 세계로 데려간다. 그는 여행을 미국에서 시작하는데 그곳에는 웅크린 노숙자 무리들 위에 고층건물들이 우뚝 서 있다. 화자는 로켓의 꼭대기라는 유리한 위치에서 미국과 그 동맹국들이 자행한 중동, 아프리카, 남미에서의 불필요한 폭력들을 관찰할 수 있다. 동시에 소련, 중국, 그리고 동유럽에서의 사회주의 번영을 목격한다.[10]

아마도 가장 중요한 것은 전후의 남북한 잡지들에 실린 과학적 내용들이 지난 50년 동안 이룰 수 없었던 자연에 대한 통제를 약속했다는 것이다. 이는 자연계의 지배에 대한 논의에 '정복'이라는 용어를 자주 사용했다는 점에서 가장 분명하게 드러난다. 남북한의 과학 잡지들은 모두 우주 탐험과 시간 여행을 통해 초월적 해방이 가능할 것이라고 전망했다. 이러한 전망은 부분적으로는 국가 안보에 대한 불안에서 비롯되었지만, 더욱 중요한 것은 이 전망이 아동과 자연의 새로운 관계를 보여주었다는 것이고 이 관계는 과학소설에서 더욱 심도 있게 탐구되었다.

전후 남한 소설에 나타난 과학과 과학소설

아동청소년 독자들을 교육하고자 한 것은 과학 잡지만이 아니었다. 『학원』 같은 문학잡지들은 과학 연구의 결과를 소설 쓰기에 반영한 작가들의 글을 소개했다.[11] 『학원』은 또한 아동청소년 독자를 위한 새로운 장르인 과학소설들을 싣기 시작했다. 기술과 과학의 발전이 물질세계와 정신세계의 신비를 밝혀낼 수 있게 된 바로 이때, 작가들은 이 새로운 장르에서 사변소설 쓰기의 가능성에 대해 고민해야 했다.

허구적 이야기와 과학적 진리 사이에서 조화를 이루려는 시도는 이무영의 「거짓말과 소설」 같은 글에 분명히 드러난다.[12] 이 글에서 이무영은 적절한 '소설의 정신'으로만 소설을 쓸 수 있다고 주장한다. 여기서 소설은 '참된 진리'를 담는 용기를 의미한다. 소설은 진, 선, 미를 추구하고 결합시키는 것이다. 어떤 이들은 소설이 '거짓'이고 작가들은 거짓을 만들어내는 사람들이라 하지만, 사실 소설은 세계가 어떠해야 하는지를 있는 그대로 표현하고 있다고 이무영은 주장한다. 이런 의미에서 이무영은 소설이 과학적으로 타당한 것을 묘사하기 때문에 소설은 과학이라고 말한다. 소설은 일반 상식과 상상 사이의 경계를 향해하며 과학적으로 타당하고 합리적인 경험을 언어로 전달해 독자들의 마음을 움직인다.[13] 마찬가지로 안수길은 1962년 6부로 구성된 글에서 소설의 언어는 과학적으로 입증 가능한 세계에 뿌리를 두면서 동시에 그 순간을 초월하는 것이라고 정의한다.[14] 안수길은 그의 글에서 네 가지 주요 논점을 제시한다. 첫째, 소설은 삶을 모방하지만 소설이 전달하는 경험은(안수길이 머리에서 머리로 가는 지적인 전달이라고 묘사하는) '과학적 전달'이 아니라 '예술적 전달'로(가슴에서 가슴으로 가는) 감정적인 것이다. 둘째, 소설은 '실생활'에서 비롯되지만 단순히 무엇이 어떤지를 보고하는 것이 아니라 그것이 왜 그런지, 어떻게 될 수 있는지 또는 되어야 하는지를 담고 있다는 점에서 저널리즘과 차이를 보인다. 셋째, 실생활은 다른 무엇보다도 세심한 '관찰'을 수반하는 과학적이고 체계적인 과정을 통해서만 접근 가능하고 이러한 과학적 과정은 보편적 진리를 드러낸다고 안수길은 설명한다. 마지막으로 소설은 독자들이 묘사된 것을 바탕으로 시각화할 수 있는 이 장르만의 고유한 특징을 지닌다. 이런 시각적인 세계는(구전문학이나 시 같은 청각 세계와는 달리) 객관성으로 높이 평가받는다. 소설은 우리가 눈에 보이는 세계의 이면을 볼 수 있게 한다.

이 중 진리에 이르는 소설의 특별한 접근을 설명하기 위해 과학적 개념에 의지하는 세 번째 논제는 특히 흥미롭다. 안수길이 말하는 '실생활 진리'는 불평등과 착취를 초래하는 사회의 잘못된 구조를 조명하는 정치적,

사회적 진리가 아니기 때문에 일상에 대한 사회주의 개념과는 차이가 있다. 안수길은 소설이 밝히는 진리를 정화되어 오염물이 제거된 물에 비유한다.[15] 작품의 주제는 "사과의 영양분"과 같고 "플로트를 짜는데 있어서도 충분히 발효하는 과정과 시간을 경과하지 않으면 좋은 작품이 생산될 수 없는" 것이다.[16] 대상의 상태와 움직임을 주의 깊게 관찰해야 하고 '속도'와 '박력'을 가진 문장으로 간결하게 표현해야 한다.[17] 안수길은 다음과 같이 글을 마무리한다. "우리가 살고 있는 현대現代처럼 정화성이 요구되고 간결성과 속도가 요구되고 박력이 요구되는 때는 없습니다. 그것은 우리의 일상생활에서 그렇고 과학면科學面에서도 그렇습니다. (…중략…) 현대소설의 문장이, 근대소설에 비해 정확하고 간결하고 속도와 박력이 있는 것은 우리의 생활이 그렇기 때문이기도 한 것이라고 생각합니다."[18] 요약하자면 안수길의 접근법은 소설 쓰기를 과학적 구성 요소의 관점에서 설명하고 소설이 어떻게 초월적 진리에 이르는지를 보여준다. 안수길은 작가의 작품과 과학자의 연구 결과 모두가 실재하는 가시적 영역에 존재하는 진리에 이르기 때문에 이 둘을 동일시한다.

아동청소년문학 잡지로서 『학원』은 '탐정', '모험', '순정' 그리고 '과학'을 포함하는 다양한 종류의 '소설'을 출판했다. 아동과 자연의 새로운 관계를 가장 분명하게 드러낸 것은 과학소설이었다. 50년 동안 교육자, 심리학자, 작가들은 자연의 일부분인 동심을 유기적으로 다루었는데, 자연 그대로인 동심의 특징은 보존되고 보호되어야 할 뿐 아니라 교화와 사회화도 필요했다. 하지만 남한은 이제 기술적, 과학적 혁신이 국가의 일순위가 된 원자폭탄 후이자 한국전쟁 이후에 있었다. 이 시기는 자연으로부터 아동의 해방을 기리면서도 자연 세계에 대한 두려움과 통제가 필요하다는 것을 아동에게 명심시키는 새로운 종류의 소설을 요구했다.

쥘 베른이 쓴 『인도 왕비의 유산』1879의 중국어 번역본을 개작한 이해조의 『철세계』를 제외하면, 전후 시기 이전에는 본래적 의미에서 과학소설이 출판된 적은 거의 없었다.[19] 조성면은 한국에 과학소설 전통이 부재했던 원인을 한국의 늦은 기술적, 산업적 기반 구축에서 찾는 반면, 신해린은 한국의 리얼리즘 전통에서 찾는다.[20] 진정한 과학소설은 전후 시기 남한에서는 『학생과학』과 『학원』, 북한에서는 『아동문학』과 『소년과학』 같은 아동청소년문학 잡지에 실리기 시작했다.

전후 남한에서 가장 많은 과학소설을 쓴 작가는 한낙원1924~2007이었다. 한낙원은 1953년 연재소설 『잃어버린 소년』으로 등단하여 40년 이상 글쓰기를 계속했다.[21] 그의 작품은 아동청소년들에게 과학을 대중화하고 우주 경쟁과 냉전에 관심을 불러일으키며 기술의 미래에 대해 대체적으로 낙관적인 전망을 제시한 것으로 평가받아왔다.[22] 하지만 그의 작품에 나타나는 초자연적인 것에 대한 의심, 암묵적 사회 비판, 무엇보다도 과학과 기술의 발전에 대한 모호한 태도에 대한 폭넓은 분석은 간과되고 있다. 그의 비전은 정치재판, 고문, 내란 그리고 긴박한 파멸의 위험에 대한 언급들로 알려진 것보다 훨씬 더 폭력적이고 파괴적이었다. 그의 소설에 나오는 등장인물이나 내포독자인 아동청소년들은 자연과의 관계가 과거 어느 때도 본 적이 없는 불안으로 가득 차 있었다.

『우주벌레 오메가호』1967~1970는 2013년에 출판된 한낙원의 소설 선집에 포함되지 않았지만 1967년부터 1970년까지 『학원』에 연재된 소설이다. 이 소설은 한국의 어린 친구들을 세계적 위협의 목격자로 그리고 최종적인 문제의 해결자로 등장시킨다는 점에서 한낙원 소설의 전형적 특징을 보이는 작품이다. 목성의 외계인들은 비행접시를 타고 지구를 침략해 지구인들을 납치한다. 목성인들은 또한 강력한 방사능 무기로 지구를 공격하고 거대한 벌레들로 지구를 뒤덮는데, 이 벌레에 물리면 사람들은 정신을 잃는다. 『우주벌레 오메가호』는 학교 친구들 진만, 애나, 동혜와 함께 서울의 북한산에서 하루를 즐기는 일인칭 화자 일우의 서술로 시작한다. "봄이 한창이다. 꽃과 나비들, 싱싱한 나무 잎과 새들, 뽀오얀 하늘과 맑은 시냇물, 이런 봄 기운이 들과 산에는 가득 차 있다."[23] 자연은 자기 자리에 있고 청소년들은 은유적으로도, 문자 그대로도 그야말로 우주의 중심에 있다. 일우는 생각한다. "나는 나대로 반듯이 하늘을 보며 바위에 누어 푸른 하늘을 바라 보았다. 하늘이 온통 내 것같이 한꺼번에 내 시야에 들어온다."[24] 이러한 생각은 주인공들이 그들의 통제 하에 있는 것처럼 보이는 물리적 세계에 기반을 두게 한다.

다음 순간 청소년들은 두 마리의 독수리가 땅으로 떨어지는 것을 본다. 번쩍이는 불빛으로 아이들은 순간적으로 눈이 흐려진다. 곧 청소년들은 멧돼지 구이를 먹고 있는 사람들을 우연히 만나는데, 이 멧돼지는 사람들 앞에서 갑자기 쓰러졌다고 한다. 진만은 그 고기를 먹은 후 정신을 잃고 쓰러져 친구들에게 전혀 반응을 보이지 않는다. 진만의 병의 원인을 밝혀내려고 노력하던 네 명의 친구들은 결국 서울의 거리에서 그들을 찾던 목성인들의 비행접시를 타게 되고 비행접시는 바다 아래로 그 친구들을 데리고 간다. 이 소설의 극적인 결말에 이르러 이 네 명은 처음엔 과학적인 교화로, 나중엔 거대한 벌레를 풀고 방사능 공격을 하여, 마지막엔 강과 바다로 지구의 대륙들을 삼켜 지구인을 지배하려는 목성인들의 음모에 연루된다.

사건의 전개는 비과학적인 현상에서 비롯되고 이 현상은 오직 과학적 지식과 방법론적 조사를 통해서만 평가되고 해결될 수 있다. 예를 들어 일우는 세심한 관찰과 과학적 분석으로 벌레의 위협을 판단할 수 있다. 목성인의 지하도시는 기술적 유토피아의 미래상으로 그곳의 환경은 신중하게 통제된다. 이런 방식으로 소설은 과학적 탐구를 예찬하고 이런 과학적 탐구가 환경에 대한 긍정적인 통제력을 키운다는 것을 보여준다. 독자들은 이외에도 실험실의 실험들, 의학적 연구와 항생제, 반물질, 전류 등과 같은 다양한 과학적인 것들을 배울 수 있다.

『우주벌레 오메가호』는 아동청소년들이 과학적 방법론에 능숙하고 기술에 익숙해서 복잡한 과학 문제를 이해할 수 있고 세계의 위기를 해결할 수 있다는 것을 보여준다. 동시에 자연의 어떤 힘은 인간의 통제 밖에 있다는 냉철한 인식도 담고 있다. 원일 박사는 기자들에게 모든 자연의 힘이 길들여질 수 없다는 가능성을 인정함으로써 청소년들의 신뢰를 얻는다. 원박사는 "그러나 강한 자 위엔 또 강한 자가 있다는 것을 알아야 합니다. 우리 지구 위에선 어떤 동물이고 100만 년을 넘겨 산 예가 없습니다"[25]라고 설명한다.

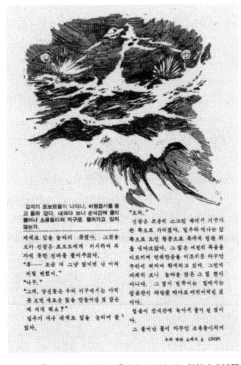

그림 17 「우주벌레 오메가호」, 『학원』, 1968. 12. 학원사, 309쪽

『우주벌레 오메가호』는 완전히 디

스토피아적은 아니지만 암울하게 끝을 맺는다. 일우와 애나가 배를 장악하는 데 성공하고 서둘러 지구로 돌아오는 동안, 지구는 암울한 상황에 처한다. 목성인들의 방사능 공격으로 북극의 빙하가 녹아 바다와 강물이 넘쳐 지구 대륙은 천천히 물에 잠기고 종말을 앞둔 황무지가 되어 버린다. 결국 지구는 파괴되고 핵 구름으로 둘러싸여 그 어느 것도 살아남지 못한다. 그럼에도 불구하고 소설이 어느 정도는 낙관적으로 끝난다고도 볼 수 있다. 배에 남은 사람들은 벌레에 물려 정신적으로 구속된 상태인데 이를 다시 되돌릴 수 있는 약을 일우와 애나가 발견하기 때문이다. 친구들을 구해낼 방법을 찾은 그들은 새로운 시작을 향해 우주선을 조종한다. 하지만 마지막 이야기의 그림은 거의 희망을 주지 않는다(그림 17). 그림은 황량한 풍경 속 아주 작게 보이는 우주선을 보여주는데, 이 우주선은 음울한 하늘과 사람이 살 수 없는 땅 사이를 목적 없이 떠돌고 있다. 이는 과학의 승리를 보여주는 세계가 아니다. 오히려 과학과 기술의 우월성을 추구하다가 그 자신을 파멸의 길로 몰고 간 세계의 냉혹한 초상이다. 소설 마지막 부분의 제목이 '새 출발'이지만, 인간과 자연이 일으킨 파괴는 돌이킬 수 없는 것이고, 가망 없어 보이는 우주선의 동승자들에게 어떤 출발이 기다리고 있을지에 대해선 어떤 언급도 없다.

기술 유토피아 – 전후 북한의 과학소설

전후 시기 초반부터 과학 교육은 남북한에서 최우선 과제였고, 과학은 『소년과학』 같은 교육용 대중 과학 잡지나 『소년단』, 『아동문학』 같은 문학잡지의 고정 내용이 되었다. 잡지들의 과학적 내용은 새로운 중심이 된 과학과 기술을 잡지들이 얼마나 열심히 다루어야 했는지 보여준다. 동시에 작가들은 소설이 현재를 묘사하고 곧 도래할 유토피아적 미래를 예견하는 능력으로 현실을 형상화하는 데 할 수 있는 역할에 대해 고심했다. 과학소설은 과학, 기술, 환경이 북한의 정치적 발전 담론에 어떤 역할을 하는지 보여주기에 가장 적합한 장르였다. 이 장르의 업무는 아주 다면적이었다. 현실에 분명하게 뿌리를 두어야 했고, 실제 자료를 제공하며 교육해야 했다. 동시에 그것은 자연에 대한 인간의 우월성을 보여주고 아동 과학자를 북한의 새로운 주인공으로 확고히 해야 하는 임무를 띠고 있었다.

분단 이후 북한의 문학계는 변화를 겪었는데, 이 변화는 식민지 시대부터 오랫동안 지속되어 온 북한 내의 문학 논쟁과 특히 구소련의 문학계 같은 외부의 영향을 조화시키려는 노력이 반영된 것이었다. 문학계의 방향에 대한 토론은 아동문학의 영역으로 확대되었다. 1953년 문학잡지 『조선문학』에 실린 「전국작가예술가대회결정서」에는 다음과 같은 선언이 포함되었다. "우리는 아동들을 위한 문학예술 창조 사업을 더욱 왕성히 전개할 데 대하여 특별한 관심을 돌려야 한다."[26]

구소련의 모델은 북한의 초기 아동문학에 많은 영감을 주었다. 이는 백석과 같은 문학 대가들의 작품이나 북한 아이들의 방과 후 활동 교실에 걸려있는 톨스토이나 푸시킨의 초상화, 그리고 구소련의 산문과 시의 많은 번역들에서 뚜렷이 나타난다. 구소련의 과학소설은 북한의 『아동문학』 잡지에 번역되어 1956년에 처음 실렸다. 처음 실린 보리스 랴프노프Boris Lyapunov의 「우리들은 화성에 왔다」는 1995년을 배경으로 하며 탐험가 팀이 화성에 도착한 이야기를 전한다. 이들은 화성의 중력이 약하고 나무는 파랗고 하늘은 짙은 파랑과 자줏빛 사이의 색을 띠며, 두 개의 달이 화성을 돌고 있다는 사실을 발견한다. 지구와의 통신이 짧게 단절되었을 때 이야기에 긴장 상태가 조성되지만, 결국 팀은 안전하게 귀환한다.[27]

「우리들은 화성에 왔다」는 『아동문학』에 실린 유일한 번역소설이었다. 이후 거의 매달 독창적인 과학소설, 시, 연극대본, 논픽션들이 실렸다. 이러한 글들은 잔인하고 야만스러운 자연의 지배를 향한 열렬한 외침과 과학과 기술의 열정적인 수용으로 가득했다. 과학과 기술에 대한 열정은 세계의 냉전 체제와 기술 경쟁의 일부였다. 마오쩌둥과 스탈린의 기술 기획이 자연에 맞서는 군사 캠페인처럼 전개되었던 것과 마찬가지로 공산주의와 서구 제국주의의 대결은 이성적 인간과 자연의 대립으로 표현되었다. 이 냉전 시기 대결의 틀은 아동청소년 과학소설을 더욱 극적으로 만드는데 기여하였다

북한의 신생 문학계에는 스탈린주의 영향과 함께 자연을 통제되어야 하는 거칠고 비이성적인 공간으로 보는 당시의 일반적 시각도 등장했다. 바다의 바닥을 끌어올리는 것보다 자연 정복을 더 잘 말해주는 것은 없었고, 우주 모험보다 우주 지배를 더 잘 표현할 수는 없었다. 이 두 시나리오는 북한 과학소설의 중심에 있었다. 소설들은 아동청소년 독자들을 바다의 깊은 곳부터 태양계의 구석까지 데려갔고, 곧 다가올 사회주의 유토피아를 배경으로 했다. 소설들은 젊고 용기 있고 부지런하고 과학적 사고를 하며 호기심이 많은 북한의 소년소녀들을 예찬했는데, 이들은 구소련의 지도하에 미국 제국주의자들의 악의적 계획을 좌절시키는 일을 자주 했다. 더 빈번하게는 석유, 물, 원자력 같은 자원을 개발하기 위해 척박한 땅을 정복하는 임무를 수행했다. 소설들은 재미를 주는 것뿐만 아니라 북한의

경제적, 군사적 생존을 위한 과학적 지식의 중요성을 강조하기 위해 풍부한 과학적 전문 용어들을 사용했다. 그 외에도 과학소설 서사는 아동청소년소설 작가들 사이에 있었던 북한문학이 나아갈 방향에 대한 큰 담론에 반응했다. 과학소설은 작가들을 정확하고 이성적인 과학 분야와 허구의 예술 사이에 있는 중요한 긴장 관계를 고심하도록 했다.

한국전쟁 휴전 협정에 서명한 지 5개월 후, 문학 비평가이며 북한 작가 협회 회원인 김명수가 아동문학에 대한 글을 발표했다. 그는 이 글에서 다음과 같이 선언했다. "아동을 올바르게 교양하는 사업은 곧 조국의 장래 번영과 인민의 자유 행복을 위한 사업이다. (…중략…) 아동문학은 바로 이 영예로운 임무의 일익을 담당한 국가적 사업으로 된다."[28] 김명수와 동시대인들은 아동소설에서 연령층에 맞는 언어의 사용, 아동소설의 문학적 자질, 문단에서의 위상, 미래의 방향에 대한 우려를 표명했다. 아동문학에 대한 이러한 우려는 일제 강점기 송영, 임화, 박세영, 백석, 이태준, 리원우 같은 프롤레타리아 작가들 사이에서 시작된 것으로 새롭지 않았다. 리얼리즘의 형태와 기능 그리고 과학적 상상력이 북한의 소설에서 수행해야 할 중요한 역할에 대한 논쟁은 1930년대부터 지속되었다.

리얼리즘은 세기 전환기 때 한국 소설의 서사를 이끌어가는 힘이었고, 일제 초기의 작가들과 프롤레타리아 지식인, 프롤레타리아 작가들이 리얼리즘을 과학적 서사 방법으로 이론화했다.[29] 문학과 시각 논쟁의 중심엔 '현실'이라는 용어가 있었다. 현실이라는 용어는 독자와 관람자에게 제대로 된 현실을 인식할 수 있도록 해야 하는 필요성을 표현하는데, 현실 인식은 권력과 계급의 기제를 제대로 이해하기 위한 중요한 단계이다. 일제 강점기의 논쟁 때부터 핵심 단어였던 '현실', '환상/공상', '과학'은 1950

년대 초의 아동문학에 대한 비평에서도 계속 등장했다. 아동문학 비평가들 사이에서 일치된 의견은, 서사 방법으로서 리얼리즘의 목표는 선과 악의 사회적 구조를 '올바르게' 묘사하는 것이 되어야 하고 소재는 아동의 실제 생활 경험에서 도출되어야 한다는 것이다.[30] 예를 들어 비평가 리원우는 1955년 이야기는 일상생활의 소재에 기반을 두어야 하지만 모든 아이들은 "보고, 듣고, 느껴야 할 것이며 그 느낀 것을 옳게 판단하여야"[31] 하기 때문에 글쓰기에 대한 영감은 과학적으로 나타나야 한다고 썼다. 리원우는 아동문학에 대한 글에서 더 자세하게 설명했다. 문학의 소재는 아동의 발달 단계에 따라 조정되어야 하고, 아동을 위한 적절한 소재를 찾는 방법은 아동의 환경에 대한 과학적인 '관찰'을 통해서라고 주장했다.[32]

'과학'이라는 용어는 북한 아동문학의 한계, 기능, 가능성을 다시 정의하고자 하는 시도의 일환으로 자주 등장했다. 위에서 언급했듯, 문학잡지에 과학적 내용이 나타나기 시작한 것은 과학에 대한 아동들의 관심을 일으킬 소재가 부족하다고 비평가들이 언급하기 시작한 때였다.[33] 한설야는 아동문학이 학교생활의 좁은 한계를 뛰어 넘어 '과학적 공상'까지 시야를 확대해야 한다고 주장했고, 한식은 과학적인 내용의 읽을거리를 창작할 필요성을 강조하면서 우수한 문학가가 아동문학에 참가할 것을 촉구했으며 김명수는 과학적 연구가 나오는 단편소설을 높이 평가했다.[34] 과학은 그러니까 전후 북한의 아동문학계에서 핵심어였다.

동시에 작가들은 과학적 전문용어들이 아동문학의 재미를 떨어뜨릴 수 있다고 경고했다. 아동문학의 내용이 점점 정치화되고 교육 성향을 띠는 것에 대해 가장 강력하게 비판한 사람은 저명한 시인 백석이다. 그는 아동의 상상력을 키우는 일의 중요성을 언급했다. 그리고 현실은 시와 소설의 가장 중요한 요소이지만, 추상적인 형태 안에서도 여전히 존재할 수 있다고 주장했다. 백석은 동시에서 특히 자연을 열정적으로 묘사했고 자연은 인간이 만든 세계에 대한 이해를 돕는다는 믿음을 표현했다.[35] 실제로 아동문학 잡지 『소년단』은 원예와 축산에 대해 가르치는 「고향의 자연 속에서」와 실습 과학 교육을 권장하는 「학교 정원에서의 한 해」와 같은 글들을 실으면서 자연 속에서 아동의 대통합이라는 백석의 주장을 반영했다.[36] 이러한 글들은 자연에 몰입하는 것이 어떻게 물질세계에 대한 직관적 이해로 이어지는지 보여준다.

일부 작가들은 공식이나 자료를 지나치게 강조하는 것을 경고하면서 과학과 환상이 똑같이 균형을 이룰 것을 요구했다. "아동의 공상에 과학을 조력시켜야 하지마는…… 몽상과 상상에 대하여 단절하여 버리려는 것은 아동들에게 미래의 희망을 또 그 발전의 새 맥동을 단절하는 것 같은 어리석은 수작이 되고 말 것이다."[37] 리원우는 해결책으로 문학은 세상이 어떻게 될 수 있는지 아이들에게 보여줄 수 있다고 주장했다. "우리는 과학적으로 창의적인 미래의 모습을 제공하는 이야기를 써야만 한다"고 그는 썼다. "새로운 이론의 발견, 우리 행성의 비밀을 밝혀내는 과학자들, 태양계 행성들에 대한 과학적 연구는 판타지의 토대가 되어야 한다."[38] 과학소설은 두 가지 이유에서 생산적이었다. 첫째로 국가의 자원 개발에 필요한 기술을 구축할 수 있는 중요한 과학적 정보를 제공할 수 있고, 또한 과학이라는 가치중립적으로 보이는 언어를 통해서 아동청소년 독자들을 이념적 정치 세계에 끌어들일 수 있었다. 과학소설은 아동을 자연을 변화시키는 대리자로 가장 잘 배치시켜 세계의 사회적, 정치적 행위자로 완전히 통합시킬 수 있는 문학의 형태였다.

1956년부터 1965년까지 잡지『아동문학』에선 과학소설이 출판되었는데 여기엔 연극, 에세이, 시, 소설 등의 작품들도 실렸다. 이 장르는 현실 반영과 상상력 함양이라는 문학의 필요성에 부응했다. 이는 많은 사람들이 아동문학에 필요하다고 생각하는 요소와도 일치하였다. 작품들은 네 가지 주요 특징을 공통적으로 보였다. 첫째, 작품엔 북한이 심해와 우주 탐사의 선봉에 있었다. 둘째 과학 전문용어, 숫자, 과학적 사실에 대한 텍스트를 넣어 과학 교육을 장려했다. 셋째, 그들은 이데올로기적 감성을 함양시키고 미국의 위협을 강조함으로써 정치적 인식을 강화했다. 마지막으로 유토피아에 이르기 위한 전제조건으로 자연에 대한 인간의 우월성 확립을 위해 환경 개혁과 대체 에너지 자원 개발의 긴급한 필요성에 대해 말했다.

김동섭이 쓰고 오선우가 삽화를 그린 연재소설『바다에서 솟아난 땅』은 위에서 언급한 네 가지 특징을 지니고 있다.[39] 이 소설은 철수와 숙희라는 한 쌍의 소년소녀 탐험가의 모험을 그려낸다. 어느 날 둘은 바다의 바닥이 솟아오른다면 경작할 수 있는 땅이 늘어나고 지구 깊은 곳에 있는 자원들에 접근할 수 있을 것이라는 생각을 떠올린다.[40] 현장의 과학자들이 인간의 사회적, 경제적 요구를 충족시키기 위해 자연을 변화시킬 수 있다는 확신을 주자, 그들의 열망은 더욱 굳어진다. 과학은 단순히 자연 세계를 이해하는 수단만이 아니라 인류를 위해 자연을 활용할 도구를 발명하는 수단이기도 하다. 아이들이 고집해서 과학자 중 한 명은 그들 의견에 동의하여 미래를 짧게 경험하는 방법을 알려주고 그의 담배 연기는 그들을 미래의 시간으로 이동시켜준다.

미래에서 다시 돌아온 아이들은 깊은 바다의 자원으로 북한 주민들에게 혜택을 주기 위해 심해 탐사에 몰두하는 실력 있는 과학자라고 다시 소개된다. 이들은 바다 깊은 곳에서 맛있는 해산물의 무제한 공급원을 찾고 화강암을 뚫어 광물과 석유를 발견한다. 한 미국인이 이 둘을 쫓는데, 그의 공격으로 둘은 길을 벗어나 결국 아무 표시도 없는 낯선 땅에 이른다. 하지만 이곳에서 바다 바닥을 솟아오르게 조작할 수 있는 핵심 요소인 원자재를 발견해 이 불운은 전환점이 된다. 둘은 이 지역의 새로운 지도를 만들고, 소설의 마지막엔 바다의 땅이 솟아오르게 하는데 성공해 위에서 기다리던 청소년들은 놀라며 기뻐한다. 과학의 목적은 자연의 족쇄로부터 인간을 해방시키고 모두의 행복을 위해 자연을 정복하는 수단이라는 것이 재확인된다.

『바다에서 솟아난 땅』은 미국의 영향력이 주변부로 밀려난 가까운 미래의 통일 후 시기를 배경으로 하는데, 북한의 승리가 전 세계에 얼마나 도움이 되는지를 보여준다. 북한은 해저 식물의 이름을 짓고 새로이 발견된 지역의 지도를 제작하며 명성을 얻는다. 과학소설의 교육적인 기능에 맞게 『바다에서 솟아난 땅』은 바다의 바닥을 솟아오르게 해 얻은 땅의 크기와 같은 상세한 측정값을 알려준다. 동시에 당시의 국제 정치에서 북한의 위상에 대한 평가는 편견 없어 보이는 과학의 언어를 통해 이루어진다. 예를 들어 잠수함에서 나온 아이들을 죽이려는 미국인 '해리 맨'을 입이 거칠고, 목소리가 탁하며, 뱀눈을 하고, 총을 지니고, 도덕적으로 타락한 자유로운 서구 세계의 대표자로 묘사한다. 잠수함도 함장 해리 맨과 마찬가지로 비뚤어지고 사악하게 그려진다.

그러나 가장 중요한 것은 이 소설이 '대자연 개조'라는 용어를 통해 꼭 필요한 자연환경의 개조와 인간이 자연보다 우월함을 말한다는 것이다.

자연 개조의 필요성은 어떤 대단한 것을 이루고자 하는 바람보다는 자연의 오류를 수정코자 하는 실질적인 동기에 의해 생긴다. 『바다에서 솟아난 땅』은 바다의 바닥이 솟아오르게 하며 끝나는데, 모든 연령의 사람들이 모여 이 현상을 관찰하며 "우주에 지구가 생겨난 이래 전설의 장수도 《하느님》도 감히 해내지 못한 엄청난 대자연 개조"[41]라고 묘사한다.(그림 18 참고) 물이 빠지고 땅이 솟아오르자 사람들은 환호하며 못 믿겠다는 듯 눈을 비빈다. "오래 동안 해'빛을 보지 못하였던 바다 밑이 얼굴을 내민다. 밝은 세상을 처음 보는 어린 아기와도 같이, 오랜 억압에서 벗어난 무리와도 같이 창백한 얼굴을 쳐들고 눈부신 듯이 반짝인다."[42] 바다의 바닥은 자연의 횡포로부터 해방되었다. 한 과학자는 "이번의 승리는 우리들이 오랜 옛날부터 받아오던 자연의 예속에서 용감히 벗어나 우리의 뜻에 맞게 우리의 행복을 위해 그것을 정복한 세계사적 의의를 가지는 것이요"[43]라

그림 18 「바다에서 솟아난 땅」, 『아동문학』, 1965.4. 76~77쪽

고 선언한다.

앞서 다루었던 남한 연재소설『우주벌레 오메가호』의 이미지와 북한 연재소설『바다에서 솟아난 땅』의 이미지를 비교하는 것은 흥미롭다. 이 두 소설은 각각 1967년과 1965년, 같은 시기에 쓰였고 바다와 육지에 중요한 변화를 초래하는 초자연적인 힘을 특징으로 한다. 이 이미지들은 미래의 과학적 비전을 공유하는데, 그 비전은 아동청소년이 의학, 과학, 기술을 사용하여 자연의 '문제들'에 대한 해결책을 찾는 데 중요한 역할을 한다는 것이다. 이런 의미에서 두 소설은 모두 아동들과 자연의 관계가 단절되었음을 보여준다. 아동은 이제 자연환경의 유기적인 부분이 아니라 자연을 더 나아가 나라를 지배하는 과제를 담당하는 것으로 묘사된다. 하지만 두 이야기 사이에는 그림으로 드러나는 큰 차이점이 있다. 남한 소설의 그림에는(그림 17) 우주선을 중앙 위쪽에 배치하지만 몰아치는 파도로 아

주 왜소하게 보인다. 거친 움직임을 암시하는 강한 획으로 그려진 바다의 폭력성이 우선 시선을 끌고, 그 다음 비행접시는 부드럽고 매끄러운 선으로 그려진 하늘에 자리해 단지 비행접시의 모양과 중앙에 있는 위치로만 두 개의 달과 구별이 된다. 반대로 북한 소설의 그림은 좌측에서 지휘하는 사람들로부터 그림을 가로질러 바다가 육지로 개조된 오른쪽으로 눈길을 끈다. 그럼에도 두 소설은 아동청소년소설에 있어서 전쟁 전과 후의 주요한 차이점, 즉 아동과 자연의 관계에 나타난 결정적인 변화를 드러낸다. 아동과 자연의 관계는 동심을 정의하는 특징으로서 근대 한국 아동문학을 탄생시키고 형성했는데 원자폭탄 투하, 한국전쟁, 분단 이후에 변화를 겪었다.

결론

일본에 투하된 원자폭탄은 한반도에 한 시대의 종말을 의미했고, 2차 세계 대전의 종말과 일본의 패배를 가속화했다. 이와 함께 한국의 땅에서 펼쳐진 냉전 대결로 나라가 나뉘었고, 한국전쟁으로 인해 갈라진 운명이 굳어져 분단의 시대가 시작되었다. 남북한이 각각 주권 국가로 등장한 때, 세계는 미국과 구소련이 이념적, 군사적, 경제적, 기술적 전략을 통해서 세계의 패권을 확보하는 과정에 있었다. 냉전 시기 두 강대국의 주도권은 우주와 심해의 최전선을 정복하는 능력과 핵무기로 상징되었다. 군사적, 기술적 전문지식으로 이루어진 새로운 세계는 숙련된 인력을 필요로 했고, 남북한의 아동청소년들은 자국이 뒤처지지 않도록 교육을 받아야 했다. 과학과 기술을 대중화해야 했고, 이 과제는 아동을 위한 대중문학에 할당되었다. 과학적 담론은 워낙 영향력이 커서 전문적인 내용에만 국한되지 않고 창작 문학에도 영향을 미쳤다. 남북한 작가들은 과학적 방법에 부합하게 소설을 쓰되 이념적으로 건전할 뿐만 아니라 과학적으로 타당한 진리에 도달해야 하는 도전에 직면했다. 작가들은 과학에서 파생된 언어를 활용하여 소설에서 사용하고, 창의적 기반을 객관적이고 이성적인 관찰에 두고, 언어와 관찰을 결합시켜 곧 다가올 현실을 예상 가능하게 하는 방식으로 이 도전에 응했다. 과학의 도구를 사용하여 상상력이 풍부한 소설을 써야 할 필요성이 과학소설보다 더 분명한 장르는 없었다. 남북한의 작가들은 과학과 기술이 사회적, 정치적 해방으로 인도할 것이라는 전제에 동의했다. 남북한의 소설가들은 과학과 기술이 텍스트와 이미지에 암호화된 데이터를 통해 세상의 비밀을 밝힐 거라는 믿음을 공유했다. 소설에서는 외계인의 감염을 항생제로 치료할 수 있었고, 인간들에게 필요한 자원을 제공하기 위한 목적으로 존재했던 우주와 심해에 쉽게 접근할 수 있었다. 외계인들은 공산주의와 자본주의 체제를 반영하는 예측 가능한 사회적 방식으로 상호 작용했기에 이들을 모방하거나 파괴해야 했다.

남한과 북한은 자연 정복이 지니는 긍정적인 영향에 대한 믿음에 있어서는 약간 차이를 보였다. 북한의 과학소설은 임박한 과학과 기술의 유토피아를 그려내는 경향을 보였다. 몇몇 악랄한 미국인들과 대수롭지 않은 자본가의 방해만 제거되면, 자연 세계는 인간 야망의 장으로서 진정한 소명을 찾게 되는 내용을 보였다. 남한의 소설은 자연 정복의 가능성에 대해서 약간 더 의구심을 품었다. 예를 들어『우주벌레 오메가호』의 마지막을 보면 지구의 대륙은 완전히 물에 잠기고, 어린 여행자들에겐 새로운 행성을 찾아 다시 시작하는 것 외에는 다른 가능성이 없다. 남한의 소설에는 자연과의 단절이 실재하지만 그 영향은 모호하고, 아동청소년들의 행복에 위협을 제기하는 정치적, 사회적 구조에 대해 커져가는 환멸이 반영된다.

그러나 남북한의 과학소설이 최종적으로 보여주는 것은 동심의 토대 즉 아동과 자연 세계와의 친밀한 관계가 끝났다는 것이다. 동심이라는 용어로 기리던 아동과 자연의 관계는 20세기 초 아동문학의 태동기부터 아동을 위한 글쓰기를 이끌어왔다. 동심이라는 말은 자연에 속한 아동이 문화의 문턱에 있지만 아직 완전히 그 안으로 들어온 것은 아니기 때문에 아동은 신중하게 만들어진 언어, 서사 내용, 그림을 통해서 형성되어야 한다는 것을 의미했다. 동심이라는 개념은 아동의 감정에 대한 수십 년의 담론을 야기했는데, 아동의 감정은 동심에 있어서 가장 규정하기 어렵지만 가장 중요한 요소로 여겨졌다. 처음 생길 때부터 동심은 자연과 문화 사이, 아동과 그들의 환경 사이의 균형을 표현한 것이었다. 하지만 원자폭탄 투하와 한국전쟁은 아동과 자연의 관계를 단절시켰다. 이제 경쟁 관계에 있는 남북한의 미래는 자연을 이해하는, 더 중요하게는 자연을 통제하는 능력에 달려있었다.

한때 아동은 자연이 그대로 확장된 것이었다. 어린이의 창시자이고 20세기 아동문학과 아동문화의 가장 저명한 옹호자였던 방정환은 "산을조와하고 바다를사랑하고 큰 자연의 모든 것을 골고루조와하고 진정으로친애하는이가 어린이요 태양와함께 춤추며사는이가 어린이다"라고 말했다.[44] 그러나 전후 한국의 소설은 아동을 자연에 가장 취약한 잠재적인 피해자로 보았다. 남북한의 작가들은 인간이 자연의 장애물을 경험하고 극복한다는 낙관적인 측면에서 입장을 조금 달리 했다. 그러나 아동이 사회적,

정치적 존재로서 완전히 통합되어 있고 정치에 연관되어 있으며 자연의 영향을 받는다는 확신은 공유했다. 자연 통제를 달성하는 결정적인 과제를 아동들에게 가장 적합하게 만든 것은 바로 동심이었다.

...

영어권에서는 지난 몇십 년 동안 한국학이 대단한 성장을 보였다. 한국학은 지역적, 초국가적 담론에서 일제 강점기의 문화 생산물을 찾아내는 데 기여했고, 일제 지배 하에서 계급과 젠더에 대한 스토리텔링과 개념이 어떻게 변화되었는지에 대한 훨씬 구체적인 이해를 가능하게 했다. 또한 좌파 지식인, 노동계급, 한국의 '신여성'과 같은 너무도 오랜 시간 어둠 속에 가려져 있던 한국 사회의 구성원들을 드러나게 했다. 오늘날 우리는 일제의 기관들이 어떻게 통제했는지를 훨씬 잘 알 수 있고, 이러한 경험에 대해 어떤 다양한 반응을 보였는지를 더 잘 추적할 수 있다. 일제 강점기의 일상은 또한 일제의 통치 권력이 결정하는 공간인 동시에 저항의 영역 또는 다른 생산적이고 의미 있는 활동의 영역으로 여겨졌는데, 이를 민족적이거나 식민적으로 단순하게 분류할 수 없다.

하지만 이런 전체 그림에서 아동문학 장르는 대체로 제외되었다. 아동기의 개념은 20세기 초 아동 교육 방안과 함께 근대성의 중요한 부분으로 등장했다. 지식인, 교육자, 작가 등 많은 관계자들은 지속적인 관심을 받았지만 아동잡지, 옛이야기 모음집, 일간지의 아동란과 같은 아동을 위해 만들어진 자료들은 훨씬 덜 관심을 끌었다. 자료의 상대적 부족이 이유 중 하나이긴 하지만 큰 누락의 흔적이기도 하다. 정확하게 말하자면 수집가들은 아동잡지들을 보존할 가치가 있다고 여기지 않았다. 2006년, 서울에서 개관한 국립 어린이청소년 도서관은 일제 강점기 때 자료들을 불완전하게 소장하고 있다. 2010년에 비로소 여러 권으로 구성된 역사적 아동문학 자료가 『한국 아동문학 총서』라는 제목으로 처음 출판되었다. 여기엔 일제 강점기, 전쟁 시기, 그리고 전후 시기의 대표적인 잡지 출판물들이 많이 포함되어 있다. 그러나 이 총서에는 빠져 있는 잡지들의 호수가 많고, 상태가 아주 안 좋아 완전한 총서라고 할 수 없다. 많은 주류 잡지들은 여전히 개인 수집가들한테만 볼 수 있다. 이 총서 기획이 시작된 지 10년이 지나 2016년에는 20세기 초의 아동문학 비평들을 편집한 최초의 책 『한국 현대 아동문학 비평 자료집』이 출판되었다. 1,000쪽이 넘는 이 책은 앞으로 한국 아동문학에 대한 체계적인 연구를 훨씬 용이하게 할 첫 번째 책이 될 것이다.[45]

그러나 이 책이 보여주려고 시도한 것처럼, 일제 강점기 아동문학은 식민지 주체로 살며 글을 쓰는 것이 어떤 의미였고, 작가들에게 어떤 과거, 현재, 미래를 상상하는 것이 허락되었는지를 폭넓게 이해하는 데 중요하다. 일제의 지배로 인한 한국 사회의 변화 초기에서부터 작가와 지식인은 문학이 아주 중요한 역할을 할 수 있다는 걸 인식했다. 문학은 다른 표현 형식보다 감정을 동원하는 방식에서 특권을 부여받았기 때문이다. 문학은 독자들의 정신을 쇄신했지만 더 중요하게는 그들의 마음을 움직였다. 마음의 쇄신은 새로운 인간상을 만드는 데 절대적으로 필요했고 20세기 초의 개혁가들에게도 일제 강점기에도 전후 체제에도 필수적이었다. 최남선의 잡지 『소년』과 그 뒤를 이은 잡지들 『붉은 저고리』, 『아이들보이』, 『새별』이 관심을 성인으로부터 아동청소년으로, 과거에서 미래로 옮기면서 이러한 경향이 시작되었다.

한국의 미래를 건설하고 문화가 생존하는 데 아동이 ― 성인이 되어가는 중에 있는 정치화된 청소년이 아니라 '아동' ― 아주 중요해지고, 아동문학이 중심이 된 것은 이런 맥락에서였다. 어린이다움은 문화 이전의 또는 문화 밖의 존재라는 의미로, 말 그대로 자연 존재라는 뜻을 지니고 있었고, 이런 자연 그대로인 본질은 작가들에게 언어와 내용으로 실험할 수 있는 흥미로운 기회를 제공했다. 동심이라는 개념이 아동과 성인의 차이를 압축해 표현하고 아동을 신체적, 감정적으로 구분한 이래로 작가와 비평가들은 이 개념에 끌렸다. 이 개념은 또한 근대 기획에서 아주 중요한 감정교육을 장려하도록 강조했다. 심지어 동심의 부르주아적인 측면을 비판한 좌파 작가들도 이 개념의 존재에 대해선 결코 의심하지 않았다. 대신에 그들은 동심이 혁명에 대한 잠재적 가능성을 지니고 있기에 반부르주아적인 아동기의 구상을 위해 동심의 개념을 사용했다.

동심의 존재에 대한 믿음은 처음부터 아동을 위한 자료를 생산하도록 주도하는 동력이었다. 이 믿음은 풍부하고 다양한 텍스트와 그림을 제작하도록 동기를 부여했고, 제작된 작품들은 식민지 시기부터 해방 그리고 남북한의 건국에 이르기까지 격동의 과도기를 다루었다. 최근 원종찬은 아동잡지들이 알려진 것보다 이념적인 면에서 훨씬 유연했다고 주장했다.[46] 그리고 실제로 아동잡지에 실린 글들은 순수하지만 사리가 밝은, 순진하지만 반항적인, 순종적이지만 정치 참여적인, 자연 그대로이지만 자연을 지배하는 모순된 특징을 지닌 복합적인 아동상을 만들어낸다. 이러한 설정은 어떤 때엔 지배적 이념 담론의 자연스러운 연장이었던 반면, 어떤 때는 지배적 이념에 반하기도 했다. 그러나 두 경우 모두 20세기의 첫

반세기 동안 한국에서 아동으로 산다는 것은 어떤 것인지를 묘사하고 예측했다.

남북한에서 동심의 존재에 대한 믿음은 오늘날에도 지속되고, 이 개념은 독창적으로도 비판적으로도 계속해서 다루어지고 있다. 분단 이후 60여 년 동안 아동의 신체적, 정서적 차이에 대한 믿음은 동심이라는 용어로 표현되었고 이 개념을 다루는 일련의 소설과 비평들이 나오게 되었다. 예를 들어 한국전쟁에 관련된 문학에서 동심은 특히 생산적이었는데, 희생자인 아동을 강조함으로써 국가 건설 서사에 감정적으로 몰입하게 할 수 있는 가능성을 제공했다. 이를 통해 장기적인 적대감을 유지하기 위해 필요한 원한과 분노를 동원할 수 있었다.[47] 남한에서는 한국전쟁의 근원을 다룬 패권 및 반공 서사에서 상상할 수 없고 말할 수 없던 질문을 제기하는 것을 동심이 가능케 했다. 즉 누구의 전쟁이었고 우리가 왜 싸우고 있는가라는 질문인데, 이는 성인문학에서는 훨씬 더 조심스럽게 표현되어야 했다.[48] 그리고 오늘날 동심이라는 용어를 검색하면, 산문집과 시집뿐만 아니라 아동문학에 대한 비평과 책들까지 점점 더 많이 찾을 수 있다. 연구자들은 1970년대부터 1980년대까지 지속되는 이 용어의 복원력을 주목했고, 이 용어가 어떻게 아동문학의 정밀한 이해를 더 어렵게 하는지 확인했다.[49] 이 용어는 여전히 당연하게 수용되는 것처럼 보이지만, 개념으로서의 동심은 해방 후 한국 아동문학에 대한 지속적인 비평을 확충하기보다는 제한한다는 합의가 점점 커지고 있다.[50]

한편 북한에서 최근 출판된 창의적 글쓰기 교본 『동심과 아동문학 창작』은 동심이 아동을 위한 글쓰기의 동력이 되어야 하고 줄거리에서부터 등장인물, 언어, 표지의 색깔에 이르기까지 모든 것을 진두지휘해야 한다고 주장한다.[51] 저자 장영과 이연호는 창의적 글쓰기의 전제 조건으로 동심에 대한 이해를 들며 한 장 전체를 이에 할애하는데, 동심은 몸과 정신을 결합하는 심리적 상태이고, 특정한 역사적, 사회적 힘의 산물이기에 사회주의 아동의 동심과 자본주의 아동의 동심은 다르다고 설명한다.[52] 이 책은 아동의 분석 능력 부족과 거침없이 세상을 받아들이는 경향을 강조하며 아동문학은 이러한 경향을 고려해야 하고 동심 특유의 요구를 예측해야 한다고 한다. 이는 김정일의 "아동문학에서 예술적 형상은 감정이 예민하고 모든 것을 감성적인 형태로 받아들이는 어린이의 특성과 미감에 맞게 될수록 감각적이여야 하고"[53]라는 말에 따른 것이다. 동심은 오늘날 남북한에서 계속 주목받고 있는 개념이다.

이론과 아동문학에 대한 기초 연구들 중 하나인 『아동 소설의 언어와 이념』에서 존 스티븐스John Stephens는 다음과 같이 말한다.

아동 소설은 대상 독자의 사회화를 목표로 하는 문화적 관행 영역 안에 공고히 속해 있다. 아동기는 인간의 삶에서 결정적인 형성의 시기로 세상 안에서 어떻게 살아야 하고, 어떻게 다른 사람들과 관계를 맺고, 무엇을 믿어야 하고, 무엇을 생각하고 어떻게 생각해야 하는지와 같은 세상의 본질에 대해 기초적인 것을 배우기 위한 시간이다. 일반적으로 그 목적은 세상을 이해할 수 있게 표현하는 것이다. 이러한 견해는 그들의 구조 안에서 본질적이지도 절대적이지도 않지만 사회적 관행 안에서 만들어지고, 사회가 아동에게 제공하는 세상에 대한 이해할 수 있는 것은 다양한 이념적 입장들의 결합체지만 그중 상당수는 기본적으로 이념적인 것으로 표현되지도 인식되지도 않는다.[54]

자주 간과되는 아동문학의 풍부하고 다층적인 본질에 대한 스티븐스의 주장은 이 책을 쓰도록 영감을 준 것 중 하나였다. 이 책은 한국 아동 독서 자료의 궤적을 아동을 대상으로 한 최초의 시도부터 시작해 강독 능력과 문화적 소양을 키우는 문자와 그림의 내용 발전을 거쳐 세분화된 독자층의 수준 높은 도서 시장을 갖춘 전후 시기까지 추적했다. 이 책은 한국의 아동문학이 대립된 이념들의 경쟁 장소일 뿐만 아니라 아동이 개인으로서, 가족 구성원으로서 그리고 주체와 시민으로서 어떤 의미를 갖는지 논쟁하는 장소이기도 하다는 것을 보여주었다. 남북한 작가와 비평가들은 동심이라는 개념과 여전히 씨름하고 있었다. 이는 아동과 성인의 차이점을 인식하고 미개척된 잠재성을 상상하며 이상화된 과거만이 아니라 행복하고 이해 가능한, 정치참여적인 인류의 미래를 꿈꾸고 싶다는 그들의 지속적인 바람을 표현한다. 이 책은 동심이라는 용어를 대상으로 동심 개념의 발전사를 연구해 동심이 처음엔 문화 이전 또는 문화 밖에 있었던 아동과 자연의 관계를 의미했고, 이 관계의 작용방식이 정치적 본성을 감추었다는 것을 확인했다. 이 근본적인 결합은 아동을 세상 안으로 이끌어줄 내용과 언어를 필요로 했다. 아동과 자연의 결합은 주변의 성인 세계가 보지 못하고 아무것도 할 수 없을 때, 진리를 보고 직관적으로 행동할 수 있는 지각 능력을 아동에게 특권으로 주었다. 그러나 과학적 담론의 등장과 무엇보다도 일본에 투하된 원자폭탄, 분단, 파괴적인 한국전쟁으로 인해 과학소설 서사는 특히 자연에 대한 아동의 우월성을 주장하게 되었고, 그로 인해 아동과 자연의 오랜 관계는 사실상 단절되었다.

얼마 전 여덟 살 된 아들이 탁자 맞은편에서 바라보며 "어른이 되면 어떤 '느낌'인지 정말 알고 싶어요"라고 말했다. 상상은 양방향으로 갈 수 있다는 사실을 상기시켜 주는 말이었다. 아동들이 쓴 성인문학은 얼마나 시사하는 바가 많겠는가? 아동들은 성인들이 무의미하게 다양한 일을 동시에 수행하거나 재정 또는 직업과 관련한 목적에 대해 시를 창작하거나 죽음, 질병에 대한 두려움에 대한 명상을 쓸 수 있을 것이다. 어쩌면 아동들이 쓴 글이 성인들이 쓴 성인문학과 많이 다르지 않을 수도 있다. 한때 아동은 성인이 될 때까지 정치사회적 영향을 받지 않고 자기인식, 자기의심, 또는 세상의 지식에 접근할 수 없는 (또는 접근해서는 안 되는) 완전히 반문화적인 존재로 여겨졌지만 이제는 더 이상 그렇지 않기 때문이다. 아동이 스스로에 대해 어떻게 생각하느냐를 포함해 아동을 형성하는 다양한 담론은, 우리가 만들고 싶은 현재의 모습과 우리가 두려워하기도 하고 바라기도 하는 미래에 대한 중요한 지표이다.

참고문헌

국내 문헌

가와하라 카즈에, 양미화 역,『어린이관의 근대』, 소명출판, 2007.

강준호,「현덕(玄德)론 – 어린이 화자와 순수 지향의 의지」,『현대소설연구』(4), 현대소설학회, 1996.

경희대학교 한국아동문학연구센터 편,『별나라를 차져간 少女』1~4권, 국학자료원, 2012.

계산선,「원숭이와 게」,『소년』2(1), 조선일보사, 1938.1.

계용묵,「생일」, 이홍기 편,『방송소설명작선』, 조선출판사, 1943.

구직회,「러시아의 공장」,『신소년』10(1), 신소년사, 1932.

권명아,『역사적 파시즘 – 제국의 판타지와 젠더 정치』, 책세상, 2005.

권보드래,『한국 근대소설의 기원』, 소명출판, 2012.

_____,「과학의 영도(零度), 원자탄과 전쟁 –『원형의 전설』과『시대의 탄생』을 중심으로」, 황종연 편,『문학과 과학1 – 자연·문명·전쟁』, 소명출판, 2013.

_____,「1910년대의 이중어 상황과 문학 언어」,『동악어문학』54, 동악어문학회, 2010.

_____,「‘소년’, ‘청춘’의 힘과 일상의 재편」, 권보드래 외,『『소년』과『청춘』의 창 – 잡지를 통해 본 근대 초기의 일상성』, 이화여대출판부, 2007.

_____,「『소년』과 톨스토이 번역」,『한국근대문학연구』6(2), 한국근대문학회, 2005.

권용선,「국토 지리의 발견과 철도 여행의 일상성」, 권보드래 외,『『소년』과『청춘』의 창 – 잡지를 통해 본 근대 초기의 일상성』, 이화여대 출판부, 2007.

권 환,「미국의 젊은 개척자들」,『신소년』10(7), 신소년사, 1932.

조선총독부 편, 권혁래 역저,『조선동화집 – 우리나라 최초 전래동화집(1924년)의 번역·연구』, 집문당, 2003.

권혁준,「『아이들보이』의 아동문학사적 의의에 대한 연구」,『한국아동문학연구』22, 한국아동문학회, 2012.

_____,「《아이들보이》게재 서사문학의 아동문학사적 의의」,『아동문학평론』38(2), 아동문학평론사, 2013.

길진숙,「문명 체험과 문명의 이미지」, 권보드래 외,『『소년』과『청춘』의 창 – 잡지를 통해 본 근대 초기의 일상성』, 이화여대 출판부, 2007.

김광식,『식민지 조선과 근대설화 – 일본인의 구비문학 조사와 조선인의 대응』, 민속원, 2015.

김광주,「눈이 왔으면」,『동아일보』, 1949.1.8.

김광택, 「지뢰탐지기」, 『소년과학』, 소년과학사, 1965.8.

김경희, 「심의린의 동화 운동 연구－옛이야기 재구성을 통한 조선어문학 교육을 중심으로」, 서울대 박사논문, 2016.

김길자, 「학교 정원에서의 한 해」, 『소년단』 10, 1955.

김동섭, 「바다에서 솟아난 땅」, 『아동문학』, 평양: 문학예술종합출판사, 1964.6～1965.4.

김동인, 「조선근대소설고」, 『조선일보』, 1929.7.28～8.16.

김명석, 「이동규 소설 연구」, 『우리문학연구』 23, 우리문학회, 2008.

김명수, 「아동문학 창작에 있어서의 몇 가지 문제」, 『조선문학』, 조선문학사, 1953.12.

_____, 「해방 후 아동문학의 발전」, 『해방 후 10년간의 조선문학』, 조선작가동맹출판사, 1955.

김병호, 「벌 사회」, 『별나라』 41(6), 별나라사, 1930.

_____, 「동요 강화」 1, 『신소년』 8(11), 신소년사, 1930.

김병제, 「한글講座 우리 말과 글(一回)」, 『별나라』, 별나라사, 1945.12.

김복순, 「소녀의 탄생과 반공주의 서사의 계보」, 『한국근대문학연구』 18, 한국근대문학회, 2008.

김성연, 「이광수의 아동문학 연구」, 『동화와번역』 8, 건국대 동화와번역연구소, 2004.

김소운, 「말(語)의 향기」, 『어린이나라』, 동지사 아동원, 1949.2.

김소춘, 「장유유서의 말폐－유년남녀의 해방을 제창함」, 『개벽』 2(7), 1920.7.25.

김영순, 『한일아동문학 수용사 연구』, 채륜, 2013.

김영일, 「하늘나라」, 『아이생활』, 1940.8.

김용준, 「우리 자랑－광개토 대왕비」, 『주간소학생』 18, 조선아동문화협회, 1946.6.10.

김용희, 「『아이들보이』·『새별』지에 나타난 육당과 춘원의 '이약이' 의식」, 『아동문학평론』 38(2), 아동문학평론사, 2013.

김우철, 「상호의 꿈」, 『신소년』 10(2), 신소년사, 1932.

_____, 「동화와 아동문학(상)－동화의 지위 및 역할」, 『조선중앙일보』, 1933.7.6.

김윤경, 「'해방 후 여학생' 연구」, 『비평문학』 47, 한국비평문학회, 2013.

김이구, 「과학소설의 새로운 가능성」, 『창비어린이』 3(?), 창작과비평사, 2005.

김인수, 「제자리걸음」, 『소학생』 67, 조선아동문화협회, 1949.5.

김재국, 「한국 과학 소설의 현황」, 『대중서사연구』 5(1), 대중서사학회, 2000.

김정일, 『김정일 주체문학론－전당과 온 사회를 주체사상화하자!』, 조선로동당출판사, 1992.

김제곤, 『윤석중 연구』, 청동거울, 2013.

김종헌, 「해방기 윤석중 동시 연구」, 『우리말글』 28, 우리말글학회, 2003.

_____, 『동심의 발견과 해방기 동시문학』, 청동거울, 2008.

김찬곤, 「동심의 기원 – 이지의 「동심설」과 이원수의 동심론의 중심으로」, 『아동청소년문학연구』(16), 한국아동청소년문학학회, 2015.

김학준, 「특별기고문 – 잊혀진 정치학자 한치진 : 그의 학문세계의 복원을 위한 시도」, 『한국정치연구』 23(2), 서울대 한국정치연구소, 2014.

김화선, 「일제말 전시기 식민 주체의 호명 방식 – 『放送小說名作選』을 중심으로」, 『비교한국학』 17(2), 국제비교한국학회, 2009.

_____, 「[기획 – '친일'과 '반공'] 식민지 어린이의 꿈, '병사 되기'의 비극」, 『창비어린이』 4(2), 창작과비평사, 2006.

_____, 「대동아공영권의 전쟁동원론과 병사의 탄생 – 일제 말기 친일 아동문학 작품을 중심으로」, 『인문학연구』 31(2), 충남대 인문과학연구소, 2004.

김화선·안미영, 「1920년대 서구 전래동화의 번역과 번역 주체의 욕망 – 『東明』에 소개된 그림동화를 중심으로」, 『어문연구』 53, 어문연구학회, 2007.

김현숙, 「근대매체를 통해 본 '가정'과 '아동' 인식의 변화와 내면형성」, 『상허학보』 16, 상허학회, 2006.

김혜경, 『식민지하 근대가족의 형성과 젠더』, 창비, 2006.

김혜원, 「대선풍」, 『소년』 3(11), 조선일보사, 1939.

노경수, 『(동심의 근원을 찾아서) 윤석중 연구』, 청어람M&B, 2010.

로인, 「좀더쉬웁게써다고 – 新年號朴賢順동무에게글을읽고」, 『신소년』 11(3), 신소년사, 1933.

류덕제 편, 『한국 현대 아동문학 비평 자료집 1』, 소명출판, 2016.

_____, 「『별나라』와 계급주의 아동문학의 의미」, 『국어교육연구』 46, 국어교육학회, 2010.

리기봉, 「고향의 자연 속에서」, 『소년단』, 민청출판사, 1955.7.

리원우, 『아동문학 창작의 길』, 평양 : 국립출판사, 1956.

_____, 「글을 어떻게 하면 잘 쓸 수 있을까」, 『소년단』, 민청출판사, 1955.3.

마해송, 「바위나리와 애기별」, 『어린이』 4(1), 1926.

문성환, 「얼굴과 신체의 정치학 – 『소년』과 『청춘』에 새겨진 문명의 얼굴·권력의 신체」, 권보드래 외, 『『소년』과 『청춘』의 창 – 잡지를 통해 본 근대 초기의 일상성』, 이화여대 출판부, 2007.

문한별, 「『조선출판경찰월보』를 통해서 고찰한 일제 강점기 단행본 소설 출판 검열의 양상」, 『한국문학이론과 비평』 58, 한국문학이론과비평학회, 2013.

_____, 「일제 강점기 아동 출판물의 관리 체계와 검열 양상 – 『불온소년소녀독물역문(不穩少年少女讀物譯文)』과 『언문소년소녀독물의 내용과 분류(諺文少年少女讀物の內容と分類)』을 중

심으로」, 『한국문학이론과 비평』 60, 한국문학이론과비평학회, 2013.

_____, 「일제 강점기 번역소설의 단행본 출간과 검열 양상－『조선출판경찰월보』 수록 단행본 목록과의 비교 고찰을 중심으로」, 『비평문학』(47), 한국비평문학회, 2013.

미즈노 나오키, 정선태 역, 『생활 속의 식민지주의』, 산처럼, 2007.

민채호, 「해방 후의 조선 스포츠계」, 『소학생』 51, 조선아동문화협회, 1947.10.

박고경, 「대중적 편집의 길로!」, 『신소년』 10(8), 신소년사, 1932.

박노자, 「1900년대 초반 신채호 "민족" 개념의 계보와 동아시아적 맥락」, 『순천향 인문과학논 총』 25, 순천향대 인문학연구소, 2010.

박몽구, 「학생(學生) 저널《학원(學園)》과 독서(讀書) 진흥(振興) 운동(運動)에 관한 연구(硏 究)」, 『출판잡지연구』 20(1), 출판문화학회, 2012.

박세영, 「固式化한領域을넘어서－童謠・童詩創作家에게」, 『별나라』 57(2・3), 별나라사, 1932.

_____, 「童謠・童詩는엇더케쓰나」 2, 『별나라』 73(12), 별나라사, 1933.

_____, 「童謠・童詩는엇더케쓰나」 3, 『별나라』 74(1), 별나라사, 1934.

_____, 「童謠・童詩는엇더케쓰나」 4, 『별나라』 75(2), 별나라사, 1934.

_____, 「맑스는 누구인가」, 『별나라』 45(10), 별나라사, 1930.

박수인, 「위태한 지구」, 『소년』 3(11), 조선일보사, 1939.11.

박숙자, 「아동의 발견과 모성 담론－1920년대 아동문학 작품을 중심으로」, 『어문학』 84, 한국 어문학회, 2004.

박영기, 「일제 말기 아동문학교육 연구」, 『동화와 번역』 15, 건국대 동화와번역연구소, 2008.

박영종(목월), 「나란이, 나란이」, 『소년』 3(3), 조선일보사, 1939.3.

박웅걸, 「상급전화수」, 『소년과학』, 소년과학사, 1965.5.

박태일, 「이주홍의 초기 아동문학과 『신소년』」, 『현대문학이론연구』 18, 현대문학이론학회, 2002.

박태원, 「꼬마 반장」, 김동인 편, 『방송소설명작선』, 조선출판사, 1940.

_____, 「어서 크자」, 『방송소설명작선』, 김동인 편, 조선출판사, 1940.

방정환, 「동화를 쓰기 전에 어린애를 기르는 부형과 교사에게」, 『천도교회월보』 126, 천도교회월 보사, 1922.1.

_____, 「조선고래동화모집」, 『개벽』 26(8), 개벽사, 1922.

_____, 「현상모집」, 『개벽』 26, 개벽사, 1922.

_____, 「남은 잉크」, 『어린이』 1(1), 개벽사.

_____, 「불쌍하면서도 무섭게 커 가는 독일의 어린이－매일 한 번씩 낮잠을 자는 학교」, 『어린 이』 1, 개벽사, 1923.

_____, 「염소와 늑대」, 『어린이』 1, 개벽사, 1923.

_____, 「일곱 마리 까마귀」, 『어린이』 1, 개벽사, 1923.

_____, 「처음에」, 『어린이』 1(1), 개벽사, 1923.

_____, 「황금 거우」, 『어린이』 1, 개벽사, 1923.

_____, 「개고리 왕자」, 『어린이』 1, 개벽사, 1924.

_____, 「어린이 찬미」, 『신여성』 2, 개벽사, 1924.6.

_____, 「작은이의 일홈」, 『어린이』 2(1), 개벽사, 1924, 13~15쪽, 『어린이』 2(2), 개벽사, 1924.

_____, 「童話作法=童話짓는이에게」, 『동아일보』, 1925.1.1.

_____, 「심부름하는 사람과 어린 사람에게도 존대를 합니다」, 『별건곤』 2(2), 개벽사, 1927.2.

백 석, 「동화 문학의 발전을 위하여」, 『조선문학』, 조선문학사, 1956.5.

버들쇠, 「동요를 지으시려는 분께」, 『어린이』 2(2), 개벽사, 1924.

선안나, 『천의 얼굴을 가진 아동문학』, 청동거울, 2007.

소 현, 「언제나 큰 뜻을 품자-어린이날을 맞이하야」, 『소학생』 67, 조선아동문화협의회, 1949.5.

손유경, 『프로문학의 감성구조』, 소명출판, 2012.

손지연, 「식민지 조선에서의 검열의 사상과 방법-검열 자료집 구축 과정을 통하여」, 『한국문학
　　　연구』 32, 동국대 한국문학연구소, 2007.

송순일, 「아동의 예술교육」, 『동아일보』, 1924.9.17.

송 영, 「영웅 이야기」, 『별나라』 51(6), 별나라사, 1931.

_____, 「월급이란 무엇인가」, 『별나라』 45(10), 별나라사, 1930.

_____, 「지주와 소작인」. 『별나라』 52(7·8), 별나라사, 1931.

_____, 「맞을번한이야기」, 『소년』 1(1), 조선일보사, 1937.4.

송창일, 「부끄럼」, 『소년』 2(3), 조선일보사, 1938.3.

신영철, 「독학의 길」, 『소년』 2(3), 조선일보사, 1938.3.

신영현, 「아동의 감정교육」, 『동아일보』, 1929.6.3~6.7.

신헌재, 『아동문학의 숲을 걷다』, 박이정, 2014.

_____, 「한국 아동문학의 동심론(童心論) 연구」, 『아동청소년문학연구』(12), 한국아동청소년문
　　　학학회, 2013.

안경식, 『소파 방정환의 아동교육운동과 사상』, 학지사, 1999.

안수길, 「소설의 첫걸음」, 『학원』, 학원사, 1962.3~8.

안준식, 「조선해방과 少年少女에게」, 『별나라』, 별나라사, 1945.12.

양미림, 「본받을 히틀러-유-겐트와 뭇솔라-니靑少年團」, 『소년』 4(1), 조선일보사, 1940.

염희경, 「민족주의의 내면화와 '전래동화'의 모델 찾기 – 방정환의 『사랑의 선물』에 대하여(2)」, 『한국학연구』 16, 인하대 한국학연구소, 2007.

_____, 「'네이션'을 상상한 번역 동화 – 방정환의 『사랑의 선물』에 대하여(1)」, 『동화와 번역』 13, 건국대 동화와번역연구소, 2007.

오문환, 「천도교(동학)의 민족공화주의의 사상과 운동」, 『정신문화연구』 30(1), 2007.

오성철, 『식민지 초등 교육의 형성』, 교육과학사, 2000.

오오타케 키요미, 『근대 한·일 아동문화와 문학 관계사, 1895~1945』, 청운, 2005.

오혜진, 「1930년대 아동문학의 전개 – 이주홍, 이태준, 현덕의 작품을 중심으로」, 『어문론집』 34, 중앙어문학회, 2006.

원광수, 「로켓 여행」, 『소년단』, 민청출판사, 1958.9~1959.7.

원종찬, 『아동문학과 비평정신 – 원종찬 평론집』, 창작과비평사, 2001.

_____, 『한국 근대문학의 재조명』, 소명출판, 2005.

_____, 「구인회 문인들의 아동문학」, 『동화와 번역』 11, 건국대 동화와번역연구소, 2006.

_____, 「잘못된 아동문학사 연표 – 「바위나리와 아기별」의 서지사항을 중심으로」, 『아동청소년 문학연구』(2), 한국아동청소년문학학회, 2008.

_____, 「한국 아동문학 형성과정 연구 – 『소년』(1908)에서 『어린이』(1923)까지」, 『동북아 문화 연구』 15, 동북아시아문화학회, 2008.

_____, 「윤석중과 이원수 – 아동문학의 모더니즘과 리얼리즘」, 『아동청소년문학연구』(9), 한국 아동청소년문학학회, 2011.

_____, 「1920년대 『별나라』의 위상 – 남북한 주류의 아동문학사 인식 비판」, 『한국아동문학 연구』(23), 한국아동문학학회, 2012.

_____, 『북한의 아동문학 – 주체문학에 이르는 도정』, 청동거울, 2012.

_____, 「소년이 어린이가 되기까지」, 『창비어린이』 11(2), 창비어린이, 2013.

_____, 「동심의 역사성과 민족의 발견」, 『창비어린이』 12(1), 창비어린이, 2014.

_____, 「『신소년』과 조선어학회」, 『아동청소년문학연구』(15), 한국아동청소년문학학회, 2014.

유 신, 「인공위성은 과연 발사될 것인가?」, 『학원』 4(10), 학원사, 1955.10.

유지영, 「동요 짓는 법」, 『어린이』 2(4), 개벽사, 1924.

유현숙, 「동심 잡기를 읽고 윤석중에게 답함」, 『동아일보』, 1933.12.26~12.28.

윤기수, 「귀 먹은 탓」, 『소년』 4(11), 조선일보사, 1940.11.

윤석중, 「앞으로 앞으로」, 『주간소학생』 3, 조선아동문화협회, 1946.2.

_____, 「체신부와 나무닢」, 『소년』 4(1), 조선일보사, 1940.1.

_____, 「이슬」, 『소년』 4(4), 조선일보사, 1940.5.

_____, 「少年을 내면서」, 『소년』 1(1), 조선일보사, 1937.4.

_____, 「대낮」, 『소년』 4(3), 조선일보사, 1940.3.

_____, 「동심 잡기」, 『신여성』 61, 개벽사, 1933.7.

_____, 「동심 잡기에 대한 나의 견해」, 『동아일보』, 1934.1.19~1.23.

_____, 「떼를 지어」, 『어린이나라』 2(1), 동지사 아동원, 1950.1.

윤세진, 「『소년』에서 『청춘』까지, 근대적 지식의 스펙터클」, 권보드래 외, 『『소년』과 『청춘』의 창―잡지를 통해 본 근대 초기의 일상성』, 이화여대 출판부, 2007.

윤영실, 「국민국가의 주동력, '청년'과 '소년'의 거리―최남선의 『소년』지를 중심으로」, 『민족문화연구』 48, 고려대 민족문화연구원, 2008.

윤주은, 「本楠의 아동문학 세계」, 『일어일문학』 33, 대한일어일문학회, 2007.

윤치호, 김상태 편, 『윤치호 일기, 1916~1943―한 지식인의 내면세계를 통해 본 식민지시기』, 역사비평사, 2001.

이경재, 「현덕의 생애와 소설연구」, 『관악어문연구』 29, 서울대 국어국문학과, 2004.

이광수, 「子女中心論」, 『청춘』 15, 신문관, 1918.9.

_____, 「고맙습니다」, 『소년』 1(1), 조선일보사, 1937.4.

_____, 「母性中心의 女子敎育」, 『신여성』 3(1), 개벽사, 1925.1.

_____, 「문학이란 하오」, 『매일신보』, 매일신보사, 1916.11.15.

_____, 「탓」, 『소년』 1(7), 조선일보사, 1937.10.

이구월, 「분한 밤」, 『별나라』 46(11), 별나라사, 1930.

이구조, 「비행기」, 『소년』 4(9), 조선일보사, 1940.

_____, 「병정놀이」, 『소년』 4(12), 조선일보사, 1940.

이기훈, 「1920년대 사회주의 이념의 전개와 청년 담론」, 『역사문제연구』 13, 역사문제연구소, 2004.

이길상, 「황민화 시기 이만규의 국가정체성―친일적 경향을 중심으로」, 『한국교육사학』 34(1), 한국교육사학회, 2012.

이돈화, 「인내천의 연구」, 『개벽』, 개벽사, 1920.6.

이동규, 「이쪽저쪽」, 『신소년』 9(10), 신소년사, 1931.

_____, 「유년독본」, 『신소년』 10(7), 신소년사, 1932.

_____, 「童謠를 쓰려는 동무들에게」, 『신소년』 9(11), 신소년사, 1931.

_____, 「노래를 부르자」, 『별나라』 53(9), 별나라사, 1931.

_____, 「베를 심어」, 『별나라』 56(1), 별나라사, 1932.

이두영, 「정신」, 『소년』 1(7), 조선일보사, 1937.10.

이만규, 「우리 글 자랑」, 『주간소학생』 1, 조선아동문화협회, 1946.

이무영, 「거짓말과 소설」, 『학원』 8(4), 학원사, 1959.3.

이상금, 『사랑의 선물－소파 방정환의 생애』, 한림출판사, 2005.

이선근, 「먼저 반공정신을!」, 『학원』 3(6), 학원사, 1954.6.

이영아, 「정인택의 삶과 문학 재조명－이상 콤플렉스 극복과정을 중심으로」, 『현대소설연구』 35, 한국현대소설학회, 2007.

이영철, 「어린이 한글 역사」, 『주간소학생』 37, 조선아동문화협회, 1947.2.3.

_____, 「어린이 한글 역사」, 『소학생』 38, 1947.

_____, 「틀리기 쉬운 말2」, 『주간소학생』 26, 조선아동문화협회, 1946.9.

_____, 「틀리기 쉬운 말4」, 『주간소학생』 28, 조선아동문화협회, 1946.10.

_____, 「우리 문화와 한글」, 『소학생』 50, 조선아동문화협회, 1947.9.

이영민, 「야구와 소학생」, 『소학생』 77, 조선아동문화협회, 1950.4.

이원경, 「잡지 『신시대』의 성격과 歷史讀物」, 『국제어문학회 학술대회 자료집』 2014(2), 국제어문학회, 2014.

이원수, 「아동문학의 사적 고찰」, 『소년운동』 4, 조선소년생활사, 1947.4.

_____, 「자장 노래」, 『소년』 4(7), 조선일보사, 1940.7.

_____, 「혼자 자는 아가」, 『소년』 4(11), 조선일보사, 1940.

_____, 「나무 간 언니」, 『소년』 4(10), 조선일보사, 1940.10.

_____, 「보-야, 넨네요('아가야 자장자장'의 일본말)」, 『소년』 2(10), 조선일보사, 1938.10.

_____, 「숲속 나라」, 『어린이나라』, 동지사 아동원, 1949.2～12.

이재철, 『아동문학의 이해』, 국학자료원, 2014.

_____, 『한국현대아동문학사』, 일지사, 1978.

이종기 편, 「웨리타스 여행기－과학의 발생지를 찾아서」, 『학원』 3(6), 학원사, 1954.6.

이주라, 「1930년대 김규택의 유모어소설과 웃음의 새로운 가능성」, 『어문논집』 74, 민족어문학회, 2015.

이주홍, 「청어 쌕다귀」, 『신소년』 8(4), 신소년사, 1930.

_____, 「군밤」, 『신소년』 12(2), 신소년사, 1934.

_____, 「우체통」, 『신소년』 10(7), 신소년사, 1932.

이중연, 『책, 사슬에서 풀리다－해방기 책의 문화사』, 혜안, 2005.

이태준, 「눈물의 입학」, 『어린이』 8(1), 개벽사, 1930.

이형우, 「학교」, 『소학생』 47, 조선아동문화협의회, 1947.4.

이희복, 「그 시초와 내력」, 『어린이나라』, 동지사 아동원, 1949.1.

이희승, 「우리 자랑」, 『주간소학생』 37, 조선아동문화협회, 1947.

이희정, 「<창조> 소재 김동인 소설의 근대적 글쓰기 연구」, 『국제어문』 47, 국제어문학회, 2009.

_____, 「1920년대 잡지 『동명』의 매체담론과 문예물 연구」, 『우리말글』 68, 우리말글학회, 2016.

임기현, 「송순일의 생애와 소설 연구」, 『어문학』(119), 한국어문학회, 2013.

임종명, 「해방 공간과 신생활운동」, 『역사문제연구』 27, 역사문제연구소, 2012.

임태훈, 『우애의 미디올로지-잉여력과 로우테크(low-tech)로 구상하는 미디어 운동』, 갈무리, 2012.

임화, 「兒童文學問題에關한二三의私見」, 『별나라』 75(2), 별나라사, 1934.

장명찬, 「짐승」, 『소년』 3(1), 조선일보사, 1939.1.

장수경, 『『학원』과 학원세대』, 소명출판, 2013.

장 영·리연호, 『동심과 아동문학창작』, 문학예술종합출판사, 1995.

장정희, 「조선동화의 근대적 채록 과정 연구I-1913~23년 근대 매체의 옛이야기 수집 활동」, 『한국학연구』 57, 고려대 한국학연구소, 2016.

_____, 『한국 근대아동문학의 형상』, 청동거울, 2014.

장지영, 「한글날의 뜻과 우리의 할 일」, 『소학생』 71, 조선아동문화협회, 1949.10.

전루이사, 「이 다음 조선의 주인, 어린이 기르는 길」, 『동아일보』, 1925.4.22~4.29.

전미경, 『근대계몽기 가족론과 국민 생산 프로젝트』, 소명출판, 2005.

전성곤, 『근대 '조선'의 아이덴티티와 최남선』, 제이앤씨, 2008.

정선혜, 「《아이생활》 속에 싹튼 한국 아동문학의 불씨」, 『아동문학평론』 31(2), 아동문학평론사, 2006.

정욱식·강정민, 『핵무기-한국의 반핵문화를 위하여』, 열린길, 2008.

정원섭, 「운동회」, 『어린이나라』, 동지사 아동원, 1949.5.

정인섭, 「아동예술교육」, 『동아일보』, 1928.12.11~13.

_____, 『색동회어린이운동사』, 학원사, 1975.

정인택, 「밝은 길」, 『어린이나라』, 동지사 아동원, 1949.3.

_____, 「밝은 길」, 『어린이나라』, 동지사 아동원, 1949.4.

정지석·오영식, 『틀을 돌파하는 미술-정현웅 미술작품집』, 소명출판, 2012.

정지용, 「장난감 없이 자란 어른」, 『어린이나라』, 동지사 아동원, 1949.1.

_____, 「3월 1일」, 『어린이나라』, 동지사 아동원, 1949.3.

정진석, 「일제 강점기의 출판환경과 법적 규제」, 『근대서지』 6, 근대서지학회, 2012.

정진욱, 「가을의 생리 위생」, 『소학생』 50, 조선아동문화협회, 1947.9.

조남현, 『한국문학잡지사상사』, 서울대출판문화원, 2012.

조성면, 『대중문학과 정전에 대한 반역』, 소명출판, 2002.

조성필, 「약값」, 『소년』 3(11), 조선일보사, 1939.11.

조연순 외, 「개화후기(1906~1910) 초등교육의 성격 탐구」, 『초등교육연구』 16(2), 한국초등교
      육학회, 2003.

조유경, 「태평양 전쟁기(1941~45) 잡지 『半島の光』의 표지 이미지 연구」, 이화여대 석사논문,
      2016.

조은숙, 『한국 아동문학의 형성-아동의 발견, 그 이후의 문학』, 소명출판, 2009.

_____, 「근대계몽담론과 '소년'의 표상」, 『어문논집』 46, 민족어문학회, 2002.

조재호, 「어린이데-선물」, 『어린이』 3(5), 개벽사, 1925.

조형식, 「우리들의 동요시에 대하여」, 『별나라』 57(2·3), 별나라사, 1932.

채만식, 「이상한 선생님」, 『어린이나라』, 동지사 아동원, 1949.1.

천정환, 「근대 초기의 대중문화와 청소년의 책읽기」, 『독서연구』 9, 한국독서학회, 2003.

_____, 『근대의 책읽기-독자의 탄생과 한국 근대문학』, 푸른역사, 2003.

최남선, 「바다란것은 이러한것이오」, 『소년』 1(1), 신문관, 1908.

_____, 「星辰」, 『소년』 1(2), 신문관, 1908.

_____, 「해(海)에게서 소년에게」, 『소년』 1(1), 신문관, 1908.

_____, 「海上大韓史-왜 우리는 海上冒險心을 감튀어 두엇나」, 『소년』 1(1), 신문관, 1908.

_____, 「바다위의 勇少年」, 『소년』 2(10), 신문관, 1909.

_____, 「삼면환해국」, 『소년』 2(8), 1909.

_____, 「소년 시언-소년의 기왕과 및 장래」, 『소년』 4(6), 신문관, 1910.

_____, 「계집아이 슬기」, 『아이들보이』 2, 신문관, 1913.

_____, 「네 아우 동생」, 『붉은저고리』 1(2), 신문관, 1913.

_____, 「상급잇는 이약이 모음」, 『아이들보이』 2, 신문관, 1913.

_____, 「스다님의 간 곳」, 『붉은저고리』 1(1), 신문관, 1913.

_____, 「애씀」, 『아이들보이』 2, 신문관, 1913.

_____, 「직히실 일」, 『아이들보이』 3, 신문관, 1913.

_____, 「실쭙이 색시」, 『아이들보이』 10, 신문관, 1914.

_____, 「모색에서 발전까지 – 조선민시론(朝鮮民是論)」, 『동명』 1(1), 동명사, 1922.

_____, 「印度의鼈主簿兎生員 – 外國으로서歸化한朝鮮古談 五」, 『동명』 1(16), 동명사, 1922.12.17.

_____, 「개고리의王子 – 그림童話集에서」, 『동명』 2(7), 동명사, 1923.1.28.

_____, 「부레면의音樂師 – 그림童話集에서」, 『동명』 2(7), 동명사, 1923.2.11.

_____, 「ㅅ밝안帽子 – 그림童話集에서」, 『동명』 2(22), 동명사, 1923.5.27.

_____, 「염소와 늑대 – 그림童話集에서」, 『동명』 2(3), 동명사, 1923.1.14.

_____, 「염소와 늑대 – 그림童話集에서」, 『동명』 2(4), 동명사, 1923.

_____, 「재투성이王妃 – 그림童話集에서」, 『동명』 2(15), 동명사, 1923.4.8.

_____, 「재투성이王妃 – 그림童話集에서」, 『동명』 2(16), 동명사, 1923.

최명표, 「『아이생활』 연구」, 『한국아동문학연구』(24), 한국아동문학학회, 2013.

_____, 『한국 근대 소년문예운동사』, 경진, 2012.

최석희, 「독일 동화의 한국 수용 – 그림Grimm 동화를 중심으로」, 『헤세연구』 3, 한국헤세학회, 2000.

최영수, 「어린이의그림은 어떠케지도할가」, 『동아일보』, 1934.10.1~11.7.

_____, 「동심」, 『아동문화』, 동지사 아동원, 1948.11.

최이권, 「아름다운 동심」, 『경향신문』, 경향신문사, 1948.6.23.

최현배, 「재미나는 조선말 – 동물 이름」, 『소년』 1(1), 조선일보사, 1937.4.

_____, 「재미나는 조선말2」, 『소년』 1(5), 조선일보사, 1937.5.

_____, 「재미나는 우리 말」, 『주간소학생』 8, 조선아동문화협회, 1946상.

최현식, 「'신대한'과 '대조선'의 사이(1) – 『소년』지 시(가)의 근대성」, 『근대계몽기 문학의 재인식』, 소명출판, 2007.

편집부, 「애독자 여러분이 좋아하는 시인·소설가·화가·좌담」, 『소학생』 71, 조선아동문화협회, 1949.10.

한기형, 「최남선의 잡지 발간과 초기 근대문학의 재편」, 『근대어·근대매체·근대문학 – 근대 매체와 근대 언어질서의 상관성』, 성균관대 대동문화연구원, 2006.

한낙원, 「우주벌레 오메가호」, 『학원』, 학원사, 1967.6~1970.2.

한민주, 『권력의 도상학 – 식민지 시기 파시즘과 시각 문화』, 소명출판, 2013.

_____, 「마술을 부리는 과학 – 일제시기 아동과학잡지에 나타난 과학의 권위와 그 창출방식」, 『문학과 과학2 – 인종·미술·국가』, 소명출판, 2014.

한식, 「아동문학의 중요성」, 『문학예술』 2, 1949.7.

한지희, 「최남선의 '소년'의 기획과 '소녀'의 잉여」, 『젠더와 문화』 6(2), 계명대 여성학연 구소, 2013.

한철염, 「最近프로少年小說評」, 『신소년』 10(10), 신소년사, 1932.

한치진, 『아동의 심리와 교육』, 경성 : 철학연구사, 1932.

한파령, 「애기 兵丁」, 『소년』 4(7), 조선일보사, 1940.

함처식, 「조선농촌과 계몽운동」, 『민주조선』 2(1), 민주조선사, 1948.

허재영, 『일제 강점기 교과서 정책과 조선어과 교과서』, 경진, 2009.

_____, 「근대 계몽기 언문일치의 본질과 국한문체의 유형」, 『어문학』 114, 한국어문학회, 2011.

현 덕, 「하늘은 맑건만」, 『소년』 2(8), 조선일보사, 1938.8.

_____, 「권구시합」, 『소년』 2(10), 조선일보사, 1938.10.

_____, 원종찬 편, 『너하고 안 놀아』, 창비, 1995.

_____, 『포도와 구슬』, 종금사, 1946.

호 인, 「아동예술시평」, 『신소년』 10(9), 신소년사, 1932.

홍 구, 「콩나물죽과 이밥」, 『신소년』 10(12), 신소년사, 1932.

홍양희, 「식민지시기 남성교육과 젠더(gender) – 양반 남성의 생활상과의 비교를 중심으로」, 『아 시아여성연구』 44(1), 숙명여대 아시아여성연구소, 2005.

홍종인, 「1919년과 3월 1일」, 『소학생』 76, 조선아동문화협회, 1950.

황신덕, 「대자연을 배워라!」, 『학원』, 학원사, 1956.4.

황종연 편, 『문학과 과학』 1~3, 소명출판, 2013~2015.

Cho, Jaeryong, "Traduction en face de la modernité et du nationalisme : La post-colonialité en traduction et la transformation de l'écriture à l'époque de l'ouverture au monde"(Translation in the Face of Modernity and Nationalism : The Turn of the Century Transformation of Writing and Translation and Poscolonial Translation), 『한국프랑스학논집』 73, 한국프랑스학회, 2011.

국외 문헌

Allen, Chizuko T., "Ch'oe Nam-sŏn's Youth Magazines and Message of a Global Korea in the Early Twentieth Century", *Sungkyun Journal of East Asian Studies* 14, no.2, 2014.

Anthony, of Taizé Brother, "Modern Poetry in Korea : An Introduction", *Manoa 27*, no.2, 2015.

Ariés, Philippe, *Centuries of Childhood : A Social History of Family Life*, New York : Vintage Books, 1962.

Baker, Don, "Hananim, Hanŭnim, Hanullim, and Hanŏllim : The Construction of Terminology for Korean Monotheism", *Review of Korean Studies* 1, 2002.

Barthes, Roland, *Image, Music*, Text, New York : Hill and Wang, 1977.

_____, *Mythologies*, London : Paladin Books, 1973.

Bauman, Richard, and Charles L. Briggs, *Voice of Modernity : Language Ideologies and the Politics of Inequality*, Cambridge : Cambridge U. Press, 2003.

Ben-Amos, Ilana Krausman, "Adolescence as a Cultural Invention : Philippe Ariès and the Sociology of Youth", *History of the Human Sciences* 8, no.2, 1995.

Bergstrom, Brian, "Revolutionary Flesh : Nakamoto Takako's Early Fiction and the Representation of the Body in Japanese Modernist and Proletarian Literature", *Positions : East Asia Cultures Critique* 14, no.2, 2006.

Boym, Sveltana, *The Future of Nostalgia*, New York : Basic Books, 2001.

Caprio, Mark, *Japanese Assimilation Policies in Colonial Korea*, 1910-1945, Seattle : U. of Washington Press, 2009.

Carter, Nona, "A Study of Japanese Children's Magazines, 1888-1949", PhD diss., U. of Pennsylvania, 2009.

Ch'ae, Man-shik, "My Innocent Uncle", trans. Bruce and Ju-Chan Fulton, *Modern Korean Fiction : An Anthology*, edited by Bruce Fulton and Youngmin Kwon, New York : Columbia U. Press, 2005.

_____, "A Ready-Made Life", *A Ready-Made Life : Early Masters of Modern Korean Fiction*, translated and selected by Kim Chong-un and Bruce Fulton, Honolulu : U. of Hawaii Press, 1998.

Cho, Heekyoung, *Translation's Forgotten History : Russian Literature, Japanese Mediation, and the Formation of Modern Korean Literature*, Cambridge, MA : Harvard U. Asia Center, 2016.

Choi, Ellie, "Selections from Yi Kwang-su's Early Writings, 1909-1922", *Azalea : Journal of Korean Literature & Culture* 4, no.1, 2011.

Choi, Hyaeweol, "'Wise Mother, Good Wife' : A Transcultural Discursive Construct in Modern Korea", *Journal of Korean Studies* 14, no.1, 2009.

Choi, Kyeong-Hee, "Impaired Body as Colonial Trope : Kang Kyŏng'ae's 'Underground Village'", *Public Culture* 13, no.3, 2001.

Chou, Wan-yao, "The Kominka Movement in Taiwan and Korea : Comparisons and Interpretations", *The Japanese Wartime Empire*, 1931-1945, edited by Peter Duus, Ramon Hawley Myers, and

Mark R. Peattie, Princeton, NJ : Princeton U. Press, 1996.

Chung, Kimberly, "Proletarian Sensibilities : The Body Politics of New Tendency Literature (1924-1927)", *Journal of Korean Studies* 19, no.1, 2014.

Cleverley, John, *Visions of Childhood : Influential Models from Locke to Spock*, New York : Teachers College Press, 1986.

Clough, Patricia Ticineto, *The Affective Turn : Theorizing the Social*, Durham, NC : Duke U. Press, 2007.

Cosggrove, Denis, "Maps, Mapping, Modernity : Art and Cartography in the Twentieth Century", *Imago Mundi* 57, no.1, 2005.

Darr, Yael, *Kanon be-khamah kolot : sifrut ha-yeladim shel tenu'at ha-po'alim*, 1930-1950(A Canon of Many Voices : Forming a Labor Movement Canon for Children, 1930-1950), Jerusalem : Yad Yitzhak Ben-Trevi, 2013.

de Ceuster, Koen, "Wholesome Education and Sound Leisure : The YMCA Sports Programme in Colonial Korea", *European Journal of East Asian Studies* 2, no.1, 2003.

Duara, Prasenjit, "Transnationalism and the Predicament of Sovereignty : China, 1900-1945", *American Historical Review* 102, no.4, 1997.

Ericson, Joan E., "Introduction." In *A Rainbow in the Desert : An Anthology of Early Twentieth-Century Japanese Children's Literature*, trans. Yukie Ohta. Armonk, NY : M.E. Sharpe, 2000.

Eshel, Amir, *Futurity : Contemporary Literature and the Quest for the Past*, Chicago : U. of Chicago Press, 2013.

Evans, Jessica, Visual *Culture : The Reader*, London : SAGE Publications, 1999.

Fukawa Gen'ichiro, 府川源一郎, 「アンデルセン童話とグリム童話の本邦初訳をめぐって」, 『文学』 9(4), 岩波書店, 2008.

Giddens, Anthony, *Modernity and Self-Identity : Self and Society in the late Modern Age*, Cambridge : Polity Press, 1990.

Gramsci, Antonio, "Hegemony, Intellectuals, and the State", *Cultural Theory and Popular Culture : A Reader*, 4th ed., edited by John Storey. Harlow, England : Pearson Education, 2009.

Hasse, Donald, "Decolonizing Fairy-Tale Studies", *Marvel & Tales : Journal of Fairy-Tale Studies* 24, no.1, 2010.

Hanscom, Christopher, "Matters of Fact : Language, Science, and the Status of Truth in Late Colonial Korea", *Cross-Currents* 10, 2014.

_____, *The Real Modern : Literary Modernism and the Crisis of Representation in Colonial Korea*, Cambridge, MA : Harvard East Asia Center, 2013.

Hanscom, Christopher, and Dennis Washburn, eds., *The Affect of Difference : Representations of Race in East Asian Empire*, Honolulu : U. of Hawaii Press, 2016.

Henry, David, "Japanese Children's Literature as Allegory of Empire in Iwaya Sazanami's Momotarō (*The Peach Boy*)", *Children's Literarue Association Quarterly* 34, no.3, 2009.

Henry, Todd A., *Assimilating Seoul : Japanese Rule and the Politics of Public Space in Colonial Korea*, 1910-1945, Berkeley : U. of California Press, 2014.

Hoffmann, Frank, *Berlin Koreans and Pictured Koreans*, Vienna : Praesens, 2015.

Hsing, Ping-chen, *A Tender Voyage : Children and Childhood in Late Imperial China*, Stanford, CA : Stanford U. Press, 2005.

Hughes, Theodore, *Literature and Film in Cold War South Korea : Freedom's Frontier*, New York : Columbia U. Press, 2012.

Hwang, Jong-yŏn, "The Emergence of Aesthetic Ideology in Modern Korean Literary Criticism : An Essay on Yi Kwang-su", trans. Janet Poole, *Korea Journal 39*, no.4, 1999.

Hwang, Kyung Moon, "Country or State? Reconceptualizing 'Kukka' in the Korean Enlightment Period, 1896-1910", *Journal of Korean Studies 24*, 2000.

_____, *Rationalizing Korea : The Rise of the Modern State 1894-1945*, Oakland : U. of California Press, 2016.

Hyun, Theresa, "Byron Lands in Korea : Translation and Literary / Cultural Changes in Early Twentieth-Century Korea", *Traduction, Terminologie, Rédaction* 10, no.1, 1997.

_____, "Translating Indian Poetry in the Colonial Period in Korea", *in Decentering Translation Studies : India and Beyond*, edited by Judy Wakabayashi and Rita Kothari, Amsterdam : John Benjamins Publishing, 2009.

Janelli, Roger L., "The Origins of Korean Folklore Scholarship", *Journal of American Folklore* 99, 1986.

Jenkins, Henry, *The Children's Culture Reader.*, New York : New York U. Press, 1998.

Jenks, Chris, *Childhood*, London : Rutledge, 2005.

Jentzsch, Spencer, *Munhwaŏ : The 'Cultured Language' and Language Branding in North Korea, 1964-1984*, PhD diss., U. of British Columbia, 2010.

Jeong, Kelly Y., *Crisis of Gender and the Nation in Korean Literature and Cinema : Modernity Arrives Again, Lanham*, MD : Lexington Books, 2011.

Jiang, Jin, "Heresy and Persecution in Late Ming Society : Reinterpreting the Case of Li Zhi", *Late Imperial China* 22, no.2, 2001.

Johnson, Mark, and George Lakoff, "Why Cognitive Linguistics Requires Embodied Realism", *Cognitive Linguistics* 13, no.3, January 23, 2002.

Jones, Andrew, *Developmental Fairy Tales : Evolutionary Thinking and Modern Chinese Culture*, Cambridge, MA : Harvard U. Press, 2011.

Jones, Mark, *Children as Treasures : Childhood and the Middle Class in Early Twentieth-Century Japan*, Cambridge, MA : Harvard U. Asia Center, 2010.

Karatani Kōjin, *Origins of Modern Japanese Literature*, Durham, NC : Duke U. Press, 1993.

Keith, Elizabeth M., *Doshinshugi and Realism : A Study of the Characteristics of the Poems, Stories and Compositions in 'Akai Tori' from 1918 to 1923*, PhD diss., U. of Hawaii at Manoa, 2011.

Kim, Eunseon, *Discovering' Linguistic Politeness for Modern Society : The Sociolinguistic Campaign to Reform Honorification in 1920s Korea*, Paper presented at the Asian Studies on the Pacific Coast (ASPAC) conference, Spokane, WA, June 15-17, 2012.

Kim, Jaihiun, *Modern Korean Poetry*, Fremont, CA : Asian Humanities Press, 1994.

Kim, Jina, "Intermedial Aesthetics : Still Images, Moving Words, and Written Sounds in Early Twentieth-Century Korean Cinematic Novels", *Journal of Korean Studies* 16, no.2, 2013.

Kim, Kyu Hyun, "Reflections on the Problems of Colonial Modernity and 'Collaboration' in Modern Korean History", *Journal of International and Area Studies* 11, no.3, 2004.

Kim, Yoon-shik, "KAPF Literature in Modern Korean Literary History", trans. Yoon Sun Yang, *Positions : East Asia Cultures Critique* 14, no.2, 2006.

King, Ross, "Ditching 'Diglossia' : Describing Ecologies of the Spoken and Inscribed in Pre-Modern Korea", *Sungkyun Journal of East Asian Studies* 15, no.1, 2015.

_____, *James Scarth Gale and the Christian Literature Society : Salvific Translation and the Crusade against 'Mongrel Korean'*, Unpublished manuscript.

_____, "Nationalism and Language Reform in Korea : The Questione della Lingua in Precolonial Korea", *Nationalism and the Construction of Korean Identity*, edited by Timothy Tangherlini and Hyung-il Pai, Berkeley : U. of California Press, 1998.

_____, "North and South Korea", *Language and National Identity in Asia*, edited by Andrew Simpson, New York : Oxford U. Press, 2007.

King, Ross, and Si Nae Park, eds., *Score One for the Dancing Girl, and Other Selections from the Kimun*

Chonghwa : A Story Collection from Nineteenth-Century Korea, Translated by James Scarth Gale, Toronto : University of Toronto Press, 2016.

Kinney, Anne Behnke, *Chinese Views of Childhood*, Honolulu : U. of Hawaii Press, 1995.

_____, *Representations of Childhood and Youth in Early China*, Stanford, CA : Stanford U. Press, 2004.

Kwon, Nayoung Aimee, "Conflicting Nostalgia : Performing The Tale of Ch'unhyang in the Japanese Empire", *Journal of Asian Studies* 73, no.1, 2014.

_____, *Intimate Empire : Collaboration and Colonial Modernity in Korea and Japan*, Durham, NC : Duke U. Press, 2015.

Lee, Ann, trans., *Yi Kwang-su and Modern Korean Literature : Mujŏng*, Ithaca, NY : Cornell East Asia, 2005.

Lee, Ji-Eun, *Women Pre-scripted : Forging Modern Roles through Korean Print*, Honolulu : U. of Hawaii Press, 2015.

Lee, Jin-kyung, "Performative Ethnicities : Culture and Class in 1930s Colonial Korea", *Seoul Journal of Korean Studies* 19, no.1, 2006.

Lee, Peter, *A History of Korean Literature*, Cambridge : Cambridge U. Press, 2003.

_____, *Modern Korean Literature : An Anthology*, Honolulu : U. of Hawaii Press, 1990.

Lerer, Seth, *Children's Literature : A Reader's History, from Aesop to Harry Potter*, Chicago : U. of Chicago Press, 2009.

Levy, Indra, *Sirens of the Western Shore : The Westernesque Femme Fatale, Translation, and Vernacular Style in Modern Japanese Literature*, New York : Columbia U. Press, 2006.

Leys, Ruth, "The Turn to Affect : A Critique", *Critical Inquiry* 37, no.3, March 1, 2011.

Massumi, Brian, *Parables for the Virtual : Movement, Affect, Sensation, Durham*, NC : Duke U. Press, 2002.

Metz, Christian, *Film Language : A Semiotics of the Cinema*, Chicago : U. of Chicago Press, 1974.

Mickenberg, Julia, *Learning from the Left : Children's Literature, the Cold War, and Radical Politics in the United States*, New York : Oxford U. Press, 2006.

Millet, Allan Reed, *The War for Korea, 1945-1950 : A House Burning*, Lawrence : U. Press of Kansas, 2005.

Mishler, Paul, *Raising Reds : The Young Pioneers, Radical Summer Camps, and Communist Political Culture in the United States*, New York : Columbia U. Press, 1999.

Morton, Leith, *Modern Japanese Culture : The Insider View, South Melbourne*, Victoria : Oxford U. Press, 2003.

Mostow, Joshua S., *The Columbia Companion to Modern East Asian Literature*, New York : Columbia U.Press, 2003.

Myers, Brian, *Han Sŏrya and North Korean Literature : The Failure of Socialist Realism in the DPRK*, Ithaca, NY : Cornell East Asia Series, 1994.

Nel, Philip, "Learning from the Left : Children's Literature, the Cold War, and Radical Politics in the United States", Review. *Children's Literature Association Quarterly* 32, no.1, 2007.

Nikolajeva, Maria, *Aspects and Issues in the History of Children's Literature, Westport*, CT : Greenwood, 1995.

Nodelman, Perry, "The Case of Children's Fiction : Or the Impossibility of Jacqueline Rose", *Children's Literature Association Quarterly* 10, no.3, 1985.

_____, *Touchstones. Volume One : Reflections on the Best in Children's Literature*, West Lafayette, IN : Children's Literature Association, 1985.

Oh, Seong-cheol, and Kim Ki-seok, "Expansion of Elementary Schooling under Colonialism : Top Down or Bottom Up?", *Colonial Rule and Social Change in Korea, 1910-1945*, edited by Hong Yung Lee, Yong Chooll Ha, and Clark W. Sorensen, Seattle : U. of Washington Press, 2013.

Ortabasi, Melek, "Brave Dogs and Little Lords : Some Thoughts on Translation, Gender, and the Debate on Childhood in Mid Meiji", *Review of Japanese Culture and Society* 20, 2008.

_____, "Narrative Realism and the Storyteller : Rereading Yanagita Kunio's Tōno Monogatari", *Monumenta Nipponica* 64, no.1, July 31, 2009.

O'Sullivan. Emer, "Narratology Meets Translation Studies, or The Voice of the Translator in Children's Literature", *The Translation of Children's Literature : A Reader*, edited by Gillian Lathey, Buffalo, NY : Multilingual Matters, 2006.

Palmer, Brandon, *Fighting for the Enemy : Koreans in Japan's War, 1937-1945*, Seattle : U. of Washington Press, 2013.

Pak, Yŏng-hŭi, "The Hound?", *Rat Fire : Korean Stories from the Japanese Empire*, edited by Theodore Hughes, Jae-Yong Kim, Jin-Kyung Lee, and Sang-Kyung Lee Ithaca, NY : Cornell East Asia Series, 2013.

Park, Sunyoung, "The Colonial Origin of Korean Realism and Its Contemporary Manifestation",

Positions : East Asia Cultures Critique 14, no.1, 2006.

_____, "Everyday Life as Critique in Late Colonial Korea : Kim Nam-chŏn's Literary
Experiments, 1934-43", Journal of Asian Studies 68, no.3, 2009.

_____, The Proletarian Wave : Literature and Leftist Culture in Colonial Korea, 1910-1945,
Cambridge, MA : Harvard U. Asia Center, 2015.

Perry, Samuel, Recasting Red Culture in Prolarian Japan : Childhood, Korea Historical Avant-Garde,
Honolulu : U. of Hawai'i Press, 2014.

Pickles, John, A History of Spaces : Cartographic Reason, Mapping, and the Geo-Coded World, London
: Routledge, 2004.

Piel, L. Halliday, "Loyal Dogs and Meiji Boys : The Controversy over Japan's First Children's Story,
Koganemaru(1892)", Children's Literature 38, no.1, 2010.

Pieper, Daniel, "Korean as Transitional Literacy : Language Policy and Korean Colonial Education,
1910-1919", Acta Koreana 18, no.2, 2015.

Poole, Janet, "Late Colonial Modernism and the Desire for Renewal", Journal of Korean Studies 19,
no.1, 2014.

_____, When the Future Disappears : The Modernist Imagination in Late Colonial Korea, New
York : Columbia U. Press, 2014.

Rhee, Jooyeon, "On 'The Value of Literature' and 'What Is Literature'", Azalea : Journal of Korean
Literature & Culture 1, 2011.

Robinson, Michael E., "Choe Hyŏn-bae and Korean Nationalism : Language, Culture, and
National Development", Occasional Papers on Korea, no.3, 1975.

_____, Korea's Twentieth-Century Odyssey, Honolulu : U. of Hawaii Press, 2007.

Rose, Jacqueline, The Case of Peter Pan, or the Impossibility of Children's Fiction. London : Macmillan,
1984.

Rudd, David, and Anthony Pavlik, "The (Im)Possibility of Children's Fiction : Rose Twenty-Five
Years On", Children's Literature Association Quarterly 35, 2010.

Schiavi, Giuliana, "There Is Always a Teller in a Tale", Target 8, no.1, 1996.

Schmid, Andre, Korea between Empires, New York : Columbia U. Press, 2002.

Seigworth, Gregory, and Melissa Gregg, "An Inventory of Shimmers", The Affect Theory Reader,
edited by Gregg and Seigworth, Durham, NC : Duke U. Press, 2010.

Shavit, Zohar, "Historical Model of the Development of Children's Literature", Aspects and Issues *in the History of Children's Literature*, edited by Maria Nikolajeva, Westport, CT : Greenwood, 1995.

Shin, Gi-Wook, *Ethnic Nationalism in Korea*, Stanford, CA : Stanford U. Press, 2006.

_____ and Michael Robinson, eds. *Colonial Modernity in Korea*, Cambridge, MA : Harvard U. Asia Center, 1999.

Shin, Haerin, "The Curious Case of South Korean Science Fiction : A Hyper-Technological Society's Call for Speculative Imagination", *Azalea : Journal of Korean Literature& Culture* 6, no.1, 2013.

Shin, Jiwon, "Recasting Colonial Space : Naturalist Vision and Modern Fiction in 1920s Korea", *Journal of International and Area Studies* 11, no.3, 2005.

Shin, Michael, "Interior Landscapes : Yi Kwangju's The Heartless and the Origins of Modern Literature", Gi-Wook Shin and Michael Robinson, eds., *Colonial Modernity in Korea*, Cambridge, MA : Harvard U. Asia Center, 1999.

Shouse, Eric, "Feeling, Emotion, Affect", *M/C Journal* 8, no.6, 2005, http://journal.media-culture.org.au/0512/03-shouse.php.

Song, Seok-Choong, "Grammarians or Patriots / Struggle for the Linguistic Heritage", *Korean Journal* 15, no.7, 1975.

Song, Yŏng, "The Blast Furnace", *Rat Fire : Korean Stories from the Japanese Empire*, edited by Theodore Hughes, Jae-Yong Kim, Jin-Kyung Lee, and Sang-Kyung Lee, Ithaca, NY : Cornell East Asia Series, 2013.

Steedman, Carolyn, *Strange Dislocations : Childhood and the Idea of Human Interiority, 1780-1930*, Cambridge, MA : Harvard U. Press, 1995.

Stephens, John, *Language and Ideology in Children's Fiction*, Harlow, Essex, England : Longman, 1992.

Stephens, Sharon, *Children and the Politics of Culture*, Princeton, NJ : Princeton U. Press, 1995.

Stoler, Ann, "Affective States", *A Companion to the Anthropology of Politics*, edited by David Nugent and Joan Vincent, Malden, MA : Blackwell, 2004.

_____, "Carnal Knowledge and Imperial Power : Gender, Race and Morality in Colonial Asia", *The Gender/Sexuality Reader : Culture, History, Political Economy*, edited by Roger N. Lancaster and Micaela di Leonardo, New York : Rutledge, 1997.

Suh Dae-suk, "The War for Korea, 1945-1950 : A House Burning", Review, *Journal of Cold War*

Studies 10, no.2, 2008.

Sypnowich, Christine, "Alexandra Kollontai and the Fate of Bolshevik Feminism", *Labour/Le Travail* 32, 1993.

Takahashi, Yoshito, "Japan und die deutsche Kultur : Die Rezeption der Grimmschen Märchen und der deutschen Bildungsidee seit der Meiji-Zeit" (Japan and German Culture : Reception of the Grimms' Tales and the German Concepts of Education in the Meiji Era), *Wie kann man vom "Deutschen" leben? Zur Praxisrelevanz der interkulturellen Germanistik*, edited by E. W. B. Hess-Lüttich, Peter Colliander, and Ewald Reuter, Frankfurt am Main : Peter Lang, 2009.

Tierney, Robert Thomas, *Tropics of Savagery : The Culture of Japanese Empire in Comparative Frame*, Berkeley : U. of California Press, 2010.

Tikhonov, Vladimir, "Masculinizing the Nation : Gender Ideologies in Traditional Korea and in the 1890s-1900s Korean Enlightenment Discourse", *Journal of Asian Studies* 66, no.4, 2007.

_____, *Social Darwinism and Nationalism in Korea : The Beginnings (1880s-1910s) : Survival as an Ideology of Korean Modernity*, Leiden : Brill, 2010.

Tomasi, Massimiliano, "Quest for a New Written Language : Western Rhetoric and the Genbun Itchi Movement", *Monumenta Nipponica 54*, no.3, 1999.

Tomkins, Silvan S., *Affect, Imagery, Consciousness, vol.1*, New York : Springer, 1962.

Treat, John, "Choosing to Collaborate : Yi Kwang-su and the Moral Subject in Colonial Korea", *Journal of Asian Studies 71*, 2011.

Tsuzukihashi Tetsuo, 続橋達雄, 「日本におけるグリム紹介の歴史」, 『日本児童文学』 31, 1985.

Uchida, Jun, *Brokers of Empire : Japanese Settler Colonialism in Korea, 1876-1945*, Cambridge, MA : Harvard U. Asia Center, 2011.

Wakabayashi, Judy, "Foreign Bones, Japanese Flesh : Translations and the Emergence of Modern Children's Literature in Japan", *Japanese Language and Literature : Journal of the Association of Teachers of Japanese 42*, no.1, 2008.

Williams, Lydia, "We Are All in the Dumps with Bakhtin : Humor and the Holocaust", *Children's Literature and the Fin de Siècle*, edited by Roderick McGillis, Westport, CT : Greenwood, 2003.

Workman, Travis, *Imperial Genus : The Formation and Limits of the Human in Modern Korea and Japan*, Berkeley : U. of California Press, 2016.

Wu, Pei-yi, "Childhood Remembered : Parents and Children in China, 800-1700", *Chinese Views of Childhood*, edited by Anne Behnke Kinney, Honolulu : U. of Hawaii Press, 1995.

Yamanaka Hisashi(山中恒), 『戦時児童文学論－小川未明, 浜田広介, 坪田譲治に沿って』, 大月書店, 2010.

Yang, Yoon Sun, "Enlightened Daughter, Benighted Mother : Yi Injik's Tears of Blood and Early Twentieth-Century Korean Domestic Fiction", *Positions : East Asia Cultures Critique 22*, no.1, March 20, 2014.

Yi, Kwang-su, "What is Literature?", trans. Jooyeon Rhee, Azalea : Journal of Korean Literature & Culture 4, no.1, March 23, 2011.

Yoo, Theodore Jun, *The politics of gender in colonial Korea : education, labor, and health, 1910-1945*, Berkely : U. of California Press, 2008.

Zarrow, Peter, *Old Myth into New History : The Building Blocks of Liang Qichao's "New History"*, Historiography East and West 1, no.2, 2003.

Zelizer, Viviana, *Pricing the Priceless Child : The Changing Social Value of Children*, Princeton U. Press, 1994.

Zipes, Jack, *Fairy Tales and the Art of Subversion*, Routledge, 2006.

Zhou, Yiqun, "Confucianism", *Children and Childhood in World Religions, Primary Sources and Texts*, edited by Don S. Browning, Marcia J. Bunge, New Brunswick, NJ : Rutgers U. Press, 2009.

Zur, Dafna, "The Korean War in Children's Picturebooks of the DPRK", *Exploring North Korean Arts*, edited by Rüdiger Frank, Nürnberg, Verlag für moderne Kunst, 2011.

_____, "Let's Go to the Moon : Science Fiction in the North Korean Children's Magazine Adong Munhak, 1956-1965", *The Journal of Asian Studies Vol.73*, No.2, 2014.

_____, "Textual and Visual Representations of the Korean War in North and South Korean Children's Literature", *Korea 2010 : Politics, Economy and Society*, edited by Rüdiger Frank, Jim Hoare, Patrick Köllner and Susan Pares, Leiden : Brill, 2010.

_____, "They are still eating well, and living well" : The Grimms' Tales in Early Colonial Korea", *Grimms' Tales around the Globe : The Dynamics of Their International Reception*, edited by Vanessa Joosen and Gillian Lathey, Michigan : Wayne State U. Press, 2014.

_____, "'Whose War Were We Fighting?' Constructing Memory and Managing Trauma in South Korean Children's Fiction", *International Research in Children's Literature 2*, no.2, 2009.

주석

들어가며 | 아동과 근대 한국

1 Ben-Amos, "Adolescence as a Cultural Invention".

2 Shavit, "Historical Model of the Development of Children's Literature".

3 Zelizer, *Pricing the Priceless Child*.

4 Lerer, *Children's Literature*, p.7.

5 이재철, 『아동문학의 이해』, 국학자료원, 2014(상서각, 1977), 53~54쪽. 이 책은 1967년에 발간된 책이 재출간된 것이다.[역자 주 : 이재철, 『아동문학개론』, 문운당, 1967.]

6 그러나 이 지역에서 글을 읽고 쓸 줄 아는 사람들의 수는 별로 고무적이지 않다. 1920년대 한반도는 여전히 인구의 80% 이상이 농업, 임업, 어업에 종사하고, 약 90%가 시골 지역에서 살고 있는 대체적으로 시골이었다. 도처에 산재한 소수의 학교들은 가사와 육아 의무로부터 그들의 아동을 풀어줄 여유가 있는 가족에 부응했다. 예를 들어, 1931년의 식민지 기록은 단지 한국 아동의 20%만 입학되었음을 보인다. 원종찬, 「한국 아동문학 형성과정 연구-『소년』(1908)에서 『어린이』(1923)까지」, 『동북아문화연구』 15, 2008, 동북아시아문화학회, 88쪽.

7 장정희, 『한국 근대 아동문학의 형상』, 청동거울, 2014, 13쪽.

8 최명표, 『한국 근대 소년문예운동사』, 경진, 2012, 17~20쪽.

9 Darr, *Kanon be-khamah kolot*. 달의 책은 이스라엘 설립 이전의 대략 20년간, 아동을 위한 문학이 출현했던 다성적 목소리에 대한 흥미로운 조사이다. 그리고 그것은 필자가 이 책에서 제기한 많은 질문에 대한 영감을 제공했다. 이스라엘과 남북한 사이의 공통점은 ─ 특히 한편으로는 국가 건설의 목적을 위한 문학의 동원에서, 그리고 다른 한편으로는 헤게모니를 위한 다른 이익집단과 "취향의 형태를 만드는 사람들"과의 투쟁에서 ─ 매우 흥미롭고 좀 더 면밀히 조사할 만하다.

10 서구 지성사의 조사와 아동의 발달에 대한 이론을 위해 Cleverly, *Visions of Childhood*를 참고했다.

11 Steedman, *Strange Dislocations*, p.92.

12 Rose, *The Case of Peter Pan*.

13 Karatani, *Origins of Modern Japanese Literature*, p.115. 가라타니 고진은 아동의 심리 즉 아동과 성인 사이의 분리가, 아동의 발견이 어떻게 당대 사회(학교와 군대를 포함한)의 자본주의적 재구성에 입각했는가뿐 아니라 단지 일본에서 아동에 대한 인식이 출현했던 문화특수성 맥락일 뿐이라는 보편적인 생각을 공격한다.

14 Jenks, *Childhood*, p.8.

15 이광수, 「子女中心論」, 『청춘』 15, 1918.9, 17쪽.

16 신기욱·마이클 로빈슨 편, 『한국의 식민지 근대성-내재적 발전론과 식민지 근대화론을 넘어서』, 삼인, 2006, 1~18쪽. 김규현은 이 용어를 찬성하고 반대하면서 제기한 논쟁을 자세히 설명한다. 그리고 왜 특히 로빈슨과 신기욱이 그것에 접근했던 방식에서 그렇게 논쟁을 초래하고 사학자들이 주목하지 않을 수 없는지 근거를 보인다. Kim, "Reflections on the Problems of Colonial Modernity" 참고.

17 Poole, *When the Future Disappears*.

18 Hanscom, *The Real Modern*.

19 Sunyoung Park, "Everyday Life as Critique in Late Colonial Korea", p.886.

20 Nayoung Aimee Kwon, *Intimate Empire*, p.9.

21 Ji-Eun Lee, *Women Pre-scripted*.

22 Nayoung Aimee Kwon, *Intimate Empire*, p.9.

23 정진석, 「일제 강점기의 출판 환경과 법적 규제」, 『근대서지』 6, 근대서지학회, 2012.

24 위의 책, 27~30쪽.

25 문한별, 「『조선출판경찰월보』를 통해서 고찰한 일제 강점기 단행본 소설 출판 검열의 양상」, 『한국문학이론과 비평』 53, 한국문학이론과비평학회, 2013.

26 손지연, 「식민지 조선에서의 검열의 사상과 방법－검열 자료집 구축 과정을 통하여」, 『한국문학연구』 32, 동국대 한국문학연구소, 2007, 130~133쪽.

27 문한별, 「일제 강점기 아동 출판물의 관리 체계와 검열 양상－『불온소년소녀독물역문(不穩少年少女讀物譯文)』과 『언문소년소녀독물의 내용과 분류(諺文少年少女讀物の內容と分類)』을 중심으로」, 『한국문학이론과 비평』 60, 한국문학이론과비평학회, 2013, 416쪽. 문한별은 『불온소년소녀독물역문(不穩少年少女讀物譯文)』이 1926년과 1927년 사이에 검열된 24권의 책에 나온 내용을 포함하는 반면, 『언문소년소녀독물의 내용과 분류(諺文少年少女讀物の內容と分類)』을 중심으로」는 검열 과정의 자세한 기록을 포함하는, 보다 교육적인 설명서라는 점에 주목한다. 문한별은 이 기간 후, 아동의 검열된 출판물들이 아동도서에서 수집되기보다 오히려 일반적인 검열 책들에 포함되었다는 점에 주목한다.

28 문한별, 위의 글, 421~426쪽.

29 위의 글, 432쪽.

30 Metz, *Film Language*, p.26; Evans, *Visual Culture*, p.12에서 재인용.

31 Barthes, *Mythologies*; and Barthes, *Image, Music, Text*; Gramsci, "Hegemony, Intellectuals, and the State" 참고.

32 Giddens, *Modernity and Self-Identity*.

33 Jina E. Kim, "Intermedial Aesthetics : Still Images, Moving Words, and Written Sounds in Early Twentieth-Century Korean Cinematic Novels(Yeonghwa Soseol)", p.47. 그녀는 영화소설이 "새로운 중개적 읽기, 보기, 그리고 듣기 경험을 발생시켰던 공생의 관계에 얽혀 있었다고 주장한다. 같은 글, 58쪽.

34 Jiwon Shin, "Recasting Colonial Space : Naturalist Vision and Modern Fiction in 1920s Korea", p.54.

35 Hughes, *Literature and Film in Cold War South Korea*, p.20.

36 Stoler, "Carnal Knowledge and Imperial Power", p.14.

37 Kelly Y. Jeong, *Crisis of Gender*, Tikhonov, "Masculinizing the Nation" 참고.

38 Hyaeweol Choi, "Wise Mother, Good Wife", Theodore Yoo, *The Politics of Gender in Colonial Korea*, p.70. 참고.

39 Hyaeweol Choi, "Wise Mother, Good Wife", p.6. 교육에 대한 요구가 소리높이 외쳐졌던 동안에, 최혜월은 이상과 현실 사이에 뚜렷한 차이가 있었다는 점에 주목한다. 1919년에 소녀 중 2.2%와 소년 중 10.2%만 소학교에 다녔다; 10년 후 이것은 소녀 중 7.9%와 소년 중 30%로 증가했다. 그리고 훨씬 더 소수가 중학교에 진학했다. 같은 책, 8쪽.

40 위의 책, 13쪽; Ji-Eun Lee, *Women Pre-scripted*, p.8.

41 『신여성』은 한국 아동문학의 선구자인 방정환에 의해 얼마간 편집되었다.

42 이광수, 「母性中心의 女子敎育」, 『신여성』 제3권 제1호, 개벽사, 1925.1, 19쪽.

43 박숙자, 「아동의 발견과 모성 담론-1920년대 아동문학 작품을 중심으로」, 『어문학』 84, 한국 어문학회, 2004, 255쪽.

44 김복순, 「소녀의 탄생과 반공주의 서사의 계보」, 『한국근대문학연구』 18, 한국근대문학회, 2008; 김윤경, 「해방 후 여학생 연구」, 『비평문학』 47, 한국비평문학회, 2013.

45 홍양희, 「식민지 시기 남성 교육과 젠-양반 남성의 생활상과의 비교를 중심으로」, 『아시아여성 연구』 44(1), 숙명여대 아시아여성연구소, 2005.

46 Ji-Eun Lee, *Women Pre-scripted*, p.104. 이지은은 서문의 각주 5에서 식민지 기간에 여성의 문해 력에 대한 학문의 간단명료한 요약을 제공한다. 137~138쪽.

47 김복순, 앞의 글, 206쪽. 국가기록원의 웹사이트에 따르면, 해방 후 12세 이상에 대한 문맹률은 78%로 나타났다. 1958년에 의하면, 이 비율은 4.1%로 떨어졌다. 문해력의 기준은 2학년 수준 에서 읽기, 산수, 그리고 기초과학이었다. http://theme.archives.go.kr/next/hangeulPolicy/business.do(2017.2.6 접속) 참고.

48 김윤경, 앞의 글, 37쪽.

49 한지희, 「최남선의 '소년'의 기획과 '소녀'의 잉여」, 『젠더와 문화』 6(2), 계명대 여성학연구소, 2013.

50 Hanscom and Washburn, eds., *The Affect of Difference*, p.4.

51 Seigworth and Gregg, "An Inventory of Shimmers", p.3.

52 Hanscom and Washburn, eds., *The Affect of Difference*, p.6.

53 Seigworth and Gregg, "An Inventory of Shimmers", p.7.

54 Poole, "Late Colonial Modernism and The Desire for Renewal".

55 Nayoung Aimee Kwon, "Conflicting Nostalgia", p.117.

56 나영 에이미 권은 일본 제국주의자 향수가 "한국의 지난날에 대한 불법적이고 가상적인 관계가 실제적 기억이 아니라 식민지화 이전의 과거조차 포함하는 현재의 식민화 욕망에 기반한 것"이 었다는 점에 주목한다. 위의 글, 118쪽.

57 Boym, *The Future of Nostalgia*, p.xiii(강조는 필자가 한 것임).

58 위의 책, p.xiv.

59 위의 책, p.xiv · xv.

60 Eshel, *Futurity*, p.4. 에셸은 "당대 문학이 우리의 어휘들을 확장함으로써, 인간의 행동력을 조 사함으로써, 그리고 성찰과 토론을 설득함으로써 '개방, 미래, 가능성 있는 사람'을 창조한다"고 주장한다. 같은 책.

61 Lerer, *Children's Literature*, p.1~2.

62 Rose, *The Case of Peter Pan*, p.9.

63 Jenkins, *The Children's Culture Reader*, p.95.

64 Rudd and Pavlik, "The(Im)Possibility of Children's Fiction", p.223; Nodelman, *Touchstones. Volume One*. 그의 "The Case of Children's Fiction"에서 노들먼은 "아동문학"이란 어구에서 "아동"이 실제가 아니라 "단지 작가들의 인위적 구성"인 한편, 이것은 사실상 내포독자를 위해 쓰인 다른 픽션과 전혀 다를 바 없다고 쓴다. 그는 로즈의 아젠다에 이의를 제기하고, 그녀가 성인의 억압과 비도덕적인 어른의 관심에 대한 그녀의 사례를 과장한다고 주장한다. 같은 책, 98~100쪽.

1장 | 일제 초기 한국의 젊은이를 위한 잡지

1 Allen, "Ch'oe Nam-sŏn's Youth Magazines"; Mostow, ed., *The Columbia Companion to Modern East Asian Literature*, p.10; Peter Lee ed., *A History of Korean Literature*, 341쪽 참고.

2 Theresa Hyun, "Translating Indian Poetry", p.146; 권보드래는『청춘』의 대상 독자층은 중학생이었다고 밝힌다. 권보드래, 「1910년대의 이중어 상황과 문학 언어」, 『동악어문학』, 동악어문학회, 2010, 34쪽 참고.

3 이광수, 「자녀중심론」, 『청춘』 15, 신문관, 1918.9.

4 앤 리(Ann Lee) 역, *Yi Kwang-su and Modern Korean Literature*, p.96 참조; 이광수에 관한 최근 영문판 학술 자료로는 Ellie Choi, "Selections from Yi Kwang-su's Early Writings"; Treat, "Choosing to Collaborate"; Jooyeon Rhee, "On 'The Value of Literature'" 참고.

5 한기형에 따르면, 이광수는 한국의 과거사를 중국의 문화제국주의에 경도된 시대로 읽었다; 「최남선의 잡지 발간과 초기 근대문학의 재편-『소년』, 『청춘』의 문학사적 역할과 위상」, 『대동문화연구』 45, 성균관대 대동문화연구원, 2004, 327쪽 참고.

6 아동의 출현에 대한 다양한 문화권의 관점을 다룬 자료들은 다음과 같다. 아동에 대한 획기적인 학술자료인 Ariès, *Centuries of Childhood*; 조은숙, 『한국 아동문학의 형성-아동의 발견, 그 이후의 문학』, 소명출판, 2009; Karatani, *Origins of Modern Japanese Literature*; Kinney, *Representations of Childhood and Youth in Early China*; Hsiung, *A Tender Voyage*; Zelizer, *Pricing the Priceless Child* 참고.

7 Stephens, *Children and the Politics of Culture*, p.15.

8 Nikolajeva, *Aspects and Issues*, p.28 참고.

9 천정환의 학술논문은 20세기 초 독서 문화의 등장을 자세히 설명하고 있다. 천정환, 「근대 초기의 대중문화와 청소년의 책읽기」, 『독서연구』 9, 한국독서학회, 2003 참고.

10 Kyung Moon Hwang, "Country or State? Reconceptualizing 'Kukka' in the Korean Enlightenment Period, 1896~1910"; ① 슈미트(Schmid)는 "1895년과 1910년 사이 15년 동안의 한국은 급격한 변화와 개혁의 시기, 그에 따른 과도기, 그리고 무엇보다도 위기의 시대로 요약될 수 있다"고 밝혔다. *Korea between Empires*, p.7.

11 한국에서 이 용어의 통용에 관한 내용은 조은숙, 『한국 아동문학의 형성-아동의 발견, 그 이후의 문학』, 소명출판, 2009, 39~54쪽 참고.

12 앤드류 존스(Andrew Jones)는 『전래동화의 발전(Developmental Fairy Tales)』에서 중국 내 아동발달 담론과 국가와 아동의 동일시 문제를 다룬 바 있다.

13 Zarrow, "Old Myth into New History", p.230.

14 최남선, 「소년시언(少年時言)-소년의 기왕과 및 장래」, 『소년』 4(6), 신문관, 1910.

15 조남현, 『한국문학잡지사상사』, 서울대 출판문화원, 2012.

16 권보드래, 「'소년'·'청춘'의 힘과 일상의 재편」, 권보드래 외, 『『소년』과 『청춘』의 창-잡지를 통해 본 근대 초기의 일상성』, 이화여대 출판부, 2007, 166쪽; 한지희는 『소년』의 대상 독자의 주요 연령층을 9~17세 정도로 추정하면서, 이 연령이 지난 독자는 『청년』을 읽기 시작했을 것이라 지적한다. 한지희, 「최남선의 '소년'의 기획과 '소녀'의 잉여」, 『젠더와 문화』 6(2), 계명대 여성학연구소, 2013, 137쪽.

17 윤영실, 「국민국가의 주동력, '청년'과 '소년'의 거리-최남선의 『소년』지를 중심으로」, 『민족문화연구』 48, 고려대 민족문화연구원, 2008, 101쪽.

18 한지희, 앞의 글, 130쪽.

19 『소년』 1, 전문. 이 지면은 쪽수가 할당되지 않았는데 창간호의 목차면 바로 전, 세 번째 쪽에 실려있다. 이러한 편집 방식은 1호에서 7호까지, 이후 다시 12호, 14호에서 17호, 그리고 19호와 20호에서 발견된다.

20 Carter, "A Study of Japanese Children's Magazines, 1888~1949" 참고.

21 오오타케 키요미, 『근대 한·일 아동문화와 문학 관계사』, 청운, 2005, 39쪽.

22 전성곤, 『근대 '조선'의 아이덴티티와 최남선』, 제이앤씨, 2008, 38쪽; Ikeda Junya, "Meiji jidai matsuki no jidō bungaku", p.18; Carter, "A Study of Japanese Children's Magazines, 1888~1949", p.56에서 재인용.

23 길진숙, 「문명 체험과 문명의 이미지」, 권보드래 외, 『『소년』과 『청춘』의 창-잡지를 통해 본 근대 초기의 일상성』, 47쪽; 한지희, 앞의 글, 132쪽 참고.

24 창간호는 오직 여섯 부만이 판매되었고, 폐간호까지 많아야 30~40부 정도의 판매량을 유지하였다. 권보드래, 앞의 글, 159~160쪽 참고.

25 윤세진, 『『소년』에서 『청춘』까지, 근대적 지식의 스펙터클」, 권보드래 외, 『『소년』과 『청춘』의 창-잡지를 통해 본 근대 초기의 일상성』.

26 최남선, 「星辰」, 『소년』 1(2), 신문관, 1908, 58쪽.

27 식민 통치기에 대한 더 많은 사진자료는 Poole, *When the Future Disappears*, pp.19~32 참고.

28 길진숙, 앞의 글, 70~75쪽.

29 문성환은 사진 이미지가 상업화되면서 일반 대중의 접근성이 높아지게 되는 과정을 설명한다. 가령, 한때에는 귀한 광경으로 여겨지던 조선 시대의 초상화는 이제 일반 대중들도 쉽게 소유하고 다른 이미지들과 함께 손쉽게 전시할 수 있게 되었다. 권보드래 외, 「얼굴과 신체의 정치학-『소년』과 『청춘』에 새겨진 문명의 얼굴·권력의 신체」, 『『소년』과 『청춘』의 창-잡지를 통해 본 근대 초기의 일상성』 참고.

30 데니스 코스그로브(Denis Cosgrove)는 "수집되어 관리된 정보는 불변성을 달성하기 위해(가령, 체계적으로 제작된 지도의 도움을 받아) 변환의 과정을 거치게 된다. 그 과정은 한 공간의 이미지를 예술 작품으로 제작하는 과정과 크게 다르지 않다"고 설명한다. Cosgrove, "Maps, Mapping, Modernity", p.37; Pickles, *A History of Spaces* 함께 참고.

31 한기형은 최남선이 높은 수준의 시민의식을 성취하기 위해 한국 아동이 필요한 지식을 전달하고자 분투하였고, 이 과정에서 식민 정부의 검열에도 저항했다고 주장한다. 「최남선의 잡지 발간과 초기 근대문학의 재편-『소년』, 『청춘』의 문학사적 역할과 위상」, 『대동문화연구』 45, 성균관대 대동문화연구원, 2004 참고.

32 이 문장은 1~7호, 12호, 14~16호, 폐간호인 20호에도 실려있다.

33 권용선은 한국의 산맥은 국가의 역사와 정기의 근간으로, 바다는 교육의 보고이자 한국과 세계를 이어주는 가교로 형상화되고 있음을 주장한다. 권보드래 외, 「국토 지리의 발견과 철도 여행의 일상성」, 『『소년』과 『청춘』의 창-잡지를 통해 본 근대 초기의 일상성』, 100~102쪽 참고.

34 최남선, 「海上大韓史-왜 우리는 海上冒險心을 감튜어 두었나?」, 『소년』 1(1), 신문관, 1908, 30~36쪽; 「바다란것은 이러한것이오」, 『소년』 1(1), 신문관, 1908, 37쪽; 「삼면환해국」, 『소년』 2(8), 1909, 2~4쪽 참고.

35 『해에게서 소년에게』는 바이런의 서사시 『차일드 해럴드의 순례(Childe Harold's Pilgrimage)』의 영향을 받은 경향이 보인다. 최남선은 이 서사시를 번역하여 1910년 『소년』에 게재한 바 있다. 다수의 번역 작업을 맡았던 최남선은 톨스토이의 단편과 스위프트의 『걸리버 여행기』 및 디포의 『로빈슨 크루소』의 일부, 바이런의 시를 번역하여 『소년』에 싣기도 하였다.

Theresa Hyun, "Byran Lands in Korea" 참고.

36 Peter Lee, *Modern Korean Literature*, pp.xⅵ~xⅶ.

37 Theresa Hyun, 앞의 글, p.296.

38 위의 글, 291쪽.

39 Anthony, "Modern Poetry in Korea"; Jaihiun Kim, *Modern Korean Poetry*, p.xxⅳ 참고.

40 Anthony, 위의 글, p.xiv 참고.

41 최남선, 「바다위의 勇少年」, 『소년』 2(10), 신문관, 1909, 27~31쪽.

42 여기서 "창조주"는 한문에서 주인을 뜻하는 글자를 차용한 것으로 보이며, 한국어에서 "주"라고 발음한다. 고유 한국어에서는 "천능"을 의미한다. 한국 일신론의 용어 구성은 Baker의 "Han - anim, Hanŭnim, Hanullim, and Hanŏllim" 참고.

43 권보드래는 최남선의 톨스토이 번역에서 무정부주의적, 반정부주의적 요소가 의도적으로 삭제되었음을 주장한다. 그 이유는 최남선 스스로 그에 대하여 "한국의 젊은이들에게 이는 당장의 중요한 문제가 아니다"라고 언급하였기 때문이다. 권보드래, 「『소년』과 톨스토이 번역」, 『한국근대문학연구』 제6권 제2호, 한국근대문학회, 2005 참고.

44 최남선, 「바다위의 勇少年」, 『소년』 2(10), 신문관, 1909, 27~31쪽.[역자 주 : 28~31쪽]

45 Tikhonov, "Masculinizing the Nation", pp.1032~1033.

46 한지희, 앞의 글.

47 천정환, 앞의 글.

48 김현숙, 「근대매체를 통해 본 '가정'과 '아동' 인식의 변화와 내면형성」, 『상허학보』 16, 상허학회, 2006, 73~86쪽.

49 Tikhonov, *Social Darwinism and Nationalism in Korea*, 139쪽.

50 조연순 외, 「개화후기(1906~1910) 초등교육의 성격 탐구」, 『초등교육연구』 제16권 제2호, 한국초등교육학회, 2003 참고; 조은숙, 「근대계몽담론과 '소년'의 표상」, 『어문논집』 46, 민족어문학회, 2002 참고.

51 김혜경은 이 10년의 시간 이후 가족은 당대의 각종 개혁, 즉 중산층의 탄생과 교육 및 복지와 같은 사회 제도 발전의 표적(대상)이 되었음을 설명한다. 『식민지하 근대가족의 형성과 젠더』, 창비, 2006 참고.

52 최남선과 『소년』, 그리고 그 이후 발간된 잡지들에 대한 최근 연구는 최남선이 아동 독자를 수용하기 위해 자신의 문체를 아동 독자의 눈높이에 맞추어 조절하였을 가능성을 보여준다. 김용희, 「『아이들보이』, 『새별』지에 나타난 육당과 춘원의 '이야기' 의식」, 『아동문학평론』 38(2), 아동문학평론사, 2013 참고. 김용희는 『아이들보이』와 『새별』의 문체가 미학적이기보다는 오히려 줄거리 요약이나 보도식의 어조에 가까웠다고 주장한다. 그에 반해 권혁준은 『아이들보이』를 근대 아동문학의 시조로 보아야 한다고 주장하면서, 최남선은 대상 독자에 알맞은 콘텐츠를 제공하는 동시에 대상 독자의 연령대(초등학생)를 구체적으로 제시하는 선구자적 역할을 맡았기 때문이라고 한다. 특히 『아이들보이』 12호에 실린 「센둥이, 검둥이」라는 단편을 구체적으로 제시하며 이 이야기를 한국 아동문학 창작의 첫 시도라는 점에서 중요한 의미를 가진다고 주장한다. 권혁준, 「『아이들보이』의 아동문학사적 의의에 대한 연구」, 『한국아동문학연구』 22, 한국아동문학회, 2012 참고. 1910년대 아동잡지 발간에 관한 더 포괄적이고 종합적인 논의는 다음을 기약하기로 한다.

2장 | 동심 그리기

1 천정환, 「근대 초기의 대중 문화와 청소년의 책읽기」, 『독서연구』, 한국독서학회, 2003, 308~314 쪽. 천정환은 인기 서적의 질을 가늠하기 어려운 점, 일본 서적의 한국 출판물에 대한 치열한 경쟁 등 도서 붐에 수반된 혼란의 일부를 묘사하고 있다.

2 권보드래, 『한국 근대소설의 기원』, 소명출판, 2012, 203쪽.

3 최명표는 특히 1927년 창설되어 청소년 독자들을 위한 『무궁화』를 발행한 청년 기구 KAPF(조 선프롤레타리아예술가동맹) ― 조선소년문예연맹으로도 알려져 있는 ― 에 대해 언급하고 있 다. 『한국 근대 소년 문예 운동사』, 경진, 2012, 31쪽 참고.

4 위의 책, 17쪽.

5 천정환, 앞의 글, 310쪽.

6 최명표, 앞의 책, 18~20쪽.

7 색동회의 중대한 역사에 대하여 정인섭의 『색동회 어린이운동사』(학원사, 1975) 참고.

8 장정희, 『한국 근대 아동문학의 형상』, 청동거울, 2014, 11쪽.

9 위의 책, 17~18쪽.

10 Jina Kim, "Intermedial Asthetics", p.47; Jiwon Shin, "Recasting Colonial Space ― Naturalist Vision and Modern Fiction in 1920s Korea", p.54.

11 Hanscom, *The Real Modern*.

12 Hughes, *Literature and Film in Cold War South Korea*, p.20.

13 Jones, *Developmental Fairy Tales*, p.23.

14 Ibid., p.24.

15 마크 존스(Mark Jones)는 빠르게 성장하는 제국에서의 상징적이고 경제적인 중요성 때문에 아동의 양육은 20세기 초 일본의 중산층 정체성의 상징이 되었다고 주장한다. Children as Treasures 참고.

16 일본 현대 아동문학 발전에 대한 논의는 특히 Ortabasi, "Brave Dogs and Little Lord"; Piel, "Loyal Dogs and Meiji Boys"; Henry, "Japanese Children's Literature as Allegory of Empire" 참고.

17 Ericson, "Introduction", p.xi.

18 「보통학교어린이들에게는 어떤책을 읽게 할까?」, 『동아일보』, 1932.10.7.

19 조재호, 「어린이데 ― 선물」, 『어린이』 3(5), 개벽사, 1925, 3쪽.

20 문해력 향상과 관련하여 오성철의 『식민지 초등 교육의 형성』, 교육과학사, 2000, 133~150쪽 참고; 권보드래는 1919년, 이미 한국어는 일본어에 비해 열등한 기능을 가지고 있다는 교육조례 에 따라서 일본어가 자신의 마음과 의도를 표현하는 언어이자 문학을 즐길 수 있는 언어로 발달 하는 동안, 한국어는 일상의 실용적 도구로 개발되었다고 지적한다. 「1910년대의 이중어 상황 과 문학언어」, 『동악어문학』 54, 동악어문학회, 2010, 33쪽 참고.

21 원종찬, 『아동문학과 비평정신』, 창작과비평사, 2001; 김영순, 『한일 아동문학 수용사 연구』, 채륜, 2013; 전미경, 『근대계몽기 가족론과 국민생산 프로젝트』, 소명출판, 2005; 김혜경, 『식 민지하 근대 가족의 형성과 젠더』, 창비, 2006.

22 조은숙, 『한국 아동문학의 형성 ― 아동의 발견, 그 이후의 문학』, 소명출판, 2009; 원종찬, 「소년 이 어린이가 되기까지」, 『창비어린이』 11(2), 창비어린이, 2013 참고.

23 『동아일보』, 1922.5.2. 작가가 불분명하지만, 방정환으로 추정됨; 안경식, 『소파 방정환의 아동 교육운동과 사상』, 학지사, 19쪽.

24 牧星(방정환), 「童話를 쓰기 前에 어린애 기르는 父兄과 敎師에게」, 『천도교회월보』 126, 천도교회월보사, 1921.2, 126쪽. [역자 주 : 1922.1, 98~99쪽]

25 방정환, 「어린이 찬미」, 『신여성』 2(6), 신여성사, 1924.6.

26 돈 베이커(Don Baker)는 천국과 신을 뜻하는 고유어들이 한국 근대성의 서사를 뒷받침하며 역사화하는 기능을 한다고 한다. 베이커의 말에 "명예로운 천국"을 뜻하는 한울님이라는 용어는 "1880년대 초부터 제작되기 시작한 몇 안 되는 국문 문서에서만 등장"하고, 이 용어는 "한때 실제의 물리적인 하늘을 가리켰"으며, "유일신교가 한국의 고유 전통이었다는 주장이나 한울림이 신에게 일반적인 국어적 용어였다"는 어떠한 진술도 찾을 수 없다고 한다. Baker, Don, "Hananim, Hanŭnim, Hanullim, and Hanŏllim", pp.127~128 참고.

27 방정환, 「어린이 찬미」, 67쪽.

28 위의 글.

29 위의 글, 69쪽.

30 위의 글, 70~71쪽.

31 이돈화, 「인내천의 연구」, 『개벽』, 개벽사, 1920.6.

32 방정환, 「어린이 찬미」, 67~68쪽.

33 원종찬에 따르면, 방정환은 윤극영(1903~1988)의 문을 두드리고 자기소개를 한 후, 윤극영의 피아노 앞에 앉아 슬픈 일본 곡을 연주한 다음, 몸을 돌려 그에게 "왜 우리는 일본 노래를 부르는가?"라고 질문했다. 원종찬, 『아동문학과 비평정신』, 142쪽 참고.

34 『붉은 새』는 1918년부터 1936년 사이에 196개호가 출판되었으며, 간도 대지진에 이어 1923년에 잠깐의 공백이 있었고, 1929년부터 1931년 사이에 다시 출판되었다. 이 잡지는 예술 작품, 음악 악보, 독자들의 기고문, 당대 최고의 작가들의 시와 산문을 포함했다. Keith, "Doshinshugi and Realism", p.73.

35 가와하라 카즈에, 양미화 역, 『어린이관의 근대』, 소명출판, 2007, 73~92쪽.

36 위의 책, 13쪽.

37 동심 원칙이 지향하는 바는 "인류를 아동들에게 귀속시키고, 그들의 독특한 심리를 인식하고, 자유롭고 창의적인 사고를 육성하는 교육에 힘쓰는 것이었다. 그것은 옛 봉건 교육제도와 정반대였다". Kan Tadamichi, Carter, "A Study of Japanese Children's Magazines, 1888~1949", p.78에서 재인용.

38 가와하라 카즈에, 앞의 책, 105~106쪽.

39 "Doshinshugi and Realism", 엘리자베스 키스(Elisabeth Keith)는 이 아동 잡지에 실린 작문의 대다수가 교훈적이고 사실적인 방식으로 쓰여졌다고 결론 짓고, 따라서 『붉은 새』의 동심의 낭만적인 관점의 중요성에 대해 논쟁한다.

40 예를 들어, 이상금은 그가 이와야를 만나기 훨씬 전인 1918년까지 방정환의 필명의 출현을 추적했고 이는 방정환이 아동을 위한 문학에 지속적인 관심을 보이기 이전이었다. 이상금, 『사랑의 선물-소파 방정환의 생애』, 한림출판사, 2005, 113~115쪽 참고.

41 Piel, "Loyal Dogs and Meiji Boys", p.218; 미에키치는 다음과 같이 말했다. "세상에 나와 있는 수많은 동화에 대해 항상 상당히 불만스러워했다. (…중략…) 나는 그 이야기들이 아이들에게 유쾌하지 않을 것 같다." Keith, "Doshinshugi and Realism", p.58에서 재인용 및 참고.

42 Pei-yi Wu, "Childhood Remembered", p.146.

43 Ibid., p.147에서 재인용.

44 Jin Jiang, "Heresy and Persecution in Late Ming Society", p.20에서 재인용.

45 Kinney, *Chinese Views of Childhood*, p.5; Yiqun Zhou, "Confucianism", 2009 참고.

46 김현숙, 「근대 매체를 통해 본 '가정'과 '아동' 인식의 변화와 내면 형성」, 『상허학보』, 상허학회, 2006, 81쪽.

47 전미경, 『근대계몽기 가족론과 국민 생산 프로젝트』, 소명출판, 2005; 김혜경, 『식민지하 근대 가족의 형성과 젠더』, 창비, 2006, 102~108쪽.

48 김혜경, 위의 책, 195~196쪽. 김혜경은 서양 선교사들의 중요성과 그들의 새로운 교육학적 접근 방법에 주목할 뿐만 아니라, 1930년에 출판된 10권의 책으로 구성된 아이에 관한 연구의 개요인 『아동연구대계(고도모켄큐타이케이, 子供硏究論大系)』를 포함한 일본인들이 유포한 교과서의 영향도 주목한다.

49 전 루이사(전주 유치원 교사), 「이 다음 조선의 주인, 어린이 기르는 길」, 『동아일보』, 1925.4.22~4.29(4 회 연재).

50 위의 글, 4.29.

51 「유아감정교육」, 『동아일보』, 1929.11.14.

52 신영현, 「아동의 감정교육」, 『동아일보』, 1929.6.3~6.7(5회 연재). 신영현은 1946년에 대한신 문사 편집국장으로 진급한 기자였다.

53 위의 글, 1929.6.4.

54 위의 글, 1929.6.5.

55 「봄과 어린이-자연의 큰교실에서 동심을 길러 주자」, 『동아일보』, 1934. 3.23.

56 「미국철학박사 한치진씨귀국」, 『동아일보』, 1928.7.11.

57 김학준, 「특별기고문-잊혀진 정치학자 한치진 : 그의 학문세계의 복원을 위한 시도」, 『한국정 치연구』, 서울대 한국정치연구소, 2014.

58 한치진, 『아동의 심리와 교육』, 경성 : 철학연구사, 1932, 6~11쪽.

59 위의 책, 10~16쪽.

60 위의 책, 49쪽.

61 위의 책, 67쪽.

62 위의 책, 102쪽.

63 마해송, 「바위나리와 애기별」, 『어린이』 4(1), 1926. 마해송은 한국의 아동문학 작가 중 한 명이 다. 다른 많은 동료들과 마찬가지로, 그는 1920년대에 일본에서 공부했고 앞서 언급한 색동회의 창립 멤버들 중 한 명이었는데, 일본에서 유학하는 동안 아동들을 위해 글을 쓰는 데 헌신한 작가 들과 시인들로 구성된 그룹이었다. 이 작품은 출판 후 여러 차례 선집에 포함되어 왔는데, 가장 최근의 것으로는 문학과 지성사에 의해 2013년도에 나온 것이 있다. 그것은 또한 원래의 출판일 을 두고 논쟁의 대상이 되기도 한다. 원종찬, 「잘못된 아동문학사 연표-「바위나리와 아기별」의 서지 사항을 중심으로」, 『아동청소년문학연구』(2), 한국아동청소년문학학회, 2008 참고.

64 송순일, 「아동의 예술교육」, 『동아일보』, 1924.9.17. 저명한 좌파 시인, 수필가, 소설 작가인 송순일(1902~1950)은 한국문학사에서는 거의 완전히 지워진 반면 북한문학사에서는 그를 중 요하게 다룬다. 임기현, 「송순일의 생애와 소설 연구」, 『어문학』, 한국어문학회, 2013 참조.

65 전루이사, 「이 다음 조선」, 『동아일보』, 1925.4.29.

66 정인섭, 「아동예술교육」, 『동아일보』, 1928.12.11~13. 이후에 정인섭 Zong In-sob(1905 ~1983)으로 개명한 그는 1952년에 영어로 출판된 한국의 영어 간행물 Folk Tales from Korea 을 포함하여 한국과 영국에 기여한 문학 평론가, 번역가, 학자였다.

67 해리엇 핀레이-존슨(Harriet Finlay-Johnson, 1871~1956)은 영국의 교사였다. 『극적 교수

법』(1912)은 훗날 존 듀이와 관련된 접근법이 된 정신에 있어서 개혁 성향의 교육학자들을 위한 최초의 실용적인 지침서 중 하나였다. Finlay-Johnson, *The Dramatic Method of Teaching* 참고.

68 이것 또한 핀레이-존슨의 책의 한 부분이다. 11장 "Manual Work"에서 그녀는 "나는 거의 항상 아이들의 게임이 자연스럽게 어떤 형태의 손놀림으로 연결된다는 것을 발견했다"고 말한다. 위의 책, 187쪽.

69 정인섭, 「아동예술교육」, 1928.12.13.

70 신영현, 「아동감정교육」, 1929.6.6.

71 Tomkins, *Affect, Imagery, Consciousness*, p.248; Shouse, "Feeling, Emotion, Affect"; Massumi, Parables for the Virtual, p.28; 신영현, 위의 글.

72 Leys, "The Turn to Affect". 패트리샤 클러프(Patricia Clough)는 "우리가 신체의 유기적·생리적 구속 조건을 넘어 감정을 '보고' 감정적인 신체적 능력을 생산할 수 있도록 하는 기술과 관련하여 감정을 이론화한다"고 제안한다. The Affective Turn, 2 참고.

73 Johnson and Lakoff, "Why Cognitive Linguistics Requires Embodied Realism", p.248.

74 위의 글, 246쪽.

75 위의 글, 249쪽.

76 위의 글, 256쪽.

77 한치진, 『아동의 심리와 교육』, 119쪽.

78 최영수, 「어린이의그림은 어떠케지도할가」, 『동아일보』, 1934.10.1~11.7.

79 Stoler, "Affective States," p.7. 흥미롭게도 스톨러는 가정의 영역에서 연구 자료의 많은 부분을 찾아낸다; 이는 아동-양육, 유모 그리고 교육과 관련된 자료로서 일반적인 가정과 특별한 아동은 감정의 잔재와 감정-통제를 추적하는 특권을 가진 영역이라는 것을 밝힌다. 물론, 텍스트들은 식민지 기획에서 매우 중요했다; 예를 들어, 우치다 준은 한국에 대한 텍스트들과 연구를 식민지 사람들을 도덕적으로 설득하기 위한 수단으로 간주하는 방법에 대해 자세히 설명했다. Uchida, *Brokers of Empire*, 특히 4장 참고.

80 사설은 5~6세 아동은 '감정적' 독서를 즐기며 예술적 가치가 있는 책을 선호하기 위해 지나치게 지적인 책은 피해야 한다고 주장했다. 「보통학교어린이들에게는 어떤책을 읽게 할까?」, 『동아일보』, 1932.10.7.

81 최영수, 앞의 글.

82 앞의 글, 1934.11.7.

83 위의 글.

84 Clough, *The Affective Turn*, p.15.

85 위의 책, 19쪽.

86 '예외'는 붉은색과 검은색으로 만들었는데, 이것이 역효과를 내는 것으로 보였다. 「보통학교어린이들에게는 어떤책을 읽게 할까?」, 『동아일보』, 1932.10.7 참고.

87 방정환, 「남은 잉크」, 『어린이』 1(1), 개벽사, 12쪽.

88 위의 글.

89 寧邊普通校 梁俊炳, 「독자 담화실」, 『어린이』 4(1), 개벽사, 1926, 58쪽.

90 위의 글, 58~59쪽.

91 서양 아동들의 모습이 담긴 표지도 여러 개 있었다. 원종찬은 이것을 한국의 뒤떨어지는 기술뿐 아니라 외국 이미지를 더 쉽게 사용할 수 있게 만든 만연한 검열 탓으로 돌렸다. 원종찬, 「동심의 역사성과 민족의 발견」, 『창비어린이』 12(1), 창비어린이, 2014.

92 방정환, 「처음에」, 『어린이』 1(1), 개벽사, 1923, 1쪽.

93 Nayoung Aimee Kwon, "Conflicting Nostalgia".

3장 | 동심의 언어 쓰기

1 Pieper, "Korean as Transitional Literacy", p.393. '언문일치'라는 용어는 화자 공동체 내에서 동종 언어의 두 종류가 사용되는 상황인, 이중언어(diglossia)를 내포하는 내재적 이중성(구어 및 문어의 조화)을 의미한다; 로스 킹(Ross King)은 특히 20세기 이전의 한국의 언어 생태학에서 이중언어 용어의 사용과 적용성을 시도했다. 그는 "이중언어에 내재된 '이중성' 즉, '둘 중 하나/또는'이라는 변증법적 함축이 근대 한국의 문자 민족주의에 작용했으며, 대부분의 한국 연구자들이 한자와 한글을 각각 악당과 영웅으로 인식하도록 만들었고, 전근대의 '표의문자적인' 시대에 한글이 역경과 차별을 넘어서기 위한 오랜 투쟁을 했다는 목적론적인 거대한 담론을 형성하여 계몽된 근대와 표음문자가 한국에서 마침내 승리했다고 인식하게 만들었다"고 썼다. King, "Ditching Diglossia", p.8 참고; 킹은 '말과 글의 불일치' 또는 '말과 글의 차이'라는 표현을 선호했다. 위의 글, p.13.

2 "Brave Dogs", p.187. 오르타바시는 일본에서 아동문학, 특히 외국 소설 번역이 이 새로운 문학 양식의 발전에 상당한 기여를 했다고 주장했다; 근대 일본문학의 발전에서 번역의 역할에 관해서는 Levy, *Sirens of the Western Shore*, p.37; Tomasi, "Quest for a New Written Language", p.333 참고.

3 Gi-Wook Shin, *Ethnic Nationalism in Korea*, pp.37~39.

4 Workman, *Imperial Genus*, 62; Jong-yŏn Hwang, "The Emergence of Aesthetic Ideology"; 권보드래, 『한국 근대소설의 기원』, 287쪽 참고.

5 권보드래, 위의 책, 262~293쪽; 일본 근대소설의 출현에 따른 내면의 역할에 관해서는 Karatani Kōjin, *Origins of Modern Japanese Literature*, pp.114~135 참고.

6 Yi Kwang-su, "What is Literature?", p.302. 원문 이광수의 「文學이란何오」는 『매일신보』(1916.11.15)에 게재되었다.

7 King, "Nationalism and Language Reform in Korea", pp.33~72. 이 시기 중국의 탈중심화는 Schmid, *Korea between Empires* 참고.

8 King, 위의 글, 48쪽에서 재인용. 주시경(1786~1914)은 한국의 첫 언어학자 중 한 명 또는 로스킹에 따르면, "한국의 세 번째 한글운동가"였다. 위의 글, 42쪽 참고. 주시경은 한국에서 근대 언어학의 아버지로 간주된다. 위의 글, 42~49쪽 참고.

9 이광수, 앞의 글, 306쪽.[역자 주 : 원문 1916.11.19] 마이클 신(Michael Shin)은 이광수에게 조선어는 "질적 도약 (…중략…) 철자법의 표준화 이상의, 극도로 계급에 민감한 언어 내에서 '중립적인' 표현의 발견을 포함하는 발전"이라고 주장하였다. "Interior Landscapes", p.253 참고.

10 이광수, 위의 글, 294쪽.[역자 주 : 원문 1916.11.10]

11 위의 글, 295쪽. 이탤릭체는 원문[역자 주 : 영어 원문]을 따른 것임.[역자 주 : 원문 1916.11.10]

12 이광수는 어린이를 위한 글을 썼고, 김성연은 이광수가 종종 가르치는 말투를 쓰기는 했지만 아동을 진지하게 독자로 다루었으므로 아동문학의 창시자 중 한 사람으로 여겨야 한다고 주장한다. 김성연, 「이광수의 아동문학 연구」, 『동화와번역』 8, 건국대 동화와번역연구소, 2004 참고.

13 권보드래, 앞의 책, 262~264쪽; 피터 리(Peter Lee)는 신소설을 "전통적인 도덕적 태도와 우연에 대한 지나친 의존"이지만 "[또한 이는] 구어와 문어의 통일을 시도한 산문으로 쓰여졌다"고

묘사한다. Peter Lee, *Modern Korean Literature*, p.xvi; 신소설에 대한 보다 깊이 있는 연구로는 다음과 같은 연구가 있다. Yoon Sun Yang, "Enlightened Daughter, Benighted Mother", 그리고 네 번째 책 *From Domestic Womens to Sensitive Young Men : Translating the Indivisual in Early Colonial Korea*(Harvard University Press) 참고.

14 김동인, 「조선근대소설고」, 『조선일보』, 1929.7.28~8.16.

15 권보드래, 앞의 책, 276쪽.

16 이희정, 「〈창조〉 소재 김동인 소설의 근대적 글쓰기 연구」, 『국제어문』 47, 국제어문학회, 2009, 239쪽.

17 권보드래, 앞의 책, 273~293쪽.

18 King, "James Scarth Gale" 2. 게일의 대부분 출판되지 않은 문학 번역본의 주석본 첫 시리즈는 King and Park, eds., *Score One for the Dancing Girl* 참고.

19 Bauman and Briggs, *Voices of Modernity*; Zipes, *Why Fairy Tales Stick*; Haase, "Decolonizing Fairy-Tale Studies" 참고.

20 계명구락부는 1918년, 33명의 회원과 최남선을 비롯한 저명한 지식인에 의해 설립되었는데, 주된 관심사는 한국문화의 발전이었다. 그들은 언어, 관습, 음식, 복장 개혁에 관심을 가졌으며, 그들의 생각을 많은 청중에게 전파하기 위해 인쇄문화와 공개 강의에 의존했다. www.encykorea.aks.ac.kr 참고.

21 『동아일보』, 1921.5.30.

22 『조선일보』, 1921.9.25.

23 Eunseon Kim, "'Discovering' Linguistic Politeness for Modern Society".

24 Heekyoung Cho, *Translation's Forgotten History*, p.11.

25 최남선, 「샹급잇ᄂᆞᆫ 이약이 모음」, 『아이들보이』 2, 신문관, 1913, 17쪽.

26 최남선, 「직히실 일」, 『아이들보이』 3, 신문관, 1913, 38쪽; 권혁준, 「『아이들보이』 게재 서사문학의 아동문학사적 의의」, 『아동문학평론』 38(2), 아동문학평론사, 2013, 46쪽 재인용.

27 장정희는 수집된 많은 이야기 중에서 총 39편의 출품작이 출판되었다고 관찰하였다. 장정희, 「조선동화의 근대적 채록 과정 연구 I-1913~1923 근대 매체의 옛이야기 수집 활동」, 『한국학연구』 57, 고려대 한국학연구소, 2016, 315쪽 참고.

28 『사랑의 선물』은 세 개의 그림 형제 동화를 포함한 10개의 전래동화 번역이 실려 있었고, 이 책은 약 20만 부가 팔렸는데 그 시기를 생각하면 놀라운 숫자라고 할 수 있다. 염희경, 「민족주의의 내면화와 '전래동화'의 모델 찾기-방정환의 『사랑의 선물』에 대하여(2)」, 『한국학연구』 16, 인하대 한국학연구소, 2007, 149~150쪽 참고.

29 방정환, 「조선고래동화모집」, 『개벽』 26(8), 개벽사, 1922; 이 광고는 1922년 8월부터 11월, 제3권(26~29호)에 게재되었다. 마감일은 11월 15일이었다. 방정환은 1922년 8월과 9월 여성지 『부인』에 비슷한 광고를 실었다. 장정희, 앞의 글, 310~311쪽 참고.

30 그러나 자넷 풀이 지적했듯이, 이러한 표현은 이 시기에도 여전히 군부가 식민지 지배의 중심이었기 때문에 오해를 불러일으킬 수 있다. Janet Poole, *When the Future Disappears*, p.8.

31 장정희, 앞의 글, 324쪽.

32 오오다케 키요미, 『근대 한·일 아동문화와 문학 관계사, 1895~1945』, 청운, 2005, 53쪽; 이상금, 『사랑의 선물-소파 방정환의 생애』, 686쪽.

33 Carter, "A Study of Japanese Children's Magazines, 1888~1949", p.61; Henry, "Japanese Children's Literature as Allegory", p.219; Piel, "Loyal Dogs and Meiji Boys, p.215.

34 이상금, 앞의 책, 688쪽.

35 Ortabasi, "Narrative Realism and the Modern Storyteller", p.127.

36 Morton, *Modern Japanese Culture*, p.100에서 재인용; 그의 주요 개념들 중 하나는 마을에 사는 서민들의 일상생활을 기술하는 범주인 상민(常民, jōmin) 개념이었다. 같은 책, 138쪽 참고.

37 야나기타 쿠니오와 이와야 사자나미의 관계는 에릭슨(Joan E. Ericson)이 언급했다. "Intro-oduction", p.xii; 멜렉 오르타바시는 야나기타 쿠니오가 민속학에 관한 자신의 저작에서 민족 관련 작업에 관한 이와야 사자나미의 저술을 몇 번 언급했으며, 한국에서 활동하는 자신의 제자가 다수 있었다고 설명했다. personal communication, 2011. 5.17.

38 로저 자넬리가 보여주었듯이, 한국의 민속학 연구의 규율은 주로 유럽 대륙의 학문에 의해 형성되어 온 일본의 민속학 학문의 영향을 받아 형성되었다. Roger Janelli, "The Origins of Korean Folklore Scholarship" 참고.

39 統橋達雄, 「日本におけるグリム紹介の歴史」, 『日本児童文学』 31, 1985.1.9.

40 府川源一郎, 「アンデルセン童話とグリム童話の本邦初訳をめぐって」, 『文学』 9(4), 岩波書店, 2008, 149~150쪽[필자는 이 자료를 찾아주고 해석하는 데 도움을 준 크리스티나 라핀에게 감사한다].

41 Takahashi. "Japan und die deutsche Kultur"[필자는 이 텍스트 해석을 도와준 계명대 교수진에게 감사한다].

42 Ericson, "Introduction", pp.ix~x.

43 필자는 이 일본 원본을 찾도록 도와준 쉐린 에쉬기(Shirin Eshghi)에게 감사한다.

44 統橋達雄, 앞의 글, 21쪽.

45 1922년 원본은 발견하지 못했다. 가장 이른 판본은 1928년에 출판된 11판이다. 염희경, 앞의 글, 150쪽.

46 그림 형제 동화의 첫 번역은 최남선이 「스다님의 간 곳」과 「네 아오 동생」을 『붉은 저고리』 1호와 2호(1913); 「계집아이 슬귀」, 「실쏩이 색시」를 『아이들보이』 2호와 10호(1913~1914)에 게재한 것이다. 1920년에 저명한 교육자 오종석은 『학생계』에 「壯士의니야기」를 번역해서 실었다. 최석희, 「독일 동화의 한국 수용-그림 Grimm 동화를 중심으로」, 『헤세연구』 3, 한국헤세학회, 2000, 239쪽[역자 주 : 240쪽] 참고. 권묵준은 『아이들보이』 7호에 실린 「짓걸이 아씨」도 그림 형제의 동화라고 주장했지만, 이를 증명할 수 있는 자료를 찾지 못했다. 위의 원전 텍스트 어느 것도 번역 출처를 밝히지 않았다.

47 10년에 걸친 고유의 전래동화를 수집하고 출판하려 한 노력에도 불구하고, 한국인이 처음 출판한 전래동화 책은 일본에서 여러 전집이 출판된 후인 1926년에 되어서야 출판되었다. 김경희, 「심의린의 동화 운동 연구-옛이야기 재구성을 통한 조선어문학 교육을 중심으로」, 서울대 박사논문, 2016 참고; 김광식의 최근 연구에 따르면, 1945년 이전에 일본인이 수집한 민담은 무려 61권이나 되는데, 이 중 28권은 최근 발견된 것이다. 장정희, 앞의 글, 304쪽 각주 2번. 이 중에서 가장 잘 알려진 것은 아마도 『朝鮮童話集』(1924)일 텐데, 이는 식민지 주체의 소비보다는 일본인 식민 통치자와 정착민의 한국에 대한 지식을 확장하는 한 방법으로서 의도된 것이었다. 조선 전래동화의 일본어 번역에 관해서는 조선총독부 편, 권혁래 역저, 『조선동화집-우리나라 최초 전래동화집(1924년)의 번역·연구』, 집문당, 2003 참고; '조선심'을 일본 식민 정착민에게 설명하는 문헌에 관한 뛰어난 연구는 다음과 같다. Jun Uchida, *Brokers of Empire*, 4장 참고; 장정희는 『아이들보이』에서 최남선이 주도한 10년 간의 국가적 노력을 새롭게 조명했다. 최남선과 방정환의 노력으로 75편의 이야기가 모였는데, 『조선동화집』이 출간되기 전이었다. 장정희, 앞의 글 참고.

48 「雜誌「東明」許可」, 『동아일보』, 1922.6.8; 「東明雜誌, 朝鮮開明의 烽火가 될가(一記者)」, 『동아일보』, 1922.8.19; 「동명 창간사」, 『동아일보』, 1922.8.24 참고.

49 최남선, 「모색에서 발전까지 – 조선민시론(朝鮮民是論)」, 『동명』 1(1), 동명사, 1922, 3쪽. 이것은 이어지는 11개의 글 중 첫 번째였다. 그 페이지의 중앙을 차지한 풍자만화에는 팔에 '대동일치'라고 쓴 한 남자가 '일어나야 할 시간'이라고 외치면서 손으로 들고 있는 놋쇠 꽹과리를 들고 잠자고 있는 '조선사회'를 깨우려 애쓰는 모습이 담겨 있다. '대동일치'는 캉유웨이(姜有爲)의 철학을 가리키는데, 그는 "근대국가 건설 사업의 궁극적인 의의는 계급, 젠더, 문화, 국가의 장벽이 없어지는 보편적인 유토피아, 즉 대동(大同)의 자기초월성에서 비롯된다"고 주장한다. Duara, "Transnationalism and the Predicament of Sovereignty", p.1035 참고.

50 이희정, 「1920년대 잡지 『동명』의 매체담론과 문예물 연구」, 『우리말글』 68, 우리말글학회, 2016.

51 최석희, 앞의 글; 김화선 · 안미영, 「1920년대 서구 전래동화의 번역과 번역 주체의 욕망 – 『東明』에 소개된 그림동화를 중심으로」, 『어문연구』 53, 어문연구학회, 2007, 335쪽 각주 8 참고.

52 이 잡지는 또한 어린 독자가 자신의 독창적인 산문을 제출하도록 장려함으로써 어린 독자를 포용하는 역할을 했다. 「소년난 신설」, 『동명』 1(1), 동명사, 1922.10, 17쪽. 여기서 필자는 김화선과 안미영이 철저하게 분석한 것을 똑같이 발견했다. 하지만 필자는 그들과 달리, 일본어 원문을 참고했다.

53 김용희, 「『아이들보이』 · 『새별』지에 나타난 육당과 춘원의 '이약이' 의식」, 『아동문학평론』 38(2), 아동문학평론사, 2013, 63~68쪽.

54 권혁준, 「『아이들보이』의 아동문학사적 의의에 대한 연구」, 『한국아동문학연구』 22, 한국아동문학학회, 2012, 54쪽 참고.

55 최남선, 「네 아오 동생」, 『붉은저고리』 1(2), 신문관, 1913, 5쪽.

56 최남선, 「애씀」, 『아이들보이』 2, 신문관, 1913.

57 위의 글, 22쪽.

58 권혁준, 앞의 글, 54~56쪽.

59 최남선, 「재투성이王妃 – 그림童話集에서」, 『동명』 2(15), 동명사, 1923.4.8, 17쪽.

60 최남선, 「쌔안帽子 – 그림童話集에서」, 『동명』 2(22), 동명사, 1923.5.27, 17쪽. 이 세부사항은 일본판에서 누락되어 있는데, 다른 부분은 원문에 충실하다.

61 최남선, 「염소와 늑대 – 그림童話集에서」, 『동명』 2(3), 동명사, 1923.1.14, 17쪽.

62 최남선, 「부레면의音樂師 – 그림童話集에서」, 『동명』 2(5), 동명사, 1923.2.11, 17쪽. [역자 주 : 2권 7호]

63 허재영, 「근대 계몽기 언문일치의 본질과 국한문체의 유형」, 『어문학』 114, 한국어문학회, 2011, 463쪽.

64 최남선, 「개고리의王子 – 그림童話集에서」, 『동명』 2(5), 동명사, 1923.1.28, 17쪽.

65 최남선, 「계집아이 슬긔」, 『아이들보이』 2, 신문관, 1913, 1쪽.

66 김화선 · 안미영, 앞의 글, 347쪽.

67 최남선, 「印度의鼈主簿兎生員 – 外國으로서歸化한朝鮮古談 五」, 『동명』 1(16), 동명사, 1922.12.17, 6쪽; 김화선과 안미영은 '번안'과 '변통'의 뉘앙스 차이를 설명한다. 김화선 · 안미영, 위의 글, 337쪽.

68 김화선 · 안미영, 앞의 글, 337쪽.

69 방정환, 「동요 짓는 이에게」, 『동아일보』, 1925.1.1 [역자 주 : 저자는 「동요 짓는 이에게」라고

하였으나 원래 제목은 「童話作法=童話짓는이에게」이다].

70 유지영(1896~1947)은 '버들쇠'라는 필명으로, 일본에서 고등교육을 받은 아동문학 작가 겸 평론가이다. 조선에서 그는 언론인이자 시, 소설, 영화 대본 작가로서 활동했다.

71 방정환, 「동요를 지으시려는 분께」, 『어린이』 2(2), 개벽사, 1924, 26~27쪽[역자 주 : 저자가 방정환이라고 했으나 버들쇠의 글임].

72 유지영은 나중에 두 편의 시를 상세하게 분석하여 자신의 여덟 가지 항목과 두 가지 화제를 제시했다. 하나는 모든 여덟 가지 항목(특히 동심을 성공적으로 포착하는 것)을 모두 실행하는 데 성공했다는 것이며, 다른 하나는 모두 다 실패했다는 것이다. 유지영, 「동요 짓는 법」, 『어린이』 2(4), 개벽사, 1924 참고.

73 방정환, 「불쌍하면서도 무섭게 커 가는 독일의 어린이-매일 한 번씩 낮잠을 재우는 학교」, 『어린이』 1(2), 개벽사, 1923.

74 김화선과 안미영도 동일하게 관찰한다. 김화선·안미영, 앞의 글, 344~348쪽 참고.

75 방정환, 「심부름하는 사람과 어린 사람에게도 존대를 합니다」, 『별건곤』 2(2), 개벽사, 1927.2.

76 Judy Wakabayashi, "Foreign Bones, Japanese Flesh", p.227.

77 Ibid., pp.243~244.

78 Schiavi, "There Is Always a Teller in a Tale", p.7.

79 O'Sullivan, "Narratology Meets Translation Studies".

80 염희경, 「'네이션'을 상상한 번역 동화-방정환의 『사랑의 선물』에 대하여(1)」, 『동화와 번역』 13, 건국대 동화와번역연구소, 2007; 최석희, 앞의 글, 240~263쪽.

81 김화선·안미영, 앞의 글, 331~355쪽; Cho Jaeryong, "Traduction en face de la modernité et du nationalisme", pp.205~220 참고.

82 Bauman and Briggs, op.cit.; Zipes, *Fairy Tales and the Art of Subversion*; Haase, op.cit..

83 Zipes, Ibid., p.70.

84 Ibid., pp.62~68.

85 바우만과 브릭스는 그림 형제가 중산층 상품으로서의 동화를 창조하는 데 기여했을 뿐만 아니라 근대 아동의 이미지를 형성하는 데 기여했다고 주장한다. 그들은 그림동화가 "과거와 당대의 소작농들과 같은 순진한 모습을 형상화한 것과 마찬가지로 아동에 대한 낭만적 이미지를 '형성'하는 데 작은 역할을 했다. 따라서 전통적인 텍스트는 책임 있는 국가 주체가 되는 방법에 대한 지침과 함께 부르주아의 유년기를 이상화하는 정서적 매개 변수를 구성하는 가치를 가진다"고 지적했다. Bauman and Briggs, op.cit., p.222.

86 Ibid., p.220.

87 Haase, op.cit., p.28.

88 "그림 형제는 KHM[『어린이와 가정을 위한 동화집(Kinder und Haus märchen)』]의 번역을 적극적으로 장려하였다. (…중략…) 그들은 다른 나라의 전문가들이 전래동화 및 기타 장르를 수집하고 출판할 때 본받아야 할 모델을 제공하는 것이라고 생각했다. (…중략…) KHM이 그들이 주로 만들어 낸 민족적 원형을 구현할 수 있었던 것처럼, 이 동화집은 같은 틀에 녹여낸 서사들과 쉽게 비교될 수 있었다." Bauman and Briggs, op.cit., p.223.

89 Ibid., p.224.

90 바우만과 브릭스는 그림 형제가 "텍스트를 강력한 장치로 만드는" "상호텍스트성이라는 환상"을 만들어 냈다고 지적했다. Ibid., p.214.

91 Haase, op.cit., p.30.

92 염희경, 「'네이션'을 상상한 번역 동화-방정환의 『사랑의 선물』에 대하여(1)」, 『동화와 번역』 13, 건국대 동화와번역연구소, 2007; 염희경, 「민족주의의 내면화와 '전래동화'의 모델 찾기-방정환의 『사랑의 선물』에 대하여(2)」, 『한국학연구』 16, 인하대 한국학연구소, 2007.

93 염희경, 「'네이션'을 상상한 번역 동화-방정환의 『사랑의 선물』에 대하여(1)」, 『동화와 번역』 13, 건국대 동화와번역연구소, 2007, 164~165쪽.

4장 | 프롤레타리아 아동의 반격

1 이주홍, 「청어 쎅다귀」, 『신소년』 8(4), 1930, 30쪽. 이주홍(1906~1987)은 한국에서 가장 오랜 기간 동안 아동소설을 창작해온 것으로 잘 알려져 있다. 그는 서울에서 고등학교를 졸업하고 일본에서 잠시 지내며 공장에서 일한 바 있으며 시, 번역, 영화 각본 등 다양한 장르를 남긴 다작 작가이자 편집자이다. 박태일, 「이주홍의 초기 아동문학과 『신소년』」, 『현대문학이론연구』 18, 현대문학이론학회, 2002.

2 사무엘 페리는 독일의 아동문학 이론과 소련의 글쓰기 사이의 연관성과 일본 아동의 프롤레타리아 이론 형성에 관하여 언급하고 있다. *Recasting Red Culture in Proletarian Japan*, p.23; 이스라엘 건국 이전 아동 잡지에 대한 야엘 달의 연구는 소련의 영감을 받은 많은 교육자들에 의해서 쓰여졌으며, 전 세계적으로 예상치 못한 연관성을 지닌 좌파 문화를 지적하고 있다. Darr, *Kanon be-khamah kolot* 참고.

3 Kimberly Chung, "Proletarian Sensibilities", p.44.

4 Perry, *Recasting Red Culture in Proletarian Japan*, p.21.

5 오오타케 키요미, 『근대 한·일 아동문화와 문학 관계사, 1895~1945』, 청운, 2005, 145~146쪽.

6 필립 넬(Philip Nel)은 "진보주의자들이 미래를 바꾸고자 할 때, 그들은 항상 아동들로부터 시작한다"고 주장한다. Nel, "Learning from the Left", p.82; Kimberly Chung, "Proletarian Sensibilities", p.44.

7 Zelizer, *Pricing the Priceless Child*.

8 Sunyoung Park, *The Proletarian Wave*, p.2.

9 Perry, *Recasting Red Culture in Proletarian Japan*.

10 문한별이 보여주듯, 원작과 번역된 아동문학 모두 검열관의 감시를 받았다. 문한별은 검열된 아동 독서 자료들이 민족주의적이거나 명백한 좌파적 내용뿐만 아니라 그 밖의 덜 구체적인 이념적 사유에 근거하여 만들어졌음을 나타내는 1920년대 후반의 새로운 기록물들을 발견한다. 그는 연구 자료들 중의 하나인 『불온소년소녀독물역문(不穩少年少女讀物譯文)』이 좌파적 사고와 독립에 대한 열망 등 아동문학의 수상한 동향을 다룬 경찰 행정관 명의의 기밀 서한을 포함하고 있다고 언급했다. 문한별, 「일제 강점기 번역소설의 단행본 출간과 검열 양상-『조선출판경찰월보』 수록 단행본 목록과의 비교 고찰을 중심으로」, 『비평문학』(47), 한국비평문학회, 2013, 426쪽[역자 주 : 문한별, 「일제 강점기 아동 출판물의 관리 체계와 검열양상-『불온소년소녀독물역문(不穩少年少女讀物譯文)』」, 121~144쪽]; 「일제 강점기 아동 출판물의 관리 체계와 검열양상-『불온소년소녀독물역문(不穩少年少女讀物譯文)』과 『언문소년소녀독물의 내용과 분류(諺文少年少女讀物の内容と分類)』을 중심으로」, 『한국문학이론과비평』 60, 한국문학이론과비평학회, 2013 참고.

11 Perry, *Recasting Red Culture in Proletarian Japan*, p.16; 그는 예를 들어, 공산주의와 관련된 신 교육 연구소(New Education Research Institute)가 가난한 아동들이 부르주아 아동들에 비해 열등하다는 주장이 틀렸음을 입증했고, 아동들의 극심한 궁핍과 그들의 학업 성취 사이에 훨씬

더 강력한 연관성이 있다는 점에 주목한다. Ibid., pp.48~51.

12 Ibid., p.68; 페리는 이 교육 운동이 독일의 이론가들뿐만 아니라 소련의 사상과 도상 연구에 의해 영감을 받았으며, 역사적 아방가르드의 국제적 현상과 밀접하게 연결되었다고 지적한다. Ibid., pp.ix · 31.

13 Ibid., p.45; 『소년 전기』의 시는 오오타케 키요미의 일본어판 원전의 한국어판 번역물로부터 번역되었다. 오오타케 키요미, 앞의 책, 143쪽 참고.

14 오오타케 키요미, 위의 책, 143~144쪽 재인용.

15 위의 책 참고; 이 시에 관한 페리의 논의는 *Recasting Red Culture in Proletarian Japan*, p.46 참고.

16 2005년부터 시작된 오오타케 키요미의 중대한 연구는 한국과 일본 양쪽에서 모두 통용된 아동 문화가 어떻게 당대 인쇄 문화에 의해 상당한 영향을 받았는지 설명한다; 김영순은 또한 일본과 한국 아동문학 사이에 풍부한 발상의 교류가 있었다고 주장한다. 김영순, 『한일아동문학 수용사 연구』, 채륜, 2013 참고.

17 줄리아 미켄버그(Julia Mickenberg)의 연구는 냉전 시기 좌파의 미국 문화에 관한 설명을 제공 한다. 그녀는 1941년 반파시스트 연맹에서 처음으로 아동문학에 대한 논의가 있었으며, '아동 들을 위한 사회적으로 구성된 문학'이라는 주제로 한 토론의 중심에는 "아이들이 인종차별을 거부하고 노동의 권리를 지지하며, 국제사회를 포용하고, 제국주의를 타도하도록 교육하는 방 법"에 대한 논제들이 있었다고 한다. Mickenberg, *Learning from the Left*, p.13 참고; 「미국의 젊은 개척자들」에 대해 더 알려면 Mishler, *Raising Reds* 참고.

18 권환, 「미국의 젊은 개척자들」, 『신소년』 10(7), 신소년사, 1932. 권환은 교토의 제국대학에서 독일문학을 전공하고 일본에서 교육받았으며, 1920년대 후반 KAPF의 도쿄 지사에 합류했다.

19 구직회, 「러시아의 공장」, 『신소년』 10(1), 신소년사, 1932, 12~14쪽.

20 류덕제, 「『별나라』와 계급주의 아동문학의 의미」, 『국어교육연구』 46, 국어교육학회, 2010, 326쪽.

21 Jin-kyung Lee, "Performative Ethnicities", p.105.

22 박선영은 프롤레타리아 운동이 식민지 한국 문화에 끼친 영향을 다룬 그녀의 저서에서 분단 직 후 북한에 남아 1970년대 남한의 노동운동을 풍요롭게 한 문학과 잡지, 영화의 물질적 기여와 비평의 질이라는 면에서 좌파 운동의 유산을 높이 평가해야 한다고 말한다. 박선영, *The Proletarian Wave*.

23 Hughes, *Literature and Film in Cold War South Korea*, p.23; 근대성의 서사 이론에 대해서는 Kimberly Chung, "Proletarian Sensibilities", p.100 참고; 손유경은 김기진의 작품과 자본주 의의 탐욕에 의해 생겨난 감정들이 인도적인 감정을 제거하는 데에 책임이 있다고 보는 그의 입장에 대해 탐구한다. 손유경, 『프로문학의 감성구조』, 소명출판, 2012.

24 1923년에 최초의 사회주의 청년 단체인 '무산 청년회'가 결성되어 사회주의자들이 마르크스- 레닌주의의 강령을 공식화하기 시작했다. 이기훈, 「1920년대 사회주의 이념의 전개와 청년 담 론」, 『역사문제연구』 13, 역사문제연구소, 2004, 292~296쪽 참고.

25 원종찬은 잡지 『별나라』가 역사적으로 두 잡지 사이에서 좁고 모호한 공간을 차지하고 있는 『신 소년』과 부르주아 잡지인 『어린이』와 정치적으로 정반대로 읽혀져 왔다고 본다. 원종찬의 최근 연구에 따르면, 『신소년』의 편집자와 기고자들 거의 모두가 '언어 사업가(language ent- repreneur)'[역자 주 : 영어로 이 번역이 맞으나 국내에서 주시경은 "언어학자, 한글운동가"로 불림] 주시경의 제자였고, 대종교와 유대관계를 맺은 교육자 단체에 속해있다. 그는 그동안 알 려져 왔던 것보다 『어린이』에서 이 집단이 공통적으로 민족주의적 관념을 제기한다고 말한다. 「『신소년』과 조선어학회」, 『아동청소년문학연구』(15), 한국아동청소년문학학회, 2014, 111

쪽 참고; 또한 그는 『별나라』의 좌파적 경향은 1930년대로 거슬러 올라갈 수 있다고 말하며, 그가 주장하는 변화는 잡지의 유기적이고 좌파적인 정체성보다는 힘이 없는 구조적 문제와 외부의 영향과 더욱 관련이 있다. 원종찬, 「1920년대 『별나라』의 위상 – 남북한 주류의 아동문학사 인식 비판」, 『한국아동문학연구』(23), 한국아동문학학회, 2012 참고; 필자는 좌파 문화에 관한 이 장에서 이들 잡지에 관해 배타적으로 그림으로써 식민지 한국의 문화 생산에 대한 양극화된 시각에 기여하려는 것이 아니라, 그들의 뚜렷한 좌파적인 내용의 일부가 이전 10년 동안 '동심' 개념에 대한 동일한 가정들과 정신 – 몸 메커니즘에 머물러 있던 동심에 대한 실행 가능한 대응을 제공했다는 것을 강조하고 싶다. 이 장에서 논의된 잡지들을 균형 잡힌 시각으로 보기 위한 도전의 일부는 접근성의 결핍이었다. 여기에서 논의된 많은 정기 간행물들은 여전히 찾지 못하거나 접근하기 어려운 상태로 남아있다. 언젠가 이 간행물들을 손쉽게 구할 수 있게 되면, 식민지 한국의 좌파 아동문화에 대한 다른 관점들이 생겨날지도 모른다.

26 Kyung Moon Hwang, *Rationalizing Korea*, pp.177~178.

27 Ibid.

28 송영, 「월급이란 무엇인가」, 『별나라』 45(10), 별나라사, 1930; 「지주와 소작인」, 『별나라』 52(7·8), 별나라사, 1931.

29 김병호, 「벌 사회」, 『별나라』 41(6), 별나라사, 1930. 콜론타이는 최초의 여성 외교관으로서 "평등, 동지애, 개인의 자율성을 전제로 하는 해방의 비전을 옹호한, 사회는 개인으로 하여금 자유롭게 그들의 성별을 표현할 수 있게 하는 동시에 가사 노동을 책임질 것이다"라고 말한다. Sypnowich, "Alexandra Kollontai", p.287; 결혼과 사회에 관한 콜론타이의 관점은 *Love of Worker Bees*(1923)라는 그녀의 저서에서 알 수 있다.

30 김우철, 「동화와 아동문학(상) – 동화의 지위 및 역할」, 『조선중앙일보』, 1933.7.6; 박선영이 말한, 논쟁의 여지가 있는 '여행자 소설'이란 용어는 원래 염상섭이 먼저 소개한 것이다. 여기에선 "일본 제국주의와 한국의 부르주아 단체에 대항하는 사회주의자들의 투쟁을 지지한, 그래서 사회주의자들에게 훌륭한 동맹자로 여겨진 민족주의자들"에 대해 쓰고 있다. *The Proletarian Wave*, pp.72~73 참고. 김우철은 1915년에 태어났으며 아동문학과 농민문학 비평으로 잘 알려져 있다. 그는 분단 후 월북했다.

31 위의 글.

32 송영, 「영웅 이야기」, 『별나라』 51(6), 별나라사, 1931.

33 이주홍, 앞의 글, 27~28쪽.

34 이동규, 「유년독본」, 『신소년』 10(7), 신소년사, 1932; 호가 '철아(鐵兒)'인 이동규(1911~1952)는 서울에서 태어났으며, 1931년에 데뷔한 후 송영, 박세영과 함께 어린이 독자들을 위한 잡지인 『소년문학』에 글을 투고하였다. 그는 1946년에 월북하여 평양 사범대학의 교수가 되었고, 북한 군대에서 작가로서 복무하다가 한국전쟁에서 전사했다. 그의 작품집은 사후 1956년 북한에서 출판되었다. 김명석, 「이동규 소설 연구」, 『우리문학연구』 23, 우리문학회, 2008 참고.

35 이주홍, 「군밤」, 『신소년』 12(2), 신소년사, 1934.

36 이동규, 「이쪽저쪽」, 『신소년』 9(10), 신소년사, 1931.

37 이주홍, 「우체통」, 『신소년』 10(7), 신소년사, 1932.

38 Sunyoung Park, *The Proletarian Wave*, pp.98~105 참고.

39 Yoon-shik Kim, "KAPE Literature in Modern Korean Literary History", p.412; Sunyoung Park, "The Colonial Origin of Korean Realism", p.186.

40 임화, 「兒童文學問題에關한二三의私見」, 『별나라』 75(2), 별나라사, 1934.

41 호인(虎人), 「아동예술시평」, 『신소년』 10(9), 신소년사, 1932.

42 위의 글. 호인은 소년을 다음과 같은 비율로 나누었다. 유년 10%, 소년 50%, 청년 40%.

43 위의 글.

44 박세영, 「童謠・童詩는엇더케쓰나」 3, 『별나라』 74(1), 별나라사, 1934, 34쪽.

45 로인, 「좀더쉬웁게써다고－新年號朴賢順동무에글을읽고」, 『신소년』 11(3), 신소년사, 1933.

46 김병호, 「동요 강화」 1, 『신소년』 8(11), 신소년사, 1930.

47 한철염, 「最近프로少年小說評」, 『신소년』 10(10), 신소년사, 1932.

48 박고경, 「대중적 편집의 길로!」, 『신소년』 10(8), 신소년사, 1932.

49 조형식, 「우리들의 동요시에 대하여」, 『별나라』 57(2・3), 별나라사, 1932, 30쪽.

50 박세영, 「固式化한領域을넘어서－童謠・童詩創作家에게」, 『별나라』 57(2・3), 별나라사, 1932, 16~17쪽[역자 주 : 11쪽].

51 이동규, 「童謠를쓰려는동무들에게」, 『신소년』 9(11), 신소년사, 1931, 14~15쪽.

52 한철염, 앞의 글, 28~29쪽.

53 임화, 앞의 글, 4~5쪽; 손유경은 감정과 미학은 임화 이론의 중심이라고 말한다. 그녀는 그에게 이상적인 원형은 단순히 노동자일 뿐 아니라, 표면과 깊은 내면에 모두 존재하는 감각을 지닌 사람이라고 지적한다. 이러한 이상을 실천하기 위해 임화는 구체적인 입장을 취하면서 문학이 '보편성'과 '규격화'의 부정확한 유물론을 폭로한다고 주장한다. 손유경, 앞의 책, 5장 참고.

54 Sunyoung Park, "The Colonial Origin of Korean Realism".

55 이동규, 「노래를부르자」, 『별나라』 53(9), 별나라사, 1931, 37쪽.

56 이동규, 「베를 심어」, 『별나라』 56(1), 별나라사, 1932, 28쪽.

57 이구월, 「분한 밤」, 『별나라』 46(11), 별나라사, 1930, 9쪽.

58 김우철, 「상호의 꿈」, 『신소년』 10(2), 신소년사, 1932.

59 최경희는 이러한 추세를 부분적으로 검열 기관의 탓으로 돌리고 있다. 그녀는 신체적 장애가 지속되면서 한국 작가들이 "일본 지배하에 있는 근대성에 대한 불균등하고 불평등한 접근을 대변할 수 있었고, 동시에 근대성의 덫으로부터 비판적 거리를 유지할 수 있었다"고 주장한다. Choi, "Impaired Body as Colonial Trope", p.434 참고.

60 버그스트롬은 몸들은 종종 "감각과 착취의 흔적을 읽고 해석할 수 있게" 새겨진 표면이며, "지적 논리와 비례하지만 질적으로 구별되는" 사회 비평의 역할을 한다고 말한다. Bergstrom, "Revolutionary Flesh", p.314 참고.

61 이태준, 「눈물의 입학」, 『어린이』 8(1), 개벽사, 1930.

62 홍구, 「콩나물죽과 이밥」, 『신소년』 10(12), 신소년사, 1932.

5장 | 일제 말기 한국의 전쟁놀이

1 Kyu Hyun Kim, "Reflections on the Problems of Colonial Modernity".

2 일본이 전시 준비를 촉진시키기 위해 사용한 방법의 몇 가지 예로는 전시 사상자를 처리하기 위한 식민지 보건 시설의 증설과 한국인의 건전한 신체, 절약 정신, 그리고 생물 정치학적 통제를 강조하는 수사학을 확대하는 것이다. Caprio, *Japanese Assimilation Policies*, p.149 참고; 1938년 2월 22일에 제정된 육군 특별 지원 병령에 따라 약 36만 명의 한국인이 군인이나 군속으로 근무하고 있었다. 또한 75만 명이 일본의 광산 및 군수 산업의 노동자로 일하고, 한국의 산업 노동자로 백만 명이 더 고용되어 있었다. Palmer, *Fighting for the Enemy*, p.3 참고.

3 Henry, *Assimilating Seoul*, p.169.

Hughes, *Literature and Film in Cold War South Korea*, p.49.

5 박선영과 자넷 풀은 이 시대의 작가들이 항복과 저항 사이에서 선택을 했다는 주장에 모두 이의를 제기한다. 그들의 미묘한 뉘앙스를 지닌 책들은 그들의 글쓰기가 단순이분법에 저항하는 방식으로 그들의 딜레마에 어떻게 목소리를 내었는지 보여준다. Sunyoung Park, *The Proletarian Wave*; Janet Poole, *When the Future Disappears*.

6 문한별은 식민지 기간 동안 선정적이고 체제 전복적인 아동출판물이 검열되었다고 지적한다. 문한별, 「일제 강점기 번역소설의 단행본 출간과 검열 양상-『조선출판경찰월보』 수록 단행본 목록과의 비교 고찰을 중심으로」, 『비평문학』(47), 한국비평문학회, 2013; 문한별, 「『조선출판경찰월보』를 통해서 고찰한 일제 강점기 단행본 소설 출판 검열의 양상」, 『한국문학이론과 비평』 58, 한국문학이론과비평학회, 2013.

7 황국신민서사 성인판은 다음과 같다. "① 우리는 황국신민이며 충성으로써 군국에 보답하자. ② 우리 황국신민은 서로 신애협력하여 단결을 굳게 하자. ③ 우리 황국신민은 인고단련의 힘을 키워서 황도를 선양하자" 윤치호, 김상태 편, 『윤치호 일기, 1916~1943 : 한 지식인의 내면세계를 통해 본 식민지시기』, 역사비평사, 2001, 404쪽 참고; 우치다 준은 "전쟁이 끝날 무렵 (…중략…) 학생의 '황국식민서사' 암송 능력은 [동화(同化)]의 지표가 되었다"고 했다. Jun Uchida, *Brokers of Empire*, p.393 참고; 김화선은 아동용 황국신민서사가 보다 미래 지향적이고, 아동·청소년들이 분명하고 성취 가능한 종말을 고하는 궤도에 올랐음을 암시한다고 주장한다. 김화선, 「대동아공영권의 전쟁동원론과 병사의 탄생-일제 말기 친일 아동문학 작품을 중심으로」, 『인문학연구』 31(2), 충남대 인문과학연구소, 2004 참고; 그림 15 참고.

8 마크 카프리오는 "언론이 제국이 처한 현 상황을 국민에게 알리고(전시 뉴스 포함) 제국주의 주체로서 그들의 특별한 임무에 대해 지시하는 데 모두 중요한 역할"을 했다는 것이다. Caprio, op.cit., p.156.

9 『신시대』(1941~1945)는 학식 있는 엘리트부터 일본어를 읽을 수 없는 대중까지 폭넓은 청중들을 위해 배포되었다. 이원경의 주장대로 이 잡지는 일본총독부의 강력한 선전 도구 역할을 했다. 이원경, 「잡지 『신시대』의 성격과 歷史讀物」, 『국제어문학회 학술대회 자료집』 2014(2), 국제어문학회, 2014, 205쪽; 『소국민』은 창간호와 최종본은 찾을 수 없지만 대략 1938년부터 1944년 사이에 간행되었고, 적어도 일부분은 다카미야 타헤이에 의해 편집되어 경성일보사에서 출판되었다. http://adanmungo.org/view.php?idx=12175 참고.

10 한민주, 『권력의 도상학-식민지 시기 파시즘과 시각 문화』, 소명출판, 2013, 175~177쪽.

11 위의 책, 163쪽.

12 위의 책, 166쪽; 1930년 초반 일본에서도 『폭탄삼용사(爆弾三勇士)』, 『쿠가 노보루 소령(空閑昇少佐)』과 같은 이야기들의 인기가 대단했다. 이런 이야기들은 영화, 노래, 만화, 동화 등 매우 다양한 형태로 등장했다. 동지를 지키고 적의 방어에 구멍을 뚫기 위해 폭탄을 짊어지고 운반한 세 명의 군인을 소재로 한 『폭탄삼용사(爆弾三勇士)』는 특히 인기가 높았다. 山中恒, 『戦時児童文学論-小川未明, 浜田広介, 坪田譲治に沿って』, 大月書店, 2010, 30~31쪽. 로버트 티어니(Robert Tierney)는 관료, 사회참여지식인, 시인, 그리고 작가였던 쓰나미 유수케(津波雄介)가 "문학, 특히 아동문학은 성공적인 제국주의 프로젝트의 기초가 되는 정서적 기질을 함양하는 데 중요한 역할을 해야 한다"고 주장했다고 지적한다. Tierney, *Tropics of Savagery*, p.113.

13 김화선, 「일제말 전시기 식민 주체의 호명 방식-『放送小說名作選』을 중심으로」, 『비교한국학』 17(2), 국제비교한국학회, 2009, 71쪽; 식민지 한국 라디오 방송의 한 중심인물인 윤백남은 라디오만으로도 식민지 아이들에게, 특히 그들의 감성을 개발하고 다듬기 위해서 그들이 가정이나 학교에서 받지 못하는 종류의 교육을 제공할 수 있다고 주장했다. 윤백남, 「라디오 문화와 이중방

송」, 1933(위의 글, 73~74쪽 재인용).

14 이 시기에 단종되었던 신문과 잡지는 1938년『신소년』, 1938년『가톨릭 소년』, 1940년『조선일보』, 1940년『소년』, 1940년『동아일보』등이 있다. 박영기, 「일제 말기 아동문학교육 연구」, 『동화와 번역』15, 건국대 동화와번역연구소, 2008, 50쪽, 주석 12번 참고.

15 윤석중(1911~2003)은 편집을 맡아 조선일보사에서 1937년부터 1940년까지『소년』을 발행하였다. 이 잡지에는 식민지 시대의 가장 유명한 한국 작가들의 작품이 수록되어 있다. 윤석중은 방정환 사후『어린이』를 편집하였으며, 일제 강점기에는『소년』,『소년중앙』,『소년조선일보』, 『유년』등을 편집하였다. 해방 후에는『어린이신문』과『소학생』도 편집하였다. 일제 강점기 동안 오래 발행된 아동 잡지들 중 하나인『아이생활』은 1926년부터 1944년까지 218호가 발행되었고 기독교 잡지였다. 이 잡지의 기고자들 중에는 조지 L. 백 등 선교사들이 많았다. 최명표, 「『아이생활』연구」, 『한국아동문학연구』(24), 한국아동문학학회, 2013; 정선혜, 「《아이생활》속에 싹튼 한국 아동문학의 불씨」, 『아동문학평론』31(2), 아동문학평론사, 2006; 최근 윤석중의 생애와 문학에 대한 평가는 노경수, 『(동심의 근원을 찾아서) 윤석중 연구』, 청어람M&B, 2010; 김제곤, 『윤석중 연구』, 청동거울, 2013. 참고.

16 우치다 준은 "8월 10일까지 한국 가구의 80%에 해당하는 일본식 이름을 채택한 320만 가구를 가리켜, 그 결정은 공식적 압력 또는 동료의 압력이나 가족 구성원의 결정 등 개인적인 이익을 고려한, 군대 자원자의 경우와 마찬가지로 실용적 판단 등 여러 가지 요인에 근거했다"고 지적한다. Jun Uchida, 앞의 책, 380쪽 참고.

17 Caprio, 앞의 책, 147쪽

18 위의 책. 내선일체(內鮮一體)는 조선 총독부의 전시 정책이었다. 우치다 준에 따르면, 식민 한국과 본토 일본의 인구를 전쟁에 총동원하고 식민 주체들을 "천황 중심의 정치로" 통합시키기 위해 "유례없는 수준의 식민지와 본토의 제도적 통합으로 이끈" 민족적 총동원 책략이었다. Jun Uchida, 앞의 책, 355~356쪽 참고; 우치다 준은 그녀의 저서 8장에서 이러한 동화정책의 공식적 기획은 총체적이었을지 모르지만, 시민평등을 위해 이 정책을 활용하려는 한국 국민과 그 정책을 이용해 자신들의 지위를 높이려는 일본 정착민 사이에 인식의 괴리가 나타난다고 지적한다. 위의 책, 357쪽.

19 위의 책, 153쪽; 이와 함께 오성철과 김기석은 학교 현장에서 한국인이 훨씬 적다는 것을 보여주지 않고, 한국인이 하찮은 노동과 하급직으로 교육을 받았다는 점에서 일본인 교육에 비해 한국인 교육의 열악함을 나타내지 않고 있어 통계에 오류가 있다고 지적한다. 통계를 살펴보면 더 많은 사실이 아직도 알려지지 않고 있다. 즉 한국인들이 문맹을 극복하고 더 많은 기관을 운영하기 위해 기금을 스스로 마련하면서 교육 기관들이 성장하기 시작했다는 점이다. 오성철과 김기석은 식민지 이전부터 유래하는 교육의 연속성을 다루지 않는다. 특히 여성 교육에 대한 경시성을 간과했다. 그러나 이념적 목적을 위해 아동을 위한 교육 콘텐츠의 동원과 관련하여 교육 제도가 제국화 운동에 얼마나 작용했는가를 고려하는 것은 여전히 가치 있는 일이다. 오성철·김기석, "Expansion of Elementary Schooling under Colonialism" 참고.

20 브랜든 팔머(Brandon Palmer)는 일본인들이 한국군의 일본군 참가를 경계하고 있는 것은 복무할 준비가 되어있지 않은 점뿐만 아니라 식민지 한국에 가해질지도 모르는 위협 때문이기도 하다고 지적했다. 팔머는 일부 한국 신병들이 새로 얻은 일본 군인의 지위를 사회적, 경제적 이득을 위해 사용했다고 주장한다. 그는 한국인의 동화가 한국인을 동등한 권리를 가진 일본 시민으로 변모시키는 방법보다는 원활한 동원을 촉진하기 위한 것이었다고 결론 짓는다. Palmer, 앞의 책, 184쪽 참고. 추(Chou)는 군 복무 요청에 대한 한국들의 열광적인 반응은 일부 강압에 의해 설명될 수 있고, 또한 '시민의 3대 의무' 중 하나라고 강조했던 군 복무 캠페인의 성공적인 홍보, 특히 학교와 청소년 단체에 대한 성공적인 지역사회 홍보, 그리고 징병제가 약속했던

기회의식과 함께 또래들의 압력에 의해서도 설명될 수 있다고 한다. Wan-yao Chou, "The Kominka Movement", 66~67쪽 참고.

21 토드 헨리는 신사참배에 대한 무관심, 적극적 참여 부족과 같은 행동과 더불어 한국의 감성에 더 잘 맞는 특정한 관습의 수정, 그리고 한국어의 사용 등을 언급한다. Henry, op.cit., pp.62~91 참고. 권명아 역시 일본의 식민지 기획이 획일적이거나 피식민자의 반응이 예측할 수 있었다는 가정에 반대한다. 반대로 그 반응들은 다양하고 성별과 계층에 따라 달랐으며, 식민주의 구조만큼이나 자본주의 사회경제 구조에 의해 좌우되는 지위에 대한 열망으로 복잡했다. 권명아, 『역사적 파시즘 제국의 판타지와 젠더 정치』, 책세상, 2005, 참고. 우치다 준은 "자격 있는 한국인들이 관료 임명, 기업, 공장, 고등교육에서 부여된 것보다 전시에서 상대적으로 더 많은 기회를 발견했기 때문에" 한국인들 사이의 시민 참여가 증가한 것을 우려한 일본 정착민들에 대한 그녀의 연구에서도 같은 긴장감을 본다. Henry, op.cit., p.388 참고.

22 Hanscom, The Real Modern.

23 Poole, When the Future Disappears.

24 윤석중, 「少年을 내면서」, 『소년』 1(1), 조선일보사, 1937.4, 9쪽.

25 Nayoung Aimee Kwon, "Conflicting Nostalgia".

26 우치다 준은 "앞으로 60년 뒤 [한국] 사회의 최상위 계층은 현재 10세 이하 아이들이 지배하게 될 것"이라고 말해 식민지 정권이 보편적 교육과 징병의 중요성을 이해했다고 관측한다. 앞의 책, 366쪽.

27 계용묵, 「생일」, 김동인 편[역자 주 : 이홍기 편], 『방송소설명작선』, 조선출판사, 1943.

28 김화선, 「대동아공영권의 전쟁동원론과 병사의 탄생-일제 말기 친일 아동문학 작품을 중심으로」, 『인문학연구』 31(2), 충남대 인문과학연구소, 2004 참고; 김화선, 「일제말 전시기 식민 주체의 호명 방식-『放送小說名作選』을 중심으로」, 『비교한국학』 17(2), 국제비교한국학회, 2009 참고.

29 김혜원, 「대선풍」, 『소년』 3(11), 조선일보사, 1939.

30 이구조, 「병정놀이」, 『소년』 4(12), 조선일보사, 1940, 46쪽.

31 한파령, 「애기 兵丁」, 『소년』 4(7), 조선일보사, 1940.

32 한민주, 『권력의 도상학-식민지 시기 파시즘과 시각 문화』, 소명출판, 2013.

33 이구조, 「비행기」, 『소년』 4(9), 조선일보사, 1940.

34 Caprio, op.cit., p.157.

35 양미림, 「본받을 히틀러-유-겐트와 뭇솔리-니靑少年團」, 『소년』 4(1), 조선일보사, 1940.

36 「반도의 금수강산 차저, 히틀러 유겐드 來訪」, 『매일신보』, 1939.8.18.

37 이원경, 앞의 글.

38 한민주, 앞의 책, 180~187쪽; 식민지 한국인과 나치 독일 간의 전쟁 시기 연관성에 대한 매혹적인 평을 위해 Hoffmnann, Berlin Koreans 참고. 이중언어 잡지인 『半島の光』(朝鮮金融組合聯合會 조선금융조합연합회 편)은 여러 번 개정을 겪었는데, 첫 번째에는 『家庭之友』라는 제목으로 1936년 12월에, 그 후 1938년 8월부터는 일본어 제목인 『家庭の友』로 표기되었다. 1942년 다시 『半島の光』로 명칭이 변경되었고, 1944년 8월에 최종호가 발행되었다. 총 38호의 『半島の光』가 조선금융조합연합에 의해 출판되었다. 조유경, 「태평양 전쟁기(1941~45) 잡지 『半島の光』의 표지 이미지 연구」, 이화여대 석사논문, 2016 참고.

39 이광수, 「고맙습니다」, 『소년』 1(1), 조선일보사, 1937.4, 26~28쪽.

40 이광수, 「탓」, 『소년』 1(7), 조선일보사, 1937.10; 이 시리즈의 다른 수필 중에는 이은상의 「채

찍」, 『소년』 1(2), 1937.5, 20~22쪽; 주요한의 「백번만의 성공」, 『소년』 1(4), 1937.7, 14~16
쪽; 그리고 이극로, 「제자리」, 『소년』 1(6), 1937.9, 38~39쪽이 있다.

41 계산선, 「원숭이와 게」, 『소년』 2(1), 조선일보사, 1938.1; 송창일, 「부끄럼」, 『소년』 2(3), 조
선일보사, 1938.3.

42 Henry, *Assimilating Seoul*, pp.130~131. 또한 대중 담론에서 근대에 규율된 식민지 신체에 대해
선 미즈노 나오키, 정선태 역, 『생활 속의 식민지주의』, 산처럼, 2007 참고.

43 박영종, 「나란이, 나란이」, 『소년』 3(3), 조선일보사, 1939.3, 7쪽.

44 강선생, 「소년 체육관」, 『소년』 1(1), 조선일보사, 1937.4, 56쪽; 정윤용, 「어린이의 겨울 위생」,
『소년』 3(12), 조선일보사, 1939.12, 58쪽.

45 「전쟁과 저축」, 『소년』 4(8), 조선일보사, 1940.8, 44쪽.

46 「白米는부끄러운밥」, 『소년』 4(6), 조선일보사, 1940.6, 36쪽.

47 「年末年始 銃後報國强調週間」, 『소년』 3(1), 조선일보사, 1939.1, 62쪽.

48 박영기, 앞의 글. 박영기는 식민지 시대 말기에는 아동잡지의 중심이었던 시가 더 이상 한국 교
과서에 실리지 않고, 일부만 일본 교과서에 실렸다는 점에 주목한다. 교과서에 게재된 단편소설
은 대부분 일본 신화로 구성되었다.

49 Seong-cheol Oh and Ki-seok Kim, "Expansion of Elementary Schooling under Colon-
ialism", p.119; 유준(Jun Yoo)은 일제 정부가 주장한 바와 달리, 실제 교육 기관은 덜 설립되었
다고 말한다. Yoo, *The Politics of Gender in Colonial Korea*, pp.66~67.

50 Oh and Kim, Ibid., p.124.

51 위의 책에서 계급이나 젠더에 대한 질문을 다루지 않지만, 오성철과 기기석은 한국의 직업교육
은 일본의 직업교육과는 다른 목적을 가지고 있다고 주장한다. 그 이유를 한국 학생들은 비숙련
노동을 위해 훈련받았기 때문이라고 한다. 위의 책, 133~135쪽.

52 신영철, 「독학의 길」, 『소년』 2(3), 조선일보사, 1938.3.

53 송영, 「맞을번한이야기」, 『소년』 1(4)[역자 주 : 1권 1호, 창간호임], 조선일보사, 1937.4.

54 현덕은 한때 저명한 집안에서 태어났으나, 아버지의 무모한 경영으로 집안이 가난해져 고등학
교를 1년만 다니고 중퇴하고, 학업을 계속하지 못했다. 그로 인해 좌익 이데올로기에 더 가까워
졌다. 원종찬, 『한국 근대문학의 재조명』, 소명출판, 2005, 60~76쪽. 현덕은 1927년 단편소설
로 신문사 주최 공모전에서 1등을 한다. 그 뒤 1932년 문학계에 공식적으로 등단한다.

55 위의 책, 82쪽.

56 1933년 8월에 만들어진 구인회는 프롤레타리아 문학 동맹의 반대편에 선 그룹이다. 카프와 달리,
정치적 색채를 띠지 않는 그룹이라는 점에서 스스로를 차별화했다. 구인회의 성원으로는 정지용,
이태준, 박태원, 이상, 그리고 김유정 등이 있다. 원종찬, 「구인회 문인들의 아동문학」, 『동화와
번역』 11, 건국대 동화와번역연구소, 2006 참고; 현덕의 작품은 조선문학가동맹의 임화, 김남천,
백철에게도 널리 인정받았다. 원종찬, 『한국 근대문학의 재조명』, 79~82쪽.

57 박영기, 앞의 책, 105~106쪽.

58 이경재, 「현덕의 생애와 소설연구」, 『관악어문연구』 29, 서울대 국어국문학과, 2004, 496쪽.

59 현덕, 「하늘은 맑건만」, 『소년』 2(8), 조선일보사, 1938.8. 이 이야기는 Azalea 1에 "The Sky"
라는 제목으로 번역된 바 있다.

60 현덕은 최근 학계에서 재능 있는 작가로 주목받고 있다. 박영기는 현덕의 아동 캐릭터들이 식민지
질서를 전복시키고 사람들을 원래의 선한 상태로 회복시킬 수 있는 잠재력을 가지고 있음에 주목
한다. 박영기, 앞의 책 참고; 강진호는 현덕의 작품 활동이 당시 문학을 교훈적인 도구로 여기던

통념에 저항하였기에, 한국문학에 큰 기여를 했다고 주장한다. 강진호, 「현덕론」, 『현대소설연구』 4, 한국현대소설학회, 1996 참고. 오혜진은 현덕 작품 속 캐릭터가 실제 감정을 가진 실제 아동처럼 행동함에 주목한다. 오혜진, 「1930년대 아동문학의 전개-이주홍, 이태준, 현덕의 작품을 중심으로」, 『어문론집』 34, 중앙어문학회, 2006 참고. 그리고 원종찬은 현덕의 어린이 묘사가 매력적이고 진실하며 감상주의의 함정에 빠져있지 않은 점에 찬사를 보낸다. 원종찬, 『한국근대문학의 재조명』 참고.

61 이 이야기는 1938년 『소년조선일보』에 실렸고, 1946년 『포도와 구슬』이라는 제목의 책으로 간행되었다. 워싱턴대의 웹사이트(https://digitalcollections.lib.washington.edu/digital/collection/korean/id/9684)에서 온라인으로 열람할 수 있다.(2015.9.9 접속 기준, 2020.6.30 접속 가능) 그림 14는 1946년 개정판에서 가져온 것이다.

62 정현웅은 1911년에 태어났으며 1929년에 도쿄의 가와바타 미술학교에서 수학하였다. 1937년부터 『소년』에 삽화가로 활동하였다. 그의 삽화들은 이기영, 채만식, 이태준 등 정통 문인들의 작품에서도 찾아 볼 수 있다. 그는 한국전쟁 이후에 월북하여 예술가로서 성공적인 경력을 쌓았다. 정지석·오영식, 『틀을 돌파하는 미술-정현웅 미술작품집』, 소명출판, 2012 참고. 정현웅의 작품은 이 책의 표지와 그림 11, 그림 14를 통해 볼 수 있다.

63 현덕, 「물딱총」, 원종찬 편, 『너하고 안 놀아』, 창비, 1995, 17~21쪽.

64 현덕, 「바람은 알 건만」, 위의 책, 22~25쪽.

65 위의 글, 위의 책, 23쪽.

66 현덕, 「귀뚜라미」, 위의 책, 51~54쪽.

67 현덕, 「아버지 구두」, 위의 책, 45~46쪽. 이 이야기의 전문은 45~47쪽에 실려 있다.

68 현덕, 「싸움」, 위의 책, 55~56쪽. 이 이야기의 전문은 55~58쪽에 실려 있다.

69 현덕, 「대장 얼굴」, 위의 책, 73~76쪽.

70 현덕, 「용기」, 위의 책, 147~149쪽.

71 현덕, 「권구시합」, 『소년』 2(10), 조선일보사, 1938.10.

72 현덕, 「집을 나간 소년」, 『소년』 3(6), 조선일보사, 1939.6.

73 Williams, "We Are All in the Dumps with Bakhtin", pp.131~132.

74 Stephens, *Language and Ideology*, p.156.

75 이두영, 「정신」, 『소년』 1(7), 조선일보사, 1937.10, 17쪽.

76 박수인, 「위태한 지구」, 『소년』 3(11), 조선일보사, 1939.11, 68쪽.

77 장명찬, 「짐승」, 『소년』 3(1), 조선일보사, 1939.1, 31쪽.

78 조성필, 「약값」, 『소년』 3(11), 조선일보사, 1939.11, 68쪽.

79 윤기수, 「거 먹은 닭」, 『소년』 4(11), 조선일보사, 1940.11, 78쪽.

80 김화선은 전쟁이 아동의 삶에서 규칙적이고 합리적인 부분이 된 정도를 이러한 대본들이 반영한다고 주장한다. 김화선, 「일제말 전시기 식민 주체의 호명 방식-『放送小說名作選』을 중심으로」, 『비교한국학』 17(2), 국제비교한국학회, 2009 참고; 이 대본은 김동인 편, 『방송소설명작선』, 조선출판사, 1943에서 찾을 수 있다.

81 박태원, 「어서 크자」, 김동인 편, 『방송소설명작선』, 조선출판사, 1940, 구체적이고 보편적인 아이러니의 분석은 한스콤의 *The real modern*, 5장 참고.

82 박태원, 「어서 크자」, 김동인 편, 『방송소설명작선』, 조선출판사, 1940; 박태원, 「꼬마 반장」, 김동인 편, 『방송소설명작선』, 조선출판사, 1940.

83 윤석중의 현대까지 지속적인 영향력을 보여주는 예로, 그의 곡의 KBS 특별 공연을 들 수 있다.

http://www.youtube.com/watch?v=jjRPSzlVahU(2015.9.12 접속).

84 김제곤, 『윤석중 연구』, 청동거울, 2013, 17쪽. 윤석중에 관한 참고문헌 목록은 이 책의 20쪽 참고.

85 윤석중, 「대낮」, 『소년』 4(3), 조선일보사, 1940.3, 52쪽.

86 윤석중, 「체신부와 나무닢」, 『소년』 4(1), 조선일보사, 1940.1, 24~25쪽.

87 윤석중, 「이슬」, 『소년』 4(4), 조선일보사, 1940.5, 38~39쪽.

88 이원수(1912~1981)는 그의 첫 시를 1925년 방정환의 잡지 『어린이』에 출판했다. 그는 사상적으로 분열된 집단을 가로지르는 모습을 보였는데, 좌익 성향이면서 동시에 친일잡지에 출판을 했다. 그는 계속해서 남한에서 저명한 잡지 편집자, 작가, 시인으로 경력을 쌓았다. 원종찬, 「윤석중과 이원수 – 아동문학의 모더니즘과 리얼리즘」, 『아동청소년문학연구』(9), 한국아동청소년문학학회, 2011 참고.

89 이원수, 「자장 노래」, 『소년』 4(7), 조선일보사, 1940.7, 44~45쪽.

90 원종찬, 「윤석중과 이원수 – 아동문학의 모더니즘과 리얼리즘」, 『아동청소년문학연구』(9), 한국아동청소년문학학회, 2011, 7쪽.

91 이원수, 「보-야, 넨네요('아가야 자장자장'의 일본말)」, 『소년』 2(10), 조선일보사, 1938.10, 41쪽.

92 이원수, 「나무 간 언니」, 『소년』 4(10), 조선일보사, 1940.10.

93 이태준, 「혼자자는아가」, 『소년』 4(11), 조선일보사, 1940.11.

94 최현배(1894~1970)는 교토제국대학에 유학 가기 전까지, 주시경의 조선어강습원에서 한글과 문법을 배웠다. 그는 "토착어 운동에 있어서 언어학자이며 선구자"로, 그의 활동은 "언어연구의 좁은 학문분야를 초월"하여, "문화적 정체성과 문화적 종속"이라는 보다 광범위한 범주로 나아갔다. Robinson, "Ch'oe Hyŏn-bae", pp.21~22.

95 최현배, 「재미나는 조선말 – 동물 이름」, 『소년』 1(1), 조선일보사, 1937.4, 45쪽. 최현배는 「재미나는 우리말」이라는 비슷한 시리즈의 에세이를 해방 후에 썼다. 한국의 해방 후에, '조선말'이라는 용어는 '우리말'로 교체되었다.

96 최현배, 「재미나는 조선말」 2, 『소년』 1(5), 조선일보사, 1937.5, 43쪽.

97 Poole, "Late Colonial Modernism", p.191.

6장 | 동심의 해방

1 Robinson, *Korea's Twentieth-Century Odyssey*, p.100.

2 임종명, 「해방 공간과 신생활운동」, 『역사문제연구』 27, 역사문제연구소, 2012, 220쪽.

3 서대석은 "온갖 신념을 가진 정치인들은 이 지배 권력에 다양한 요구를 행사했으며 폭력시위와 무장 반란이 끊이질 않았다"고 지적한다. Suh, "The War for Korea", p.150.

4 마이클 로빈슨의 설명에 의하면 미군정청의 하지 사령관이 내린 첫 번째 지시는 당시 남한 내에 존재하는 인민위원회의 권위를 철저히 무시하라는 것이었다. "하지 장군은 한국에 도착하기 직전, 잔뜩 겁에 질려 남아있던 일본인들로부터 조심하라는 경고를 받았다. 즉 한국 임시정부에 숨어있는 공산 세력이 전복을 꾀할 수 있다는 것이었다." Robinson, 앞의 책, 107쪽.

5 Millet, *The War for Korea*.

6 Hughes, *Literature and Film in Cold War South Korea*, p.60.

7 위의 책, 63쪽.

8 휴즈가 상기시키는 '해방 공간'은 해방의 의미를 놓고 계속된 논쟁을 포착하기 위하여 1980년대에 등장한 용어이다. 위의 책, 66쪽; 휴즈는 남북한의 문학 모두 민족문학으로서 비슷한 결을 지닌다고 주장한다. 이들은 "식민지 역사, 양국의 경쟁적인 국가 통제주의, 그리고 냉전 시대 문화 생산의 영향을 받아 스스로 형성된 일련의 텍스트"라는 것이 그의 설명이다. 위의 책, 90쪽.

9 위의 책, 64~65쪽.

10 이중연, 『책, 사슬에서 풀리다―해방기 책의 문화사』, 혜안, 2005, 117쪽.

11 선안나, 『천의 얼굴을 가진 아동문학』, 청동거울, 2007, 99쪽.

12 「어린이 날」, 『동아일보』, 1946.5.5.

13 이중연, 앞의 책, 117~118쪽.

14 위의 책, 47~51쪽. 이중연은 이 시기에 유행했던 팜플렛들을 가리켜 언어와 역사에 대한 '계몽'의 작품이라고 불렀다. '선동'용 작품들은 사회 문제에 관한 논쟁을 일으키기 위해 작성되었다.

15 위의 책, 55~58쪽.

16 『아동문학』의 편집차장을 맡았던 정지용(1902~1950)은 식민지 시절 한국의 시인이자 교육자로 한국전 당시 납북되었다. 그밖에 좌파주의 계열의 주요 기고자들로는 박세영, 송완순, 이동규, 이주홍이 있다. 선안나, 앞의 책, 102쪽.

17 이중연은 이 시기를 출판의 '혁명'이라고 부른다. 동시에 그는 여전히 국민 대다수에게 생계 문제가 직면 과제였기 때문에 책을 사치품으로 여기는 경향이 강했음을 밝힌다. 이중연, 앞의 책, 69~74쪽.

18 선안나, 앞의 책, 99~101쪽.

19 위의 책, 101쪽.

20 「아동문화의 건설과 파괴」, 『조선중앙일보』, 1948.3 참고; 이중연, 앞의 책, 150쪽에서 재인용.

21 이중연, 위의 책, 161쪽. 가령 김용환의 만화는 신간이 출간되자마자 눈에 띄게 많이 팔렸다. 그는 『소학생』과 『어린이나라』에도 삽화가 있는 이야기와 짧은 만화를 기고하였다.

22 집필 당시 자료를 구할 수 없어 여기 지면에 소개되지 못한 다른 잡지로는 『아동문학』(1945~1947), 『신소년』(1946), 우파 계열의 『소년』(1948~1950), 『새싹』(1946~1947), 『어린이』(1948~1949), 『아동』(1946~1948)이 있다.

23 지용, 「장난감 없이 자란 어른」, 『어린이나라』, 동지사 아동원, 1949.1, 11쪽.[역자 주 : 여기서 지용은 정지용의 필명임]

24 이만규, 「우리 글 자랑」, 『주간소학생』 1, 조선아동문화협회, 1946; 이만규(1889~1978)는 교육자로 일제 강점기와 전후 시기에 왕성한 활동을 펼쳤다. 그는 미군정기에 남한에서 먼저, 이후 북한에서도 출판하여 교육자와 지식인으로서 저명하였다. 그의 저서로는 『가정독본』, 『조선교육사』 등이 있다. 『주간소학생』에 한국 문화에 대한 자부심을 담은 글과 달리 이만규는 후기 일제 강점기 때 일본의 동화정책에 크게 찬성했던 인물로도 알려져 있다. 이길상, 「황민화 시기 이만규의 국가정체성―친일적 경향을 중심으로」, 『한국교육사학』 34(1), 한국교육사학회, 2012 참고.

25 King, "North and South Korea"; Song Seok-Choong, "Grammarians or Patriots" 참고.

26 이중연, 앞의 책, 14~23쪽.

27 위의 책, 60~61쪽; 이중연은 당시 해방 공간에 출판된 도서들이 대부분 낮은 질과 순전히 이윤을 추구했다는 점에서 많은 비판을 받았다고 지적한다. 그러나 많은 도서 판매량만 보면 책이 엄청나게 소비되었고 당대의 독서 열정을 증명한다고 말할 수 있다. 위의 책, 40쪽.

28 김병제, 「한글講座 우리 말과 글(一回)」, 『별나라』, 별나라사, 1945.12. 김병제는 북한에서 권위

있는 언어학자로 인정받으며 집필 활동과 사전 편찬, 방언학 연구에 힘썼다.

29 로스 킹은 한국의 '문자 민족주의'는 훈민정음 창제와 이를 만들고 반포한 조선의 세종대왕에 대한 국가적 차원의 숭배와 대단한 경외심에서 잘 드러난다고 지적한다. King, 앞의 책, 222쪽.

30 『주간소학생』, 조선아동문화협회, 1946.2, 12쪽. 마지막 예문 "새나라의 어린이는 일찍 일어납니다 / 잠꾸러기 없는 나라 / 우리 나라 좋은 나라"라는 곡이 붙여져 오늘날까지도 한국의 유명한 동요로 남았다. 그 예로, https://www.youtube.com/watch?v=lrxSZ6I8elY(2017.2.20 접속) 참고.

31 최현배, 「재미나는 우리 말」, 『주간소학생』8, 조선아동문화협회, 1946. 이 코너는 꾸준히 연재되었다.

32 이희승, 「우리 자랑」, 『주간소학생』37, 조선아동문화협회, 1947. 이희승(1896~1989)은 저명한 언어학자로 한국어 맞춤법과 표준어 편찬의 핵심 인물이었다. 1942년 10년 동안 조선말 큰사전 편찬 활동에 참여한 이유로 3년 간의 옥고를 치렀다. 해방 이후 그는 국어학 연구를 주도하는 주요 국어학자 중 하나였다. 경성제국대학에서 교수직을 얻은 그는 서울대로 변경된 이후에도 교편을 이어갔다. 이희승은 학계의 주요 보직에 종사하면서 시와 산문집을 출판하기도 하였다. 이희승의 다른 여러 글들은 『주간소학생』1947년 제36·37·47호 참고.

33 이영철, 「틀리기 쉬운 말 2」, 『주간소학생』26, 조선아동문화협회, 1946.9; 「틀리기 쉬운 말 4」, 『주간소학생』28, 조선아동문화협회, 1946.10, 3쪽; 이영철(1909~?)은 1930년대와 60년대 아동문학 부문에서 활발히 활동하였다. 그의 첫 작품은 1925년 『어린이』에 실렸다. 이영철은 신문과 잡지 기고뿐만 아니라 교육자로도 활동하였다. 원종찬, 『아동문학과 비평정신－원종찬 평론집』, 창비, 2001, 358~363쪽 참고.

34 장지영, 「한글날의 뜻과 우리의 할 일」, 『소학생』71, 조선아동문화협회, 1949.10.

35 「애독자 여러분이 좋아하는 시인·소설가·화가·좌담」, 『소학생』71, 조선아동문화협회, 1949.10, 28~29쪽; 조풍연(1914~1991)은 작가이자 문학지 『문장』의 편집자였다. 한국전 이후 그는 아동문학 전업 작가로 활동하였다. 김규택(1906~1962)은 1930년대 일본의 미술학교를 졸업한 후 이광수와 홍명희를 비롯한 많은 한국 작가들의 1930년대 작품 삽화를 담당하였다. 그는 직접 유머 소설을 집필하기도 하였다. 이주라, 「1930년대 김규택의 유모어소설과 웃음의 새로운 가능성」, 『어문논집』74, 민족어문학회, 2015 참고; 한국전 당시 월북한 것으로 알려진 정인택(1909~1953)은 최근 몇 년간 새롭게 조명받는 작가 중 하나이다. 특히 이상, 박태원과의 친분 관계와 함께 그가 일본어로 집필한 '친일' 문학으로 인해 많은 관심이 쏠리고 있다. 이영아, 「정인택의 삶과 문학 재조명－이상 콤플렉스 극복과정을 중심으로」, 『현대소설연구』35, 한국현대소설학회, 2007 참고.

36 이영철, 「틀리기 쉬운 말 2」, 『주간소학생』26, 조선아동문화협회, 1946.

37 이영철, 「어린이 한글 역사」, 『소학생』37, 조선아동문화협회, 1946.

38 이영철, 「우리 문화와 한글」, 『소학생』50, 조선아동문화협회, 1947.9, 38쪽.

39 「우리말 도로 찾기」, 『소학생』55, 조선아동문화협회, 1948.3, 41쪽.

40 Schmid, *Korea between Empires*, p.257.

41 김소운, 「말(語)의 향기」, 『어린이나라』, 동지사 아동원, 1949.2, 22쪽. 김소운(1907~1981)은 1923년 관동대지진으로 학업을 중단하기 전까지 일본에 거주하였다. 이후 그는 다시 일본으로 건너가 교육에 헌신하였다. 그는 한국어를 일본어로 번역한 번역가로 유명했고, 1936년에 『조선민요선』과 같은 작품집에 작품을 발표했다.

42 King, 앞의 책, 210~212쪽.

43 King, "Nationalism and Language Reform in Korea", p.38에서 재인용; 킹은 유길준

(1856~1914)을 근대 한국의 최초 '언어 개척자'로 평가한다. 유길준은 한국 최초의 신문인『한성일보』에 한글과 한문을 혼용한 취임 사설을 기고하였다. 위의 책. 36쪽 참고.

44 위의 책. 56쪽.

45 King, "North and South Korea", p.211~212; Jentzsch, "Munhwaŏ" 참고.

46 King, Ibid., p.216.

47 김용준,「우리 자랑―광개토 대왕비」,『소학생』18, 조선아동문화협회, 1946.

48 이희복,「그 시초와 내력」,『어린이나라』, 동지사 아동원, 1949.1, 16~17쪽.

49 홍종인,「1919년과 3월 1일」,『소학생』76, 조선아동문화협회, 1950; 홍종인(1903 ~1998)은 평양에서 태어났다. 3·1운동에 가담한 이유로 퇴학을 당했다. 그는 기자로 활동하고 해방 이후에는『조선일보』의 주요 편집자로 활동하였다. 아시아 신생 독립 국가에 대한 그의 관심은『어린이나라』의「약소국가들의 모습」[역자 주 : 이 연재 기사의 저자는 홍종인이 아니라 김원식임] 연재를 통해 반영되었다. 이 기사를 통해 홍종인은 식민지였던 나라들의 과거와 현재를 보도하였다. 1949년 4월호의 기사에서는 네덜란드의 식민지였던 인도네시아를 다루었다. 한국의 함경남도보다도 작은 국가인 네덜란드가 60배나 큰 면적의 나라인 인도네시아를 300년 동안 지배하면서 고무, 오일, 면, 철강 자원을 착취한 것에 대한 맹렬한 비난이 담겨있다. 그 대신에 네덜란드는 인도네시아 국민들에게 기아와 무시, 죽음에 허덕이게 했다(16~17쪽). 다른 기사로는「버어마 편」(1949년 제5호, 34~35),「마레이」(1949년 제6호, 27), 영국의 팔레스타인 통치(1949년 제10호, 19)[역자 주 : 이 내용은 찾을 수 없음]를 들 수 있다.

50 『어린이나라』, 동지사 아동원, 1949.3, 4~6쪽.

51 지용,「3월 1일」,『어린이나라』, 동지사 아동원, 1949.3.

52 작자 미상,「조선아 정신차려라」,『주간소학생』4, 조선아동문화협회, 1946, 2쪽.

53 예를 들어『주간소학생』7, 조선아동문화협회, 1946.3, 5쪽 참고.

54 윤석중,「앞으로, 앞으로」,『주간소학생』3, 조선아동문화협회, 1946.2, 5쪽.

55 임종명, 앞의 글, 223~235쪽.

56 함처식,「조선농촌과 계몽운동」,『민주조선』3(2), 민주조선사, 1948[역자 주 : 통권3호, 2권 1호].

57 김인수,「제자리걸음」,『소학생』67, 조선아동문화협회, 1949.5, 10쪽.

58 『소학생』66, 조선아동문화협회, 1949.4, 13쪽.

59 정진욱,「가을의 생리 위생」,『소학생』50, 조선아동문화협회, 1947.9, 14쪽.『신천지』와 같은 성인 잡지에도 '건국영양제' 같은 아동용 건강 보조제의 광고가 실렸다. 자료를 알려준 케네스 구(Kenneth Koo)에게 감사를 드린다.

60 De Ceuster, "Wholesome Education and Sound Leisure", p.59.

61 민채호,「해방 후의 조선 스포츠계」,『소학생』51, 조선아동문화협회, 1947.10, 5~6쪽.

62 「공」,『어린이나라』, 동지사 아동원, 1949.9, 11쪽.

63 이영민,「야구와 소학생」,『소학생』77, 조선아동문화협회, 1950.4, 10쪽.

64 안준식,「조선해방과 少年少女에게」,『별나라』, 별나라사, 1945.12.

65 유명한 삽화가로 전쟁 후기부터 해방기의 아동 잡지의 삽화 작업을 맡았던 정현웅은 정인택의 창작 소설이 젊은 세대에게 문학에 대한 새로운 관심을 자극하고 있다고 칭찬한다.『소학생』 71, 조선아동문화협회, 1949, 28~33쪽 참고.

66 정인택,「밝은 길」,『어린이나라』, 동지사 아동원, 1949.3.

67 위의 글, 14쪽.

68 위의 글, 15쪽.

69 정원섭, 「운동회」, 『어린이나라』, 동지사 아동원, 1949.5.

70 이형우, 「학교」, 『소학생』 47, 조선아동문화협의회, 1947.4, 29쪽.

71 소현, 「언제나 큰 뜻을 품자-어린이날을 맞이하야」, 『소학생』 67, 조선아동문화협의회, 1949.5, 6~8쪽[역자 주 : 5~7쪽].

72 채만식, 「이상한 선생님」, 『어린이나라』, 동지사 아동원, 1949.1, 27쪽.

73 이원수, 「아동문학의 사적 고찰」, 『소년운동』 4, 조선소년생활사, 1947.4, 7~8쪽.

74 이원수, 『숲속 나라』, 『어린이나라』, 1949.2~12, 본문에 인용된 부분은 다음과 같다. 1949.2, 12~15쪽; 1949.5, 23쪽, 28~31쪽; 1949.6, 20~23쪽; 1949.7, 3~7쪽; 1949.8, 31~35쪽; 1949.9, 20~24쪽; 1949.10, 26~30쪽; 1949.11, 15 · 16~20쪽; 1949.12, 15~19쪽. 흥미롭게도 1995년 웅진출판사의 재출간본은 작품 속에 있는 어휘뿐만 아니라 내용도 아동문학의 교육적 · 이념적 접근법의 변화를 반영하여 수정된 것이다.

75 이 시기에 대해 쓰면서, 김윤경은 1949년 『여학생』이 창간된 이후에야 비로소 '소녀' 개념이 문학 안에 확고히 자리 잡았다고 주장한다. 김윤경, 「'해방 후 여학생' 연구」, 『비평문학』 47, 한국비평문학회, 2013 참고.

76 이재철, 『한국현대아동문학사』, 일지사, 1978 참고; 김종헌은 이재철의 연구가 지나친 반공주의에 입각하고 있어 다양한 정치적 연대를 지닌 아동잡지에 대해 공정하게 다루지 못했음을 지적한다. 김종헌, 『동심의 발견과 해방기 동시문학』, 청동거울, 2008 참고.

77 최영수, 「동심」, 『아동문학』, 박문서관, 1948.11[역자 주 : 『아동문화』, 동지사 아동원].

78 「키우자 바르게 씩씩하게 싱싱한 조선의 새싹」, 『경향신문』, 1947.5.4.

79 김광주, 「눈이 왔으면」, 『동아일보』, 1949.1.8; 최이권, 「아름다운 동심」, 『경향신문』, 1948.6.23. 김광주(1910~1973)는 소설가로 일제 강점기에 중국에서 유학을 마치고 해방을 맞아 귀국하였다. 이후 그는 집필활동을 이어갔으며 『경향신문』의 문화면 편집자로 활약하기도 하였다.

80 윤석중, 「동심 잡기」. 『신여성』 61, 개벽사, 1933.7.

81 위의 글.

82 유현숙, 「동심 잡기를 읽고 윤석중에게 답함」, 『동아일보』, 1933.12.26~12.28.

83 윤석중, 「동심 잡기에 대한 나의 견해」, 『동아일보』, 1934.1.19~1.23.

84 윤석중, 「떼를 지어」, 『어린이나라』 2(1), 동지사 아동원, 1950.1, 17쪽.

85 김찬곤, 「동심의 기원-이지의 「동심설」과 이원수의 동심론의 중심으로」, 『아동청소년문학연구』(16), 한국아동청소년문학학회, 2015, 61쪽 각주25에서 재인용. 윤석중의 수상 소감 전문은 1988년 웅진출판사에서 발간한 『윤석중 전집』 24권, 131쪽, 「국경 넘은 문학상」에서 확인할 수 있다.

나오며 | 과학으로의 전환 – 한국전쟁 후 남한과 북한의 과학소설

1 정욱식 · 강정민, 『핵무기-한국의 반핵문화를 위하여』, 열린길, 2008, 21쪽(권보드래, 「과학의 영도(零度), 원자탄과 전쟁-『원형의 전설』과 『시대의 탄생』을 중심으로」, 황종연 편, 『문학과 과학1-자연 · 문명 · 전쟁』, 소명출판, 2013, 392쪽, 각주 17에서 재인용.

2 Cumings, *North Korea*, p.25; 권보드래, 위의 글, 401쪽.

3 한스콤의 주장대로, 모더니즘 작가들은 경험적 사실성의 매력에 등을 돌리고 대신에 사실의 언어, 더 나아가 사실 그 자체가 매우 주관적인 지식의 시스템에 내재되어 있는 방식을 지적했다.

한스콤은 1930년대 '사실성'을 둘러싼 논쟁이 세계의 주관적 경험과 객관적으로 보이는 역사의 전개 사이의 관계에 대한 확신에 의문을 제기한 것에 주목한다. Hanscom, "Matters of Fact". 또한 최근 세 권으로 출판된 지난 세기의 문학과 과학의 관계를 다룬 황종연 편, 『문학과 과학』, 소명출판, 2013~2015 참고.

4 한민주는 1930년대의 아동과학잡지 『백두산』이 자연을 경이롭게도, 탈신비화하는 데도 일조했다고 주장한다. 이는 필자의 주장과 모순되는 것처럼 보이지만, 필자는 과학 교육과 과학적 내용이 식민지 시대에 어린 독자들에게 자연 세계에 대한 접근을 제공하기는 했지만, 이 내용이 전후시기에 우리가 볼 수 있는 것처럼 아동과 자연 사이의 기초적이고 근본적인 관계를 훼손하지는 않았다고 생각한다. 한민주, 「마술을 부리는 과학-일제시기 아동과학잡지에 나타난 과학의 권위와 그 창출방식」, 『문학과 과학 2-인종·미술·국가』, 소명출판, 2014. 참고.

5 이선근, 「먼저 반공정신을!」, 『학원』 3(6), 학원사, 1954.6, 29쪽.

6 유신, 「인공위성은 과연 발사될 것인가?」, 『학원』 4(10), 학원사, 1955.10, 54쪽.

7 김광택, 「지뢰탐지기」, 『소년과학』, 소년과학사, 1965.8; 박웅걸, 「상급전화수」, 『소년과학』, 소년과학사, 1965.5.

8 이종기 편, 「웨리타스 여행기-과학의 발생지를 찾아서」, 『학원』 3(6), 학원사, 1954.6, 73쪽.

9 황신덕, 「대자연을 배워라!」, 『학원』, 학원사, 1956.4, 39쪽. 황신덕(1898~1983)은 북한에서 태어나 1921년 와세다대학교에서 수학하고 1926년 일본 여자 대학교를 졸업했다. 한국으로 돌아온 후 황신덕은 언론인과 여성 인권 운동가로 활동했으며 전후 한국의 교육자로 전향했다.

10 원광수, 「로켓 여행 1」, 『소년단』, 민청출판사, 1958.9, 24~25쪽.

11 『학원』은 1952년 창간되었다. 『학원』은 다른 잡지들보다 2배 이상 많은 약 10만 부 정도를 발행하며 활발한 판매와 인기를 누렸다. 이 잡지는 기고문을 모집하고 문학상을 수여함으로써 차세대 작가 양성을 지원했다. 박몽구, 「학생(學生) 저널 '학원(學園)'과 독서(讀書) 진흥(振興) 운동(運動)에 관한 연구(硏究)」, 『출판잡지연구』 20(1), 출판문화학회, 2012, 65쪽 참고; 장수경, 『『학원』과 학원세대』, 소명출판, 2013 참고.

12 이무영, 「거짓말과 소설」, 『학원』 8(4), 학원사, 1959.3. 이무영(1908~1960)은 그의 중학교 교육을 일본에서 마쳤다. 이무영은 또한 4년 동안 일본 작가이자 비평가인 Kato Shuichi의 지도를 받았다고 한다. 이무영은 1920년대 중반 작가로 등단했고 언론인으로도 활동했다.

13 위의 글, 294~297쪽.

14 안수길, 「소설의 첫걸음」, 『학원』, 학원사, 1962.3~8. 안수길(1911~1977)은 한반도의 북쪽에서 태어났다. 1930년 일본에 유학을 갔지만 학업을 끝내지는 못했다. 1932년부터 1945년까지 간도와 만주 신문의 기자로 일했고, 해방 후에는 여러 작가 협회에서 활동했다.

15 안수길, 「소설의 첫걸음 3」, 『학원』 11(3), 학원사, 1962.5, 163~164쪽.

16 안수길, 「소설의 첫걸음 4」, 『학원』 11(4), 학원사, 1962.6, 119~120쪽.

17 안수길, 「소설의 첫걸음 6」, 『학원』 11(6), 학원사, 1962.8, 163~164쪽.

18 위의 글, 164쪽.

19 임태훈, 『우애의 미디올로지-잉여력과 로우테크(low-tech)로 구상하는 미디어 운동』, 갈무리, 2012, 243~273쪽; 김재국, 「한국 과학 소설의 현황」, 『대중서사연구』 5(1), 대중서사학회, 2000, 96~97쪽. 김재국은 프랑스 원작의 영어 번역본을 바탕으로 일본어 번역본이 나왔고, 일본어 번역본을 기반으로 중국어 번역본이 나온 것이라고 말한다.

20 조성면, 『대중문학과 정전에 대한 번역』, 소명출판, 2002, 180쪽; Haerin Shin, "The Curious Case of South Korean Science Fiction", pp.81~82.

21 한낙원은 북한에서 태어나 잠깐 평양방송 앵커로도 일했으나 한국전쟁 중 월남했다. 그는 특히 유엔 심리전 담당 방송부에서 일하며 영향을 받았다. 한낙원은 이외에도 『이상한 나라의 앨리스』, 『해저 2만리』, 그리고 『우주전쟁』을 번역했다. 김이구, 「과학소설의 새로운 가능성」, 『창비 어린이』 3(2), 창비, 2005, 160쪽 참고; 한낙원의 많은 작품들이 1990년대부터 재출판되었는데, 가장 최근에는 한낙원, 김이구(엮은이), 『한낙원 과학 소설 선집』, 현대문학, 2013이 출간되었다.

22 김이구, 앞의 글, 162~165쪽.

23 한낙원, 「우주벌레 오메가호」, 『학원』 16(6), 학원사, 1967.6, 282쪽.

24 위의 글, 285쪽.

25 위의 글, 『학원』 17(4), 1968.4, 281~282쪽.

26 『조선문학』, 조선문학사, 1953.10, 139~140쪽.

27 「우리들은 화성에 왔다」, 『아동문학』, 평양 : 문학예술종합출판사, 1956.4, 69~79쪽.

28 김명수, 「아동문학 창작에 있어서의 몇 가지 문제」, 『조선문학』, 조선문학사, 1953.12, 97쪽.

29 구소련이 1934년 사회주의 리얼리즘을 국가 문학의 미학적 지침으로 공식적으로 채택한 후, 한국 작가들은 한국문학에서 사회주의 리얼리즘이 어떤 의미인지에 대해 토론했다. 사회주의 리얼리즘의 지지자로서 임화는 "작가들이 그들의 작품에 '이상'을 묘사할 것을 지속적으로 촉구했다". 임화는 사회주의가 남한에서 금지된 후 월북한 사람 중 하나였다. Sunyoung Park, "The Colonial Origin of Korean Realism and Its Contemporary Manifestation", pp.183~184 참고. 브라이언 마이어스(Brian Myers)는 북한 사회주의 리얼리즘에 대해 비난하며, 주요 지지자 중 한 명인 한설야가 "사회주의 리얼리즘 문학이라는 개념 정의에서 반영해야 하는 이념과 근본적으로 함께할 수 없는" 세계관을 가졌다고 주장한다. Myers, *Han Sŏrya and North Korean Literature*, p.3.

30 김명수, 앞의 글, 104쪽.

31 리원우, 「글을 어떻게 하면 잘 쓸 수 있을까」, 『소년단』, 민청출판사, 1955.3.

32 리원우, 『아동문학 창작의 길』, 평양 : 국립출판사, 1956.

33 「조선작가동맹중앙위원회 제5차상무위원회에서」, 『조선문학』, 조선문학사, 1954.1, 146~149쪽.

34 한설야, 『제2차 조선작가대회 문헌집』, 평양 : 조선작가동맹출판사, 1958, 31쪽(원종찬, 『북한의 아동문학-주체문학에 이르는 도정』, 청동거울, 2012, 197쪽에서 재인용); 한식, 「아동문학의 중요성」, 『문학예술』 2, 1949.7, 41쪽(원종찬, 위의 책, 79~80쪽에서 재인용); 김명수, 「해방 후 아동문학의 발전」, 『해방 후 10년간의 조선문학』, 조선작가동맹출판사, 1955.

35 백석, 「동화 문학의 발전을 위하여」, 『조선문학』, 조선문학사, 1956.5.

36 리기봉, 「고향의 자연 속에서」, 『소년단』, 민청출판사, 1955.7; 김길자, 「학교 정원에서의 한 해」, 『소년단』 10, 1955.

37 한식, 앞의 책, 46~47쪽(원종찬, 앞의 책, 81쪽에서 재인용).

38 리원우, 앞의 책, 115쪽.

39 김동섭, 「바다에서 솟아난 땅」, 『아동문학』, 평양 : 문학예술종합출판사, 1964.6~1965.4.

40 1962년 남한의 잡지 『학원』에서도 바다의 바닥을 경작 가능한 땅으로 바꾸는 가능성이 언급되었다. 이는 1962년 시애틀 세계 박람회에 관한 보고서에 나온 내용으로, 해저에서 석유를 채굴하고 증가하는 세계 인구의 식량을 위해 해저를 농지로 변화시키는 가능성을 보여주는 전시회라고 언급된다. 「21세기의 인간생활」, 『학원』 11(7), 학원사, 1962.9 참고.

41 이 그림에 나타난 도상화는 전형적인 북한의 '친애하는 지도자'의 묘사인데, 서서 한 팔을 뻗은

곳으로 이 그림을 보는 이들의 시선을 끌며 지도자와 펼쳐지는 사건 사이의 직접적인 관계를 나타낸다. 김동섭, 「바다에서 솟아난 땅」, 『아동문학』, 평양 : 문학예술종합출판사, 1965.4, 74쪽.

42 위의 글, 75쪽.

43 위의 글, 77~78쪽.

44 방정환, 「어린이 찬미」, 『신여성』 2, 개벽사, 1924, 67쪽.

45 류덕제 편, 『한국 현대 아동문학 비평 자료집』 1, 소명출판, 2016.

46 원종찬, 「1920년대 『별나라』의 위상-남북한 주류의 아동문학사 인식 비판」, 『한국아동문학연구』(23), 한국아동문학학회, 2012, 69쪽.

47 아동문학에 나타난 한국전쟁에 대한 자세한 설명은 Zur, "Textual and Visual Representations of the Korean War"; Zur, "The Korean War in Children's Picturebooks of the DPRK" 참고.

48 Zur, "Whose War Were We Fighting?" 참고.

49 김찬곤, 「동심의 기원-이지의 「동심설」과 이원수의 동심론을 중심으로」, 『아동청소년문학연구』(16), 한국아동청소년문학학회, 2015; 신헌재, 「한국 아동문학의 동심론(童心論) 연구」, 『아동청소년문학연구』(12), 한국아동청소년문학학회, 2013; 신헌재, 『아동문학의 숲을 걷다』, 박이정, 2014; 김종헌, 『동심의 발견과 해방기 동시문학』, 청동거울, 2008.

50 신헌재는 1980년대, 1990년대, 2000년대에 유아발달론, 푸코의 동일화론, 국가식별론과 전통적으로 아동문학의 정치화된 해석을 복잡하게 만든 정독을 통해 동심 개념에 대한 새로운 비판이 모색되었다고 주장한다. 신헌재, 「한국 아동문학의 동심론(童心論) 연구」, 『아동청소년문학연구』(12), 한국아동청소년문학학회, 2013, 115~121쪽.

51 장영·리연호, 『동심과 아동문학창작』, 문학예술종합출판사, 1995.

52 위의 책, 21쪽.

53 위의 책, 279쪽; 아동문학에 대한 김정일의 이론은 김정일, 『김정일 주체문학론-전당과 온 사회를 주체사상화하자!』, 조선로동당출판사, 1992, 248~257쪽 참고; 지난 60년 간 북한에서의 아동문학 발전에 대한 개괄은 원종찬, 『북한의 아동문학-주체문학에 이르는 도정』, 청동거울, 2012, 54쪽 참고.

54 John Stephens, *Language and Ideology in Children's Fiction*, p.8.

찾아보기